曹雪芹 著

紅樓夢

【下冊】

【第八十一回】

占旺相四美釣游魚[1]　奉嚴詞兩番入家塾[2]

且說迎春歸去之後，邢夫人像沒有這事。倒是王夫人撫養了一場，卻甚實傷感[1]，在房中自己嘆息了一回。只見寶玉走來請安，看見王夫人臉上似有淚痕，也不敢坐，只在旁邊站著。王夫人叫他坐下，寶玉才捱上炕來，就在王夫人身旁坐了。

王夫人見他呆呆的瞅著，似有欲言不言的光景，便道：「你又為什麼這樣呆呆的？」寶玉道：「並不為什麼。只是昨兒聽見二姐姐這種光景，我實在替他受不得。雖不敢告訴老太太，卻這兩夜只是睡不著。我想咱們這樣人家的姑娘，那裡受得這樣的委屈？況且二姐姐是個最懦弱的人，向來不會和人拌嘴，偏偏兒的遇見這樣沒人心的東西，竟一點兒不知道女人的苦處！」說著，幾乎滴下淚來。王夫人道：「這也是沒法兒的事。俗語說的：『嫁出去的女孩兒，潑出去的水。』叫我能怎麼樣呢？」寶玉道：「我昨兒夜裡倒想了一個主意：咱們索性回明了老太太，把二姐姐接回來，還叫他紫菱洲住著，仍舊我們姐妹弟兄們一塊兒吃，一塊兒玩，省得受孫家那混賬行子的氣。等他來接，咱們硬不叫他去。由他接一百回，咱們留一百回。只說是老太太的主意。這個豈不好呢？」

王夫人聽了，又好笑，又好惱，說道：「你又發了呆氣了！混說的是什麼？大凡作了

女孩兒，終久是要出門子的。嫁到人家去，娘家那裡顧得？也只好看他自己的命運，碰得好就好，碰得不好也就沒法兒。你難道沒聽見人說，『嫁雞隨雞，嫁狗隨狗』[3]，那裡個個都像你大姐姐作娘娘呢？況且你二姐姐是新媳婦，孫姑娘也還是年輕的人，各人有各人的脾氣，新來乍到，自然要有些扭彆的。過幾年，大家摸著脾氣兒，生兒長女以後，那就好了。你斷斷不許在老太太跟前說起半個字。我知道了，是不依你的。快去幹你的去罷，別在這裡混說了。」說得寶玉也不敢作聲，坐了一回，無精打彩的出來了。憋著一肚子悶氣，無處可泄，走到園中，一徑往瀟湘館來。剛進了門，便放聲大哭起來。

黛玉正在梳洗才畢，見寶玉這個光景，倒嚇了一跳，問：「是怎麼了？合誰慪了氣了？」連問幾聲。寶玉低著頭，伏在桌子上，嗚嗚咽咽，哭得說不出話來。黛玉便在椅子上怔怔的瞅著他，一會子問道：「到底是別人合你慪了氣，還是我得罪了你呢？」寶玉搖手道：「都不是，都不是！」黛玉道：「那麼著，為什麼這麼傷心起來？」寶玉道：「我只想著，咱們大家越早些死的越好，活著真真沒有趣兒！」黛玉聽了這話，更覺驚訝，道：「這是什麼話？你真正發了瘋了不成？」寶玉道：「也並不是我發瘋。我告訴你，你也不能不傷心。前兒二姐姐回來的樣子和那些話，你也都聽見看見了。我想人到了大的時候，為什麼要嫁？嫁出去，受人家這般苦楚！還記得咱們初結海棠社的時候，大家吟詩作東道，那時候何等熱鬧！如今寶姐姐家去了，連香菱也不能過來，二姐姐又出了門子了，幾個知心知意的人，都不在一處，弄得這樣光景！我原打算去告訴老太太，接二姐姐回來，誰知太太不依，倒說我呆、混說。這不多幾時，你瞧瞧，園中光景，已經大變了；若再過幾年，又不知怎麼樣了！故此，越想不由得人心裡難受起來。」

黛玉聽了這番言語，把頭漸漸的低了下去，身子漸漸的退至炕上，一言不發，嘆了口氣，便向裡躺下去了。

紫鵑剛拿進茶來，見他兩個這樣，正在納悶，只見襲人來了，進來看見寶玉，便道：

「二爺在這裡呢麼？老太太那裡叫呢。我估量著二爺就是在這裡。」

黛玉聽見是襲人，便欠身起來讓坐道：「妹妹，我剛才說的，不過是些呆話，你也不用傷心了。要想我的話時，身子更要保重才好。你歇歇兒罷。老太太那邊叫我，我看去就來。」說著，往外走了。襲人悄問黛玉道：「你兩個又為什麼？」黛玉道：「他為他二姐姐傷心，我是剛才眼睛發癢，揉的，並不為什麼。」襲人也不言語，忙跟了寶玉出來，各自散了。寶玉來到賈母那邊，賈母卻已經歇晌，只得回到怡紅院。

到了午後，寶玉睡了中覺起來，甚覺無聊，忙去沏茶伺候。誰知寶玉拿的那本書卻是古樂府[4]，隨手翻來，正看見曹孟德「對酒當歌，人生幾何」[5]一首，不覺刺心❷。因放下這一本，又拿一本看時，卻是晉文[6]，翻了幾頁，忽然把書掩上，托著腮，只管痴痴的坐著。襲人見他看書，忙去倒了茶來，見他這般光景，便道：「你為什麼又不看了？」寶玉也不答言，接過茶來，喝了一口，便放下了。襲人一時摸不著頭腦，也只管站在旁邊，呆呆的看著他。忽見寶玉站起來，嘴裡咕咕噥噥的說道：「好一個『放浪形骸之外』[7]！」襲人聽了，又好笑，又不敢問他，只得勸道：「你若不愛看這些書，不如還到園裡逛逛，也省得悶出毛病來。」

那寶玉一面口中答應，只管出著神，往外走了。一時，走到沁芳亭，但見蕭疏景象，

人去房空❸。又來至蘅蕪院，更是香草依然，門窗掩閉。轉過藕香榭來，遠遠的只見幾個人，在蓼漵一帶欄杆上靠著，有幾個小丫頭蹲在地下找東西。寶玉輕輕的走在假山背後聽著。只聽一個說道：「看他沈上來不沈上來。」好似李紋的語音。寶玉笑道：「好！下去了。我知道他不上來的。」這個卻是探春的聲音。一個笑道：「是了。姐姐，你別動，只管等著，他橫豎上來。」一個又說：「上來了。」這兩個是李綺邢岫烟的聲兒。

寶玉忍不住，拾了一塊小磚頭兒，往那裡一撂，「咕咚」一聲，四個人都嚇了一跳，驚訝道：「這是誰這麼促狹⁸，唬了我們一跳！」寶玉笑著從山子後直跳出來，笑道：「你們好樂啊！怎麼不叫我一聲兒？」探春道：「我就知道再不是別人，必是二哥哥這麼淘氣。沒什麼說的，你好好兒的賠我們的魚罷！剛才一個魚上來，剛剛兒的要釣著，叫你唬跑了。」寶玉笑道：「你們在這裡玩，竟不找我，我還要罰你們呢。」大家笑了一回。寶玉道：「咱們大家今兒釣魚，占占誰的運氣好。看誰釣得著，就是他今年的運氣好；釣不著，就是他今年運氣不好。咱們誰先釣？」探春便讓李紋，李紋不肯。探春笑道：「這樣就是我先釣。」回頭向寶玉說道：「二哥哥，你再趕走了我的魚，我可不依了。」寶玉道：「頭裡原是我要唬你們玩，這會子你只管釣罷。」

探春把絲繩拋下，沒十來句話的工夫，就有一個楊葉竄兒⁹，吞著鉤子，把漂兒墜下去。探春把竿一挑，往地下一撩，卻是活迸的。侍書在滿地上亂抓，兩手捧著攔在小磁罈內，清水養著。探春把釣竿遞與李紋。李紋也把釣竿垂下，但覺絲兒一動，忙挑起來，卻是個空鉤子。又垂下去半晌，鉤絲一動，又挑起來，還是空鉤子。李紋把那鉤子拿上來一瞧，原來往裡鉤了。李紋笑道：「怪不得釣不著。」忙叫素雲把鉤子敲好了，換上新蟲

子，上邊貼好了葦片兒。垂下去一會兒，見葦片直沉下去，急忙提起來，倒是一個二寸長的鯽瓜兒[10]。李紋笑著道：「寶哥哥釣罷。」寶玉道：「索性三妹妹合邢妹妹釣了我再釣。」岫烟卻不答言。只見李綺道：「寶哥哥先釣罷。」說著，水面上起了一個泡兒。探春道：「不必盡著讓了。你看那魚都在三妹妹那邊呢，還是三妹妹快著釣罷。」李綺笑著接了釣竿兒，果然沉下去就釣了一個。然後岫烟來釣著了一個，隨將竿子仍舊遞給探春，探春才遞與寶玉。

寶玉道：「我是要作姜太公[11]的。」便走下石磯，坐在池邊釣起來。豈知那水裡的魚，看見人影兒，都躲到別處去了，寶玉掄著釣竿，等了半天，那釣絲兒動也不動。剛有一個魚兒在水邊吐沫，寶玉把竿子一提，又嚇走了，急得寶玉道：「我最是個性兒急的人，他偏性兒慢，這可怎麼樣呢？好魚兒，快來罷！你也成全成全我呢。」說得四人都笑了。一言未了，只見釣絲微微一動。寶玉喜極，滿懷用力往上一兜，把釣竿往石上一碰，折作兩段，絲也振斷了，鈎子也不知往那裡去了。眾人越發笑起來。探春道：「再沒見像你這樣鹵人。」

正說著，只見麝月慌慌張張的跑來說：「二爺，老太太醒了，叫你快去呢。」五個人都唬了一跳。探春便問麝月道：「老太太叫二爺什麼事？」麝月道：「我也不知道。就只聽見說是什麼鬧破了，叫寶玉來問；還要叫璉二奶奶一塊兒查問呢。」嚇得寶玉發了一回呆，說道：「不知又是那個丫頭遭了瘟了！」探春道：「不知什麼事，二哥哥，你快去有什麼信兒，先叫麝月來告訴我們一聲兒。」說著，便同李紋、李綺、岫烟走了。

寶玉走到賈母房中，只見王夫人陪著賈母摸牌。寶玉看見無事，才把心放下了一半。賈母見他進來，便問道：「你前年那一次得病的時候，後來虧了一個瘋和尚和個瘸道士治好了的。那會子病裡，你覺得是怎麼樣？」寶玉想了一回，道：「我記得病的時候兒，好好的站著，倒像背地裡有人把我攔頭一棍，疼得眼睛前頭漆黑，看見滿屋子裡都是些青面獠牙，拿刀舉棒的惡鬼。躺在炕上，覺著腦袋上加了幾個腦箍似的。以後便疼得任什麼不知道了。到好的時候，又記得堂屋裡一片金光，直照到我床上來，那些鬼都跑著躲避，就不見了。我的頭也不疼了，心上也就清楚了。」賈母告訴王夫人道：「這個樣兒也就差不多了。」

說著鳳姐也進來了。見了賈母，又回身見過了王夫人，說道：「老祖宗要問我什麼？」賈母道：「你那年中了邪的時候兒，你還記得麼？」鳳姐兒笑道：「我也不很記得了。但覺自己身子不由自主，倒像有什麼人，拉拉扯扯，要我殺人才好。有什麼拿什麼，見什麼殺什麼，自己原覺很乏，只是不能住手。」賈母道：「好的時候兒呢？」鳳姐道：「好的時候像空中有人說了幾句話似的，卻不記得說什麼來著。」賈母道：「這麼看起來，竟是這個和尚道人——阿彌陀佛！才是救寶玉性命的。只是沒有報答他。」他姐兒兩個病中的光景合才說的一樣。這老東西竟這樣壞心！寶玉枉認了他作乾媽！倒是這個和尚道人——阿彌陀佛！才是救寶玉性命的。只是沒有報答他。」王夫人道：「怎麼老太太想起我們的病來呢？」賈母道：「你問你太太去，我懶怠說。」鳳姐道：「才剛老爺進來，說起寶玉的乾媽，竟是個混賬東西，邪魔外道的。如今鬧破了，被錦衣府[12]拿住送入刑部監[13]，要問死罪的了。前幾天被人告發的。那個人叫作什麼潘三保，有一所房子，賣給斜對過當舖裡。這房子加了幾倍價錢，潘三保還要加，當舖

裡那裡還肯？潘三保便買囑了這老東西，──因他常到當鋪裡去，那當鋪裡人的內眷都和他好的，──他就使了個法兒，叫人家的內人便得了邪病，家翻宅亂起來。他又去說，這個病他能治，就用些神馬紙錢燒獻了，果然見效。他又向人家內眷們要了十幾兩銀子。豈知老佛爺有眼，應該敗露。這一天急要回去，掉了一個絹包兒，當鋪裡人撿起來一看，裡頭有許多紙人，還見四丸子很香的香。正詫異著，那老東西倒回來找這絹包兒。這裡的人就把他拿住。身邊一搜，搜出一個匣子，裡面有象牙刻的一男一女，不穿衣裳，光著身子的兩個魔王，還有七根朱紅繡花針。立時送到錦衣府去，問出許多官員家大戶太太姑娘們的隱情事來，所以知會了營裡[14]，把他家中一抄。抄出好些泥塑的煞神，幾匣子悶香[16]。炕背後空屋子裡掛著一盞七星燈[17]，燈下有幾個草人，有頭上戴著腦箍的，有胸前穿著釘子的，有項上拴著鎖子的。底下幾篇小賬，上面記著某家某家驗過，應找銀若干。得人家油錢香分[18]也不計其數❹。」

鳳姐道：「咱們的病一準是他。我記得咱們病後，那老妖精向趙姨娘那裡來過幾次，和趙姨娘討銀子，見了我，就臉上變貌變色，兩眼鬎雞似的。我當初還猜了幾遍，總不知什麼緣故。如今說起來，卻原來都是有因的。但只我在這裡當家，自然惹人恨怨，怪不得別人治我。寶玉可合人有什麼仇呢？忍得下這麼毒手！」賈母道：「焉知不因我疼寶玉，不疼環兒，竟給你們種了毒藥了呢。」王夫人道：「這老貨已經問了罪，決不好叫他來對證。沒有對證，趙姨娘那裡肯認賬？事情又大，鬧出來，外面也不雅。等他自作自受，少不得要自己敗露的。」賈母道：「你這話說得也是。這樣事，沒有對證，也難作準。只是佛爺菩薩看的真，他們姐兒兩個，如今又比誰不濟了呢？罷了，過去的事，鳳哥兒也不必

提了。今日你合你太太都在我這邊吃了晚飯再過去罷。」

鳳姐趕忙笑道：「怎麼老祖宗倒操起心來。」王夫人也笑了。只見外頭幾個媳婦伺

候。鳳姐連忙告訴小丫頭子傳飯，「我合太太都跟著老太太吃。」正說著，只見玉釧兒走

來對王夫人道：「老爺要找一件什麼東西，請太太伺候了老太太的飯完了，自己去找一找

呢。」賈母道：「你去罷，保不住你老爺有要緊的事。」

王夫人答應著，便留下鳳姐伺候，自己退了出來，回至房中，合賈政說了些閒話，

把東西找出來了。賈政便問道：「迎兒已經回去了？他在孫家怎麼樣？」王夫人道：「迎

丫頭一肚子眼淚，說孫姑爺凶橫得了不得。」因把迎春的話述了一遍。賈政嘆道：「我原

知不是對頭。無奈大老爺已說定了❺，叫我也沒法。不過迎丫頭受些委屈罷了。」王夫人

道：「這還是新媳婦，只指望他以後好了好。」說著，「嗤」的一笑。賈政道：「笑什

麼？」王夫人道：「我笑寶玉兒早起，特特的到這屋裡來，說的都是些小孩子話。」賈政

道：「他說什麼？」王夫人把寶玉的言語笑述了一遍。

賈政也忍不住的笑，因又說道：「你提寶玉，我正想起一件事來了。這孩子天天放在

園裡，也不是事。生女兒不得濟，還是別人家的人；生兒若不濟事，關係非淺。前日倒有

人和我提起一位先生來，學問人品都是極好的，也是南邊人。但我想南邊先生，性情最是

和平。咱們城裡的孩子，個個踢天弄井，[19]鬼聰明倒是有的，可以搪塞就搪塞過去了，膽

子又大。先生再要不肯給沒臉，一日哄哥兒似的，沒得白耽誤了。所以老輩子不肯請外頭

的先生，只在本家擇出有年紀再有點學問的請來掌學塾。如今儒大太爺雖學問也只中平，

但還彈壓得住這些小孩子們，不致以顢頇[20]了事。我想寶玉閒著總不好，不如仍舊叫他家

塾中讀書去罷了。」王夫人道：「老爺說得很是。自從老爺外任去了，他又常病，竟耽擱了好幾年。如今且在家學裡溫習溫習，也是好的。」賈政點頭，又說些閑話。不提。

且說寶玉次日起來，梳洗已畢，早有小廝們傳進話來，說：「老爺叫二爺說話。」寶玉忙整理了衣裳，來至賈政書房中，請了安，站著。賈政道：「你近來作些什麼功課？雖有幾篇字，也算不得什麼。我看你近來的光景，越發比頭幾年散蕩了；況且每每聽見你推病，不肯念書。如今可大好了？我還聽見你天天在園子裡和姐妹們玩玩笑笑，甚至和那些丫頭們混鬧，把自己的正經事，總丟在腦袋後頭。就是作得幾句詩詞，也並不怎麼樣，有什麼稀罕處？比如應試選舉，到底以文章為主。你這上頭倒沒有一點兒工夫。我可囑咐你：自今日起，再不許作詩作對的了，單要習學八股文章[21]。限你一年，若毫無長進，你也不用念書了，我也不願有你這樣的兒子了。」遂叫李貴來，說：「明兒一早，傳焙茗跟了寶玉去收拾應念的書籍，一齊拿過來我看看。親自送他到家學裡去。」喝命寶玉：「去罷！明日起早來見我。」

寶玉聽了，半日竟無一言可答，因回到怡紅院來。襲人正在著急聽信，見說取書，倒也喜歡。獨是寶玉要人即刻送信給賈母，欲叫攔阻。賈母得信，便命人叫過寶玉來，告訴他說：「只管放心先去，別叫你老子生氣。有什麼難為你，有我呢。」寶玉沒法，只得回來，囑咐了丫頭們：「明日早早叫我，老爺要等著送我到家學裡去呢。」襲人等答應了，同麝月兩個倒替著醒了一夜。

次日一早，襲人便叫醒寶玉，梳洗了，換了衣裳，打發小丫頭子傳了焙茗在二門上伺候，拿著書籍等物。襲人又催了兩遍，寶玉只得出來，過賈政書房中來，先打聽老爺過來

了沒有。書房中小廝答應：「方才一位清客相公請老爺回話，裡邊說：『梳洗呢。』」命清客相公出去候著去了。

寶玉聽了，心裡稍稍安頓，連忙到賈政這邊來。恰好賈政著人來叫，寶玉便跟著進去。賈政不免又吩咐幾句話，帶了寶玉，上了車，焙茗拿著書籍，一直到家塾中來。早有人先搶一步，回代儒說：「老爺來了。」代儒站起身來，賈政早已走入，向代儒請了安。代儒拉著他手問了好，又問：「老太太近日安麼？」寶玉過來也請了安。賈政站著，請代儒坐了，然後坐下。賈政道：「我今日自己送他來，因要求托一番。這孩子年紀也不小了，到底要學個成人的舉業，才是終身立身成名之事。如今他在家中，只是和些孩子們混鬧。雖懂得幾句詩詞，也是胡謅亂道的；就是好了，也不過是風雲月露，與一生的正事，毫無關涉。」代儒道：「我看他相貌也還體面，靈性也還去得，為什麼不念書，只心野貪玩？詩詞一道，不是學不得的，只要發達了以後，再學還不遲呢。」賈政道：「原是如此。自今只求叫他讀書、講書、作文章。倘或不聽教訓，還求太爺認真的管教管教他，才不致有名無實的，白耽誤了他的一世。」說畢，站起來，又作了一個揖，然後說了些閒話，才辭了出去。代儒送至門首，說：「老太太前替我問好請安罷。」賈政答應著，自己上車去了。

代儒回身進來，看見寶玉在西南角靠窗戶擺著一張花梨小桌，右邊堆下兩套舊書，薄薄兒的一本文章，叫焙茗將紙墨筆硯都擱在抽屜裡藏著。代儒道：「寶玉，我聽見說你前兒有病，如今可大好了？」寶玉站起來道：「大好了。」代儒道：「如今論起來，你可也該用功了。你父親望你成人，懇切得很。你且把從前念過的書，打頭兒理一遍。每日早起

理書，飯後寫字，晌午講書，念幾遍文章就是了。」

寶玉答應了個「是」。回身坐下時，不免四面一看。見昔時金榮輩不見了幾個，又
添了幾個小學生，都是些粗俗異常的。忽然想起秦鐘來，如今沒有一個作得伴，說句知心
話兒的，心上淒然不樂；卻不敢作聲，只是悶著看書。代儒告訴寶玉道：「今日頭一天，
早些放你家去罷。明日要講書了。但是你又不是很愚夯的，明日我倒要你先講一兩章書我
聽，試試你近來的功課何如，我才曉得你到怎麼個份兒上頭。」說得寶玉心中亂跳。欲知
明日講解何如，且聽下回分解。

■ 校記

❶「卻甚實實傷感」，「實」金本作「是」。

❷「不覺刺心」，「不」原作「一」，從藤本、王本改。

❸「但見蕭疏景象，人去房空」，「景」原作「影」，從諸本改。

❹「得人家油錢香分也不計其數」，「油」原作「有」，從諸本改。

❺「賈政嘆道，我原知不是對頭，無奈大老爺已說定了」，「知不」原作「不知」，從諸本改。

❻「（寶玉重到家塾）見昔時金榮輩不見了幾個」，「榮」原作「蓉」，從王本、金本改。

■ 注釋

1 【占旺相四美釣游魚】占，占卜。旺相，在北方口語中本是健康的意思，這裡指運氣好。四美，指探春、李紋、李綺和邢岫烟。這句的意思是，她們四位女子以釣魚來占卜誰的運氣好。

2 【奉嚴詞兩番入家塾】奉，遵奉。嚴詞，即嚴訓，父親的訓命。過去，稱父命為「嚴訓」，稱母命為「慈訓」。家塾，家庭或家族設立的學校。

3 【嫁雞隨雞，嫁狗隨狗】比喻女子出嫁後，不論丈夫好壞，都要永遠服從。莊季裕「雞肋編」：「嫁得雞逐雞飛，嫁得狗逐狗走。」

4 【古樂府】元代左克明編選的一本書。樂府詩，原指由西漢樂府機關採集的並配製曲譜可以詠唱的樂府歌辭。後凡模擬、襲用樂府詩體的詩，統稱樂府詩。

5 【曹孟德「對酒當歌，人生幾何」】這是曹操「短歌行·對酒篇」的兩句詩。意思是，人的生命不長久，應當及時飲酒行樂。

6 【晉文】

這裡指晉代王羲之的「蘭亭集序」一文。

7 【放浪形骸之外】

這句話出自晉代王羲之的「蘭亭集序」。意思是自由自在，為所欲為，不受禮法的約束。形骸，人的肉體。

8 【促狹】

刁鑽刻薄，愛使壞心眼。這裡有捉弄人，調皮的意思。

9 【楊葉竄兒】

一種常在水面竄動狀似楊樹葉的小魚。

10 【鯽瓜兒】

小鯽魚。

11 【作姜太公】

姜太公，指周初的呂尚，即姜子牙。「武王伐紂平話」裡說，姜太公曾在渭水河邊用無餌的直鉤放在水面三寸上釣魚，說：「負命者上鉤來！」成語「太公釣魚，願者上鉤」就是從這兒來的，意思是心甘情願地上圈套。作姜太公，就是作勾引別人甘心上當的人。

12 【錦衣府】

明代有錦衣衛，專管巡察緝捕，是當時的警察機關。

13 【刑部監】

刑部，官署名，掌管國家的刑獄和法律。刑部監，刑部屬下的監獄，這是依托明朝制度而說的。

14 【知會】

報告、檢舉。

15 【營裡】

指五營衙門。清代京師禁衛軍分為前、後、左、右、中五營。

16 【悶香】

一種有麻痺作用的香，能把人薰得口不能言、四肢不能動。

17 【七星燈】

燈的一種，形狀像北斗七星排列的樣子。

18 【油錢香分（ㄈㄣ／fèn）】

指巫婆一類人詐騙的錢財。油、香，都是指祭神用品。

19 【踢天弄井】

天井，即院落。這裡是說孩子們在院子裡鬧得很厲害。

20 〔顢頇（ㄇㄢˊ ㄏㄢ／ mán hān）〕

不明事理，糊塗而馬虎。

21 〔八股文章〕

明清科舉所用的文章形式。一篇文章中間主要部分基本分為八股；開始有破題、承題、起講等名稱，有非常繁瑣而且嚴厲的規定。這裡賈政要寶玉專學八股文章，是為應付科舉考試。

22 〔風雲月露〕

指專事描寫風花雪月的詩詞。

【第八十二回】

老學究講義˙警頑心　病瀟湘痴魂驚惡夢

　　話說寶玉下學回來，見了賈母。賈母笑道：「好了！如今野馬上了籠頭了。去罷，見見你老爺去來，散散兒去罷。」寶玉答應著，去見賈政。賈政道：「這早晚就下學了麼？師父給你定了功課沒有？」寶玉道：「定了……早起理書，飯後寫字，晌午講書念文章。」賈政聽了，點點頭兒，因道：「去罷，還到老太太那邊陪著坐去。你也該學些人功道理，別一味的貪玩。晚上早些睡，天天上學，早些起來。你聽見了？」

　　寶玉連忙答應幾個「是」，退出來，忙忙又去見王夫人，又到賈母那邊打了個照面兒。趕著出來，恨不得一走就走到瀟湘館才好。剛進門口，便拍著手笑道：「我依舊回來了。」猛可裡倒唬了黛玉一跳。紫鵑打起簾子，寶玉進來坐下。黛玉道：「我恍惚聽見你念書去了，這麼早就回來了？」寶玉道：「噯呀！了不得！我今兒不是被老爺叫了念書去了麼？心上倒像沒有和你們見面的日子了。好容易熬了一天，這會子瞧見你們，竟如死而復生的一樣。真真古人說『一日三秋』[2]，這話再不錯的。」黛玉道：「你上頭去過了沒有？」寶玉道：「都去過了。」黛玉道：「別處呢？」寶玉道：「沒有。」黛玉道：「你也該瞧瞧他們去。」寶玉道：「我這會子懶怠動了，只和妹妹坐著，說一會子話兒罷。老

爺還叫早睡早起，只好明兒再瞧他們去了。」黛玉道：「你坐坐兒，可是正該歇歇兒去了。」寶玉道：「我那裡是乏？只是悶得慌。這會子咱們坐著，才把悶散了，你又催起我來！」

黛玉微微的一笑，因叫紫鵑：「把我的龍井茶給二爺沏一碗。二爺如今念書了，比不得頭裡。」紫鵑笑著答應，去拿茶葉，叫小丫頭子沏茶。寶玉接著說道：「還提什麼念書？我最厭這些道學話。更可笑的，是八股文章：拿他誆功名，混飯吃，也罷了，還要說『代聖賢立言』[3]！好些的，不過拿些經書湊搭湊搭還罷了；更有一種可笑的，肚子裡沒有什麼，東拉西扯，弄得牛鬼蛇神，還自以為博奧。這那裡是闡發聖賢的道理？目下老爺口口聲聲叫我學這個，我又不敢違拗，你這會子還提念書呢！」黛玉道：「我們女孩兒家雖然不要這個，但小時跟著你們雨村先生念書，也曾看過。內中也有近情近理的，也有清微淡遠[4]的。那時候雖不大懂，也覺得好，不可一概抹倒。況且你要取功名，這個也清貴些。」寶玉聽到這裡，覺得不甚入耳，因想：「黛玉從來不是這樣人，怎麼也這樣勢欲薰心起來？」又不敢在他跟前駁回，只在鼻子眼裡笑了一聲。

正說著，忽聽外面兩個人說話，卻是秋紋和紫鵑。只聽秋紋道：「襲人姐姐叫我老太太那裡接去，誰知卻在這裡。」紫鵑道：「我們這裡才沏了茶，索性讓他喝了再去。」說著，二人一齊進來。寶玉和秋紋笑道：「我就過去。又勞動你來找。」秋紋未及答言，只見紫鵑道：「你快喝了茶去罷。人家都想了一天了。」秋紋啐道：「呸！好混賬丫頭！」說得大家都笑了。寶玉起身，才辭了出來。黛玉送到屋門口兒，紫鵑在臺階下站著，寶玉出去，才回房裡來。

卻說寶玉回到怡紅院中，進了屋子，只見襲人從裡間迎出來，便問：「回來了麼？」

秋紋應道：「二爺早來了。在林姑娘那邊著。」寶玉道：「今日有事沒有？」襲人道：「事卻沒有。方才太太叫鴛鴦姐姐來吩咐我們：如今老爺發狠叫你念書，如有丫鬟們再敢和你玩笑，都要照著晴雯司棋的例辦。我想伏侍你一場，賺了這些言語，也沒什麼趣兒！」說著，便傷起心來。寶玉忙道：「好姐姐！你放心，我只好生念書，太太再不說你們了。我今兒晚上還要看書，明日師父叫我講書。我要使喚，橫豎有麝月秋紋呢，你歇歇去罷。」襲人道：「你要真肯念書，我們伏侍你也是歡喜的。」

寶玉聽了，趕忙的吃了晚飯，就叫點燈，把念過的「四書」翻出來，「只是從何處看起？」翻了一本看去，章章裡頭，似乎明白；細按起來，卻不很明白。看著小注，又看講章，鬧到起更以後了，自己想道：「我在詩詞上覺得很容易，在這個上頭竟沒頭腦！」便坐著呆呆的呆想。襲人道：「歇歇罷。作工夫也不在這一時的。」

寶玉只管胡亂答應。麝月襲人才伏侍他睡下，兩個才也睡了。及至睡醒一覺，聽得寶玉炕上還是翻來覆去。襲人道：「你還醒著呢麼？你倒別混想了，養養神，明兒好念書。」寶玉道：「我也是這樣想，只是睡不著，你來給我揭去一層被。」襲人道：「天氣不熱，別揭罷。」寶玉道：「我心裡煩躁得很。」自把被窩褪下來。襲人忙爬起來按住，把手去他頭上一摸，覺得微微有些發燒。襲人道：「你別動了，有些發燒了。」寶玉道：「可不是？」襲人道：「這是怎麼說呢？」寶玉道：「不怕，是我心煩的緣故，你別吵嚷。省得老爺知道了，必說我裝病逃學；不然，怎麼病得這麼巧？明兒好了，原到學裡去，就完事了。」

襲人也覺得可憐，說道：「我靠著你睡罷。」便和寶玉捶了一回脊梁，不知不覺，大家都睡著了。直到紅日高升，方才起來。寶玉道：「不好了，晚了。」急忙梳洗畢，問了安，就往學裡來了。代儒已經變著臉，說：「怪不得你老爺生氣，說你沒出息。第二天你就懶惰。這是什麼時候才來？」寶玉把昨兒發燒的話說了一遍，方過去了，原舊念書。

到了下晚，代儒道：「寶玉，有一章書，你來講講。」寶玉過來一看，卻是「後生可畏」[5]章。寶玉心上說：「這還好！幸虧不是『學』『庸』。」問道：「怎麼講呢？」代儒道：「你把節旨[6]句子細細兒講來。」寶玉把這章先朗朗的念了一遍，說：「這章書是聖人勉勵後生，教他及時努力，不要弄到——」說到這裡，抬頭向代儒一看，笑了一笑道：「你只管說，講書是沒有什麼避忌的。『臨文不諱』[7]。只管說，『不要弄到』什麼？」寶玉道：「不要弄到老大無成。先將『可畏』二字激發後生的志氣，後把『不足畏』三字警惕後生的將來。」說罷，看著代儒。代儒道：「也還罷了。串講呢？」寶玉道：「聖人說：人生少時，心思才力，樣樣聰明能幹，實在是可怕的，那裡料得定他後來的日子不像我的今日？若是悠悠忽忽，到了四十歲，又到五十歲，既不能夠發達，這種人，雖是他後生時像個有用的，到了那個時候，這一輩子就沒有人怕他了。」

代儒笑道：「你方才節旨講得倒清楚，只是句子裡有些孩子氣。『無聞』二字，不是不能發達作官的話。『聞』是實在自己能夠明理見道，就不作官也是有聞了；不然，古聖賢有遁世不見知[8]的，豈不是不作官的人，難道也是無聞麼？『不足畏』是使人料得定，方與『焉知』的『知』字對針，不是『怕』的字眼。要從這裡看出，方能入細。你懂得不

懂得？」寶玉道：「懂得了。」代儒道：「還有一章，你也講一講。」代儒往前揭了一篇，指給寶玉。寶玉看時，「吾未見好德如好色者也」❶➒。

寶玉覺得這一章卻有些刺心，便陪笑道：「這句話沒有什麼講頭。」代儒道：「胡說！譬如場中出了這個題目，也說沒有作頭麼？」寶玉不得已，講道：「是聖人看見人不肯好德，見了色，便好得了不得，殊不想德是性中本有的東西，人偏都不肯好他。至於那個色呢，雖也是從先天中帶來，無人不好的，但是德乃天理，色是人欲，人那裡背把天理好得像人欲似的？孔子雖是嘆息的話，又是望人回轉來的意思。並且見得人就有好德的，好得終是浮淺，直要像色一樣的好起來，那才是真好呢。」

代儒道：「這也講的罷了。我有句話問你：你既懂得聖人的話，為什麼正犯著這兩件病？我雖不在家中，你們老爺也不曾告訴我，其實你的毛病，我卻盡知的。作一個人，怎麼不望長進？你這會兒正是『後生可畏』的時候。『有聞』，『不足畏』，全在你自己作去了。我如今限你一個月，把念過的舊書全要理清。再念一個月文章，以後我要出題目叫你作文章了。如若懈怠，我是斷乎不依的。自古道：『成人不自在，自在不成人。』你好生記著我的話。」寶玉答應了，也只得天天按著功課幹去。不提。

且說寶玉上學之後，怡紅院中甚覺清淨閒暇，襲人倒可作些活計，拿著針線要繡個檳榔包兒。想這如今寶玉有了功課，丫頭們可也沒有飢荒了，早要如此，晴雯何至弄到沒有結果？兔死狐悲，不覺嘆起氣來❷。忽又想到自己終身，本不是寶玉的正配，原是偏房[10]。寶玉的為人，卻還拿得住；只怕娶了一個利害的，自己便是尤二姐香菱的後身。素

來看著賈母王夫人光景，及鳳姐兒往往露出話來，自然是黛玉無疑了。那黛玉就是個多心人。──想到此際，臉紅心熱，拿著針不知戳到那裡去了。便把活計放下，走到黛玉處去探探他的口氣。

黛玉正在那裡看書，見是襲人，欠身讓坐。襲人也連忙迎上來問：「姑娘這幾天身子可大好了？」黛玉道：「那裡能夠？不過略硬朗些。你在家裡作什麼呢？」襲人道：「如今寶二爺上了學，屋裡一點事兒沒有，因此來瞧瞧姑娘，說說話兒？」

說著，紫鵑拿茶來。襲人忙站起來道：「妹妹坐著罷。」因又笑道：「我前兒聽見秋紋說，妹妹背地裡說我們什麼來著？」紫鵑也笑道：「姐姐信他的話！我說寶二爺上了學，寶姑娘又隔斷了，連香菱也不過來，自然是悶的。」襲人道：「你還提香菱呢！這才苦呢！撞著這位『太歲奶奶』，難為他怎麼過！」黛玉接著道：「他也夠受了！尤二姑娘怎麼死了！」襲人道：「可不是！想來都是一個人，不過名分裡頭差些，何苦這樣毒？外面名聲也不好聽。」黛玉從不聞襲人背地裡說人，今聽此話有因，心裡一動，便說道：「這也難說。但凡家庭之事，不是東風壓了西風，就是西風壓了東風。」襲人道：「作了旁邊人，心裡先怯，連外頭的臉面都不顧了。」

說著，只見一個婆子在院裡問道：「這裡是林姑娘的屋子麼？那位姐姐在這裡呢？」雪雁出來一看，模糊認得是薛姨媽那邊的人，便問道：「作什麼？」婆子道：「我們姑娘打發來給這裡林姑娘送東西的。」雪雁道：「略等等兒。」雪雁進來回了黛玉，黛玉便叫領他進來。

他還利害，連外頭的臉面都不顧了。」黛玉道：「妹妹背地裡說我們什麼來著？」紫鵑道：「姐姐倒敢欺負人呢？」

那婆子進來，請了安，且不說送什麼，只是覷著眼瞧著黛玉。看得黛玉臉上倒不好意思起來，因問道：「寶姑娘叫你來送什麼？」婆子方笑著回道：「我們姑娘叫給姑娘送了一瓶兒蜜餞荔枝來。」回頭又瞧見襲人，便問道：「這位姑娘，不是寶二爺屋裡的花姑娘麼？」襲人笑道：「嬤嬤怎麼認得我？」婆子笑道：「我們只在太太屋裡看屋子，不大跟太太姑娘出門，所以姑娘們都不大認得。姑娘們碰著到我們那邊去，我們都模糊記得。」

這林姑娘和你們寶二爺是一對兒，原來真是天仙似的！」襲人見他說話造次，連忙岔道：說著，將一個瓶兒遞給雪雁，又回頭看看黛玉，因笑著向襲人說：「怨不得我們太太說：「嬤嬤，你乏了，坐坐吃茶罷。」那婆子笑嘻嘻的道：「我們那裡忙呢，都張羅琴姑娘的事呢。姑娘還有兩瓶荔枝，叫給寶二爺送去。」說著，顫顫巍巍，告辭出去。

黛玉雖惱這婆子方才冒撞，但因是寶釵使來的，也不好怎麼樣他，等他出了屋門，才說一聲道：「給你們姑娘道費心。」那婆子還只管嘴裡咕咕噥噥的說：「這樣好模樣兒，除了寶玉，什麼人擎受得起！」黛玉只裝沒聽見。襲人笑道：「怎麼人到了老來，就是混說白道的，叫人聽著又生氣，又好笑。」一時雪雁拿過瓶子來給黛玉看。黛玉道：「我懶怠吃，拿了擱起去罷。」又說了一回話，襲人才去了。

一時，晚妝將卸，黛玉進了套間，猛抬頭看見了荔枝瓶，不禁想起日間老婆子的一番混話，甚是刺心。當此黃昏人靜，千愁萬緒，堆上心來，想起：「自己身子不牢，年紀又大了，看寶玉的光景，心裡雖沒別人，但是老太太舅母又不見有半點意思，深恨父母在時，何不早定了這頭婚姻。」又轉念一想道：「倘若父母在時，別處定了婚姻，怎能夠似寶玉這般人才心地？不如此時尚有可圖。」心內一上一下，輾轉纏綿，竟像轆轤一般。嘆

了一回氣，掉了幾點淚，無情無緒，和衣倒下。

不知不覺，只見小丫頭走來說道：「外面雨村賈老爺請姑娘。」黛玉道：「我雖跟他讀過書，卻不比男學生，要見我作什麼？況且他和舅舅往來，從未提起，我也不必見的。」因叫小丫頭回覆：「身上有病，不能出來，與我請安道謝就是了。」小丫頭道：「只怕要與姑娘道喜，南京還有人來接。」

說著，又見鳳姐同邢夫人、王夫人、寶釵等都來笑道：「我們一來道喜，二來送行。」黛玉慌道：「你們說什麼話？」鳳姐道：「你還裝什麼呆？你難道不知道：林姑爺升了湖北的糧道，娶了一位繼母，十分合心合意；如今想著你擱在這裡，不成事體，因托了賈雨村作媒，將你許了你繼母的什麼親戚，還說是續弦[11]，所以著人到這裡來接你回去。大約一到家中，就要過去的。都是你繼母作主。怕的是道兒上沒有照應，還叫你璉二哥哥送去。」說得黛玉一身冷汗。

黛玉又恍惚父親果在那裡作官的樣子，心上急著，硬說道：「沒有的事，都是鳳姐姐混鬧！」只見邢夫人向王夫人使個眼色兒：「他還不信呢，咱們走罷。」黛玉含著淚道：「二位舅母坐坐去。」眾人不言語，都冷笑而去。

黛玉此時心中乾急，又說不出來，哽哽咽咽；恍惚又是和賈母在一處似的，心中想道：「此事惟求老太太，或還有救。」於是兩腿跪下去，抱著賈母的腿說道：「老太太救我！我南邊是死也不去的。況且有了繼母，又不是我的親娘，我是情願跟著老太太一塊兒的。」但見賈母呆著臉兒笑道：「這個不干我的事。」黛玉哭道：「老太太，這是什麼事呢！」老太太道：「續弦也好，倒多得一副妝奩。」黛玉哭道：「我在老太太跟前，決不

使這裡份外的閑錢，只求老太太救我！」賈母道：「不中用了。作了女人，總是要出嫁的，你孩子家，不知道，在此地終非了局。」黛玉道：「我在這裡，情願自己作個奴婢過活，自作自吃，也是願意。只求老太太作主！」見賈母總不言語，黛玉又抱著賈母哭道：「老太太！你向來最是慈悲的，又最疼我的，到了緊急的時候兒，怎麼全不管？你別說我是你的外孫女兒，是隔了一層了；我的娘是你的親生女兒，看我娘份上，也該護庇些！」

說著，撞在懷裡痛哭。聽見賈母道：「鴛鴦，你來送姑娘出去歇歇，我倒被他鬧乏了。」

黛玉情知不是路了，求去無用，不如尋個自盡，站起來，往外就走。深痛自己沒有親娘，便是外祖母與舅母姐妹們，平時何等待得好，可見都是假的。又一想：「今日怎麼獨不見寶玉？或見他一面，他還有法兒。」便見寶玉站在面前，笑嘻嘻的道：「妹妹大喜呀！」黛玉聽了這一句話，越發急了，也顧不得什麼了，把寶玉緊緊拉住，說：「好！寶玉，我今日才知道你是個無情無義的人了！」寶玉道：「我怎麼無情無義？你既有了人家兒，咱們各自幹各自的了。」黛玉越聽越氣，越沒了主意，只得拉著寶玉哭道❸：「好哥哥！你叫我跟了誰去？」寶玉道：「你要不去，就在這裡住著。你原是許了我的，所以你才到我們這裡來。我待你是怎麼樣的？你也想想。」

黛玉恍惚又像果曾許過寶玉的，心內忽又轉悲作喜，問寶玉道：「我是死活打定主意的了，你到底叫我去不去？」寶玉道：「我說叫你住下。你不信我的話，你就瞧瞧我的心！」說著，就拿著一把小刀子往胸口上一劃，只見鮮血直流。黛玉嚇得魂飛魄散，忙用手握著寶玉的心窩，哭道：「你怎麼作出這個事來？你先來殺了我罷！」寶玉道：「不怕！我拿我的心給你瞧。」還把手在劃開的地方兒亂抓。黛玉又顫又哭，又怕人撞破，抱

住寶玉痛哭。寶玉道：「不好了！我的心沒有了，活不得了！」說著，眼睛往上一翻，「咕咚」就倒了。

黛玉拚命放聲大哭，只聽見紫鵑叫道：「姑娘，姑娘！怎麼魘住了？快醒醒兒，脫了衣服睡罷。」

黛玉一翻身，卻原來是一場惡夢。喉間猶是哽咽，心上還是亂跳，枕頭上已經濕透，肩背身心，但覺冰冷，想了一回，「父母死得久了，和寶玉尚未放定，[12]這是從那裡說起？」又想夢中光景，無倚無靠，再真把寶玉死了，那可怎麼樣好？一時痛定思痛，[13]神魂俱亂。又哭了一回，遍身微微的出了一點兒汗。扎掙起來，把外罩大襖脫了，叫紫鵑蓋好了被窩。又躺下去，翻來覆去，那裡睡得著？只聽得外面淅淅颯颯，又像風聲，又像雨聲。自己扎掙著爬起來，圍著被坐了一會，覺得窗縫裡透進一縷冷風來，吹得寒毛直豎，啾啾唧唧，叫個不住。——卻是紫鵑已在那裡睡著，鼻息出入之聲。又停了一會子，又聽得遠遠的吆呼聲兒，不知有多少家雀兒的聲兒，那窗上的紙，隔著屜子，漸漸的透進清光來。

黛玉此時已醒得雙眸炯炯，一會兒咳嗽起來，連紫鵑都咳嗽醒了。紫鵑道：「姑娘，你還沒睡著麼？又咳嗽起來了。想是著了風了。這會兒窗戶紙發清了，也待好亮起來了。歇歇兒罷，養養神，別盡著想長想短的了。」黛玉道：「我何嘗不要睡？只是睡不著。你睡你的罷。」說了，又嗽起來。

紫鵑見黛玉這般光景，心中也自傷感，睡不著了。聽見黛玉又嗽，連忙起來，捧著痰盒。這時天已亮了。黛玉道：「你不睡了麼？」紫鵑笑道：「天都亮了，還睡什麼呢？」

黛玉道：「既這樣，你就把痰盒兒換了罷。」

紫鵑答應著，忙出來換了一個痰盒兒，將手裡的這個盒子放在桌上，開了套間門出來，仍舊帶上門，放下撒花軟簾，出來叫醒雪雁。開了屋門去倒那盒子時，只見滿盒子痰，痰中有些血星❹，唬了紫鵑一跳，不覺失聲道：「噯喲！這還了得！」黛玉裡面接著問：「是什麼？」紫鵑自知失言，連忙改說道：「手裡一滑，幾乎撂了痰盒子。」黛玉道：「不是盒子裡的痰有了什麼？」紫鵑道：「沒有什麼。」說著這句話時，心中一酸，那眼淚直流下來，聲兒早已岔了。

黛玉因為喉間有些甜腥，早自疑惑；方才聽見紫鵑在外邊詫異，這會子又聽見紫鵑說話聲音帶著悲慘的光景，心中覺了八九分，便叫紫鵑：「進來罷，外頭看冷著。」紫鵑答應了一聲，這一聲更比頭裡淒慘，竟是鼻中酸楚之音。黛玉聽了，冷了半截。看著紫鵑推門進來時，尚拿絹子拭眼。黛玉道：「大清早起，好好的為什麼哭？」紫鵑勉強笑道：「誰哭來？這早起起來，眼睛裡有些不舒服。姑娘今夜大概比往常醒的時候更大罷？我聽見咳嗽了半夜❺。」黛玉道：「可不是？越要睡，越睡不著。」紫鵑道：「姑娘身上不大好，依我說，還得自己開解著些。身子是根本，俗語說的：『留得青山在，依舊有柴燒。』況這裡自老太太、太太起，那個不疼姑娘？」只這一句話，又勾起黛玉的夢來，覺得心裡一撞，眼中一黑，神色俱變。紫鵑連忙端著痰盒，雪雁捶著脊梁。半日才吐出一口痰來，痰中一縷紫血，嗽嗽亂跳。紫鵑雪雁臉都嚇黃了。兩個旁邊守著，黛玉便昏昏躺下。紫鵑看著不好，連忙努嘴叫雪雁叫人去。

雪雁才出屋門，只見翠縷翠墨兩個人笑嘻嘻的走來。翠縷便道：「林姑娘怎麼這早晚

還不出門？我們姑娘和三姑娘都在四姑娘屋裡，講究四姑娘畫的那張園子景兒呢。」雪雁連忙擺手兒。翠縷翠墨二人倒都嚇了一跳，說：「這是什麼緣故？」雪雁將方才的事一一告訴他二人。二人都吐了吐舌頭兒，說：「這可不是玩的！你們怎麼不告訴老太太去？這還了得！你們怎麼這麼糊塗？」雪雁道：「我這裡才要去，你們就來了。」

正說著，只聽紫鵑叫道：「誰在外頭說話？姑娘問呢。」三個人連忙一齊進來。翠縷翠墨見黛玉蓋著被，躺在床上，見了他二人，便說道：「誰告訴你們了，你們這樣大驚小怪的？」翠墨道：「我們姑娘和雲姑娘都在四姑娘屋裡，講究四姑娘畫的那張園子圖兒，叫我們來請姑娘。不知道姑娘和雲姑娘身上又欠安了。」黛玉道：「也不是什麼大病，不過覺得身子略軟些，躺躺兒就起來了。你們回去告訴三姑娘和雲姑娘，飯後若無事，倒是請他們到這裡坐坐罷。寶二爺沒到你們那邊去？」二人答道：「沒有。」翠墨又道：「寶二爺這兩天上了學了，老爺天天要查功課，那裡還能像從前那麼亂跑呢？」黛玉聽了，默然不言。二人又略站了一回，都悄悄的退出來了。

且說探春湘雲正在惜春那邊評論惜春所畫「大觀園圖」，說：這個多一點，那個少一點；這個太疏，那個太密。大家又議著題詩，著人去請黛玉商議。正說著，忽見翠縷翠墨二人回來，神色匆忙。湘雲便先問道：「林姑娘怎麼不來？」翠縷道：「林姑娘昨日夜裡又犯了病了，咳嗽了一夜。我們聽見雪雁說，吐了一盒子痰血。」探春聽了，詫異道：「這話真麼？」翠墨道：「怎麼不真！」翠墨道：「我們剛才進去瞧了瞧，顏色不成顏色，說話兒的氣力兒都微了。」湘雲道：「不好的這麼著，怎麼還能說話呢？」探春道：

「怎麼你這麼糊塗！不能說話，不是已經──」說到這裡，卻咽住了。惜春道：「林姐姐那樣一個聰明人，我看他總有些瞧不破，一點半點兒都要認起真來，天下事那裡有多少真的呢？」探春道：「既這麼著，咱們都過去看看。倘若病得利害，咱們也過去告訴大嫂子，回老太太，傳大夫進來瞧瞧，也得個主意。」湘雲道：「正是這樣。」惜春道：「姐姐們先去，我回來再過去。」

於是探春湘雲扶了小丫頭，都到瀟湘館來。進入房中，黛玉見他二人，不免又傷起心來。因又轉念，想起夢中，「連老太太尚且如此，何況他們？況且我不請他們，他們還不來呢！」心裡雖是如此，臉上卻礙不過去，只得勉強令紫鵑扶起，口中讓坐。

探春湘雲都坐在床沿上，一頭一個，看了黛玉這般光景，也自傷感。探春便道：「姐姐怎麼身上又不舒服了？」黛玉道：「也沒什麼要緊，只是身子軟得很。」紫鵑在黛玉身後，偷偷的用手指那痰盒兒。湘雲到底年輕，性情又兼直爽，伸手便把痰盒拿起來看。不看則已，看了嚇得驚疑不止，說：「這是姐姐吐的？這還了得！」

探春見湘雲冒失，連忙解說道：「這不過是肺火上炎，帶出一星半點來，也是常事。」偏是雲丫頭，不拘什麼，就這樣蝎蝎螫螫的！」湘雲紅了臉，自悔失言。

探春見黛玉精神短少，似有煩倦之意，連忙起身說道：「姐姐靜靜的養養神罷。我們初時見黛玉昏昏沉沉，吐了也沒細看；此時見湘雲這麼說，回頭看時，自己早已灰了一半。探春又囑咐紫鵑：「好生留神伏侍姑娘。」紫鵑答應著。探春才要走，只聽外面一個人嚷起來。未知是誰，下回分解。

回來再瞧你。」黛玉道：「累你二位惦著。」

■ 校記

❶「寶玉看時，吾未見好德如好色者也」，「時」王本、金本作「是」。

❷「不覺嘆起氣來」，諸本作「不覺起氣來」。

❸「黛玉……越沒了主意，只得拉著寶玉哭道來」，「不覺滴下淚來」。「只」原作「自」，從藤本、王本改。

❹「痰中有些血星」，「有」諸本作「好」。

❺「我聽見咳嗽了半夜」，「聽見」原作「見了」，從諸本改。又「半夜」上諸本有「大」字。

■ 注釋

1 【講義】講授義理。義理，這兒指宋朝朱熹在「四書集注」裡所發揮的孔孟之道。

2 【一日三秋】「詩經」上說，「一日不見，如三秋兮。」意思是說，一天沒見面，好像隔了三年似的。

3 【代聖賢立言】科舉考試時，作八股文必須闡述孔孟、程朱的儒家思想，不能自己有所發揮。聖賢，指儒家所尊奉的孔子、孟子等聖人和程顥、程頤、朱熹等賢人。

4 【清微淡遠】清微，清雅；淡遠，深遠。

5 【後生可畏】語見「論語・子罕」。意思是後起之秀令人敬畏。

6 【節旨】或叫章旨。指明清時代考生用的「四書」、「五制總經」讀本，在每章或每節後面總結大意的一段文字。

7 【臨文不諱】見「禮記・曲禮」。對於君主和尊長的名字，避免直接寫出或說出，叫「避諱」。但在抄寫或講讀儒家的「經典」文章時，就不受此限制，叫「臨文不諱」。

8 【遁世不見知】「禮記・中庸」：「遁世不見知而不悔。」意思是，逃避社會隱居起來，不

9 〔吾未見好德如好色者也〕

被人知道，也不後悔。

語出「論語・子罕」。意思是，我沒有見過愛好倫理道德像喜愛美色一樣的人。

10 〔正配、偏房〕

正配，又稱正室，是妻。偏房，又稱側室，是妾。

11 〔續弦〕

正妻死了，再娶一個，叫「續弦」。

12 〔放定〕

舉行訂婚手續的一種禮節。

13 〔痛定思痛〕

痛苦過去時，再回想當時的痛苦。

【第八十三回】

省宮闈賈元妃染恙¹　鬧閨閫²薛寶釵吞聲

話說探春湘雲才要走時，忽聽外面一個人嚷道：「你這不成人的小蹄子！你是個什麼東西，來這園子裡頭混攪！」黛玉聽了，大叫一聲道：「這裡住不得了！」一手指著窗外，兩眼反插上去。

原來黛玉住在大觀園中，雖靠著賈母疼愛，然在別人身上，凡事終是寸步留心。聽見窗外老婆子這樣罵著，在別人呢，一句是貼不上的，竟像專罵著自己。自思一個千金小姐，只因沒了爹娘，不知何人指使這老婆子來這般辱罵，那裡委屈得來？因此，肝腸崩裂，哭得過去了❶。紫鵑只是哭叫：「姑娘怎麼樣了？快醒來罷！」探春也叫了一回。半晌，黛玉回過這口氣，還說不出話來，那隻手仍向窗外指著。

探春會意，開門出去，看見老婆子手中拿著拐棍，趕著一個不乾不淨的毛丫頭道：「我是為照管這園中的花果樹木，來到這裡，你作什麼來了？等我家去，打你一個知道！」這丫頭扭著頭，把一個指頭探在嘴裡，瞅著老婆子笑。探春罵道：「你們這些人，如今越發沒了王法了！這裡是你罵人的地方兒嗎？」老婆子見是探春，連忙陪著笑臉兒說道：「剛才是我的外孫女兒，看見我來了，他就跟了來。我怕他鬧，所以才吆喝他回去，

那裡敢在這裡罵人呢？」探春道：「不用多說了，快給我都出去。這裡林姑娘身上不大好，還不快去麼！」老婆子答應了幾個「是」，說著，一扭身去了，那丫頭也就跑了。

探春回來，看見湘雲拉著黛玉的手只管哭，紫鵑一手抱著黛玉，一手給黛玉揉胸口。黛玉的眼睛方漸漸的轉過來了。探春笑道：「想是聽見老婆子的話，你疑了心了麼？」黛玉只搖搖頭兒。探春道：「他是罵他外孫女兒。我才剛也聽見了。這種東西說話，再沒有一點道理的。他們懂得什麼避諱！」

黛玉聽了，嘆了口氣，拉著探春的手道：「姐兒❷──」叫了一聲，又不言語了。探春又道：「你別心煩。我來看你，是姐妹們應該的。你又少人伏侍。只要你安心肯吃藥，心上把喜歡事兒想想，能夠一天一天的硬朗起來，大家依舊結社作詩，豈不好呢？」湘雲道：「可是三姐姐說的，那麼著不樂？」黛玉哽咽道：「你們只顧要我喜歡，可憐我那裡趕得上這日子？只怕不能夠了！」探春道：「你這話說得太過了，誰沒個病兒災兒的？那裡就想到這裡來了？你好生歇歇兒罷。我們到老太太那邊，回來再看你。你要什麼東西，只管叫紫鵑告訴我。」黛玉流淚道：「好妹妹！你到老太太那裡，只說我請安，身上略有點不好，不是什麼大病，也不用老太太煩心。」探春答應道：「我知道，你只管養著罷。」

說著，才同湘雲出去了。

這裡紫鵑扶著黛玉躺在床上，地下諸事，自有雪雁照料，自己只守著旁邊看著黛玉，又是心酸，又不敢哭泣。那黛玉閉著眼躺了半晌，那裡睡得著？覺得園裡頭平日只見寂寞，如今躺在床上，偏聽得風聲，蟲鳴聲，鳥語聲，人走的腳步聲❸，又像遠遠的孩子們啼哭聲，一陣一陣的聒噪得煩躁起來，因叫紫鵑放下帳子來。雪雁捧了一碗燕窩湯，遞給

紫鵑隔著帳子，輕輕問道：「姑娘，喝一口湯罷？」黛玉微微應了一聲。紫鵑復將湯遞給雪雁，自己上來，攙扶黛玉坐起，然後接過湯來，擱在唇邊，一手摟著黛玉肩臂，一手端著湯送到唇邊。黛玉微微睜眼喝了兩三口，便搖搖頭兒不喝了。紫鵑仍將碗遞給雪雁，輕輕扶黛玉睡下。

靜了一時，略覺安頓，只聽窗外悄悄問道：「紫鵑妹妹在家麼？」雪雁連忙出來，見是襲人，因悄悄說道：「姐姐屋裡坐著。」襲人也便悄悄問道：「姑娘怎麼著？」一面走，一面雪雁告訴夜間及方才之事。襲人聽了這話，也唬怔了，因說道：「怪道剛才翠縷到我們那邊說你們姑娘病了，唬得寶二爺連忙打發我來，看看是怎麼樣？」

正說著，只見紫鵑從裡間掀起簾子，望外看見襲人，招手兒叫他。襲人輕輕走過來，問道：「姑娘睡著了嗎？」紫鵑點點頭兒，問道：「姐姐才聽見說了？」襲人也點點頭兒，蹙著眉道：「終久怎麼樣好呢？那一位昨夜也把我唬了個半死兒！」紫鵑忙問：「怎麼了？」襲人道：「昨日晚上睡覺，還是好好兒的。誰知半夜裡，一疊連聲的嚷起心疼來，嘴裡胡說白道，只說好像刀子割了去似的。直鬧到打亮梆子³以後才好些了。你說唬人不唬人？今日不能上學，還要請大夫來吃藥呢。」

正說著，只聽黛玉在帳子裡又咳嗽起來，紫鵑連忙過來捧痰盒兒接痰。黛玉微微睜眼問道：「你合誰說話呢？」紫鵑道：「襲人姐姐來瞧姑娘來了。」說著，襲人已走到床前。黛玉命紫鵑扶起，一手指著床邊，讓襲人坐下。襲人側身坐了，連忙陪著笑勸道：「姑娘倒還是躺著罷。」黛玉道：「不妨，你們快別這樣大驚小怪的。剛才是說誰半夜裡心疼起來？」襲人道：「是寶二爺偶然魘住了，不是認真怎麼樣。」

黛玉會意，知道是襲人怕自己又懸心的緣故，又感激，又傷心，因趁勢問道：「既是魘住了，不聽見他還說什麼？」襲人道：「也沒說什麼。」黛玉點點頭兒，遲了半日，嘆了一聲，才說道：「你們別告訴寶二爺說我不好，看耽擱了他的工夫，又叫老爺生氣。」襲人答應了，又勸道：「姑娘，還是躺躺歇歇罷。」黛玉點頭，命紫鵑扶著，又叫老爺生氣。」黛玉點頭，命紫鵑扶著歪下。襲人不免坐在旁邊，又寬慰了幾句，然後告辭，回到怡紅院，只說黛玉身上略覺不受用，也沒什麼大病，寶玉才放了心。

且說探春湘雲出了瀟湘館，一路往賈母這邊來。探春因囑咐湘雲道：「妹妹回來見了老太太，別像剛才那樣冒冒失失的了。」湘雲點頭笑道：「知道了。我頭裡是叫他唬得忘了神了。」

說著，已到賈母那邊，探春因提起黛玉的病來。賈母聽了，自是心煩，因說道：「偏是這兩個『玉』兒多病多災的。林丫頭一來二去的大了，他這個身子也要緊。我看那孩子太是個心細。」眾人也不敢答言。賈母便向鴛鴦道：「你告訴他們，明兒大夫來瞧了寶玉，叫他再到林姑娘那屋裡去。」鴛鴦答應著出來，告訴了婆子們。婆子們自去傳話。這裡探春湘雲就跟著賈母吃了晚飯，然後同回園中去。不提。

到了次日，大夫來了。瞧了寶玉，不過說飲食不調，著了點兒風邪，沒大要緊，疏散疏散就好了。這裡王夫人鳳姐等，一面遣人拿了方子回賈母；一面使人到瀟湘館，告訴說：「大夫就過來。」紫鵑答應了，連忙給黛玉蓋好被窩，放下帳子，雪雁趕著收拾房裡的東西。

一時，賈璉陪著大夫進來了，便說道：「這位老爺是常來的，姑娘們不用迴避。」老婆子打起簾子，賈璉讓著，進入房中坐下。賈璉道：「紫鵑姐姐，你先把姑娘們的病勢向王老爺說說。」王大夫道：「且慢說。等我診了脈，聽我說了，看是對不對。若有不合的地方，姑娘們再告訴我。」紫鵑便向帳中扶出黛玉的一隻手來，擱在迎手[4]上。紫鵑又把鐲子連袖子輕輕的擼起，不叫壓住了脈息。

那王大夫診了好一會兒，又換那隻手也診了，便同賈璉出來，到外間屋裡坐下，說道：「六脈皆弦[5]，因平日鬱結所致。」說著，紫鵑也出來，站在裡間門口。那王大夫便向紫鵑道：「這病時常應得頭暈，減飲食，多夢；每到五更，必醒個幾次；即日間聽見不干自己的事，也必要動氣，且多疑多懼。不知者疑為性情乖誕，其實因肝陰虧損，心氣衰耗，都是這個病在那裡作怪。——不知是否？」紫鵑點點頭兒，向賈璉道：「說的很是。」王太醫道：「既這樣，就是了。」說畢，起身同賈璉往外書房去開方子。小廝們早已預備下一張梅紅單帖。王太醫吃了茶，因提筆先寫道：

六脈弦遲，素由積鬱。左寸無力，心氣已衰。關脈獨洪，肝邪偏旺。木氣不能疏達，勢必上侵脾土，飲食無味；甚至勝所不勝，肺金定受其殃。氣不流精，凝而為痰；血隨氣湧，自然咳吐。理宜疏肝保肺，涵養心脾。雖有補劑，未可驟施。姑擬【黑逍遙】[6]以開其先，後用【歸肺固金】以繼其後。不揣固陋，俟高明裁服。

又將七味藥與引子[7]寫了。

賈璉拿來看時，問道：「血勢上沖，柴胡使得麼？」王大夫笑道：「二爺但知柴胡是升提之品，為吐衄[8]所忌，豈知用鱉血拌炒，非柴胡不足宣少陽甲膽之氣。以鱉血製之，使其不致升提，且能培養肝陰，制遏邪火。所以『內經』[9]說：『通因通用，塞因塞用[10]。』柴胡用鱉血拌炒，正是『假周勃以安劉』[11]的法子。」賈璉點頭道：「原來是這麼著。這就是了。」王大夫又道：「先請服兩劑，再加減，或再換方子罷。我還有一點小事，不能久坐，容日再來請安。」說著，賈璉送了出來，說道：「舍弟的藥就是那麼著了？」王大夫道：「寶二爺倒沒什麼大病，大約再吃一劑就好了。」說著，上車而去。

這裡賈璉一面叫人抓藥，一面回到房中告訴鳳姐黛玉的病原，與大夫用的藥，述了一遍。只見周瑞家的走來，回了幾件沒要緊的事。賈璉聽到一半，便說道：「你回二奶奶罷，我還有事呢。」說著，就走了。

周瑞家的回完了這件事，又說道：「我方才到林姑娘那邊，看他那個病，竟是不好呢！臉上一點血色也沒有，摸了摸身上，只剩了一把骨頭。問問他，也沒有話說，只是淌眼淚。回來紫鵑告訴我說：『姑娘現在病著，要什麼，自己又不肯要，我打算要問二奶奶那裡支用一兩個月的月錢。如今吃藥，雖是公中的，零用也得幾個錢。』我答應了他，替他來回奶奶。」鳳姐低了半日頭，說道：「竟這麼著罷：我送他幾兩銀子使罷。也不用告訴林姑娘。這月錢卻是不好支的。一個人開了例，要是都支起來，那如何使得呢？你不記得趙姨娘和三姑娘拌嘴了？也無非為的是月錢。況且近來你也知道，出去的多，進來的少，總繞不過彎兒來。不知道的，還說我打算得不好。更有那一種嚼舌根的，說我搬運到娘家去了。周嫂子，你倒是那裡經手的人，這個自然還知道些！」

周瑞家的道：「真正委屈死人！這樣大門頭兒，除了奶奶這樣心計兒當家罷了。——別說是女人當不來，就是三頭六臂的男人，還撐不住呢。還說這些個混賬話！」說著，又笑了一聲，道：「奶奶還沒聽見呢，外頭的人還更糊塗呢！前兒，周瑞回家來，說起外頭的人，打量著咱們府裡不知怎麼樣有錢呢。也有說：『賈府裡的銀庫幾間，金庫幾間，使的傢伙都是金子鑲了、玉石嵌了的。』前兒貴妃娘娘省親回來，我們還親見他帶了幾車金銀回來，所以家裡收拾擺設得水晶宮似的。那日在廟裡還願，花了幾萬銀子，只算是牛身上拔了一根毛罷咧。」有人還說：『他門前的獅子❹，只怕還是玉石的呢！園子裡還有金麒麟，叫人偷了一個去，如今剩下一個了。家裡的奶奶姑娘不用說，就是屋裡使喚的姑娘們，也是一點兒不動的，喝酒下棋，彈琴畫畫，橫豎有人伏侍呢，單管穿羅罩紗；吃的帶的，都是人家不認得的。那些哥兒姐兒們，更不用說了，要天上的月亮，也有人去拿下來給他玩。』還有歌兒呢，說是：『寧國府，榮國府，金銀財寶如糞土。吃不窮，穿不窮，算來——』」說到這裡，猛然咽住。原來那時歌兒說道是『算來總是一場空』，這周瑞家的說溜了嘴，說到這裡，忽然想起這話不好，因咽住了。

鳳姐兒聽了，已明白必是句不好的話了，也不便追問。因說道：「那都沒要緊，只是這『金麒麟』的話從何而來？」周瑞家的笑道：「就是那廟裡的老道士送給寶二爺的小金麒麟兒。後來丟了幾天，虧了史姑娘撿著，還了他，外頭就造出這個謠言來了。奶奶說這些人可笑不可笑？」鳳姐道：「這些話倒不是可笑，倒是可怕的！咱們一日難似一日，外面還是這麼講究。俗語兒說的，『人怕出名豬怕壯』，況且又是個虛名兒。終久還不知怎

麼樣呢！」周瑞家的道：「奶奶慮得也是。只是滿城裏茶坊酒鋪兒以及各胡同兒，都是這樣說，況且不是一年了，那裡握得住眾人的嘴？」

鳳姐點點頭兒。因叫平兒秤了幾兩銀子，遞給周瑞家的道：「你先拿去交給紫鵑，只說我給他添補買東西的。若要官中的，只管要去，別提這月錢的話。他也是個伶透人，自然明白我的話。我得了空兒，就去瞧姑娘去。」周瑞家的接了銀子，答應著自去。不提。

且說賈璉走到外面，只見一個小廝迎上來，回道：「大老爺叫二爺說話呢。」賈璉急忙過來，見了賈赦。賈赦道：「方才風聞宮裡頭傳了一個太醫院御醫、兩個吏目去看病，想來不是宮女兒下人了。這幾天，娘娘宮裡有什麼信兒沒有？」賈璉道：「沒有。」賈赦道：「你去問問二老爺和你珍大哥；不然，還該叫人去到太醫院裡打聽打聽才是。」

賈璉答應了，一面吩咐人往太醫院去，一面連忙去見賈政。賈政聽了這話，因問道：「是那裡來的風聲？」賈璉道：「是大老爺才說的。」賈政道：「你索性和你珍大哥到裡頭打聽打聽。」賈璉道：「我已經打發人往太醫院打聽去了。」一面說著，一面退出來去找賈珍。只見賈珍迎面來了，賈璉忙告訴賈珍。賈珍道：「我正為也聽見這話，來回大老爺二老爺去呢。」於是兩個人同著來見賈政。賈政道：「如係元妃，少不得終有信的。」說著，賈赦也過來了。

到了晌午，打聽的尚未回來，門上人進來回說：「有兩個內相在外，要見二位老爺呢。」賈赦道：「請進來。」門上的人領了老公[12]進來。賈赦賈政迎至二門外，先請了娘娘的安，一面同著進來，走至廳上，讓了坐。老公道：「前日這裡貴妃娘娘有些欠安，昨

日奉過旨意，宣召親丁[13]四人，進裡頭探問。許各帶丫頭一人，餘皆不用。親丁男人，只許在宮門外遞個職名[14]請安，聽信，不得擅入。准於明日辰巳時進去，申酉時出來。」

賈政賈赦等站著聽了旨意，復又坐下，讓老公吃茶畢，老公辭了出去。賈赦賈政送出大門，回來先稟賈母。賈母道：「親丁四人，自然是我和你們兩位太太了。那一個人呢？」眾人也不敢答言。賈母想了想，道：「必得是鳳姐兒，他諸事有照應。你們爺兒們各自商量去罷。」

賈赦賈政答應了出來，因派了賈璉賈蓉看家外，凡「文」字輩至「草」字輩一應都去。遂吩咐家人預備四乘綠轎，十餘輛翠蓋車，明兒黎明伺候。家人答應去了。賈赦賈政又進去回明賈母：「辰巳時進去，申酉時出來。今日早些歇歇，明日好早些起來，收拾進宮。」賈母道：「我知道，你們去罷。」赦政等退出。這裡邢夫人、王夫人、鳳姐兒也都說了一會子元妃的病，又說了些閑話，才各自散了。

次日黎明，各屋子裡丫頭們將燈火俱已點齊，太太們各梳洗畢，爺們亦各整頓好了；一到卯初，林之孝合賴大進來，至二門口回道：「轎車俱已齊備，在門外伺候著呢。」不一時，賈赦邢夫人也過來了。大家用了早飯，鳳姐先扶老太太出來，眾人圍隨，各帶使女一人，緩緩前行。又命李貴等二人先騎馬去外宮門接應。自己家眷隨後。「文」字輩至「草」字輩各自登車騎馬，跟著眾家人，一齊去了。賈璉賈蓉在家中看家。

且說賈家的太太奶奶們，著令入宮探問；爺們，俱著令內宮門外請安，不得入見。」門上人叫：「快進去。」賈府中四乘轎子跟著小內監前行，賈家爺們在轎後步行跟著，令眾

且說賈家的車輛轎馬，俱在外西垣門口歇下等著，一會兒，有兩個內監出來，說道：「賈府省親的太太奶奶們，

家人在外等候。走近宮門口，只見幾個老公在門上坐著。見他們來了，便站起來說道：「賈府爺們至此。」賈赦賈政便挨次立定。轎子抬至宮門口，便都出了轎。早有幾個小內監引路，賈母等各有丫頭扶著步行。走至元妃寢宮，只見奎壁輝煌❺，琉璃照耀。又有兩個小宮女兒傳諭道：「只用請安，一概儀注[15]都免。」

賈母等謝了恩，來至床前，請安畢，元妃都賜了坐。賈母等又告了坐。元妃便問賈母道：「近日身上可好？」賈母扶著小丫頭，顫顫巍巍站起來，答應道：「托娘娘洪福，起居尚健。」元妃又向邢夫人王夫人問了好。邢王二夫人，站著回了話。元妃又問鳳姐：「家中過的日子若何？」鳳姐正要站起來回奏，只見一個宮女傳進許多職名，請娘娘龍目。元妃看時，說是賈赦賈政等若干人❻。那元妃看了職名，心裡一酸，止不住早流下淚來❼。宮女兒遞過絹子，元妃一面拭淚，一面傳諭道：「今日稍安，令他們外面暫歇。」賈母等站起來，又謝了恩。元妃含淚道：「父女弟兄，反不如小家子得以常常親近！」賈母等都忍著淚道：「娘娘不用悲傷，家中已托著娘娘的福多了。」

元妃又問：「寶玉近來若何？」賈母道：「近來頗肯念書。因他父親逼得嚴緊，如今文字也都作上來了。」元妃道：「這樣才好。」遂命外宮賜宴。便有兩個宮女兒，四個小太監，引了到一座宮裡。已擺得齊整，各按座次坐了。不必細述。

一時吃完了飯，賈母帶著他婆媳三人，謝過宴。又耽擱了一回，看看已近酉初，不敢羈留，俱各辭了出來。元妃命宮女兒引道，送至內宮門，門外仍是四個小太監送出。賈母等依舊坐著轎子出來，大夥兒一齊回去。到家，又要安排明後日進宮，仍應照

應齊集。不提。

且說薛家金桂自趕出薛蟠去了，日間拌嘴，沒有對頭，秋菱又住在寶釵那邊去了，只剩得寶蟾一人同住。既給與薛蟠作妾，寶蟾的意氣又不比從前了；金桂看去，更是一個對頭，自己也後悔不來。一日，吃了幾杯悶酒，躺在炕上，便要借那寶蟾作個醒酒湯兒，因問著寶蟾道：「大爺前日出門，到底是到那裡去？你自然是知道的了。」寶蟾道：「我那裡知道？他在奶奶跟前還不說，誰知道他那些事。」金桂冷笑道：「如今還有什麼『奶奶』『太太』的，都是你們的世界了！別人是惹不得的，有人護庇著，我也不敢去虎頭上捉虱子；你還是我的丫頭，問你一句話，你就和我摔臉子，說撞話[16]！你既這麼有勢力，為什麼不把我勒死了，你和秋菱，那不清淨了麼？偏我又不死，礙著你們的道兒！」

寶蟾聽了這話，那裡受得住？便眼睛直直的瞅著金桂道：「奶奶這些閑話只好說給別人聽去！我並沒合奶奶說什麼。奶奶不敢惹人家，何苦來拿著我們小軟兒[17]出氣呢？正經的，奶奶又裝聽不見，要打寶蟾。寶蟾也是夏家的風氣，半點兒不讓。金桂將桌椅杯盞盡行打翻，便爬下炕來，要打寶蟾。寶蟾也是夏家的風氣，半點兒不讓。金桂越發性起，便哭天哭地起來。金桂將桌椅杯盞盡行打翻，那寶蟾只管喊冤叫屈，那裡理會他？

豈知薛姨媽在寶釵房中，聽見如此吵嚷，便叫：「香菱，你過去瞧瞧，且勸勸他們。」寶釵道：「使不得，媽媽別叫他去。他去了，豈能勸他？那更是火上澆了油了。」薛姨媽道：「既這麼樣，我自己過去。」寶釵道：「依我說，媽媽也不用去，由著他們鬧去罷。這也是沒法兒的事了。」薛姨媽道：「這那裡還了得！」說著，自己扶了丫頭，往

金桂這邊來。寶釵只得也跟著過去。又囑咐香菱道：「你在這裡罷。」

母女同至金桂房門口，聽見裡頭正罵嚷哭不止。薛姨媽道：「你們是怎麼著，又這麼家翻宅亂起來？這還像個人家兒嗎？矮牆淺屋的，難道都不怕親戚們聽見笑話了麼？」金

桂屋裡接聲道：「我倒怕人笑話呢！只是這裡『掃帚顛倒豎』，也沒主子，也沒奴才，也沒大老婆，都是『混賬世界』了！我們夏家門子裡沒見過這樣規矩，實在受不得你們家這樣委屈了！」寶釵道：「大嫂子，媽媽因聽見鬧得慌才過來的。[18] 就是問得急了些，沒有分清『奶奶』『寶蟾』兩字，也沒有什麼。如今且先把事情說開，大家和和氣

氣的過日子，也省了媽媽天天為咱們操心哪。」薛姨媽道：「是啊，先把事情說開了，你再問我的不是，還不遲呢。」金桂道：「好姑娘，好姑娘！你是個大賢大德的，你日後必定有個好人家，好女婿，決不像我這樣守活寡，舉眼無親，叫人家騎上頭來欺負的。我是

個沒心眼兒的人，只求死！我說話，別往死裡挑檢！我從小兒到如今，沒有爹娘教導。再者，我們屋裡老婆、漢子、大女人、小女人的事，姑娘也管不得！」

寶釵聽了這話，又是羞，又是氣；見他母親這樣光景，又是疼不過。因忍了氣，說道：「大嫂子，我勸你少說句兒罷。誰挑檢你？別說是嫂子啊，就是秋菱，我也從來沒有加他一點聲氣兒啊。」金桂聽了這幾句話，更加拍著炕檐❽大哭起來說：「我那裡比得秋菱？連他腳底下的泥我還跟不上呢！他是來久了的，知道姑娘的心

事，又會獻勤兒。我是新來的，又不會獻勤兒，如何拿我比他？何苦來！天下有幾個都是貴妃的命？行點好兒罷。別修得像我嫁個糊塗行子，守活寡，那就是活活兒的現了眼❾了！」

薛姨媽聽到這裡，萬分氣不過，便站起身來道：「不是我護著自己的女孩兒，他句句勸你，你卻句句慪他。你有什麼過不去，勒死我倒也是稀鬆的！」寶釵忙勸道：「媽媽，你老人家不用動氣。咱們既來勸他，自己生氣，倒多了一層氣。不如且去，等嫂子歇歇兒再說。」因吩咐寶蟾道：「你也別鬧了。」說著，跟了薛姨媽，便出來了。

走過院子裡，只見賈母身邊的丫頭同著秋菱迎面走來。薛姨媽道：「你從那裡來？老太太身上可安？」那丫頭道：「老太太身上好，叫來請姨太太安，還謝謝前兒的荔枝，還給琴姑娘道喜。」寶釵道：「你多早晚來的？」那丫頭道：「來了好一會子了。」薛姨媽聽見笑話。」丫頭道：「姨太太說那裡的話？誰家沒個『碟大碗小，磕著碰著』的呢？那料他知道，紅著臉兒說道：「這如今，我們家裡鬧得也不像個過日子的人家了，叫你們那邊是姨太太多心罷咧。」說著，跟了回到薛姨媽房中，略坐了一回，就去了。

寶釵正囑咐香菱些話，只聽薛姨媽忽然叫道：「左脅疼痛得很！」說著，便向炕上躺下。唬得寶釵香菱二人手足無措。要知後事如何，下回分解。

第八十三回——省宮闈賈元妃染恙　鬧閨閫薛寶釵吞聲

■ 校記

❶「哭得過去了」，諸本作「哭暈去了」。

❷「黛玉聽了，嘆了口氣，拉著探春的手道：姐兒」，「嘆了口氣」諸本作「點點頭兒」，「姐兒」諸本作「妹妹」。

❸「人走的腳步聲」，原疊一「步」字（第一「步」字適值前葉末字，第二「步」字適值次葉首字，疑誤疊），今參上文酌刪。王本、金本作「人走的腳步響聲」。

❹「他門前的獅子」，「門」原作「們」，從諸本改。

❺「奎壁輝煌」，「奎壁」諸本作「奎璧」，金本作「金璧」。

❻「元妃看時，說是賈敕賈政等若干人」，「說」諸本作「就」。

❼「那元妃看了職名，心裡一酸，止不住早流下淚來」，「心裡一酸」諸本作「眼圈兒一紅」。

❽「炕檐」，王本、金本作「炕沿」。

❾「現了眼」，藤本作「現了報」，王本、金本作「現世報」。

■ 注釋

1　〔染恙（一尤ˋ／yàng）〕
　　得了病。

2　〔閨閫（ㄍㄨㄟ ㄎㄨㄣˇ／guī kǔn）〕
　　舊時指婦女居住的地方。

3　〔亮梆子〕
　　舊時巡夜在天將亮時所打的梆子。

4　〔迎手〕
　　為臂肘倚靠的方枕叫迎手。這裡指診脈時拿迎手當安放病人手腕的「脈枕」。

5　〔六脈皆弦〕
　　中醫術語。中醫認為人的兩腕各有六脈。脈浮而緊，狀如弓弦，叫弦，是說病情嚴重。

6 〔歸肺固金〕 治療肺部疾病的藥方名。金，指肺。中醫用金、木、水、火、土五行解釋人的五臟；肺屬金。固金，就是健肺。

7 〔引子〕 中醫處方，在正藥之外所加少數藥品，叫作「引子」。

8 〔吐衄（ㄋㄩˋ／nù）〕 鼻子流血，泛指吐血。

9 〔內經〕 古代中醫書「黃帝內經」的略稱，其中匯集了許多古代醫學資料。

10 〔通因通用，塞因塞用〕 中醫治療方法之一。有淤積就要設法排泄，有咳血就要設法止吐；兩者相反相成，交互為用，才能獲得預期效果。

11 〔假周勃以安劉〕 語出「漢書·周勃傳」：「高祖（劉邦）曰：『安劉氏者必勃也。』」意思是，劉氏的天下必須憑藉周勃的力量才能安定。這裡是說，柴胡借助鱉血才能達到治病的效果。

12 〔內相、老公〕 都指太監。

13 〔親丁〕 親屬。

14 〔遞個職名〕 遞，呈上。職名，這裡指書寫官職、姓名的「名帖」。一般的名帖也借稱「職名」。

15 〔儀注〕 禮節儀式。

16 〔攙話〕 堵塞人、搶白人的硬話。

17 〔小軟兒〕 軟弱無力的人。

18 〔掃帚顛倒豎〕 比喻把大小、貴賤都弄顛倒了。

【第八十四回】

試文字寶玉始提親　探驚風賈環重結怨

卻說薛姨媽一時因被金桂這場氣慪得肝氣上逆，左脅作痛。寶釵明知是這個緣故，也等不及醫生來看，先叫人去買了幾錢鉤藤，來，濃濃的煎了一碗，給他母親吃了。又和秋菱給薛姨媽捶腿揉胸。停了一會兒，略覺安頓些。

薛姨媽只是又悲又氣；悲的是寶釵見涵養❶，倒覺可憐。寶釵又勸了一回，不知不覺的睡了一覺，肝氣也漸漸平復了。寶釵便說道：「媽媽，你這種閑氣不要放在心上才好。過幾天走得動了，樂得往那邊老太太姨媽處去說說話兒，散散悶也好。家裡橫豎有我和秋菱照看著，諒他也不敢怎麼著❷。」薛姨媽點點頭道：「過兩日看罷了。」

且說元妃疾癒之後，家中俱各喜歡。過了幾日，有幾個老公走來，帶著東西銀兩，宣貴妃娘娘之命。因家中省問勤勞，俱有賞賜，把物件銀兩一一交代清楚。賈赦賈政等稟明了賈母，一齊謝恩畢，太監吃了茶去了。大家回到賈母房中，說笑了一回❸，外面老婆子傳進來說：「小廝們來回道：『那邊有人請大老爺說要緊的話呢。』」賈母便向賈赦道：

「你去罷。」賈赦答應著，退出來自去了。

這裡賈母忽然想起，合賈政笑道：「娘娘心裡卻甚實惦記著寶玉，前兒還特特的問他來著呢。」賈政陪笑道：「只是寶玉不大肯念書，辜負了娘娘的美意。」賈母道：「我倒給他上了個好兒，說他近日文章都作上來了。」賈政笑道：「那裡能像老太太的話呢！」賈母道：「你們時常叫他出去作詩作文，難道他都沒作上來麼？小孩子家，慢慢的教導他。可是人家說的：『胖子也不是一口兒吃的。』」賈政聽了這話，忙陪笑道：「老太太說的是。」

賈母又道：「提起寶玉，我還有一件事和你商量：如今他也大了，你們也該留神，看一個好孩子，給他定下。這也是他終身的大事。也別論遠近親戚，什麼窮啊富的，只要深知那姑娘的脾性兒好、模樣兒周正的，就好。」賈政道：「老太太吩咐得很是。但只一件：姑娘也要好，第一要他自己學好才好；不然，不稂不莠[2]的，反倒耽誤了人家的女孩兒，豈不可惜？」賈母聽了這話，心裡卻有些不喜歡，便說道：「論起來，現放著你們作父母的，那裡用我去操心❹？但只我想寶玉這孩子，從小兒跟著我，未免多疼他一點兒，耽誤了他成人的正事，也是有的；只是我看他那生來的模樣兒，也還齊整，心性兒也還實在，未必一定是那種沒出息的，必致糟蹋了人家的女孩兒。也不知是我偏心？——我看著橫豎比環兒略好些。不知你們看著怎麼樣？」

幾句話，說得賈政心中甚實不安，連忙陪笑道：「老太太看的人也多了，既說他好，有造化，想來是不錯的。只是兒子望他成人的性兒太急了一點，或者竟合古人的話相反，倒是『莫知其子之美』[3]了。」一句話把賈母也慪笑了，眾人也都陪著笑了。賈母因說道：

「你這會子也有了幾歲年紀，又居著官，自然越歷練越老成。」說到這裡，回頭瞅著邢夫人和王夫人，笑道：「想他那年輕的時候，那一種古怪脾氣，比寶玉還加一倍呢。直等娶了媳婦，才略略的懂了些人事兒。如今只抱怨寶玉。這會子，我看寶玉比他還略體些人情兒呢！」說得邢夫人王夫人都笑了，因說道：「老太太又說起逗笑兒的話兒來了。」賈母便問：「你們又咕咕唧唧的說什麼？」鴛鴦笑著回明了。賈母道：「那麼著，你們也都吃飯去罷，單留鳳姐兒和珍哥媳婦跟著我吃罷。」賈政及邢王二夫人都答應著，伺候擺上飯來。賈母又催了一遍，才都退出各散。

卻說邢夫人自去了。賈政同王夫人進入房中。賈政因提起賈母方才的話來，說道：「老太太這麼疼寶玉，畢竟要他有些實學，日後可以混得功名才好。不枉老太太疼他一場，也不致糟蹋了人家的女兒。」王夫人道：「老爺這話自然是該當的。」賈政因派個屋裡的丫頭傳出去告訴李貴：「寶玉放學回來，索性吃飯後再叫他過來，說我還要問他話呢。」李貴答應了「是」。至寶玉放了學，剛要過來請安，只見李貴道：「二爺先不用過去。老爺吩咐了，今日叫二爺吃了飯就過去呢。聽見還有話問二爺呢。」寶玉聽了這話，又是一個悶雷，只得見過賈母，便回園吃飯。三口兩口吃完，忙漱了口，便往賈政這邊來。

賈政此時在內書房坐著。寶玉進來請了安，一旁侍立。賈政問道：「這幾日我心上有事，也忘了問你。那一日，你說你師父叫你講一個月的書，就要給你開筆。如今算來，

將兩個月了，你到底開了筆了沒有？」寶玉道：「才作過三次。師父說：『且不必回老爺知道；等好些，再回老爺知道罷。』因此，這兩天總沒敢回。」賈政道：「是什麼題目？」寶玉道：「一個是『吾十有五而志於學』[5]，一個是『人不知而不慍』[6]，一個是『則歸墨』[7]三字。」賈政道：「都有稿兒麼？」寶玉道：「都是作了抄出來，師父又改的。」賈政道：「你帶了家來了，還是在學房裡呢？」寶玉道：「在學房裡呢。」賈政道：「叫人取了來我瞧。」寶玉連忙叫人傳話與焙茗，叫他往學房中去，「我書桌子抽屜裡有一本薄薄兒竹紙本子，上面寫著『窗課』[8]兩字的就是，快拿來。」

一會兒，焙茗拿了來，遞給寶玉，寶玉呈與賈政。賈政翻開看時，見頭一篇寫著題目是「吾十有五而志於學」。他原本破的是「聖人有志於學，幼而已然矣」。代儒卻將「幼」字抹去，明用「十五」。賈政道：「你原本『幼』字便扣不清題目了，幼字是從小起，至十六以前都是『幼』。這章書是聖人自言學問工夫與年俱進的話，所以十五，三十，四十，五十，六十，七十，俱要明點出來，才見得到了幾時有這麼個光景，到了幾時又有那麼個光景。師父把你幼字改了十五，便明白了好些。」看到承題，那抹去的原本云：「夫不志於學，人之常也。」賈政搖頭道：「不但是孩子氣，可見你本性不是個學者的志氣。」又看後句：「聖人十五而志之，不亦難乎？」說道：「這更不成話了！」然後看代儒的改本云：「夫人孰不學？而志於學者卒鮮。此聖人所為自信於十五時歟？」便問：「改的懂得麼？」寶玉答應道：「懂得。」

又看第二藝，題目是「人不知而不慍」。便先看代儒的改本云：「不以不知而慍者，終無改其說樂矣[9]。」方覷著眼看那抹去的底本，說道：「你是什麼？」──『能無慍人之

心，純乎學者也。」上一句似單作了『而不慍』三個字的題目，下一句又犯了下文君子的分界，必如改筆，才合題位呢。且下句找清上文，方是書理。需要細心領略。」寶玉答著。賈政又往下看：「夫不知，未有不慍者也；而竟不然[10]，是非由說而樂者，曷克臻

此❺[11]？」原本末句「非純學者乎」。賈政道：「這也與破題同病的。這改的也罷了，不過清苦，還說得去❻。」

第三藝是「則歸墨」。賈政看了題目，自己揚著頭想了一想，因問寶玉道：「你的書講到這裡了麼？」寶玉道：「師父說，『孟子』好懂些，所以倒先講『孟子』，大前日才講完了。如今講『上論語』呢。」賈政因看這個破承，倒沒大改。破題云：「言於舍楊之外，若別無所歸者焉。」賈政道：「第二句倒難為你。」「夫墨，非欲歸者也，而墨之言已半天下矣，則舍楊之外，欲不歸於墨，得乎？」賈政道：「這是你作的麼？」寶玉答應道：「是。」賈政點點頭兒，因說道：「這也並沒有什麼出色處，但初試筆能如此，還算不離。前年我在任上時，還出過『惟士為能』[12]這個題目。那些童生都讀過前人這篇，不能自出心裁，每多抄襲。你念過沒有？」寶玉道：「也念過。」賈政道：「我要你另換個主意，不許雷同了前人，只作個破題也使得。」

寶玉只得答應著，低頭搜索枯腸。賈政背著手，也在門口站著作想。只見一個小小廝往外飛走，看見賈政，連忙側身垂手站住。賈政便問道：「作什麼？」小廝回道：「老太太那邊姨太太來了，二奶奶傳出話來，叫預備飯呢。」賈政聽了，也沒言語，那小廝自去了。

誰知寶玉自從寶釵搬回家去，十分想念，聽見薛姨媽來了，只當寶釵同來，心中早已

忙了，便乍著膽子回道：「破題倒作了一個，但不知是不是？」賈政道：

寶玉念道：「天下不皆士也，能無產者，亦僅矣[13]。」賈政聽了，點著頭道：「也還使得。

以後作文，總要把界限分清，把神理想明白了，再去動筆。你來的時候，老太太知道不知

道？」寶玉道：「知道的。」賈政道：「既如此，你還到老太太處去罷。」

寶玉答應了個「是」，只得拿捏[14]著，慢慢的退出。剛過穿廊月洞門的影屏，便一溜

烟跑到賈母院門口。急得焙茗在後頭趕著叫道：「看跌倒了！老爺來了。」寶玉那裡聽得

見？剛進得門來，便聽見王夫人、鳳姐、探春等笑語之聲。丫鬟們見寶玉來了，連忙打起

簾子，悄悄告訴道：「姨太太在這裡呢。」寶玉趕忙進來給薛姨媽請安，過來才給賈母請

了晚安。賈母便問：「你今兒怎麼這早晚才散學？」寶玉悉把賈政看文章並命作破題的話

述了一遍。賈母笑容滿面。寶玉因問眾人道：「寶姐姐在那裡坐著呢？」薛姨媽笑道：

「你寶姐姐沒過來，家裡和香菱作活呢。」

寶玉聽了，心中索然，又不好就走。只見說著話兒已擺上飯來。自然是賈母薛姨媽上

坐，探春等陪坐。薛姨媽道：「寶哥兒呢？」賈母笑著說道：「寶玉跟著我這邊坐罷。」

寶玉連忙回道：「頭裡散學時，李貴傳老爺的話，叫吃了飯過去，我趕著要了一碟菜，泡

茶吃了一碗飯，就過去了。老太太和姨媽、姐姐們用罷。」賈母道：「既這麼著，

就過來跟著我。你太太才說他今兒吃齋，叫他們自己吃去罷。」王夫人也道：「你跟著老

太太姨太太吃罷，不用等我，我吃齋呢。」於是鳳姐告了坐，丫頭安了杯箸。鳳姐執壺，

斟了一巡，才歸坐。

大家吃著酒，賈母便問道：「可是才姨太太提香菱，我聽見前兒丫頭們說『秋菱』，

不知是誰，問起來才知道是他。怎麼那孩子好好的又改了名字呢？」薛姨媽滿臉飛紅，嘆了口氣，道：「老太太再別提起！自從蟠兒娶了這個不知好歹的媳婦，成日家咕咕唧唧，如今鬧得也不成個人家了。我也說過他幾次，他牛心不聽說，我也沒那麼大精神和他們盡著吵去。只好由他們去。可不是他嫌這丫頭的名兒不好改的！」賈母道：「名兒什麼要緊的事呢。」薛姨媽道：「說起來，我也怪臊的。其實老太太這邊，有什麼不知道的？他那裡是為這名兒不好？聽見說，他因為是寶丫頭起的，他才有心要改。」賈母道：「這又是什麼緣故呢？」薛姨媽把手絹子不住的擦眼淚，未從說，又嘆了一口氣，道：「老太太還不知道呢！這如今媳婦子專和寶丫頭慪氣。前日老太太打發人看我去，我們家裡正鬧呢。」賈母連忙接著問道：「可是前兒聽見姨太太肝氣疼，要打發人看去；後來聽見說好了，所以沒著人去。依我勸，姨太太竟把他們別放在心上。再者，他們也是新過門的小夫妻，過些時，自然就好了。我看寶丫頭性格兒溫厚和平，雖然年輕，比大人還強幾倍。前日那小丫頭子回來說，我們這邊，還都讚嘆了他一會子。都像寶丫頭那樣心胸兒，脾氣兒，真是百裡挑一的！不是我說句冒失話，那給人家作了媳婦兒，怎麼叫公婆不疼、家裡上上下下的不賓服呢？」

寶玉頭裡已經聽煩了，推故要走，及聽見這話，又坐下呆呆的往下聽。薛姨媽道：「不中用。他雖好，到底是女孩兒家。養了蟠兒這個糊塗孩子，真真叫我不放心。只怕在外頭喝點子酒，鬧出事來。幸虧老太太這裡的大爺二爺常和他在一塊兒，我還放點兒心。」寶玉聽到這裡，便接口道：「姨媽更不用懸心。薛大哥相好的都是些正經買賣大客人，都是有體面的，那裡就鬧出事來？」薛姨媽笑道：「依你這樣說，我敢只不用操心

了。」說話間，飯已吃完。寶玉先告辭了：「晚間還要看書。」便各自去了。

這裡丫頭們剛捧上茶來。只見琥珀走過來向賈母耳朵旁邊說了幾句，賈母便向鳳姐兒道：「你快去罷，瞧瞧巧姐兒去罷。」鳳姐聽了，還不知何故。大家也怔了。琥珀遂過來向鳳姐道：「剛才平兒打發小丫頭子來回二奶奶，說：『巧姐兒身上不大好，請二奶奶忙著些過來才好呢。』」賈母因說道：「你快去罷，姨太太也不是外人。」鳳姐連忙答應，在薛姨媽跟前告了辭。又見王夫人說道：「你先過去，我就去。小孩子家魂兒還不全呢，別叫丫頭們大驚小怪的。屋裡的貓兒狗兒，也叫他們留點神兒。——盡著孩子貴氣，偏有這些瑣碎。」鳳姐答應了，然後帶了小丫頭回房去了。

這時薛姨媽又問了一回黛玉的病。賈母道：「林丫頭那孩子倒罷了，只是心重些，所以身子就不大很結實了。要賭靈怪兒 ❼，也和寶丫頭不差什麼；要賭寬厚待人裡頭，卻不濟他寶姐姐有擔待、有盡讓了。」薛姨媽又說了兩句閒話兒，便道：「老太太歇著罷，我也要到家裡去看看，只剩下寶丫頭和香菱了。打那麼同著姨太太看看巧姐兒。」賈母道：「正是。姨太太上年紀的人，看看是怎麼不好，說給他們，也得點主意兒。」薛姨媽便告辭，同著王夫人出來，往鳳姐院裡去了。

卻說賈政試了寶玉一番，心裡卻也喜歡，走向外面和那些門客閒談，說起方才的話來，便有新近到來最善大棋的一個王爾調，名作梅的，說道：「據我們看來，寶二爺的學問已是大進了。」賈政道：「那有進益？不過略懂得些罷咧。『學問』兩個字，早得很呢！」詹光道：「這是老世翁過謙的話。不但王大兒這般說，就是我們看，寶二爺必定要

高發的。」賈政笑道：「這也是諸位過愛的意思。」那王爾調又道：「晚生還有一句話，

不揣冒昧，合老世翁商議。」賈政道：「什麼事？」王爾調陪笑道：「也是晚生的相與，

作過南韶道的張大老爺家，有一位小姐，說是生得德容功貌❽俱全，此時尚未受聘。他又

沒有兒子，家資巨萬，但是要富貴雙全的人家，女婿又要出眾，才肯作親。晚生來了兩個

月，瞧著寶二爺的人品學業，都是必要大成的。老世翁這樣說起，還有何說！若晚生過

去，包管一說就成。」賈政道：「寶玉說親，卻也是年紀了，並且老太太常說起。但只張

大老爺素來尚未深悉。」詹光道：「王兄所提張家，晚生卻也知道，況合大老爺那邊是舊

親，老世翁一問便知。」賈政想了一回，道：「大老爺那邊，不曾聽得這門親戚。」詹光

道：「老世翁原來不知。這張府上原和邢舅太爺那邊有親的。」

賈政聽了，方知是邢夫人的親戚。坐了一回，進來了，便要同王夫人說知，轉問邢夫

人去❾。誰知王夫人陪了薛姨媽到鳳姐那邊看巧姐兒去了。那天已經掌燈時候，薛姨媽去

了，王夫人才過來了。賈政告訴了王爾調和詹光的話，又問：「巧姐兒怎麼？」王夫人

道：「怕是驚風的光景。」賈政道：「不甚利害呀？」王夫人道：「看著是搐風的來頭，

只還沒搐出來呢。」賈政聽了，「咳」了一聲，便不言語，各自安歇不提。

卻說次日邢夫人過賈母這邊來請安，王夫人便提起張家的事，一面回賈母，一面問邢

夫人。邢夫人道：「張家雖係老親，但近年來久已不通音信，不知他家的姑娘是怎麼樣

的。倒是前日孫親家太太打發老婆子來問安，卻說起張家的事。說他家有個姑娘，托孫親

家那邊有對勁的提一提。聽見說，只這一個女孩兒，十分嬌養，也識得幾個字，見不得大

陣仗兒，常在屋裡不出來的。張大老爺又說：只有這一個女孩兒，不肯嫁出去，怕人家公

婆嚴，姑娘受不得委屈。必要女婿過門，贅在他家，給他料理些家事。」賈母聽到這裡，不等說完，便道：「這斷使不得。我們寶玉，別人伏侍他還不夠呢，倒給人家當家去！」

邢夫人道：「正是老太太這個話。」賈母因向王夫人道：「你回來告訴你老爺，就說我的話：這張家的親事是作不得的。」王夫人答應了。

賈母便問：「你們昨日看巧姐兒怎麼樣？頭裡平兒來回我，說很不大好，我也要過去看看呢。」邢夫人道：「老太太雖疼他，他那裡擔得住？」賈母道：「卻也不止為他，我也要走動走動，活活筋骨兒。」說著，便吩咐：「你們吃飯去罷，回來同我過去。」

邢王二夫人答應著出來，各自去了。一時，吃了飯，都來陪賈母到鳳姐房中。鳳姐連忙出來，接了進去。賈母便問：「巧姐兒到底怎麼樣？」鳳姐道：「只怕是搐風的來頭。」賈母道：「這麼著還不請人趕著瞧？」鳳姐道：「已經請去了。」賈母因同邢王二夫人進房來看。只見奶子抱著，用桃紅綾子小綿被兒裹著，臉皮趣青，眉梢鼻翅，微有動意。賈母同邢王二夫人看了看，便出外間坐下。

正說間，只見一個小丫頭回鳳姐道：「老爺打發人問姐兒怎麼樣。」鳳姐道：「替我回老爺，就說請大夫去了。一會兒開了方子，就過去回老爺。」賈母忽然想起張家的事來，向王夫人道：「你該就去告訴你老爺，省了人家去說了，回來又駁回。」又問邢夫人道：「你們和張家如今為什麼不走了？」邢夫人因又說：「論起那張家行事，也難合咱們作親，太齷齪[16]，沒得玷辱了寶玉。」鳳姐聽了這話，已知八九，便問道：「太太不是說寶兄弟的親事？」邢夫人道：「可不是麼！」賈母接著，因把剛才的話，告訴鳳姐。鳳姐

笑道：「不是我當著老祖宗太太們跟前說句大膽的話：現放著天配的姻緣，何用別處去

找？」賈母笑問道：「在那裡？」鳳姐道：「一個『寶玉』，一個『金鎖』，老太太怎麼

忘了？」賈母笑了一笑，因說：「昨日你姑媽在這裡，你為什麼不提？」鳳姐道：「老祖

宗和太太們在前頭，那裡有我們小孩子家說話的地方兒？況且姨媽過來瞧老祖宗，怎麼提

這些個？這也得太太們過去求親才是。」賈母笑了，邢王二夫人也都笑了。賈母因道：

「可是我背晦了。」

說著，人回：「大夫來了。」賈母便坐在外間，邢王二夫人略避。那大夫同賈璉進

來，給賈母請了安，方進房中。看了出來，站在地下，躬身回賈母道：「姐兒一半是內

熱，一半是驚風。須先用一劑發散風痰藥，還要用四神散治才好，因病勢來得不輕。如今的

牛黃都是假的，要找真牛黃方用得。」賈母道了乏[17]。那大夫同賈璉出去，開了方子，去

了。鳳姐道：「人參家裡常有，這牛黃倒怕未必有，外頭買去，只是要真的才好。」王夫

人道：「等我打發人到姨太太那邊去找。他家蟠兒向來和那些西客[18]們作買賣，或者有

真的，也未可知。我叫人去問問。」正說話間，眾姐妹都來瞧來了，坐了一回，也都跟著

賈母等去了。

這裡煎了藥，給巧姐兒灌下去了，只見「喀」的一聲，連藥帶痰都吐出來，鳳姐才略

放了一點兒心。只見王夫人那邊的小丫頭，拿著一點兒的小紅紙包兒，說道：「二奶奶，

牛黃有了。太太說了，叫二奶奶親自把分兩對準了呢。」鳳姐答應著，接過來，便叫平兒

配齊了真珠、冰片、硃砂，快熬起來。自己用戥子按方秤了，攪在裡面，等巧姐兒醒了，

好給他吃。只見賈環掀簾進來，說：「二姐姐，你們巧姐兒怎麼了？媽叫我來瞧瞧他。」

鳳姐見了他母子便嫌，說：「好些了。你回去說：叫你們姨娘想著。」

那賈環口裡答應，只管各處瞧看。看了一回，便問鳳姐兒道：「你這裡聽見說有牛黃，不知牛黃是怎麼個樣兒，給我瞧瞧呢。」鳳姐道：「你別在這裡鬧了，姐兒才好些。那牛黃都煎上了。」賈環聽了，便去伸手拿那吊子瞧時，豈知措手不及，「沸」的一聲，吊子倒了，火已潑滅了一半，自覺沒趣，連忙跑了。鳳姐急得火星直爆，罵道：「真真那一世的對頭冤家！你何苦來還來使促狹！從前你媽要想害我，如今又來害姐兒，我和你幾輩子的仇呢？」一面罵平兒不照應。

正罵著，只見丫頭來找賈環。鳳姐道：「你去告訴趙姨娘，說他操心也太苦了！巧姐兒死定了，不用他惦著了。」平兒急忙在那裡配藥再熬。那丫頭摸不著頭腦，便悄悄問平兒道：「二奶奶為什麼生氣？」平兒將環哥兒弄倒藥吊子說了一遍。丫頭道：「怪不得他不敢回來，躲了別處去了。這環哥兒明日還不知怎麼樣呢！平姐姐，我替你收拾罷。」平兒說：「這倒不消。幸虧牛黃還有一點，如今配好了，你去罷。」丫頭道：「我一準回去告訴趙姨奶奶，也省了他天天說嘴。」

丫頭回去，果然告訴趙姨娘。趙姨娘氣得快找環兒。環兒在外間屋子裡躲著，被丫頭找了來。趙姨娘便罵道：「你這個下作種子！你為什麼弄那配好的藥，招得人家咒罵？我原叫你去問一聲，不用進去。你偏進去，又不就走，還要『虎頭上捉虱子』！你看我回了老爺，打你不打！」這裡趙姨娘正說著，只聽賈環在外間屋子裡，更說出些驚心動魄的話來。未知何言，下回分解。

■ 校記

❶「悲的是寶釵見涵養」，「見」諸本作「有」。

❷「諒他也不敢怎麼著」，「諒」原作「靠」，從藤本、王本改。

❸「大家回到賈母房中，說笑了一回」，「了一回」原作「一回了」，從藤本改。

❹「現放著你們作父母的，那裡用我去操心」，「操」原作「操」，從藤本、王本改。

❺「是非由說而樂者，曷克臻此」，「是非」原作「非是」，從諸本改。

❻「這改的也罷了，不過清苦，還說得去」，「苦」藤本、王本作「楚」。

❼「要賭靈怪兒」，「怪」諸本作「性」。

❽「德容功貌」，藤本、王本作「德容言工」。

❾「這張府上原和邢舅太爺那邊有親的，賈政聽了，方知是邢夫人的親戚……便要同王夫人說知，轉問邢夫人去」，「邢夫人的親戚」原作「邢太太的親戚」。按此稱呼與全書文例不合，從金本改。

■ 注釋

1〔鈎藤〕中藥名，屬茜草科，有平肝息風之功用。

2〔不稂（ㄌㄤˊ／láng）不莠（ㄧㄡˇ／yǒu）〕出自「詩經・小雅・大田」。意思是，莊稼長得好，沒有稂子和莠子。這裡反用其意，借喻人不成材，沒出息。

3〔莫知其子之美〕這是「大學」上「人莫知其子之惡」的反用。

4〔開筆〕舊時兒童開始學作文，叫開筆。

5〔吾十有五而志於學〕語出「論語・為政」。這是孔子晚年追述他的經歷的一番話。意思是，我十五歲開始立志學習。

【6 人不知而不慍（ㄩㄣ／yùn）】

語出「論語・學而」。意思是，別人不了解我，我也不怨恨。慍，怨恨、發怒。

【7 則歸墨】

「孟子・滕文公」上說：「楊朱、墨翟之言盈天下，天下之言不歸楊則歸墨。」意思是，當時人的政治觀點，不屬於楊朱一派，就屬於墨翟一派。

【8 窗課】

明、清兩代舉子們習作八股文的練習本上，往往用「窗課」二字作題名，意即書房窗下所作的八股練習。

【9 不以不知而慍者，終無改其說樂矣】

不因為別人不了解而怨恨的人，始終不會改變他的志向的。說，同悅；樂，自己喜愛的志向。

【10 夫不知，未有不慍者也】

不被別人所了解，沒有不怨恨的；可是正人君子卻不是這樣。

【11 是非由說而樂者，曷克臻此】

如果不是由於高興而歡樂的，那能達到這種地步？曷，同何；臻，達到。

【12 惟士為能】

「孟子・梁惠王」上說：「無恆產而有恆心者，惟士為能。」意思是，沒有固定的財產，而能保持「善心」（不犯上作亂），只有「士」才能作到。「士」是指有「道德」、有文化的人。

【13 天下不皆士也，能無產者，亦僅矣】

意思是，天下不都是讀書人，就是在「士」裡邊，能作到「無恆產而有恆心」的，也是很少的。

【14 拿捏】

故意裝作拘謹的樣子。

〔趣青〕　很青。

15

〔嗇（ムさˋ／sè）克）〕　小器，當用的錢財也捨不得用。

16

〔道了乏〕　對人表示慰問、慰勞。

17

〔西客〕　西洋客商。

18

〔吊子〕　砂壺，這裡指煮藥的壺。

19

【第八十五回】

賈存周報升郎中任[1]　薛文起復惹放流刑

話說趙姨娘正在屋裡抱怨賈環，只聽賈環在外間屋裡發話道：「我不過弄倒了藥吊子，撒了一點子藥，那丫頭又沒就死了，值得他也罵我，你也罵我，賴我心壞，把我往死裡糟蹋？等著我明兒還要那小丫頭子的命呢！看你們怎麼著！只叫他們提防著就要了你的命呢！」娘兒兩個吵了一回，握住他的嘴，說道：「你還只管信口胡嘈，還叫人家先要了你的命呢！」那趙姨娘趕忙從裡間出來，

趙姨娘聽見鳳姐的話，越想越氣，也不著人來安慰鳳姐一聲兒。過了幾天，巧姐兒也好了。因此，兩邊結怨比從前更加一層了。

一日，林之孝進來回道：「今日是北靜郡王生日，請老爺的示下。」賈政吩咐道：「只按向年舊例辦了，回大老爺知道，送去就是了。」林之孝答應了，自去辦理。

不一時，賈赦過來同賈政商議，帶了賈珍、賈璉、寶玉去給北靜王拜壽。別人還不理論，惟有寶玉素日仰慕北靜王的容貌威儀，巴不得常見才好，遂連忙換了衣服，跟著來過北府。賈赦賈政遞了職名候諭[2]。不多時，裡面出來了一個太監，手裡掐著數珠兒。見了賈赦賈政，笑嘻嘻的說道：「二位老爺好？」賈赦賈政也都趕忙問好，他兄弟三人也過來

問了好。那太監道：「王爺叫請進去呢。」

於是爺兒五個跟著那太監進入府中。過了兩層門，轉過一層殿去，裡面方是內宮門。剛到門前，大家站住，那太監先進去回王爺去了。這裡門上小太監都迎著問了好。

一時，那太監出來說了個「請」字，爺兒五個肅敬跟入。只見北靜郡王穿著禮服，已迎到殿門廊下。賈政先上來請安，摭次便是珍、璉、寶玉請安。那北靜郡王單拉著寶玉道：「我久不見你，很惦記你。」因又笑問道：「你那塊玉好？」寶玉躬著身打著千兒回道：「蒙王爺福庇，都好。」北靜王道：「今日你來，沒有什麼好東西給你吃的，倒是大家說說話兒罷。」說著，幾個老公打起簾子。北靜王說：「請。」自己卻先進去，然後賈赦等都躬著身跟進去。先是賈赦請北靜王受禮，北靜王也說了兩句謙辭。那賈赦早已跪下，次及賈政等摭次行禮，自不必說。

那賈赦等復肅敬退出，北靜王吩咐太監等讓在眾戚舊一處，好生款待，卻單留寶玉在這裡說話兒，又賞了坐。寶玉又磕頭謝了恩，在挨門邊繡墩上側坐，說了一回讀書作文諸事。北靜王甚加愛惜，又賞了茶。因說道：「昨兒巡撫吳大人來陛見，說起令尊翁前任學政[4]時，秉公辦事，凡屬生童，俱心服之至。他陛見時，萬歲爺也曾問過，他也十分保舉，可知是令尊翁的喜兆。」寶玉連忙站起，聽畢這一段話，才回啟道：「此是王爺的恩典，吳大人的盛情。」

正說著，小太監進來回道：「外面諸位大人老爺都在前殿謝王爺賞宴。」說著，呈上謝宴並請午安的片子來。北靜王略看了看，仍遞給小太監，笑了一笑，說道：「知道了，勞動他們。」那小太監又回道：「這賈寶玉，王爺單賞的飯預備了。」北靜王便命那太監

帶了寶玉到一所極小巧精緻的院裡，派人陪著吃了飯，又過來謝了恩。北靜王又說了些好話兒，忽然笑說道：「我前次見你那塊玉，倒有趣兒，回來說了個式樣，叫他們也作了一塊來。今日你來得正好，就給你帶回去玩罷。」因命小太監取來，親手遞給寶玉。寶玉接過來捧著，又謝了，然後退出，北靜王又命兩個小太監跟出來，才同著賈赦等回來了。

賈赦見過賈母，便各自回去。這裡賈政帶著他三人請過了賈母的安，又說了些府裡遇見什麼人。寶玉又回了賈政，吳大人陞見保舉的話。賈政道：「這吳大人，本來咱們相好，也是我輩中人，還倒是有骨氣的。」又說了幾句閑話兒，賈母便叫：「歇著去罷。」賈政退出，珍、璉、寶玉都跟到門口。賈政道：「你們都回去陪老太太坐著去罷。」說著便回房去。剛坐了一坐，只見一個小丫頭回道：「外面林之孝請老爺回話。」說著遞上個紅單帖來，寫著吳巡撫的名字。賈政知道他來拜，便叫小丫頭叫林之孝進來。賈政出至廊檐下。林之孝進來回道：「今日巡撫吳大人來拜，奴才回了去了。再奴才還聽見說，現今工部出了一個郎中缺，外頭人和部裡都吵嚷是老爺擬正5呢。」賈政道：「瞧罷咧。」林之孝又回了幾句話，才出去了。

且說珍、璉、寶玉三人回去，獨有寶玉到賈母那邊，一面述說北靜王待他的光景，並拿出那塊玉來。大家看著，笑了一回，賈母因命人：「給他收起去罷，別丟了。」因問：「你那塊玉好生帶著罷，別鬧混了。」寶玉便在項上摘下來，說：「這不是我那一塊玉？那裡就掉了呢！比起來，兩塊玉差遠著呢，那裡混得過？我正要告訴老太太：前兒晚上，我睡的時候，把玉摘下來掛在帳子裡，他竟放起光來了，滿帳子都是紅的。」賈母說道：

一五二〇

「又胡說了。帳子的櫺子是紅的，火光照著，自然紅是有的。」那時候燈已滅了，屋裡都漆黑的了，還看得見他呢。」邢王二夫人抿著嘴笑。鳳姐道：「這是喜信發動了。」寶玉道：「什麼喜信？」賈母道：「你不懂得。今兒個鬧了一天，你去歇歇兒去罷，別在這裡說呆話了。」寶玉又站了一會兒，才回園中去了。

這裡賈母問道：「正是，你們去看姨太太，說起這事沒有？」王夫人道：「本來就要去看，因鳳丫頭病著，耽擱了兩天，今兒他父親沒了的。這事我們告訴了，他姨媽倒也十分願意，只說蟠兒這時候不在家，目今他父親沒了，只得和他商量再辦。」賈母道：「這也是情理的話。既這麼樣，大家先別提起，等姨太太那邊商量定了再說。」

不說賈母處談論親事。且說寶玉回到自己房中，告訴襲人道：「老太太與鳳姐姐姐方才曾到老太太那邊去了呢？」

正說著，只聽外間屋裡麝月與秋紋拌嘴。襲人道：「你兩個又鬧什麼？」麝月道：「我們兩個鬥牌，他贏了我的錢，他拿了去；他輸了錢，就不肯拿出來。這也罷了，他倒把我的錢都搶了去了。」寶玉笑道：「幾個錢，什麼要緊？傻東西，不許鬧了！」說得兩個人都咕嘟著嘴，坐著去了。這裡襲人打發寶玉睡下。不提。

卻說襲人聽了寶玉方才的話，也明知是給寶玉提親的事，因恐寶玉每有痴想，這一提起，不知又招出他多少呆話來，所以故作不知。自己心上，卻也是頭一件關切的事。夜間

躺著，想了個主意：不如去見見紫鵑，看他有什麼動靜，自然就知道了。次日，一早起來，打發寶玉上了學，自己梳洗了，便慢慢的去到瀟湘館來，只見紫鵑正在那裡掐花兒呢。見襲人進來，便笑嘻嘻的道：「姐姐屋裡坐著。」襲人道：「坐著、妹妹，——掐花兒呢呢嗎？姑娘呢？」

紫鵑道：「姑娘才梳洗完了，等著溫藥呢。」黛玉笑著把書放下。雪雁已拿著個小茶盤裡托著一鍾藥，一鍾水，小丫頭在後面捧著痰盒漱盂進來。

「姑娘怨不得勞神，起來就看書。我們寶二爺念書，若能像姑娘這樣，豈不好了呢！」黛玉笑著把書放下。

原來襲人來時，要探探口氣，坐了一回，無處入話。又想著黛玉最是心多，探不成消息，再惹著了他，倒是不好。又坐了坐，搭訕著辭了出來了。將到怡紅院門口，只見兩個人在那裡站著呢，襲人不便往前走。那一個早看見了，連忙跑過來。襲人一看，卻是鋤藥，因問：「你作什麼？」鋤藥道：「剛才芸二爺來了，拿了個帖兒，說給咱們寶二爺的，在這裡候著。」襲人道：「寶二爺天天上學，你難道不知道？還候什麼信呢？」鋤藥笑道：「我告訴他了。他叫告訴姑娘，聽姑娘的信。」

襲人正要說話，只見那一個也慢慢的蹭過來了。細看時，就是賈芸，溜溜湫湫⑥往這邊來了。襲人見是賈芸，連忙向鋤藥道：「你告訴說：知道了，回來給寶二爺瞧罷。」那賈芸原要過來和襲人說話，無非親近之意，又不敢造次，只得慢慢蹭來。相離不遠，不想襲人說出這話❶，自己也不好再往前走，只好站住。這裡襲人已掉背臉往回裡去了。賈芸只得快快而回，同鋤藥出去了。

晚間，寶玉回房，襲人便回道：「今日廊下小芸二爺來了。」寶玉道：「作什麼？」

襲人道：「他還有個帖兒呢。」寶玉道：「在那裡？拿來我看看。」麝月便走去，在裡間屋裡書桶子上頭拿了來。寶玉接過看時，上面皮兒上寫著：「叔父大人安稟。」寶玉道：

「這孩子怎麼又不認我作父親了？」襲人道：「怎麼？」寶玉道：「前年他送我白海棠時，稱我作父親大人，今日這帖子封皮上寫著叔父，可不是又不認了麼。」襲人道：「他也不害臊？你也不害臊！他那麼大了，倒認你這麼大的作父親，可不是他不害臊？你正經連個——」剛說到這裡，臉一紅，微微的一笑。寶玉也覺得了，便道：「這倒難講，俗語說：『和尚無兒孝子多著呢。』」只是我看著他還伶俐得人心兒，他不願意，我還不稀罕呢！」說著一面拆那帖兒。襲人也笑道：「那小芸二爺也有些鬼鬼頭頭的。什麼時候又要看人，什麼時候又躲躲藏藏的，可知也是個心術不正的貨！」

寶玉只顧拆開看那字兒，也不理會襲人這些話。襲人見他看那字兒，皺一回眉，又笑一笑，又搖搖頭兒，後來光景竟不大耐煩起來，問道：「是什麼事情？」寶玉也不答言，把那帖子已經撕作幾斷❷。襲人見這般光景，也不便再問，便問寶玉：「吃了飯還看書不看？」寶玉道：「可笑芸兒這孩子，竟這樣的混賬！」襲人見他所答非所問，便微微的笑著問道：「到底是什麼事？」寶玉道：「問他作什麼！咱們吃飯罷。吃了飯歇著罷。」說著，叫小丫頭子點一點火兒來，把那撕的帖兒燒了❸。

一時，小丫頭們擺上飯來，寶玉只是怔怔的坐著。襲人連哄帶慪，催著，吃了一口兒飯，便擱下了，仍是悶悶的歪在床上。一時間，忽然掉下淚來。

此時襲人麝月都摸不著頭腦。麝月道：「好好兒的，這又是為什麼？都是什麼『芸兒』『雨兒』的！不知什麼事，弄了這麼個浪帖子來，惹得這麼傻了的似的，哭一會子，笑一會子。要天長日久，鬧起這悶葫蘆來，可叫人怎麼受呢！」說著，竟傷起心來。襲人旁邊由不得要笑，便勸道：「好妹妹，你也別惱人了。他一個人就夠受了，你又這麼著。他那帖子上的事，難道與你相干？」麝月道：「你混說起來了。知道他帖兒上寫的是什麼混賬話？你混往人身上扯。要那麼說，他帖兒上只怕倒與你相干呢！」襲人還未答言，只聽寶玉在床上「噗嗤」的一聲笑了，爬起來，抖了抖衣裳，說：「咱們睡覺罷，別鬧了。明日我還起早念書呢。」說著便躺下睡了。一宿無話。

次日，寶玉起來，梳洗了，便往家塾裡去。走出院門，忽然想起，叫焙茗略等，急忙轉身回來叫：「麝月姐姐呢？」麝月答應著出來問道：「怎麼又回來了？」寶玉道：「今日芸兒要來了，告訴他別在這裡鬧。再鬧，我就回老太太和老爺去了。」麝月答應了。寶玉才轉身去了。

剛往外走著，只見賈芸慌慌張張往裡來。看見寶玉，連忙請安，說：「叔叔大喜了！」那寶玉估量著是昨日那件事，便說道：「你也太冒失了！不管人心裡有事沒事，只管來攪。」賈芸陪笑道：「叔叔不信，只管瞧去。人都來了，在咱們大門口呢。」

寶玉越發急了，說：「這是那裡的話？」

正說著，只聽外邊一片聲嚷起來。賈芸道：「叔叔聽！這不是？」寶玉越發心裡狐疑起來。只聽一個人嚷道：「你們這些人好沒規矩！這是什麼地方，你們在這裡混嚷！」那人答道：「誰叫老爺升了官呢！怎麼不叫我們來吵喜[7]呢？別人家盼著吵還不能呢。」寶玉聽了，才知道是賈政升了郎中了，人來報喜的，心中自是甚喜。連忙要走時，賈

芸趕著說道：「叔叔樂不樂？叔叔的親事要再成了，不用說，是兩層喜了。」寶玉紅了臉，啐了一口，道：「呸！沒趣兒的東西！還不快走呢。」賈芸把臉紅了，道：「這有什麼的？我看你老人家就不——」寶玉沉著臉道：「就不什麼？」賈芸未及說完，也不敢言語了。

寶玉連忙來到家塾中，只見代儒笑著說道：「我才剛聽見你老爺升了，你今日還來了麼？」寶玉陪笑道：「過來見了太爺，好到老爺那邊去。」代儒道：「今日不必來了，放你一天假罷。可不許回園子裡玩去。你年紀不小了，雖不能辦事，也當跟著你大哥他們學學才是。」

寶玉答應著回來。剛走到二門口，只見李貴走來迎著，旁邊站住，笑道：「二爺來了，這會子二爺往那裡去了麼？奴才要到學裡請去。」寶玉笑道：「誰說的？」李貴道：「老太太才打發人到院裡去找二爺。那邊的姑娘們說，二爺學裡去了。剛才老太太打發人出來，叫奴才去給二爺告幾天假。聽說還要唱戲賀喜呢。二爺就來了。」

說著，寶玉自己進來。進了二門，只見滿院裡丫頭老婆都是笑容滿面。見他來了，笑道：「二爺這早晚才來？還不快進去給老太太道喜去呢。」寶玉笑著進了房門，只見黛玉挨著賈母左邊坐著呢，右邊是湘雲。地下邢王二夫人，探春、惜春、李紈、鳳姐、李紋、李綺、邢岫烟一干姐妹，都在屋裡，只不見寶釵、寶琴、迎春三人。

寶玉此時喜得無話可說，忙給賈母道了喜，又給邢王二夫人道喜，一一見了眾姐妹，便向黛玉笑道：「妹妹身體可大好了？」黛玉也微笑道：「大好了。聽見說二哥哥身上也欠安，好了麼？」寶玉道：「可不是！我那日夜裡，忽然心裡疼起來，這幾天剛好些」，就

上學去了，也沒能過去看妹妹。」黛玉不等他說完，早扭過頭和探春說話去了。鳳姐在地下站著，笑道：「你兩個那裡像天天在一塊兒的？倒像是客，有這麼些套話！可是人說的『相敬如賓』了。」說得大家都一笑。黛玉滿臉飛紅，又不好說，又不好不說，遲了一會兒，才說道：「你懂得什麼！」眾人越發笑了。

鳳姐一時回過味來，才知道自己出言冒失，正要拿話岔時，只見寶玉忽然向黛玉道：「林妹妹，你瞧芸兒這種冒失鬼——」說了這一句，方想起來，便不言語了。招得大家又都笑起來，說：「這從那裡說起？」黛玉也摸不著頭腦，也跟著訕訕的笑❹。寶玉無可搭趣，因又說道：「可是剛才我聽見有人要送戲，說是幾兒？」大家都瞅著他笑。鳳姐兒道：「你在外頭聽見，你來告訴我們。你這會子問誰呢？」寶玉得便說道：「我外頭再去問問去。」賈母道：「別跑到外頭去。頭一件，看報喜的笑話；第二件，你老子今日大喜，回來碰見你，又該生氣了。」寶玉答應了個「是」，才出來了。

這裡賈母因問鳳姐：「誰說送戲的話？」鳳姐道：「說是二舅舅那邊說，後兒日子好，送一班新出的小戲兒給老太太、老爺、太太賀喜。」因又笑著說道：「不但日子好，還是好日子呢！後日還是……」卻瞅著黛玉笑。黛玉也微笑。王夫人因道：「可是呢，後日還是外甥女兒的好生日❺呢。」賈母想了一想，也笑道：「可見我如今老了，什麼事都糊塗了。虧了有我這鳳丫頭，是我個『給事中』⑧。既這麼著，很好。他舅舅家給他們賀喜，你舅舅家就給你作生日，豈不好呢？」說得大家都笑起來，說道：「老祖宗說句話兒都是上篇上論的，；怎麼怨得有這麼大福氣呢！」

說著，寶玉進來，聽見這些話，越發樂得手舞足蹈了。一時大家都在賈母這邊吃飯，

甚實熱鬧，自不必說。飯後，賈政謝恩回來，給宗祠裡磕了頭，便來給賈母磕頭。站著說了幾句話，便出去拜客去了。這裡接連著親戚族中的人，來來去去，鬧鬧攘攘，車馬填門，貂蟬[9]滿座。真個是：

花到正開蜂蝶鬧，月逢十足海天寬[10]。

如此兩日，已是慶賀之期。這日一早，王子勝和親戚家已送過一班戲來，就在賈母正廳前，搭起行臺[11]。外頭爺門都穿著公服陪侍。親戚來賀的約有十餘桌酒。裡面為著是新戲，又見賈母高興，便將琉璃戲屏[12]隔在後廈，裡面也擺下酒席。上首薛姨媽一桌，是王夫人寶琴陪著；對面老太太一桌，是邢夫人岫烟陪著。下面尚空兩桌，賈母叫他們快來。

一回兒，只見鳳姐領著眾丫頭，都簇擁著黛玉來了。那黛玉換了幾件新鮮衣服，打扮得宛如嫦娥下界，含羞帶笑的，出來見了眾人。湘雲、李紋、李綺都讓他上首坐。黛玉只是不肯。賈母笑道：「今日你坐了罷。」薛姨媽站起來問道：「今日林姑娘也有喜事麼？」賈母笑道：「是他的生日。」薛姨媽道：「咳！我倒忘了。」走過來說道：「恕我健忘！」回來叫寶琴過來拜姐姐的壽。黛玉笑說：「不敢。」大家坐了。

那黛玉留神一看，獨不見寶釵，便問道：「寶姐姐可好麼？為什麼不過來？」薛姨媽道：「他原該來的，只因無人看家，所以不來。」黛玉紅著臉，微笑道：「姨媽那裡又添了大嫂子，怎麼倒用寶姐姐看起家來？大約是他怕人多熱鬧，懶怠來罷？我倒怪想他的。」薛姨媽笑道：「難得你惦記他。他也常想你們姐兒們。過一天，我叫他來大家敘

說著，丫頭們下來斟酒上菜，外面已開戲了。出場自然是一兩齣吉慶戲文。及至第三齣，只見金童玉女，旗旛寶幢[13]，引著一個霓裳羽衣[14]的小旦，頭上披著一條黑帕，唱了幾句兒進去了。眾皆不知。聽見外面人說：「這是新打[15]的『蕊珠記』[16]裡的『冥升』。小旦扮的是嫦娥，前因墮落人寰，幾乎給人為配；幸虧觀音點化，他就未嫁而逝。此時升引月宮。不聽見曲裡頭唱的：『人間只道風情好，那知道秋月春花容易拋？幾乎不把廣寒宮忘卻了！』」第四齣是「吃糠」[17]。第五齣是達摩[18]帶著徒弟過江回去。正扮出些海市蜃樓[19]，好不熱鬧。

眾人正在高興時，忽見薛家的人滿頭汗闖進來，向薛蝌說道：「二爺快回去！一併裡頭回明太太，也請回去！家裡有要緊事。」薛蝌道：「什麼事？」家人道：「家去說罷。」薛蝌也不及告辭，就走了。薛姨媽見裡頭丫頭傳進話去，更駭得面如土色，即忙起身，帶著寶琴，別了一聲，即刻上車回去了。弄得內外愕然。賈母道：「咱們這裡打發人跟過去聽聽，到底是什麼事，大家都關切的。」眾人答應了個「是」。

不說賈府依舊唱戲。單說薛姨媽回去，只見有兩個衙役站在二門口，幾個當鋪裡夥計陪著，說：「太太回來，自有道理。」正說著，薛姨媽已進來了。那衙役們見跟從著許多男婦，簇擁著一位老太太。看見這個勢派，也不敢怎麼，只得垂手侍立，讓薛姨媽進去了。那薛姨媽走到廳房後面，早聽見有人大哭，卻是金桂。薛姨媽趕忙走來，只見寶釵迎出來，滿面淚痕，見了薛姨媽，便道：「媽媽聽見了，先別著急，辦事

要緊！」

薛姨媽同寶釵進了屋子，因為頭裡進門時，已經走著聽見家人說了，嚇得戰戰兢兢的了，一面哭著，因問：「到底是合誰？」只見家人回道：「太太此時且不必問那些底細。憑他是誰，打死了總是要償命的，且商量怎麼辦才好。」薛姨媽哭著出來道：「還有什麼商議？」家人道：「依小的們的主見：今夜打點銀兩，同著二爺趕去，和大爺見了面，就在那裡訪一個有斟酌的刀筆先生[20]，許他些銀子，先把死罪撕擄開，回來再求賈府去上司衙門說情。還有外面的衙役，太太先拿出幾兩銀子來打發了他們，我們好趕著辦事。」薛姨媽道：「你們找著那家子，許他發送銀子，再給他些養濟[21]銀子。原告不追，事情就緩了。」寶釵在簾內說道：「媽媽，使不得。這些事，越給錢越鬧得兇。倒是剛才小廝說的話是。」薛姨媽又哭道：「我也不要命了！趕到那裡見他一面，同他死在一處就完了！」寶釵急得一面勸，一面在簾子裡叫人：「快同二爺辦去罷。」丫頭們攙進薛姨媽來。薛蝌才往外走，寶釵道：「有什麼信，打發人即刻寄了來，你們只管在外頭照料。」薛蝌答應著去了。

這寶釵方勸薛姨媽，那裡金桂趁空兒抓住香菱，又和他嚷道：「平常你們只管誇他們家裡打死了人，一點事也沒有，就進京來了的；如今攛掇得真打死人了！平日裡只講有錢，有勢，有好親戚，這時候我看著也是嚇得慌手慌腳的了。大爺明兒有個好歹兒不能回來時，你們各自幹你們的去了，撂下我一個人受罪！」說著，又大哭起來。這裡薛姨媽聽見，越發氣得發昏，寶釵急得沒法。正鬧著，只見賈府中王夫人早打發大丫頭過來打聽來了。寶釵雖心知自己是賈府的人了，一則尚未提明，二則事急之時，只

得向那大丫頭道：「此時事情頭尾尚未明白，就只聽見說我哥哥在外頭打死了人，被縣裡拿了去了，也不知怎麼定罪呢。剛才二爺才去打聽去了。一半日得了準信，趕著就給那邊太太送信去。你先回去道謝太太惦記著，底下我們還有多少仰仗那邊爺們的地方呢。」那丫頭答應著去了。

薛姨媽和寶釵在家，抓摸不著；過了兩日，只見小廝回來，拿了一封書，交給小丫頭拿進來。寶釵拆開看時，書內寫著：

大哥人命是誤傷，不是故殺。今早用蚌出名，補了一張呈紙進去，尚未批出。大哥前頭口供甚是不好。待此紙批准後，再錄一堂[22]，能夠翻供得好，便可得生了。快向當鋪內再取銀五百兩來使用，千萬莫遲！並請太太放心。餘事問小廝。

寶釵看了，一一念給薛姨媽聽了。薛姨媽拭著眼淚說道：「這麼看起來，竟是死活不定了！」寶釵道：「媽媽先別傷心，等著叫進小廝來問明了再說。」一面打發小丫頭把小廝叫進來[6]。薛姨媽便問小廝道：「你把大爺的事細說與我聽聽。」小廝道：「我那一天晚上，聽見大爺和二爺說的，把我唬糊塗了。」未知小廝說出什麼話來，下回分解。

■校記

❶ 「不想襲人說出這話」，「想」原作「相」，從諸本改。

❷ 「撕作幾斷」，「斷」諸本作「段」，係「段」字之訛。

❸ 「叫小丫頭子點了一點火兒來，把那撕的帖兒燒了」，「一點火兒」金本作「一個火兒」。

❹ 「黛玉也摸不著頭腦，也跟著訕訕的笑」，後一「著」原作「的」，從諸本改。

❺ 「好生日」，諸本作「好日子」。

❻ 「寶釵道……等著叫進小廝來問明了再說，一面打發小丫頭把小廝叫進來」「面」原作「回」，從諸本改。

■注釋

1 【賈存周報升郎中任】賈存周，即賈政。郎中，官名，始於戰國，自唐至清，朝廷各部都設郎中，分管各司的事務。

2 【候諭】等候吩咐。諭，告訴，吩咐。舊時用於上級對下級或長輩對晚輩。

3 【巡撫】官名。清代總攬一省的軍政大權的大官，是地方的最高長官。俗稱撫臺。

4 【學政】官名。「提督學政」的簡稱，清代朝廷派往各地主持考試等事務的官吏。

5 【擬正】官吏先代理或試任一個時期的職務，再得到正式的任命，就叫擬正。

6 【溜溜湫湫】油腔滑調，鬼頭鬼腦，不正經的樣子。

7 【吵喜】也叫「鬧喜」，別人有喜慶事，去趁熱鬧，祝賀一番，求得賞錢。

8 【給事中】是諫官性質的官吏，清代屬都察院。這裡是借用，指鳳姐是賈母得力助手，能隨時提醒和勸諫賈母。

9 【貂蟬】原是漢代侍從官員帽上的裝飾物，後用作達官貴人的代稱。

10 【月逢十足海天寬】意思是說，每到月兒最圓的時候，大海和天空都顯得更加寬闊。

11 〔行臺〕即戲臺。

12 〔琉璃戲屏〕畫有戲文圖畫的琉璃屏風。

13 〔旗幡（ㄈㄢ／fān）寶幢（ㄔㄨㄤ／chuáng）〕指各種各樣的旗子。幡，窄長形而下垂的旗子；幢，作為儀仗用的旗子。

14 〔霓（ㄋㄧ／ní）裳羽衣〕像彩虹和鳥羽一樣輕飄艷麗的衣裳。原指仙女穿的舞衣，這裡指演員穿的服裝。霓，紅色在內，紫色在外，顏色較淡的虹，叫霓，也叫副虹。

15 〔打〕指排演。

16 〔蕊珠記〕劇目名，內容寫嫦娥奔月的事。元人庾天錫著有「蕊珠宮秋月」，劇本已失傳。「蕊珠記」可能即指此劇。

17 〔吃糠〕這裡指高則誠的「琵琶記」第二十一齣「糟糠自厭」。這齣戲寫趙五娘自甘貧困、侍奉公婆的事。

18 〔達摩〕菩提達摩的簡稱，中國佛教禪宗的創始者，相傳是南天竺（印度）人。南朝梁代來到南京，後渡江到嵩山少林寺修行。具體情節見「西來記」傳奇。

19 〔海市蜃（ㄕㄣˋ／shèn）樓〕由於不同密度的大氣層對於光線的折射作用，把遠處景物反映在天空或地面而形成的幻景，在沿海或沙漠地帶有時能看到，這叫「蜃景」，或「海市蜃樓」。古人認為是大蜃吐氣，不科學。蜃，蛤蜊。

20 〔刀筆先生〕這裡指舊社會專門替人寫訴訟狀文的人。言其下筆像刀一樣，能夠殺人。

21 〔養濟〕指給受害人一點小惠。

22 〔再錄一堂〕再過一次堂，由記錄員重新記口供。

【第八十六回】

受私賄老官翻案牘[1] 寄閑情淑女解琴書

話說薛姨媽聽了薛蟠的來書，因叫進小廝，問道：「你聽見你大爺說，到底是怎麼就把人打死了呢？」小廝道：「小的也沒聽真切。那一日，大爺告訴二爺說——」說著回頭看了一看，見無人，才說道：「大爺說，自從家裡鬧得特利害，大爺也沒心腸了，所以要到南邊置貨去。這日想著約一個人同行，這人在咱們這城南二百多地住。大爺找他去了，遇見在先和大爺好的那個蔣玉菡，帶著些小戲子進城，大爺同他在個鋪子裡吃飯喝酒。因為這當槽兒的[2]，盡著拿眼瞟著蔣玉菡，大爺就有了氣了，後來蔣玉菡走了。第二天，大爺就請找的那個人喝酒。酒後想起頭一天的事來，大爺就叫那當槽兒的來遲了，大爺就罵起來了。那個人不依，大爺就拿起酒碗照他打去。誰知那個人也是個潑皮，便把頭伸過來叫大爺打。大爺拿碗就砸他的腦袋，一下子就冒了血了，躺在地下。頭裡還罵，後頭就不言語了。」薛姨媽道：「怎麼也沒人勸勸嗎？」那小廝道：「這個沒聽見大爺說，小的不敢妄言。」薛姨媽道：「你先去歇歇罷。」小廝答應出來。

這裡薛姨媽自來見王夫人，托王夫人轉求賈政。賈政問了前後，也只好含糊應了，只說等薛蟠遞了呈子，看他本縣怎麼批了，再作道理。

這裡薛姨媽又在當鋪裡兌了銀子，叫小廝趕著去了。三日後，果有回信，薛姨媽接著了，即叫小丫頭告訴寶釵，連忙過來看了。只見書上寫道：

帶去銀兩作了衙門上下使費。哥哥在監，也不大吃苦，請太太放心。我與李祥兩個俱係生地生人，幸找著一個好先生，連哥哥請的那個朋友也幫著他們。獨是這裡的人很刁，尸親見證都不依，許他銀子，才討個主意，說是：須得拉扯著同哥哥喝酒的吳良，弄人保出他來，許他銀子，叫他撕擄。他若不依，便說張三是他打死，明推在異鄉人身上。他吃不住，就好辦了。我依著他，果然吳良出來。現在買囑尸親見證，又作了一張呈子，前日遞的，今日批來，請看呈底便知。

因又念呈底道：

「具呈人某，呈為兄遭飛禍、代伸冤抑事：竊生胞兄薛蟠，本籍南京，寄寓西京[3]，於某年月日，備本往南貿易。去未數日，家奴送信回家，說遭人命，生即奔憲治[4]，知兄誤傷張姓。及至圖圖[5]，據兄泣告，實與張姓素不相認，並無仇隙。偶因換酒角口，生兄將酒潑地，恰值張三低頭拾物，一時失手，酒碗誤碰顖門[6]身死。蒙恩拘訊，兄懼受刑，承認鬥毆致死。仰蒙憲天仁慈，知有冤抑，尚未定案。生兄在禁，具呈訴辯，有干例禁；生念手足，冒死代呈。伏乞憲慈恩准提證質訊，開恩莫大，生等舉家仰戴鴻仁，永永無既[7]矣！激切上呈。」批的是：「尸場檢驗，證據確鑿。且並

未用刑，爾兄自認鬥殺，招供在案。今爾遠來，並非目睹，何得捏詞妄控？理應治罪，姑念為兄情切，且恕。不准。」

薛姨媽聽到那裡，說道：「這不是救不過來了麼！這怎麼好呢？」寶釵道：「二哥的書還沒看完，後面還有呢。」因又念道：「縣裡早知我們的家當充足，須得在京裡謀幹得大情，再送一份大禮，還可以復審，從輕定案。太太此時，必得快辦，再遲了就怕大爺要受苦了。」

薛姨媽聽了，叫小廝自去，即刻又到賈府與王夫人說明緣故，懇求賈政。賈政只肯託人與知縣說情，不肯提及銀物。薛姨媽恐不中用，求鳳姐與賈璉說了，花上幾千銀子，才把知縣買通，薛蝌那裡也便弄通了。然後知縣掛牌坐堂，傳齊了一干鄰保、證見、尸親人等，監裡提出薛蟠，刑房書吏俱一一點名。知縣便叫地保對明初供，又叫尸親張王氏並尸叔張二問話。

張王氏哭稟：「小的的男人是張大，南鄉裡住，十八年頭裡死了。大兒子、二兒子，也都死了。光留下這個死的兒子，叫張三，今年二十三歲，還沒有娶女人呢。為小人家裡窮，沒得養活，在李家店裡作當槽兒的。那一天晌午，李家店裡打發人來叫俺，說：『你兒子叫人打死了。』我的青天老爺！小的就唬死了！跑到那裡，看見我兒子頭破血出的躺在地下喘氣兒，問他話也說不出來，不多一會兒，就死了，小人就要揪住這個小雜種拚命！」眾衙役吆喝一聲，張王氏便磕頭道：「求青天老爺伸冤！小人就只這一個兒子了。」

知縣便叫：「下去。」又叫李家店的人問道：「那張三是在你店內傭工的麼？」那李二回道：「不是傭工，是作當槽兒的。」知縣道：「那日屍場上，你說張三是薛蟠將碗砸死的，你親眼見的麼？」李二說道：「小的在櫃上，聽見說客房裡要酒，不多一回，便聽見說，『不好了，打傷了！』小的跑進去，只見張三躺在地下，也不能言語。小的便喊稟地保，一面報他母親去了。他們到底怎樣打的，實在不知道，求太爺問那喝酒的便知道了。」知縣喝道：「初審口供你是親見的，怎麼如今說沒有見？」李二道：「小的那日唬昏了亂說。」衙役又吆喝了一聲。

知縣便叫吳良問道：「你是同在一處喝酒的麼？薛蟠怎麼打的？據實供來！」吳良說：「小的那日在家，這個薛大爺叫我喝酒。他嫌酒不好，要換，張三不肯。薛大爺生氣，把酒向他臉上潑去，不曉得怎麼樣，就碰在那腦袋上了。這是親眼見的。」知縣道：「胡說！前日尸場上，薛蟠自己認拿碗砸死的，你說你親眼見的，怎麼今日的供不對？掌嘴！」衙役答應著要打。吳良求著說：「薛蟠實沒有和張三打架，酒碗失手，碰在腦袋上的。求老爺問薛蟠，便是恩典了！」

知縣叫上薛蟠，問道：「你與張三到底有什麼仇隙？畢竟是如何死的？實供上來！」薛蟠道：「求太老爺開恩！小的實沒有打他，為他不肯換酒，故拿酒潑地。不想一時失手，酒碗誤碰在他的腦袋上。小的即忙掩他的血，那裡知道再掩不住，血淌多了，過一回就死了。前日尸場上，怕太老爺要打，所以說是拿碗砸他的。只求太老爺開恩！」知縣便喝道：「好個糊塗東西！本縣問你怎麼拿碗砸他的，你便供說惱他不換酒，才砸的，今日又供是失手碰的❶！」知縣假作聲勢，要打要夾。薛蟠一口咬定。知縣叫仵作：「將前日尸場

填寫傷痕，據實報來。」仵作稟報說：「前日驗得張三尸身無傷，惟顖門有磁器傷，長一

寸七分，深五分，皮開，顖門骨脆，裂破三分。實係磕碰傷。」

知縣查對尸格[8]相符，早知書吏改輕，也不駁詰。胡亂便叫畫供。張王氏哭喊道：

「青天老爺！前日聽見還有多少傷，怎麼今日都沒有了？」知縣道：「這婦人胡說！現有

尸格，你不知道麼？」叫尸叔張二，便問道：「你姪兒身死，你知道有幾處傷？」張二忙

供道：「腦袋上一傷。」知縣道：「可又來！」叫書吏將尸格給張王氏瞧去，並叫地保、

尸叔指明與他瞧。現在尸場親押、證見，俱供並未打架，不為鬥毆，只依誤傷，吩咐畫

供，將薛蟠監禁候詳[9]，餘令原保領出，退堂。張王氏哭著亂嚷，知縣叫眾衙役：「攆他

出去！」張二也勸張王氏道：「實在誤傷，怎麼賴人？現在太老爺斷明，別再胡鬧了。」

薛蟠在外打聽明白，心內喜歡，便差人回家送信，等批詳[10]回來，便好打點贖罪，且

住著等信。只聽路上三三兩兩傳說：「有個貴妃薨了，皇上輟朝[11]三日。」這裡離陵寢[12]不

遠，知縣辦差墊道，一時料著不得閒，住在這裡無益，不如到監，告訴哥哥：「安心等

著，我回家去，過幾日再來。」薛蟠也怕母親痛苦，帶信說：「我無事，必須衙門再使費

幾次，便可回家了。只是別心疼銀子錢。」薛蟠留下李祥在此照料，一逕回家，見了薛

姨媽，陳說知縣怎樣狗情，怎樣審斷，終定了誤傷，「將來尸親那裡再花些銀子，一準贖

罪，便沒事了。」薛姨媽聽說，暫且放心，說：「正盼你來家中照應。賈府裡本該謝去，

況且周貴妃薨了，他們天天進去，家裡空落落的。我想著要去替姨媽太太那邊照應照應，作

伴兒，只是咱們家又沒人，你這來得正好。」薛蟠道：「我在外頭，原聽見說是賈妃薨

了，這麼才趕回來的。我們娘娘好好兒的，怎麼就死了？」薛姨媽道：「上年原病過一

次，也就好了。這回又沒聽見娘娘有什麼病，只聞那府裡頭幾天老太太不大受用，合上眼便看見元妃娘娘，眾人都不放心。直至打聽起來，又沒有什麼事。到了大前兒晚上，老太太親口說是『怎麼元妃獨自一個人到我這裡？』眾人只道是病中想的話，總不信。老太太又說：『你們不信，元妃還和我說是：「榮華易盡，需要退步抽身。」』所以也不當件事。他們就驚疑得了不得，趕著進去。他們還沒有出來，說娘娘病重，宣各誥命進去請安❷。他們就驚疑得了不得，趕著進去。他們還沒有出來，我們家裡已聽見周貴妃薨逝了。你想外頭的訛言，家裡的疑心，恰碰在一處，可奇不奇？」

寶釵道：「不但是外頭的訛言舛錯，便在家裡的，一聽見『娘娘』兩個字，也就都忙了，過後才明白。這兩天那府裡這些丫頭婆子來說，他們早知道不是咱們家的娘娘。我說：『你們那裡拿得定呢？』他說道：『前幾年正月，外省薦了一個算命的，說是很準的。老太太叫人將元妃八字夾在丫頭們八字裡頭，送出去叫他推算，他獨說：「這正月初一日生日的那位姑娘，只怕時辰錯了；不然，真是個貴人，也不能在這府中。」老爺和眾人說：「不管他錯不錯，照八字算去。」那先生便說：「甲申年，正月丙寅，這四個字內，有『傷官』『敗財』。惟『申』字內有『正官』『祿馬』，這就是家裡養不住的，也不見什麼好。這日子是乙卯。初春木旺，雖是『比肩』，那裡知道愈『比』愈好，就像那個好木料，愈經斫削❸，才成大器。」又說什麼「日逢『專祿』，貴重得很。什麼巳中『正官』『祿馬』獨旺：這叫作『飛天祿馬格』。」又說什麼辛金為貴，什麼『日月二德』坐本命，貴受椒房之寵❶。這位姑娘，若是時辰準了，定是一位主子娘娘。」這不是算準了麼？我

們還記得說：「可惜榮華不久，只怕遇著寅年卯月，這就是『比』而又『比』，『劫』而

又『劫』，譬如好木，太要作玲瓏剔透，本質就不堅了。」他們把這些話都忘記了，只管

瞎忙。我才想起來，告訴我們大奶奶，今年那裡是寅年卯月呢？」

寶釵尚未述完這話，薛蝌急道：「且別管人家的事！既有這個神仙算命的，我想哥哥

今年什麼惡星照命，遭這麼橫禍？快開八字兒，我給他算去，看有妨礙麼。」寶釵道：

「他是外省來的，不知今年在京不在了。」

說著，便打點薛姨媽往賈府去。到了那裡，只有李紈探春等在家接著，便問道：「大

爺的事，怎麼樣了？」薛姨媽道：「等詳了上司才定，看來也到不了死罪。」這才大家放

心。探春便道：「昨晚太太想著說：『上回家裡有事，全仗姨太太照應；如今自己有事，

也難提了。』心裡只是不放心。」薛姨媽道：「我在家裡，也是難過。只是你大哥遭了這

事，你二兄弟又辦事去了，家裡你姐妹一個人，中什麼用？況且我們媳婦兒又是個不大曉

事的，所以不能脫身過來。目今那知縣也正為預備周貴妃的差使，不得了結案件，所以

你二兄弟回來了，我才得過來看看。」李紈便道：「請姨太太這裡住幾天更好。」薛姨媽

點頭道：「我也要在這邊給你們姐妹作作伴兒，——就只你寶妹妹冷靜些。」惜春道：

「姨媽要惦著，為什麼不把寶姐姐也請過來？」薛姨媽笑著說道：「使不得。」惜春道：

「怎麼使不得？他先怎麼住著來呢？」李紈道：「你不懂的。人家家裡如今有事，怎麼來

呢？」惜春也信以為實，不便再問。

正說著，賈母等回來，見了薛姨媽，也顧不得問好，便問薛蟠的事。薛姨媽細述了一

遍。寶玉在旁聽見什麼蔣玉菡一段，當著人不問，心裡打量是他：「既回了京，怎麼不來

瞧我?」又見寶釵也不過來，不知是怎麼個緣故，心內正自呆呆的想呢，恰好黛玉也來請

安，寶玉稍覺心裡喜歡，便把想寶釵來的念頭打斷，同著姐妹們在老太太那裡吃了晚飯。

大家散了，薛姨媽將就住在老太太的套間屋裡。

寶玉回到自己房中，換了衣裳，忽然想起蔣玉菡給的汗巾，便向襲人道：「你那一年

沒有繫的那條紅汗巾子，還有沒有?」襲人道：「我擱著呢，問他作什麼?」寶玉道：

「我白問問。」襲人道：「你沒有聽見薛大爺相與這些混賬人，所以鬧到人命關天!你還

提那些作什麼?有這樣白操心，倒不如靜靜兒的念念書，把這些個沒要緊的事撂開了也

好。」寶玉道：「我並不鬧什麼，偶然想起，有也罷，沒也罷。我白問一聲，你們就有這

些話。」襲人笑道：「並不是我多話。一個人知書達禮，就該往上巴結才是。就是心愛的

人來了，也叫他瞧著喜歡尊敬啊。」寶玉被襲人一提，便說：「了不得!方才我在老太太

那邊，看見人多，沒有和林妹妹說話，他也不理我。散的時候，他先走了。此時必在屋

裡，我去就來。」說著就走。襲人道：「快些回來罷。這都是我提頭兒，倒招起你的高興

來了。」

寶玉也不答言，低著頭，一徑走到瀟湘館來，只見黛玉靠在桌上看書。寶玉走到跟

前，笑說道：「妹妹早回來了?」黛玉也笑道：「你不理我，我還在那裡作什麼?」寶玉

一面笑說：「他們人多說話，我插不下嘴去，所以沒有和你說話。」一面瞧著黛玉看的那

本書，書上的字一個也不認得。有的像「芍」❹字；有的像「茫」字；也有一個「大」字旁

邊「九」字加上一勾，中間又添個「五」字；也有上頭「五」字「六」字又添一個「木」

字，底下又是一個「五」字。看著又奇怪，又納悶，便說：「妹妹近日越發進了，看起天

書來了！」

黛玉「嗤」的一聲笑道：「好個念書的人！連個琴譜14都沒有見過。」寶玉道：「琴譜怎麼不知道？為什麼上頭的字一個也不認得？妹妹，你認得麼？」黛玉道：「不認得瞧他作什麼？」寶玉道：「我不信，從沒有聽見你會撫琴。我們書房裡掛著好幾張，前年來了一個清客先生，叫作什麼嵇好古，老爺煩他撫了一曲。他取下琴來，說都使不得，還說：『老先生若高興，改日攜琴來請教。』想是我們老爺也不懂，他便不來了。怎麼你有本事藏著？」黛玉道：「我何嘗真會呢？前日身上略覺舒服，在大書架上翻書，看有一套琴譜，甚有雅趣，上頭講的琴理甚通，手法說得也明白，真是古人靜心養性的工夫。我在揚州，也聽得講究過，也曾學過，只是不弄了。這果真是『三日不彈，手生荊棘』。前日看這幾篇，沒有曲名，只有操名，我又到別處找了一本有曲文的來看著，才有意思。究竟怎麼彈得好，實在也難。書上說的…師曠15鼓琴❺，能來風雷龍鳳。孔聖人尚學琴於師襄16，一操便知其為文王。高山流水，得遇知音……」說到這裡，眼皮兒微微一動，慢慢的低下頭去。

寶玉正聽得高興，便道：「好妹妹，你才說得實在有趣！只是我才見上頭的字，都不認得，你教我幾個呢。」黛玉道：「不用教的，一說可以知道的。」寶玉道：「我是個糊塗人，得教我那個『大』字加一勾，中間一個『五』字的。」黛玉笑道：「這『大』字『九』字是用左手大拇指按琴上的『九徽』，這一勾加『五』字是右手鉤『五弦』，並不是一個字，乃是一聲，是極容易的。還有吟、揉、綽、注、撞、走、飛、推等法，是講究手法的。」

寶玉樂得手舞足蹈的說：「好妹妹，你既明琴理，我們何不學起來？」黛玉道：「琴者，禁也17。古人制下，原以治身，涵養性情，抑其淫蕩，去其奢侈。若要撫琴，必擇靜室高齋，或在層樓的上頭，在林石的裡面，或是山巔上，或在水涯上。再遇著那天地清和的時候，風清月朗，焚香靜坐，心不外想，氣血和平，才能與神合靈，與道合妙。所以古人說：『知音難遇。』若無知音，寧可獨對著那清風明月，蒼松怪石，野猿老鶴，撫弄一番，以寄興趣，方為不負了這琴。還有一層，又要指法好，取音好。若必要撫琴，先須衣冠整齊，或鶴氅18，或深衣19，要如古人的象表❻，那才能稱聖人之器。然後盥了手，焚上香，方才將身就在榻邊，把琴放在案上，坐在第五徽的地方兒，對著自己的當心，兩手方從容抬起，方才心身俱正。還要知道輕重疾徐，卷舒自若，體態尊重方好。」寶玉道：「我們學著玩，若這麼講究起來，那就難了。」

兩個人正說著，只見紫鵑進來，看見寶玉，笑說道：「寶二爺，今日這樣高興！」寶玉笑道：「聽見妹妹講究的，叫人頓開茅塞，所以越聽越愛聽。」紫鵑道：「不是這個高興，說的是二爺到我們這邊來的話。」寶玉道：「先時妹妹身上不舒服，我怕鬧得他煩，再者，我又上學，因此顯著就疏遠了似的。」紫鵑不等說完，便道：「姑娘也是才好。二爺既這麼說，坐坐也該讓姑娘歇歇兒了，別叫姑娘只是講究勞神了。」寶玉笑道：「可是我只顧愛聽，也就忘了妹妹勞神了。」黛玉笑道：「說這些倒也開心，也沒有什麼勞神的。只是怕我只管說，你只管不懂呢。」寶玉道：「橫豎慢慢的自然明白了。」說著，便站起來，道：「當真的妹妹歇歇兒罷。明兒我告訴三妹妹和四妹妹去，叫他們都學起來，讓我聽。」黛玉笑道：「你也太受用了。即如大家學會了撫起來，你不懂，可不是

對──」黛玉說到那裡，想起心上的事，便縮住口，不肯往下說了。

寶玉便笑著道：「只要你們能彈，我便愛聽，也不管『牛』不『牛』的了。」黛玉紅了臉一笑，紫鵑雪雁也都笑了。於是走出門來。只見秋紋帶著小丫頭，捧著一小盆蘭花來，說：「太太那邊有人送了四盆蘭花來，因裡頭有事，沒有空兒玩他，叫給二爺一盆，林姑娘一盆。」黛玉看時，卻有幾枝雙朵兒的，心中忽然一動，也不知是喜是悲，便呆呆的呆看。那寶玉此時卻一心只在琴上，便說：「妹妹有了蘭花，就可以作『猗蘭操』[20]了。」

黛玉聽了，心裡反不舒服。回到房中，看著花，想到：「草木當春，花鮮葉茂，想我年紀尚小，便像三秋蒲柳[21]。若是果能隨願，或者漸漸的好來；不然，只恐似那花柳殘春，怎禁得風催雨送！」想到那裡，不禁又滴下淚來。紫鵑在旁看見這般光景，卻想不出緣故來：「方才寶玉在這裡，那麼高興；如今好好的看花，怎麼又傷起心來？」正愁著沒法兒勸解，只見寶釵那邊打發人來。未知何事，下回分解。

■ 校記

❶「本縣問你怎麼砸他的，你便供說惱他不換酒，才砸的，今日又供是失手碰的」，「碰」原作「砸」，參上下文從諸本改。

❷「娘娘病重，宣各諳命進去請安」，「娘娘」原作「姑娘」，從諸本改。

❸「愈經研削」，原作「愈研經削」，從諸本改。

❹「中間又添個五字」，「個五」原作「五個」，參下文從諸本改。

❺「師曠鼓琴」，「鼓」原作「教」，從王本、金本改。

❻「或鶴氅，或深衣，要如古人的象表」，「如」原作「知」，從藤本改。

■ 注釋

1 〔受私賄老官翻案牘〕案牘，公事文件。這裡是指知縣等官，貪贓枉法，重新理案，把殺人凶犯薛蟠的罪惡減輕了。

2 〔當槽兒的〕酒店裡的堂官。

3 〔西京〕原指漢代的都城長安（在今陝西省），這裡是作者虛構的地名。

4 〔憲治〕這裡指縣衙門。下文「憲天」、「憲慈」都指縣官。

5 〔囹圄（ㄌㄧㄥˊ ㄩˇ líng yǔ）〕監獄。

6 〔顖（ㄒㄧㄣˋ xìn）門〕腦頂門。顖，即「囟」字。

7 〔仰戴鴻仁，永永無既〕恭敬地感激大恩德，永遠沒有完。鴻，大。這是薛蝌對官府阿諛逢迎的話。

8 〔尸格〕

仵作驗尸時，對尸身狀態所填的表格。也叫「尸單」。

9 〔候詳〕

等候寫公文上報。

10 〔批詳〕

上邊批示的公文。

11 〔皇上輟（ㄔㄨㄛˋ chuò）朝〕

皇帝停止上朝議事。輟，停止。

12 〔陵寢〕

皇家的陵墓。

13 〔椒房之寵〕

即后妃受到皇帝的寵愛。椒房，漢代的宮殿名，皇后所居，以椒和泥塗壁，取其溫暖芳香。

14 〔琴譜〕

七弦古琴的譜，是將每彈一聲應有的動作，如左手按第幾徽，右手彈第幾弦，以及怎樣按法和怎樣彈法，都用符號和數字表示，每一聲的符號、數字合寫在一起，形狀很像一個方塊字。「對牛彈琴」是諷刺不知音的人的一個諺語，所以下文寶玉自己用「不管牛不牛」來取笑。再下文「猗蘭操」是一個琴曲名。第八十七回「無射（ㄧˋ yì）律」是十二律之一。「變徵（ㄓˇ zhǐ）」是徵調的變調，能表現淒厲的情緒。

15 〔師曠〕

春秋時代晉國的樂師，傳說他彈琴時招來過玄鶴。

16 〔師襄〕

春秋時代魯國的樂官，善彈琴擊磬。

17 〔琴者，禁也〕

「白虎通·禮樂」：「琴者，禁也，所以禁止淫邪，正人心也。」意思是，琴這種樂器，能禁止淫邪，使人心端正。這是漢代文人對音樂的解釋。

18 〔鶴氅〕

用鳥羽作成的大衣。

19 〔深衣〕

古代貴族穿的禮服。穿鶴氅、深衣彈琴，以示文雅，尊貴。

20 〔猗蘭操〕琴曲名。大意是把自己比作蘭花，來表示自己的高潔。

21 〔蒲柳〕水楊，秋天零落最早，所以過去多用它來比喻早衰的體質。

【第八十七回】

感秋聲撫琴悲往事　坐禪寂走火入邪魔

卻說黛玉叫進寶釵家的女人來，問了好，呈上書子，黛玉叫他去喝茶，便將寶釵來書

打開看時，只見上面寫著：

妹生辰不偶[1]，家運多艱，姐妹伶仃，萱親[2]衰邁。兼之猇聲狺語[3]，旦暮無休；更遭

慘禍飛災[4]，不啻驚風密雨。夜深輾側，愁緒何堪！屬在同心[6]，能不為之惻惻[7]乎？

迴憶海棠結社[8]，序屬清秋，對菊持螯[9]，同盟歡洽。猶記「孤標傲世偕誰隱？一樣花

開為底遲」之句，未嘗不嘆冷節餘芳[10]，如吾兩人也！感懷觸緒，聊賦四章。匪日[11]無

故呻吟，亦長歌當哭之意耳。

悲時序之遞嬗[12]兮，又屬清秋。感遭家之不造[13]兮，獨處離[14]愁。北堂有萱[15]兮，何

以忘憂？無以解憂兮，我心咻咻[16]！

雲憑憑[17]兮秋風酸[18]，步中庭兮霜葉乾。何去何從兮，失我故歡[19]！靜言思之[20]兮惻

肺肝[21]！

惟鮪有潭[22]兮，惟鶴有梁[23]。鱗甲潛伏[24]兮，羽毛何長[25]！搔首問兮茫茫，高天厚地

兮，誰知余之永傷26？
銀河耿耿27兮寒氣侵，月色橫斜兮玉漏沉。憂心炳炳28兮，發我哀吟。吟復吟兮，寄我知音29 30。

黛玉看了，不勝傷感。又想：「寶姐姐不寄與別人，單寄與我，也是『惺惺惜惺惺』31的意思。」正在沉吟，只聽見外面有人說道：「林姐姐在家裡呢麼？」黛玉一面把寶釵的書疊起，口內便答應道：「是誰？」正問著，早見幾個人進來，卻是探春、湘雲、李紋、李綺。彼此問了好，雪雁倒上茶來，大家喝了，說些閑話。因想起前年的「菊花詩」來，黛玉便道：「寶姐姐自從挪出去，來了兩遭，如今索性有事也不來了，真真奇怪！我看他終久還來我們這裡不來！」探春微笑道：「怎麼不來？橫豎要來的。如今是他們尊嫂有些脾氣，姨媽上了年紀的人，又兼有薛大哥的事，自然得寶姐姐照料一切。那裡還比得先前有工夫呢？」

正說著，忽聽得「唿喇喇」一片風聲，吹了好些落葉打在窗紙上。停了一回兒，又透過一陣清香來。眾人聞著，都說道：「這是何處來的香風？這像什麼香？」黛玉道：「好像木樨香。」探春笑道：「林姐姐終不脫南邊人的話。這大九月裡的，那裡還有桂花呢？」黛玉笑道：「原是啊！不然，怎麼不竟說『是』桂花香，只說似乎『像』呢？」湘雲道：「三姐姐，你也別說。你可記得『十里荷花，三秋桂子』32？在南邊正是晚桂開的時候，你只沒有見過罷了。等你明日到南邊去的時候，你自然也就知道了。」探春笑道：「我有什麼事到南邊去？況且這個也是我早知道的，不用你們說嘴。」李紋李綺只抿

著嘴兒笑。

黛玉道：「妹妹，這可說不齊。俗語說：『人是地行仙[33]。』今日在這裡，明日就不知在那裡。譬如我原是南邊人，怎麼到了這裡呢？」湘雲拍著手笑道：「今兒三姐姐可叫林姐姐問住了！不但林姐姐是南邊人到這裡，就是我們這幾個人就不同……也有本來是北邊的；也有根子是南邊，生長在北邊的；也有生長在南邊，到這北邊的❶。」眾人聽了，都點頭。探春也只是笑。又說了一會子閒話兒，大家散出。黛玉送至門口，大家都說：「你身上才好些，別出來了，看著了風。」

於是黛玉一面說著話兒，一面站在門口，又與四人殷勤了幾句，便看著他們出院去了。進來坐著，看看已是林鳥歸山，夕陽西墜。因史湘雲說起南邊的話，便想著：「父母若在……南邊的景致，春花秋月，水秀山明，二十四橋[34]，六朝[35]遺跡……不少下人伏侍，諸事可以任意，言語亦可不避……香車畫舫，紅杏青簾，惟我獨尊……今日寄人籬下[36]，縱有許多照應，自己無處不要留心……不知前生作了什麼罪孽，今生這樣孤悽！真是李後主說的『此間日中只以眼淚洗面[37]』矣！」一面想，不知不覺神往那裡去了。

紫鵑走來，看見這樣光景，想著必是因剛才說起南邊北邊的話來，一時觸著黛玉的心事了，便問道：「姑娘們來說了半天話，想來姑娘又勞了神。剛才我叫雪雁告訴廚房裡，給姑娘作了一碗火肉[38]白菜湯，加了一點兒蝦米兒，配了點青筍紫菜，姑娘想著好麼？」黛玉道：「也罷了。」紫鵑道：「還熬了一點江米粥。」黛玉點點頭兒，又說道：「那粥得你們兩個自己熬了，不用他們廚房裡弄的才是。」紫鵑道：「我也怕廚房裡弄得不

乾淨，我們自己熬呢。就是那湯，我也告訴雪雁合柳嫂兒說了，要弄乾淨著。柳嫂兒說了：他打點妥當，拿到他屋裡，叫他們五兒瞅著燉呢。」黛玉道：「我倒不是嫌人家腌臢；只是病了好些日子，不周不備，都是人家，這會子又湯兒粥兒的調度，未免惹人厭煩。」說著，眼圈兒又紅了。

紫鵑道：「姑娘這話也是多想。姑娘是老太太的外孫女兒，又是老太太心坎兒上的。別人求其在姑娘跟前討好兒還不能呢，那裡有抱怨的？」黛玉點點頭兒，因又問道：「你才說的五兒，不是那日合寶二爺那邊的芳官在一處的那個女孩兒？」紫鵑道：「就是他。」黛玉道：「不聽見說要進來麼？」紫鵑道：「可不是！因為病了一場；後來好了，才要進來，正是晴雯他們鬧出事來的時候，也就耽擱住了。」黛玉道：「我看那丫頭倒也還頭臉兒乾淨。」

說著，外頭婆子送了湯來。雪雁出來接時，那婆子說道：「柳嫂兒叫回姑娘：這是他們五兒作的，沒敢在大廚房裡作，怕姑娘嫌腌臢。」雪雁答應著，接了進來。黛玉在屋裡，已聽見了，吩咐雪雁：「告訴那老婆子回去說，叫他費心。」雪雁出來說了，老婆子自去。

這裡雪雁將黛玉的碗箸安放在小几兒上，因問黛玉道：「還有咱們南來的五香大頭菜，拌些麻油、醋，可好麼？」黛玉道：「也使得，只不必累贅了。」一面盛上粥來。黛玉吃了半碗，用羹匙舀了兩口湯喝，就擱下了。兩個丫鬟撤下來了，拭淨了小几，端下去，又換上一張常放的小几。黛玉漱了口，盥了手，便道：「紫鵑，添了香了沒有？」紫鵑道：「就添去。」黛玉道：「你們就把那湯合粥吃了罷，味兒還好，且是乾淨。待我自

己添香罷。」兩個人答應了，在外間自吃去了。

這裡黛玉添了香，自己坐著，才要拿本書看，只聽得園內的風，自西邊直透到東邊，

穿過樹枝，都在那裡「唏溜嘩喇」不住的響。一會兒，檐下的鐵馬[39]也只管「叮叮噹噹」

的亂敲起來。

一時，雪雁先吃完了，進來伺候。黛玉便問道：「天氣冷了，我前日叫你們把那小毛

兒衣裳晾晾，可曾晾過沒有？」雪雁道：「都晾過了。」黛玉道：「你拿一件來我披披。」

雪雁走去，將一包小毛衣裳抱來，打開氈包，給與黛玉自揀。只見內中夾著個絹包兒。黛玉

伸手拿起，打開看時，卻是寶玉病時送來的舊絹子，自己題的詩，上面淚痕猶在。裡頭卻

包著那剪破了的香囊、扇袋並寶玉通靈玉上的穗子。原來晾衣裳時，從箱中檢出，紫鵑恐

怕遺失了，遂夾在這氈包裡的。

這黛玉不看則已，看了時，也不說穿那一件衣裳，手裡只拿著那兩方手帕，呆呆的看

那舊詩；看了一回，不覺得簌簌淚下❷。紫鵑剛從外間進來，只見雪雁正捧著一氈包衣

裳，在旁邊呆立。小几上卻擱著剪破了的香囊和兩三截兒扇袋並那鉸拆了的穗子。黛玉手

中卻拿著兩方舊帕子，上邊寫著字跡，在那裡對著滴淚呢。正是：

失意人逢失意事，新啼痕間舊啼痕。

紫鵑見了這樣，知是他觸物傷情，感懷舊事，料道勸也無益，只得笑著道：「姑娘，還看

那些東西作什麼？那都是那幾年寶二爺和姑娘小時，一時好了，一時惱了，鬧出來的笑話

兒。要像如今這樣厮抬厮敬的，那裡能把這些東西白糟蹋了呢❸？」紫鵑這話原給黛玉開心，不料這幾句話更提起黛玉初來時和寶玉的舊事來，一發珠淚連綿起來。紫鵑又勸道：「雪雁這裡等著呢，姑娘披上一件罷。」那黛玉才把手帕撂下，紫鵑連忙拾起，將香袋等物包起拿開。

這黛玉方披了一件皮衣，自己悶悶的走到外間來坐下。回頭看見案上寶釵的詩啟尚未收好，又拿出來瞧了兩遍，嘆道：「境遇不同，傷心則一。不免也賦四章，翻入琴譜，可彈可歌，明日寫出來寄去，以當和作。」便叫雪雁將外邊桌上筆硯拿來，濡墨揮毫，賦成四疊。又將琴譜翻出，借他「猗蘭」「思賢」兩操[40]，合成音韻，與自己作的配齊了，然後寫出，以備送與寶釵。又即叫雪雁向箱中將自己帶來的短琴拿出，調上弦，又操演了指法。黛玉本是個絕頂聰明人，又在南邊學過幾時，雖是手生，到底一理就熟。撫了一番，夜已深了，便叫紫鵑收拾睡覺。不提。

卻說寶玉這日起來，梳洗了，帶著焙茗正往書房中來，只見墨雨笑嘻嘻的跑來，迎頭說道：「二爺，今日便宜了！太爺不在書房裡，都放了學了。」墨雨道：「二爺不信，那不是三爺和蘭哥來了？」寶玉看時，只見賈環賈蘭跟著小廝們，兩個笑嘻嘻的，嘴裡咭咭呱呱，不知說些什麼，迎頭來了，見了寶玉都垂手站住。寶玉問道：「你們兩個怎麼就回來了？」賈環道：「今日太爺有事，說是放一天學，明兒再去呢。」

寶玉聽了，方回身到賈母賈政處去稟明了，然後回到怡紅院中。襲人問道：「怎麼又

回來了？」寶玉告訴了他；只坐了一坐兒，便往外走。襲人道：「往那裡去，這樣忙法？就放了學，依我說，也該養養神兒了。」寶玉站住腳，低了頭，說道：「你的話也是，但是好容易放一天學，還不散散去？你也該可憐我些兒了。」襲人見說得可憐，笑道：「由爺去罷。」

正說著，端了飯來。寶玉也沒法兒，只得且吃飯。三口兩口，忙忙的吃完，漱了口，一溜烟往黛玉房中去了。走到門口，只見雪雁在院中晾絹子呢。寶玉因問：「姑娘吃了飯了麼？」雪雁道：「早起喝了半碗粥，懶怠吃飯，這時候打盹兒呢。二爺且到別處走走，回來再來罷。」

寶玉只得回來。無處可去，忽然想起惜春有好幾天沒見，便信步走到蓼風軒來。剛到窗下，只見靜悄悄一無人聲；寶玉打量他也睡午覺，不便進去。才要走時，只聽屋裡微微一響，不知何聲，寶玉站住再聽，半日，又「啪」的一響，寶玉還未聽出，只見一個人道：「你在這裡下了一個子兒，那裡你不應麼？」寶玉方知是下棋呢。但只急切聽不出這個人的語音是誰。底下方聽見惜春道：「怕什麼？你這麼一應，我這麼一應；你這麼一吃，我又這麼一著兒呢，終久連得上。」那一個又道：「我要這麼一吃呢？」惜春道：「阿嗄！還有一著反撲[41]在裡頭呢，我倒沒防備。」

寶玉聽了，那一個聲音很熟，卻不是他們姐妹。料著惜春屋裡也沒外人，輕輕的掀簾進去。看時，不是別人，卻是那櫳翠庵的「檻外人」妙玉。這寶玉見是妙玉，不敢驚動。妙玉和惜春正在凝思之際，也沒理會。寶玉卻站在旁邊，看他兩個的手段。只見妙玉低著頭，問惜春道：「你這個畸角兒不要了麼？」惜春道：「怎麼不要？你那裡頭都是死

子兒，我怕什麼？」妙玉道：「且別說滿話，試試看。」惜春道：「我便打了起來，看你怎麼著。」妙玉卻微微笑著，把邊上子一接，卻搭轉一吃，把惜春的一個角兒都打起來了，笑著說道：「這叫作『倒脫靴勢』。」

惜春尚未答言，寶玉在旁，情不自禁，哈哈一笑，把兩個人都唬了一大跳。惜春道：「你這是怎麼說？進來也不言語。這麼使促狹唬人！你多早晚進來的？」寶玉道：「我頭裡就進來了，看著你們兩個爭這個畸角兒。」說著，一面與妙玉施禮，一面又笑問道：

「妙公輕易不出禪關[42]，今日何緣下凡一走？」

妙玉聽了，忽然把臉一紅，也不答言，低了頭，自看那棋。寶玉自覺造次，連忙陪笑道：「倒是出家人比不得我們在家的俗人。頭一件，心是靜的。靜則靈，靈則慧——」寶玉尚未說完，只見妙玉微微的把眼一抬，看了寶玉一眼，復又低下頭去，那臉上的顏色漸漸的紅暈起來。寶玉見他不理，只得訕訕的旁邊坐了。

惜春還要下子，妙玉半日說道：「再下罷。」便起身理理衣裳，重新坐下，痴痴的問著寶玉道：「你從何處來？」寶玉巴不得這一聲，好解釋前頭的話，忽又想道：「或是妙玉的機鋒？」轉紅了臉，答應不出來。妙玉微微一笑，自合惜春說話。惜春也笑道：「二哥哥，這什麼難答的？你沒有聽見人家常說的，『從來處來』麼？這也值得把臉紅了，見了生人的似的？」

妙玉聽了這話，想起自家，心上一動，臉上一熱，必然也是紅的，倒覺不好意思起來。因站起來說道：「我來得久了，要回庵裡去了。」惜春知妙玉為人，也不深留，送出門口。妙玉笑道：「久已不來，這裡彎彎曲曲的，回去的路頭都要迷住了。」寶玉道：

「這倒要我來指引指引，何如？」妙玉道：「不敢。二爺前請。」

於是二人別了惜春，離了蓼風軒，彎彎曲曲，走近瀟湘館，忽聽得叮咚之聲。妙玉道：「那裡的琴聲？」寶玉道：「想必是林妹妹那裡撫琴呢。」妙玉道：「原來他也會這個嗎？怎麼素日不聽見提起？」寶玉悉把黛玉的事說了一遍，因說：「咱們去看他。」妙玉道：「從古只有聽琴，再沒有看琴的。」寶玉笑道：「我原說我是個俗人。」說著，二人走至瀟湘館外，在山子石上坐著靜聽，甚覺音調清切。只聽得低吟道❹：

風蕭蕭[43]兮秋氣深，美人千里兮獨沉吟[44]。望故鄉兮何處？倚欄杆兮涕沾襟。

歇了一回，聽得又吟道：

山迢迢兮水長❺[45]，照軒窗兮明月光。耿耿不寐[46]兮銀河渺茫，羅衫怯怯兮風露涼[47]。

又歇了一歇，妙玉道：「剛才『侵』字韻是第一疊，如今『揚』字韻是第二疊了。咱們再聽。」裡邊又吟道：

子之遭兮不自由[48]，予之遇兮分煩憂[49]。之子與我兮心焉相投[50]，思古人兮俾無尤[51]。

妙玉道：「這又是一拍。何憂思之深也！」寶玉道：「我雖不懂得，但聽他聲音，也覺得

過悲了。」裡頭又調了一回弦。妙玉道：「君弦[52]太高了，與無射律[53]只怕不配呢。」裡邊
又吟道：

人生斯世兮如輕塵，天上人間兮感夙因[54]。感夙因兮不可懻[55]，素心如何天上月[56][57]！

妙玉聽了，呀然失色道：「如何忽作變徵[58]之聲！音韻可裂金石矣❻！只是太過。」寶玉
道：「太過便怎麼？」妙玉道：「恐不能持久。」正議論時，聽得房上「嘣」的一聲斷了。
妙玉站起來，連忙就走。寶玉道：「怎麼樣？」妙玉道：「日後自知，你也不必多說。」
竟自走了。弄得寶玉滿肚疑團，沒精打彩的，歸至怡紅院中，不表。

且說妙玉歸去，早有道婆接著，掩了庵門，坐了一回，把「禪門日誦」念了一遍。吃
了晚飯，點上香，拜了菩薩，命道婆子自去歇著，自己的禪床靠背俱已整齊❼，屏息垂
簾，跏趺[59]坐下，斷除妄想，趨向真如[60]。坐到三更以後，聽得房上「骨碌碌」一片響聲，
妙玉恐有賊來，下了禪床，出到前軒，但見雲影橫空，月華如水。那時天氣尚不很涼❽，
獨自一個，憑欄站了一回，忽聽房上兩個貓兒一遞一聲叫。

那妙玉忽想起日間寶玉之言，不覺一陣心跳耳熱，自己連忙收攝心神，走進禪房，仍
到禪床上坐了。怎奈神不守舍，一時如萬馬奔馳，覺得禪床便晃蕩起來，身子已不在庵
中。便有許多王孫公子，要來娶他；又有些媒婆，扯扯拽拽，扶他上車，自己不肯去。一
回兒，又有盜賊劫他，持刀執棍的逼勒，只得哭喊求救。

早驚醒了庵中女尼道婆等眾，都拿火來照看，只見妙玉兩手撒開，口中流沫。急叫醒時，只見眼睛直豎，兩顴鮮紅，罵道：「我是有菩薩保佑，你們這些強徒敢要怎麼樣？」眾人都唬得沒了主意，都說道：「我們在這裡呢，快醒轉來罷！」妙玉道：「我要回家去！你們有什麼好人，送我回去罷！」道婆道：「這裡就是你住的房子。」妙玉道：「我要回家去！你們有什麼好人，送我回去罷！」道婆道：「這裡就是你住的房子。」妙玉道：「我要回家去！你們有什麼好人，送我回去罷！」道婆道：「這裡就是你住的房子。」妙玉道：「我要回家去！你們有什麼好人，送我回去罷！」道婆道：「這裡就是你住的房子。」妙玉道：「我要回家的女尼忙向觀音前禱告。求了籤，翻開籤書看時，是觸犯了西南角上的陰人。就有一個說：「是了！大觀園中西南角上本來沒有人住，陰氣是有的。」一面弄湯弄水的在那裡忙亂。

那女尼原是自南邊帶來的，伏侍妙玉，自然比別人盡心，圍著妙玉坐在禪床上。妙玉回頭道：「你是誰？」女尼道：「是我。」妙玉仔細瞧了一瞧道：「原來是你！」便抱住那女尼，嗚嗚咽咽的哭起來，說道：「你是我的媽呀，你不救我，我不得活了！」那女尼一面喚醒他，一面給他揉著。道婆倒上茶來喝了，直到天明才睡了。女尼便打發人去請大夫來看脈。也有說是思慮傷脾的，也有說是熱入血室的，也有說是邪祟觸犯的，也有說是內外感冒的，終無定論。後請得一個大夫來看了，問：「曾打坐過沒有？」道婆說道：「向來打坐的。」大夫道：「這病可是昨夜忽然來的麼？」道婆道：「是。」大夫道：「這是走魔入火的緣故。」眾人問：「有礙沒有？」大夫道：「幸虧打坐不久，魔還入得淺，可以有救。」寫了降伏心火的藥，吃了一劑，稍稍平復些。

外面那些游頭浪子聽見了，便造作許多謠言，說：「這麼年紀，那裡忍得住？況且又是很風流的人品，很乖覺的性靈！以後不知飛在誰手裡，便宜誰去呢！」過了幾日，妙玉病雖略好了些，神思未復，終有些恍惚。

一日，惜春正坐著，彩屏忽然進來，回道：「姑娘知道妙玉師父的事嗎？」惜春道：「他有什麼事？」彩屏道：「我昨日聽見邢姑娘和大奶奶在那裡說呢，他自從那日合姑娘下棋回去，夜間忽然中了邪，嘴裡亂嚷，說強盜來搶他來了。到如今還沒好呢。姑娘，你說這不是奇事嗎？」

惜春聽了，默默無語。因想：「妙玉雖然潔淨，畢竟塵緣未斷。可惜我生在這種人家，不便出家，我若出了家時，那有邪魔纏擾？一念不生，萬緣俱寂。」想到這裡，蟇與神會，若有所得，便口占一偈云：

大造[61]本無方[62]，云何是應往[63]？既從空中來[64]，應向空中去[65][66][67]。

占畢，即命丫頭焚香。自己靜坐了一回，又翻開那棋譜來，把孔融王積薪[68]等所著看了幾篇。內中「茂葉包蟹勢」❾，「黃鶯搏兔勢」，都不出奇；「三十六局殺角勢」，一時也難會難記；獨看到「十龍走馬」❿，覺得甚有意思。正在那裡作想，只聽見外面一個人走進院來，連叫：「彩屏！」未知是誰，下回分解。

■ 校記

❶ 「就是我們這幾個人就不同，也有本來是北邊的……也有生長在南邊，到這北邊的」，「同」原作「能」，從諸本改。

❷ 「手裡只拿著那兩方手帕，呆呆的看那舊詩，看了一回，不覺得簌簌淚下」，「回」原作「面」，從藤本、王本改。

❸ 「那裡能把這些東西白糟蹋了呢」，「那裡能把」原作「那能裡這」，從諸本改。

❹ 「只聽得低吟道」，「吟」原作「琴」，從諸本改。

❺ 「山迢超兮水長」，「迢超」藤本、王本作「迢迢」。

❻ 「音韻可裂金石矣」，「韻」原作「的」，從諸本改。

❼ 「自己的禪床靠背俱已整齊」，「自」原缺，從諸本補。

❽ 「那時天氣尚不很涼」，「尚」原作「上」，從諸本改。

❾ 「茂葉包蟹勢」，「茂」諸本作「荷」。

❿ 「十龍走馬」，「十」甲本、王本作「八」；藤本作「人」。

■ 注釋

1 〔不偶〕
　不吉利。「數偶」為運氣好，「數奇」為運氣壞。

2 〔萱親〕
　舊時代指母親。

3 〔猇（ㄒㄧㄠ／xiāo）聲狺（ㄧㄣ／yín）語〕
　虎叫狗咬，此處指夏金桂吵鬧的聲音。猇，虎叫聲；狺，狗咬聲。

4 〔不啻（ㄔ／chì）〕
　不止。

5 〔輾（ㄓㄢˇ／zhǎn）側〕
　身體翻過來覆過去地轉動。

6〔屬在同心〕是知心朋友。

7〔愍惻（ㄇㄧㄣˇ ㄘㄜˋ mǐn cè）〕哀憐，同情。

8〔序屬清秋〕時節是秋天。

9〔對菊持螯（ㄠˊ áo）〕指作的「菊花詩」和「詠蟹詩」，見第三十八回。螯，蟹的鉗足，此處代指螃蟹。

10〔冷節餘芳〕冷如冰霜的氣節，餘味無窮的芳香。

11〔匪曰〕不可以說。匪，同「非」。

12〔悲時序句〕時序，四季依次變化；遞嬗（ㄕㄢˋ shàn），更替，變遷。

13〔不造〕就是倒楣，命運不好的意思。

14〔離〕遭受。

15〔萱〕萱草，又名忘憂草，比喻母親。

16〔咻咻（ㄒㄧㄡ xiū）〕咻咻，是說心裡亂七八糟，很不安寧。

17〔憑憑〕憑憑，濃厚。

18〔酸〕悲涼的意思。

19〔故歡〕舊時的歡樂。

20〔靜言思之〕靜靜地思考。言，助詞，無實義。

21 【惻肺肝】內心悲痛。惻，悲痛。

22 【惟】句首助詞，無義。

23 【惟鮪（ㄨㄟˇ / wěi）二句】是說鮪居潭中，鶴立梁上，皆有棲息之處。鮪，古書上指鱘魚、鰉魚；梁，河梁，捉魚的擋水堤。

24 【鱗甲】魚鱉等水族的統稱。

25 【羽毛】指飛禽之類。

26 【永傷】無限的悲傷。

27 【耿耿】光明的樣子。

28 【炳炳】本義是光明、顯著的意思，這兒指憂愁得很厲害。

29 【譯文】

無法排解哀愁啊，我的心動盪不休。

我有高堂老母啊，怎麼能忘憂？

感嘆家庭不幸的遭遇啊，我孤獨地在這兒憂愁。

悲嘆四季不斷更替啊，現在又到了深秋。

我可怎麼辦啊，已經失去我先前的心歡。

我靜靜地思想家庭的災禍啊，痛徹心肝。

黑雲密布啊秋風悲酸，霜重葉落啊我徘徊庭院。

鮪魚有潭可居啊，鶴鳥棲止河梁，

魚鱉潛游深水啊，鳥雀在空中得意飛翔！

我無可奈何仰問蒼天啊，一片茫茫。

天高地厚啊，誰能知道我無限的悲傷？

30 【簡評】

「四大家族」之一的薛家，這時已急遽衰敗下去。為非作歹的薛蟠被關進監牢，成為官府榨取金錢的對象。賈府這時又無力相助，這就使薛家在經濟上、政治上面臨破產。薛寶釵的這組賦就是在大難臨頭時唱出的一曲無可奈何的悲歌。

這四章賦是在寶釵得知王夫人決定選他為兒媳後，寄給黛玉的。在賦中，一方面寫出了四大家族之一的薛家「秋風酸」、「霜葉乾」、「寒氣侵」、「玉漏沉」的衰敗景象，盡抒自己面對家庭日趨敗亡「我心咻咻」、「憂心炳炳」的哀愁。另一方面則對黛玉表示「友誼」，把黛玉引為「知音」。

31 【惺惺惜惺惺】

聰明人愛惜聰明的人。惺惺，指聰慧的人。

32 【十里荷花，三秋桂子】

語出宋代柳永詞「望海潮」，原是形容杭州西湖風景的。

33 【人是地行仙】

下面一句是：「十天不見走一千」。意思是，人像地行仙（舊稱和人混在一起的神仙）一樣，今日在這裡，明日又到那裡。

34 【二十四橋】

橋名，在江蘇省揚州西門外。傳說古有二十四美人在此吹簫，故名。

35 【六朝】

魏晉南北朝時期的吳、東晉、宋、齊、梁、陳六個王朝。六朝都曾定都於南京。

36【寄人籬下】

依附在別人家裡。此處指林黛玉寄居在賈府裡。寄，寄托，依附；籬，籬笆，代指家庭。

37【李後主說的「此間日中只以眼淚洗面」】

南唐後主李煜在亡國被俘後，曾在給宮女的信中說過這樣的話。這裡是黛玉借來表露她的傷感情緒。

38【火肉】

即火腿。

39【鐵馬】

又叫簷馬，掛在簷間的鐵片，風吹則相擊而發聲。

40【猗蘭】、【思賢】兩操】

都是古代相傳的琴曲名。操，琴曲的一種。這裡只是借用其曲譜。

41【反撲】

圍棋術語，吃著對方而又被對方吃著叫反撲。

42【禪關】

和尚或尼姑靜坐修行的房子。

43【風蕭蕭】

秋風淒涼的景象。

44【美人句】

美人，黛玉自稱；千里，指黛玉離蘇州老家有千里之遠；沉吟，沉思吟詠。

45【山迢超句】

遠隔千山的意思。迢、超，都是遠的意思。

46【耿耿不寐】

耿耿，心情不安；不寐，不能入睡。

47【羅衫句】

羅衫，薄絲衣衫；怯怯，怯懦的樣子，引申為抖抖。

48【子之遭句】

子，指寶釵；不自由，指寶釵的家庭遭遇。

49【予之遇句】

指林黛玉家道敗落，寄人籬下而又和寶玉的愛情不能如願。

50【之子句】

之子，你，指寶釵。此處，林黛玉為薛寶釵的言辭所蒙蔽，誤引寶釵為「知

51 〔思古人句〕 音〕。焉,與何通,多麼。

俾,使;尤,埋怨。

52 〔君弦〕 琴的大(粗)弦。小(細)弦叫臣弦。

53 〔無射(ㄧˋ yì)律〕 十二音律的第十一律。古代以十二律配十二個月,以無射配秋天的九月,與當時時間相符。

54 〔夙因〕 舊緣。佛門認為人生中的悲歡離合,生死禍福都是前生命定的。這叫舊緣、因緣。

55 〔不可惙(ㄔㄨㄛˋ chuò)〕 不能停止。惙通輟。

56 〔譯文〕

倚著欄杆啊淚雨浸透衣襟。
遙望故鄉啊你在何處?
心神不寧難以入眠啊銀河茫茫,
我離家千里啊獨自沉思低吟。
淒涼的秋風緊吹啊寒氣逼人,

青山遙遠啊流水長長,
皎潔的明月啊照我軒窗。
輕羅衣衫抖抖啊秋風夜露多麼悲涼。
心神不寧難以入眠啊銀河茫茫,
我的遭遇啊多麼煩惱憂愁。
你的處境啊不由自主,
你和我啊心心相印,

想起許多古人的不幸啊我不應有什麼憂愁！

人生在這世上啊如同塵烟，

禍福有定啊不管是天上人間。

命定的悲歡離合啊不會停止，

我那顆純真的心啊彷彿明月一般！

57 〔簡評〕

林黛玉這組「琴曲」是寶釵寄詩的和篇。她從寶釵的「感遭家之不造兮」，想到自己的不幸遭遇。

前兩章是抒寫她思念家鄉的痛苦。在「風蕭蕭」「風露涼」的秋天的夜晚，獨自依著「欄杆」，望著凄涼的「銀河」，使她想到遠離「千里」的故鄉，怎能不「淚沾襟」呢？這是林黛玉生活的寫照。

第三章抒寫她愛情的痛苦。「子之遭兮不自由」，是說寶釵的家庭遭到不幸，哥哥被捕，生死未卜，嫂嫂大鬧，全家不得安生。可是林黛玉的遭遇，是比「不自由」更甚、更淒慘。「煩憂」什麼呢？在寫此曲時，看到寶玉送來的舊絹子，自己題的詩絹上淚痕猶在，又想起「初來時和寶玉的舊事」，又想到自己和寶玉的愛情要破滅，一生的希望要成為泡影。「思古人兮俾無尤」，實際上是氣憤的話。

最後一章，發出了人生如塵的感嘆，相信命定的姻緣，這是痛苦淒涼心情的自然流露。

58 〔變徵〕（ㄓˇ zhǐ）

中國古代音樂中有七音，即：宮、商、角、徵、羽、變宮、變徵。變徵，現在通稱B調，用以表現淒厲的情緒。

59 〔跏趺〕（ㄐㄧㄚ ㄈㄨ jiā fū）

即「結跏趺坐」，佛教徒盤腿打坐的姿勢。

60 〔真如〕

佛教名詞。佛教認為用語言、思維等表達事物的真相，總不免有所增減，不能恰到好處。要表示其真實，只能用「照那樣子」的「如」字來形容。真，即真實；如，即如常，無變化的意思。中國佛教學者，大多將它作為一切事物的共同本體之稱。

61 〔大造〕

指現實世界。

62 〔無方〕

無常，指現實世界是瞬息即逝的虛幻世界。

63 〔往〕

佛家語，也叫往相，指對現實世界的迷戀。

64 〔空中來〕

佛教認為，空能生有，人的生來就是從空到有，所以說人生是從空中來的。

65 〔空中去〕

這個「空」指「空門」，即佛門。

66 〔譯文〕

現實世界本來是虛幻無常，那裡是應該留戀的地方？人既然是來自空虛，就應當向空門去尋求歸宿。

67 〔簡評〕

這首偈是用佛教用語宣揚佛教思想。前兩句是說，人應該離開這個變化無常的現實世界。離開現實世界到那裡去呢？後兩句作了回答：應該到佛門去尋找歸宿，即出家。惜春占的這首偈，表現了她對當時現實的不滿，決心要走脫離塵世的道路。

68 〔孔融、王積薪〕

孔融，三國時人；王積薪，唐代人，都是下圍棋的能手。

【第八十八回】

博庭歡寶玉讚孤兒[1]　正家法賈珍鞭悍僕

卻說惜春正在那裡揣摩棋譜，忽聽院內有人叫彩屏，不是別人，卻是鴛鴦的聲兒。彩屏出去，同著鴛鴦進來。那鴛鴦卻帶著一個小丫頭，提了一個小黃絹包兒。惜春笑問道：「什麼事？」鴛鴦道：「老太太因明年八十一歲，是個『暗九』[2]，許下一場九晝夜的功德，發心要寫三千六百五十零一部『金剛經』。這已發出外面人寫了。但是俗說：『金剛經』就像那道家的符殼，『心經』才算是符膽[3]，故此，『金剛經』內必要插著『心經』，更有功德。老太太因『心經』是更要緊的，觀自在又是女菩薩[4]，所以要幾個親丁奶奶姑娘們寫上三百六十五部。如此，又虔誠，又潔淨。咱們家中，除了二奶奶；頭一宗，他當家沒有空兒；二宗，他也寫不上來。其餘會寫字的，不論寫得多少，連東府珍大奶奶姨娘們都分了去。本家頭自不用說。」惜春聽了，點頭道：「別的我作不來，若要寫經，我最信心的。你擱下，喝茶罷。」鴛鴦才將那小包兒擱在桌上，同惜春坐下。

彩屏倒了一鍾茶來。惜春笑問道：「你寫不寫？」鴛鴦道：「姑娘又說笑話了。那幾年還好；這三四年來，姑娘還見我拿了拿筆兒麼？」惜春道：「這卻是有功德的。」鴛鴦道：「我也有一件事：向來伏侍老太太安歇後，自己念上米佛[5]，已經念了三年多了。我

把這個米收好，等老太太作功德的時候，我將他襯在裡頭，供佛施食，也是我一點誠心。」惜春道：「這樣說來，老太太作了觀音，你就是龍女[6]了？」鴛鴦道：「那裡跟得上這個份兒？卻是除了老太太，別的也伏侍不來，不曉得前世什麼緣分兒！」說著要走，叫小丫頭把小絹包打開，拿出來說道：「這素紙一扎，是寫『心經』的。」又拿起一子兒[7]藏香，道：「這是叫寫經時點著寫的。」惜春都應了。

鴛鴦遂辭了出來，同小丫頭來至賈母房中，回了一遍，看見賈母與李紈打雙陸[8]，鴛鴦旁邊瞧著。李紈的骰子好，擲下去，把老太太的錘打下了好幾個去，鴛鴦抿著嘴兒笑。

忽見寶玉進來，手中提了兩個細篾絲的小籠子，籠內有幾個蟈蟈兒，說道：「我聽說老太太夜裡睡不著，我給老太太留下解解悶。」賈母笑道：「你別瞅著你老子不在家，你只管淘氣。我才拿了來孝敬老太太的。」賈母道：「他沒淘氣，不在學房裡念書，為什麼又弄這個東西呢？」寶玉笑道：「我沒有淘氣。」賈母道：「你沒淘氣，為什麼不上來？對不上來，就叫你儒大爺爺打他的嘴巴子，看他臊不臊！你也夠受了。不記得你老子在家時，一叫作詩作詞，唬得倒像個小鬼兒似的？這會子又說嘴了。那環兒小子更沒出息：求人替作了，就變著方法兒打點人。這麼點子孩子，就鬧鬼鬧神的，也不害臊！趕大了，還不知是個什麼東西呢！」說得滿屋子人都笑了。

賈母又問道：「蘭小子呢？作上來了沒有？」——這該環兒替他了，他又比他小了，是不是？」寶玉笑道：「他倒沒有，卻是自己對的。」賈母道：「我不信，不然，就也是你

鬧了鬼了。如今你還了得，『羊群裡跑出駱駝來了』，就只你大。你又會作文章了。」寶玉笑道：「實在是他作的，師父還誇他明兒一定有大出息呢。老太太不信，就打發人叫了他來親自試試，老太太就知道了。」賈母道：「果然這麼著，我才喜歡。我不過怕你撒謊。既是他作的，這孩子明兒大概還有一點兒出息。」因看著李紈，又想起賈珠來，又說：「這也不枉你大哥哥死了，你大嫂子拉扯他一場！日後也替你大哥哥頂門壯戶。」說到這裡，不禁淚下。

李紈聽了這話，卻也動心，只是賈母已經傷心，自己連忙忍住淚，笑勸道：「這是老祖宗的餘德，我們托著老祖宗的福罷咧。只要他應得了老祖宗的話，就是我們的造化了。老祖宗看著他也喜歡，怎麼倒傷起心來呢？」因又回頭向寶玉道：「寶叔叔明兒別這麼誇他，他多大孩子，知道什麼！你不過是愛惜他的意思，他那裡懂得？一來二去，眼大心肥，那裡還能夠有長進呢？」賈母道：「你嫂子這也說得是。就只他還太小呢，也別逼檔[9]緊了他。小孩子膽兒小，一時逼急了，弄出點子毛病來，書倒念不成，把你的工夫都白糟蹋了。」賈母說到這裡，李紈卻忍不住，撲簌簌掉下淚來，連忙擦了。

只見賈環賈蘭也都進來給賈母請了安。賈蘭又見他母親，然後過來，在賈母旁邊侍立。賈母道：「我剛才聽見你叔叔說你對得好對子，師父誇你來著。」賈蘭也不言語，只管抿著嘴兒笑。鴛鴦過來說道：「請示老太太，晚飯伺候下了。」賈母道：「請你姨太太去罷。」琥珀接著便叫人去王夫人那邊請薛姨媽。這裡寶玉賈環退出，素雲和小丫頭們過來把雙陸收起，李紈尚等著伺候賈母的晚飯。賈蘭便跟著他母親站著。賈母道：「你們娘兒兩個跟著我吃罷。」李紈答應了。一時，擺

上飯來，丫鬟回來稟道：「太太叫回來老太太：姨太太這幾天浮來暫去[10]，不能過來回老太太，今日飯後家去了。」於是賈母叫賈蘭在身旁邊坐下，大家吃飯。不必細言。

卻說賈母剛吃完了飯，盥漱了，歪在床上，說閒話兒。只見小丫頭子告訴琥珀，琥珀過來回賈母道：「東府大爺請晚安來了。」賈母道：「你們告訴他：如今他辦理家務乏乏的❶，叫他歇著去罷。我知道了。」小丫頭告訴老婆子們，老婆子才告訴賈珍，賈珍然後退出。

到了次日，賈珍過來料理諸事。門上小廝陸續回了幾件事。又一個小廝回道：「莊頭送果子來了。」賈珍道：「單子呢？」那小廝連忙呈上。賈珍看時，上面寫著不過是時鮮果品，還夾帶菜蔬野味若干在內。賈珍看完，問：「向來經管的是誰？」門上的回道：「是周瑞。」便叫周瑞：「照賬點清，送往裡頭交代。等我把賬抄下一個底子，留著好對。」又叫：「告訴廚房，把下菜中添幾宗，送往果子的來人，照常賞飯給錢。」

周瑞答應了，一面叫人搬至鳳姐兒院子裡去，又把莊上的賬和果子交代明白，出去了。一回兒，又進來回賈珍道：「才剛來的果子，大爺曾點過數目沒有？」賈珍道：「我那裡有工夫點這個呢？給了你賬，你照賬點就是了。」周瑞道：「小的曾點過，也沒有少，也不能多出來。大爺既留下底子，再叫送果子來的人問一問他，這賬是真是假的。」賈珍道：「這是怎麼說？不過是幾個果子罷咧，有什麼要緊？我又沒有疑你。」說著，只見鮑二走來磕了一個頭，說道：「求大爺原舊放小的在外頭伺候罷。」賈珍道：「你們這又是怎麼著？」鮑二道：「奴才在這裡又說不上話來。」賈珍道：「誰叫你說話？」鮑二

道：「何苦來在這裡作眼睛珠兒？」周瑞接口道：「奴才在這裡經管地租莊子銀錢出入，每年也有三五十萬來往，老爺太太奶奶們從沒有說過話，何況這些零星東西？若照鮑二在這裡拌嘴，不起來，爺們家裡的田地房產都被奴才們弄完了。」賈珍想道：「必是鮑二在這裡拌嘴，不如叫他出去。」因向鮑二說道：「快滾罷！」又告訴周瑞說：「你也不用說了，你幹你的事罷。」二人各自散了。

賈珍正在書房裡歇著，聽見門上鬧得翻江攪海，叫人去查問，回來說道：「鮑二和周瑞的乾兒子打架。」賈珍道：「周瑞的乾兒子是誰？」門上的回道：「他叫何三，本來是個沒味兒的，天天在家裡吃酒鬧事，常來門上坐著。聽見鮑二和周瑞拌嘴，他就插在裡頭。」賈珍道：「這卻可惡！把鮑二和那個什麼何三給我一塊捆起來！周瑞呢？」門上的回道：「打架時，他先走了。」賈珍道：「給我拿了來！這還了得了！」眾人答應了。

正嚷著，賈璉也回來了，賈珍便告訴了一遍。賈璉道：「這還了得！」又添了人去拿周瑞。周瑞知道躲不過，也找了了。賈珍便叫：「都捆上！」賈璉便向周瑞道：「你們前頭的話也不要緊，大爺說開了很是了，為什麼外頭又打架？你們打架已經使不得，又弄個野雜種什麼何三來鬧。你不壓伏壓伏他們，倒竟走了！」就把周瑞踢了幾腳。賈珍道：「單打周瑞不中用。」喝命人把鮑二和何三各人打了五十鞭子，攆了出去，方和賈璉兩個商量正事。

下人背地裡便生出許多議論來：也有說賈珍護短的；也有說不會調停的；也有說他本不是好人，「前兒尤家姐妹弄出許多醜事來，那鮑二不是他調停著二爺叫了來的嗎？這會子又嫌鮑二不濟事，必是鮑二的女人伏侍不到了。」人多嘴雜，紛紛不一。

卻說賈政自從在工部掌印，家人中盡有發財的。那賈芸聽見了，也要插手弄一點事兒，便在外頭說了幾個工頭，講了成數，便買了些時新繡貨，要走鳳姐兒的門子。

鳳姐正在屋裡，聽見丫頭們說：「大爺二爺都生了氣，在外頭打人呢。」鳳姐道：「事情雖不要緊，但這風俗兒斷不可長。此刻還算咱們家裡正旺的時候兒，他們就敢打架，以後小輩兒們當了家，不管上上下下，一混湯子的混罵。他雖是有過功的人，到底主子奴才的名分，也要存點體統兒才好。珍大奶奶──不是我說──是個老實頭，個個人都叫他養得無法無天的。如今又弄出一個什麼鮑二！我還聽見是你和珍大爺得用的人，為什麼今兒又打他呢？」賈璉聽了這話刺心，便覺趑趄的，拿話來支開，借有事，說著就走了。

小紅進來回道：「芸二爺在外頭要見奶奶。」鳳姐一想：「他又來作什麼？」便道：「叫他進來罷。」

小紅出來，瞅著賈芸微微一笑。賈芸趕忙湊近一步，問道：「姑娘替我回了沒有？」小紅了臉，說道：「我就是見二爺的事多！」賈芸道：「何曾有多少事能到裡頭來勞動姑娘呢？就是那一年姑娘在寶二叔房裡，我才和姑娘──」小紅怕人撞見，不等說完，連忙問道：「那年我換給二爺的一塊絹子，二爺見了沒有？」

那賈芸聽了這句話，喜得心花俱開，才要說話，只見一個小丫頭從裡面出來，賈芸連忙同著小紅往裡走。兩個人一左一右，相離不遠。賈芸悄悄的道：「回來我出來，還是你送出我來。我告訴你，還有笑話兒呢。」小紅聽了，把臉飛紅，瞅了賈芸一眼，也不答

言。和他到了鳳姐門口，自己先進去回了，然後出來，掀起簾子，點手兒，口中卻故意說道：「奶奶請芸二爺進來呢。」

賈芸笑了一笑，跟著他走進房來，見了鳳姐兒，請了安，並說：「母親叫問好。」鳳姐也問了他母親好。鳳姐道：「你來有什麼事？」賈芸道：「姪兒從前承嬸娘疼愛，心上時刻想著，總過意不去。欲要孝敬嬸娘，又怕嬸娘多想。如今重陽時候，略備了一點兒東西。嬸娘這裡那一件沒有呢？不過是姪兒一點孝心。只怕嬸娘不賞臉。」鳳姐笑道：「你不是有話坐下說。」賈芸才側身坐了，連忙將東西捧著擱在旁邊桌上。鳳姐又道：「你不是什麼有餘的人，何苦又去花錢？我又不等著使。你今兒來意，是怎麼個想頭兒，你倒是實說。」賈芸道：「並沒有別的想頭兒，不過感念嬸娘的恩惠，過意不去罷咧。」說著，微微的笑了。賈芸道：「不是這麼說。你手裡窄，我很知道，我何苦白白兒使你的？你要我收下這個東西，須先和我說明白了。要是這麼『含著骨頭露著肉』[11]的，我倒不收。」

賈芸沒法兒，只得站起來，陪著笑兒說道：「並不是有什麼妄想：前幾日聽見老爺總辦陵工[12]，姪兒有幾個朋友辦過好些工程，極妥當的，要求嬸娘在老爺跟前提一提。辦得一兩種，姪兒再忘不了嬸娘的恩典！若是家裡用得著姪兒，也能給嬸娘出力。」鳳姐道：「若是別的，我卻可以作主。至於衙門裡的事，上頭呢，都是堂官司員[13]定的；底下呢，就是你二叔去，亦只是為的是各自家裡的事，他也並不能攬越公事。論家事，這裡是都是那些書班[14]衙役們辦的❷；別人只怕插不上手，連自己的家人也不過跟著老爺伏侍伏侍；就是你二叔去，亦只是為的是各自家裡的事，他也並不能攬越公事。論家事，這裡纏得跴一頭兒撬一頭兒[15]的，連珍大爺還彈壓不住。你的年紀兒又輕，輩數兒又小，那裡纏得清這些人呢？況且衙門裡頭的事差不多兒也要完了，不過吃飯瞎跑。你在家裡什麼事作不

得，難道沒了這碗飯吃不成？我這是實在話，你自己回去想想就知道了。你的情意，我已

經領了，把東西快拿回去，是那裡弄來的，仍舊給人家送了去罷。」

正說著，只見奶媽子一大起帶了巧姐兒進來。那巧姐兒身上穿得錦團花簇，手裡拿著

好些玩意兒，笑嘻嘻走到鳳姐身邊學舌。賈芸一見，便站起來，笑吟吟的趕著說道：「這

就是大妹妹麼？你要什麼好東西不要？」那巧姐兒便「啞」的一聲哭了。賈芸連忙退下。

鳳姐道：「乖乖不怕。」連忙將巧姐攬在懷裡，道：「這是你芸大哥哥，怎麼認起生來

了？」賈芸道：「妹妹生得好相貌，將來又是個有大造化的。」那巧姐兒回頭把賈芸一

瞧，又哭起來；疊連幾次。

賈芸看這光景坐不住，便起身告辭要走。鳳姐道：「你把東西帶了去罷。」賈芸道：

「這一點子，嬸娘還不賞臉？」鳳姐道：「你不帶去，我便叫人送到你家去。芸哥兒，你

不要這麼著。你又不是外人。我這裡有機會，少不得打發人去叫你；沒有事也沒法兒，不

在乎這些東東西西上的。」賈芸看見鳳姐執意不受，只得紅著臉道：「既這麼著，我再找

得用的東西來孝敬嬸娘罷。」鳳姐兒便叫小紅：「拿了東西，跟著送出芸哥去。」

賈芸走著，一面心中想道：「人說二奶奶利害，果然利害。一點兒都不漏縫，真正斬

釘截鐵！怪不得沒有後世。這巧姐兒更怪，見了我好像前世的冤家似的。真正晦氣，白鬧

了這麼一天！」

小紅見賈芸沒得彩頭，也不高興，拿著東西跟出來。賈芸接過來，打開包兒，揀了兩

件，悄悄的遞給小紅。小紅不接，嘴裡說道：「二爺別這麼著。看奶奶知道了，大家倒不

好看。」賈芸道：「你好生收著罷。怕什麼？那裡就知道了呢？你若不要，就是瞧不起我

了。」小紅微微一笑，才接過來，說道：「誰要你這些東西？算什麼呢？」說了這句話，把臉又飛紅了。賈芸也笑道：「我也不是為東西。況且那東西也算不了什麼。」小紅催著賈芸道：「你先去罷。有什麼事情，只管來找我。我如今在這院裡了，你橫豎心裡明白，得了空兒，再告訴你罷。」賈芸點點頭兒，說道：「二奶奶太利害，我可惜不能常來！剛才我說的話，你橫豎記在心裡罷。」小紅滿臉羞紅，說道：「你去罷。明兒也常來走走。誰叫你和他生疏呢？」賈芸道：「知道了。」說著話兒，兩個已走到二門口。賈芸把下剩的仍舊揣在懷內。小紅站在門口，怔怔的看他去遠了，才回來了。

卻說鳳姐在屋裡吩咐預備晚飯，因又問道：「你們熬了粥了沒有？」丫鬟們連忙去問，回來回道：「預備了。」鳳姐道：「你們把那南邊來的糟東西弄一兩碟來罷。」秋桐答應了，叫丫頭們伺候。平兒走來笑道：「我倒忘了：今兒晌午，奶奶在上頭老太太那邊的時候，水月庵的師父打發人來，要向奶奶討兩瓶南小菜，還要支用幾個月的月錢，說是身上不受用。我問那道婆來著：『師父怎麼不受用？』他說：『四五天了。前兒夜裡，因那些小沙彌小道士裡頭有幾個女孩子，睡覺沒有吹燈，他說了幾次不聽。那一夜，看見他們三更以後燈還點著呢，他便叫他們吹燈，個個都睡著了，只得自己親自起來給他們吹滅了。回到炕上，只見有兩個人，一男一女，坐在炕上。他趕著問是誰，那裡把一根繩子往他脖子上一套，他便叫起人來。眾人聽見，點上燈火，一齊趕來，已經躺在地下，滿口吐白沫子。此時還不能吃東西，所以叫來尋些小菜兒的。』我因奶奶不在屋裡，不便給他。我說：『奶奶此時沒有空兒，在上頭呢，回來告訴。』便打發

他回去了。剛才聽見說起南菜，方想起來了，不然，就忘了。」

鳳姐聽了，呆了一呆，說道：「南菜不是還有呢，叫人送些去就是了。那銀子，過一天叫芹哥來領就是了。」又見小紅進來回道：「剛才二爺差人來，說是今晚城外有事，不能回來，先通知一聲。」鳳姐道：「是了。」

說著，只聽見小丫頭從後面喘吁吁的嚷著，直跑到院子裡來。外面平兒接著，還有幾個丫頭們，咕咕唧唧的說話。鳳姐道：「那一個？」小丫頭道：「我剛才到後邊去叫打雜兒的添煤，只聽得三間空屋子裡『嘩喇嘩喇』的響，我還道是貓兒耗子；又聽得『嗳』的一聲，像個人出氣兒的似的。我害怕，就跑回來了。」鳳姐罵道：「胡說！我這裡斷不興說神說鬼。我從來不信這些個話，快滾出去罷！」那小丫頭出去了。

鳳姐便叫彩明將一天零碎日用賬對過一遍。時已將近二更，大家又歇了一回，略說些閒話，遂叫各人安歇去罷。鳳姐也睡下了。將近三更，鳳姐似睡不睡，覺得身上寒毛一乍，自己驚醒了，越躺著越發起滲[16]來，因叫平兒秋桐過來作伴。二人也不解何意。那秋桐本來不順鳳姐，後來賈璉因尤二姐之事，不大愛惜他，如今倒也安靜，只是心裡比平兒差多了，外面情兒，只得端上茶來。鳳姐喝了一口道：「難為你，睡去罷，只留平兒在這裡就夠了。」秋桐卻要獻勤兒，因說道：「奶奶睡不著，倒是我們兩個輪流坐坐也使得。」鳳姐一面說，一面睡著了。平兒秋桐看見鳳姐已睡，只聽得遠遠的雞聲叫了，二人方都穿著衣裳略躺了一躺，就天亮了，連忙起來伏侍鳳

姐梳洗。

　　鳳姐因夜中之事，心神恍惚不寧，只是一味要強，仍然扎掙起來。正坐著納悶，忽聽個小丫頭子在院裡問道：「平姑娘在屋裡麼？」平兒答應了一聲。那小丫頭掀起簾子進來，卻是王夫人打發過來找賈璉，說：「外頭有人回要緊的官事。老爺才出了門，太太叫快請二爺過去呢。」鳳姐聽見，唬了一跳。未知何事，下回分解。

■校記

❶「如今他辦理家務乏乏的」，「乏乏」諸本作「乏乏」。金本作「很乏」。

❷「都是那些書班伺役們辦的」，「班」王本、金本作「辦」。

■注釋

1 〔博庭歡寶玉讚孤兒〕博庭歡，指賈寶玉拿著蠟蠟兒去博取賈母的歡愛；讚孤兒，指寶玉稱讚賈蘭「一心只讀聖賢書」是「有大出息」的。這不僅嚴重地歪曲了賈寶玉的性格，而且也為高鶚後來寫的「蘭桂齊芳」安下了伏筆。

2 〔暗九〕因八十一這個數字是由兩個「九」字相乘而得，所以稱為暗九。

3 〔符殼、符膽〕符，即符籙。就是道教弄的所謂秘密文字。符殼，即符籙的外表；符膽，符籙的核心。

4 〔觀自在又是女菩薩〕觀自在，是觀世音菩薩的另一種譯音。舊時流行的塑像中有作女像的，所以也說「女菩薩」。

5 〔念米佛〕念佛時用米記數，念一聲佛號數一顆米。

6 〔龍女〕佛家說是娑竭羅龍王之女，八歲就到靈鷲山去拜釋迦牟尼佛，後來成了佛。

7 〔一子兒〕一束。

8 〔雙陸〕一種遊戲，又名「雙鹿」。下鋪一種特製的盤子，二人各用十六枚棒棰形的「馬」立在自己一邊，擲骰子二枚，按點數在盤子上占步數，先走到對方的就算勝利。

9 〔逼棒〕逼迫。

10 〔浮來暫去〕因事情忙碌，來去不定。

11 〔含著骨頭露著肉〕形容說話吞吞吐吐。

12 〔陵工〕給皇帝、后妃修陵墓的工程。

13 〔堂官、司員〕清代對朝廷各部、署的長官通稱堂官；司員是各部屬官的通稱。

14 〔書班〕也叫書辦。舊時官署中辦理公文的官吏。

15 〔跐（ㄘㄞˇ tǎi）一頭兒撬一頭兒〕這是用蹺板作比喻，意思是顧了這頭，顧不了那頭。

16 〔滲（ㄕㄣˋ shèn）〕悚懼的感覺。

【第八十九回】

人亡物在公子填詞　蛇影杯弓[1]顰卿絕粒

卻說鳳姐正自起來納悶，忽聽見小丫頭這話，又唬了一跳，連忙又問：「什麼官事？」小丫頭道：「也不知道。剛才二門上小廝回進來，回老爺有要緊的官事，所以太太叫我請二爺來了。」鳳姐聽了工部裡的事，才把心略略的放下，因說道：「你回去回太太，就說二爺昨日晚上出城有事，沒有回來，打發人先回珍大爺去罷。」那丫頭答應著去了。

一時，賈珍過來，見了部裡的人，問明了，進來見了王夫人，回道：「部中來報：昨日總河[2]奏到，河南一帶決了河口，湮沒了幾府州縣。又要開銷國帑，修理城工。工部司官又有一番照料。所以部裡特來報知老爺的。」說完退出，及賈政回家來，回明。從此，直到冬間，賈政天天有事，常在衙門裡。寶玉的功課也漸漸鬆了，只是怕賈政覺察出來，不敢不常在學房裡去念書，連黛玉處也不敢常去。

那時已到十月中旬，寶玉起來，要往學房中去。這日天氣陡寒，只見襲人早已打點出一包衣裳，向寶玉道：「今日天氣很涼，早晚寧可暖些。」說著，把衣裳拿出來，給寶玉挑了一件穿。又包了一件，叫小丫頭拿出，交給焙茗，囑咐道：「天氣冷，二爺要換時，

好生預備著。」焙茗答應了，抱著氈包，跟著寶玉自去。

寶玉到了學房中，作了自己的功課，忽聽得紙窗「呼喇喇」一派風聲。代儒道：「天氣又變了。」把風門推開一看，只見西北上一層層的黑雲，漸漸往東南撲上來。焙茗走進來回寶玉道：「二爺，天氣冷了，再添些衣裳罷。」寶玉點點頭兒。只見焙茗拿進一件衣裳來。寶玉不看則已，看了時，神已痴了。那些小學生都巴著眼瞧，卻原是晴雯所補的那件雀金裘。寶玉道：「怎麼拿這一件來？是誰給你的？」焙茗道：「是裡頭姑娘們包出來的。」寶玉道：「我身上不大冷，且不穿呢，包上罷。」代儒只當寶玉可惜這件衣裳，卻也心裡喜他知道儉省。焙茗道：「二爺穿上罷。著了冷，又是奴才的不是了。二爺只當疼奴才罷！」寶玉無奈，只得穿上，呆呆的對著書坐著。代儒也只當他看書，不甚理會。

晚間放學時，寶玉便往代儒托病告假一天。代儒本來上年紀的人，也不過伴著幾個孩子解悶兒，時常也八病九痛的，樂得去一個少操一日心。況且明知賈政事忙，賈母溺愛，便點點頭兒。

寶玉一徑回來，見過賈母王夫人，也是這麼說，自然沒有不信的。略坐一坐，便回園中去了。見了襲人等，也不似往日有說有笑的，便和衣躺在炕上。襲人道：「晚飯預備下了，這會兒吃，還是等一等兒？」寶玉道：「我不吃了，心裡不舒服。你們吃去罷。」襲人道：「那麼著，你也該把這件衣裳換下來了。那個東西那裡禁得住揉搓？」寶玉道：「不用換。」襲人道：「倒也不但是嬌嫩物兒，你瞧瞧那上頭的針線，也不該這麼糟蹋他呀。」寶玉聽了這話，正碰在他心坎兒上，嘆了一口氣道：「那麼著，你就收起來，給我包好了。我也總不穿他了！」說著，站起來脫下。襲人才過來接時，寶玉已經自己疊起。

襲人道：「二爺怎麼今日這樣勤謹起來了？」寶玉也不答言，疊好了，便問：「包這個的包袱呢？」麝月連忙遞過來，讓他自己包好，回頭和襲人擠著眼兒笑。

寶玉也不理會，自己坐著，無精打彩。猛聽架上鐘響，自己低頭看了看錶針已指到酉初二刻了。一時小丫頭點上燈來。襲人道：「你不吃飯，喝半碗熱粥兒罷，別淨餓著。」寶玉搖搖頭兒，說：「這不大餓，強吃了倒不受用。」襲人道：「既這麼著，就索性早些歇著罷。」於是襲人麝月鋪設好了，寶玉也就歇下。翻來覆去，只睡不著，將及黎明，反矇矓睡去，有一頓飯時，早又醒了。

此時襲人麝月也都起來。襲人道：「昨夜聽著你翻騰到五更天，我也不敢問你。後來我就睡著了，不知到底你睡著了沒有？」寶玉道：「也睡了一睡，不知怎麼就醒了。」襲人道：「你沒有什麼不受用？」寶玉道：「沒有，只是心上發煩。」襲人道：「今日學房裡去不去？」寶玉道：「我昨兒已經告了一天假了，今兒我要想園裡逛一逛，散散心，只是怕冷。你叫他們收拾一間屋子，備了一爐香，擱下紙墨筆硯，你們只管幹你們的，我自己靜坐半天才好，別叫他們來攪我。」麝月接著道：「二爺要靜靜兒的用工夫，誰敢來攪！」襲人道：「這麼著很好，也省得著了涼，自己坐坐，心神也不攪。」因又問：「你既懶怠吃飯，今日吃什麼，早說，好傳給廚房裡去。」寶玉道：「還是隨便罷，不必鬧得大驚小怪的。倒是要幾個果子擱在那屋裡，借點果子香。」襲人道：「那個屋裡好？別的都不大乾淨，只有晴雯起先住的那一間，因一向無人，還乾淨。——就是清冷些。」寶玉道：「不妨，把火盆挪過去就是了。」襲人答應了。

正說著，只見一個小丫頭端了一個茶盤兒，一個碗，一雙牙箸，遞給麝月，道：「這

是剛才花姑娘要的，廚房裡老婆子送了來了。」麝月接了一看，卻是一碗燕窩湯，便問襲

人道：「這是姐姐要的麼？」襲人笑道：「昨夜二爺沒吃飯，又翻騰了一夜，想來今兒早

起心裡必是發空的，所以我告訴小丫頭們，叫廚房裡作了這個來的。」襲人一面叫小丫頭

放桌兒。麝月打發寶玉喝了，漱了口，只見秋紋走來說道：「那屋裡已經收拾妥了，但等

著一時炭勁過了，二爺再進去罷。」寶玉點頭，只是一腔心事，懶意說話。

一時，小丫頭來請，說：「筆硯都安放妥當了。」寶玉道：「就拿了來罷，不必累贅了。」又一個小丫

頭回道：「早飯得了，二爺在那裡吃？」寶玉笑了一笑，向麝月襲人道：「我心裡悶得很，自己吃只

怕又吃不下去，不如你們兩個同我一塊兒吃，或者吃得香甜，我也多吃些。」麝月笑道：

「這是二爺的高興，還使得；若認真這樣，還有什麼規矩體統呢！」說著，三人坐

下：寶玉在上首，襲人麝月兩個打橫陪著。吃了飯，小丫頭端上漱口茶來，兩個看著撤了

下去。

寶玉因端著茶，默默如有所思，又坐了一坐，便問道：「那屋裡收拾妥了麼？」麝月

道：「頭裡就回過了。這會子又問！」寶玉略坐了一坐，便過這間屋子來。親自點了一炷

香，擺上些果品，便叫人出去，關上門。外面襲人等都靜悄無聲。寶玉拿了一幅泥金角花

的粉紅箋出來，口中祝了幾句，便提起筆來寫道：

怡紅主人焚付晴 姐知之：酌茗清香，庶幾來饗³！

其詞云：

隨身伴，獨自意綢繆[4]。誰料風波平地起，頓教軀命即時休；孰與話輕柔？東逝水，無復向西流。想像更無懷夢草[5]，添衣還見翠雲裘[6]，脈脈使人愁[7][8]！

寫畢，就在香上點個火，焚化了。靜靜兒等著，直待一炷香點盡了，才開門出來❶。襲人道：「怎麼出來了？想來又悶得慌了。」

寶玉笑了一笑，假說道：「我原是心裡煩，才找個清靜地方兒坐坐。這會子好了，還要外頭走走去呢。」說著，一徑出來。到了瀟湘館裡，在院裡問道：「林妹妹在家裡呢麼？」紫鵑接應道：「是誰？」掀簾看時，笑道：「原來是寶二爺。姑娘在屋裡呢，請二爺到屋裡坐著。」寶玉同著紫鵑走進來。黛玉卻在裡間呢，說道：「紫鵑，請二爺屋裡坐罷。」

寶玉走到裡間門口，看見新寫的一副紫墨色泥金雲龍箋的小對，上寫著：「綠窗明月在，青史[9]古人空。」寶玉看見，笑了一笑，走入門去，笑問道：「妹妹作什麼呢？」黛玉站起來，迎了兩步，笑著讓道：「請坐。我在這裡寫經，只剩得兩行了。等寫完了再說話兒。」因叫雪雁倒茶。寶玉道：「你別動，只管寫。」說著，一面看見中間掛著一幅單條，上面畫著一個嫦娥，帶著一個侍者；又一個女仙，也有一個侍者，捧著一個長長兒的衣囊似的；二人身旁邊略有些雲護，別無點綴，全仿李龍眠[10]白描筆意，上有「鬥寒圖」三字，用八分書[11]寫著。寶玉道：「妹妹，這幅鬥寒圖可是新掛上的？」黛玉道：「可不

是？昨日他們收拾屋子，我想起來，拿出來叫他們掛上的。」寶玉道：「是什麼出處？」

黛玉笑道：「眼前熟得很的，還要問人！」寶玉笑道：「我一時想不起，妹妹告訴我罷。」

黛玉道：「豈不聞『青女素娥[12]俱耐冷，月中霜裡鬥嬋娟』？」寶玉道：「是啊！這個實

在新奇雅致！卻好此時拿出來掛。」說著，又東瞧瞧，西走走。

寶玉笑道：「妹妹還是這麼客氣。」但見黛玉身上穿著月白繡花小毛皮襖，加上銀鼠坎

肩；頭上綰著隨常雲髻，簪上一枝赤金扁簪，別無花朵；腰下繫著楊妃色繡花錦裙。真比

如：

亭亭玉樹臨風立，冉冉香蓮帶露開[13]。

雪雁沏了茶來，寶玉吃著。又等了一會子，黛玉才寫完，站起來道：「簡慢了。」

寶玉因問道：「妹妹這兩日彈琴來著沒有？」黛玉道：「兩日沒彈了。因為寫字已經覺得

手冷，那裡還去彈琴[2]？」寶玉道：「不彈也罷了。我想琴雖是清高之品，卻不是好東

西，從沒有彈琴裡彈出富貴壽考[14]來的，只有彈出憂思怨亂來的。再者，彈琴也得心裡記

譜，未免費心。依我說，妹妹身子又單弱，不操這心也罷了。」黛玉抿著嘴兒笑。寶玉指

著壁上道：「這張琴可就是麼？怎麼這麼短？」黛玉笑道：「這張琴不是短，因我小時學

撫的時候，別的琴都夠不著，因此特地作起來的。雖不是焦尾枯桐[15]，這鶴仙鳳尾，還配

得齊整[3]；龍池雁足[16]，高下還相宜。你看這斷紋，不是牛旄[17]似的麼？所以音韻也還清

越。」寶玉道：「妹妹這幾天來作詩沒有？」黛玉道：「自結社以後，沒大作。」寶玉笑

道：「你別瞞我。我聽見你吟的，什麼『不可愆，素心如何天上月』，你擱在琴裡，覺得音響分外的響亮。有的沒的？」黛玉道：「你怎麼聽見了？」寶玉道：「我那一天從蓼風軒來聽見的，又恐怕打斷你的清韻，所以靜聽了一會，就走了。我正要問你：前路是平韻，到末了兒忽轉了仄韻，是個什麼意思？」黛玉道：「這是人心自然之音，作到那裡就到那裡，原沒有一定的。」寶玉道：「原來如此。可惜我不知音，枉聽了一會子！」黛玉道：「古來知音人能有幾個？」

寶玉聽了，又覺得出言冒失了，又怕寒了黛玉的心。坐了一坐，心裡像有許多話，卻再無可講的。黛玉因方才的話也是衝口而出，此時回想，覺得太冷淡些，也就無話。寶玉越發打量黛玉設疑，遂訕訕的站起來說道：「妹妹坐著罷，我還要到三妹妹那裡瞧瞧去呢。」黛玉道：「你若見了三妹妹，替我問候一聲罷。」寶玉答應著，便出來了。

黛玉送至屋門口，自己回來，悶悶的坐著，心裡想道：「寶玉近來說話，半吐半吞，忽冷忽熱，也不知他是什麼意思。」正想著，紫鵑走來道：「姑娘，經不寫了？我把筆硯都收好了？」黛玉道：「不寫了，收起去罷。」說著，自己走到裡間屋裡床上歪著，慢慢的細想。紫鵑進來問道：「姑娘喝碗茶罷？」黛玉道：「不吃呢。我略歪歪罷。你們自己去罷。」

紫鵑答應著出來，只見雪雁一個人在那裡發呆。紫鵑走到他跟前，問道：「你這會子也有了什麼心事了麼？」雪雁只顧發呆，倒被他嚇了一跳，因說道：「你別嚷，今日我聽見了一句話，我告訴你聽，奇不奇。你可別言語！」說著，往屋裡努嘴兒。因自己先行，點著頭兒叫紫鵑同他出來，到門外平臺底下，悄悄兒的道：「姐姐，你聽見了麼？寶玉定

了親了。」紫鵑聽見，嚇了一跳，說道：「這是那裡來的話？只怕不真罷？」雪雁道：「怎麼不真！別人大概都知道，就只咱們沒聽見。」紫鵑道：「你在那裡聽來的？」雪雁道：「我聽見侍書說的，是個什知府家，家資也好，人才也好。」

紫鵑正聽時，只聽見黛玉咳嗽了一聲，似乎起來的光景。紫鵑恐怕他出來聽見，便拉了雪雁，搖搖手兒，往裡望望，不見動靜，才又悄悄兒的問道：「他到底怎麼說來著？」雪雁道：「前兒不是叫我到三姑娘那裡去道謝嗎？三姑娘不在屋裡。他到那裡去道謝嗎？三姑娘不在屋裡，只有侍書在那裡。大家坐著，無意中說起寶二爺淘氣來。他說：『寶二爺怎麼好，只會玩兒，全不像大人的樣子，已經說親了，還是這麼呆頭呆腦。』我問他：『定了沒有？』他說是：『定了，是個什麼王大爺作媒的，那王大爺是東府裡的親戚，所以也不用打聽，一說就成了。』」紫鵑側著頭想了一想，「這句話奇！」又問道：「怎麼家裡沒有人說起❹？」雪雁道：「侍書也說的，是老太太的意思；若一說起，恐怕寶玉野了心，所以不叫他知道。侍書告訴了我，又叮嚀千萬不可露風說出來，知道是我多嘴。」把手往裡一指，「所以他面前也不提，今日是你問起，我不犯瞞你。」

正說到這裡，只聽鸚鵡叫喚，學著說❺：「姑娘回來了，快倒茶來！」倒把紫鵑雪雁嚇了一跳。回頭並不見有人，便罵了鸚鵡一聲。走進屋內，只見黛玉喘吁吁的剛坐在椅子上。紫鵑搭赸著問茶問水。黛玉問道：「你們兩個那裡去了？再叫不出一個人來。」說著，便走到炕邊，將身子一歪，仍舊倒在炕上，往裡躺下，叫把帳兒撩下。紫鵑雪雁答應著，他兩個心裡疑惑方才的話只怕被他聽了去了，只好大家不提。

誰知黛玉一腔心事，又竊聽了紫鵑雪雁的話，雖不很明白，已聽得了七八分，如同將出去，

身摺在大海裡一般。思前想後，竟應了前日夢中之讖，千愁萬恨，堆上心來。左右打算，不如早些死了，免得眼見了意外的事情，那時反倒無趣。又想到自己沒了爹娘的苦，自今以後，把身子一天一天的糟蹋起來，一年半載，少不得身登清淨。打定了主意，被也不蓋，衣也不添，竟是合眼裝睡。紫鵑和雪雁來伺候幾次，不見動靜，又不好叫喚。晚飯都不吃。點燈以後，紫鵑掀開帳子，見已睡著了 ❻，被窩都蹬在腳後。怕他著了涼，輕輕兒拿來蓋上。黛玉也不動，單待他出去，見已睡著了，仍然褪下。

那紫鵑只管問雪雁：「今兒的話到底是真的是假的？」雪雁道：「怎麼不真！」紫鵑道：「侍書怎麼知道的？」雪雁道：「是小紅那裡聽來的。」紫鵑道：「頭裡咱們說話，只怕姑娘聽見了。你看剛才的神情，大有緣故。今日以後，咱們倒別提這件事了。」說著，兩個人也收拾要睡。紫鵑進來看時，只見黛玉被窩又蹬下來，復又給他輕輕蓋上。一宿晚景不提。

次日，黛玉清早起來，也不叫人，獨自一個，呆呆的坐著。紫鵑醒來，看見黛玉已起，便驚問道：「姑娘怎麼這樣早？」黛玉道：「可不是！睡得早，所以醒得早。」紫鵑連忙起來，叫醒雪雁，伺候梳洗。那黛玉對著鏡子，只管呆呆的自看。看了一回，那淚珠兒斷斷連連，早已濕透了羅帕。正是：

瘦影正臨春水照，卿須憐我我憐卿。18

紫鵑在旁也不敢勸，只怕倒把閒話勾引舊恨來。遲了好一會，黛玉才隨便梳洗了，那眼中

淚漬終是不乾。又自坐了一會，叫紫鵑道：「你把藏香點上。」紫鵑道：「姑娘，你睡也沒睡得幾時，如何點香？不是要寫經？」黛玉道：「不怕！早完了早好！況且我也並不是為這會子又寫經，只怕太勞神了罷。」黛玉點點頭兒。紫鵑道：「姑娘今日醒得太早，經，倒藉著寫字解解悶兒。以後你們見了我的字跡，就算見了我的面兒了。」說著，那淚直流下來。紫鵑聽了這話，不但不能再勸，連自己也掌不住滴下淚來。

原來黛玉立定主意，自此以後，有意糟蹋身子，茶飯無心，每日漸減下來。寶玉下學時，也常抽空問候。只是黛玉雖有萬千言語，自知年紀已大，又不便似小時可以柔情挑逗，所以滿腔心事，只是說不出來。寶玉欲將實言安慰，又恐黛玉生嗔，反添病症。兩個人見了面，只得用浮言勸慰，真真是「親極反疏」了。

那黛玉雖有賈母王夫人等憐恤，不過請醫調治，只說黛玉常病，那裡知他的心病？紫鵑等雖知其意，也不敢說。從此，一天一天的減。到半月之後，腸胃日薄一日，果然粥都不能吃了。黛玉日間聽見的話，都似寶玉娶親的話；看見怡紅院中的人，無論上下，也像寶玉娶親的光景。薛姨媽來看，黛玉不見寶釵，越發起疑心。索性不要人來看望，也不肯吃藥，只要速死。睡夢之中，常聽見有人叫「寶二奶奶」的❼。一片疑心，竟成蛇影。一日竟是絕粒，粥也不喝，懨懨一息，垂斃殆盡。未知黛玉性命如何，且看下回分解。

■ 校記

❶「靜靜兒等著,直待一炷香點盡了,才開門出來」,「直」原作「真」,從諸本改。

❷「因為寫字已經覺得手冷,那裡還去彈琴」,「已」原作「可」,從諸本改。

❸「雖不是焦尾枯桐,這鶴仙鳳尾,還配得齊整」,「這」原作「是」,從諸本改。

❹「若一說起,恐怕寶玉野了心,所以都不提起」,「一」原作「不」,從諸本改。

❺「只聽鸚鵡叫喚,學著說」,「著」原作「有」,從諸本改。

❻「紫鵑掀開帳子,見已睡著了」,「見」原作「兒」,從諸本改。

❼「薛姨媽來看(黛玉),黛玉不見寶釵,越發起疑心」,「黛」原作「寶」,從諸本改。又「仙」諸本作「山」。

■ 注釋

1 〔蛇影杯弓〕
古代故事:一人飲酒,見杯中的弓影,以為是一條蛇,疑心成病。後來證明是弓影,病才痊癒。

2 〔總河〕
總管治理黃河的官。河,古時專指黃河。

3 〔酌茗清香,庶幾來饗(ㄒㄧㄤˇ xiǎng)〕
斟上一杯清香茶,希望(晴雯的靈魂)來享用。茗,茶的通稱。酌茗,斟上一杯清香茶;庶幾,也許可以,表示希望;饗,享用。

4 〔綢繆(ㄇㄡˊ máo)〕
纏綿,情意深厚,不易分解。

5 〔懷夢草〕
傳說中的仙草。據「洞冥記」記載:漢武帝寵愛的李夫人死去,他思念很深,不能重見。後來,東方朔獻給他一株仙草,夜間佩戴,果然在夢中會見了李夫人。於是名之為懷夢草。

6 〔翠雲裘〕
即雀金裘。晴雯曾給寶玉補過雀金裘。

【譯文】

你是我隨身的伴侶，
我對你的感情是那樣的深厚。
誰能料到一場風波平地起，
頃刻間你寶貴的生命被無情奪走；
我內心的溫情話還向誰去傾訴？

向東流去的滾滾河水，
絕不能向西倒流。
想重見你啊卻又沒有懷夢草，
而添衣時又見到你縫補過的翠雲裘；
深情脈脈怎不惹人憂愁。

【簡評】

這首詞寫寶玉回憶他和晴雯之間的情誼，悼念晴雯的不幸死亡。在「芙蓉女兒誄」中，他曾滿腔義憤地對加害於晴雯的「悍婦」和「蚑奴」發出詛咒，但在這裡卻大不相同，他把晴雯的遭遇說成是「風波平地起」，他想念晴雯只是因為沒人和他「話輕柔」，他見不到晴雯也只不過是「脈脈發愁」。

【青史】

古代寫書用竹簡，寫前要將青竹片烤乾和刮去青皮，叫作「汗青」和「殺青」。「青史」指經過「汗青」和「殺青」的手續所寫成的史書，後來用作歷史記載的泛稱。

【李龍眠】

北宋畫家李公麟，字伯時，晚年病居龍眠山，號龍眠居士，善用「白描」手法。

【八分書】

書體名。隸書的一種，形體與漢隸相似。

【青女素娥】

青女，神話中主管霜雪的女神；素娥即嫦娥，月中女神。

〔13〕〔亭亭玉樹臨風立，冉冉香蓮帶露開〕

黛玉的身影如白玉雕成的花樹，迎風直立；她的面容，像噴香的荷花，帶著露珠冉冉開放。亭亭，直立；冉冉，慢慢地。

〔14〕〔富貴壽考〕

既有高官厚祿，又能長壽。

〔15〕〔焦尾枯桐〕

「後漢書」說有一個人用枯了的桐樹來燒飯，蔡邕辨別火聲，知道是好木材，可以作琴。便把它要來，作成一張聲音很好的七弦琴。因為末端有燒焦的痕跡，就叫焦尾琴。後來就用「焦尾枯桐」等詞彙來稱讚好的琴。下文「鶴仙鳳尾」、「龍池雁足」是琴上幾個部分的專名。琴上鬆漆的裂紋叫作「斷紋」，「斷紋」如「牛旄（毛）」的是上品。

〔16〕〔鶴仙鳳尾、龍池雁足〕

七弦琴上幾個部位的專名。

〔17〕〔牛旄〕

即牛毛。七弦琴日久而出現的斷紋如牛毛者，為上品。

〔18〕〔瘦影正臨春水照，卿須憐我我憐卿〕

枯瘦的面影對著春天的河水（借喻鏡子）照，只有自己的影子和自己相互憐憫。這是林黛玉風聞寶玉訂親後而感到的孤苦淒慘的心情。

【第九十回】

失綿衣貧女耐嗷嘈[1]　送果品小郎驚叵測[2]

卻說黛玉自立意自戕[3]之後，漸漸不支，一日竟至絕粒。從前十幾天內，賈母等輪流看望，他有時還說幾句話，這兩日索性不大言語。心裡雖有時昏暈，卻也有時清楚。賈母等見他這病不似無因而起，也將紫鵑雪雁盤問過兩次。兩個那裡敢說？便是紫鵑欲向侍書打聽消息，又怕越鬧越真，黛玉更死得快了，所以見了侍書，毫不提起。那雪雁是他傳話弄出這樣緣故來，此時恨不得長出百十個嘴來說「我沒說」，自然更不敢提起。到了這一天黛玉絕粒之日，紫鵑料無指望了，守著哭了會子，因出來偷向雪雁道：「你進屋裡來，好好兒的守著他，我去回老太太、太太和二奶奶去。今日這個光景，大非往常可比了。」

雪雁答應，紫鵑自去。

這裡雪雁正在屋裡伴著黛玉，見他昏昏沉沉，小孩子家那裡見過這個樣兒，只打量如此便是死的光景了。心中又痛又怕，恨不得紫鵑一時回來才好。正怕著，只聽窗外腳步走響，雪雁知是紫鵑回來，才放下心了，連忙站起來，掀著裡間簾子等他。只見外面簾子響，進來了一個人，卻是侍書。那侍書是探春打發來看黛玉的，見雪雁在那裡掀著簾子處，便問道：「姑娘怎麼樣？」雪雁點點頭兒，叫他進來。侍書跟進來，見紫鵑不在屋裡，瞧

了瞧黛玉，只剩得殘喘微延，唬得驚疑不止。因問：「紫鵑姐姐呢?」雪雁道：「告訴上屋裡去了。」

那雪雁此時只打量黛玉心中一無所知了，又見紫鵑不在面前，因悄悄的拉了侍書的手問道：「你前日告訴我說的什麼王大爺給這裡寶二爺說了親，是真話麼?」侍書道：「怎麼不真!」雪雁道：「多早晚放定[4]的?」侍書道：「那裡就放定了呢?那一天我告訴你時，是我聽見小紅說的。後來我到二奶奶那邊去，二奶奶正和平姐姐說呢，道：『那都是門客們藉著這個事討老爺的喜歡，往後好拉攏的意思。別說大太太說不好，就是大太太願意，說那姑娘好，那大太太眼裡看得出什麼人來?再者，老太太心裡早有了人了，就在咱們園子裡的，大太太那裡摸得著底呢?老太太不過因老爺的話，不得不問問罷咧。』又聽見二奶奶說：『寶玉的事，老太太總是要親上作親的，憑誰來說親，橫豎不中用。』」雪雁聽到這裡，也忘了神了，因說道：「這是怎麼說?白白的送了我們這一位的命了!」侍書道：「這是從那裡說起?」雪雁道：「你還不知道呢!前日都是我和紫鵑姐姐說來著，這一位聽見了，就弄到這步田地了。」侍書道：「你悄悄兒的說罷，看仔細他聽見了。」雪雁道：「人事都不省了，瞧瞧罷，左不過在這一兩天了。」正說著，只見紫鵑掀簾進來說：「這還了得!你們有什麼話還不出去說，還在這裡說!索性逼死他就完了!」侍書道：「我不信有這樣奇事。」紫鵑道：「好姐姐，不是我說，你又該惱了!你懂得什麼呢?懂得也不傳這些舌了。」

這裡三個人正說著，只聽黛玉忽然又嗽了一聲，紫鵑連忙跑到炕沿前站著，侍書雪雁也都不言語了。紫鵑彎著腰，在黛玉身後輕輕問道：「姑娘，喝口水罷?」黛玉微微答應

了一聲。雪雁連忙倒了半鍾滾白水，紫鵑接了托著，侍書也走近前來。紫鵑和他搖頭兒，不叫他說話，侍書只得咽住了。站了一回，黛玉又嗽了一聲。紫鵑趁勢問道：「姑娘，喝水呀！」黛玉又微微應了一聲，那頭似有欲抬之意，那裡抬得起？紫鵑才要拿時，黛玉意思還要喝一口，紫鵑便托著那碗不動。黛玉又喝了一口，搖搖頭兒，不喝了。喘了一口氣，仍舊躺下。半日，微微睜眼，說道：「剛才說話不是侍書麼？」紫鵑答應道：「是。」侍書尚未出去，因連忙過來問候。黛玉睜眼看了，點點頭兒，又歇了一歇，說道：「回去問你姑娘好罷。」侍書見這番光景，只當黛玉嫌煩，只得悄悄的退出去了。

原來那黛玉雖則病勢沉重，心裡卻還明白。起先侍書雪雁說話時，他也模糊聽見了一半句，卻只作不知，也因實無精神答理。及聽了雪雁侍書的話，才明白過前頭的事情原是議而未成的。又兼侍書說是鳳姐說的，老太太的主意，親上作親，又是園中住著的，非自己而誰？因此一想，陰極陽生[5]，心神頓覺清爽許多，所以才喝了兩口水，又要想問侍書的話。恰好賈母、王夫人、李紈、鳳姐聽見紫鵑之言都趕著來看。黛玉心中疑團已破 ❶，自然不似先前尋死之意了。雖身骨軟弱，精神短少，卻也勉強答應一兩句了。

鳳姐因叫過紫鵑，問道：「姑娘也不致這樣。這是怎麼說，你這樣唬人！」紫鵑道：「實在頭裡看著不好，才敢去告訴的。回來見姑娘竟好了許多，也就怪了。」賈母笑道：「你也別信他。他懂得什麼？看見不好就言語，這倒是他明白的地方。小孩子家不嘴懶腳嫩就好。」說了一回，賈母等料著無妨，也就去了。正是：

心病終須心藥治，解鈴還是繫鈴人⁶。

不言黛玉病漸減退❷。且說雪雁紫鵑背地裡都念佛❸。雪雁向紫鵑說道：「虧他好了！只是病得奇怪，好得也奇怪。」紫鵑道：「病得倒不怪，就只好得奇怪。想來寶玉和姑娘必是姻緣。人家說的：『好事多磨⁷。』又說道是：『姻緣棒打不回。』這麼看起來，人心天意，他們兩個竟是天配的了。再者：你想那一年，我說了林姑娘要回南去，把寶玉沒急死了，鬧得家翻宅亂；如今一句話又把這一個弄得死去活來：可不說的『三生石上』⁸百年前結下的麼？」說著，兩個悄悄的抵著嘴笑了一回。雪雁又道：「幸虧好了！咱們明兒再別說了，就是寶玉娶了別的人家兒的姑娘，我親見他在那裡結親，我也再不露一句話了。」紫鵑笑道：「這就是了。」

不但紫鵑和雪雁在私下裡講究，就是眾人也都知道黛玉的病也病得奇怪，好也好得奇怪，三三兩兩，唧唧噥噥議論著。不多幾時，連鳳姐兒也知道了，邢王二夫人也有些疑惑，倒是賈母略猜著了八九。

那時正值邢王二夫人、鳳姐等在賈母房中說閑話，說起黛玉的病來。賈母道：「我正要告訴你們。寶玉和林丫頭是從小兒在一處的，我只說小孩子們，怕什麼？以後時常聽得林丫頭忽然病，忽然好，都為有了些知覺。所以我想他們若盡著擱在一塊兒，畢竟不成體統。你們怎麼說？」王夫人聽了，便呆了一呆，只得答應道：「林姑娘是個有心計兒的。至於寶玉，呆頭呆腦，不避嫌疑是有的。看起外面，卻還都是個小孩兒形象。此時若忽然或把那一個分出園外，不是倒露了什麼痕跡了麼？古來說的：『男大須婚，女大須

嫁。』老太太想，倒是趕著把他們的事辦辦也罷了。」

賈母皺了一皺眉，說道：「林丫頭的乖僻，雖也是他的好處，我的心裡不把林丫頭配他，也是為這點子；況且林丫頭這樣虛弱，恐不是有壽的。只有寶丫頭最妥。」王夫人道：「不但老太太想，我們也是這麼；況且寶玉有些私心，若知道寶玉定下寶丫頭，那倒不成事了。」賈母道：「自然先給寶玉娶了親，然後給林丫頭說人家。再沒有先是外人，後是自己的。況且林丫頭年紀到底比寶玉小兩歲。依你們這麼說，倒是寶玉定親的話，不許叫他知道倒罷了。」鳳姐便吩咐眾丫頭們道：「你們聽見了？寶二爺定親的話，不許混吵嚷；若有多嘴的，提防著他的皮！」賈母又向鳳姐道：「鳳哥兒，你如今自從身上不大好，也不大管園裡的事了。我告訴你，須得經點兒心。不但這個，就像前年那些人喝酒耍錢，都不是事。你還精細些，少不得多分點心兒，嚴嚴緊緊他們才好。況且我看他們也就還服你些。」鳳姐答應了，娘兒們又說了一回話，方各自散了。

從此，鳳姐常到園中照料。一日，剛走進大觀園，到了紫菱洲畔，只聽見一個老婆子在那裡嚷。鳳姐走到跟前，那婆子才瞧見了，早垂手侍立，口裡請了安。鳳姐道：「你在這裡鬧什麼？」婆子道：「蒙奶奶們派我在這裡看守花果，我也沒有差錯，不料邢姑娘的丫頭說我們是賊。」鳳姐道：「為什麼呢？」婆子道：「昨兒我們家的黑兒跟著我到這裡玩了一回，他不知道，又往邢姑娘那邊去瞧了一瞧，我就叫他回去了。今兒早起，聽見他們丫頭說，丟了東西了。我問他丟了什麼，他就問起我來了。」鳳姐道：「問了你一聲，也犯不著生氣呀。」婆子道：「這裡園子，到底是奶奶家裡的，並不是他們家裡的。我們

都是奶奶派的，賊名兒怎麼敢認呢？」鳳姐聽臉啐了一口，厲聲道：「你少在我跟前嘮嘮叨叨的！你在這裡照看，姑娘丟了東西，你們就該問哪！怎麼說出這些沒道理的話來？把老林叫了來，攆他出去！」丫頭們答應了。只見邢岫烟趕忙出來，迎著鳳姐陪笑道：「這使不得，沒有的事，事情早過去了。」鳳姐道：「姑娘，不是這個話。倒不講事情，這名分上太豈有此理了！」岫烟見婆子跪在地下告饒，便忙請鳳姐到裡邊去坐。鳳姐道：「他們這種人，我知道他，除了我，其餘都沒上沒下的了。」岫烟再三替他討饒，只說自己的丫頭不好。鳳姐道：「我看著邢姑娘的份上，饒你這一次！」婆子才起來磕了頭，又給岫烟磕了頭，才出去了。

這裡二人讓了坐，鳳姐笑問道：「你丟了什麼東西了？」岫烟笑道：「沒有什麼要緊的，是一件紅小襖兒，已經舊了的。我原叫他們找，找不著就罷了。這小丫頭不懂事，問了那婆子一聲，那婆子自然不依了。這都是小丫頭糊塗不懂事，我也罵了幾句。已經過去了，不必再提了。」鳳姐把岫烟內外一瞧，看見雖有些皮綿衣裳，已是半新不舊的，未必能暖和，他的被窩多半是薄的。至於房中桌上擺設的東西，就是老太太拿來的，卻一些不動，收拾得乾乾淨淨。鳳姐心上便很愛敬他，說道：「一件衣裳，原不要緊。這時候冷，又是貼身的，怎麼就不問一聲兒呢？這撒野的奴才，了不得了！」

說了一回，鳳姐出來❹，各處去坐了一坐，就回去了。到了自己房中，叫平兒取了一件大紅洋縐的小襖兒，一件松花色綾子一抖珠兒的小皮襖，一條寶藍盤錦廂花線裙❺，一件佛青銀鼠褂子，包好叫人送去。

那時岫烟被那老婆子聒噪了一場，雖有鳳姐來壓住，心上終是不定。想起「許多姐妹

岫煙

邢岫烟

們在這裡，沒有一個下人敢得罪他的 ❻，獨自我這裡，他們言三語四，剛剛鳳姐來碰見」。想來想去，終是沒意思，又說不出來。正在吞聲飲泣，看見鳳姐那邊的豐兒送衣裳過來。岫烟一看，決不肯受。豐兒道：「奶奶吩咐我說：『姑娘要嫌是舊衣裳，將來送新的來。』」岫烟笑謝道：「承奶奶的好意。只是因我丟了衣裳，他就拿來，我斷不敢受的。拿回去，千萬謝你們奶奶！承你奶奶的情，我算領了。」倒拿個荷包給了豐兒，那豐兒只得拿了去了。

不多時，又見平兒同著豐兒過來，岫烟忙迎著問了好，讓了坐。平兒笑說道：「我們奶奶說：姑娘特外道得了不得。」岫烟道：「不是外道，實在不過意。」平兒道：「奶奶說：『姑娘要不收這衣裳，不是嫌太舊，就是瞧不起我們奶奶。』剛才說了，我要拿回去，奶奶不依我呢。」岫烟紅著臉笑謝道：「這樣說了，叫我不敢不收。」又讓了一回茶。平兒和豐兒回去，將到鳳姐那邊，碰見薛家差來的一個老婆子，接著問好。平兒便問道：「你那裡去的？」婆子道：「那邊太太、姑娘叫我來請各位太太、奶奶、姑娘們的安。我才剛在奶奶前問起姑娘來，說姑娘到園中去了。可是從邢姑娘那裡來麼？」平兒道：「你怎麼知道？」婆子道：「方才聽見說，真真的二奶奶和姑娘們的行事叫人感念！」平兒笑了一笑說 ❼：「你回來坐著罷。」婆子道：「我還有事，改日再過來瞧姑娘罷。」說著走了。平兒回來，回覆了鳳姐。不在話下。

且說薛姨媽家中被金桂攪得翻江倒海，看見婆子回來，說起岫烟的事，寶釵母女二人不免滴下淚來。寶釵道：「都為哥哥不在家，所以叫邢姑娘多吃幾天苦。如今還虧鳳姐姐

薛蚪

不錯。咱們底下也得留心，到底是咱們家裡人。」說著，只見薛蝌進來說道：「大哥哥這幾年在外頭相與的都是些什麼人！連一個正經的也沒有，來一起子，都是些狐群狗黨！我看他們那裡是不放心？不過將來探探消息兒罷咧❽！這兩天都被我趕出去了。以後吩咐了門上，不許傳進這種人來。」薛姨媽道：「又是蔣玉菡那些人哪？」薛蝌道：「蔣玉菡卻倒沒來，倒是別人。」

薛姨媽聽了薛蝌的話，不覺又傷起心來，說道：「我雖有兒，如今就像沒有的了。就是上司准了，也是個廢人。你雖是我姪兒，我看你還比你哥哥明白些，我這後輩子全靠你了。你自己從今後要學好。再者，你聘下的媳婦兒，家道不比往時了。人家的女孩兒出門子不是容易，再沒別的想頭，只盼著女婿能幹，他就有日子過了。若邢丫頭也像這個東西……」說著，把手往裡頭一指，道：「我也不說了。早些兒把你們的正經事完結了，也了我一宗心事。」薛蝌道：「琴妹妹還沒有出門子，這倒是太太煩心的一件事。至於這個，可算什麼呢！」

大家又說了一回閒話，薛蝌回到自己屋裡，吃了晚飯，想起邢岫烟住在賈府園中，終是寄人籬下；況且又窮，日用起居不想可知。可知天意不均：如夏金桂這種人，偏叫他有錢，嬌養得這般潑辣；邢岫烟這種人，偏叫他這樣受苦。閻王判命的時候，不知如何判法的？想到悶來，也想吟詩一首，寫出出出胸中的悶氣。又苦自己沒有工夫，只得混寫道：

蛟龍失水似枯魚[9]，兩地情懷感索居[10]。同在泥塗[11]多受苦，不知何日向清虛[12][13][14]？

寫畢，看了一回，意欲拿來黏在壁上，又不好意思，自己沉吟道：「不要被人看見笑話。」又念了一遍，道：「管他呢！左右黏上自己看著解悶兒罷。」又看了一回，到底不好，拿來夾在書裡。又想：「自己年紀可也不小了，家中又碰見這樣飛災橫禍，不知何日了局。致使幽閨弱質，弄得這般淒涼寂寞！」

正在那裡想時，只見寶蟾推進門來，拿著一個盒子，笑嘻嘻放在桌上，薛蝌站起來讓坐。寶蟾笑著向薛蝌道：「這是四碟果子，一小壺兒酒：大奶奶叫給二爺送來的。」薛蝌陪笑道：「大奶奶費心！但是叫小丫頭們送來就完了，怎麼又勞動姐姐呢？」寶蟾道：「好說。自家人，二爺何必說這些套話？再者，我們大爺這件事，實在叫二爺操心[9]，大奶奶久已要親自弄點什麼兒謝二爺，又怕別人多心。二爺是知道的，咱們家裡都是言合意不合，送點子東西沒要緊，倒沒得惹人七嘴八舌的講究。所以今兒些微的弄了一兩樣果子，一壺酒，叫我親自悄悄兒的送來。」說著，又笑瞅了薛蝌一眼，道：「明兒二爺再別說這些話，叫人聽著怪不好意思的。我們不過也是底下的人，伏侍得著大爺，就伏侍得著二爺，這有何妨呢？」

薛蝌一則稟性忠厚，二則到底年輕，只是向來不見金桂和寶蟾如此相待，心中想到剛才寶蟾說為薛蟠之事，也是情理，因說道：「果子留下罷，這個酒兒，姐姐只管拿回去。我向來的酒上實在很有限，擠住了，偶然喝一鍾；平白無事，是不能喝的。難道大奶奶和姐姐還不知道麼？」寶蟾道：「別的我作得主，獨這一件事，我可不敢應。大奶奶的脾氣

兒，二爺是知道的……我拿回去，不說二爺不喝，倒要說我不盡心了。」薛蝌沒法，只得留下。寶蟾方才要走，又到門口往外看看，回過頭來向著薛蝌一笑❿；又用手指著裡面說道：「他還只怕要來親自給你道乏呢。」薛蝌不知何意，反倒訕訕的起來，因說道：「姐姐替我謝大奶奶罷。天氣寒，看涼著。再者，自己叔嫂也不必拘這些個禮。」寶蟾也不答言，笑著走了。

薛蝌始而以為金桂為薛蟠之事，或者真是不過意，備此酒果給自己道乏，也是有的❶。及見了寶蟾這種鬼鬼祟祟、不尷不尬的光景，也覺了幾分❷，卻自己回心一想：「他到底是嫂子的名分，那裡就有別的講究了呢？或者寶蟾不老成，自己不好意思怎麼著，卻指著金桂的名兒，也未可知。然而到底是哥哥的屋裡人，也不好……」忽又一轉念：「那金桂素性為人❸，毫無閨閣理法，況且有時高興，打扮得妖調非常，自以為美，又怎麼不是懷著壞心呢？不然，就是他和琴妹妹也有了什麼不對的地方兒，所以設下這個毒法兒，要把我拉在渾水裡，弄一個不清不白的名兒，也未可知。」想到這裡，索性倒怕起來了。正在不得主意的時候，忽聽窗外「噗哧」的笑了一聲，把薛蝌倒唬了一跳。未知是誰，下回分解。

■ 校記

❶ 「疑團已破」，「團」原作「圖」，從諸本改。

❷ 「不言黛玉病漸減退」，「減」原作「滅」，從諸本改。

❸ 「且說雪雁紫鵑背地裡都念佛」，「念」原作「心」，從諸本改。

❹ 「說了一回，鳳姐出來」，「鳳」原作「姐」，從諸本改。

❺ 「線裙」，諸本作「綿裙」。

❻ 「許多姐妹們在這裡，沒有一個下人敢得罪他的」，「他」原作「們」，從諸本改。

❼ 「平兒笑了一笑說」，「笑說」原作「道說」，從諸本改。

❽ 「我看他們那裡是不放心，不過將來探探消息兒罷咧」，「將」字金本無。

❾ 「再者我們大爺這件事，實在叫二爺操心」，「者」原作「這」，「實在」原作「道實」，從諸本改。

❿ 「寶蟾方才要走，又到門口往外看看，回過頭來向著薛蝌一笑」，「薛蝌」原作「寶蟾」，從藤本、王本改（甲本作「薛蟾」）。

⓫ 「薛蝌始而以為金桂為薛蟠之事，或者真是不過意，備此酒果給自己道乏，也是有的」，「蟠」原作「蟄」，從藤本、王本改。

⓬ 「及見了寶蟾這種鬼鬼祟祟、不尷不尬的光景，也覺了幾分」，「覺了」原作「覺有」，從諸本改。按原文亦非絕不可通，但終欠明晰（如「有」字重讀，意義即別），仍改。

⓭ 「那金桂素性為人」，「素」原作「索」，從諸本改。

■ 注釋

1 〔嗷嘈（ㄠˊ ㄘㄠˊ / áo cáo）〕
吵鬧喊叫的聲音。

2 〔叵（ㄆㄛˇ / pǒ）測〕不可猜測。叵，不可。

3 〔自戕（く一尢／qiāng）〕

自戕自己。此處指林黛玉自己摧殘自己的身體。

4 〔放定〕

放禮定親。

5 〔陰極陽生〕

事情壞到頂了，就轉化為好處。

6 〔解鈴還是繫鈴人〕

這是說一件事情出了問題，仍須由原來作的人自己去解決。佛教禪宗的書中記錄：法眼和尚有一次問大家：虎頸項繫的金鈴誰能夠去解下來？大家答不出。有一個泰欽和尚剛巧走來，法眼也把這問題問他，他說掛的人能去解下來。

7 〔好事多磨〕

即作成好事要經過許多曲折的意思。

8 〔三生石上〕

這是薛蝌感嘆家庭衰落而不得志的艱難處境。
佛教禪宗相傳的一個故事：唐代李源與僧圓澤是好友，圓澤臨死和他口頭約定十二年後在杭州重見。後來李源到杭州，遇見一個牧童唱歌道：「三生石上舊精魂，賞月吟風不要論，慚愧情人遠相訪，此身雖異性長存。」這裡是借指所謂「前世姻緣」。

9 〔蛟龍句〕

蛟龍離水如同乾枯的魚，二人孤寂分居情懷難敘。

10 〔索居〕

獨居。

11 〔塗〕

也是泥。

12 〔清虛〕

天空。

13 〔譯文〕

我們同處困境多麼艱難，飛黃騰達的日子不知在何時！

14

〔簡評〕

薛蝌和他的未婚妻邢岫烟的家庭，都是較早衰敗的，他們只好寄人籬下，過著艱難困苦的生活。他看到別人的豪華生活，想到自己已經失去的興盛家業，因此詩中充滿像「似枯魚」、「感索居」、「多受苦」等感傷的字眼。薛蝌這個「失水蛟龍」還不甘心自己的衰敗，他還要掙扎，還妄想上「清虛」。這和寶玉、黛玉的精神苦悶是根本不同的。

【第九十一回】
縱淫心寶蟾工設計[1] 布疑陣寶玉妄談禪

話說薛蝌正在狐疑[2]，忽聽窗外一笑，唬了一跳，心中想道：「不是寶蟾，定是金桂。只不理他們，看他們有什麼法兒！」聽了半日，卻又寂然無聲。自己也不敢吃那酒果，掩上房門，剛要脫衣時，只聽見窗紙上微微一響。薛蝌此時被寶蟾鬼混了一陣，心中七上八下，竟不知如何是好。聽見窗紙微響，細看時又無動靜，自己反倒疑心起來，掩了懷，坐在燈前，呆呆的細想；又把那果子拿了一塊，翻來覆去的細看。猛回頭，看見窗上的紙濕了一塊。走過來覷著眼看時，冷不防外面往裡一吹，把薛蝌唬了一大跳，聽得「吱吱」的笑聲，薛蝌連忙把燈吹滅了，屏息[3]而臥。只聽外面一個人說道：「二爺為什麼不喝酒吃果子，就睡了？」這句話仍是寶蟾的語音，薛蝌只不作聲裝睡。又隔了兩句話時，聽得外面似有恨聲道：「天下那裡有這樣沒造化的人！」薛蝌聽了似是寶蟾，又似是金桂的語音，這才知道他們原來是這一番意思。翻來覆去，直到五更後才睡著了。

剛到天明，早有人來叩門。薛蝌忙問：「是誰？」外面也不答應。薛蝌只得起來，開了門看時，卻是寶蟾，攏著頭髮，掩著懷，穿了件片金邊琵琶襟小緊身[4]，上面繫一條松花綠半新的汗巾，下面並無穿裙，正露著石榴紅灑花夾褲，一雙新繡紅鞋。原來寶蟾尚未

梳洗，恐怕人見，趕早來取傢伙。

薛蝌見他這樣打扮便走進來，心中又是一動，只得陪笑問道：「怎麼這麼早就起來了？」寶蟾把臉紅著，並不答言，只管把果子折在一個碟子裡，端著就走。薛蝌見他這般，知是昨晚的緣故，心裡想道：「這也罷了。倒是他們惱了，索性死了心，也省了來纏。」於是把心放下，叫人舀水洗臉，自己打算在家裡靜坐兩天：一則養養神，二則出去怕人找他。

原來和薛蟠好的那些人，因見薛家無人，只有薛蝌辦事，年紀又輕，便生出許多覬覦5之心。也有想插在裡頭作跑腿兒的；也有能作狀子、認得一兩個書辦、要給他上下打點的；甚至有叫他在內趁錢6的；也有造作謠言恐嚇的：種種不一。薛蝌見了這些人，遠遠的躲避，又不敢面辭，恐怕激出意外之變，只好藏在家中聽候轉詳，不提。

且說金桂昨夜打發寶蟾送了些酒果去探探薛蝌的消息，寶蟾回來，將薛蝌的光景一一的說了。金桂見事有些不大投機，便怕白鬧一場，反被寶蟾瞧不起；要把兩三句話遮飾，改過口來，又摺不開這個人。心裡倒沒了主意，只是怔怔的坐著。

那知寶蟾也想薛蟠難以回家，正要尋個路頭兒，因怕金桂拿他，所以不敢透露。今見金桂所為，先已開了端了，他便樂得借風使船，先弄薛蝌到手，不怕金桂不依，所以用言挑撥。見薛蝌似非無情，又不甚兜攬，一時也不敢造次。後來見薛蝌吹燈自睡，大覺掃興，回來告訴金桂，看金桂有甚方法兒，再作道理。及見金桂怔怔的，似乎無計可施，他也只得陪金桂收拾睡了。夜裡那裡睡得著，翻來覆去，想出一個法子來：不如明兒一早起

來，先去取了傢伙，卻自己換上一兩件顏色嬌嫩的衣服，也不梳洗，越顯出一番慵妝媚態來；只看薛蝌的神情，自己反倒裝出惱意，索性不理他；那薛蝌若有悔心，自然移船就岸[7]，不愁不先到手，——是這個主意。及至見了薛蝌，仍是昨晚光景，並無邪僻，自己只得以假為真，端了碟子回來，卻故意留下酒壺，以為再來搭轉之地。

只見金桂問道：「你拿東西去，有人碰見麼？」寶蟾道：「沒有。」金桂道：「二爺也沒問你什麼？」寶蟾道：「也沒有。」金桂因一夜不曾睡，也想不出個法子來，只得回思道❶：「若作此事，別人可瞞，寶蟾如何能瞞？不如分惠於他，他自然沒得說了。況我又不能自去，少不得要他作腳，索性和他商量個穩便主意。」因帶笑說道：「你看二爺到底是怎麼樣的個人？」寶蟾道：「倒像是個糊塗人。」金桂聽了笑道：「你怎麼糟蹋起爺們來了？」寶蟾也笑道：「他辜負奶奶的心，我就說得他！」金桂道：「他怎麼辜負我的心？」寶蟾道：「奶奶給他好東西吃，他倒不吃，這不是辜負奶奶的心麼？」說著，把眼溜著金桂一笑。金桂道：「你別胡想！我給他送東西，為大爺的事不辭勞苦，我所以敬他；又怕人說瞎話，所以問你。你這些話和我說，我不懂是什麼意思。」寶蟾笑道：「奶奶別多心。我是跟奶奶的，還有兩個心麼？但是事情要密些，倘或聲張起來，不是玩的。」

金桂也覺得臉飛紅了，因說道：「你這個丫頭，就不是個好貨！想來你心裡看上了，卻拿我作筏子，是不是呢？」寶蟾道：「只是奶奶那麼想罷咧，我倒是替奶奶難受。奶奶要真瞧二爺好，我倒有個主意。奶奶想，『那個耗子不偷油』呢？他也不過怕事情不密，大家鬧出亂子來不好看。依我想：奶奶且別性急，時常在他身上不周不備的去處，張羅張

一六一〇

羅。他是個小叔子，又沒娶媳婦兒，奶奶就多盡點心兒，和他貼個好兒，別人也說不出什麼來。過幾天，他感奶奶的情，自然要謝候奶奶。那時奶奶再備點東西兒在咱們屋裡，我幫著奶奶灌醉了他，還怕他跑了嗎？他要不應，他也不是人，咱們索性鬧起來，就說他調戲奶奶。他害怕，自然得順著咱們的手兒。他再不應，咱們也不致白丟了臉。奶奶想怎麼樣？」金桂聽了這話，兩顴早已紅暈了，笑罵道：「小蹄子，你倒像偷過多少漢子似的！怪不得大爺在家時，離不開你！」寶蟾把嘴一撇，笑說道：「罷喲！人家倒替奶奶拉縴，奶奶倒和我們說這個話咧！」從此，金桂一心籠絡薛蝌，倒無心混鬧了，家中也少覺安靜。

當日寶蟾自去取了酒壺，仍是穩穩重重，一臉的正氣。薛蝌偷眼看了，反倒後悔，疑心：「或者是自己錯想了他們，也未可知。果然如此，倒辜負了他這一番美意。保不住日後倒要和自己也鬧起來，豈非自惹的呢？」過了兩天，甚覺安靜。薛蝌遇見寶蟾，寶蟾便低頭走了，連眼皮兒也不抬；遇見金桂，金桂卻一盆火兒的趕著。薛蝌見這般光景，反倒過意不去。這且不表。

且說寶釵母女覺得金桂幾天安靜，待人忽然親熱起來，一家子都為罕事。薛姨媽十分歡喜，想到「必是薛蟠娶這媳婦時沖犯了什麼，才敗壞了這幾年。目今鬧出這樣事來，虧得家裡有錢，賈府出力，方才有了指望。媳婦忽然安靜起來，或者是蟠兒轉過運氣來，也未可知」。於是自己心裡倒以為稀有之奇。這日飯後，扶了同貴過來，到金桂房裡瞧瞧。同貴知機，便說道：「大奶奶，老太太過來了。」

走到院中，只聽一個男人和金桂說話。同貴知機，便說道：「大奶奶，老太太過來了。」

說著，已到門口，只見一個人影兒在房門後一躲。薛姨媽一嚇，倒退了出來。

金桂道：「太太請裡頭坐，沒有外人。他就是我的過繼兄弟，本住在屯裡，不慣見人。因沒有見過太太，今兒才來，還沒去請太太的安。」薛姨媽道：「既是舅爺，不妨見見。」金桂叫兄弟出來見了薛姨媽，作了個揖，問了好。薛姨媽也問了好，坐下敘起話來。薛姨媽道：「舅爺上京幾時了？」那夏三道：「前月我媽沒有人管家，把我過繼來的。前日才進京，今日來瞧姐姐。」薛姨媽看那人不尷尬，於是略坐坐兒，便起身道：「舅爺坐著罷。」回頭向金桂道：「舅爺頭上末下[9]的來，留在咱們這裡吃了飯再去罷。」

金桂答應著，薛姨媽自去了。

金桂見婆婆去了，便向夏三道：「你坐著罷。今日可是過了明路[10]的了，省了我們二爺查考。我今日還要叫你買些東西，只別叫別人看見。」夏三道：「這個交給我就完了。你要什麼，只要有錢，我就買得了來。」金桂道：「且別說嘴。等你買上了當，我可不收。」說著，二人又嘲謔了一回，然後金桂陪著夏三吃了晚飯，又告訴他買的東西，又囑咐一回，夏三自去。

從此夏三往來不絕。雖有個年老的門上人，知是舅爺，也不常回。從此生出無限風波來。這是後話不表。

一日，薛蟠有信寄回，薛姨媽打開叫寶釵看時，上寫：

男在縣裡也不受苦，母親放心。但昨日縣裡書辦說，府裡已經准詳，想是我們的情到了。豈知府裡詳上去，道[11]裡反駁下來了。虧得縣裡主文相公好，即刻作了回文頂上

去了，那道裡卻把知縣申飭。現在道裡要親提，若一上去，又要吃苦。必是道裡沒有托到。母親見字，快快托人求道爺去！不然，就要解道。銀子短不得！火速，火速！

薛姨媽聽了，又哭了一場。寶釵和薛蝌一面勸慰，一面說道：「事不宜遲！」薛姨媽沒法，只得叫薛蝌到那裡去照料，命人即忙收拾行李，兌了銀子，同著當鋪中一個伙計，連夜起程。❷那時手忙腳亂，雖有下人辦理，寶釵怕他們思想不到，親來幫著收拾，直鬧至四更才歇。到底富家女子嬌養慣了的，心上又急，又勞苦了一夜，到了次日，就發起燒來，湯水都吃不下去。鶯兒忙忙回了薛姨媽。

薛姨媽急來看時，只見寶釵滿面通紅，身如燔灼[12]，話都不說。薛姨媽慌了手腳，便哭得死去活來。寶琴扶著勸解。秋菱見了，也淚如泉湧，只管在旁哭叫。寶釵不能說話，連手也不能搖動，眼乾鼻塞。叫人請醫調治，漸漸蘇醒回來，薛姨媽等大家略略放心。早驚動榮寧兩府的人。先是鳳姐打發人送十香返魂丹來，隨後王夫人又送至寶丹來，賈母邢王二夫人以及尤氏等都打發丫頭來問候，卻都不叫寶玉知道。一連治了七八天，終不見效。還是他自己想起「冷香丸」，吃了三丸，才得病好。後來寶玉也知道了，因病好了，沒有瞧去。

那時薛蝌又有信回來。薛姨媽看了，怕寶釵擔憂，也不叫他知道，自己來求王夫人，並述了一會子寶釵的病。薛姨媽去後，王夫人又求賈政。賈政道：「此事上頭可托，底下難托，必須打點才好。」王夫人又提起寶釵的事來，因說道：「這孩子也苦了。既是我家

的人了，也該早些娶了過來才是，別叫他糟蹋壞了身子。」賈政道：「我也是這麼想。但是他家忙亂，況且如今到了冬底，已經年近歲逼，無不各自要料理些家務❸，今冬且放了定，明春再過禮。過了老太太的生日，就定日子娶。你把這番話先告訴薛姨太太。」王夫人答應了。

到了次日，王夫人將賈政的話向薛姨媽說了，薛姨媽想著也是。到了飯後，王夫人陪著來到賈母房中，大家讓了坐。賈母道：「姨太太才過來？」薛姨媽道：「還是昨兒過來的，因為晚了，沒得過來給老太太請安。」王夫人便把賈政昨夜所說的話向賈母述了一遍，賈母甚喜。

說著，寶玉進來了，賈母便問道：「吃了飯了沒有？」寶玉道：「才打學房裡回來，吃了，要往學房裡去，先見見老太太。又聽見說姨媽來了，過來給姨媽請請安。」因問：「寶姐姐大好了？」薛姨媽笑道：「好了。」

原來方才大家正說著，見寶玉進來，都掩住了。寶玉坐了坐，見薛姨媽神情不似從前親熱，「雖是此刻沒有心情，也不犯大家都不言語……」滿腹猜疑，自往學中去了。晚上回來，都見過了，便往瀟湘館來。掀簾進去，紫鵑接著。見裡間屋內無人。寶玉道：「姑娘那裡去了？」紫鵑道：「上屋裡去了。」

寶玉道：「上屋裡去了麼？」紫鵑道：「我去了來的，沒有見你們姑娘。」寶玉道：「聽見說姨太太過來，姑娘請安去了。」紫鵑道：「姑娘請安去了。二爺沒有到上屋裡去麼？」寶玉道：「沒有。」紫鵑道：「沒在那裡嗎？」寶玉道：「到底那裡去了？」紫鵑道：「這就不定了。」

寶玉剛要出來，只見黛玉帶著雪雁，冉冉而來。寶玉道：「妹妹回來了。」縮身退步，仍跟黛玉回來。黛玉進來，走入裡間屋內，便請寶玉裡頭坐，——紫鵑拿了一件外

罩換上，——然後坐下，問道：「你上去，看見姨媽了沒有？」寶玉道：「姨媽說起我來沒有？」寶玉道：「不但沒說你，連見了我也不像先時親熱。我問起寶姐姐的病來，他不過笑了一笑，並不答言。難道怪我這兩天沒去瞧他麼？」黛玉笑了一笑，道：「你去瞧過沒有？」寶玉道：「頭幾天不知道；這兩天知道了。」黛玉道：「可不是呢！」寶玉道：「當真的，老太太不叫我去，太太也不叫去，老爺又不叫去，我如何敢去？要像從前這小門兒通的時候兒，我一天瞧他十趟也不難，如今把門堵了，要打前頭過去，自然不便了。」黛玉道：「他那裡知道這個緣故？」寶玉道：「寶姐姐為人是最體諒我的。」黛玉道：「你不要自己打錯了主意。若論寶姐姐，更不體諒，——又不是姨媽病，是寶姐姐病。向來在園中作詩，賞花，飲酒，何等熱鬧，如今隔開了，你看見他家裡有事了，他病到那步田地，你像沒事人一般，他怎麼不惱呢？」寶玉道：「這樣，難道寶姐姐便不和我好了不成？」黛玉道：「他和你好不好，我卻不知，我也不過是照理而論。」

寶玉聽了，瞪著眼呆了半晌。黛玉看見寶玉這樣光景，也不睬他，只是自己叫人添了香，又翻出書來，看了一會。只見寶玉把眉一皺，把腳一跺，道：「我想這個人，生他作什麼！天地間沒有了我，倒也乾淨！」黛玉道：「原是有了我，便有了人；有了人，便有無數的煩惱生出來：恐怖，顛倒，夢想，更有許多纏礙。才剛我說的，都是玩話。你不過是看見姨媽沒精打彩，如何便疑到寶姐姐身上去？姨媽過來原為他的官司事情，你不寧，那裡還來應酬你？都是你自己心上胡思亂想，鑽入魔道裡去了。」寶玉豁然開朗，笑道：「很是，很是。你的性靈，比我竟強遠了。怨不得前年我生氣的時候，你和我說過幾

句禪話[13]，我實在對不上來。我雖丈六金身，還借你一莖所化[14]。」

黛玉乘此機會，說道：「我便問你一句話，你如何回答？」寶玉盤著腿，合著手，閉著眼，嘬著嘴❹，道：「講來。」黛玉道：「寶姐姐和你好，你怎麼樣？寶姐姐不和你好，你怎麼樣？寶姐姐前兒和你好，如今不和你好，你怎麼樣？你和他好，他偏不和你好，你怎麼樣？你不和他好，他偏要和你好，你怎麼樣？」寶玉呆了半晌，忽然大笑道：「任憑弱水三千，我只取一瓢飲[15]。」黛玉道：「瓢之漂水，奈何[16]？」寶玉道：「非瓢漂水；水自流，瓢自漂耳[17]。」黛玉道：「水止珠沉[18]，奈何？」寶玉道：「禪心已作沾泥絮，莫向春風舞鷓鴣[19]。」黛玉道：「禪門第一戒是不打誑語的。」寶玉道：「有如三寶[20]。」

黛玉低頭不語。只聽見檐外老鴉❺「呱呱」的叫了幾聲，便飛向東南上去。寶玉道：「不知主何吉凶[21]？」黛玉道：「『人有吉凶事，不在鳥音中[21]。』」忽見秋紋走來說道：「請二爺回去。老爺叫人到園裡來問過，說：二爺打學裡回來了沒有？襲人姐姐只說：『已經回來了。』快去罷。」嚇得寶玉站起身來，往外忙走。黛玉也不敢相留。未知何事，下回分解。

❶ 「〔金桂〕只得回思道」,「思」字原缺,從諸本補。

❷ 「同著當鋪中一個伙計,連夜起程」,「同著」藤本、王本作「家人李祥本在那裡照應的,薛蝌又同了」。

❸ 「已經年近歲逼,無不各自要料理些家務」,「無不」諸本作「不無」。

❹ 「噘著嘴」,「噘」甲本作「噓」。

❺ 「老鴉」,諸本作「老鴰」。

■ 注釋

1 〔寶蟾工設計〕工,精巧。金桂、寶蟾精工巧妙地設計引誘薛蝌。

2 〔狐疑〕即多疑。因為狐狸本性多疑,故說狐疑。

3 〔屏(ㄅㄧㄥˇ bǐng)息〕由於注意或恐懼而不敢出大聲。屏,抑止。

4 〔琵琶襟小緊身〕清代便服的一種。「緊身」即是「背心」。大襟邊不到腋下,自「二紐」處即直通向下,這種式樣,叫作「琵琶襟」。

5 〔覷覦(ㄐㄧˋ ㄩˊ jì yú)〕不應有的希望和企圖。

6 〔趁錢〕乘機撈一把錢財。

7 〔移船就岸〕比喻別人自動來投合自己。

8 〔拉縴(ㄑㄧㄢˋ qiàn)〕原意是拉著縴繩使船前進,在此指拉關係。

9 〔頭上末下〕頭一次,初次。

10 〔過了明路〕

得到證人過目的意思。

11 〔道〕

中國歷史上行政區域名稱。在唐代相當於省；清代在省以下設道，管轄若干府縣。

12 〔燔灼（ㄈㄢˊㄓㄨㄛˊ fán zhuó）〕

燒烤。

13 〔幾句禪話〕

佛教禪宗常通過問答方式來測驗對宗教道理的理解程度，這種問答語句叫作「機鋒語」。大多數借各種比喻來表達。語言形式用散句也用詩句。下邊寶玉和黛玉問答的話都屬於這種。

14 〔我雖丈六金身，還借你一莖所化〕

丈六金身，指佛。「傳燈錄」：「西方有佛，其形長丈六而金黃色」。一莖，指蓮花。據佛教說，諸佛「皆在蓮花內而生」，這裡用蓮花來比喻林黛玉。這兩句話的意思是：我寶玉即算是佛，也還要依靠你林黛玉這枝蓮花來支托。

15 〔任憑弱水三千，我只取一瓢飲〕

弱水，傳說中的一條河，古時說有三千里長。這兩句比喻意思是，儘管世上女子很多，我卻只愛你（黛玉）一個人。

16 〔瓢之漂水，奈何〕

瓢被水漂起，動搖不定，又將怎麼辦？暗喻寶玉婚事如果不能自主，又將怎樣？

17 〔非瓢漂水，水自流，瓢自漂耳〕

這個瓢並非能被水漂得搖擺不定的，水流水的，瓢漂瓢的，兩不相關。

18 〔水止珠沉〕

暗喻人遭到不幸。

19　【禪心已作沾泥絮，莫向春風舞鷓鴣】

宋朝和尚參寥的詩：「禪心已作沾泥絮，不逐東風上下狂。」寶玉用這兩句比喻自己如專修佛事的和尚，心像沾泥的飛絮；絕不像鷓鴣鳥，一遇春色，就輕飛狂舞。表示他對黛玉愛情的堅定。

20　【三寶】

佛教名詞。佛教以佛、法、僧為三寶。佛，指創教的人；法，即佛所說的教典；僧，是繼承或宣揚佛教教義的人。三者是構成佛教的要素，故喻之為寶。此處是寶玉以三寶起誓，表示鄭重、堅決。

21　【人有吉凶事，不在鳥音中】

烏鴉叫，是不吉利的徵兆。黛玉這句話認為人的吉凶禍福，鳥音並不能預兆。暗示寶玉要為自己的愛情奮發努力。

【第九十二回】
評女傳巧姐慕賢良　玩母珠賈政參聚散[1]

話說寶玉從瀟湘館出來，連忙問秋紋道：「老爺叫我作什麼？」秋紋笑道：「沒有叫。襲人姐姐叫我請二爺，我怕你不來，才哄你的。」寶玉聽了，才把心放下，因說：「你們請我也罷了，何苦來唬我？」說著，回到怡紅院內。襲人便問道：「你這好半天到那裡去了？」寶玉道：「在林姑娘那邊，說起姨媽家寶姐姐的事來，就坐住了。」襲人又問道：「說些什麼？」寶玉將打禪語的話述了一遍。襲人道：「你們再沒個計較。正經說些家常閑話兒，或講究些詩句，也是好的，怎麼又說到禪語上了？又不是和尚。」寶玉道：「你不知道，我們有我們的禪機，別人是插不下嘴去的。」襲人笑道：「你們參禪參了不留神的話，他就惱了。如今我也留神，他也沒惱的了。只是他近來不常過來，我又念書，偶然到一處，好像生疏了似的。」襲人道：「原該這麼著才是。都長了幾歲年紀了，怎麼好意思還像小孩子時候的樣子？」

寶玉點頭道：「我也知道。如今且不用說那個。我問你：老太太那裡打發人來說什麼來著沒有？」襲人道：「沒有說什麼。」寶玉道：「必是老太太忘了。明兒不是十一月初

一日麼？年年老太太那裡必是個老規矩，要辦『消寒會[2]』，齊打夥兒坐下，喝酒說笑。我今日已經在學房裡告了假了。這會子沒有信兒，明兒可是去不去呢？若去了呢，白白的告了假；若不去，老爺知道了，又說我偷懶。我勸你也該上點緊兒的。昨兒聽見太太說，蘭哥兒念書真好，他打學房裡回來，還各自念書作文章，天天晚上弄到四更多天才睡。你比他大多了，又是叔叔，倘或趕不上他，還不叫老太太生氣，倒不如明兒早起去罷。」麝月道：「這麼冷天，已經告了假，又去，叫學房裡說：既這麼著，就不該告假呀。顯見得是告謊假，脫滑兒[3]。依我說，樂得歇一天。比不得你要好名兒，使喚一個月，再多得二兩銀子。」麝月道：「我也是樂一天是一好麼？」襲人道：「都是你起頭兒，二爺更不肯去了。」麝月啐道：「小蹄子兒！人家說正經話，你又來胡拉混扯的了！」寶玉沒有聽完，便喜歡道：「可不是？老太太「為我什麼？」麝月道：「二爺上學去了，你又該咕嘟著嘴想著，巴不得二爺早些兒回來，就有說有笑的了。這會子又假撇清[4]，何苦呢！我都看見了！」

襲人正要罵他，只見老太太那裡打發人來，說道：「老太太說了，叫二爺明兒不用上學去呢。明兒請了姨太太來給他解悶，只怕姑娘們都來家裡的。史姑娘、邢姑娘、李姑娘們都請了，明兒來赴什麼『消寒會』呢。」寶玉沒有聽完，便喜歡道：「可不是？老太最高興的！明日不上學，是過了明路的了。」襲人也不便言語了。① 那丫頭回去。

寶玉認真念了幾天書，巴不得玩這一天，又聽見薛姨媽過來，想著寶姐姐自然也來，心裡喜歡，便說：「快睡罷，明日早些起來。」於是一夜無話。到了次日，果然一早到老

太太那裡請了安，又到賈政王大人那裡請了安。回明了老太太今兒不叫上學。賈政也沒言語，便慢慢退出來。走了幾步，便一溜烟跑到賈母房中。見眾人都沒來，只有鳳姐那邊的奶媽子，帶了巧姐兒，跟著幾個小丫頭，過來給老太太請了安，說：「我媽媽先叫我來請安，陪著老太太說話兒。媽媽回來就來。」賈母笑著道：「好孩子！我一早就起來了。」等他們總不來，只有你二叔叔來了。」那奶媽子便說：「姑娘，給叔叔請安。」巧姐便請了安。寶玉也問了一聲：「妞妞❷好？」巧姐道：「昨夜聽見我媽媽說，要請二叔叔去說話。」寶玉道：「說什麼？」巧姐道：「我媽媽，跟著李媽媽認了幾年字，不知我認得不認得。我說：『都認得。我認給媽媽瞧。』媽媽說我瞎認，不信，說我一天盡子玩，那裡認得！我瞧著那些字也不要緊，就是那『女孝經』❺也是容易念的。媽媽說我哄他，要請二叔叔得空兒的時候給我理理。」

賈母聽了，笑道：「好孩子，你媽媽是不認得字的，所以說你哄他。明兒叫你二叔叔理給他瞧瞧，他就信了。」寶玉道：「你認了多少字了？」巧姐兒道：「認了三千多字。念了一本『女孝經』，半個月頭裡又上了『列女傳』。」寶玉道：「你懂得嗎？你要不懂，我倒是講講這個你聽罷。」賈母道：「作叔叔的也該講給姪女兒聽聽。」

寶玉便道：「那文王后妃❻不必說了。那姜后脫簪待罪❼和齊國的無鹽❸安邦定國，是后妃裡頭的賢能的。」巧姐聽了，答應個「是」。寶玉又道：「若說有才的，是曹大姑[9]、班婕妤[10]、蔡文姬[11]、謝道韞諸人。」巧姐問道：「那賢德的呢？」寶玉道：「孟光的荊釵布裙[12]，鮑宣妻的提甕出汲[13]，陶侃母的截髮留賓[14]：這些不厭貧的，就是賢德了。」巧姐欣然點頭。寶玉道：「還有苦的，像那樂昌破鏡[15]，蘇蕙迴文[16]。那孝的，木蘭代父從

軍[17]，曹娥投水尋屍[18]等類，也難盡說。」巧姐聽到這些，卻默默如有所思。寶玉又講那曹氏的引刀割鼻[19]及那些守節的，巧姐聽著更覺肅敬起來❹。

寶玉恐他不自在，又說：「那些艷的，如王嬙、西子、樊素、小蠻[20]、絳仙[21]、文君、紅拂，都是女中的——」尚未說出，賈母見巧姐默然，便說：「夠了，不用說了。講得太多，他那裡記得！」巧姐道：「二叔叔才說的，也有念過的，也有沒念過的。念過的一講，我更知道好處了。」寶玉道：「那字是自然認得的，不用再理了。」巧姐道：「我還聽見我媽媽說：我們家的小紅，頭裡是二叔叔那裡的，我媽媽要了來，還沒有補上人呢。我媽媽想著要把什麼柳家的五兒補上，不知二叔叔要不要。」

寶玉聽了更喜歡，笑著道：「你聽，你媽媽的話！要補誰就補誰罷咧，又問什麼要不要呢！」因又向賈母笑道：「我瞧大妞妞這個小模樣兒，又有這個聰明兒，只怕將來比鳳姐姐還強呢，又比他認得字。」賈母道：「女孩兒家認得字也好，只是女工針黹倒是要緊的。」巧姐兒道：「我也跟著劉媽媽學著作呢。什麼扎花兒咧，拉鎖子[22]咧，我雖弄不好，卻也學著會作幾針兒。」賈母道：「咱們這樣人家，固然不仗著自己作，但只到底知道些，日後才不受人家的拿捏。」巧姐答應著「是」，還要寶玉解說「列女傳」，見寶玉呆呆的，也不再問。

你道寶玉呆的是什麼？只因柳五兒要進怡紅院，頭一次是他病了，不能進來；第二次王夫人攆了晴雯，大凡有些姿色的，都不敢挑；後來又在吳貴家看晴雯去，五兒跟著他媽給晴雯送東西去，見了一面，更覺嬌娜嫵媚。今日虧得鳳姐想著，叫他補入小紅的窩兒，竟是喜出望外了，所以呆呆的呆想。

賈母等著那些人，見這時候還不來，又叫丫頭去請。回來李紈同著他妹子、探春、惜春、史湘雲、黛玉都來了。大家請了賈母的安，眾人廝見。獨有薛姨媽未到，賈母又叫請去。果然薛姨媽帶著寶琴過來。寶玉請了安，問了好，只不見寶釵邢岫烟二人。黛玉便問起：「寶姐姐為何不來？」薛姨媽假說身上不好。——邢岫烟知道薛姨媽在座，所以不來。——寶玉雖見寶釵不來，心中納悶，因黛玉來了，便把想寶釵的心暫且擱開。

不多時，邢王二夫人也來了。鳳姐聽見婆婆們先到了，自己不好落後，只得打發平兒先來告假，說是：「正要過來，因身上發熱，過一回兒就來。」賈母道：「既是身上不好，不來也罷。咱們這時候很該吃飯了。」丫頭們把火盆往後挪了一挪，就在賈母榻前一溜擺下兩桌，大家序次坐下。吃了飯，依舊圍爐閒談，不須多贅。

且說鳳姐因何不來？頭裡為著倒比邢王二夫人遲了不好意思，後來旺兒家的來回說：「迎姑娘那裡打發人來請奶奶安，還說並沒有到上頭，只到奶奶這裡來。」鳳姐聽了納悶，不知又是什麼事，便叫那人進來，問：「姑娘在家好？」那人道：「有什麼好的！奴才並不是姑娘打發來的，實在是司棋的母親央我來求奶奶的。」鳳姐道：「司棋已經出去了，為什麼來求我？」

那人道：「自從司棋出去，終日啼哭。忽然那一日，他表兄來了。他母親見了，恨得什麼兒似的，說他害了司棋，一把拉住要打。那小子不敢言語。誰知司棋聽見了，急忙出來，老著臉，和他母親說：『我是為他出來的，我也恨他沒良心。如今他來了，媽要打他，不如勒死了我罷！』他媽罵他：『不害臊的東西！你心裡要怎麼樣？』司棋說道：

『一個女人嫁一個男人。我一時失腳，上了他的當，我就是他的人了，決不肯再跟著別人的。我只恨他為什麼這膽小？「一身作事一身當」，為什麼逃了呢？就是他一輩子不來，我也一輩子不嫁人的。媽要給我配人，我原拚著一死。今兒他來了，媽問他怎麼樣。要是他不改心，我在媽跟前磕了頭，只當是我死了，他到那裡，我跟到那裡，就是討飯吃也是願意的。』他媽氣得了不得，便哭著罵著說：『你是我的女兒，我偏不給他，你敢怎麼著？』那知道司棋這東西糊塗，便一頭撞在牆上，把腦袋撞破，鮮血流出，竟碰死了！他媽哭著，救不過來，便要叫那小子償命。他表兄也奇，說道：『你們不用著急。我在外頭原發了財，因想著他才回來的，心也算是真了。你們要不信，只管瞧。』說著，打懷裡掏出一匣子金珠首飾來。他媽看見了，心軟了，說：『你既有心，為什麼總不言語？』他外甥道：『大凡女人都是水性楊花，我要說有錢，他就是貪圖銀錢了。如今，他只為人就是難得的。我把首飾給你們，我去買棺盛殮他。』那司棋的母親接了東西，也不顧女孩兒了，要報官。他急了，央我來求奶奶說個人情，他再過來給奶奶磕頭。』

鳳姐聽了，詫異道：『那有這樣傻丫頭，偏偏的就碰見這個傻小子！怪不得那一天翻出那些東西來，他心裡沒事人似的，敢只是這麼個烈性孩子！論起來，我也沒這麼大工夫管他這些閑事，但只你才說的，叫人聽著，怪可憐見兒的。也罷了，你回去告訴他，我和

他外甥道：『怎麼棺材要兩口？』他外甥笑道：『一口裝不下，得兩口才好。』司棋的母親見他外甥又不哭，只當是他心疼得傻了。豈知他忙著把司棋收拾了，也不啼哭，眼錯不見，把帶的小刀子往脖子裡一抹，也就抹死了。司棋的母親懊悔起來，倒哭得了不得。如今坊裡知道了，由著外甥去。那裡知道他外甥叫人抬了兩口棺材來。司棋的母親看見，詫異說：『你既有心，為什麼總不言語？』說著，打懷裡

你二爺說，打發旺兒給他撕擄就是了。」鳳姐打發那人去了，才過賈母這邊來。不提。

且說賈政這日正與詹光下大棋，通局的輸贏也差不多，單為著一只角兒，死活未分，在那裡打結。門上的小廝進來回道：「外面馮大爺要見老爺。」賈政道：「請進來。」小廝出去請了。馮紫英走進門來，賈政即忙迎著。馮紫英進來，在書房中坐下，見是下棋，便道：「只管下棋，我來觀局。」詹光笑道：「晚生的棋是不堪睄的。」馮紫英道：「好說，請下罷。」賈政道：「有什麼事麼？」馮紫英道：「沒有什麼話。老伯只管下棋，我也學幾著兒。」賈政向詹光道：「馮大爺是我們相好的，既沒事，我們索性下完了這一局再說話兒。馮大爺在旁邊睄著。」馮紫英道：「下采不下采？[23]」詹光道：「下采的。」賈政道：「下采的是不好多嘴的。」馮紫英道：「多嘴也不妨，橫豎他輸了十來兩銀子，終久是不拿出來的。往後只好罰他作東便了。」詹光笑道：「這倒使得。」馮紫英道：「老伯和詹公對下麼？」賈政笑道：「從前對下，他輸了；如今讓他兩個子兒，他又輸了。時常還要悔幾著。不叫他悔，他就急了。」詹光也笑道：「沒有的事。」賈政道：「你試試瞧。」大家一面說笑，一面下完了，作起棋來。詹光還了棋頭，輸了七個子兒。馮紫英道：「這盤總吃虧在打結裡頭。老伯結少，就便宜了。」

賈政對馮紫英道：「有罪，有罪，咱們說話兒罷。」馮紫英道：「小姪與老伯久不見面。一來會會，二來因廣西的同知進來引見，帶了四種洋貨，可以作得貢的。一件是圍屏，有二十四扇楠子，都是紫檀雕刻的。中間雖說不是玉，卻是絕好的硝子石，[24]一扇上有五六十個人，都是宮妝的女子。名為『漢宮春

曉」。人的眉、目、口、鼻以及出手、衣褶，刻得又清楚，又細膩。點綴布置，都是好的。我想尊府大觀園中正廳上恰好用得著。還有一架鐘錶，有三尺多高，也是一個童兒拿著時辰牌，到什麼時候兒，就報什麼時辰；裡頭還有消息人兒打十番的。這是兩件重笨的，卻還沒有拿來。現在我帶在這裡的兩件，卻倒有些意思兒。」就在身邊拿出一個錦匣子來，用幾重白綾裹著，揭開了綿子，第一層是一個玻璃盒子，裡頭金托子，大紅綢綢托底，上放著一顆桂圓大的珠子，光華耀目。

馮紫英道：「據說這就叫作『母珠』。」因叫：「拿一個盤兒來。」詹光即忙端過一個黑漆茶盤，道：「使得麼？」馮紫英道：「使得。」便又向懷裡掏出一個白絹包兒，將包兒裡的珠子都倒在盤裡散著，把那顆母珠擱在中間，將盤放於桌上。看見那些小珠子兒，滴溜滴溜的都滾到大珠子身邊，回來把這顆大珠子抬高了，別處的小珠子一顆也不剩，都黏在大珠上。詹光道：「這也奇！」賈政道：「這是有的，所以叫作『母珠』，原是珠之母。」

那馮紫英又回頭看著他跟來的小廝道：「那個匣子呢？」小廝趕忙捧過一個花梨木匣子來。大家打開看時，原來匣內襯著虎紋錦，錦上疊著一束藍紗。詹光道：「這是什麼東西？」馮紫英道：「這叫作『鮫綃帳』。」在匣子裡拿出來時，疊得長不滿五寸，厚不上半寸。馮紫英一層一層的打開，打到十來層，已經桌上鋪不下了。馮紫英道：「你看，裡頭還有兩摺，必得高屋裡去，才張得下。這就是鮫絲所織。暑熱天氣，張在堂屋裡頭，蒼蠅蚊子，一個不能進來，又輕又亮。」賈政道：「不用全打開，怕疊起來倒費事。」詹光便與馮紫英一層一層摺好收拾了。

馮紫英道：「這四件東西，價兒也不貴，兩萬銀他就賣。母珠一萬，鮫綃帳五千，『漢宮春曉』與自鳴鐘五千。」賈政道：「那裡買得起！」馮紫英道：「你們是個國戚，難道宮裡頭用不著麼？」賈政道：「用得著的很多，只是那裡有這些銀子？等我叫人拿進去給老太太瞧瞧。」馮紫英道：「很是。」

賈政便著人叫賈璉把這兩件東西送到老太太那邊去，並叫人請了邢王二夫人、鳳姐兒都來瞧著，又把兩件東西一一試過。賈璉道：「他還有兩件：一件是圍屏，一件是樂鐘，共總要賣二萬銀子呢。」鳳姐兒接著道：「東西自然是好的，但是那裡有這些閒錢？咱們又不比外任督撫要辦貢。我已經想了好些年了，像咱們這種人家，必得置些不動搖的根基才好：或是祭地[25]，或是義莊[27]，再置些墳屋。往後子孫遇見不得意的事，還是點兒底子，不到一敗塗地。我的意思是這樣，不知老太太、老爺、太太們怎麼樣？若是外頭老爺們要買只管買。」賈母與眾人都說：「這話說得倒也是。」賈璉道：「還了他罷。原是老爺叫我送給老太太瞧，為的是宮裡好進。誰說買來擱在家裡？老太太還沒開口，你便說了一大堆喪氣話。」說著，便把兩件東西拿出去了，告訴賈政，只說：「老太太不要。」便與馮紫英道：「這兩件東西，好可好，就只沒銀子。我替你留心，有要買的人我便送信給你去。」

馮紫英只得收拾好了，坐下說些閒話，沒有興頭，就要起身。賈政道：「你在這裡吃了晚飯去罷。」馮紫英道：「罷了。來了就叨擾老伯嗎？」賈政道：「說那裡的話！」正說著，人回：「大老爺來了。」賈赦早已進來。彼此相見，敘些寒溫。

不一時，擺上酒來，餚饌羅列，大家喝著酒。至四五巡後，說起洋貨的話。馮紫英

道：「這種貨本是難消的。除非要像尊府這樣人家，還可消得，其餘就難了。」賈政

道：「這也不見得。」賈赦道：「我們家裡也比不得從前了，這回兒也不過是個空門面。」

馮紫英又問：「東府珍大爺可好麼？我前兒見他，說起家常話兒來，提到他令郎續娶

的媳婦遠不及頭裡那位秦氏奶奶了。如今後娶的到底是那一家的？我也沒有問起。」賈政

道：「我們這個姪孫媳婦兒也是這裡大家，從前作過京畿道²⁸的胡老爺的女孩兒。」馮紫

英道：「胡道長我是知道的。但是他家教上也不怎麼樣。——也罷了，只要姑娘好就

好。」

賈璉道：「聽得內閣²⁹裡人說起，雨村又要升了。」賈政道：「這也好。不知準不

準？」賈璉道：「大約有意思的了。」馮紫英道：「我今兒從吏部裡來，也聽見這樣說。

雨村老先生是貴本家不是？」賈政道：「是。」馮紫英道：「是有服的？還是無服³⁰的？」

賈政道：「說也話長。他原籍是浙江湖州府人，流寓到蘇州，甚不得意。有個甄士隱和他

相好，時常周濟他。以後中了進士，得了榜下知縣³¹，便娶了甄家的丫頭。如今的太太不

是正配。豈知甄士隱弄到零落不堪，沒有找處。雨村革了職以後，那時還與我家並未相

識。只因舍妹丈林如海公在揚州巡鹽的時候，請他在家作西席，外甥女兒是他的學生。還

因他有起復的信，要進京來，恰好外甥女兒要上來探親，林姑老爺便托他照應上來的。還

有一封薦書托我吹噓吹噓。那時看他不錯，大家常會。豈知雨村也奇：我家世襲起，從

『代』字輩下來，寧榮兩宅，人口房舍，以及起居事宜，一概都明白。因此，遂覺得親熱

了。」因又笑說道：「幾年間，門子也會鑽了，由知府³²推升轉了御史³³，不過幾年，升了

吏部侍郎³⁴，兵部尚書³⁵。為著一件事降了三級，如今又要升了。」

馮紫英道：「人世的榮枯，仕途的得失，終屬難定。」賈政道：「天下事都是一個樣的理喲。比如方才那珠子，那顆大的，就像有福氣的人似的，那些小的都托賴著他的靈氣護庇著。要是那大的沒有了，那些小的也就沒有收攬了。就像人家兒當頭人有了事，骨肉也都分離了，親戚也都零落了，就是好朋友也都散了。轉瞬榮枯，真似甄家，從前一樣功勳，一樣世襲，一樣起居，我們也是時常來往。不多幾年，他們進京來，差人到我這裡請安，還很熱鬧。一會兒抄了原籍的家財，至今杳無音信。不知他近況若何，心下也著實惦記著❼。」

賈赦道：「什麼珠子？」賈政同馮紫英又說了一遍給賈赦聽❽。賈赦道：「咱們家是再沒有事的。」馮紫英道：「果然尊府是不怕的：一則裡頭有貴妃照應；二則故舊好，親戚多；三則你們家自老太太起，至於少爺們，沒有一個刁鑽刻薄的，卻沒有德行才情。白白的衣租食稅，那裡當得起？」賈赦道：「咱們不用說這些話，大家吃酒罷。」大家又喝了幾杯，擺上飯來。

吃畢喝茶。馮家的小廝走來，輕輕的向紫英說了一句。馮紫英便要告辭。賈赦問那小廝道：「你說什麼？」小廝道：「外面下雪，早已下了梆子了³⁶。」賈政道：「那兩件東西，你收拾好了麼？」馮紫英道：「收好了。」賈政道：「我留神就是了。」紫英道：「我再聽信罷。天氣冷，請罷，別送了。」賈赦賈政便命賈璉送了出去。未知後事如何，下回分解。

■ 校記

❶「襲人也不便言語了」，「不便」藤本、王本作「便不」。

❷「妞妞」，王本作「姐姐」。

❸「無鹽」，藤本、王本下有「雖醜」二字。

❹ 寶玉和巧姐對話，各本文字出入，意義相同，不備列。

❺「兵部尚書」，藤本、王本上有「署」字。

❻「天下事都是」至「有什麼趣兒呢」一段，藤本、王本無。

❼「心下也著實惦記著」，藤本、王本下有「這樣你想作官的怕不怕」一句。

❽ 自「賈赦道什麼珠子」至「給賈赦聽」，藤本、王本無。

■ 注釋

1 【玩母珠賈政參聚散】參，參語，醒悟。賈政從子母珠的聚集和分散，悟出了官場沉浮興衰的道理，發出了作官無趣的感嘆。又從甄家的被抄，預感到自己家族也有衰敗的危險。

2 【消寒會】這是中國北方的舊風俗，在陰曆十一月，富貴人家為了消磨寒冬而聚會飲酒，尋歡作樂。

3 【脫滑兒】偷懶。

4 【假撇清】假裝清白。

5 【女孝經】唐朝侯莫陳邈（ㄇㄧㄠˋ miǎo）的妻子鄭氏，仿照「孝經」編寫的一部闡揚孝道的書。

6 【文王后妃】即周文王的大老婆，名太姒（ㄙˋ sì），文人稱頌她有「賢德」。

7〔姜后脫簪待罪〕

據「列女傳」記載，周宣王的妻子姜后，見周宣王荒淫享樂，不理朝政，便脫卸首飾，在永巷待罪，並使人轉告宣王，宣王從此勤於政事。後來姜后便被文人尊為「賢能」之女。

8〔齊國的無鹽安邦定國〕

據「列女傳」記載，在齊國的無鹽邑，有個叫鍾離春的女子，面貌醜陋。有一次她去見齊宣王，指責時政，宣王採納了她的意見，並拜她為無鹽君，立她為王后，齊國從此安定。

9〔曹大姑〕

即曹大家（古「家」通「姑」），姓班名昭，是班固的妹妹，曹世叔的妻子，東漢安陵人。她曾被漢和帝召到宮中作后妃的老師。她寫的「女誡」一書，闡揚所謂「四德」。

10〔班婕妤〕

婕妤，皇宮中的女官名。班婕妤，名不詳，西漢人，班昭的姑奶奶。因有文才，被漢成帝立為「婕妤」。作品有「自悼賦」、「怨歌行」等。

11〔蔡文姬〕

即蔡琰，字文姬，東漢女詩人。精通文學和音樂，作品有「悲憤詩」，相傳「胡笳十八拍」也是她作的。

12〔孟光的荊釵布裙〕

據「列女傳」記載，孟光是東漢人，梁鴻的妻子。他與梁鴻結婚時，按照丈夫的意願，脫去華麗的衣服，穿上粗布衣裙，插上荊條作髮簪，和梁鴻一起到山中過隱居的生活。這個故事闡揚了「夫為妻綱」、「夫唱婦隨」的道德。

13〔鮑宣妻的提甕出汲（ㄐㄧˊ jí）〕

甕，水罐；汲，從井裡打水。據「列女傳」記載，鮑宣妻叫桓少君，東漢人。鮑宣家貧，但少君父認為他孔孟之道學得好，將來能飛黃騰達，便將女兒嫁給了他。結婚後，桓少君就脫去華美的衣裳，換上粗布短衣，親自提著水罐到井裡打水。

14 〔陶侃（ㄎㄢˇ \ kǎn）母的截髮留賓〕

據「列女傳」和「晉書」記載，晉朝的陶侃在本縣當了一名小官吏。有一天一個叫范逵的地方官，路過他家，陶侃的母親便剪下兩縷頭髮賣掉，換了酒菜，招待客人。范逵得知後，就推薦陶侃作了官。

15 〔樂昌破鏡〕

樂昌是南北朝時南朝陳代的公主。在陳將亡時，他的丈夫徐德言估計，在戰亂中將與她離散，就打破一面銅鏡，各執一半，作為日後重見的憑證，並決定正月十五日賣鏡於市，藉此探聽消息。陳亡時，兩人果然走散了，後來徐德言就靠半邊鏡子按約定的辦法找到了樂昌公主。

16 〔蘇蕙迴文〕

蘇蕙，字若蘭，東晉時前秦女詩人。他的丈夫竇滔，為秦州刺史，後因犯罪被流放到邊遠地區。蘇蕙因思念丈夫，就織錦「迴文旋圖詩」以寄。迴文詩是一種文字遊戲，這種詩體縱橫反覆讀去，都可成詩。

17 〔木蘭代父從軍〕

這是北朝時期的民間傳說。敘述女子木蘭代父從軍的故事。

18 〔曹娥投水尋屍〕

據「列女傳」記載，東漢人曹娥，得知他父親曹旰在江裡淹死後，就在江邊痛哭多日，也投了江，五天後抱父屍而出。

19 〔曹氏的引刀割鼻〕

據「三國志‧魏志」記載，曹氏是三國時曹文叔的妻子。文叔死後，她父親勸她改嫁，她就用刀割了自己的兩隻耳朵和鼻子，表示不改嫁。以上十幾個「列女」的故事，分別闡揚了「男尊女卑」、「三從四德」、「忠孝節義」等思想。傳統文人提倡這些故事的目的，就是要用禮教來教導並束縛婦女。

20 〔樊素、小蠻〕

唐代詩人白居易的兩個歌舞妓女。

21 〔絳仙〕

吳絳仙，隋煬帝時的御女（女官）。

22 〔拉鎖子〕

一種刺繡技術。刺繡時逐步將線編成鎖鏈式的結子，並用它組成各種圖案。

23 〔下采〕 即下賭注。

24 〔硝子石〕 近似玉類的石頭。

25 〔外任督撫要辦貢〕 外任，指京官以外的地方官。督撫，總督與巡撫的簡稱。總督，在明清兩代是一省或數省軍政最高長官；巡撫，僅次於總督，主管地方行政。貢，給皇帝送貢品。

26 〔祭地〕 族田中用於祭祀的土地。

27 〔義莊〕 舊時某些有錢人家，為了「救助」窮困的族人，置田收租，作為族中公產，推選專人經管，名為「義莊」，其田稱為「義田」。

28 〔京畿道〕 京畿，舊時稱國都和國都附近的地方；道，歷史上的行政區劃單位，唐時相當於省，清時大於府。書中的京畿道，是指京畿道的長官，清代叫道臺。

29 〔內閣〕 明清兩代的中央政府機關，長官稱大學士，相當於以前的宰相，但實權不大，只是皇帝的顧問。

30 〔有服無服〕 指宗族關係的遠近，在五服之內，叫作有服；在五服之外，叫作無服。五服是表示宗族親疏的五個等次。

31 〔榜下知縣〕 發榜中了進士之後，隨即被任命為知縣。榜下，榜後。

32 〔知府〕 府一級的行政長官，管轄所屬的各州縣。

33 〔御史〕 官名。秦以前本為史官。漢以後專管糾察。明代並有分任出巡的，如巡按御史、巡漕御史。

34 〔吏部侍郎〕 官名。吏部副長官，協助吏部長官管理全國官吏的事務。

35 〔兵部尚書〕

官名。兵部的最高長官，掌管全國的軍事事務。

36 〔下了梆子〕

報更的梆子開始敲起，也就是交了初更。

【第九十三回】

甄家僕投靠賈家門　水月庵掀翻風月案

卻說馮紫英去後，賈政叫門上的人來吩咐道：「今兒臨安伯那裡來請吃酒，知道是什麼事？」門上的人道：「奴才曾問過，並沒有什麼喜慶事，不過南安王府裡到了一班小戲子，都說是個名班，伯爺高興，唱兩天戲，請相好的老爺們瞧瞧，熱鬧熱鬧。大約不用送禮的。」說著，賈赦過來問道：「明兒二老爺去不去？」賈政道：「承他親熱，怎麼好不去？」說著，門上進來回道：「衙門裡書辦來請老爺明日上衙門。有堂派的事，必得早些去。」賈政道：「知道了。」說著，只見兩個管屯裡地租子的家人走來，請了安，磕了頭，旁邊站著。賈政說：「你們是郝家莊的？」兩個答應了一聲。賈政也不往下問，竟與賈赦各自說了一回話兒散了。家人等秉著手燈，送過賈赦去。

這裡賈璉便叫那管租的人道：「說你的。」那人說道：「十月裡的租子，奴才已經趕上來了。原是明兒可到，誰知京外拿車，把車上的東西，不由分說，都掀在地下。奴才告訴他，說是府裡收租子的車，不是買賣車，他更不管這些。奴才叫車夫只管拉著走，幾個衙役就把車夫混打了一頓，硬扯了兩輛車去了。奴才所以先來回報。求爺打發個人到衙門裡去要了來才好。再者，也整治整治這些無法無天的差役才好。爺還不知道呢……更可憐的

是那買賣車，客商的東西全不顧，掀下來，趕著就走。那些趕車的但說句話，打得頭破血出的。」

賈璉聽了，罵道：「這個還了得！」立刻寫了一個帖兒，叫家人：「拿去向拿車的衙門裡要車去，並車上東西。若少了一件，是不依的！快叫周瑞。」周瑞不在家，又叫旺兒。旺兒晌午出去了，還沒有回來。賈璉道：「這些忘八日的，一個都不在家！他們成家吃糧不管事！」因吩咐小廝們：「快給我找去！」說著，也回到自己屋裡，睡下不提。

且說臨安伯第二天又打發人來請。賈政告訴賈赦道：「我是衙門裡有事。璉兒要在家等候拿車的事情，也不能去。倒是大老爺帶著寶玉應酬一天也罷了。」賈赦點頭道：「也使得。」賈政遣人去叫寶玉，說：「今兒跟大爺到臨安伯那裡聽戲去。」

寶玉喜歡得了不得，便換上衣服，帶了焙茗、掃紅、鋤藥三個小子，出來見了賈赦，請了安，上了車，來到臨安伯府裡。門上人回進去，一會子出來說：「老爺請。」於是賈赦帶著寶玉走入院內，只見賓客喧闐。賈赦寶玉見了臨安伯，又與眾賓客都見過了禮，大家坐著，說笑了一回。只見一個掌班拿著一本戲單，一個牙笏[2]，向上打了一個千兒，說道：「求各位老爺賞戲。」先從尊位點起，挨至賈赦，也點了一齣。那人回頭見了寶玉，

便不向別處去，竟搶步上來，打個千兒道：「求二爺賞兩齣。」寶玉一見那人，面如傅粉，唇若塗朱；鮮潤如出水芙蕖，飄揚似臨風玉樹：原來不是別人，就是蔣玉菡。前日聽得他帶了小戲兒進京，也沒有到自己那裡；此時見了，又不好站起來，只得笑道：「你多早晚來的？」蔣玉菡把眼往左右一溜，悄悄的❶笑道：「怎麼

二爺不知道麼？」寶玉因眾人在座，也難說話，只得亂點了一齣。

蔣玉菡去了，便有幾個議論道：「此人是誰？」有的說：「他向來是唱小旦的，如今不肯唱小旦，年紀也大了，就在府裡掌班。頭裡也改過小生。他也攢了好幾個錢，家裡已經有兩三個鋪子，只是不肯放下本業，原舊領班。」有的說：「想必成了家了。」有的說：「親還沒有定。他倒拿定一個主意：說是人生婚配，關係一生一世的事，不是混鬧得的，不論尊卑貴賤，總要配得上他的才能。所以到如今還並沒娶親。」寶玉暗忖度道：「不知日後誰家的女孩兒嫁他？要嫁著這麼樣的人才兒，也算是不辜負了。」

那時開了戲，也有崑腔，也有高腔[3]，也有弋腔，平腔[4]，熱鬧非常。到了晌午，便擺開桌子吃酒。又看了一回，賈赦便欲起身。臨安伯過來留道❷：「天色尚早。聽見說琪官兒還有一齣『占花魁』[5]，他們頂好的首戲。」寶玉聽了，巴不得賈赦不走，於是賈赦又坐了一會。果然蔣玉菡扮了秦小官，伏侍花魁醉後神情，把那一種憐香惜玉[6]的意思，作得極情盡致。以後對飲對唱，纏綿繾綣。

寶玉這時不看花魁，只把兩隻眼睛獨射在秦小官身上。更加蔣玉菡聲音響亮，口齒清楚，按腔落板，寶玉的神魂都唱得飄蕩了❸。直等這齣戲煞場後，更知蔣玉菡極是情種，非尋常腳色可比。因想著：『樂記』[7]上說得是：『情動於中，故形於聲；聲成文，謂之音。』[8]」所以知聲，知音，知樂，有許多講究。聲音之原，不可不察。詩詞一道，但能傳情，不能入骨，自後想要講究講究音律。」寶玉想出了神，忽見賈赦起身，主人不及相留。寶玉沒法，只得跟了回來。

到了家中，賈赦自回那邊去了。寶玉來見賈政。賈政才下衙門，正向賈璉問起拿車

之事。賈璉道：「今兒叫人拿帖兒去，知縣不在家。他的門上說了：『這是本官不知道的，並無牌票[9]，出去拿車，都是那些混賬東西在外頭撒野擠訛頭[10]。既是老爺府裡的，我便立刻叫人去追辦，包管明兒連車連東西一併送來。如有半點差遲，再行稟過本官，重重處治。此刻本官不在家，求這裡老爺看破些，可以不用本官知道更好。』」賈政道：「既無官票，到底是何等樣人在那裡作怪？」賈璉道：「老爺不知，外頭都是這樣。想來明兒必定送來的。」賈璉說完下來。寶玉上去見了。賈政問了幾句，便叫他往老太太那裡去。

賈璉因為昨夜叫空了家人，出來傳喚，那起人都已伺候齊全。賈璉罵了一頓，叫大管家賴大：「將各行檔的花名冊子拿來，你去點查點，寫一張諭帖[11]，叫那些人知道。若有並未告假，私自出去，傳喚不到，貽誤公事的，立刻給我打了攆出去！」賴大連忙答應了幾個「是」，出來吩咐了一回，家人各自留意。

過不幾時，忽見有一個人，頭上戴著氈帽，身上穿著一身青布衣裳，腳下穿著一雙撒鞋[12]，走到門上，向眾人作了個揖。眾人拿眼上上下下打量了他一番，便問他：「是那裡來的？」那人道：「我自南邊甄府中來的。並有家老爺手書一封，求這裡的爺們呈上來老爺。」眾人聽見他是甄府來的，才站起來讓他坐下，道：「你乏了，且坐坐。我們給你回去就是了。」門上一面進來回明賈政，呈上來書。賈政拆書看時，上寫道：

世交夙好，氣誼素敦[13]，遙仰襜帷[14]，不勝依切！弟因菲材[15]獲譴[16]，自分[17]萬死難償，幸邀寬宥[18]，待罪邊隅[19]。迄今門戶凋零，家人星散。所有奴子包勇，向曾使用，雖無

奇技，人尚愨實[20]。倘使得備奔走，糊口有資，屋烏之愛[21]，感佩無涯矣！專此奉達，餘容再敍，不宣[22]。

年家[23]眷弟[24]甄應嘉頓首[25]❹

賈政看完，笑道：「這裡正因人多，甄家倒薦人來，又不好卻的。」吩咐門上：「叫他見我，且留他住下，因材使用便了。」門上出去，帶進人來，見賈政，便磕了三個頭，起來道：「家老爺請老爺安。」自己又打個千兒，說：「包勇請老爺安。」

賈政問了甄老爺的好，便把他上下一瞧，但見包勇身長五尺有零，肩背寬肥，濃眉爆眼，磕頭長髯，氣色粗黑，垂著手站著。便問道：「你是向來在甄家的，還是住過幾年的？」包勇道：「小的向在甄家的。」賈政道：「你如今為什麼要出來呢？」包勇道：「小的原不肯出來，只是家老爺再四叫小的出來，說別處你不肯去，這裡老爺家裡和在咱們自己家裡一樣的，所以小的來的。」賈政道：「你們老爺不該有這樣事情，弄到這個田地。」包勇道：「小的本不敢說：我們老爺只是太好了，一味的真心待人，反倒招出事來。」賈政道：「真心是最好的了。」包勇道：「因為太真了，人人都不喜歡，討人厭煩是有的。」賈政笑了一笑道：「既這樣，皇天自然不負他的。」

包勇還要說時，賈政又問道：「我聽見說你們家的哥兒不是也叫寶玉麼？」包勇道：「是。」賈政道：「他還肯向上巴結[26]？」包勇道：「老爺若問我們哥兒，倒是一段奇事。哥兒的脾氣也和我家老爺一個樣子，也是一味的誠實，從小兒只愛和那些姐妹們在一處玩。老爺太太也狠打過幾次，他只是不改。那一年太太進京的時候兒，哥兒大病了一

場，已經死了半日，把老爺幾乎急死，裝裹都預備了。幸喜後來好了，嘴裡說道：『走到一座牌樓那裡，見了一個姑娘，領著他到了一座廟裡，見了好些櫃子，裡頭見了好些冊子；又到屋裡，見了無數女子，說是都變了鬼怪似的，也有變作骷髏兒的。他嚇急了，就哭喊起來。老爺知他醒過來了，連忙調治，漸漸的好了。老爺仍叫他在姐妹們一處玩去，他竟改了脾氣：好著時候的玩意兒一概都不要了，惟有念書為事。就有什麼人來引誘他，他也全不動心。如今漸漸的能夠幫著老爺料理些家務了。』賈政默然想了一回，道：『你去歇歇去罷。等這裡用著你時，自然派你一個行次兒。^{27}』包勇答應著，退下來，跟著這裡人出去歇息不提。

一旦賈政早起，剛要上衙門，看見門上那些人在那裡交頭接耳，好像要使賈政知道的似的；又不好明回，只管咕咕唧唧的說話。賈政叫上來問道：『你們有什麼事這麼鬼鬼祟祟的？』門上的人回道：『奴才不敢說。』賈政道：『有什麼事不敢說的？』門上的人道：『奴才今兒起來，開門出去，見門上貼著一張白紙，上寫著許多不成事體的字。』賈政道：『那裡有這樣的事！寫的是什麼？』門上的人道：『是水月庵裡的腌臢話。』賈政道：『拿給我瞧。』門上的人道：『奴才本要揭下來，誰知他貼得結實，揭不下來，只得一面抄，一面洗。剛才李德揭了一張給奴才瞧，就是那門上貼的話。奴才們不敢隱瞞。』說著，呈上那帖兒。賈政接來看時，上面寫著……

『西貝草斤』年紀輕，水月庵裡管尼僧。一個男人多少女，窩娼聚賭是陶情^{28}。不肖子弟來辦事，榮國府內好聲名❺！

賈政看了，氣得頭昏目暈，趕著叫門上的人不許聲張，悄悄叫人往寧榮兩府靠近的夾道子牆壁上再去找尋。隨即叫人去喚賈璉出來。賈璉即忙趕至。賈政忙問道：「水月庵中寄居的那些女尼女道，向來你也查考查考過沒有？」賈璉道：「沒有，一向都是芹兒在那裡照管。」賈政道：「你知道芹兒照管得來，照管不來？」賈璉道：「老爺既這麼說，想來芹兒必有不妥當的地方兒。」賈政嘆道：「你瞧瞧這個帖兒寫的是什麼！」賈璉一看道：「有這樣事麼！」正說著，只見賈蓉走來，拿著一封書子，寫著「二老爺密啟」。打開看時，也是無頭榜一張，與門上所貼的話相同。賈政道：「快叫賴大帶了三四輛車到水月庵裡去，把那些女尼姑女道士一齊拉回來。不許泄漏，只說裡頭傳喚。」賴大領命去了。

且說水月庵中小女尼女道士等，初到庵中，沙彌與道士原係老尼收管，日間教他些經懺[30]。以後元妃不用，也便習學得懶惰了。那些女孩子們年紀漸漸的大了，都也有些知覺了。更兼賈芹也是風流人物，打量芳官等出家，只是小孩子性兒，便去招惹他們。那知芳官竟是真心，不能上手，便把這心腸移到女尼女道士身上。因那小沙彌中有個名叫沁香的，和女道士中有個叫作鶴仙的，長得都甚妖嬈，賈芹便和這兩個人勾搭上了，閑時便學些絲弦，唱個曲兒。

那時正當十月中旬，賈芹給庵中那些人領了月例銀子，便想起法兒來，告訴眾人道：「我為你們領月錢，不能進城，又只得在這裡歇著。怪冷的，怎麼樣？我今兒帶些果子酒，大家吃著樂一夜，好不好？」那些女孩子都高興，便擺起桌子，連本庵的女尼也叫了

來。惟有芳官不來。賈芹喝了幾杯，便說道要行令。沁香等道：「我們都不會，倒不如搳
拳罷。誰輸了喝一鍾，豈不爽快？」本庵的女尼道：「這天剛過晌午，混嚷混喝得不像，
且先喝幾鍾，愛散的先散去。誰愛陪芹大爺的，回來晚上盡子喝去，我也不管。」

正說著，只見道婆急忙進來說：「快散了罷！府裡賴大爺來了。」眾女尼忙亂收拾，已
便叫賈芹躲開。賈芹因多喝了幾杯，便道：「我是送月錢來的，怕什麼！」話猶未完，只
見這般樣子，心裡大怒。為的是賈政吩咐「不許聲張」，只得含糊裝笑道：「大
爺在這裡更好。快快叫沙彌道士收拾，上車進城，宮裡傳呢。」賈芹等不知緣故，還要細
問。賴大說：「天已不早了，快快的，好趕進城。」眾女孩子只得一齊上車。賴大騎著大
走騾，押著趕進城，不提。

「芹大爺也在這裡呢麼？」賈芹連忙站起來道：「賴大爺，你來作什麼？」賴大說：「大
見賈芹進來。

卻說賈政知道這事，氣得衙門也不能上了，獨坐在內書房嘆氣。賈璉也不敢走開。忽
見門上的進來稟道：「衙門裡今夜該班是張老爺。因張老爺病了，有知會來請老爺補一
班。」賈政正等賴大回來要辦賈芹，此時又要該班，心裡納悶，也不言語。賈璉走上去說
道：「賴大是飯後出去的，水月庵離城二十來里，就趕進城，也得二更天。今日又是老爺
的幫班，請老爺只管去。賴大來了，叫他押著，也別聲張，等明兒老爺回來再發落。倘或
芹兒來了，也不用說明，看他明兒見了老爺怎麼樣說。」賈政聽來有理，只得上班去了。
賈璉抽空才要回到自己房中，一面走著，心裡抱怨鳳姐出的主意，欲要埋怨，因他病著，
只得隱忍，慢慢的走著。

且說那些下人，一人傳十，傳到裡頭，先是平兒知道，即忙告訴鳳姐。鳳姐因那一夜不好，懨懨的總沒精神，正是惦記鐵檻寺的事情。聽見「外頭貼了匿名揭帖[31]」的一句話，嚇了一跳，忙問：「貼的是什麼？」平兒隨口答應，不留神，就錯說了，道：「沒要緊，是饅頭庵裡的事情。」鳳姐本是心虛，聽見「饅頭庵的事情」，這一唬直唬怔了，一句話沒說出來，急火上攻，眼前發暈，咳嗽了一陣，便歪倒了，兩隻眼卻只是發怔。❻

平兒慌了，說道：「水月庵裡，不過是女沙彌女道士的事，奶奶著什麼急呢？」鳳姐道：「是我頭裡錯聽了饅頭庵，後來聽見不是饅頭庵，是水月庵。我剛才也就說溜了嘴，說成饅頭庵了。」鳳姐道：「我就知道是水月庵。那饅頭庵與我什麼相干！原是這水月庵是我叫芹兒管的，大約剋扣了月錢。」平兒道：「我聽著不像月錢的事，還有些腌臢話呢。」鳳姐道：「我更不管那個。你二爺那裡去了？」平兒說：「聽見老爺生氣，他不敢走開。我聽見事情不好，我吩咐這些人不許吵嚷，不知太太們知道了沒有。就聽見說，老爺叫賴大拿這些女孩子去了。且叫人前頭打聽打聽。奶奶現在病著，依我竟先別管他們的閑事。」

正說著，只見賈璉進來。鳳姐欲待問他，見賈璉一臉怒氣，暫且裝作不知。賈璉道：「外頭請爺呢，賴大回來了。」賈璉道：「芹兒來了沒有？」旺兒道：「也來了。」賈璉便道：「你去告訴賴大，說：老爺上班兒去了，把這些個女孩子暫且收在園裡，明日等老爺回來，送進宮去。只叫芹兒在內書房等著我。」旺兒去了。

完飯，旺兒來說：「芹兒來了。」賈璉沒吃賈芹走進書房，只見那些下人指指戳戳不知說什麼。看起這個樣兒來，不像宮裡要

人。想著問人，又問不出來。正在心裡疑惑，只見賈璉走出來，賈芹便請了安，垂手侍立，說道：「不知道娘娘宮裡即刻傳那些孩子們作什麼？叫姪兒好趕！幸喜姪兒今兒送月錢去，還沒有走，便同著賴大來了。二叔想來是知道的。」賈璉道：「我知道什麼？你才是明白的呢！」

賈芹摸不著頭腦兒，也不敢再問。賈璉道：「你幹的好事啊！把老爺都氣壞了！」賈芹道：「姪兒沒有幹什麼。庵裡月錢是月月給的，孩子們經懺是不忘的。」賈璉見他不知，又是平素常在一處玩笑的，便嘆口氣道：「打嘴的東西！你各自去瞧瞧罷。」便從靴掖兒裡頭拿出那個揭帖來，扔與他瞧。

賈芹拾起來一看，嚇得面如土色，說道：「這是誰幹的！我並沒得罪人，為什麼這麼坑我？我一月送錢去，只走一趟，並沒有這些事。若是老爺回來，打著問我，姪兒就屈死了 ❼！我母親知道，更要打死。」說著，見沒人在旁邊，便跪下央及道：「好叔叔！救我一救兒罷！」說著，只管磕頭，滿眼流淚。

賈璉想道：「老爺最惱這些，要是問準了有這些事，這場氣也不小，鬧出去也不好聽，又長那個貼帖兒的人的志氣了。將來咱們的事多著呢。倒不如趁著老爺上班兒，和賴大商量著，就可以沒事了。」想定主意，便說：「你別瞞我。現在沒有對證。你幹的鬼兒，你打量我都不知道呢！若要完事，除非是老爺打著問你，你只一口咬定沒有才好。沒臉的東西！起去罷！」叫人去叫賴大。

不多時，賴大來了，賈璉便和他商量。賴大說：「這芹大爺本來鬧得不像了。奴才今兒到庵裡的時候，他們正在那裡喝酒呢。帖兒上的話，一定是有的。」賈璉道：「芹兒，

你聽！賴大還賴你不成？」

賈芹此時紅脹了臉，一句也不敢言語。還是賈璉拉著賴大，央他：「護庇護庇罷，只說芹哥兒是在家裡找了來的。你帶了他去，只說沒有見我。明日你求老爺，也不用問那些女孩子了。竟是叫了媒人來，領了去，一賣完事。果然娘娘再要的時候兒，咱們再買。」賴大想來，鬧也無益，且名聲不好，也就應了。賈璉叫賈芹：「跟了賴大爺去罷！聽著他教你，你就跟著他。」

說罷，賈芹又磕了一個頭，跟著賴大出去。到了沒人的地方兒，又給賴大磕頭。賴大說：「我的小爺，你太鬧得不像了！不知得罪了誰，鬧出這個亂兒來。你想想，誰和你不對罷？」賈芹想了一會子，並無不對的人，只得無精打彩，跟著賴大走回❽。未知如何抵賴❾，且聽下回分解。

■ 校記

❶「眼往左右一溜，悄悄的」，藤本、王本作「手在自己身上一指」。

❷「平腔」，藤本、王本作「梆子腔」。

❸「唱得飄蕩了」，藤本、王本作「唱了進去了」。

❹「年家眷弟甄應嘉頓首」句，藤本、王本無。

❺「好聲名」，藤本、王本作「出新文」。

❻「就屈死了」，藤本、王本作「便該死了」。

❼「便歪倒了，兩隻眼卻只是發怔」，藤本、王本作「哇的一聲吐出一口血來」。

❽「賈芹想了一會子」至「跟著賴大走回」，藤本、王本作「賈芹想了一想，忽然想起一個人來」。

❾「未知如何抵賴」，王本作「未知是誰」。

■ 注釋

1〔堂派〕　指「堂官」（一個衙門的長官）交派要辦的事。

2〔牙笏〕　古代官員上朝時手持的象牙長版。舊時戲班常把戲目寫在笏上，請觀者點戲。

3〔高腔〕　戲曲的一種。基本特點是用打擊樂，不用管弦樂伴奏，臺上一人獨唱，臺後眾人幫腔，音調高亢，故名高腔。

4〔平腔〕　戲曲的一種，又叫梆子腔。曲腔較活，節奏較快，打小鼓，有幫腔，是比較通俗的一種聲腔系統。

5〔占花魁〕　明末清初戲曲家李玉改編的一齣才子佳人的舊戲。寫妓女王美娘（花魁）為賣油郎秦重（秦小官）的真誠所感動，自行贖身，嫁於秦鐘。

6〔憐香惜玉〕　指男子對女子的愛憐之情。香、玉都代指女子。

7 【樂記】

「禮記」中的一篇。相傳為公孫子所作，原有二十三篇，編入「禮記」的只有十一篇。是中國古代重要的音樂理論著作之一。

8 【情動於中，故形於聲；聲成文，謂之音】

意思是感情發自內心，發出來的成為聲音；聲音交錯成為樂曲，就叫音樂。文，這裡指樂曲。

9 【牌票】

官府下行公文證件的一種。

10 【撒野擠訛頭】

撒野、野蠻不規矩的行動；擠訛頭，訛詐強索。

11 【諭帖】

舊時上對下的文告。

12 【撒鞋】

一種鞋幫納得很密，前鞋臉較深，縫著皮梁的布鞋。

13 【氣誼素敦】

平時友誼就很深厚。敦，深厚。

14 【遙仰襜（彳ㄢ　chān）帷】

仰，仰慕；襜帷，車帷，舊時用作對人的敬稱。全句意思：在很遠的地方仰慕你的才德。

15 【菲材】

才能微薄。

16 【獲譴】

遭到貶責。

17 【自分（ㄈㄣˋ　fèn）】

自己料想。分，估計，料想。

18 【幸邀寬宥（一ㄡˋ　yòu）】

幸而得到寬大。邀，取得，求得；寬宥，饒恕，寬大。

19 【邊隅（ㄩˊ　yú）】

邊遠的地方。

20 【愨（ㄑㄩㄝˋ　què）實】

誠實。

21 【屋烏之愛】

語出「尚書」：「愛人者，兼其屋上之烏。」意思是愛那個人，連他屋上的烏鴉也愛。這裡是說：因愛甄家所以連甄家的奴僕也喜歡。

22 【不宣】

舊時書信結束時的套話。尊對卑稱「不具」，卑對尊稱「不備」，朋友間稱「不宣」。

23 【年家】

科舉制度中同年考試得中的人互稱「年家」。因此，舊時平輩也稱年家。

24 【眷弟】

舊時兩家通婚後，對平輩自稱「眷弟」。

25 【頓首】

原意是叩頭。後通用作下對上的敬禮，常用於書信的起頭和末尾。

26 【巴結】

這裡是努力的意思。

27 【行次兒】

差事，職務。

28 【陶情】

陶冶性情。這裡是尋歡作樂的意思。

29 【夾道子】

狹窄的巷道、胡同。

30 【經懺】

佛經的懺悔文。佛教宣揚誦念經懺可以脫去災禍。

31 【揭帖】

舊時公開的私人啟事。那些不具名而有揭發性質的稱「匿名揭帖」。

【第九十四回】

宴海棠賈母賞花妖　失寶玉通靈知奇禍

話說賴大帶了賈芹出來，一宿無話，靜候賈政回來。單是那些女尼女道重進園來，都喜歡得了不得，欲要到各處逛逛，明日預備進宮。不料賴大便吩咐了看園的婆子並小廝看守，惟給了些飯食，卻是一步不准走開。那些女孩子摸不著頭腦，只得坐著，等到天亮。

園裡各處的丫頭雖都知道拉進女尼們來，預備宮裡使喚，卻也不能深知原委[1]。

到了明日早起，賈政正要下班，因堂上發下兩省城工估銷冊子，立刻要查核，一時不能回家，便叫人回來告訴賈璉，說：「賴大回來，你務必查問明白。該如何辦就如何辦了，不必等我。」

賈璉奉命，先替芹兒喜歡，又想道：「若是辦得一點影兒都沒有，又恐賈政生疑，不如回二太太，討個主意辦去，便是不合老爺的心，我也不致甚擔干係。」主意定了，進內去見王夫人，陳說：「昨日老爺見了揭帖生氣，把芹兒和女尼女道等都叫進府來查辦。今日老爺沒空問這件不成體統的事，叫我來回太太，該怎麼便怎麼樣。我所以來請示太太，這件事如何辦理？」

王夫人聽了詫異道：「這是怎麼說？若是芹兒這麼樣起來，這還成咱們家的人了麼？」

但只這個貼帖兒的也可惡！這些話可是混嚼說得的麼？你到底問了芹兒有這件事沒有呢？」

賈璉道：「剛才我也問過了。太太想，別說他幹了沒有，就是幹了，一個人幹了混賬事也肯應承麼？但只我想芹兒也不敢行此事。知道那些女孩子都是娘娘一時要叫的，倘或鬧出事來，怎麼樣呢？依姪兒的主見，要問也不難，若問出來，太太怎麼個辦法呢？」王夫人道：「如今那些女孩子在那裡？」賈璉道：「都在園裡鎖著呢。」王夫人道：「姑娘們知道不知道？」賈璉道：「大約姑娘們也都知道是預備宮裡頭的話，外頭並沒提起別的來。」

王夫人道：「很是。這些東西一刻也是留不得的。頭裡我原要打發他們去來著，都是你們說留著好，如今不是弄出事來了麼？你竟叫賴大帶了去細細兒的問他的本家兒有人沒有，將文書查出，花上幾十兩銀子，僱隻船，派個妥當人，送到本地，一概連文書發還了，也落得無事。若是為著一兩個不好，個個都押著他們還俗，送到本地，一概連文書發還了，也落得無事。若是為著一兩個不好，個個都押著他們還俗，那又太造孽了；若在這裡發給官媒，雖然我們不要身價，他們弄去賣錢，那裡顧人的死活呢？芹兒呢，你便狠狠的說他一頓，除了祭祀喜慶，無事叫他不用到這裡來。看仔細碰在老爺氣頭兒上，那可就吃不了兜著走了。也說給賬房兒裡，把這一項錢糧檔子銷了。還打發個人到水月庵說：老爺的諭，除了上墳燒紙，要有本家爺們到他那裡去，不許接待。若再有一點不好風聲，連老姑子一塊兒攆出去。」

賈璉一一答應了出去，將王夫人的話告訴賴大，說：「太太的主意，叫你這麼辦。辦完了，告訴我去回太太。你快辦去罷。回來老爺來，你也按著太太的話回去。」賴大聽說，便道：「我們太太真正是個佛心！這班東西還著人送回去。既是太太好心，不得不挑個好人。芹哥兒竟交給二爺開發了罷。那貼帖兒的，奴才想法兒查出來，重重的收拾他才好！」

賈璉點頭說：「是了。」即刻將賈芹發落。賴大也趕著把女尼等領出，按著主意辦去了。

晚上賈政回來，賈璉賴大回明賈政。賈政本是省事的人，聽了也便撒開手了。獨有那些無賴之徒，聽得賈府發出二十四個女孩子來，那個不想？究竟那些人能夠回家不能，未知著落，亦難虛擬。

且說紫鵑因黛玉漸好，園中無事，聽見女尼等預備宮內使喚，不知何事，便到賈母那邊打聽打聽。恰遇著鴛鴦下來閒著，坐下說閒話兒。提起女尼的事，鴛鴦詫異道：「我並沒有聽見，回來問問二奶奶就知道了。」

正說著，只見傅試家兩個女人過來請賈母的安，鴛鴦要陪他上去。那兩個女人因賈母正睡晌覺，就與鴛鴦說了一聲兒，回去了。紫鵑問：「這是誰家差來的？」鴛鴦道：「好討人嫌！家裡有了一個女孩兒，長得好些兒，便獻寶的似的，常在老太太跟前誇他們姑娘怎麼長得好，心地兒怎麼好，禮貌上又好，說話兒又簡絕，作活計兒手兒又巧，會寫會算，尊長上頭最孝敬的，就是待下人也是極和平的，——來了就編這麼一大套，常說給老太太聽。我聽著很煩。這幾個老婆子真討人嫌！我們老太太偏愛聽那些個話！老太太也罷了，還有寶玉，素常見了老婆子，便很厭煩，偏見了他們家老婆子就不厭煩。你說奇不奇？前兒還來說：他們姑娘現有多少人家來求親，他們老爺總不肯應，心裡只要和咱們這樣人家作親才肯。誇獎一回，奉承一回，把老太太的心都說活了。」紫鵑聽了一呆，便假意道：「若老太太喜歡❶，為什麼不就給寶玉定了呢？」

鴛鴦正要說出緣故，聽見上頭說：「老太太醒了。」鴛鴦趕著上去。紫鵑只得起身出

來，回到園裡，一頭走，一頭想道：「天下莫非只有一個寶玉？你也想他，我也想他！我們家的那一位，越發痴心起來了！看他的那個神情兒，是一定在寶玉身上的了，三番兩次的病，可不是為著這個是什麼？這家裡『金』的『銀』的還鬧不清，再添上一個什麼姑娘，更了不得了！我看寶玉的心也在我們那一位的身上啊；聽著鴛鴦的話，竟是見一個愛一個的。這不是我們姑娘白操了心了嗎？」

紫鵑本是想著黛玉，往下一想，連自己也不得主意了，不免神都痴了。左思右想，一時煩躁起來，自己啐自己道：「你替人擔什麼憂！就是林姑娘真配了寶玉，他的那性情兒也是難伏侍的。寶玉性情雖好，又是貪多嚼不爛的。我倒勸人不必瞎操心，我自己才是瞎操心呢！從今以後，我盡我的心伏侍姑娘，其餘的事全不管！」這麼一想，心裡倒覺清淨。回到瀟湘館來，見黛玉獨自一人，坐在炕上理從前作過的詩文詞稿，抬頭見紫鵑進來，便問：「你到那裡去了？」紫鵑道：「今兒瞧了瞧姐妹們去。」黛玉道：「可是找襲人姐姐去麼？」紫鵑道：「我找他作什麼？」

黛玉一想，「這話怎麼順嘴說出來說了呢？」反覺不好意思，便啐道：「你找不找與我什麼相干！倒茶去罷。」紫鵑也心裡暗笑，出來倒茶。只聽園裡一疊聲亂嚷，不知何故。一面倒茶，一面叫人去打聽。回來說道：「怡紅院裡的海棠本來萎了幾棵，也沒人去澆灌他。昨日寶玉走去瞧，見枝頭上好像有了骨朵兒似的。人都不信，沒有理他。忽然今日開得很好的海棠花，眾人詫異，都爭著去看，連老太太、太太都哄動了，來瞧花兒呢。所以大奶奶叫人收拾園裡的樹葉子，這些人在那裡傳喚。」

黛玉也聽見了，知道老太太來，便更了衣，叫雪雁去打聽：「若是老太太來了，即來告訴我。」雪雁去不多時，便跑來說：「老太太、太太好些二人都來了，請姑娘就去罷。」黛玉略自照了一照鏡子，掠了一掠鬢髮，便扶著紫鵑到怡紅院來，已見老太太坐在寶玉常臥的榻上。黛玉便說道：「請老太太安。」退後便見了邢王二夫人，回來與李紈、探春、惜春、邢岫烟彼此問了好。只有鳳姐因病未來。史湘雲因他叔叔調任回京，接了家去；薛寶琴跟他姐姐家去住了；李家姐妹因見園內多事，李嬸娘帶了在外居住，所以黛玉今日見的只有數人。

大家說說笑了一回，講究這花開得古怪。賈母道：「這花兒應在三月裡開的，如今雖是十一月，因節氣遲，還算十月，應著小陽春2的天氣，因為和暖，開花也是有的。」王夫人道：「老太太見的多，說得是，也不為奇。」邢夫人道：「我聽見這花已經萎了一年，怎麼這回不應時候兒開了？必有個緣故。」李紈笑道：「老太太和太太說的都是。據我的糊塗想頭，必是寶玉有喜事來了，此花先來報信。」探春雖不言語，心裡想道：「必非好兆。大凡順者昌，逆者亡；草木知運，不時而發，必是妖孽。」但只不好說出來。獨有黛玉聽說是喜事，心裡觸動，便高興說道：「當初田家有荊樹一棵3，弟兄三個因分了家，那荊樹便枯了；後來感動了他弟兄們，仍舊歸在一處，那荊樹也就榮了。可知草木也隨人的。如今二哥哥認真念書，舅舅喜歡，那棵樹也就發了。」賈母王夫人聽了喜歡，便說：「林姑娘比方得有理，很有意思。」

正說著，賈赦、賈政、賈環、賈蘭都進來看花。賈赦便說：「據我的主意，把他砍去。必是花妖作怪。」賈政道：「『見怪不怪，其怪自敗。』不用砍他，隨他去就是了。」

賈母聽見，便說：「誰在這裡混說？人家有喜事好處，什麼怪不怪的！若有好事，你們享去；若是不好，我一個人當去。你們不許混說！」賈政聽了，不敢言語，趄趄的同賈赦等走了出來。

那賈母高興，叫人：「傳話到廚房裡，快快預備酒席，大家賞花。」叫：「寶玉、環兒、蘭兒各人作一首詩誌喜。林姑娘的病才好，別叫他費心；若高興，給你們改。」對著李紈道：「你們都陪我喝酒。」李紈答應了「是」，便笑對探春道❷：「都是你鬧的。」探春道：「饒不叫我們作詩，怎麼我們鬧的？」李紈道：「海棠社不是你起的麼？如今那棵海棠也要來入社了。」大家聽著，都笑了。

一時，擺上酒菜，一面喝著。彼此都要討老太太的喜歡，大家說些興頭話。寶玉上來斟了酒，便立成了四句詩，寫出來念與賈母聽，道：

海棠何事忽摧隤[4]？今日繁花為底開[5]？應是北堂增壽考[6]，一陽旋復[7]占先梅[8]。

賈環也寫了來，念道：

草木逢春當茁芽，海棠未發候偏差[9]。人間奇事知多少，冬月[10]開花獨我家[11]。

賈蘭恭楷謄正，呈與賈母。賈母命李紈念道：

烟凝媚色春前萋，霜泡[12]微紅雪後開。莫道此花知識淺，欣榮預佐合歡杯[13][14][15]。

賈母聽畢，便說：「我不大懂詩，聽去倒是蘭兒作的好，環兒作的不好。——都上來吃飯罷。」寶玉看見賈母喜歡，更是興頭，因想起：「晴雯死的那年，海棠死的；今日海棠復榮，我們院內這些人，自然都好，但是晴雯不能像花的死而復生了！」頓覺轉喜為悲。忽又想起前日巧姐提鳳姐要把五兒補入，「或此花為他而開，也未可知。」卻又轉悲為喜，依舊說笑。

賈母還坐了半天，然後扶了珍珠回去了，王夫人等跟著過來。只見平兒笑嘻嘻的迎上來，說：「我們奶奶知道老太太在這裡賞花，自己不得來，叫奴才來伏侍老太太、太太們。還有兩匹紅送給寶二爺包裹這花，當作賀禮。」襲人過來接了，呈與賈母看。賈母笑道：「偏是鳳丫頭行出點事兒來，叫人看著又體面，又新鮮，很有趣兒！」襲人笑著向平兒道：「回去替寶二爺給二奶奶道謝。要有喜，大家喜。」一面說著，眾人就隨著去了。

平兒私與襲人道：「奶奶說，這花兒開得怪，叫你鉸塊紅綢子掛掛，就應在喜事上去了。以後也不必只管當作奇事混說。」襲人點頭答應，送了平兒出去不提。

且說那日寶玉本來穿著一裹圓[16]的皮襖在家歇息，因見花開，只管出來看一回、賞一回、嘆一回、愛一回的，心中無數悲喜離合，都弄到這株花上去了。忽然聽說賈母要來，便去換了一件狐腋箭袖，罩一件玄狐腿外褂，出來迎接賈母。匆匆穿換，未將「通靈寶

玉」掛上。及至後來賈母去了，仍舊換衣，襲人見寶玉脖子上沒有掛著，便問：「那塊玉呢？」寶玉道：「剛才忙亂換衣，摘下來放在炕桌上，我沒有帶。」襲人回看桌上，並沒有玉，便向各處找尋，蹤影全無，嚇得襲人滿身冷汗。寶玉道：「不用著急，少不得在屋裡的。問他們就知道了。」

襲人當作麝月等藏起嚇他玩，便向麝月等笑著說道：「小蹄子們！玩呢，到底有個玩法。把這件東西藏在那裡了？別真弄丟了，那可就大家活不成了！」麝月等都正色道：「這是那裡的話？玩是玩，笑是笑，這個事非同兒戲，你可別混說！你自己昏了心了！想想罷，想想擱在那裡了？」襲人見他這般光景，不像是玩話，便著急道：「皇天菩薩！小祖宗！你到底擱在那裡了？」寶玉道：「我記得明明兒放在炕桌上的，你們到底找啊。」

襲人麝月等也不敢叫人知道，大家偷偷兒的各處搜尋。鬧了大半天，毫無影響，甚至翻箱倒籠，實在沒處去找，便疑到方才這些人進來，不知誰拿了去了。襲人說道：「進來的，誰不知道這玉是性命似的東西呢？誰敢撿了去？你們好歹別聲張，快到各處問去。若有姐妹們撿著和我們玩呢，你們給他磕個頭，要了來；要是小丫頭們偷了去，問出來，也不回上頭，不論作些什麼送他換了來，都使得的。這可不是小事！真要丟了這個，比丟了寶二爺的還利害呢！」

麝月秋紋剛要往外走，襲人又趕出來囑咐道：「頭裡在這裡吃飯的別先問去。找不成，再惹出些風波來，更不好了。」麝月等依言，分頭各處追問，人人不曉，個個驚疑。二人連忙回來，俱目瞪口呆，面面相覷。寶玉也嚇怔了。襲人急得只是乾哭，找是沒處

找，回又不敢回。怡紅院裡的人嚇得一個個像木雕泥塑一般。

大家正在發呆，只見各處知道的都來了。探春叫把園門關上，先叫個老婆子帶著兩個丫頭，再往各處去尋去；一面又叫告訴眾人：「若誰找出來，重重的賞他。」大家宗宗要脫干係，二宗聽見重賞，不顧命的混找了一遍，甚至於茅廁裡都找到了。誰知那塊玉竟像繡花針兒一般，找了一天，總無影響。

李紈急了，說：「這件事不是玩的，我要說句無禮的話了。」眾人道：「什麼話？」李紈道：「事情到了這裡，也顧不得了。現在園裡，除了寶玉都是女人。要求各位姐姐、妹妹、姑娘都要叫跟來的丫頭脫了衣服，大家搜一搜。若沒有，再叫丫頭們去搜那些老婆子並粗使的丫頭，不知使得使不得？」大家說道：「這話也說得有理。現在人多手亂，魚龍混雜，倒是這麼著，他們也洗洗清。」探春獨不言語。

那些丫頭們也都願意洗淨自己。先是平兒起。平兒說道：「打我先搜起。」於是各人自己解懷。李紈一氣兒混搜。探春嗔著李紈道：「大嫂子，你也學那起不成材料的樣子來了！那個人既偷了去還肯藏在身上？況且這件東西，在家裡是寶，到了外頭不知道的是廢物，偷他作什麼？我想來必是有人使促狹。」

眾人聽說，又見環兒不在這裡，昨兒是他滿屋裡亂跑，都疑到他身上，只是不肯說出來。探春又道：「使促狹的只有環兒。你們叫個人去悄悄的叫了他來，背地裡哄著他，叫他拿出來，然後嚇著他，叫他別聲張，就完了。」大家點頭。李紈便向平兒道：「這件事還得你去才弄得明白。」平兒答應，就趕著去了。不多時，同著賈環來了。眾人假意裝出沒事的樣子，叫人沏了茶，擱在裡間屋裡。眾人故意搭訕走開，原叫平兒哄他。

平兒便笑著向賈環道：「你二哥哥的玉丟了，你瞧見了沒有？」賈環便急得紫脹了臉，瞪著眼，說道：「人家丟了東西，你怎麼又叫我來查問疑我！我是犯過案的賊麼？」平兒見這樣子，倒不敢再問，便又陪笑道：「不是這麼說。怕三爺要拿了去嚇他們，所以白問問瞧見了沒有，好叫他們找。」賈環道：「他的玉在他身上，看見沒看見該問他，怎麼問我呢？你們都捧著他❸！得了什麼不問我，丟了東西就來問我！」說著，起身就走。

眾人不好攔他。

這裡寶玉倒急了，說道：「都是這勞什子鬧事！我也不要他了，你們也不用鬧了。環兒一去，必是嚷得滿院裡都知道了，這可不是鬧事了麼？」襲人等急得又哭道：「小祖宗兒！你看這玉丟了沒要緊，要是上頭知道了，我們這些人就要粉身碎骨了！」說著，便嚎啕大哭起來。

眾人更加著急，明知此事掩飾不來，只得要商議定了話，回來好回賈母諸人。寶玉道：「你們竟也不用商量，硬說我砸了就完了。」平兒道：「我的爺！好輕巧話兒！上頭要問為甚砸的呢？他們也是個死啊！倘或要起砸破的碴兒來，那又怎麼樣呢？」寶玉道：「不然，就說我出門丟了。」眾人一想：「這句話倒還混得過去，但只這兩天又沒上學，又沒往別處去。」寶玉道：「怎麼沒有，大前兒還到臨安伯府裡聽戲去了呢。就說那日丟的就完了。」探春道：「那也不妥。既是前兒丟的，為什麼當日不來回？」

眾人正在胡思亂想要裝點撒謊，只聽見趙姨娘的聲兒，哭著喊著走來，說：「你們丟了東西，自己不找，怎麼叫人背地裡拷問環兒！我把環兒帶了來，索性交給你們這一起沆上水的[17]。該殺該剮，隨你們罷！」說著，將環兒一推，說：「你是個賊！快快的招罷！」

氣得環兒也哭喊起來。

李紈正要勸解，丫頭來說：「太太來了。」襲人等此時無地可容。寶玉等趕忙出來迎接。趙姨娘暫且也不敢作聲，跟了出來。王夫人見眾人都有驚惶之色，才信方才聽見的話，便道：「那塊玉真丟了麼？」眾人都不敢作聲。王夫人走進屋裡坐下，便叫襲人，慌得襲人連忙跪下，含淚要稟。王夫人道：「你起來，快快叫人細細的找去，一忙亂倒不好了。」襲人哽咽難言。

寶玉恐襲人直告訴出來，便說道：「太太，這事不與襲人相干，是我前日到臨安伯府裡聽戲在路上丟了。」王夫人道：「為什麼那日不找呢？」寶玉道：「我怕他們知道，沒有告訴他們。我叫焙茗等在外頭各處找過的。」王夫人道：「胡說！如今脫換衣服，不是襲人他們伏侍的麼？大凡哥兒出門回來，手巾荷包短了，還要個明白，何況這塊玉不見了！難道不問麼？」寶玉無言可答。趙姨娘聽見，便得意了，忙接口道：「外頭丟了東西，也賴環兒──」話未說完，被王夫人喝道：「這裡說這個，你且說那些沒要緊的話！」趙姨娘便也不敢言語了。還是李紈探春從實的告訴了王夫人一遍。王夫人也急得眼中落淚，索性要回明了賈母，去問邢夫人那邊來的這些人去。

鳳姐病中，也聽見寶玉失玉，知道王夫人過來，料躲不住，便扶了豐兒來到園裡。正值王夫人起身要走，鳳姐姣怯怯的說：「請太太安。」寶玉等過來問了鳳姐好。王夫人因說道：「你也聽見了麼？這可不是奇事嗎？剛才眼錯不見就丟了，再找不著。你去想想：打老太太那邊的丫頭起，至你們平兒，誰的手不穩，誰的心促狹；我要回了老太太，認真的查出來才好。不然，是斷了寶玉的命根子了！」鳳姐回道：「咱們家人多手雜，自古說

的，『知人知面不知心』，那裡保得住誰是好的？但只一吵嚷，已經都知道了。偷玉的人，要叫太太查出來，明知是死無葬身之地，他著了急，反要毀壞了滅口，那時可怎麼處呢？據我的糊塗想頭：只說寶玉本不愛他，摺丟了，也沒有什麼要緊，只要大家嚴密些，別叫老太太老爺知道；這麼說了，暗暗的派人去各處察訪，哄騙出來，那時玉也可得，罪名也可定。不知太太心裡怎麼樣？」

王夫人遲了半日，才說道：「你這話雖也有理，但只是老爺跟前怎麼瞞得過呢？」便叫環兒來說道：「你二哥哥的玉丟了，白問了你一句，怎麼你就亂嚷？要是嚷破了，人家把那個毀壞了，我看你活得活不得！」賈環嚇得哭道：「我再不敢嚷了！」趙姨娘聽了，那裡還敢言語？王夫人便吩咐眾人道：「想來自然有沒找到的地方兒。好端端的在家裡的，還怕他飛到那裡去不成？只是不許聲張。限襲人三天內給我找出來。要是三天找不著，只怕也瞞不住，大家那就不用過安靜日子了！」說著，便叫鳳姐兒跟到邢夫人那邊，商議踔緝[18]不提。

這裡李紈等紛紛議論，便傳喚看園子的一干人來，叫把園門鎖上，快傳林之孝家的來，悄悄兒的告訴了他，叫他：「吩咐前後門上：三天之內，不論男女下人，從裡頭可以走動，要出去時，一概不許放出。只說裡頭丟了東西，等這件東西有了著落，然後放人出來。」林之孝家的答應了「是」，因說：「前兒奴才家裡也丟了一件不要緊的東西，林之孝必要明白，上街去找了一個測字的。那人叫作什麼劉鐵嘴，測了一個字，說得很明白，回來按著一找，就找著了。」襲人聽見，便央及林家的道：「好林奶奶！出去快求林大爺替我們問問去！」那林之孝家的答應著出去了。

一六六

邢岫烟道：「若說那外頭測字打卦的，是不中用的。我在南邊聞見妙玉能扶乩，何不煩他問一問？況且我聽見說，這塊玉原有仙機，想來問得出來。」眾人都詫異道：「咱們常見的，從沒有聽他說起。」麝月便忙問岫烟道：「想來別人求他也是不肯的，好姑娘，我給姑娘磕個頭，求姑娘就去！若問出來了，我一輩子總不忘你的恩！」說著，趕忙就要磕下頭去，岫烟連忙攔住。黛玉等也都慫恿著岫烟速往櫳翠庵去。

一面林之孝家的進來說道：「姑娘們大喜！林之孝測了字回來，說這玉是丟不了的，將來橫豎有人送還來的。」眾人聽了，也都半信半疑。惟有襲人麝月喜歡得了不得。探春便問：「測的是什麼字？」林之孝家的道：「他的話多，奴才也學不上來。記得是拈了個『賞』字。那劉鐵嘴也不問，便說：『丟了東西不是？』」李紈道：「這就算好。」林之孝家的道：「他還說：『「賞」字上頭一個「小」字，底下一個「口」字，這件東西，很可嘴裡放得，必是個珠子寶石。』」眾人聽了，誇讚道：「真是神仙！往下怎麼說？」林之孝家的道：「他說：『底下「貝」字拆開，不成一個「見」字，可不是「不見」了？』因上頭拆了『當』字，叫快到當鋪裡找去。『「賞」字加一「人」字，可不是「償」字？只要找著當鋪就有人，有了人便贖了來。可不是不是償還了嗎？』」眾人道：「既這麼著，就先往左近找起。橫豎幾個當鋪都找遍了，少不得就有了。咱們有了東西，再問人就容易了。」李紈道：「只要東西，那怕不問人都使得。林嫂子，你去就把測字的話快告訴了二奶奶，回了太太，先叫太太放心。就叫二奶奶快派人查去。」林家的答應了便走。

眾人略安了一點兒神，呆呆的等岫烟回來。正呆等時，只見跟寶玉的焙茗在門外招手

兒，叫小丫頭子快出來。那小丫頭趕忙的出去了。焙茗便說道：「你快進去告訴我們二爺和裡頭太太、奶奶、姑娘們，天大的喜事！」那小丫頭子道：「你快說罷！怎麼這麼累贅？」焙茗笑著拍手道：「我告訴姑娘，姑娘進去回了，咱們兩個人都得賞錢呢！你打量是什麼事情？寶二爺的那塊玉呀，我得了準信兒來了。」未知如何，下回分解。

■ 校記

❶「若老太太喜歡」，「老」字原缺，參上下文從王本、金本增。

❷「便笑對探春道」，金本作「便笑著對探春道」。

❸「你們都捧著他」，藤本、王本作「捧著他的人多著咧」。

■ 注釋

1 〔原委〕

一件事情的始末，即來龍去脈的意思。

2 〔小陽春〕

也叫小春，指農曆的十月。因十月為陽，故名小陽春。

3 〔田家有荊樹一棵〕

南北朝時南朝齊代，有田氏兄弟三人，分居時，要把堂前的一棵紫荊樹破為三分，那樹就枯死了。這事感動了田氏兄弟三人，仍舊住在一起，荊樹就復榮了（見梁朝吳均的「續齊諧記」）。這個故事闡揚的是「草木知運」的思想。

4 〔摧隤（ㄊㄨㄟˊ／tuí）〕

毀廢。這裡是凋謝枯萎的意思。八十回之前，曹雪芹讓海棠在晴雯死時枯萎了，以象徵大觀園裡女性的命運。

5 〔為底開〕

為什麼開。底，何，什麼。

6 〔北堂句〕

北堂，古代士大夫家主婦常居之處，後以北堂代指母親；此處指寶玉的祖母賈母。壽考，長壽。

7 〔一陽旋復〕

古人認為陰陽相對消長而成四季。冬至陰氣盛到極點，陽氣開始回升，叫作「一陽旋復」。

8 〔譯文〕

古人認為陰陽相對消長而成四季。冬至陰氣盛到極點，陽氣開始回升，叫作「一陽旋復」。

9 〔候偏差〕

錯過了季節。指海棠該開放的季節沒開放，不該開放的季節開放了。

10 〔冬月〕

古代稱十一月為冬月。

11 〔譯文〕

草木在春天應長出茁壯的嫩芽，海棠未開花是季節產生了偏差。
人間奇事有千千萬萬，冬天開了海棠花只有我們賈家。

12 〔浥（ㄧ　yì）〕

沾濕。

13 〔欣榮句〕

欣榮，欣欣向榮；佐，幫助；合歡杯，歡樂的酒宴。

14 〔譯文〕

嬌媚茂盛的海棠花春前枯萎，霜雪濕潤呈現出淡紅的花色。
不要說這海棠花知識淺薄，盛情開放是為歡樂酒宴助助興味。

15 〔簡評〕

海棠花枯而復開，這本是一種簡單的自然現象，可是在面臨衰敗的家族看

來，是不祥之兆，使他們恐慌萬狀，有著覆滅的預感。可是，賈母等人又強作鎮靜，說什麼是「喜事好處」，硬要寶玉等三人作詩誌喜。果然賈寶玉、賈蘭按其意而作，寶玉說：「應是北堂增壽考」；賈蘭說：「欣榮預佐合歡杯」；賈環不識時務，沒有說出有何喜兆，所以賈母說：「環兒作得不好。」

16 〔一裏圓〕
一裏圓」。

17 〔洑（ㄈㄨˊ fú）上水的〕
洑，泅水。洑上水是朝上游泅水，比喻巴結上邊的人。

18 〔跴（ㄘㄞˇ cǎi）緝〕
跟蹤捕捉。跴，同踩。緝，搜捕，捉拿。

一種冬天的便服，即長皮襖。清代禮服的袍子，前後有開衩；便服左右有開衩而前後沒有，所以稱為「一裏圓」。婦女便服，四面都沒有開衩，也稱「一裏圓」。

【第九十五回】

因訛成實元妃薨逝　以假混真寶玉瘋癲

話說焙茗在門口和小丫頭子說寶玉的玉有了，那小丫頭急忙回來告訴寶玉。眾人聽了，都推著寶玉出去問他。眾人在廊下聽著。寶玉也覺放心，便走到門口，問道：「你那裡得了？快拿來。」焙茗道：「拿是拿不來的，還得託人作保去呢。」寶玉道：「你說是怎麼得的，我好叫人取去。」焙茗道：「我在外頭，知道林爺爺去測字，我就跟了去。我聽見說在當鋪裡找，我沒等他說完，便跑到幾個當鋪裡去。我比給他們瞧，有一家便說『有』。我說：『給我罷。』那鋪子裡要票子。我說：『當多少錢？』他說：『三百錢的也有，五百錢的也有。前兒有一個人拿這麼一塊玉，當了三百錢；今兒又有人也拿一塊玉，當了五百錢去。』」寶玉不等說完，便道：「你快拿三百五百錢去取了來，我們挑著看是不是。」

裡頭襲人便啐道：「二爺不用理他！我小時候兒聽見我哥哥常說，有些人賣那些小玉兒，沒錢用，便去當。想來是家家當鋪裡有的。」眾人正在聽得詫異，被襲人一說，想了一想，倒大家笑起來，說：「快叫二爺進來罷，不用理那糊塗東西了。他說的那些玉，想來不是正經東西。」寶玉正笑著，只見岫烟來了。

原來岫烟走到攏翠庵，見了妙玉，不及閑話，便求妙玉扶乩¹。妙玉冷笑幾聲，說道：「我與姑娘來往，為的是姑娘不是勢利場中的人。今日怎麼聽了那裡的謠言，過來纏我？況且我並不曉得什麼叫『扶乩』。」說著，將要不理。岫烟懊悔此來：知他脾氣是這麼著的。「一時我已說出，不好白回去。」又不好與他質證他會扶乩的話，只得陪著笑將襲人等性命關係的話說了一遍。見妙玉略有活動，便起身拜了幾拜。妙玉嘆道：「何必為人作嫁？但是我進京以來，素無人知，今日你來破例，恐將來纏繞不休。」岫烟道：「我也一時不忍。知你必是慈悲的。便是將來他人求你，願不願在你，誰敢相強？」

妙玉笑了一笑，叫道婆焚香，在箱子裡找出沙盤乩架，書了符，命岫烟行禮祝告畢，起來同妙玉扶著乩。不多時，只見那仙乩疾書道：

噫！來無跡，去無蹤，青埂峰下倚古松²。欲追尋，山萬重，入我門來一笑逢³⁴⁵。

書畢，停了乩，岫烟便問：「請的是何仙？」妙玉道：「請的是拐仙⁶。」岫烟錄了出來，請教妙玉識❶。妙玉道：「這個可不能，連我也不懂。你快拿去，他們的聰明人多著呢。」

岫烟只得回來。進入院中，各人都問：「怎麼樣了？」岫烟不及細說，便將所錄乩語遞與李紈，眾姐妹及寶玉爭看。都解的是：「一時要找是找不著的，然而丟是丟不了的，不知幾時不找便出來了。但是青埂峰不知在那裡？」李紈道：「這是仙機隱語。咱們家裡那裡跑出青埂峰來？必是誰怕查出，摺在有松樹的山子石底下，也未可定。獨是『入我門

來』這句，到底是入誰的門呢？」黛玉道：「不知請的是誰？」岫烟道：「拐仙。」探春道：「若是仙家的門，便難入了！」

襲人心裡著忙，便捕風捉影的混找，沒一塊石底下不找到，只是沒有。回到院中，寶玉也不問有無。只管傻笑。麝月著急道：「小祖宗！你到底是那裡丟的？說明了，我們就是受罪，也在明處啊！」寶玉笑道：「我說外頭丟的，你們又不依。你如今問我，我知道麼？」李紈探春道：「今兒從早鬧起，已到三更來的天了。你瞧林妹妹已經掌不住，各自去了。我們也該歇歇兒了，明兒再鬧罷。」說著，大家散去。寶玉即便睡下。可憐襲人等哭一回，想一回，一夜無眠，暫且不提。

且說黛玉先自回去，想起「金」「石」的舊話來，反自歡喜；心裡也道：「和尚道士的話真個信不得。果真『金』『玉』有緣，寶玉如何能把這玉丟了呢？或者因我之事，拆散他們的『金玉』，也未可知。」想了半天，更覺安心，把這一天的勞乏，竟不理會，重新倒看起書來。紫鵑倒覺身倦，連催黛玉睡下。黛玉雖躺下，又想到海棠花上，說：「這塊玉原是胎裡帶來的，非比尋常之物，來去自有關係。若是這花主好事呢，不該失了這玉呀。看來此花開得不祥，莫非他有不吉之事？」不覺又傷起心來。又轉想到喜事上頭，此花又似應開，此玉又似應失。如此一悲一喜，直想到五更方睡著❷。

次日，王夫人等早派人到當鋪裡去查問，鳳姐暗中設法找尋。一連鬧了幾天，總無下落。還喜賈母賈政未知。襲人等每日提心吊膽。寶玉也好幾天不上學，只是怔怔的，不言不語，沒心沒緒的。王夫人只知他因失玉而起，也不大著意。那日正在納悶，忽見賈璉進

來請安，嘻嘻的笑道：「今日聽得雨村打發人來告訴咱們二老爺，說：『舅太爺升了內閣大學士[7]，奉旨來京，已定於明年正月二十日宣麻[8]，有三百里的文書去了。』想舅太爺晝夜趕行，半個多月就要到了。姪兒特來回太太知道。」

王夫人聽說，便歡喜非常。正想娘家人少，薛姨媽家又衰敗了；兄弟又在外任，照應不著。今日忽聽兄弟相回京，王家榮耀，將來寶玉都有倚靠。便把失玉的心又略放開些了，天天專望兄弟來京。

忽一天，賈政進來，滿臉淚痕，喘吁吁的說道：「你快去稟知老太太，即刻進宮！不用多人的，是你伏侍進去。因娘娘忽得暴病，現在太監在外立等。他說：『太醫院已經奏明痰厥[9]，不能醫治。』」王夫人聽說，便大哭起來。賈政道：「這不是哭的時候，快快去請老太太。說得寬緩些，不要嚇壞了老人家。」

賈政說著，出來吩咐家人伺候。王夫人收了淚，去請賈母，只說元妃有病，進去請安。賈母念佛道：「怎麼又病了？前番嚇得我了不得，後來又打聽錯了。這回情願再錯了也罷！」王夫人一面回答，一面催鴛鴦等開箱取衣飾穿戴起來。王夫人趕著回到自己房中，也穿戴好了，過來伺候。一時出廳，上轎進宮不提。

且說元春自選了鳳藻宮後，聖眷隆重[10]，身體發福，未免舉動費力。每日起居勞乏，時發痰疾。因前日侍宴回宮，偶沾寒氣，勾起舊病。不料此回甚屬利害，竟至痰氣壅塞，四肢厥冷。一面奏明，即召太醫調治。豈知湯藥不進，連用通關之劑[11]，並不見效。內官憂慮，奏請預辦後事，所以傳旨命賈氏椒房進見。

賈母王夫人遵旨進宮，見元妃痰塞口涎，不能言語。見了賈母，只有悲泣之狀，卻沒

眼淚。賈母進前請安，奏些寬慰的話。少時賈政等職名遞進，宮嬪傳奏，元妃目不能顧，漸漸臉色改變。內官太監即要奏聞，恐派各妃看視，椒房姻戚未便久羈，請在外宮伺候。賈母王夫人怎忍便離，無奈國家制度，只得下來，又不敢啼哭，惟有心內悲感。

朝門內官員有信。不多時，只見太監出來，立傳欽天監。賈母便知不好，尚未敢動。

稍刻，小太監傳諭出來，說：「賈娘娘薨逝。」是年甲寅年十二月十八日立春；元妃薨日，是十二月十九日，已交卯年寅月，存年四十三歲。賈母含悲起身，只得出宮上轎回家。賈政等亦已得信，一路悲戚。到家中，邢夫人、李紈、鳳姐、寶玉等出廳，分東西迎著賈母，請了安，並賈政王夫人請安，大家哭泣不提。次日早起，凡有品級的，按貴妃喪禮進內請安哭臨❹。賈政又是工部，雖按照儀注[12]辦理，未免堂上又要周旋他些，同事又要請教他，所以兩頭更忙，非比從前太后與周妃的喪事了。但元妃並無所出[13]，惟諡[14]曰賢淑貴妃。此是王家制度，不必多贅。

只講賈府中男女，天天進宮，忙得了不得。幸喜鳳姐兒近日身子好些，還得出來照應家事；又要預備王子騰進京，接風賀喜。鳳姐胞兄王仁，知道叔叔入了內閣，仍帶家眷來京。鳳姐心裡喜歡，便有些心病，有這些娘家的人，也便撂開，所以身子倒覺比先好了些。王夫人看見鳳姐照舊辦事，又把擔子卸了一半；又眼見兄弟來京，諸事放心，倒覺安靜些。

獨有寶玉原是無職之人，又不念書，代儒學裡知他家裡有事，也不來管他；賈政正忙，自然沒有空兒查他，想來寶玉趁此機會竟可與姐妹們天天暢樂，不料他自失了玉後，終日懶怠走動，說話也糊塗了。並賈母等出門回來，有人叫他去請安，便去；沒人叫他，

他也不動。襲人等懷著鬼胎，又不敢去招惹他，恐他生氣。每天茶飯，端到面前便吃，不來也不要。

襲人等看這光景，不像是有氣，竟像是有病的。襲人偷著空兒到瀟湘館告訴紫鵑，說是：「二爺這麼著，求姑娘給他開導開導。」紫鵑雖即告訴黛玉，只因黛玉想著親事上頭，一定是自己了，如今見了他，反覺不好意思，「若是他來呢，原是小時在一處的，也難不理他；若說我去找他，斷斷使不得。」所以黛玉不肯過來。襲人又背地裡去告訴探春。那知探春心裡明明知道海棠開得怪異，「寶玉」失得更奇，接連著元妃姐姐薨逝，諒家道不祥，日日愁悶，那有心腸去勸寶玉？況兄妹們男女有別，只好過來一兩次，寶玉又終是懶懶的，所以也不大常來。

寶釵也知失玉。因薛姨媽那日應了寶玉的親事，回去便告訴了寶釵。薛姨媽還說：「雖是你姨媽說了，我還沒有應准，說等你哥哥回來再定。你願意不願意？」寶釵反正色的對母親道：「媽媽這話說錯了，女孩兒家的事情是父母作主的。如今我父親沒了，媽媽應該作主的；再不然，問哥哥；怎麼問我來？」所以薛姨媽更愛惜他，說他雖是從小嬌養慣的，卻也生來得貞靜。因此，在他面前，反不提起寶玉。如今雖然聽見失了玉，心裡也甚驚疑，倒不好問，只得聽旁人說去，竟像不與自己相干的。

只有薛姨媽打發丫頭過來了好幾次問信。因他自己的兒子薛蟠的事焦心，只等哥哥進京，便好為他出脫罪名；又知元妃已薨，雖然賈府忙亂，卻得鳳姐好了，出來理家；所以也不大過這邊來。這裡只苦了襲人，在寶玉跟前低聲下氣的伏侍勸慰，寶玉竟是不懂。襲

人只有暗暗的著急而已。

過了幾日，元妃停靈寢廟，賈母等送殯去了幾天。豈知寶玉一日呆似一日，也不發燒，也不疼痛，只是吃不像吃，睡不像睡，甚至說話都無頭緒。那襲人麝月等一發慌了，回過鳳姐幾次。鳳姐不時過來。起先道是找不著玉生氣，如今看他失魂落魄的樣子，只有日日請醫調治。煎藥吃了好幾劑，只有添病的，沒有減病的。及至問他那裡不舒服，寶玉也不說出來。

直至元妃事畢，賈母惦記寶玉，親自到園看視，王夫人也隨過來，襲人等叫寶玉接出去請安。寶玉雖說是病，每日原起來行動。今日叫他接賈母去，他依然仍是請安，惟是襲人在旁扶著指教。賈母見了，便道：「我的兒！我打量你怎麼病著，故此過來瞧你。今你依舊的模樣兒，我的心放了好些。」王夫人也自然是寬心的。但寶玉並不回答，只管嘻嘻的笑。賈母等進屋坐下，問他的話，襲人教一句，他說一句，大不似往常，直是一個傻子似的。賈母看愈疑，便說：「我才進來看時，不見有什麼病；如今細細一瞧，這病果然不輕，竟是神魂失散的樣子！到底因什麼起的呢？」

王夫人知事難瞞，又瞧瞧襲人怪可憐的樣子，只得便依著寶玉先前的話，將那往臨安伯府去看戲時丟了這塊玉的話悄悄的告訴了一遍，心裡也徬徨得很，生恐賈母著急。並說：「現在著人在四下裡找尋。求籤問卦，都說在當鋪裡找，少不得找著的。」

賈母聽了，急得站起來，眼淚直流，說道：「這件玉，如何是丟得的！你們忒不懂事了！難道老爺也是摞開手的不成？」王夫人知賈母生氣，叫襲人等跪下，自己斂容低首回說：「媳婦恐老太太著急，老爺生氣，都沒敢回。」賈母「咳」道：「這是寶玉的命根子，

因丟了，所以他這麼失魂喪魄的！還了得！這玉是滿城裡都知道的，誰撿了去，肯叫你們找出來麼？叫人快快請老爺，我與他說！」

那時嚇得王夫人襲人等俱哀告道：「老太太這一生氣，回來老爺更了不得了。現在寶玉病著，交給我們盡命的找來就是了。」賈母道：「你們怕老爺生氣，有我呢！」便叫麝月傳人去請。不一時，傳話進來，說：「老爺謝客去了。」賈母道：「不用他也使得。你們便說我說的話，暫且也不用責罰下人。我便叫璉兒來，寫出賞格，懸在前日經過的地方，便說：『人有撿得送來者，情願送銀一萬兩；如有知人撿得，送信找得者，送銀五千兩。』如真有了，不可吝惜銀子。這麼一找，少不得就找出來了。若是靠著咱們家幾個人找，就找一輩子，也不能得！」王夫人也不敢直言。賈母傳話，告訴賈璉，叫他速辦去了。

賈母便叫人：「將寶玉動用之物，都搬到我那裡去。只派襲人秋紋跟過來，餘者仍留園內看屋子。」寶玉聽了，總不言語，只是傻笑。賈母便攜了寶玉起身，──襲人等攙扶出園，──回到自己房中，叫王夫人坐下，看人收拾裡間屋內安置，便對王夫人道：「你知道我的意思麼？我為的是園裡人少，怡紅院的花樹，忽萎忽開，有些奇怪。頭裡仗著那塊玉能除邪祟；如今玉丟了，只怕邪氣易侵：所以我帶過他來一塊兒住著。這幾天也不用叫他出去。大夫來，就在這裡瞧。」王夫人聽說，便接口道：「老太太想的自然是。如今寶玉同著老太太住了，老太太的福氣大，不論什麼都壓住了。」賈母道：「什麼福氣！不過我屋裡乾淨些，經卷也多，都可以念念，定定心神。你問寶玉好不好？」

那寶玉見問，只是笑。襲人叫他說好，寶玉也就說好。王夫人見了這般光景，未免落

淚，在賈母這裡，不敢出聲。賈母知王夫人著急，便說道：「你回去罷，這裡有我調停他。晚上老爺回來，告訴他也不必來見我，不許言語就是了。」王夫人去後，賈母叫鴛鴦找些安神定魄的藥，按方吃了。不提。

且說賈政當晚回家，在車內聽見道兒上人說道：「人要發財，也容易得很！」那個問道：「怎麼見得？」這個人又道：「今日聽見榮府裡丟了什麼哥兒的玉了，貼著招帖兒，上頭寫著玉的大小式樣顏色，說：有人檢了送去，就給一萬兩銀子；送信的還給五千呢！」

賈政雖未聽得如此真切，心裡詫異，急忙趕回，便叫門上的人問起那事來。門上的人稟道：「奴才頭裡也不知道；今兒晌午，璉二爺傳出老太太的話，叫人去貼帖兒，才知道的。」賈政便嘆氣道：「家道該衰！偏生養這麼一個孽障！才養他的時候，滿街的謠言，隔了十幾年❺，略好了些。這會子又大張曉諭的找玉，成何道理！」說著，忙走進裡頭去問王夫人。王夫人便一五一十的告訴。賈政知是老太太的主意，又不敢違拗，只抱怨王夫人幾句。又走出來，叫瞞著老太太，背地裡揭了這個帖兒下來。豈知早有那些遊手好閑的人揭了去了。

過了些時，竟有人到榮府門上，口稱送玉來的。家人們聽見，喜歡得了不得，便說：「拿來，我給你回去。」那人便懷內掏出賞格16來，指給門上的人瞧，說：「這不是你們府上的帖子？寫明送玉的給銀一萬兩。二太爺，你們這會子瞧我窮，回來我得了銀子，就是財主了，別這麼待理不理的！」門上人聽他的話頭兒硬，便說道：「你到底略給我瞧瞧，

我好給你回。」那人初倒不肯，後來聽人說得有理，便掏出那玉，托在掌中一揚，說：

「這是不是？」眾家人原是在外服役，只知有玉，也不常見；今日才看見這玉的模樣兒

了，急忙跑到裡頭搶頭報[17]似的。

那日，賈政賈赦出門，只有賈璉在家。眾人回明，賈璉還問：「真不真？」門上人口

稱：「親眼見過，只是不給奴才，要見主子，一手交銀，一手交玉。」賈璉卻也喜歡，忙

去稟知王夫人，即便回明賈母，把個襲人樂得合掌念佛。賈母並不改口，一疊連聲：「快

叫璉兒請那人到書房裡坐著，將玉取來一看，即便給銀。」賈璉依言，請那人進來，當客

待他，用好言道謝：「要借這玉送到裡頭本人見了，謝銀分釐不短。」

那人只得將一個紅綢子包兒送過去。賈璉打開一看，可不是那一塊晶瑩美玉嗎？賈璉

素昔原不理論，今日倒要看看。看了半日，上面的字也彷彿認得出來，什麼「除邪祟」等

字。賈璉看了，喜之不勝，便叫家人伺候，忙忙的送與賈母王夫人認去。

這會子驚動了合家的人，都等著爭看。鳳姐見賈璉進來，便劈手奪去，不敢先看，送

到賈母手裡，賈璉笑道：「你這麼一點兒事，還不叫我獻功呢！」賈母打開看時，只見那

玉比先前昏暗了好些，一面用手擦摸，鴛鴦拿上眼鏡兒來，戴著一瞧，說：「奇怪！這塊

玉倒是的！怎麼把頭裡的寶色都沒了呢？」王夫人看了一會子，也認不出，便叫鳳姐過來

看。鳳姐看了道：「像倒像，只是顏色不大對，不如叫寶兄弟自己一看，就知道了。」襲

人在旁，也看著未必是那一塊，只是盼得的心盛，也不敢說出不像來。

鳳姐於是從賈母手中接過來，同著襲人，拿來給寶玉瞧。這時寶玉正睡著才醒。鳳姐

告訴道：「你的玉有了。」寶玉睡眼矇矓，接在手裡也沒瞧，便往地下一撂，道：「你們

又來哄我了！」說著，只是冷笑。鳳姐連忙拾起來道：「這也就奇了。怎麼你沒瞧，就知道呢？」寶玉也不答言，只管笑。王夫人也進屋裡來了，見他這樣，便道：「這不用說了。他那玉原是胎裡帶來的一宗古怪東西，自然他有道理。想來這個必是人家見了帖兒，照樣兒作的。」大家此時恍然大悟。

賈璉在外間屋裡聽見這個話，便說道：「既不是，快拿來給我問他去。人家這樣事，他還敢來鬼混！」賈母喝住道：「璉兒，拿了去給他，叫他去罷。那也是窮極了的人，沒法兒了，所以見我們家有這樣事，他就想著賺幾個錢，也是有的。如今白白的花了錢，弄了這個東西，又叫咱們認出來了。依著我，倒別難為他，把這塊玉還他，說不是我們的，賞給他幾兩銀子。外頭的人知道了，才肯有信兒就送來呢。要是難為了這一個人，就有真的，人家也不敢拿了來了。」

賈璉答應出去。那人還等著呢。半日不見人來，正在那裡心裡發虛，只見賈璉氣忿忿走出來了。未知如何，下回分解。

■ 校記

❶【請教妙玉識】，藤本、王本作「請教妙玉解識」。

❷【睡著】原作「瞧著」，從藤本、王本改。

❸【今日聽得雨村】，藤本、王本作「今日聽得軍機賈雨村」。

❹【哭臨】，王本作「哭靈」。

❺【十幾年】，藤本、王本作「十九年」。

■ 注釋

1 【乩（ㄐㄧ／jī）】

扶乩，占卜問疑的一種活動。

2 【青埂峰下倚古松】

「紅樓夢」開頭說賈寶玉是青埂峰下的頑石所化，這裡是說「寶玉」已回到原處了。

3 【入我門來一笑逢】

我門，指佛門。這裡暗示賈寶玉出家為僧後，就能和通靈「寶玉」相見。

4 【譯文】

啊呀，來無形，去也無蹤。

寶玉已到青埂峰下靠著古松。

要想尋找它，萬山重重，

進我佛門後就能和「寶玉」喜笑相逢。

5 【簡評】

曹雪芹的原稿中，據脂評透露，也有關於失玉的情節。那塊玉是被人從寶玉的枕頭底下誤竊去的，不像高鶚寫的那樣不翼而飛；後來是「甄寶玉送玉」，而不是癩和尚送玉。賈寶玉失了通靈寶玉，目的無非是叫「無為偏僻性乖張」的寶玉失去靈性，任人擺布，以便安排寶玉和寶釵成婚，「黛玉同時魂歸離恨天」。然而高鶚把失玉這件事寫得非常神秘，離現實未免太遠了。

6 【拐仙】

傳說中的「八仙」之首。相傳姓李名玄。因有足疾，拄鐵杖，故稱鐵拐李。

17
〔搶頭報的〕

16
〔賞格〕

15
〔寢廟〕

14
〔諡（ㄕˋ shì）〕

13
〔並無所出〕

12
〔儀注〕

11
〔通關竅之劑〕

10
〔聖眷隆重〕

9
〔痰厥〕

8
〔宣麻〕

7
〔內閣大學士〕

相當於丞相的官職。詳見本書第九十二回注。

唐代任命宰相時，用麻紙寫了詔書，當朝宣讀，表示徵詢百官對這人的意見，叫作「宣麻」，然後正式行任命的典禮。這裡用典故來借稱任命內閣大學士的手續。

中醫名詞，一種痰壅昏迷的症狀。

皇帝對皇后非常寵幸。

疏通關竅的藥。

禮儀規定。

沒有生育兒女。

古時皇帝或其他有地位的人死後，給他另起一個稱號，叫諡，也叫諡號。

舊時陵墓地停放靈柩的廟堂叫寢廟。

懸賞所定的報酬數目。

搶先報喜。科舉時代，如考試得中，報喜的人，索取賞錢。先來報的可多得，因此，很多人爭著搶頭報。

【第九十六回】

瞞消息鳳姐設奇謀　洩機關顰兒迷本性

話說賈璉拿了那塊假玉忿忿走出，到了書房。那個人看見賈璉的氣色不好，心裡先發了虛了，連忙站起來迎著。剛要說話，只見賈璉冷笑道：「好大膽！我把你這個混賬東西！這裡是什麼地方兒，你敢來掉鬼！」回頭便問：「小廝們呢？」外頭轟雷一般，幾個小廝齊聲答應。賈璉道：「取繩子去捆起他來！等老爺回來回明了，把他送到衙門裡去！」眾小廝又一齊答應：「預備著呢。」嘴裡雖如此，卻不動身。

那人先自唬得手足無措，見這般勢派，知道難逃公道，只得跪下給賈璉碰頭，口口聲聲只叫：「老太爺！別生氣！是我一時窮極無奈，才想出這個沒臉的營生來。那玉是我借錢作的，我也不敢要了，只得孝敬府裡的哥兒玩罷。」說畢，又連連磕頭。賈璉啐道：「你這個不知死活的東西！這府裡稀罕你的那扔不了的浪東西！」

正鬧著，只見賴大進來，陪著笑，向賈璉道：「二爺別生氣了。靠他算個什麼東西！饒了他，叫他滾出去罷。」賈璉道：「實在可惡！」賴大賈璉作好作歹，眾人在外頭都說道：「糊塗狗攮的！還不給爺和賴大爺磕頭呢！快快的滾罷，還等窩心腳呢！」那人趕忙磕了兩個頭，抱頭鼠竄而去。從此，街上鬧動了：「賈寶玉弄出『假寶玉』來。」

且說賈政那日拜客回來，眾人因為燈節[2]底下，恐怕賈政生氣，已過去的事了，便也都不肯回。只因元妃的事，忙碌了好些時，近日寶玉又病著，雖有舊例家宴，大家無興，也無有可記之事❶。

到了正月十七日，王夫人正盼王子騰來京，只見鳳姐進來回說：「今日二爺在外聽得有人傳說：我們家大老爺趕著進京，離城只二百多里地，在路上沒了[3]。太太聽見了沒有？」王夫人吃驚道：「我沒有聽見，老爺昨晚也沒有說起。到底在那裡聽見的？」鳳姐道：「說是在樞密[4]張老爺家聽見的。」王夫人怔了半天，那眼淚早流下來了。因拭淚說道：「回來再叫璉兒索性打聽明白了來告訴我。」鳳姐答應去了。

王夫人不免暗裡落淚，悲女哭弟，又為寶玉擔憂。如此連三接二，都是不隨意的事，那裡擱得住？便有些心口疼痛起來。又加賈璉打聽明白了，來說道：「舅太爺是趕路勞乏，偶然感冒風寒。到了十里屯地方，延醫調治，無奈這個地方沒有名醫，誤用了藥，一劑就死了。但不知家眷可到了那裡沒有。」王夫人聽了，一陣心酸，便心口疼得坐不住，叫彩雲等扶了上炕，還扎掙著叫賈璉去回了賈政：「即速收拾行裝，迎到那裡，幫著料理完畢，即刻回來告訴我們，好叫你媳婦兒放心❷。」賈璉不敢違拗，只得辭了賈政起身。

賈政早已知道，心裡很不受用；又知寶玉失玉以後，神志惛憒，醫藥無效；又值王夫人心疼。那年正值京察[5]，工部將賈政保列一等，二月，吏部帶領引見。皇上念賈政勤儉謹慎，即放了江西糧道[6]。即日謝恩，已奏明起程日期。雖有眾親朋賀喜，賈政也無心應酬。只念家中人口不寧，又不敢耽延在家。

正在無計可施，只聽見賈母那邊叫：「請老爺。」賈政即忙進去。看見王夫人帶著病

也在那裡，便向賈母請了安。賈母叫他坐下，便說：「你不日就要赴任，我有多少話與你說，不知你聽不聽？」說著，掉下淚來。賈政忙站起來，說道：「老太太有話，只管吩咐，兒子怎敢不遵命呢？」賈母哽咽著說道：「我今年八十一歲的人了，你又要作外任去。偏有你大哥在家，你又不能告親老[7]。你這一去了，我所疼的只有寶玉，偏偏的又病得糊塗，還不知道怎麼樣呢！我昨日叫賴升媳婦出去，叫人給寶玉算命，這先生算得好靈，說：『要娶了金命的人幫扶他，必要沖沖喜才好；不然，只怕保不住。』我知道你不信那些話，所以叫你來商量❸。你的媳婦也在這裡，你們兩個也商量商量：還是要寶玉好呢？還是隨他去呢？」賈政陪笑說道：「老太太當初疼兒子這麼疼的，難道作兒子的就不疼自己的兒子不成？只為寶玉不上進，所以時常恨他，也不過是『恨鐵不成鋼』的意思。老太太既要給他成家，這也是該當的，豈有逆著老太太不疼他的理？如今寶玉病著，兒子也是不放心。因老太太不叫他見我，所以兒子也不敢言語。我到底瞧瞧寶玉是個什麼病。」

王夫人見賈政說著也有些眼圈兒紅，知道心裡是疼的，便叫襲人扶了寶玉來。寶玉見了他父親，襲人叫他請安，他便請了個安。賈政見他臉面很瘦，目光無神，大有瘋傻之狀，便叫人扶了進去，他便想到：「自己也是望六[8]的人了，如今又放外任，不知道幾年回來。倘或這孩子果然不好，一則年老無嗣，雖說有孫子，到底隔了一層；二則老太太最疼的是寶玉，若有差錯，可不是我的罪名更重了？」瞧瞧王夫人一包眼淚，又想到他身上，復站起來說：「老太太這麼大年紀，想法兒疼孫子，作兒子的還敢違拗？老太太主意該怎麼便怎麼就是了。但只姨太太那邊，不知說明白了沒有？」王夫人便道：「姨太太是早應

了的；只為蟠兒的事沒有結案，所以這些時總沒提起。他哥哥在監裡，妹子怎麼出嫁？況且貴妃的事雖不禁婚嫁，寶玉應照已出嫁的姐姐，有九個月的功服[9]，此時也難娶親。再者，我的起身日期已經奏明，不敢耽擱，這幾天怎麼辦呢？」

賈母想了一想：「說的果然不錯。若是等這幾件事過去，他父親又走了。倘或這病一天重似一天，怎麼好？只可越些禮辦了才好。」想定主意，便說道：「你若給他辦呢，我自然有個道理，包管都礙不著：姨太太那邊，我和你媳婦親自過去求他。蟠兒那裡，我央蝌兒去告訴他，說是要救寶玉的命，諸事將就，自然應的。若說服裡娶親，當真使不得；況且寶玉病著，也不可叫他成親，不過是沖沖喜。我們兩家願意，孩子們又有『金玉』的道理，婚是不用合的了，即挑了好日子，按咱們家分兒過了禮[10]。趁著挑個娶親日子，一概鼓樂不用，倒按宮裡的樣子，用十二對提燈，一乘八人轎子抬了來，照南邊規矩拜了堂，一樣坐床撒帳[11]，可不是算娶了親麼？寶丫頭心地明白，是不用慮的。內中又有襲人，也還是個妥妥當當的孩子。再有個明白人常勸他，更好。他又和寶丫頭合得來。再者，姨太太曾說：『寶丫頭的金鎖也有個和尚說過，只等有玉的便是婚姻。』焉知寶丫頭過來，不因金鎖倒招出他那塊玉來，也定不得。從此一天好似一天，豈不是大家的造化？這會子只要立刻收拾屋子，鋪排起來，——這屋子是要你派的；一概親友不請，也不排筵席；待寶玉好了，過了功服，然後再擺席請人…這麼著，都趕得上；你也看見了他們小兩口兒的事，也好放心著去。」

賈政聽了，原不願意，只是賈母作主，不敢違命，勉強陪笑說道：「老太太想得極

是，也很妥當。只是要吩咐家下眾人，不許吵嚷得裡外皆知，這要擔不是的。姨太太那邊，只怕不肯；若是果真應了，也只好按著老太太的主意辦去。」賈母道：「姨太太那裡有我呢，你去罷。」

賈政答應出來，心中好不自在。因赴任事多，部裡領憑，親友們薦人，種種應酬不絕，竟把寶玉的事聽憑賈母交與王夫人鳳姐兒了。惟將榮禧堂後身王夫人內屋旁邊一大跨所[12]二十餘間房屋指與寶玉，餘者一概不管。賈母定了主意，叫人告訴他去，賈政只說「很好」。──此是後話。

且說寶玉見過賈政，襲人扶回裡間炕上。因賈政在外，無人敢與寶玉說話，寶玉便昏昏沉沉的睡去。賈母與賈政所說的話，寶玉一句也沒有聽見。襲人等卻靜靜兒的聽得明白，頭裡雖也聽得些風聲，只不見寶釵過來，卻也有些信真。今日聽了這些話，心裡方才水落歸漕[13]，倒也喜歡，心裡想道：「果然上頭的眼力不錯！這才配得是。我也造化！若他來了，我可以卸了好些擔子。但是這一位的心裡只有一個林姑娘，幸虧他沒有聽見，若知道了，又不知要鬧到什麼分兒了！」襲人想到這裡，轉喜為悲，心想：「這件事怎麼好？老太太、太太那裡知道他們心裡的事？一時高興，說給他知道，原想要他病好。若是他還像頭裡的心，初見林姑娘，便要摔玉砸玉；況且那年夏天在園裡，把我當作林姑娘，說了好些私心話；後來因為紫鵑說了句玩話兒，便哭得死去活來。若是如今和他說要娶寶姑娘，竟把林姑娘撂開，除非是他人事不知還可，倘或明白些，只怕不但不能沖喜，竟是催命了！我再不把話說明，那不是一害三個人了麼？」

襲人想定主意，待等賈政出去，叫秋紋照看著寶玉，便從裡間出來，走到王夫人身旁，悄悄的請了王夫人到賈母後身屋裡去說話。賈母只道是寶玉有話，也不理會，還在那裡打算怎麼過禮，怎麼娶親。

那襲人同了王夫人到了後間，便跪下哭了。王夫人不知何意，把手拉著他說：「好端端的，這是怎麼說？有什麼委屈，起來說。」襲人道：「這話奴才是不該說的，這會子因為沒有法兒了！」王夫人道：「你慢慢的說。」襲人道：「寶玉的親事，老太太、太太已定了寶姑娘了，自然是極好的一件事。只是奴才想著，太太看去，寶玉和寶姑娘好，還是和林姑娘好呢？」王夫人道：「他兩個因從小兒在一處，所以寶玉和林姑娘又好些。」襲人道：「不是『好些』。」便將寶玉素與黛玉這些光景一一的說了，還說：「這些事都是太太親眼見的，獨是夏天的話，我從沒敢和別人說。」王夫人拉著襲人道：「我看外面兒已瞧出幾分來了，你今兒一說，更加是了。但是剛才老爺說的話，想必都聽見了，你看他的神情兒怎麼樣？」襲人道：「如今寶玉若有人和他說話他就笑，沒人和他說話他就睡，所以頭裡的話卻倒都沒聽見❹。」王夫人道：「倒是這件事叫人怎麼樣呢？」襲人道：「奴才說是說了，還得太太告訴老太太，想個萬全的主意才好。」王夫人便道：「既這麼著，你去幹你的。這時候滿屋子的人，暫且不用提起。等我瞅空兒回明老太太，再作道理。」說著，仍到賈母跟前。

賈母正在那裡和鳳姐兒商議，見王夫人進來，便問道：「襲人丫頭說什麼，這麼鬼鬼祟祟的？」王夫人趁問，便將寶玉的心事細細回明賈母。賈母聽了，半日沒言語。王夫人和鳳姐也都不再說了。只見賈母嘆道：「別的事都好說。林丫頭倒沒有什麼。若寶玉真是

這樣，這可叫人作了難了！」

只見鳳姐想了一想，因說道：「難倒不難。只是我想了個主意，不知姑媽肯不肯。」

王夫人道：「你有主意，只管說給老太太聽，大家娘兒們商量著辦罷了。」鳳姐道：「依

我想，這件事，只有一個『掉包兒』14的法子。」賈母道：「怎麼『掉包兒』？」鳳姐道：

「如今不管寶兄弟明白不明白，大家吵嚷起來，說是老爺作主，將林姑娘配了他了，瞧他

的神情兒怎麼樣。要是他全不管，這個包兒也就不用掉了；若是他有些喜歡的意思，這事

卻要大費周折呢！」王夫人道：「就算他喜歡，你怎麼樣辦法呢？」

鳳姐走到王夫人耳邊，如此這般的說了一遍。王夫人點了幾點頭兒，笑了一笑，說

道：「也罷了。」賈母便問道：「你們娘兒兩個搗鬼，到底告訴我是怎麼著呀。」鳳姐恐

賈母不懂，露洩機關，便也向耳邊輕輕告訴了一遍。賈母果真一時不懂。鳳姐笑著又說了

幾句。賈母笑道：「這麼著也好，可就只苦了寶丫頭了。倘或吵嚷出來，林丫頭又怎麼

樣呢。」鳳姐道：「這個話，原只說給寶玉聽，外頭一概不許提起，有誰知道呢？」

正說間，丫頭傳進話來，說：「璉二爺回來了。」王夫人恐賈母問及，使個眼色與鳳

姐。鳳姐便出來迎著賈璉，努了個嘴兒，同到王夫人屋裡等著去了。一會兒，王夫人進

來，已見鳳姐哭得兩眼通紅。賈璉請了安，將到十里屯料理王子騰的喪事的話說了一遍，

便說：「有恩旨賞了內閣的職銜，諡了文勤公，命本家扶柩回籍，著沿途地方官員照料。

昨日起身，連家眷回南去了。舅太太叫我回來請安問好。說：『如今想不到不能進京，有

多少話不能說。』聽見我大舅子要進京，若是路上遇見了，便叫他來到咱們這裡細細的

說。」王夫人聽畢，其悲痛自不必言。鳳姐勸慰了一番，「請太太略歇一歇，晚上來，再

商量寶玉的事罷。」說畢，同了賈璉回到自己房中，告訴了賈璉，叫他派人收拾新房不提。

一日，黛玉早飯後，帶著紫鵑到賈母這邊來，一則請安，二則也為自己散散悶。出了瀟湘館，走了幾步，忽然想起忘了手絹子來，因叫紫鵑回去取來，自己卻慢慢的走著等他。剛走到沁芳橋那邊山石背後當日同寶玉葬花之處，忽聽一個人嗚嗚咽咽在那裡哭。黛玉煞住腳聽時，又聽不出是誰的聲音，也聽不出哭得叨叨的是些什麼話，心裡甚是疑惑，便慢慢的走去。及到了跟前，卻見一個濃眉大眼的丫頭在那裡哭呢。

黛玉未見他時，還只疑府裡這些大丫頭有什麼說不出的心事，所以來這裡發洩發洩；及至見了這個丫頭，卻又好笑，因想到：「這種蠢貨，有什麼情種！自然是那屋裡作粗活的丫頭，受了大女孩子的氣了。」細瞧了一瞧，卻不認得。

那丫頭見黛玉來了，便也不敢再哭，站起來拭眼淚。黛玉問道：「你好好的為什麼在這裡傷心？」那丫頭聽了這話，又流淚道：「林姑娘，你評評這個理：他們說話，我又不知道，我就說錯了一句話，我姐姐也不犯就打我呀！」黛玉聽了，不懂他說的是什麼，因笑問道：「你姐姐是那一個？」那丫頭道：「就是珍珠姐姐。」黛玉聽了，才知他是賈母屋裡的。因又問：「你叫什麼？」那丫頭道：「我叫傻大姐兒。」黛玉笑了一笑，又問：「你姐姐為什麼打你？你說錯了什麼話了？」那丫頭道：「為什麼呢！就是為我們寶二爺娶寶姑娘的事情！」

黛玉聽了這句話，如同一個疾雷，心頭亂跳，略定了定神，便叫這丫頭：「你跟了我這裡來。」那丫頭跟著黛玉到那畸角兒上葬桃花的去處。那裡背靜，黛玉因問道：「寶二

爺娶寶姑娘，他為什麼打你呢？」傻大姐道：「我們老太太和太太、二奶奶商量了，因為我們老爺要起身，說：就趕著往姨太太商量。頭一宗，給寶二爺沖什麼喜；第二宗——」說到這裡，又瞅著黛玉笑了一笑，才說道：「趕著辦了，還要給林姑娘說婆婆家呢。」

黛玉已經聽呆了。這丫頭只管說道：「我又不知道他們怎麼商量的，不叫人吵嚷，怕寶姑娘聽見害臊。我白和寶二爺屋裡的襲人姐姐說了一句：『咱們明兒更熱鬧了，又是寶姑娘，又是寶二奶奶，這可怎麼叫呢？』林姑娘，你說我這話害著珍珠姐姐什麼了嗎？他走過來就打了我一個嘴巴，說我混說，不遵上頭的話，要攆出我去！——我知道上頭為什麼不叫言語呢？你們又沒告訴我，就打我！」說著，又哭起來。

那黛玉此時心裡，竟是油兒、醬兒、糖兒、醋兒倒在一處的一般，甜、苦、酸、鹹，竟說不上什麼味兒來了。停了一會兒，顫巍巍的說道：「你別混說了。你再混說，叫人聽見，又要打你了。你去罷。」說著，自己轉身要回瀟湘館去。那身子竟有千百斤重的，兩隻腳卻像踐著棉花一般，早已軟了。只得一步一步慢慢的走將來。走了半天，還沒到沁芳橋畔。原來腳下軟了，走得慢，且又迷迷痴痴，信著腳兒從那邊繞過來，更添了兩箭地的路。這時剛到沁芳橋畔，卻又不知不覺的順著堤往回裡走起來。

紫鵑取了絹子來，不見黛玉。正在那裡看時，只見黛玉顏色雪白，身子晃晃蕩蕩的，眼睛也直直的，在那裡東轉西轉。又見一個丫頭往前頭走了，離得遠，也看不出是那一個來。心中驚疑不定，只得趕過來，輕輕的問道：「姑娘，怎麼又回去？是要往那裡去？」黛玉也只模糊聽見，隨口應道：「我問問寶玉去。」紫鵑聽了，摸不著頭腦，只得攙著他

到賈母這邊來。

黛玉走到賈母門口，心裡似覺明晰，回頭看見紫鵑攙著自己，便站住了，問道：「你作什麼來的？」紫鵑陪笑道：「我找了絹子來了。頭裡見姑娘在橋那邊呢，我趕著過去問姑娘，姑娘沒理會。」黛玉笑道：「我打量你來瞧寶二爺來了呢，不然，怎麼往這裡走呢？」

紫鵑見他心裡迷惑，便知黛玉必是聽見那丫頭什麼話來，惟有點頭微笑而已。只是心裡怕他見了寶玉，那一個已經是瘋瘋傻傻，這一個又這樣恍恍惚惚，一時說出些不大體統的話來，那時如何是好？心裡雖如此想，卻也不敢違拗，只得攙他進去。

那黛玉卻又奇怪，這時不是先前那樣軟了，也不用紫鵑打簾子，自己掀起簾子進來。卻是寂然無聲。因賈母在屋裡歇中覺，丫頭們也有脫滑兒玩去的，也有在那裡伺候老太太的。倒是襲人聽見簾子響，從屋裡出來一看，見是黛玉，便讓道：「姑娘，屋裡坐罷。」黛玉笑著道：「寶二爺在家麼？」襲人不知底裡，剛要答言，只見紫鵑在黛玉身後和他努嘴兒，指著黛玉，又搖搖手兒。襲人不解何意，也不敢言語。黛玉卻也不理會，自己走進房來。看見寶玉在那裡坐著，也不起來讓坐，只瞅著嘻嘻的傻笑。黛玉自己坐下，卻也瞅著寶玉笑。兩個人也不問好，也不說話，也無推讓，只管對著臉傻笑起來。

襲人看見這番光景，心裡大不得主意，只是沒法兒。忽然聽著黛玉說道：「寶玉，你為什麼病了？」寶玉笑道：「我為林姑娘病了。」襲人紫鵑兩個嚇得面目改色，連忙用言語來岔。兩個卻又不言，仍舊傻笑起來。襲人見了這樣，知道黛玉此時心中迷惑，和寶玉一樣。因悄和紫鵑說道：「姑娘才好了，我叫秋紋妹妹同著你攙回姑娘，歇歇去罷。」

因回頭向秋紋道：「你和紫鵑姐姐送林姑娘去罷，你可別混說話。」秋紋笑著，也不言語，便來同著紫鵑攙起黛玉，只管點頭兒。紫鵑又催道：「姑娘，回家去歇歇罷。」黛玉道：「可不是！我這就是回去的時候兒了。」說著，便回身笑著出來了，仍舊不用丫頭們攙扶，自己卻走得比往常飛快。紫鵑秋紋後面趕忙跟著走。

黛玉出了賈母院門，只管一直走去，離門口不遠，紫鵑連忙攙住，叫道：「姑娘，往這麼來。」黛玉仍是笑著，隨了往瀟湘館來。離門口不遠，紫鵑道：「阿彌陀佛！可到了家了！」只這一句話沒說完，但見黛玉身子往前一栽，「哇」的一聲，一口血直吐出來。未知性命如何，且聽下回分解。

■ 校記

❶「也無有可記之事」，「之」原作「知」，從藤本、王本改。

❷「好叫你媳婦兒放心」，「你」原作「裡」，從藤本、王本改。

❸（賈母向賈政說）所以叫你來商量」，「叫」原作「教」，從金本改。

❹「卻倒都沒聽見」，「倒」原作「這」，從諸本改。

■ 注釋

1 〔掉鬼〕
搗鬼，弄虛作假騙人。

2 〔燈節〕
舊俗以上元節（農曆正月十五日）為賞燈之節，故稱燈節。

3 〔沒了〕
北方方言，意即死了。

4 〔樞密〕
樞密使的簡稱，是樞密院的長官，主要掌管軍事機密、邊防等。清代對軍機大臣亦往往以樞密尊稱。

5 〔京察〕
清代對官吏的「考績」，三年舉行一次，分別升降。京官的這種「考績」叫作「京察」。外官的「考績」叫作「大計」。

6 〔糧道〕
官名。明、清兩代都設有督糧道，督運各省漕糧，簡稱糧道。

7 〔告親老〕
舊時官員，因父母年老，家中又無兄弟，可以告假離職，歸家養親，叫作「告親老」。

8 〔望六〕
將到六十歲。

9 〔功服〕
舊時喪服名。功服所用的布，要經過加工，色白較細，故稱功服。功服分大功、小功，大功服期為九個月，小功為五個月。此處指的是大功喪服。

10 【過禮】

舊時代的訂婚禮，男方向女方送定聘的禮物，女方也送回禮，叫作「過禮」。

11 【坐床撒帳】

舊時結婚的一種風俗。新夫婦交拜畢，入新房並坐在床上，叫坐床，也叫坐帳。女賓各以金錢、彩果散擲之叫撒帳。

12 【跨所】

即跨院。

13 【水落歸漕】

比喻安定的意思。漕，水道。

14 【掉包兒】

原指暗中偷換人的財物，這裡是說鳳姐主張表面給寶玉娶黛玉，暗中卻換上寶釵。

【第九十七回】

林黛玉焚稿斷痴情　薛寶釵出閨成大禮

話說黛玉到瀟湘館門口，紫鵑說了一句話，更動了心，一時吐出血來，幾乎暈倒，虧了紫鵑還同著秋紋，兩個人攙扶著黛玉到屋裡來。那時秋紋去後，紫鵑雪雁守著，見他漸漸蘇醒過來，問紫鵑道：「你們守著哭什麼？」紫鵑見他說話明白，倒放了心了，因說：「姑娘剛才打老太太那邊回來，身上覺著不大好，唬得我們沒了主意，所以哭了。」黛玉笑道：「我那裡就能夠死呢！」這一句話沒完，又喘成一處。

原來黛玉因今日聽得寶玉寶釵的事情，這本是他數年的心病，一時急怒，所以迷惑了本性。及至回來吐了這一口血，心中卻漸漸的明白過來，把頭裡的事一字也不記得。這會子見紫鵑哭了，方模糊想起傻大姐的話來。此時反不傷心，惟求速死，以完此債。那知秋紋回去神色慌張，正值賈母睡起中覺來，想要告訴人去，怕又像上回招得鳳姐說他們失驚打怪。這裡紫鵑雪雁只得守著，看見這般光景，便問：「怎麼了？」秋紋嚇得連忙把剛才的事回了一遍。賈母大驚，說：「這還了得！」連忙著人叫了王夫人鳳姐過來，告訴他婆媳兩個。鳳姐道：「我都囑咐了，這是什麼人走了風了呢？這不更是一件難事了嗎！」

賈母道：「且別管那些，先瞧瞧去是怎麼樣了。」說著，便起身帶著王夫人鳳姐等過來看

視。見黛玉顏色如雪，並無一點血色，神氣昏沉，氣息微細，半日又咳嗽了一陣，丫頭遞了痰盂，吐出都是痰中帶血的。大家都慌了。只見黛玉微微睜眼，看見賈母在他旁邊，便喘吁吁的說道：「老太太！你白疼了我了！」

賈母一聞此言，十分難受，便道：「好孩子，你養著罷！不怕的！」黛玉微微一笑，把眼又閉上了。外面丫頭進來回鳳姐道：「大夫來了。」於是大家略避。王大夫同著賈璉進來，診了脈，說道：「尚不妨事。這是鬱氣傷肝，肝不藏血，所以神氣不定。如今要用斂陰止血的藥，方可望好。」王大夫說完，同著賈璉出去開方取藥去了。

賈母看黛玉神氣不好，便出來告訴鳳姐等道：「我看這孩子的病，不是我咒他，只怕難好！你們也該替他預備預備，沖一沖，或者好了，豈不是大家省心？就是怎麼樣，也不致臨時忙亂。咱們家裡這兩天正有事呢。」鳳姐兒答應了。賈母又問了紫鵑一回，到底不知是那個說的。賈母心裡只是納悶，因說：「孩子們從小兒在一處兒玩，好些是有的。如今大了，懂得人事，就該要分別些，才是作女孩兒的本分，我才心裡疼他。若是他心裡有別的想頭，成了什麼人了呢！我可是白疼了他了！你們說了，我倒有些不放心。」因回到房中，又叫襲人來問。

襲人仍將前日回王夫人的話並方才黛玉的光景述了一遍。賈母道：「我方才看他卻還不致糊塗。這個理我就不明白了！咱們這種人家，別的事自然沒有的，這心病也是斷斷有不得的！林丫頭若不是這個病呢，我憑著花多少錢都使得；就是這個病，不但治不好，我也沒心腸了！」鳳姐道：「林妹妹的事，老太太倒不必張羅❶，橫豎有他二哥哥天天同著大夫瞧；倒是姑媽那邊的事要緊。今兒早起，聽見說，房子不差什麼就妥當了。竟是老太

太、太太到姑媽那邊去，我也跟了去商量商量。就只一件：姑媽家裡有寶妹妹在那裡，難以說話，不如索性請姑媽晚上過來，咱們一夜都說結了，就好辦了。」賈母用了晚飯，鳳姐同王夫人各自歸房不提。

且說次日鳳姐吃了早飯過來，便要試試寶玉，走進屋裡說道：「寶兄弟大喜！老爺已擇了吉日，要給你娶親了！你喜歡不喜歡？」寶玉聽了，只管瞅著鳳姐笑，微微的點點頭兒。鳳姐笑道：「給你娶林妹妹過來，好不好？」寶玉卻大笑起來。鳳姐看著，也斷不透他是明白，是糊塗，因又問道：「老爺說：你好了就給你娶林妹妹呢；若還是這麼傻，就不給你娶了。」寶玉忽然正色道：「我不傻，你才傻呢！」說著，便站起來說：「我去瞧瞧林妹妹，叫他放心。」鳳姐忙扶住了，說：「林妹妹早知道了。他如今要作新媳婦了，自然害羞，不肯見你的。」寶玉道：「娶過來，他到底是見我不見？」鳳姐又好笑，又著忙，心裡想：「襲人的話不差。提到林姑娘，雖說仍舊說些瘋話，卻覺得明白些。若真明白了，將來不是林姑娘，打破了這個燈虎兒[3]，那飢荒才難打呢！」便忍笑說道：「你好好兒的便見你；若是瘋瘋癲癲的，他就不見你了。」寶玉說道：「我有一個心，前兒已交給林妹妹了。他要過來，橫豎給我帶來，還放在我肚子裡頭。」

鳳姐聽著竟是瘋話，便出來看著賈母笑。賈母聽了又是笑，又是疼，說道：「我早聽見了。如今且不用理他，叫襲人好好的安慰他，咱們走罷。」說著，王夫人也來。大家到了薛姨媽那裡，只說：「惦記著這邊的事，來瞧瞧。」薛姨媽感激不盡，說些薛蟠的話。

喝了茶，薛姨媽要叫人告訴寶釵，鳳姐連忙攔住，說：「姑媽不必告訴寶妹妹。」又向薛姨媽陪笑說道：「老太太此來，一則為瞧姑媽，二則也有句要緊的話，特請姑媽到那邊商議。」薛姨媽聽了，點點頭兒說：「是了。」於是❷大家又說些閒話，便回來了。

薛姨媽果然過來，見過了賈母，到王夫人屋裡來，不免說起王子騰來，大家落了一回淚。❸薛姨媽便問道：「剛才我到老太太那裡，寶哥兒出來請安，還好好兒的，不過略瘦些，怎麼你們說得很利害？」鳳姐便道：「其實也不怎麼，這只是老太太懸心。目今老爺又要起身外任去，不知幾年才來。老太太的意思：頭一件叫老爺看著寶兄弟成了家，也放心；二則也給寶兄弟沖沖喜，借大妹妹的金鎖壓壓邪氣，只怕就好了。」

薛姨媽心裡也願意，只慮著寶釵委屈，只說：「也使得，只是大家還要從長計較計較才好。」王夫人便按著鳳姐的話和薛姨媽說，說道：「姨太太這會子家裡沒人，不如把妝奩一概蠲免，明日就打發蝌兒告訴蟠兒，一面這裡過門，一面給他變法兒撕擄官事。」並不提寶玉的心事。又說：「姨太太既作了親，娶過來，早好一天，大家早放一天心。」

正說著，只見賈母差鴛鴦過來候信。薛姨媽雖恐寶釵委屈，然也沒法兒，又見這般光景，只得滿口應承。鴛鴦回去回了賈母，賈母也甚喜歡，又叫鴛鴦過來求薛姨媽和寶釵說明緣故，不叫他受委屈。薛姨媽也答應了。便議定鳳姐夫婦作媒人。大家散了，王夫人姊妹不免又敘了半夜的話兒。

次日，薛姨媽回家，將這邊的話細細的告訴了寶釵。還說：「我已經應承了。」寶釵始則低頭不語，後來便自垂淚。薛姨媽用好言勸慰，解釋了好些話。寶釵自回房內，寶琴隨去解悶。薛姨媽又告訴了薛蝌，叫他：「明日起身，一則打聽審詳的事；一則告訴你哥

哥一個信兒。你即便回來。」

薛蝌去了四日，便回來回覆薛姨媽道：「哥哥的事，上司已經准了誤殺，一過堂就要題本了，叫咱們預備贖罪的銀子。妹妹的事，說：『媽媽作主很好的。趕著辦又省了好些銀子。叫媽媽不用等我。該怎麼著就怎麼辦罷。』」

薛姨媽聽了，一則薛蟠可以回家，二則完了寶釵的事，心裡安頓了好些。便是看著寶釵心裡好像不願意似的，「雖是這樣，他是女兒家，素來也孝順守禮的人，知我應了，他也沒得說的。」便叫薛蝌：「辦泥金庚帖⁴，填上八字，即叫人送到璉二爺那邊去，還問了過禮⁵的日子來，你好預備。本來咱們不驚動親友，是你說的，都是混賬人；親戚呢，就是賈王兩家。如今賈家是男家，王家無人在京裡。史姑娘放定的事，他家沒有來請咱們，咱們也不用通知。倒是把張德輝請了來，托他照料些，他上幾歲年紀的人，到底懂事。」薛蝌領命，叫人送帖過去。

次日，賈璉過來見了薛姨媽，請了安，便說：「明日就是上好的日子。今日過來回姨太太，就是明日過禮罷。只求姨太太不要挑飭⁶就是了。」說著，捧過通書⁷來。薛姨媽也謙遜了幾句，點頭應允。賈璉趕著回去，回明賈政。賈政便道：「你回老太太說：既不叫親友們知道，諸事寧可簡便些。若是東西上，請老太太瞧了就是了，不必告訴我。」賈璉答應，進內將話回明賈母。

這裡王夫人叫了鳳姐命人將過禮的物件都送與賈母過目，並叫襲人告訴寶玉。那寶玉又嘻嘻的笑道：「這裡送到園裡，回來園裡又送到這裡，咱們的人送，咱們的人收，何苦來呢？」賈母王夫人聽了，都喜歡說：「說他糊塗，他今日怎麼這麼明白呢？」鴛鴦等忍

不住好笑，只得上來一件一件的點明給賈母瞧，說：「這是金項圈，這是金珠首飾，共八十件。這是妝蟒四十四。這是四季的衣服，共一百二十件。外面也沒有預備羊酒[8]，這是折羊酒的銀子。」

賈母看了，都說好，輕輕的與鳳姐說道：「你去告訴姨太太，說：不是虛禮，求姨太太等蟠兒出來，慢慢的叫人給他妹妹作來就是了。那好日子的被褥，還是咱們這裡代辦了罷。」鳳姐答應出來，叫賈璉先過去。又叫周瑞旺兒等，吩咐他們：「不必走大門，只從園裡從前開的便門內送去。我也就過去。這門離瀟湘館還遠，倘別處的人見了，囑咐他們不用在瀟湘館裡提起。」眾人答應著，送禮而去。

寶玉認以為真，心裡大樂，精神便覺得好些，只是語言總有些瘋傻。那過禮的回來，都不提名說姓，因此上下人等雖都知道，只因鳳姐吩咐，都不敢走漏風聲。

且說黛玉雖然服藥，這病日重一日。紫鵑等在旁苦勸，說道：「事情到了這個分兒，不得不說了。姑娘的心事，我們也都知道。至於意外之事，是再沒有的。姑娘不信，只拿寶玉的身子說起，這樣大病，怎麼作得親呢？姑娘別聽瞎話，自己安心保重才好。」黛玉微笑一笑，也不答言，又咳嗽數聲，吐出好些血來。只有一息奄奄，明知勸不過來，惟有守著流淚。天天三四趟去告訴賈母，鴛鴦測度賈母近日比前疼黛玉的心差了些，所以不常去回。況賈母這幾日的心都在寶釵寶玉身上，不見黛玉的信兒，也不大提起，只請太醫調治罷了。

黛玉向來病著，自賈母起直到姐妹們的下人，常來問候；今見賈府中上下人等都不過

來，連一個問的人都沒有，睜開眼，只有紫鵑一人，自料萬無生理，因扎掙著向紫鵑說道：「妹妹！你是我最知心的！雖是老太太派你伏侍我，這幾年，我拿你就當作我的親妹妹──」說到這裡，氣又接不上來。紫鵑聽了，一陣心酸，早哭得說不出話來。

遲了半日，黛玉又一面喘，一面說道：「紫鵑妹妹！我躺著不受用，你扶起我來靠著坐坐才好。」紫鵑道：「姑娘的身上不大好，起來又要抖摟[9]著了。」黛玉聽了，閉上眼不言語了。一時，又要起來，紫鵑沒法，只得同雪雁把他扶起，兩邊用軟枕靠住，自己卻倚在旁邊。黛玉那裡坐得住？下身自覺咯得疼，狠命的撐著。叫過雪雁來道：「我的詩本子……」說著，又喘。

雪雁料是要他前日所理的詩稿，因找來送到黛玉跟前。黛玉點點頭兒，又抬眼看那箱子。雪雁不解，只是發怔。黛玉氣得兩眼直瞪，又咳嗽起來，又吐了一口血。雪雁連忙回身取了水來，黛玉漱了，吐在盂內。紫鵑用絹子給他拭了嘴，黛玉便拿那絹子指著箱子，又喘成一處，說不上來，閉了眼。紫鵑道：「姑娘歪歪兒罷。」黛玉又搖搖頭兒。

紫鵑料是要絹子，便叫雪雁開箱，拿出一塊白綾絹子來。黛玉瞧了，摞在一邊，使勁說道：「有字的！」紫鵑這才明白過來要那塊題詩的舊帕。只得叫雪雁拿出來，遞給黛玉。紫鵑勸道：「姑娘歇歇兒罷，何苦又勞神？等好了再瞧罷。」只見黛玉接到手裡也不瞧，扎掙著伸出那隻手來，狠命的撕那絹子，卻是只有打顫的分兒，那裡撕得動？紫鵑早已知他是恨寶玉，卻也不敢說破，只說：「姑娘，何苦自己又生氣！」黛玉微微的點頭，便掖在袖裡。說叫：「點燈。」

雪雁答應，連忙點上燈來。黛玉瞧瞧，又閉上眼坐著，喘了一會子，又道：「籠上火

盆。」紫鵑打量他冷，因說道：「姑娘躺下，多蓋一件罷。那炭氣只怕擔不住。」黛玉又搖頭兒。雪雁只得籠上，擱在地下火盆架上。黛玉點頭，意思叫挪到炕上來。雪雁只得端

上來，出去拿那張火盆炕桌。

那黛玉卻又把身子欠起，紫鵑只得兩隻手來扶著他。黛玉這才將方才的絹子拿在手中，瞅著那火，點點頭兒，往上一摺。紫鵑唬了一跳，欲要搶時，兩隻手卻不敢動。雪雁又出去拿火盆桌子。此時那絹子已經燒著了。紫鵑勸道：「姑娘！這是怎麼說呢！」

黛玉只作不聞，回手又把那詩稿拿起來，瞧了瞧，又撂下了。紫鵑怕他也要燒，連忙將身倚住黛玉，騰出手來拿時，黛玉又早拾起，撂在火上。此時紫鵑卻夠不著，乾急。雪雁正拿進桌子來，看見黛玉一摺，不知何物，趕忙搶時，那紙沾火就著，如何能夠少待，早已烘烘的著了。雪雁也顧不得燒手，從火裡抓起來，撂在地下亂踩，卻已燒得所餘無幾了。

那黛玉把眼一閉，往後一仰，幾乎不曾把紫鵑壓倒。紫鵑連忙叫雪雁上來，將黛玉扶著放倒，心裡突突的亂跳。欲要叫人時，天又晚了；欲不叫人時，自己同著雪雁和鸚哥等幾個小丫頭，又怕一時有什麼緣故。好容易熬了一夜，到了次日早起，覺黛玉又緩過一點兒來。飯後，忽然又嗽又吐，又緊起來。

紫鵑看著不好了，連忙將雪雁等都叫進來看守，自己卻來回賈母。那知到了賈母上房，靜悄悄的，只有兩三個老嬤嬤和幾個作粗活的丫頭在那裡看屋子呢。紫鵑因問道：「老太太呢？」那些人都說：「不知道。」紫鵑聽這話詫異，遂到寶玉屋裡去看，竟也無人。遂問屋裡的丫頭，也說不知。

紫鵑已知八九，「但這些人怎麼竟這樣狠毒冷淡！」又想到黛玉這幾天竟連一個人問的也沒有，越想越悲，索性激起一腔悶氣來，一扭身，便出來了。自己想了一想：「今日倒要看看寶玉是何形狀。看他見了我怎麼樣過得去！那一年我說了一句謊話，他就急病了，今日竟公然作出這件事來！可知天下男子之心真真是冰寒雪冷，令人切齒的！」一面走，一面想，早已來到怡紅院。只見院門虛掩，裡面卻又寂靜得很，紫鵑忽然想到：「他要娶親，自然是有新屋子的，但不知他這新屋子在何處？」

正在那裡徘徊徜顧，看見墨雨飛跑，紫鵑便叫住他。墨雨過來笑嘻嘻的道：「姐姐到這裡作什麼？」紫鵑道：「我聽見寶二爺娶親，我要來看看熱鬧兒，誰知不在這裡，也不知是幾兒？」墨雨悄悄的道：「我這話，只告訴姐姐，你可別告訴雪雁。他們上頭吩咐了，連你們都不叫知道呢。就是今日夜裡娶。那裡是在這裡？老爺派璉二爺另收拾了房子了。」說著，又問：「姐姐有什麼事麼？」紫鵑道：「沒什麼事，你去罷。」墨雨仍舊飛跑去了。

紫鵑自己發了一回呆，忽然想起黛玉來，這時候還不知是死是活，因兩淚汪汪，咬著牙，發狠道：「寶玉！我看他明兒死了，你算是躲得過，不見了！你過了你那如心如意的事兒，拿什麼臉來見我！」一面哭一面走，嗚嗚咽咽的，自回去了。還未到瀟湘館，只見兩個小丫頭在門裡往外探頭探腦的，一眼看見紫鵑，那一個便嚷道：「那不是紫鵑姐姐來了嗎！」紫鵑知道不好了，連忙擺手兒不叫嚷，趕忙進來看時，只見黛玉肝火上炎，兩顴紅赤。紫鵑覺得不妥，叫了黛玉的奶媽王奶奶來，一看，他便大哭起來。

這紫鵑因王奶媽有些年紀，可以仗個膽兒，誰知竟是個沒主意的人，反倒把紫鵑弄得

心裡七上八下。忽然想起一個人來，便命小丫頭急忙去請。你道是誰？原來紫鵑想起李宮裁是個孀居，今日寶玉結親，他自然迴避；況且園中諸事，向係李紈料理，所以打發人去請他。

李紈正在那裡給賈蘭改詩，冒冒失失的見一個丫頭進來回說：「大奶奶！只怕林姑娘不好了！那裡都哭呢。」李紈聽了，嚇了一大跳，也不及問了，連忙站起身來便走。素雲碧月跟著。一頭走著，一頭落淚，想著：「姐妹在一處一場，更兼他那容貌才情，真是寡二少雙，惟有青女素娥可以彷彿一二，竟這樣小小的年紀就作了北邙鄉女[10]！偏偏鳳姐想出一條偷梁換柱之計，自己也不好過瀟湘館來，竟未能少盡姐妹之情，真真可憐可嘆！」一頭想著，已走到瀟湘館的門口。裡面卻又寂然無聲，李紈倒著起忙來：「想來必是已死，都哭過了，那衣衾裝裹未知妥當了沒有？」連忙三步兩步走進屋子來。裡間門口一個小丫頭已經看見，便說：「大奶奶來了！」紫鵑忙往外走，和李紈走了個對面。李紈忙問：「怎麼樣？」紫鵑欲說話時，惟有喉中哽咽的分兒，卻一字說不出，那眼淚一似斷線珍珠一般，只將一隻手回過去指著黛玉。

李紈看了紫鵑這般光景，更覺心酸，也不再問，連忙走過來看時，那黛玉已不能言。李紈輕輕叫了兩聲。黛玉卻還微微的開眼，似有知識之狀，但只眼皮嘴唇微有動意，口內尚有出入之息，卻要一句話、一點淚，也沒有了。

李紈回身，見紫鵑不在跟前，便問雪雁。雪雁道：「他在外頭屋裡呢。」李紈連忙出來，只見紫鵑在外間空床上躺著，顏色青黃，閉了眼，只管流淚，那鼻涕眼淚把一個砌花錦邊的褥子已濕了碗大的一片。李紈連忙喚他，那紫鵑才慢慢的睜開眼，欠起身來。李

執道：「傻丫頭！這是什麼時候，且只顧哭你的！林姑娘的衣衾，還不拿出來給他換上，還等多早晚呢？難道他個女孩兒家，你還叫他失身露體，精著來，光著去嗎？」紫鵑聽了這句話，一發止不住痛哭起來。李紈一面也哭，一面著急，一面拭淚，一面拍著紫鵑的肩膀說：「好孩子！你把我的心都哭亂了！快著收拾他的東西罷，再遲一會子就不得了！」

正鬧著，外邊一個人慌慌張張跑進來，倒把李紈唬了一跳。看時，卻是平兒，跑進來，看見這樣，只是呆磕磕的發怔。李紈道：「你這會子不在那邊，作什麼來了？」說著，林之孝家的也進來了。平兒道：「奶奶不放心，叫來瞧瞧。既有大奶奶在這裡，我們奶奶就只顧那一頭兒了。」李紈點點頭兒。平兒道：「我也見見林姑娘。」說著，一面往裡走，一面早已流下淚來。

這裡李紈因和林之孝家的道：「你來得正好，快出去瞧瞧去，告訴管事的預備林姑娘的後事。妥當了，叫他來回我，不用到那邊去。」林之孝家的答應了，還站著。李紈道：「還有什麼話呢？」林之孝家的道：「剛才二奶奶和老太太商量了，那邊用紫鵑姑娘使喚呢。」李紈還未答言，只見紫鵑道：「林奶奶，你先請罷！等著人死了，我們自然是出去的，那裡用這麼——」說到這裡，卻又不好說了，因又改說道：「況且我們在這裡守著病人，身上也不潔淨。林姑娘還有氣兒呢，不時的叫我。」李紈在旁解說道：「當真的，林姑娘和這丫頭也是前世的緣法兒！倒是雪雁是他南邊帶來的，他倒不理會；惟有紫鵑，我看他兩個一時也離不開。」

林之孝家的頭裡聽了紫鵑的話，未免不受用；被李紈這一番話，卻也沒有說的了。又

見紫鵑哭得淚人一般，只好瞅著他微微的笑，說道：「紫鵑姑娘這些閑話倒不要緊，只是你卻說得，我可怎麼回老太太呢？況且這話是告訴得二奶奶的嗎？」正說著，平兒擦著眼淚出來道：「告訴二奶奶什麼事呢？」林之孝家的將方才的話說了一遍。平兒低了一回頭，說：「這麼著罷，就叫雪雁姑娘去罷。」李紈道：「他使得嗎？」平兒走到李紈耳邊說了幾句。李紈點點頭兒道：「雪姑娘使得嗎？」平兒道：「既是這麼著[4]，就叫雪雁過去也是一樣的。」林家的道：「那麼著，姑娘就快叫雪姑娘跟了我去。我先回了老太太和二奶奶。這可是大奶奶和姑娘的主意；再姑娘再各自回二奶奶去。」李紈道：「是了，你這麼大年紀，連這麼點子事還不擔呢！」林家的笑道：「不是：頭一宗，這件事，老太太和二奶奶辦事，我們都不能很明白；再者，又有大奶奶和平姑娘呢。」

說著，平兒已叫了雪雁出來。原來雪雁因這幾日黛玉嫌他小孩子家懂得什麼，便也把心冷淡了；況且聽是老太太和二奶奶叫，也不敢不去，連忙收拾了頭。平兒叫他換了新鮮衣服，跟著林家的去了。隨後平兒又和李紈說了幾句話。李紈又囑咐平兒打那麼[11]，催著林家的叫他男人快辦了來。

平兒答應出來，轉了個彎子，看見林家的帶著雪雁在前頭走呢，趕忙叫住道：「我帶了他去罷。你先告訴林大爺辦林姑娘的東西去罷。奶奶那裡我替回就是了。」那林家的答應著去了。這裡平兒帶了雪雁到了新房子裡回明了，自去辦事。

卻說雪雁看見這個光景，想起他家姑娘，也未免傷心，只是在賈母鳳姐跟前不敢露

出，因又想道：「也不知用我作什麼？我且瞧瞧。寶玉一日家和我們姑娘好得蜜裡調油，這時候總不見面了，這不知是真病假病。只怕是怕我們姑娘惱，假說丟了玉，裝出傻子樣兒來，叫那一位寒了心，他好娶寶姑娘的意思。我索性看看他，看他見了我傻不傻。難道今兒還裝傻麼？」一面想著，已溜到裡間屋子門口，偷偷兒的瞧。

這時寶玉雖因失玉昏憒，但只聽見娶了黛玉為妻，真乃是從古至今、天上人間、第一件暢心滿意的事了，那身子頓覺健旺起來，只不過不似從前那般靈透，所以鳳姐的妙計，百發百中，巴不得就見黛玉，盼到今日完姻，真樂得手舞足蹈，雖有幾句傻話，卻與病時光景大相懸絕了。雪雁看了，又是生氣，又是傷心，他那裡曉得寶玉的心事？便各自走開。

這裡寶玉便叫襲人快快給他裝新，坐在王夫人屋裡，看見鳳姐尤氏忙忙碌碌，再盼不到吉時，只管問襲人道：「林妹妹打園裡來，為什麼這麼費事，還不來？」襲人忍著笑道：「等好時辰呢。」又聽見鳳姐和王夫人說道：「雖然有服，外頭不用鼓樂，咱們家的規矩要拜堂的，冷清清的使不得。我傳了家裡學過音樂管過戲的那些女人來，吹打著熱鬧些。」王夫人點頭說：「使得。」

一時，大轎從大門進來，家裡細樂[12]迎出去，十二對宮燈排著進來，倒也新鮮雅致。儐相[13]請了新人出轎，寶玉見喜娘[14]披著紅，扶著新人，蒙著蓋頭[15]。下首扶新人的，你道是誰？原來就是雪雁。寶玉看見雪雁，猶想：「因何紫鵑不來，倒是他呢？」又想道：「是了，雪雁原是他南邊家裡帶來的；紫鵑是我們家的，自然不必帶來。」因此，見了雪

雁竟如見了黛玉的一般歡喜。儐相喝禮，拜了天地，請出賈政夫婦，登堂行禮畢，送入洞房。還有坐帳等事❺，俱是按本府舊例❻，不必細說。賈政原為賈母作主，不敢違拗，不信沖喜之說。那知今日寶玉居然像個好人，賈政見了，倒也喜歡。

那新人坐了帳就要揭蓋頭的。鳳姐早已防備，請了賈母王夫人等進去照應。寶玉此時到底有些傻氣，便走到新人跟前說道：「妹妹，身上好了？好些天不見了。蓋著這勞什子作什麼？」欲待要揭去，反把賈母急出一身冷汗來。寶玉又轉念一想道：「林妹妹是愛生氣的，不可造次了。」又歇了一歇，仍是按捺不住，只得上前揭了蓋頭；喜娘接去。雪雁走開，鶯兒上來伺候。寶玉睜眼一看，好像是寶釵，心中不信，自己一手持燈，一手擦眼一看，可不是寶釵麼！只見他盛妝艷服，豐肩嬝體，鬒低鬟嚲[16]，眼瞤息微[17]。論雅淡，似荷粉露垂；看嬌羞，真是杏花烟潤了❼。

寶玉發了一回怔，又見鶯兒立在旁邊，不見了雪雁。此時心無主意，自己反以為是夢中了，呆呆的只管站著。眾人接過燈去，扶著坐下，兩眼直視，半語全無。賈母恐他病發，親自過來招呼著❽。鳳姐尤氏請了寶釵進入裡間坐下。寶釵此時自然是低頭不語。

寶玉定了一回神，見賈母王夫人坐在那邊，便輕輕的叫襲人道：「我是在那裡呢？這不是作夢麼？」襲人道：「你今日好日子，什麼夢不夢的混說！老爺可在外頭呢！」寶玉悄悄的拿手指著道：「坐在那裡的這一位美人兒是誰？」襲人握了自己的嘴，笑得說不出話來，半日才說道：「那是新娶的二奶奶。」眾人也都回過頭去，忍不住的笑。寶玉又道：「好糊塗！你說『二奶奶』，到底是誰？」襲人道：「寶姑娘。」寶玉道：「林姑娘

呢?」襲人道:「老爺作主娶的是寶姑娘,怎麼混說起林姑娘來?」寶玉道:「我才剛看見林姑娘了麼,還有雪雁呢。怎麼說沒有?──你們這都是作什麼玩呢?老太太不依的。」鳳姐便走上來,輕輕的說道:「寶姑娘在屋裡坐著呢,別混說。回來得罪了他,老太太不依的。」

寶玉聽了,這會子糊塗得更利害了。本來原有昏憒的病,加以今夜神出鬼沒,更叫他不得主意,便也不顧別的,口口聲聲只要找林妹妹去。賈母等上前安慰,無奈他只是不懂。又有寶釵在內,又不好明說。知寶玉舊病復發,也不講明,只得滿屋裡點起安息香來,定住他的神魂,扶他睡下。眾人鴉雀無聞。停了片時,寶玉便昏沉睡去,賈母等才略略放心,只叫鳳姐去請寶釵安歇。寶釵置若罔聞,也便和衣在內暫歇。賈政在外,未知內裡原由,只就方才眼見的光景想來,心下倒放寬了。恰是明日就是起程的吉日,略歇了一歇,眾人賀喜送行。賈母見寶玉睡著,也回房去暫歇。

次早,賈政辭了宗祠,過來拜別賈母,稟稱:「不孝遠離,惟願老太太順時頤養[18]。兒子一到任所,即修稟[19]請安,不必掛念。寶玉的事,已經依了老太太完結,只求老太太訓誨[20]。」賈母恐賈政在路不放心,並不將寶玉復病的話說起,只說:「我有一句話,寶玉昨夜完姻,並不是同房,今日你起身,必該叫他遠送才是。但他因病沖喜,如今才好些,又是昨日一天勞乏,出來恐怕著了風。故此問你:你叫他送呢,即刻去叫他;你若疼他,就叫人帶了他來你見見,叫他給你磕個頭就算了。」賈政道:「叫他送什麼?只要他從此以後認真念書,比送我還喜歡呢。」賈母聽了,又放了一條心。便叫賈政坐著,叫鴛鴦去了不多一會,果然寶玉來了,仍是叫他行禮他便行禮。只可喜此時❾寶玉見了他,如此如此,帶了寶玉,叫襲人跟著來。

鴛鴦去了不多一會,果然寶玉來了,仍是叫他行禮他便行禮。只可喜此時❾寶玉見了

父親，神志略斂些，片時清楚，也沒什麼大差。賈政吩咐了幾句，寶玉答應了。賈政叫人扶他回去了，自己回到王夫人房中，又切實的叫王夫人管教兒子，「斷不可如前驕縱。明年鄉試[21]，務必叫他下場[22]。」王夫人一一的聽了，也沒提起別的，即忙命人攙扶著寶釵過來，行了新婦送行之禮，也不出房。其餘內眷俱送至二門而回。賈珍等也受了一番訓飭。

大家舉酒送行，一班子弟及晚輩親友直送至十里長亭[23]而別。

不言賈政起程赴任。且說寶玉回來，舊病陡發，更加昏憒，連飲食也不能進了。未知性命如何，且看下回分解。

校記

❶〔張羅〕，藤本、王本作「掛心」。
❷〔於是〕，原作「也是」，從藤本、王本改。
❸〔當晚〕，原作「今晚」，從藤本、王本改。
❹〔這麼著〕，原作「著麼著」，從藤本、王本改。
❺〔還有坐帳等事〕，藤本、王本作「還有坐床撒帳等事」。下文「坐了帳」亦作「坐了床」。
❻〔本府舊例〕，藤本、王本作「金陵舊例」。
❼〔論雅淡〕、「看嬌羞」等字樣，藤本、王本無。
❽〔親自過來招呼著〕，藤本、王本作「親自扶他上床」。
❾〔他便行禮只可喜此時〕九字，藤本、王本無。

注釋

1 〔大禮〕
　指婚嫁。因為舊時代把男女婚姻看作一生的大事。

2 〔說結了〕
　說定了。

3 〔燈虎兒〕
　即燈謎。把謎語寫好貼在燈上，供人猜測。

4 〔泥金庚帖〕
　泥金，用金屬粉末製成的金色顏料，這裡指塗有金色顏料的紅紙。在這種紙上，議婚的雙方都寫上自己一方結婚人的出生年月日，稱庚帖。舊時，議婚時雙方要交換庚帖。

5 〔過禮〕
　舊時男女訂婚時互送禮物，叫「過禮」。

6 〔挑飭〕
　苛細的選擇和責備。

7 〔通書〕
　舊時婚禮，男方通知女方迎娶的日期的帖子。

8 〔羊酒〕 舊時羊和酒是隆重的賀禮。這裡指用羊酒作訂婚禮物。

9 〔抖摟〕 打開、掀動，又有「抖晾」、「抖落」的意思。這裡指因掀開衣被而受感冒。

10 〔北邙鄉女〕 北邙，在洛陽北郊，是古代貴族、官員的葬地；後來也用作一般葬地的代稱。這裡說黛玉作了死葬異鄉的女子了。

11 〔那麼〕 這裡作「那邊」講。

12 〔細樂〕 管弦樂，和聲重的打擊樂相對而言。

13 〔儐（ㄅㄧㄣ bīn）相〕 舊時舉行婚禮，陪伴新郎的男子和陪伴新娘的女子。

14 〔喜娘〕 舊式結婚時照料新娘的婦女。

15 〔蓋頭〕 舊時女子出嫁舉行婚禮時用以蒙頭的絲巾或花布。

16 〔鬟低鬢嚲（ㄉㄨㄛˇ duǒ）〕 指女子因嬌羞而低著頭。嚲，下垂的樣子。

17 〔眼瞤（ㄕㄨㄣˋ shùn）息微〕 眼睛在動，呼吸微弱。瞤，眼睛動的樣子。

18 〔順時頤（ㄧˊ yí）養〕 適應季節的寒暑變化，注意保養自己身體。頤養，保養。

19 〔修稟〕 給長輩寫信。修，書寫。稟，舊時對長輩或上司陳述事情叫稟。

20 〔訓誨〕 教訓，開導。

21 〔鄉試〕 明、清兩代每三年一次，在各省省城（包括京城）舉行的考試。考期在八

22 〔下場〕

23 〔十里長亭〕

月，考中者為舉人。

進考場。

「白孔六帖」卷九：「十里一長亭，五里一短亭。」亭，古時設在路旁供休息的亭舍，常用作與遠行的人餞別處。

【第九十八回】

苦絳珠魂歸離恨天　病神瑛淚灑相思地

話說寶玉見了賈政，回至房中，更覺頭昏腦悶，懶怠動彈，連飯也沒吃，便昏沉睡去。仍舊延醫診治，服藥不效，索性連人也認不明白了。大家扶著他坐起來，還是像個好人。一連鬧了幾天。那日恰是回九[1]之期，說是若不過去，薛姨媽臉上過不去；若說去呢，寶玉這般光景，明知是為黛玉而起[1]，欲要告訴明白，又恐氣急生變。寶釵是新媳婦，又難勸慰，必得姨媽過來才好。若不回九，姨媽嗔怪。便與王夫人鳳姐商議道：「我看寶玉竟是魂不守舍，起動是不怕的。用兩乘小轎，叫人扶著，從園裡過去，應了回九的吉期；以後請姨媽過來安慰寶釵，咱們一心一計的調治寶玉，可不兩全？」王夫人答應了，即刻預備。幸虧寶釵是個新媳婦，寶玉是個瘋傻的，由人撥弄過去了，寶釵也明知其事，心裡只怨母親辦得糊塗，事已至此，不肯多言。獨有薛姨媽看見寶玉這般光景，心裡懊悔，只得草草完事。

回家，寶玉越加沉重，次日連起坐都不能了，日重一日，甚至湯水不進。薛姨媽等忙了手腳，各處遍請名醫，皆不識病源。只有城外破寺中住著個窮醫姓畢別號知庵的，診得病源是悲喜激射，冷暖失調，飲食失時，憂忿滯中，正氣壅閉：此內傷外感之症。於是度

量用藥。至晚服了，二更後，果然省些人事，便要喝水。賈母王夫人等才放了心，請了薛姨媽帶了寶釵，都到賈母那裡，暫且歇息。

寶玉片時清楚，自料難保，見諸人散後，房中只有襲人，因喚襲人至跟前，拉著手哭道：「我問你，寶姐姐怎麼來的？我記得老爺給我娶了林妹妹過來，怎麼叫寶姐姐趕出去了？他為什麼霸占住在這裡？我要說呢，又恐怕得罪了他。你們聽見林妹妹哭得怎麼樣了？」襲人不敢明說，只得說道：「林姑娘病著呢。」寶玉又道：「我瞧瞧他去。」說著，要起來。那知連日飲食不進，身子豈能動轉，便哭道：「我要死了！我有一句心裡的話，只求你回明老太太：橫豎林妹妹也是要死的，我如今也不能保，兩處兩個病人，都要死的！死了越發難張羅，不如騰一處空房子，趁早把我和林妹妹兩個抬在那裡，活著也好一處醫治、伏侍，死了一處停放。你依我這話，不枉了幾年的情分！」襲人聽了這些話，又急，又笑，又痛❷。

寶釵恰好同著鶯兒過來，也聽見了，便說道：「你放著病不保養，何苦說這些不吉利的話呢？老太太才安慰了些，你又生出事來。老太太一生疼你一個，如今八十多歲的人了，雖不圖你的誥封，將來你成了人，老太太也看著樂一天，也不枉了老人家的苦心。太太更是不必說了，一生的心血精神，撫養了你這一個兒子，若是半途死了，太太將來怎麼樣呢？我雖是薄命❸，也不至於此：據此三件看來，你就要死，那天也不容你死的，所以你是不能死的❹。只管安穩著養個四五天後，風邪散了，太和正氣²一足，自然這些邪病都沒有了。」寶玉聽了，竟是無言可答，半晌，方才嘻嘻的笑道：「你是好些時不和我說話了，這會子說這些大道理的話給誰聽？」寶釵聽了這話，便又說道：「實告訴你說罷：

那兩日你不知人事的時候，林妹妹已經亡故了。」寶玉忽然坐起，大聲詫異道：「果真死了嗎？」寶釵道：「果真死了。豈有紅口白舌咒人死的呢！老太太、太太知道你姐妹和睦，你聽見他死了，自然你也要死，所以不肯告訴你。」

寶玉聽了，不禁放聲大哭，倒在床上，忽然眼前漆黑，辨不出方向，心中正自恍惚，只見眼前好像有人走來。寶玉茫然問道：「借問此是何處？」那人道：「此陰司泉路[3]。你壽未終，何故至此？」寶玉道：「適聞有一故人已死，遂尋訪至此，不覺迷途。」那人道：「故人是誰？」寶玉道：「姑蘇林黛玉。」那人冷笑道：「林黛玉生不同人，死不同鬼，無魂無魄，何處尋訪？凡人魂魄，聚而成形，散而為氣，生前聚之，死則散焉。常人尚無可尋訪，何況林黛玉呢？汝快回去罷。」寶玉聽了，呆了半晌，道：「既云死者散也，又如何有這個『陰司』呢？」那人冷笑道：「那『陰司』，說有便有，說無就無，皆為世俗溺於生死之說，設言以警世，便道上天深怒愚人 ── 或不守分安常；或生祿未終，自行夭折；或嗜淫欲，尚氣逞凶，無故自殞者：特設此地獄，囚禁陰司，除父母之外，囹一見苦，以償生前之罪。汝尋黛玉，是無故自陷也。且黛玉已歸太虛幻境，汝若有心尋訪，潛心修養，自然有時相見；如不安生，即以自行夭折之罪，囚禁陰司，圖一見黛玉，終不能矣。」那人說畢，袖中取出一石，向寶玉心口擲來。寶玉聽了這話，又被這石子打著心窩，嚇得即欲回家，只恨迷了道路。正在躊躇，忽聽那邊有人喚他。回首看時，不是別人，正是賈母、王夫人、寶釵、襲人等圍繞哭泣叫著，自己仍舊躺在床上。見案上紅燈，窗前皓月，依然錦繡叢中，繁華世界。定神一想，原來竟是一場大夢。渾身冷汗，覺得心內清爽。仔細一想，真正無可奈何，不過長嘆數聲。

起初❺寶釵早知黛玉已死，因賈母等不許眾人告訴寶玉知道，恐添病難治，自己卻深知寶玉之病實因黛玉而起，失玉次之，故趁勢說明，使其一痛決絕，神魂一歸❻，庶可療治。賈母、王夫人等不知寶釵的用意，深怪他造次，後來見寶玉醒了過來，方才放心，立刻到外書房請了畢大夫進來診視。那大夫進來診了脈，便道：「奇怪！這回脈氣沉靜，神安鬱散，明日進調理的藥，就可望好了。」眾人各自安心散去。

襲人起初深怨寶釵不該告訴，惟是口中不好說出。鴛兒背地也說寶釵道：「姑娘忒性急了。」寶釵道：「你知道什麼！好歹橫豎有我呢。」那寶釵任人誹謗，並不介意，只窺察寶玉心病，暗下針砭⁵。

一日，寶玉漸覺神志安定，雖一時想起黛玉，尚有糊塗。更有襲人緩緩的將「老爺選定的寶姑娘為人和厚，嫌林姑娘稟性古怪，原恐早夭。老太太恐你不知好歹，病中著急，所以叫雪雁過來哄你」的話，時常勸解。寶玉終是心酸落淚。欲待尋死，又想著夢中之言，又恐老太太、太太生氣，又不得撩開。又想黛玉已死，寶釵又是第一等人物，方信「金石姻緣」有定，自己也解了好些。寶釵看來不妨大事，於是自己心也安了，只在賈母王夫人等前盡行過家庭之禮後，便設法以釋寶玉之憂。寶玉雖不能時常坐起，亦常見寶釵坐在床前，禁不住生來舊病。寶釵每以正言解勸，以「養身要緊，你我既為夫婦，豈在一時」之語安慰他。那寶玉心裡雖不順遂，無奈日裡賈母王夫人及薛姨媽等輪流相伴，夜間寶釵獨去安寢，賈母又派人伏侍，只得安心靜養。又見寶釵舉動溫柔，就也漸漸的將愛慕黛玉的心腸略移在寶釵身上。此是後話。

卻說寶玉成家的那一日，黛玉白日已經昏暈過去，卻心頭口中一絲微氣不斷，把個李紈和紫鵑哭得死去活來。到了晚間，黛玉卻又緩過來了，微微睜開眼，似有要水要湯的光景。此時雪雁已去，只有紫鵑和李紈在旁。黛玉卻又緩過來了，黛玉閉著眼，靜養了一會子，覺得心裡似明似暗的。此時李紈見黛玉略緩，明知是回光返照[6]的光景，卻料著還有一半天耐頭，自己回到稻香村，料理了一回事情。

這裡黛玉睜開眼一看，只有紫鵑和奶媽並幾個小丫頭在那裡，便一手攥了紫鵑的手，使著勁說道：「我是不中用的人了！你伏侍我幾年，我原指望咱們兩個總在一處，不想我……」說著，又喘了一會子，閉了眼歇著。紫鵑見他攥著不肯鬆手，自己也不敢挪動。看他的光景，比早半天好些，只當還可以回轉，聽了這話，又寒了半截。半天，黛玉又說道：「妹妹！我這裡並沒親人，我的身子是乾淨的，你好歹叫他們送我回去！」說到這裡，又閉了眼不言語了，那手卻漸漸緊了，喘成一處，只是出氣大，入氣小，已經促疾[7]得很了。

紫鵑忙了，連忙叫人請李紈，可巧探春來了。紫鵑見了，忙悄悄的說道：「三姑娘！瞧瞧林姑娘罷！」說著，淚如雨下。探春過來，摸了摸黛玉的手，已經涼了，連目光也都散了。探春紫鵑正哭著，叫人端水來給黛玉擦洗，李紈趕忙進來了。三個人才見了，不及說話。剛擦著，猛聽黛玉直聲叫道：「寶玉！寶玉！你好……」說到「好」字，便渾身冷汗，不作聲了。紫鵑等急忙扶住，那汗愈出，身子便漸漸的冷了。探春李紈叫人亂著攏頭穿衣，只見黛玉兩眼一翻。嗚呼！

香魂一縷隨風散，愁緒三更入夢遙！

當時黛玉氣絕，正是寶玉娶寶釵的這個時辰。紫鵑等都大哭起來。李紈探春想他素日的可疼，今日更加可憐，便也傷心痛哭。因瀟湘館離新房子甚遠，所以那邊並沒聽見。一時，大家痛哭了一陣，只聽得遠遠一陣音樂之聲，側耳一聽，卻又沒有了。探春李紈走出院外再聽時，惟有竹梢風動，月影移牆，好不淒涼冷淡。

一時叫了林之孝家的過來，將黛玉停放畢，派人看守，等明早去回鳳姐。鳳姐因見賈母王夫人等忙亂，賈政起身，又為寶玉昏憒更甚，正在著急異常之時，若是又將黛玉的凶信回了，恐賈母王夫人愁苦交加，急出病來，只得親自到園。到了瀟湘館內 ❼，也不免哭了一場。見了李紈探春，知道諸事齊備，就說：「很好。只是剛才你們為什麼不言語，叫我著急？」探春道：「剛才送老爺，怎麼說呢？」鳳姐道：「這倒是你們兩個可憐他些。這麼著，我還得去招呼那個冤家呢。但是這件事好累墜！若是今日不回，使不得；若回了，恐怕老太太攔不住。」李紈道：「你去見機行事，得回再回方好。」鳳姐點頭，忙忙的去了。

鳳姐到了寶玉那裡，聽見大夫說不妨事，賈母王夫人略覺放心，鳳姐便背了寶玉，緩緩的將黛玉的事回明了。賈母王夫人聽得，都唬了一大跳。賈母眼淚交流，說道：「是我弄壞了他了！但只是這個丫頭也忒傻！」說著，便要到園裡去哭他一場，又惦記著寶玉，兩頭難顧。王夫人等含悲共勸賈母：「不必過去，老太太身子要緊。」賈母無奈，只得叫王夫人自去。又說：「你替我告訴他的陰靈：『並不是我忍心不來送你，只為有個親

疏。你是我的外孫女兒，是親的了；若與寶玉比起來，可是寶玉比你更親些。倘寶玉有些不好，我怎麼見他父親呢！」說著，又哭起來。王夫人勸道：「林姑娘是老太太最疼的，但只壽夭有定，如今已經死了，無可盡心，只是葬禮上要上等的發送。一則可以少盡咱們的心；二則就是姑太太和外甥女兒的陰靈兒也可以少安了。」賈母聽到這裡，越發痛哭起來。

鳳姐恐怕老人家傷感太過，明仗著寶玉心中不甚明白，便偷偷的使人來撒個謊兒，哄老太太道：「寶玉那裡找老太太呢。」賈母聽見，才止淚問道：「不是又有什麼緣故？」鳳姐陪笑道：「沒什麼緣故，他大約是想老太太的意思。」賈母連忙扶了珍珠兒，鳳姐也跟著，過來。走至半路，正遇王夫人過來，一一回明了賈母，賈母自然又是哀痛的；只因要到寶玉那邊，只得忍淚含悲的說道：「既這麼著，我也不過去了，由你們辦罷。我看著心裡也難受，只別委屈了他就是了。」王夫人鳳姐一一答應了，賈母才過寶玉這邊來，見了寶玉，因問：「你作什麼找我？」寶玉笑道：「我昨日晚上看見林妹妹來了，他說要回南去。我想沒人留得住，還得老太太給我留一留他。」賈母聽著，說：「使得，只管放心罷。」襲人因扶寶玉躺下。

賈母出來，到寶釵這邊來。那時寶釵尚未回九，所以每每見了人，倒有些含羞之意。這一天，見賈母滿面淚痕，遞了茶，賈母叫他坐下。寶釵側身陪著坐了，才問道：「聽得林妹妹病了，不知他可好些了？」賈母聽了這話，那眼淚止不住流下來，因說道：「我的兒！我告訴你，你可別告訴寶玉。都是因你林妹妹，才叫你受了多少委屈！你如今作媳婦兒，我才告訴你：這如今你林妹妹沒了兩三天了，就是娶你的那個時辰死的。如今寶玉這

一番病，還是為著這個。你們先都在園子裡，自然也都是明白的。」寶釵把臉飛紅了；想到黛玉之死，又不免落下淚來。

自此，寶釵千回萬轉[8]，想了一個主意，只不肯造次，所以過了回九，才想出這個法子來。如今果然好些，然後大家說話才不致似前留神。

獨是寶玉雖然病勢一天好似一天，他的痴心總不能解，必要親去哭他一場。賈母等知他病未除根，不許他胡思亂想，怎奈他鬱悶難堪，病多反覆。倒是大夫看出心病，索性叫他開散了再用藥調理，倒可好得快些。寶玉聽說，立刻要往瀟湘館來。賈母等只得叫人抬了竹椅子過來，扶寶玉坐上，賈母王夫人即便先行。到了瀟湘館內，一見黛玉靈柩，賈母已哭得淚乾氣絕。鳳姐等再三勸住。王夫人也哭了一場。李紈便請賈母王夫人在裡間歇著，猶自落淚。寶玉一到，想起未病之先，來到這裡，今日屋在人亡，不禁嚎啕大哭。想起從前何等親密，今日死別，怎不更加傷感！眾人原恐寶玉病後過哀，都來解勸。寶玉已經哭得死去活來，大家攙歇息。其餘隨來的，如寶釵，俱極痛哭。

獨是寶玉必要叫紫鵑來見，問明姑娘臨死有何話說。紫鵑本來深恨寶玉，見如此，心裡已回過來些；又有賈母王夫人都在這裡，不敢灑落寶玉，便將林姑娘怎麼復病，怎麼燒毀帕子，焚化詩稿，並將臨死說的話一一的都告訴了。寶玉又哭得氣噎喉乾。探春趁便又將黛玉臨終囑咐帶柩回南的話也說了一遍。賈母王夫人又哭起來。多虧鳳姐能言勸慰，略略止些，便請賈母等回去。寶玉那裡肯捨？無奈賈母逼著，只得勉強回房。

賈母有了年紀的人，打從寶玉病起，日夜不寧，今又大痛一陣，已覺頭暈身熱，雖是不放心惦著寶玉，卻也扎掙不住，回到自己房中睡下。王夫人更加心痛難禁，也便回去，

派了彩雲幫著襲人照應，並說：「寶玉若再悲戚，速來告訴我們。」寶釵知是寶玉一時必

不能捨，也不相勸，只用諷刺的話說他。寶玉倒恐寶釵多心，也便飲泣收心。歇了一夜，

倒也安穩。明日一早，眾人都來瞧他，但覺氣虛身弱，心病倒覺去了幾分。那日薛姨媽過來探望，看見寶

玉精神略好，也就放心，暫且住下。

一日，賈母特請薛姨媽過去商量，說：「寶玉的命，都虧姨太太救的。如今想來不妨

了，獨委屈了你的姑娘。如今寶玉調養百日，身體復舊，又過了娘娘的功服，正好圓房。

要求姨太太作主，另擇個上好的吉日。」薛姨媽便道：「老太太主意很好，何必問我？寶

丫頭雖生得粗笨，心裡卻還是極明白的。他的情性，老太太素日是知道的。但願他們兩口

兒言和意順，從此老太太也省好些心，我姐姐也安慰些，我也放了心了。老太太就定個日

子。——還通知親戚不用呢？」賈母道：「寶玉和你們姑娘生來第一件大事，況且費了多

少周折，如今才得安逸，必要大家熱鬧幾天。親戚都要請的。一來酬願，二則咱們吃杯喜

酒，也不枉我老人家操了好些心。」

薛姨媽聽著，自然也是喜歡的，便將要辦妝奩的話也說了一番。賈母道：「咱們親上

作親，我想也不必這麼。若說動用的，他屋裡已經滿了；必定寶丫頭他心愛的要你幾件，

姨太太就拿了來。我看寶丫頭也不是多心的人，比不得我那外孫女兒⑧的脾氣，所以他不

得長壽。」說著，連薛姨媽也便落淚。恰好鳳姐進來，笑道：「老太太姑媽又想著什麼

了？」薛姨媽道：「我和老太太說起你林妹妹來，所以傷心。」鳳姐笑道：「老太太和姑

媽且別傷心。我剛才聽了個笑話兒來了，意思說給老太太和姑媽聽。」賈母拭了拭眼淚，

微笑道：「你又不知要編派誰呢？你說來，我和姨太太聽聽。說不笑，我們可不依。」只見那鳳姐未從張口，先用兩隻手比著，笑彎了腰了。未知他說出些什麼來，下回分解。

■ 校記

❶「明知是為黛玉而起」，諸本上有「賈母」二字。

❷「又急，又笑，又痛」，諸本作「便哭得哽噎氣噎」。

❸「薄命」，諸本作「命薄」。

❹「不能死的」，諸本作「不得死的」。

❺「起初」，藤本、王本作「而已」，連上文為句。

❻「一歸」，諸本作「歸一」。

❼「到了瀟湘館內」，「到了」原作「到裡」，從諸本改。

❽「外孫女兒」，「兒」字原作「見」，從諸本改。

■ 注釋

1　〔回九〕
　　舊時代習俗，新娘結婚三天後回娘家，叫作「回門」（見第一〇八回）；九天再回娘家，叫作「回九」。

2　〔太和正氣〕
　　又作大和正氣，道家認為此氣有益萬物生長。

3　〔陰司泉路〕
　　指陰間。陰司，陰間的官府；泉路，即泉下、地下，舊指人死後埋葬之處。

4　〔生祿〕
　　指人的壽限。古老說法，人的壽命長短是前生注定的。

5　〔針砭（ㄅㄧㄢ／biān）〕
　　砭，古代扎皮肉治病的石頭針。針砭，用治病來比喻幫人家改正過錯。續作者接著又寫寶玉「漸漸的愛慕黛玉的心移在寶釵身上」，這是對寶玉形象的歪曲。

6　〔回光返照〕
　　太陽將落時由於光線反射，天空在短暫時間內又發亮。常比喻人將死時神志忽然又清醒一下。

7 〔促疾〕 病勢危急。

8 〔千回萬轉〕 這裡是心裡反覆考慮的意思。

9 〔灑落〕 冷淡怠慢。

【第九十九回】

守官箴惡奴同破例　閡邸報老舅自擔驚

話說鳳姐見賈母和薛姨媽為黛玉傷心，便說：「有個笑話兒說給老太太和姑媽聽。」未從開口，先自笑了，因說道：「老太太和姑媽打量是那裡的笑話兒？就是咱們家的那二位新姑爺新媳婦啊！」賈母道：「怎麼了？」鳳姐拿手比著說道：「一個這麼坐著，一個這麼站著；一個這麼扭過去，一個這麼轉過來；一個又——」說到這裡，賈母已經大笑起來，說道：「你好生說罷！倒不是他們兩口兒，你倒把人惱得受不得了。」薛姨媽也笑道：「你往下直說罷，不用比了。」鳳姐才說道：「剛才我到寶兄弟屋裡，我聽見好幾個人笑。我只道是誰，巴著窗戶眼兒[2]一瞧，原來寶妹妹坐在炕沿上，寶兄弟站在地下。寶兄弟拉著寶妹妹的袖子，口口聲聲只叫：『寶姐姐！你為什麼不會說話了？你這麼說一句話，我的病包管全好！』寶妹妹卻扭著頭，只管躲。寶兄弟又作了一個揖，上去又拉寶妹妹的衣裳。寶妹妹急得一扯，寶兄弟自然病後是腳軟的，索性一栽，栽在寶妹妹身上。寶妹妹急得紅了臉，說道：『你越發比先不尊重了！』說到這裡，賈母和薛姨媽都笑起來。鳳姐又道：「寶兄弟站起來，又笑著說：『虧了這一栽，好容易才栽出你的話來了！』」薛姨媽笑道：「這是寶丫頭古怪。這有什麼？既作了兩口兒，說說笑笑的怕什

麼？他沒見他璉二哥和你。」鳳姐兒紅了臉笑道：「這是怎麼說？我饒說笑話兒給姑媽解悶兒，姑媽反倒拿我打起卦[3]來了。」賈母也笑道：「要這麼著才好。夫妻固然要和氣，也得有個分寸兒。我愛寶丫頭就在這尊重上頭。只是我愁寶玉還是那麼傻頭傻腦的，這麼說起來，比頭裡竟明白多了。你再說說，還有什麼笑話兒沒有？」鳳姐道：「明兒寶玉圓了房兒，親家太太抱了外孫子，那時候兒不更是笑話兒了麼？」賈母笑道：「猴兒！我在這裡和姨太太想你林妹妹，你來慪個笑話兒還罷了，怎麼躁起皮[4]來了！你不叫我們想你林妹妹？你不用太高興了，你林妹妹恨你，將來你別獨自一個兒到園裡去，提防他拉著你不依。」鳳姐笑道：「他倒不怨我，他臨死咬牙切齒，倒恨寶玉呢。」賈母薛姨媽聽著還道是玩話兒，也不理會，便道：「你別胡扯拉了。你去叫外頭挑個很好的日子給你寶兄弟圓了房兒罷。」鳳姐答應著，又說了一回話兒，便出去叫人擇了吉日，重新擺酒，唱戲，請人，不在話下。

卻說寶玉雖然病好，寶釵有時高興，翻書觀看，談論起來，寶玉所有常見的，尚可記憶，若論靈機兒，大不似先，連他自己也不解。寶釵明知是「通靈」失去，所以如此。倒是襲人時常說他：「你為什麼把從前的靈機兒都沒有了？倒是忘了舊毛病也好，怎麼脾氣還照舊，獨道理上更糊塗了呢？」寶玉聽了，並不生氣，反是嘻嘻的笑。有時寶玉順性胡鬧，虧寶釵勸著，略覺收斂些。襲人倒可少費些唇舌，惟知悉心伏侍。別的丫頭素仰寶釵貞靜和平，各人心服，無不安靜。

只有寶玉到底是愛動不愛靜的，時常要到園裡去逛。賈母等一則怕他招受寒暑，二則恐他睹景傷情，雖黛玉之柩已寄放城外庵中，然而瀟湘館依然人亡屋在，不免勾起舊病

來，所以也不使他去。況且親戚姐妹們，薛寶琴①已回到薛姨媽那邊去了；史湘雲因史侯

回京，也接了家去了，又有了出嫁的日子，所以不大常來。只有寶玉娶親那一日，與吃喜

酒這天，來過兩次，也只在賈母那邊住下，為著寶玉已經娶過親的人，又想自己就要出嫁

的，也不肯如從前的詼諧談笑，就是有時過來，也只和寶釵說話，見了寶玉，不過問好而

已；那邢岫烟卻是因迎春出嫁之後，便隨著邢夫人過去，李家姐妹也另住在外，即同著李

嬸娘過來，亦不過到太太們和姐妹們處請安問好，即回到李紈那裡略住一兩天就去了；所

以園內的只有李紈、探春、惜春了。賈母還要將李紈等挪進來，為著元妃薨後，家中事情

接二連三，也無暇及此。現今天氣一天熱似一天，園裡尚可住得，等到秋天再挪。此是後

話，暫且不提。

且說賈政帶了幾個在京請的幕友⁵，曉行夜宿，一日，到了本省，見過上司，即到任

拜印受事，便查盤各屬州縣糧米倉庫。賈政向來作京官，只曉得郎中事務都是一景兒⁶的

事情；就是外任，原是學差，也無關於吏治⁷上，所以外省州縣，折收糧米，勒索鄉愚，

這些弊端，雖也聽見別人講究，卻未嘗身親其事，只有一心作好官。便與幕賓商議，出示

嚴禁，並諭以一經查出，必定詳參揭報⁸。初到之時，果然胥吏⁹畏懼，便百計鑽營；偏遇

賈政這般古執。那些家人，跟了這位老爺，在都中一無出息，好容易盼到主人放了外任，

便在京指著在外發財的名兒向人借貸作衣裳，裝體面，心裡想著到了任，銀錢是容易的

了。不想這位老爺呆性發作，認真要查辦起來，州縣饋送，一概不受。門房簽押¹⁰等人，

心裡盤算道：「我們再挨半個月，衣裳也要當完了，賬又逼起來，那可怎麼樣好呢？眼見

得白花花的銀子，只是不能到手。」那些長隨11也道：「你們爺們到底還沒花什麼本錢來

的。我們才冤：花了若干的銀子，打了個門子，來了一個多月，連半個錢也沒見過！想來

跟這個主兒是不能撈本兒的了。明兒我們齊打夥兒告假去。」次日，果然聚齊，都來告

假。賈政不知就裡，便說：「要來也是你們，要去也是你們。既嫌這裡不好，就都請

便。」

那些長隨怨聲載道而去，只剩下些家人，又商議道：「他們可去的去了，我們去不了

的，到底想個法兒才好。」內中有一個管門的叫李十兒，便說：「你們這些沒能耐的東

西，著什麼急呢！我見這『長』字號兒的在這裡，不犯給他出頭。如今都餓跑了，瞧瞧十

太爺的本領，少不得本主兒依我！只是要你們齊心，打夥兒弄幾個錢，回家受用；若不隨

我，我也不管了，橫豎拚得過你們。」眾人都說：「好十爺！你還主兒信得過。若你不

管，我們實在是死症了。」李十兒道：「別等我出了頭，得了銀錢，又說我得了大分兒

了，窩兒裡反起來，大家沒意思。」眾人道：「你萬安，沒有的事。就沒有多少，也強似

我們腰裡掏錢。」

正說著，只是糧房書辦走來找周二爺。李十兒坐在椅子上，蹺著一隻腿，挺著腰，說

道：「找他作什麼？」書辦便垂手陪著笑，說道：「本官到了一個多月的任，這些州縣太

爺見得本官的告示利害，知道不好說話，到了這時候，都沒有開倉。若是過了漕12，你們

太爺們來作什麼的？」李十兒說：「你別混說，老爺是有根蒂的，說到那裡是要辦到那

裡。這兩天原要行文催兌，因我說了緩幾天，才歇的。你到底找我們周二爺作什麼？」書

辦道：「原為打聽催文的事，沒有別的。」李十兒道：「越發胡說！方才我說催文，你就

信嘴胡謅。可別鬼鬼祟祟來講什麼賬，我叫本官打了你，退你！」書辦道：「我在這衙門內已經三代了，外頭也有些體面，家裡還過得，就規規矩矩伺候本官升了還能夠，不像那些等米下鍋的。」說著，回了一聲：「二太爺，我走了。」李十兒便站起，堆著笑說：「這麼不禁玩！幾句話就臉急了？」李十兒過來拉著書辦的手，說：「不是我臉急，若再說什麼，豈不帶累了二太爺的清名[13]呢？」書辦道：「二太爺，我走了。」李十兒道：「你貴姓啊？」書辦道：「不敢，我姓詹，單名是個會字。從小兒也在京裡混了幾年。」李十兒道：「詹先生！我是久聞你的名的。我們弟兄們是一樣的。有什麼話，晚上到這裡，咱們說一說。」書辦也說：「誰不知道李十太爺是能事的！把我一詐，就嚇毛了。」大家笑著走開。那晚便與書辦咕唧了半夜。

第二天，拿話去探賈政，被賈政痛罵了一頓。隔一天拜客，裡頭吩咐伺候，外頭答應了。停了一會子，打點已經三下了，大堂上沒有人接鼓，好容易叫個人來打了鼓。賈政踱出暖閣，站班喝道的衙役只有一個。賈政也不查問，在堦下上了轎，等轎夫，又等了好一回，來齊了，抬出衙門，那個炮只響得一聲。吹鼓亭的鼓手，只有一個打鼓，一個吹號筒。賈政便也生氣，說：「往常還好，怎麼今兒不齊集至此？」抬頭看那執事，卻是攙前落後。勉強拜客回來，便傳誤班的要打。有的說因沒有帽子誤的；有的說是號衣[14]當了誤的；又有說是三天沒吃飯抬不動的。賈政生氣，打了一兩個，也就罷了。

隔一天，管廚房的上來要錢，賈政將帶來銀兩付了。以後便覺樣樣不如意，比在京的時候倒不便了好些，無奈，便喚李十兒問道：「跟我來這些人，怎麼都變了？你也管管。現在帶來銀兩，早使沒有了。藩庫[15]俸銀尚早，該打發京裡取去。」李十兒稟道：「奴才那一天不說他們？不知道怎麼樣，這些人都是沒精打彩的，叫奴才也沒法兒。老爺說家裡

取銀子，取多少呢？現在打聽節度衙門這幾天有生日，別的府道老爺都上千上萬的送了，我們到底送多少呢？」賈政道：「為什麼不早說？」李十兒說：「老爺最聖明的。我們新來乍到，又不與別位老爺很來往，誰肯送信？巴不得老爺不去，好想老爺的美缺呢。」賈政道：「胡說！我這官是皇上放的，不給節度作生日，便叫我不作不成！」李十兒笑著回道：「老爺說的也不錯，京裡離這裡很遠，凡百的事，都是節度奏聞，他說好便好，說不好便吃不住。到得明白，已經遲了。就是老太太、太太們，那個不願意老爺在外頭烈烈轟轟的作官呢？」

賈政聽了這話，也自然心裡明白，道：「我正要問你，為什麼不說起來？」李十兒回說：「奴才本不敢說，老爺既問到這裡，若不說，是奴才沒良心；若說了，少不得老爺又生氣。」賈政道：「只要說得在理。」李十兒說道：「那些書吏衙役，都是花了錢買著糧道的衙門，那個不想發財？俱要養家活口，自從老爺到任，並沒見為國家出力，倒先有了口碑載道。16」賈政道：「民間有什麼話？」李十兒道：「百姓說：『凡有新到任的老爺，告示出得越利害，越是想錢的法兒。州縣害怕了，好多多的送銀子。』收糧的時候，衙門裡便說，新道爺的法令，明是不敢要錢，反說不諳民情，這一留難打諒17，好多的送銀子。那些鄉民心裡願意花幾個錢，早早了事。所以那些人不說老爺好，反說不識時務，能夠上和下睦，這就是本家大人，是老爺最相好的，他不多幾年，已巴到極頂的分兒，也只為識時達務，能夠上和下睦罷了。」賈政聽到這話，說道：「胡說！我就不識時務嗎？若是上和下睦，叫我與他們『貓鼠同眠』嗎？」李十兒回說道：「奴才為著這點心兒不敢掩住，才這麼說。若是老爺就是這樣作去，到了功不成、名不就的時候，老爺說奴才沒良心，有什麼話，不告訴老爺。」

賈政道：「依你怎麼作才好？」李十兒道：「也沒有別的，趁著老爺的精神年紀，裡頭的照應，老太太的硬朗，為顧著自己就是了。不然，到不了一年，老爺家裡的錢也都貼補完了，還落了自上至下的人抱怨，都說老爺是作外任的，自然弄了錢藏著受用。倘遇著一兩件為難的事，誰肯幫著老爺？那時辦也辦不清，悔也悔不及！」賈政道：「據你一說，是叫我作貪官嗎？送了命還不要緊，必定將祖父的功勳抹了才是？」李十兒回稟道：「老爺極聖明的人，沒看見舊年犯事的幾位老爺嗎？這幾位都與老爺相好，老爺常說是個作清官的，如今名在那裡？現有幾位親戚，老爺向來說他們不好的，如今升的升，遷的遷。只在要作得好就是了。老爺要知道：民也要顧，官也要顧。若是依著老爺，不准州縣得一個大錢，外頭這些差使誰辦？只要老爺外面還是這樣清名聲原好；裡頭的委屈，只要奴才辦去，關礙不著老爺的。奴才跟主兒一場，到底也要掏出良心來。」賈政被李十兒一番言語，說得心無主見，道：「我是要保性命的！你們鬧出來不與我相干！」說著，便踱了進去。

李十兒便自己作起威福，鉤連內外一氣的哄著賈政辦事，反覺得事事周到，件件隨心，所以賈政不但不疑，反都相信。便有幾處揭報，上司見賈政古樸忠厚，也不查察。惟是幕友們耳目最長，見得如此，得便用言規諫，無奈賈政不信，也有辭去的，也有與賈政相好在內維持的。於是，漕務[18]事畢，尚無隄越[19]。

一日，賈政無事，在書房中看書。簽押上呈進一封書子，外面官封，上開著「鎮守海門[20]等處總制[21]公文一角[22]，飛遞江西糧道衙門」。賈政拆封看時，只見上寫道：

金陵契好，桑梓情深[23]。昨歲供職來都，竊喜常依座右；仰蒙雅愛，許結「朱陳」[24]，至今佩德勿諼[25]。只因調任海疆，未敢造次奉求，衷懷歉仄，自嘆無緣。今幸榮戔遙臨[27]，快慰平生之願；正申燕賀[28]，先蒙翰教[29]，邊帳先生，武夫額手[30]；雖隔重洋，尚叨樾蔭[31]。想蒙不棄卑寒，希望蔦蘿[32]之附；小兒已承青盼，淑媛[33]素仰芳儀[34]。如蒙踐諾[35]，即遣冰人[36]。途路雖遙，一水可通；不敢云百輛之迎，敬備仙舟以俟。茲修寸幅[37]，恭賀升祺[38]，並求金允[39]。臨穎不勝待命之至[40]！

世弟周瓊頓首

賈政看了，心想：「兒女姻緣，果然有一定的。舊年因見他就了京職，又是同鄉的人，素來相好，又見那孩子長得好，在席間原提起這件事。因未說定，也沒有與他們說起。後來他調了海疆，大家也不說了。不料我今升任至此，他寫書來問。我看起門戶，卻也相當，與探春倒也相配。但是我並未帶家眷，只可寫字與他商議。」正在躊躇，只見門上傳進一角文書，是議取到省會議事件，賈政只得收拾上省，候節度派委。

一日，在公館閑坐，見桌上堆著許多邸報。賈政一看去，見刑部一本：「為報明事，會看得金陵籍行商薛蟠……」賈政便吃驚道：「了不得！已經提本了！」隨用心看下去，是薛蟠毆傷張三身死，串囑尸證，捏供誤殺一案。賈政一拍桌道：「完了！」只得又看底下，是：

據京營節度使咨[41]稱：「緣薛蟠籍隸金陵，行過太平縣，在李家店歇宿，與店內當槽[42]

之張三素不相認。於某年月日，薛蟠令店主備酒邀請太平縣民吳良同飲，令當槽張三取酒。因酒不甘，薛蟠令換好酒。張三因稱酒已沽定，難換。薛蟠因伊倔強，將酒照臉潑去，不期去勢甚猛，恰值張三低頭拾箸，一時失手，將酒碗擲在張三顖門，皮破血出，逾時殞命。李店主趨救不及，隨向張三之母告知。伊母張王氏往看，見已身死，隨喊稟地保[43]，赴縣呈報。前署縣[44]詣驗，仵作將骨破一寸三分及腰眼一傷，漏報填格，詳府審轉。看得薛蟠實係潑酒失手，擲碗誤傷張三身死，將薛蟠照過失殺人，准鬥殺罪收贖。」等因前來。臣等細閱各犯證尸親前後供詞不符，且查鬥殺律注云：相爭為鬥，相打為毆。必實無爭鬥情形，避[45]近身死，方可以過失殺定擬。應令該節度審明實情，妥擬具題[46]。今據該節度疏[47]稱薛蟠因張三不肯換酒，醉後拉著張三右手，先毆腰眼一拳，張三被毆回罵，薛蟠將碗擲出，致傷顖門深重，骨碎腦破，立時殞命。是張三之死實由薛蟠以酒碗砸傷深重致死，自應以薛蟠擬抵，將薛蟠依鬥殺律擬絞監候[48]。吳良擬以杖徒[49]。承審不實之府州縣，應請……

以下注著「此稿未完」。

賈政因薛姨媽之托，曾托過知縣；若請旨革審[50]起來，牽連著自己，好不放心。即將下一本開看，偏又不是，只好翻來覆去，將報看完，終沒有接這一本的。心中狐疑不定，更加害怕起來。正在納悶，只見李十兒進來：「請老爺到官廳伺候去，大人衙門已經打了二鼓了。」賈政只是發怔，沒有聽見。李十兒又請一遍。賈政道：「這便怎麼處？」李十兒道：「老爺有什麼心事？」賈政將看報之事說了一遍。李十兒道：「老爺放心。若是部

裡這麼辦了，還算便宜薛大爺呢！奴才在京的時候，聽見薛大爺在店裡叫了好些媳婦兒，都喝醉了生事，直把個當槽兒的活活兒打死了。奴才聽見不但是托了知縣，還求璉二爺去花了好些錢，各衙門打通了，才提的，不知道怎麼部裡沒有弄明白。如今就是鬧破了，也是官官相護的，不過認個承審不實，革職處分罷咧，那裡還肯認得銀子聽情的話呢？老爺不用想，等奴才再打聽罷，倒別誤了上司的事。」賈政道：「你們那裡知道？只可惜那知縣聽了一個情，把這個官都丟了，還不知道有罪沒有罪！」李十兒道：「如今想他也無益，外頭伺候著好半天了，請老爺就去罷。」賈政不知節度傳辦何事，且聽下回分解。

■ 校記

❶ 「薛寶琴」原作「為寶琴」，從藤本、王本改。

■ 注釋

1 〔守官箴（ㄓㄣ／zhēn）〕

箴，勸告，勸戒。官箴，本指古代百官對帝王的規勸，後來變為作官應該遵守的道德規則。守官箴，指賈政嚴格遵守道德規則，為朝廷效勞。

2 〔巴著窗戶眼兒〕

即貼近窗戶眼兒。

3 〔打卦〕

原指占卦，這裡有「打趣」、「取笑」的意思。

4 〔燥皮〕

即燥皮，尋開心的意思。

5 〔幕友〕

原指將帥幕府中的參謀、書記等，後用為地方軍政官延用的辦理文書、刑名、錢穀等輔助人員的通稱。也叫幕僚、幕賓。

6 〔一景兒〕

一宗事情，這裡指同一類的事情。

7 〔吏治〕

官吏治事的成績。

8 〔詳參揭報〕

把詳細情況揭發上報。

9 〔胥吏〕

舊時在官府中辦理文書的小官。

10 〔簽押〕

清代衙門辦理公文的處所，稱為「簽押房」；「簽押」指在「簽押房」辦事的人。下文「簽押上」，如同說「簽押房方面」。

11 〔長隨〕

舊時隨從官吏聽候使喚的僕役，也叫跟班。

12 【過了漕（ㄘㄠˊ／cáo）】 過了交糧日期。

13 【清名】 清白廉潔的名聲。

14 【號衣】 舊時兵士、差役所穿的帶記號的衣服。

15 【藩庫】 即省庫。因為清代專管一省的財賦和人事的官吏稱藩司，所以省庫也叫藩庫。

16 【口碑載道】 滿路都是稱頌的聲音。這裡是反語。

17 【扣蹬】 對付、應付。

18 【漕務】 水道運糧的事務。

19 【隕（ㄩㄣˇ／yǔn）越】 顛墜。這裡是失敗、失職的意思。

20 【海門】 在今浙江蕭山縣東北。

21 【總制】 即總督。

22 【一角】 古代公文一份稱一角。

23 【桑梓情深】 桑和梓都是古代家宅旁栽的樹，後用作故鄉的代稱。桑梓情深，指同鄉感情深厚。

24 【朱陳】 古村名。白居易「朱陳村」詩：「徐州古豐縣，有村曰朱陳……一村唯兩姓，世世為婚姻。」後就用為聯婚的代稱。

25 【佩德勿諼（ㄒㄩㄢ xuān）】
佩，這裡是銘記在心的意思；勿諼，不會忘記。句意：銘記您對我的好處，不會忘記。

26 【衷懷歉仄（ㄗㄜˋ zè）】
心裡感到抱歉。

27 【棨（ㄑㄧˇ qǐ）戟遙臨】
棨戟，古代官吏出行時的一種儀仗，用木製成，狀如戟。這裡以儀仗代指官吏賈政。遙臨，從很遠的地方來臨。賈政從京都到江西，有數千里，所以說遙臨。唐代王勃「滕王閣序」：「都督閻公之雅望，棨戟遙臨。」

28 【燕賀】
「淮南子・說林訓」：「大廈成而燕雀相賀」。後用「燕賀」指祝賀新居落成。

29 【先蒙翰教】
先在書中蒙受你的教導。翰，毛筆，引申為書信。

30 【額手】
以手加額，表示歡迎。

31 【樾（ㄩㄝˋ yuè）蔭】
蔭庇。樾，樹蔭。

32 【蔦（ㄋㄧㄠˇ niǎo）蘿】
蔦和女蘿，兩種寄生植物。比喻同別人的親戚關係，有依附和自謙之意。

33 【淑媛（ㄩㄢˋ yuàn）】
符合道德規範的女子（指探春）。

34 【芳儀】
美好的儀容。

35 【踐諾】
實行自己的諾言。

36【冰人】舊時稱媒人為冰人。

37【寸幅】簡短的書信。

38【祺（くㄧˊ qí）】舊指吉祥，福氣。

39【金允】舊時請別人允許的客套話。

40【臨穎不勝待命之至】舊時寫信的套語。穎，筆頭，引申為寫。不勝待命之至，殷切地等候您的吩咐，是盼望答覆的謙詞。

41【咨（ㄗ zī）】舊時用於同級機關的一種公文。此處指咨文。

42【當槽】酒店裡的伙計。

43【地保】即里正。唐制百戶為一里，設里正一人。宋、金、元都沿用此名。作者故意用古官名。

44【署縣】即知縣，因他可以簽名（署名）在縣裡發號施令。

45【邂逅（ㄒㄧㄝˋ ㄏㄡˋ xiè hòu）】偶然碰見。

46【具題】備文呈報。

47【疏】奏疏。古代臣下向皇帝陳述事情的文書。

48【絞監候】清代法律規定，死刑罪犯不立刻執行，而暫行監禁，等秋審後再決定行刑的，叫監候。犯絞刑的，叫絞監候。

49【杖徒】即杖刑。舊時用大荊條或大竹板拷打屁股、腿或背的刑罰。

50【革審】革職審查。

【第一百回】

破好事香菱結深恨　悲遠嫁寶玉感離情

話說賈政去見節度使，進去了半日，不見出來，外頭議論不一。李十兒在外也打聽不出什麼事來，便想到報上的饑荒，實在也著急。好容易聽見賈政出來了，便迎上來跟著，等不得回去，在無人處，便問：「老爺進去這半天，有什麼要緊的事？」賈政笑道：「並沒有事。只為鎮海總制是這位大人的親戚，有書來囑托照應我，所以說了些好話。又說：『我們如今也是親戚了。』」李十兒聽得，心內喜歡，不免又壯了些膽子，便竭力慫恿賈政許這親事。

賈政心想薛蟠的事，到底有什麼掛礙，在外頭信息不通難以打點，故回到本任來便打發家人進京打聽；順便將總制求親之事回明賈母，如若願意，即將三姑娘接到任所。家人奉命，趕到京中回明了王夫人，便在吏部打聽得賈政並無處分，惟將署太平縣的這位老爺革職。即寫了稟帖，安慰了賈政，然後住著等信。

且說薛姨媽為著薛蟠這件人命官司，各衙門內不知花了多少銀錢，才定了誤殺具題。原打量將當鋪折變給人，備銀贖罪，不想刑部駁審，又托人花了好些錢，總不中用，依舊

定了個死罪，監著守候秋天大審。薛姨媽又氣又疼，日夜啼哭。寶釵雖時常過來勸解，說是：「哥哥本來沒造化！承受了祖父這些家業，就該安安頓頓的守著過日子。在南邊已經鬧得不像樣，便是香菱那件事情，就了不得。因為仗著親戚們的勢力，花了些銀錢，這算白打死了一個公子。哥哥就該改過，作起正經人來，也該奉養母親才是，不想進了京仍是這樣。媽媽為他，不知受了多少氣，哭掉了多少眼淚。給他娶了親，原想大家安安逸逸的過日子，不想命該如此，偏偏娶的嫂子又是一個不安靜的，所以哥哥躲出門去。真正俗語說的，『冤家路兒狹』，不多幾天就鬧出人命來了！媽媽和二哥哥也算不得不盡心的了：花了銀錢不算，自己還求三拜四的謀幹[1]。無奈命裡應該，也算自作自受。大凡養兒女是為著老來有靠，便是小戶人家，還要掙一碗飯養活母親；那裡有將現成的鬧光了，反害得老人家哭得死去活來的？不是我說，哥哥的這樣行為，不是兒子，竟是個冤家對頭。媽媽再不明白，明哭到夜，夜哭到明，又受嫂子的氣。我呢，又不能常在這裡勸解。我看見媽媽這樣，那裡放得下心！他雖說是傻，也不肯叫我回去。前兒老爺打發人回來說，看見京報，唬得了不得，所以才叫人來打點的。我想哥哥鬧了事，擔心的人也不少。幸虧我還在跟前的一樣；若是離鄉調遠，聽見了這個信，只怕我想媽媽也就想殺了！我求媽媽暫且養養神，趁哥哥的活口現在，問問各處的賬目。人家該咱們的，咱們該人家的，亦該請個舊伙計來算一算，看看還有幾個錢沒有。」薛姨媽哭著說道：「這幾天為鬧你哥哥的事，你來了，不是你勸我，就是我告訴你衙門的事。你還不知道：京裡官商的名字已經退了，兩個當鋪已經給了人家，銀子早拿來使完了。還有一個當鋪，管事的逃了，虧空了好幾千兩銀子，也夾在裡頭打官司。你二哥哥天天在外頭要賬，料著京裡的賬已經去了幾萬銀

子，只好拿南邊公分裡銀子和住房折變才夠。前兩天還聽見一個荒信，說是南邊的公分當

鋪也因為折了本兒收了。要是這麼著，你娘的命可就活不成了！」說著，又大哭起來。

寶釵也哭著勸道：「銀錢的事，媽媽操心也不中用，還有二哥哥給我們料理。單可恨

這些伙計們，見咱們的勢頭兒敗了，各自奔各自的去也罷了，我還聽見說幫著人家來擠我

們的訛頭²。可見我哥哥活了這麼大，交的人總不過是些個酒肉弟兄，急難中是一個沒有

的。媽媽要是疼我，聽我的話：有年紀的人自己保重些；媽媽這一輩子想來還不致挨凍受

餓。家裡這點子衣裳傢伙，只好任憑嫂子去，那是沒法兒的了。所有的家人老婆們，瞧他

們也沒心在這裡了，該去的叫他們去。只可憐香菱苦了一輩子，只好跟著媽媽。實在短什

麼，我要是有的，還可以拿些個來；他倒提起媽媽來就哭。我們那一個還打量沒事的，所以不大著

急；要聽見了，也是要嚎個半死兒的。」薛姨媽不等說完，便說：「好姑娘！你可別告訴

他！他為一個林姑娘，幾乎沒了命，如今才好了些。要是他急出個緣故來，不但你添一

層煩惱，我越發沒了依靠了！」寶釵道：「我也是這麼想，所以總沒告訴他。」

正說著，只聽見金桂跑來外間屋裡哭喊道：「我的命是不要的了！男人呢，已經是沒

有活的分兒了！咱們如今索性鬧一鬧，大夥兒到法場上去拚一拚！」說著，便將頭往隔斷

板³上亂撞，撞得披頭散髮。氣得薛姨媽白瞪著兩隻眼，一句話也說不出來。還虧了寶釵

「嫂子」長、「嫂子」短，好一句、歹一句的勸他。金桂道：「姑奶奶！如今你是比不得

頭裡的了。你兩口兒好好的過日子，我是個單身人兒，要臉作什麼！」說著，就要跑到街

上回娘家去。虧了人還多，拉住了，又勸了半天方住。把個寶琴嚇得再不敢見他。若是薛

蝌在家，他便抹粉施脂，描眉畫鬢，奇情異致的打扮收拾起來。不時打從薛蝌住房前過，或故意咳嗽一聲，明知薛蝌在屋裡，特問房裡是誰；有時遇見薛蝌，他便妖妖調調、嬌嬌痴痴的問寒問暖，忽喜忽嗔。丫頭們看見，都連忙躲開。他自己也不覺得，只是一心一意要弄得薛蝌感情時，好行寶蟾之計。那薛蝌卻只躲著，有時遇見也不敢不周旋他，倒是怕他撒潑放刁的意思。更加金桂一則為色迷心，越瞧越愛，越想越幻，那裡還看得出薛蝌的真假來？只有一宗，他見薛蝌有什麼東西都是托香菱收著；衣服縫洗，也是香菱；兩個人偶然說話，他來了，急忙散開；益發動了一個「醋」字。欲待發作薛蝌，卻是捨不得，只得將一腔隱恨都擱在香菱身上。卻又恐怕鬧了香菱得罪了薛蝌，倒弄得隱忍不發。

一日，寶蟾走來，笑嘻嘻的向金桂道：「奶奶，看見了二爺沒有？」金桂道：「沒有。」寶蟾笑道：「我說二爺的那種假正經是信不得的。咱們前兒送了酒去，他說不會喝，剛才我見他到太太那屋裡去，臉上紅撲撲的一臉酒氣。奶奶不信，回來只在咱們院子門口兒等他。他打那邊過來，奶奶叫住他問問，看他說什麼。」金桂聽了，一心的惱意，便道：「他那裡就出來了呢？他既無情義，問他作什麼？」寶蟾道：「奶奶又迂了。他好說，咱們也好說；他不好說，咱們再另打主意。」金桂聽著有理，因叫寶蟾：「瞧著他，看他出去了。」寶蟾答應著出來，金桂卻去打開鏡奩，又照了一照，把嘴唇兒又抹了一抹，然後拿一條灑花絹子，才要出來，又像忘了什麼的，心裡倒不知怎麼是好了。只聽寶蟾外面說道：「二爺，今日高興啊！那裡喝了酒來了？」金桂聽了，明知是叫他出來的意思，連忙掀起簾子出來。只見薛蝌和寶蟾說道：「今日是張大爺的好日子，所以被他們強不過，吃了半鍾。到這時候臉還發燒呢。」一句話沒說完，金桂早接口道：

注意 ❶

「自然人家外人的酒比咱們自己家裡的酒是有趣兒的！」薛蝌被他拿話一激，臉越紅了，連忙走過來陪笑道：「嫂子說那裡的話？」寶蟾見他二人交談，便躲到屋裡去了。這金桂初時原要假意發作薛蝌兩句，無奈一見他兩頰微紅，雙眸帶澀，別有一種謹願可憐之意，早把自己那驕悍之氣，感化到爪哇國去了。因笑說道：「這麼說，你的酒是硬強著才肯喝的呢！」薛蝌道：「我那裡喝得來？」金桂道：「不喝也好，強如像你哥哥喝出亂子來，明兒娶了你們奶奶兒，像我這樣守活寡受孤單呢！」說到這裡，兩個眼已經乜斜了，兩腮上也覺紅暈了。薛蝌見這話越發邪僻了，打算著要走。金桂也看出來了，那裡容得？早已走過來一把拉住。薛蝌急了道：「嫂子！放尊重些！」說著，渾身亂顫。金桂索性老著臉道：「你只管進來，我和你說一句要緊的話。」

正鬧著，忽聽背後一個人叫道：「奶奶！香菱來了。」把金桂唬了一跳。回頭瞧時，卻是寶蟾掀著簾子看他二人的光景，一抬頭見香菱從那邊走來了，趕忙知會金桂。金桂這一驚不小，手已鬆了。薛蝌得便脫身跑了。那香菱正走著，原不理會，忽聽寶蟾一嚷，才瞧見金桂在那裡拉住薛蝌，往裡死拽。香菱卻唬得心頭亂跳，自己連忙轉身回去。這裡金桂早已連嚇帶氣，呆呆的瞅著薛蝌去了，怔了半天，恨了一聲，自己掃興歸房。從此把香菱恨入骨髓。那香菱本是要到寶琴那裡，剛走出腰門[4]，看見這般，嚇回去了。

是日，寶釵在賈母屋裡，聽得王夫人告訴老太太要聘探春一事。賈母說道：「既是同鄉的人，很好。只是聽見說那孩子到過我們家裡，怎麼你老爺沒有提起？」王夫人道：「連我們也不知道。」賈母道：「好是好，但只道兒太遠。雖然老爺在那裡，倘或將來老

爺調任，可不是我們孩子太單了嗎？」王夫人道：「兩家都是作官的，也是拿不定。或者那邊還調進來；即不然，終有個葉落歸根[5]。況且老爺既在那裡作官，上司已經說了，好意思不給麼？想來老爺的主意定了，只是不敢作主，故遣人來回老太太的。」賈母道：「你們願意更好，但是三丫頭這一去了，不知三年兩年那邊可能回家？若再遲了，恐怕我趕不上再見他一面了！」說著，掉下淚來。王夫人道：「孩子們大了，少不得總要給人家的。就是本鄉本土的人，除非不作官還使得；要是作官的，誰保得住總在一處？只要孩子們有造化就好。譬如迎姑娘倒配得近呢，偏時常聽見他和女婿打鬧，甚至於不給飯吃。就是我們送了東西去，他也摸不著。近來聽見益發不好了，也不放他回來。兩口子拌起來，就說咱們使了他家的銀錢。可憐這孩子總不得個出頭的日子！前兒我悄記他，打發人去瞧他，迎丫頭藏在耳房裡，不肯出來。老婆們必要進去；看見我們姑娘這樣冷天還穿著幾件舊衣裳。他一包眼淚的告訴老婆們說：『回去別說我這麼苦，這也是我命裡所招！也不用送什麼衣裳東西來，不但摸不著，反要添一頓打，說是我告訴的！』老太太想想，這倒是近處眼見的，若不好，更難受。倒虧了大太太也不理會他，大老爺也不出個頭。如今迎姑娘實在比我們三等使喚的丫頭還不及。我想探丫頭雖不是我養的，老爺既看見過女婿，定然是好才許的。只請老太太示下；擇個好日子，多派幾個人，送到他老爺任上。該怎麼著，老爺也不肯將就。」賈母道：「有他老子作主，你就料理妥當，揀個長行的日子送去，也就定了一件事。」王夫人答應著「是」。寶釵聽得明白，也不敢則聲，只是心裡叫苦：「我們家的姑娘們就算他是個尖兒，如今又要遠嫁，眼看著這裡的人一天少似一天了。」見王夫人起身告辭出去，他也送出來了，一徑回到自己房中，並不與寶玉說知。見

襲人獨自一個作活，便將聽見的話說了。襲人也很不受用。

卻說趙姨娘聽見探春這事，反喜歡起來，心裡說道：「我這個丫頭，在家忒瞧不起我，我何從還是個娘？比他的丫頭還不著！況且沃上水，護著別人。他擋在頭裡，連環兒也不得出頭。如今老爺接了去，我倒乾淨！想要他孝敬我，不能夠了。只願意他像迎丫頭似的，我也稱稱願。」一面想著，一面跑到探春那邊與他道喜，說：「姑娘，你是要高飛的人了。到了姑爺那邊，自然比家裡還好，想來你也是願意的。就是養了你一場，並沒有借你的光兒。就是我有七分不好，也有三分的好，也別說❷一去了把我擱在腦杓子後頭。」探春聽著毫無道理，只低頭作活，一句也不言語。趙姨娘見他不理，氣忿忿的自己去了。

這裡探春又氣，又笑，又傷心，也不過自己掉淚而已。坐了一回，悶悶的走到寶玉這邊來。寶玉因問道：「三妹妹，我聽見林妹妹死的時候，你在那裡來著。我還聽見說：林妹妹死的時候，遠遠的有音樂之聲。或者他是有來歷的，也未可知。」寶玉聽了，你心裡想著罷了。但只那夜卻怪，不像人家鼓樂的聲兒，你的話或者也是。」寶玉聽了，更以為實。又想起前日自己神魂飄蕩之時，曾見一人，說是黛玉生不同人，死不同鬼，必是那裡的仙子臨凡。

因必要紫鵑過來，立刻回了賈母去叫他。

無奈紫鵑心裡不願意，雖經賈母王夫人派了過來，自己沒法，卻是在寶玉跟前，不是嗳聲，就是嘆氣的。寶玉背地裡拉著他，低聲下氣，要問黛玉的話，紫鵑從沒好話回答。寶玉背地裡誇他有忠心，並不嗔怪他。

那雪雁雖是寶玉娶親這夜出過力的，寶玉❸見他

心地不甚明白，便回了賈母王夫人，將他配了一個小廝，將來好送黛玉的靈柩回南。鸚哥等小丫頭，仍舊伏侍老太太。

寶玉本想念黛玉，因此及彼，又想跟黛玉的人已經雲散，更加納悶。悶到無可如何，忽又想黛玉死得這樣清楚，必是離凡返仙去了，反又歡喜。忽然聽見襲人和寶釵那裡講究探春出嫁之事，寶玉聽了，「啊呀」的一聲，哭倒在炕上。唬得寶釵襲人都來扶起，說：「怎麼了？」寶玉早哭得說不出來，定了一會子神，說道：「這日子過不得了！我姐妹們都一個一個的散了！林妹妹是成了仙去了。大姐姐呢，已經死了，──這也罷了，沒天天在一塊兒。二姐姐碰著了一個混賬不堪的東西。三妹妹又要遠嫁！史妹妹又不知要到那裡去？薛妹妹是有了人家兒的。這些姐姐妹妹，難道一個都不留在家裡，單留我作什麼？」襲人忙又拿話解勸。寶釵擺著手說：「你不用勸他，等我問他。」因問著寶玉道：「據你的心裡，要這些姐姐妹妹都在家裡陪到你老了，都不為終身的事嗎？要說別人，或者還有別的想頭。你自己的姐姐妹妹，不用說沒有遠嫁的；就是有，老爺作主，你有什麼法兒？打量天下就是你一個人愛姐姐妹妹呢！要是都像你，就連我也不能陪著你了。大凡人念書，原為的是明理，怎麼你越念越糊塗了呢？這麼說起來，我和襲姑娘各自一邊兒去，讓你把姐姐妹妹們都邀了來守著你。」

寶玉聽了，兩隻手拉住寶釵襲人道：「我也知道。為什麼散得這麼早呢？等我化了灰的時候再散也不遲！」襲人掩著他的嘴道：「又胡說了！才這兩天身上好些，二奶奶才吃些飯。『你要是又鬧翻了，我也不管了！』」寶玉聽他兩個人說話都有道理，只是心上不知道怎麼著才好，只得說道：「我卻明白，但只是心裡鬧得慌。」寶釵也不理他，暗叫襲人

快把定心丸給他吃了，慢慢的開導他。襲人便欲告訴探春，說臨行不必來辭。寶釵道：「這怕什麼？等消停幾日，他心裡明白了，還要叫他們多說句話兒呢。況且三姑娘是極明白的人，不像那些假惺惺的人，少不得有一番箴諫[6]，他以後就不是這樣了。」正說著，賈母那邊打發過鴛鴦來說：「知道寶玉舊病又發，叫襲人勸說安慰，叫他不用胡思亂想。」襲人等應了。鴛鴦坐了一會子去了。

那賈母又想起探春遠行，雖不全備妝奩，其一應動用之物，俱該預備，便把鳳姐叫來，將老爺的主意告訴了一遍，叫他料理去。鳳姐答應。不知怎麼辦理，下回分解。

校記

❶ 「惱意」，甲本作「怒意」，藤本、王本作「怒氣」。

❷ 「也別說」，諸本作「總不要」。

❸ 「寶玉」，藤本、王本作「寶釵」。

注釋

1 〔謀幹〕　策畫、鑽營。

2 〔訛頭〕　藉故敲詐財錢。

3 〔隔斷板〕　大房屋中隔開裡間和外間的木板，也叫隔櫊。

4 〔腰門〕　隨牆所開出的便門。

5 〔葉落歸根〕　比喻事物有一定的歸宿，這裡是回老家的意思。

6 〔箴諫〕　勸告、規勸的意思。

【第一百一回】

大觀園月夜警幽魂❶　散花寺神籤驚異兆

卻說鳳姐回至房中，見賈璉尚未回來，便分派那管辦探春行李妝奩事的一干人。那天有黃昏以後，因忽然想起探春來，要瞧瞧他去，便叫豐兒與兩個丫頭跟著，頭裡一個丫頭打著燈籠。走出門來，見月光已上，照耀如水，鳳姐便命：「打燈籠的回去罷。」因而走至茶房窗下，聽見裡面有人喊喊喳喳的，又似哭，又似笑，又似議論什麼的。鳳姐知道不過是家下婆子們，又不知搬什麼是非，心內大不受用，便命小紅：「進去裝作無心的樣子，細細打聽著，用話套出原委來。」小紅答應著去了。

鳳姐只帶著豐兒來至園門前，門尚未關，只虛虛的掩著。於是主僕二人方推門進去。只見園中月色比外面更覺明朗，滿地下重重樹影，杳無人聲，甚是淒涼寂靜。剛欲往秋爽齋這條路來，只聽「唿唿」的一聲風過，吹得那樹枝上落葉，滿園中「唰唰唰」的作響，枝梢上「吱婁婁」的發哨，將那些寒鴉宿鳥都驚飛起來。鳳姐吃了酒，被風一吹，只覺身上發噤[1]。豐兒後面也把頭一縮，說：「好冷！」鳳姐也掌不住，便叫豐兒：「快回去把那件銀鼠坎肩兒拿來，我在三姑娘那裡等著。」豐兒巴不得一聲，也要回去穿衣裳，連忙答應一聲，回頭就跑了。

鳳姐剛舉步走了不遠，只覺身後「咈咈哧哧」，似有聞嗅之聲，不覺頭髮森然直豎起來。由不得回頭一看，只見黑油油一個東西在後面伸著鼻子聞他呢；那兩隻眼睛恰似燈光一般。鳳姐嚇得魂不附體，不覺失聲的「咳」了一聲，卻是一隻大狗。那狗抽頭回身，拖著個掃帚尾巴，一氣跑上大土山上，方站住了，回身猶向鳳姐拱爪兒。

鳳姐此時肉跳心驚，急急的向秋爽齋來，將已來至門口，方轉過山子，只見迎面有一個人影兒一晃。鳳姐心中疑惑，還想著必是那一房的丫頭，便問：「是誰？」問了兩聲，並沒有人出來，早已神魂飄蕩了。恍恍惚惚的似乎背後有人說道：「嬸娘連我也不認得了？」鳳姐忙回頭一看，只見那人形容俊俏，衣履風流，十分眼熟，只是想不起是那一房那屋裡的媳婦來。只聽那人又說道：「嬸娘只管享榮華、受富貴的心盛，把我那年說的『立萬年永遠之基』，都付於東洋大海了！」鳳姐聽說，低頭尋思，總想不起。那人冷笑道：「嬸娘那時怎樣疼我來，如今就忘在九霄雲外了？」鳳姐聽了，此時方想起來是賈蓉的先妻秦氏，便說道：「噯呀！你是死了的人哪，怎麼跑到這裡來了呢？」啐了一口，方轉回身要走時，不防一塊石頭絆了一跤，猶如夢醒一般，渾身汗如雨下。雖然毛髮悚然，心中卻也明白，只見小紅豐兒影影綽綽的來了。

鳳姐恐怕落人的褒貶，連忙爬起來，說道：「你們作什麼呢，去了這半天？快拿來我穿上罷。」一面豐兒走至跟前，伏侍穿上，小紅過來攙扶著要往前走。鳳姐道：「我才到那裡，他們都睡了，回去罷。」一面說著，一面帶了兩個丫頭，急急忙忙回到家中。賈璉已回來了，鳳姐見他臉上神色更變 ❷，不似往常，待要問他，又知他素日性格，不敢突然相問，只得睡了。

至次日五更，賈璉就起來要往總理內廷都檢點太監[2]裘世安家來打聽事務，因太早了，見桌上有昨日送來的抄報，便拿起來閒看。第一件：「吏部奏請急選郎中，奉旨照例用事。」第二件是：「刑部題奏雲南節度使王忠一本：新獲私帶神槍[3]火藥出邊事，共十八名人犯，頭一名鮑音，係太師[4]鎮國公賈化家人。」賈璉想了一想，又往下看。第三件：「蘇州刺史[5]李孝一本：參劾縱放家奴，倚勢凌辱軍民，以致因奸不遂，殺死節婦事。凶犯姓時，名福，自稱係世襲三等職銜賈範家人。」賈璉看見這一件[3]，心中不自在起來，待要往下看，又恐遲了不能見裘世安的面，便穿了衣服，也等不得吃東西。恰好平兒端上茶來，喝了兩口，便出來騎馬走了。平兒收拾了換下的衣服。

此時鳳姐尚未起來，平兒因說道：「今兒夜裡我聽著奶奶沒睡什麼覺，我替奶奶捶著，好生打個盹兒罷。」鳳姐也不言語。平兒料著這意思是了，便爬上炕來，坐在身邊，輕輕的捶著。那鳳姐剛有要睡之意，只聽那邊大姐兒哭了，鳳姐又將眼睜開。平兒連向那邊叫道：「李媽，你到底是怎麼著？姐兒哭了，你到底拍著他些。」那邊李媽從夢中驚醒，聽得平兒如此說，心中沒好氣，狠命的拍了幾下，口裡嘟嘟囔囔的罵道：「真真的小短命鬼兒！放著尸不挺，三更半夜嚎你娘的喪！」一面說，一面咬牙，便向那孩子身上擰了一把。那孩子「哇」的一聲大哭起來。鳳姐聽見，說：「了不得！你聽，他該挫磨孩子了！你過去把那黑心的養漢老婆下死勁的打他幾下子，把妞妞抱過來罷。」平兒笑道：「奶奶別生氣，他那裡敢挫磨妞兒？只怕是不提防磕了一下子，也是有的。這會子打他幾下子沒要緊，明兒叫他們背地裡嚼舌根，倒說三更半夜的打人了。」

鳳姐聽了，半日不言語，長嘆一聲，說道：「你瞧瞧，這會子不是我十旺八旺[4][6]的

呢！明兒我要是死了，撂下這小孽障，還不知怎麼樣呢！」平兒笑道：「奶奶，這是怎麼說！大五更的，何苦來呢？」鳳姐冷笑道：「你那裡知道？我是早已明白了，我也不久了！雖然活了二十五歲，人家沒見的也見了，氣也賭盡了，沒吃的也吃了，衣祿食祿⁷也算全了，所有世上有的也都有了，氣也賭盡了，強也算爭足了，就是『壽』字兒上頭缺一點兒，也罷了！」平兒聽說，由不得眼圈兒紅了❺。鳳姐笑道：「你這會子不用假慈悲，我死了，你們只有喜歡的。你們一心一計和和氣氣的過日子，省得我是你們眼裡的刺。只有一件，你們知好歹，只疼我那孩子就是了！」平兒聽了，越發掉下淚來。」鳳姐笑道：「別扯你娘的臊！那裡就死了呢？這麼早就哭起來！我不死還叫你哭死了呢。」平兒見說，連忙止住哭，道：「奶奶說得這麼叫人傷心！」一面說，一面又捶，鳳姐才矇矓的睡著。

平兒方下炕來，只聽外面腳步響。誰知賈璉去遲了，那裘世安已經上朝去了，不遇而回，心中正沒好氣，進來就問平兒道：「他們還沒起來呢麼？」平兒回說：「沒有呢。」賈璉一路摔簾子進來，冷笑道：「好啊！這會子還都不起來，安心打擂臺打撒手兒！」一疊聲又要吃茶。平兒忙倒了一碗茶來。原來那些丫頭老婆見賈璉出了門，又復睡了，不打量這會子回來，原不曾預備，平兒便把溫過的拿了來。賈璉生氣，舉起碗來，「嘩啷」一聲，摔了個粉碎。鳳姐驚醒，唬了一身冷汗，「噯喲」一聲，睜開眼，只見賈璉氣狠狠的坐在旁邊，平兒彎著腰拾碗片子呢。鳳姐道：「你怎麼就回來了？」問了一聲，半日不答應，只得又問一聲。賈璉嚷道：「你不要我回來，叫我死在外頭罷？」鳳姐笑道：「這又是何苦來呢？常時我見你不像今兒回來得快，問你一聲兒，也沒什麼生氣的。」賈璉又嚷道：「又沒遇見，怎麼不快回來呢！」鳳姐笑道：「沒有遇見，少不得耐煩些，明兒再去

早些兒，自然遇見了。」賈璉嚷道：「我可不『吃著自己的飯，替人家趕獐子』呢！我這裡一大堆的事，沒個動秤兒的[8]；沒來由，為人家的事，瞎鬧了這些日子，當什麼呢？正經那有事的人還在家裡受用，死活不知，還聽見說要鑼鼓喧天的擺酒唱戲作生日呢！我可瞎跑他娘的腿子！」一面說，一面往地下啐了一口，又罵平兒。

鳳姐聽了，氣得乾咽，要和他分證[9]，想了一想，又忍住了，勉強陪笑道：「何苦來生這麼大氣？大清早起，和我叫喊什麼？誰叫你應了人家的事？你既應了人家的事，只得耐煩些，少不得替人家辦辦，——也沒見這個人自己有為難的事，還有心腸唱戲擺酒的鬧。」賈璉道：「你可說麼！你明兒倒也問問他。」鳳姐詫異道：「問誰？」賈璉道：「問你哥哥！」鳳姐道：「是他嗎？」賈璉道：「可不是他，還有誰呢？」鳳姐忙問道：「他又有什麼事，叫你替他跑？」賈璉道：「你還在罈子裡呢！這個事，連太太和姨太太還不知道，連一個字兒也不知道。」賈璉道：「你怎麼能知道呢！這個事，連太太和姨太太還不知道呢。頭一件，怕太太和姨太太不放心；二則你身上又常嚷不好，所以我在外頭壓住了，不叫裡頭知道。說起來，真真可人惱！你今兒不問我，我也不便告訴你。你打量你哥哥行事像個人呢！你知道外頭的人都叫他什麼？」鳳姐道：「叫他什麼？」賈璉道：「叫他『忘仁』！」鳳姐「噗嗤」的一笑：「他可不叫王仁，叫什麼呢？」賈璉道：「你打量那個『王仁』嗎？是忘了仁義禮智信[10]的那個『忘仁』哪！」鳳姐道：「這是什麼人這麼刻薄嘴兒糟蹋人！」賈璉道：「不是糟蹋他呀。今兒索性告訴你，你也該[7]知道知道你那哥哥的好處，到底知道他給他二叔作生日呵！」鳳姐想了一想，道：「嗳喲！可是呵，我還忘了問你：二叔不是冬天的生日嗎？我記得年年都是寶玉去。前者老爺升了，二

叔那邊送過戲來，我還偷偷兒的說：『二叔為人是最齊刻的，比不得大舅太爺。他們各自自家裡還烏眼雞似的。不麼，昨兒大舅太爺沒了，你瞧他是個兄弟，他還出了個頭兒攬了個事兒嗎？』所以那一天說趕他的生日，咱們還他一班子戲，省了親戚跟前落虧欠。如今這麼早就作生日，也不知是什麼意思。」賈璉道：「你還作夢呢！你哥哥一到京，接著舅太爺的首尾就開了一個弔。他怕咱們知道攔他，所以沒告訴咱們，弄了好幾千銀子。後來二舅嗔著他，說他不該一網打盡。他吃不住了，變了個法兒，指著你們二叔的生日撒了個網，想著再弄幾個錢，好打點二舅太爺不生氣。也不管親戚朋友冬天夏天的，人家知道不知道，這麼丟臉！你知道我起早為什麼？如今因海疆的事情，御史參了一本，說是大舅太爺的虧空，本員已故，應著落其弟王子勝、姪兒王仁賠補。爺兒兩個急了，找了我給他們托人情。我見他們嚇得那個樣兒，再者，又關係太太和你，我才應了。想著找找總理內廷都檢點老裘替辦辦，或者前任後任挪移挪移，偏又去晚了，他進裡頭去了。我白起來跑了一趟，他們家裡還那裡定戲擺酒呢！你說說叫人生氣不生氣？」

鳳姐聽了，才知王仁所行如此，但他素性要強護短，聽見賈璉如此說，便道：「憑他怎麼樣，到底是你的親大舅兒。再者，這件事，死的大爺，活的二叔，都感激你罷了。沒什麼說的，我們家的事，少不得我低三兒下四的求你，省了帶累別人受氣，背地裡罵我！」說著，眼淚便下來了，掀開被窩，一面坐起來，一面綰頭髮，一面披衣裳。賈璉道：「你倒不用這麼著，是你哥哥不是人，我並沒說你什麼。況且我出去了，你身上又不好，我都起來了，他們還睡著，咱們老輩子有這個規矩麼？你如今作『好好先生』，不管我！我說了一句，你就起來；明兒我要嫌這些人，難道你都替了他們麼？好沒意思事了。我說了一句，你就起來；明兒我要嫌這些人，難道你都替了他們麼？好沒意思

啊！」鳳姐聽了這些話，才把淚止住了，說道：「天也不早了，我也該起來了。你有這麼說的，你替他們家在心的辦辦，那就是你的情分了。再者，也不為我，就是太太聽見也喜歡。」賈璉道：「是了，知道了。『大蘿蔔還用屎澆』[11]？」——爺也不知是那裡的邪火，拿著我們作什麼？那一天奶奶不是起來有一定的時候兒呢？奶奶也算替爺辦了一點子事，況且關會著好幾層兒呢，就這麼拿糖作醋[12]得起來，也不知吃了多少，這會子替奶奶辦了一點兒事，那一點兒不是奶奶擋頭陣？不是我說，爺把現成兒的也不知吃了多少。何苦來呢！奶奶也算替爺奶奶辦了一點子事，況且關會著好幾層兒呢，就這麼拿糖作醋得起來，左右到底是奴才呀；奶奶跟前，盡著身子累得成了個病包兒了，這是何苦來呢！」說著，自己的眼圈兒也紅了。那賈璉本是一肚子悶氣，那裡見得這一對嬌妻美妾，又尖利又柔情的話呢？便笑道：「夠了，算了罷！他一個人就夠使的了，不用你幫著。左右我是外人，多早晚我死了，你們就清淨了！」鳳姐道：「你也別說那個話，誰知道誰怎麼樣呢？你不死，我還死呢！早死一天早心淨。」說著，又哭起來，平兒只得又勸了一回。

那時天已大亮，日影橫窗，賈璉也不便再說，站起來出去了。這裡鳳姐自己起來，正在梳洗，忽見王夫人那邊小丫頭過來道：「太太說了，叫問二奶奶今日過舅太爺那邊去不去？要去，說叫二奶奶同著寶二奶奶一路去呢。」鳳姐因方才一段話已經灰心喪意，恨娘家不給爭氣；又兼昨夜園中受了那一驚，也實在沒精神，便說道：「你先回太太去：我還有一兩件事沒辦清，今日不能去；況且他們那又不是什麼正經事。寶二奶奶要去，各自去罷。」小丫頭答應著回去回覆了。不在話下。

且說鳳姐梳了頭，換了衣服，想了想，雖然自己不去，也該帶個信兒；再者，寶釵還

是新媳婦出門子，自然要過去照應照應的，於是見過王夫人，支吾了一件事，便過來到寶玉房中。只見寶玉穿著衣服，歪在炕上，兩個眼睛呆呆的看寶釵梳頭。鳳姐站在門口，還是寶釵一回頭看見了，連忙起身讓坐。寶玉也爬起來，鳳姐才笑嘻嘻的坐下。寶釵因說麝月道：「你們瞧著二奶奶進來，也不言語聲兒！」麝月笑著道：「二奶奶頭裡進來就擺手兒不叫言語麼。」鳳姐因向寶玉道：「你還不走，等什麼呢？沒見這麼大人了，還是這麼小孩子氣。人家各自梳頭，你爬在旁邊看什麼？成日家一塊子在屋裡，還看不夠嗎？也不怕丫頭們笑話？」說著，「咻」的一笑，又瞅著他咂嘴兒。寶玉雖也有些不好意思，還不理會。把個寶釵直臊得滿臉飛紅，又不好聽著，又不好說什麼。只見襲人端過茶來，只得搭赸著，自己遞了一袋烟。鳳姐兒笑著站起來接了，道：「二妹妹，你別管我們的事，你快穿衣服罷。」

寶玉一面也搭赸著，找這個，弄那個。鳳姐道：「你先去罷，那裡有個爺們等著奶奶們一塊兒走的理呢？」襲人道：「我只是嫌我這衣裳不大好，不如前年穿著老太太給的那件『雀金呢』好。」鳳姐因慪他道：「你為什麼不穿？」寶玉道：「穿著太早些。」鳳姐忽然想起，自悔失言。幸虧寶釵也和王家是內親，只是那些丫頭們跟前，已經不好意思了。襲人卻接著說道：「二奶奶還不知道呢，就是穿得，他也不穿了。」鳳姐兒道：「這是什麼緣故？」襲人道：「告訴二奶奶，真真的我們這位爺行的事都是天外飛來的。那一年因二舅太爺的生日，老太太給了他這件衣裳，誰知那一天就燒了。我媽病重了，我沒在家。那時候還有晴雯妹妹呢，聽見說，病著整給他縫了一夜，第二天，老太太才沒瞧出來呢。去年那一天，上學天冷，我叫焙茗拿了去給他披披，誰知這位爺見了這件衣裳，想起

晴雯來了，說了總不穿了，叫我給他收一輩子呢。」鳳姐不等說完，便道：「你提晴雯，可惜了兒的！那孩子模樣兒手兒都好，就只嘴頭子利害些。」偏偏兒的太太不知聽了那裡的謠言，活活兒的把個小命兒要了。還有一件事：那一天，我瞧見廚房裡柳家的女人，他女孩兒叫什麼五兒，那丫頭長得和晴雯脫了個影兒。我想著寶二爺屋裡的小紅跟了我去，我還沒還叫他呢，就把五兒補過來罷。媽說是很願意。我想著寶二爺屋裡的小紅跟了我去，

平兒說：『太太那一天說了，凡像那個樣兒的都不叫進寶二爺屋裡呢。』我所以也就擱下了。這如今寶二爺也成了家了，還怕什麼呢？不如我就叫他進來。可不知寶二爺願意不願意？要想著晴雯，只瞧見這五兒就是了。」寶玉本要走，聽見這些話又呆了。襲人道：「那麼著，明兒我就叫他進來。太太的跟前有我呢。」寶玉聽了，喜不自勝，才走到賈母那邊去了。這裡寶釵穿衣服。

鳳姐兒看他兩口兒這般恩愛纏綿，想起賈璉方才那種光景，甚實傷心，坐不住，便起身向寶釵笑道：「我和你上太太屋裡去罷。」笑著出了房門，一同來見賈母。寶玉正在那裡回賈母往舅舅家去。賈母點頭說道：「去罷，只是少吃酒，早些回來，你身子才好些。」寶玉答應著出來，剛走到院內，又轉身回來，向寶釵耳邊說了幾句，不知什麼。寶釵笑道：「是了，你快去罷。」將寶玉催著去了。這裡賈母和鳳姐寶釵說了沒三句話，只見秋紋進來傳說：「二爺打發焙茗回來說，請二奶奶。」寶釵道：「他又忘了什麼，又叫他回來？」秋紋道：「我叫小丫頭問了焙茗，說是『二爺忘了一句話，二爺叫我回來告訴二奶奶：若是去呢，快些來罷；若不去呢，別在風地裡站著。』」說得賈母鳳姐並地下站

著的老婆子丫頭都笑了。寶釵的臉上飛紅，把秋紋啐了一口，說道：「好個糊塗東西！這

也值得這麼慌慌張張跑了來說？」秋紋也笑著回去叫小丫頭去罵焙茗。那焙茗一面跑著，

一面回頭說道：「二爺把我巴巴兒的叫下馬來，叫回來說；我若不說，回來對出來，又罵

我了。這會子說了，他們又罵我！」那丫頭笑著跑回來說了。賈母向寶釵道：「你去罷，

省了他這麼不放心。」說得寶釵站不住，又被鳳姐慪著玩笑，沒好意思，才走了。

只見散花寺的姑子大了來了，給賈母請安，見過了鳳姐，坐著吃茶。賈母因問他：

「這一向怎麼不來？」大了道：「因這幾日廟中作好事，有幾位誥命夫人不時在廟裡起

坐，所以不得空兒來。今日特來回老祖宗：明兒還有一家作好事，不知老祖宗高興不高

興？若高興，也去隨喜隨喜。」賈母便問：「作什麼好事？」大了道：「前月為王大人府

裡不乾淨，見神見鬼的，偏生那太太夜間又看見去世的老爺。因此，昨日在我廟裡告訴

我，要在散花菩薩跟前許願燒香，作四十九天的水陸道場，保佑家口安寧，亡者升天，生

者獲福。所以我不得空兒來請老太太的安 ⑧。」

卻說鳳姐素日最是厭惡這些事，自從昨夜見鬼，心中總只是疑疑惑惑的，如今聽了大

了這些話，不覺把素日的心性改了一半，已有三分信意，便問大了道：「這散花菩薩是

誰？他怎麼就能避邪除鬼呢？」大了見問，便知他有些信意，說道：「奶奶要問這位菩

薩，等我告訴你奶奶知道：這個散花菩薩，根基不淺，道行¹³非常，生在西天大樹園⑨

中。父母打柴為生。養下菩薩來，頭長三角，眼橫四目，身長八尺⑩，兩手拖地。父母說

這是妖精，便棄在冰山背後了。誰知這山上有一個得道的老獼猴出來打食，看見菩薩頂上

白氣沖天，虎狼遠避，知道來歷非常，便抱回洞中撫養。誰知菩薩帶了來的聰慧，禪也會

談，與獼猴天天談道參禪，說得天花散漫。到了一千年後，便飛升[14]了。至今山上猶見談

經之處，天花散漫，所求必靈，時常顯聖，救人苦厄[15]。因此世人才蓋了廟，塑了像供奉

著。」鳳姐道：「這有什麼憑據呢？」大了道：「奶奶又來搬駁了。一個佛爺可有什麼憑

據呢？就是撒謊，也不過哄一兩個人罷咧，難道古往今來多少明白人都被他哄了不成？奶

奶只想，惟有佛家香火歷來不絕，他到底是祝國裕民[11]，有些靈驗，人才信服啊。」鳳姐

聽了，大有道理，因道：「既這麼著，我明兒去試試。你廟裡的籤可有靈？我去求一籤。我心

裡的事，籤上批得出來，我從此就信了。」大了道：「我們的籤最是靈的，明兒奶奶去求

一籤就知道了。」賈母道：「既這麼著，索性等到後日初一，你再去求。」說著，大了吃

了茶，到王夫人各房裡去請了安，回去不提。

這裡鳳姐勉強扎掙著，到了初一清早，令人預備了車馬，帶著平兒並許多奴僕，來至

散花寺。大了帶了眾姑子接了進去，獻茶後，便洗手至大殿上焚香。那鳳姐兒也無心瞻仰

聖像，一秉虔誠，磕了頭，舉起籤筒，默默的將那見鬼之事並身體不安等故，祝告了一

回，才搖了三下，只聽「唰」的一聲，筒中撞出一支籤來。於是叩頭，拾起一看，只見寫

著「第三十三籤，上上大吉」。大了忙查籤簿看時，只見上面寫著：「王熙鳳衣錦還

鄉[16]。」鳳姐一見這幾個字，吃一大驚，忙問大了道：「古人也有叫王熙鳳的麼？」大了

笑道：「奶奶最是通今博古的，難道漢朝的王熙鳳求官的這一段事也不曉得？」周瑞家的

在旁笑道：「前年李先兒還說這一回書來著。我們還告訴他重著奶奶的名字，不許叫

呢。」鳳姐笑道：「可是呢，我倒忘了。」說著，又瞧底下的，寫的是：

去國離鄉二十年，於今衣錦返家園。蜂採百花成蜜後，為誰辛苦為誰甜[17][18][19][20]？

行人至。音信遲。訟宜和。婚再議。

看完也不甚明白。大了道：「奶奶大喜，這一籤巧得很。奶奶自幼在這裡長大，何曾回南京去過？如今老爺放了外任，或者接家眷來，順便回家，奶奶可不是『衣錦還鄉』了？」一面說，一面抄了個籤經交與丫頭。鳳姐也半疑半信的。大了擺了齋來，鳳姐只動了一動，放下了要走，又給了香銀。大了苦留不住，只得讓他走了。鳳姐回至家中，見了賈母王夫人等，問起籤來，命人一解，都歡喜非常⋯「或者老爺果有此心，咱們走一趟也好！」鳳姐兒見人人這麼說，也就信了。不在話下。

卻說寶玉這一日正睡午覺，醒來不見寶釵，正要問時，只見寶釵進來。寶玉問道：「那裡去了，半日不見？」寶釵笑道：「我給鳳姐姐瞧一回籤。」寶玉聽說，便問是怎麼樣的。寶釵把籤帖念了一回，又道：「家中人人都說好的，據我看，這『衣錦還鄉』四字裡頭，還有緣故。後來再瞧罷了。」寶玉道：「你又多疑了，妄解聖意。這『衣錦還鄉』四字，從古至今都知道是好的，今兒你又偏生看出緣故來了！依你說，這『衣錦還鄉』還有什麼別的解說？」寶釵正要解說，只見王夫人那邊打發丫頭過來請二奶奶，寶釵立刻過去。未知何事，下回分解。

■ 校記

❶ 「警幽魂」，藤本、王本作「感幽魂」。

❷ 「鳳姐見他臉上神色更變」，「鳳姐」諸本作「只是」。

❸ 「一件」，諸本作「兩件」。

❹ 「十旺八旺」，王本、金本作「七旺八旺」；藤本作「七望八望」。

❺ 「眼圈兒紅了」，諸本作「滾下淚來」。

❻ 「掉下淚來」，諸本作「哭得淚人是的」。

❼ 「也該」，甲本作「也不」，藤本、王本作「也可」。

❽ 「安」字原無，從藤本、王本增。

❾ 「大樹園」，「園」諸本作「國」。

❿ 「八尺」，諸本作「三尺」。

⓫ 「祝國裕民」，甲本、藤本作「祝國祝民」，王本作「祝國佑民」。

■ 注釋

1 〔發噤〕
發抖、哆嗦。

2 〔總理內廷都檢點太監〕
即宮廷內部總管太監。這是作者虛構的官名。

3 〔神槍〕
指用火藥放射的火槍，在明、清時代是屬害的武器。

4 〔太師〕
古官名。周代始設，和太傅、太保合稱「三公」，是輔佐國君掌權的大官。

5 〔刺史〕
古官名。漢代始設。至明、清多以朝臣兼任，成為虛銜。秦廢，漢復置。本為巡察官性質，官階低於郡守。清代亦稱知州為刺史。

6 〔十旺八旺〕即身體健壯的意思。

7 〔衣祿食祿〕穿的吃的都是官吏的俸薪。祿，是過去官吏的俸薪。這裡是鳳姐面對衰敗的殘局，回憶過去，思想上得到的點滴安慰。

8 〔動秤兒的〕指工作上實際有幫助的人。

9 〔分證〕分辯、論理。

10 〔仁義禮智信〕即「五常」。這是西漢董仲舒根據孔子的「仁」和孟子的「四端」（孟子稱仁、義、禮、智四種道德觀念的萌芽為四端）提出來的，它對「三綱」（君為臣綱，父為子綱，夫為妻綱）起著調整和維護的作用。

11 〔大蘿蔔還用屎澆（ㄐㄧㄠˋ／jiào）〕種大蘿蔔不需要大糞肥料澆灌。這裡是一句詼諧的成語，意思是：高明的人那裡還用得著愚拙的人來教導？

12 〔拿糖作醋〕即故意擺架子，裝腔作勢。

13 〔道行〕佛教名詞。即修養的工夫。

14 〔飛升〕這裡是得道成佛的意思。

15 〔苦厄（ㄜˋ／è）〕即災難與困苦。

16 〔王熙鳳衣錦還鄉〕籤上這句話，來自「鳳求鸞」的故事（見第五十四回）。故事中的公子恰巧與鳳姐同名。不過第五十四回中兩次都說是殘唐五代的故事，這兒則說是漢朝的。衣錦還鄉：本是指功成名就，穿著錦袍回家鄉誇耀。這是暗示殮衣裹體，尸返金陵。

17 〔去國〕去，離開。國，古代把王國首都境內的封邦、封邑皆稱為國。這裡指王熙鳳

的娘家南京。

18 【蜂採二句】

唐朝羅隱「蜂」詩：「採得百花成蜜後，不知辛苦為誰甜。」這裡以蜜蜂釀蜜比喻王熙鳳空忙一場。

19 【譯文】

離別南京家鄉二十年，

今日身著錦衣回家園。

蜂兒採集百花釀成蜜，

還不知是替誰辛苦為誰甜？

20 【簡評】

王熙鳳的早逝和她枉費心機的下場，是因為四大家族已經到了「忽喇喇似大廈傾，昏慘慘似燈將盡」的地步，雖然他「有一萬心眼子」來為賈府和自己謀畫出路，也只能是空忙一場。

王熙鳳在「弄權鐵檻寺」時，曾十分自負地說：「你是素日知道我的，從來不信什麼陰司地獄報應的，憑是什麼事，我說要行就行。」而現在卻來拜佛抽籤，這也說明她已心機用盡，無可奈何了。

【第一百二回】

寧國府骨肉病災祲[1]　大觀園符水驅妖孽

話說王夫人打發人來喚寶釵，寶釵連忙過來請了安。王夫人道：「你三妹妹如今要出嫁了，你們作嫂子的大家開導開導他，也是你們姐妹之情。況且他也是個明白孩子。我看你們兩個也很合得來。只是我聽見說，寶玉聽見他三妹妹出門子，哭得了不得，你也該勸勸他才是。如今我的身子是十病九痛的，你二嫂子也是三日好兩日不好。你還心地明白些，諸事該管的，也別說只管吞著[2]，不肯得罪人。將來這一番家事都是你的擔子。」寶釵答應著。王夫人又說道：「還有一件事，你二嫂子昨兒帶了柳家媳婦的丫頭來，說補在你們屋裡。」寶釵道：「今日平兒才帶過來，說是太太和二奶奶的主意。」王夫人道：「是呦，你二嫂子和我說，我想也沒要緊，不便駁他的回。只是一件，我見那孩子眉眼兒上頭也不是個很安頓的。起先為寶玉房裡的丫頭狐狸似的，我攆了幾個，那時候你也自然知道，才搬回家去的。如今有你，固然不比先前了。我告訴你，不過留點神兒就是了。你們屋裡，就是襲人那孩子還可以使得。」寶釵答應了，又說了幾句話，便過來了。飯後到了探春那邊，自有一番殷勤勸慰之言。不必細說。

次日，探春將要起身，又來辭寶玉。寶玉自然難割難分。探春倒將綱常[3]大體的話說

得寶玉始而低頭不語，後來轉悲作喜，似有醒悟之意。於是探春放心辭別眾人，竟上轎登程，水舟陸車而去。

先前眾姐妹們都住在大觀園中，後來賈妃薨後，也不修葺。到了寶玉娶親，林黛玉一死，史湘雲回去，寶琴在家住著，園中人少，況兼天氣寒冷，李紈姐妹、探春、惜春等俱挪回舊所。到了花朝月夕，依舊相約玩耍。如今探春一去，寶玉病後不出屋門，益發沒有高興的人了。所以園中寂寞，只有幾家看園的人住著。那日，尤氏過來送探春起身，因天晚省得套車，便從前年在園裡開通寧府的那個便門裡走過去了，覺得淒涼滿目，臺榭依然，女牆[4]一帶都種作園地一般，心中悵然如有所失。因到家中，便有些身上發熱，扎掙一兩天，竟躺倒了。日間的發燒猶可，夜裡身熱異常，便譫語綿綿。賈珍連忙請了大夫看視，說感冒起的，如今纏經❶入了足陽明胃經[5]，所以譫語[6]不清，如有所見；有了大穢[7]，即可身安。

尤氏服了兩劑，並不稍減，更加發起狂來。賈珍著急，便叫來賈蓉：「打聽外頭有好醫生，再請幾位來瞧瞧。」賈蓉回道：「前兒這個大夫是最興時的了，只怕我母親的病不是藥治得好的。」賈珍道：「胡說！不吃藥，難道由他去罷？」賈蓉道：「不是說不治，為的是前日母親往西府去，回來是穿著園子裡走過來的。一到了家，就身上發燒，別是撞客著了罷。外頭有個毛半仙，是南方人，卦起得很靈，不如請他來占算。看有信兒呢，就依著他；要是不中用，再請別的好大夫來。」賈珍聽了，即刻叫人請來，坐在書房內喝了茶，便說：「府上叫我，不知占什麼事？」賈蓉道：「家母有病，請教一卦。」毛半仙道：「既如此，取淨水洗手，設下香案，讓我起出一課來看就是了。」一時，下人

安排定了，他便懷裡掏出卦筒來，走到上頭，恭恭敬敬的作了一個揖，手內搖著卦筒，口裡念道：「伏以太極兩儀[8]，絪縕交感[9]，圖書出而變化不窮，神聖作而誠求必應。茲有信官賈某，為因母病，虔請伏羲[11]、文王、周公、孔子四大聖人，鑑臨在上。誠感則靈，有凶報凶，有吉報吉。先請內象三爻[12]。」說著，將筒內的錢倒在盤內，說：「有靈的，頭一爻就是『交』。」拿起來又搖了一搖，倒出來，說是「單」。第三爻又是「交」。檢起錢來，嘴裡說是：「內爻已示，更請外象三爻，完成一卦。」起出來，是「單拆單」。那毛半仙收了卦筒和銅錢，便坐下問道：「請坐，請坐，讓我來細細的看看。這個卦乃是『未濟』之卦。世爻是第三爻，午火兄弟劫財，晦氣是一定該有的。如今尊駕為母問病，用神是初爻，真是父母爻動出官鬼來。五爻上又有一層官鬼，我看令堂太夫人的病是不輕的。還好，還好，如今子亥之水休囚，寅木動而生火。世爻上動出一個子孫來，倒是剋鬼的。況且日月生身，再隔兩日，子水官鬼落空，交到戌日就好了。但是父母爻上變鬼，恐怕令尊大人也有些關礙。就是本身世爻❷，比劫過重。到了水旺土衰的日子，也不好。」說完了，便撅著鬍子坐著。

賈蓉起先聽他搗鬼，心裡忍不住要笑；聽他講得卦理明白，又說生怕父親也不好，便說道：「卦是極高明的，但不知我母親到底是什麼病？」毛半仙道：「據這卦上，世爻午火變水相剋，必是寒火凝結。若要斷得清楚，摸著❸也不大明白，除非用『大六壬』[14]才斷得準。」賈蓉道：「先生都高明的麼？」毛半仙道：「知道此。」賈蓉便要請教，報了一個時辰。毛先生便畫了盤子，將神將排定算去，是戌上白虎。「這課叫作『魄化課』❹。大凡白虎乃是凶將，乘旺象氣受制，便不能為害。如今乘著死神死煞[15]，及時令

囚死，則為餓虎，定是傷人。就如魄神受驚消散，故名『魄化』。這課象說是人身喪魄，憂患相仍，病多死喪，訟有憂驚。按象有日暮虎臨，必定是傍晚得病的。象內說：『凡占此課，必定舊宅有伏虎作怪，或有形響。』如今尊駕為大人而占，正合著虎在陽憂男，在陰憂憂女：此課十分凶險呢！」賈蓉沒有聽完，唬得面上失色道：「先生說得很是，但與那卦又不大相合，到底有妨礙麼？」毛半仙道：「你不用慌，待我慢慢的再看。」低著頭又咕噥了一會子，便說：「好了，有救星了！算出已上有貴神救解，謂之『魄化魂歸』，先憂後喜，是不妨事的。；只要小心些就是了。」

賈蓉奉上卦金，送了出去；回稟賈珍，說是：「母親的病，是在舊宅傍晚得的，為撞著什麼『伏尸白虎』。」賈珍道：「你說你母親前日從園裡走回來的，可不是那裡撞著的！你還記得你二嬸娘到園裡去，回來就病了？他雖沒有見什麼，後來那些丫頭老婆們，都說是山子上一個毛烘烘的東西，眼睛有燈籠大，還會說話，他把二奶奶趕回來了，唬出一場病來。」賈蓉道：「怎麼不記得！我還聽見寶二叔家的焙茗說：晴雯作了園裡芙蓉花的神了；林姑娘死了，半空裡有音樂，必定他也是管什麼花兒了。想這許多妖怪在園裡，還了得！頭裡人多陽氣重，常來常往不打緊；如今冷落的時候，母親打那裡走，還不知端了什麼花兒呢，不然，就是撞著那一個。那卦也還算是準的。」賈珍道：「到底說有妨礙沒有呢？」賈蓉道：「據他說，到了戌日就好了。—— 只願早兩天好，或除兩天才好❺。」賈珍道：「這又是什麼意思？」賈蓉道：「那先生若是這樣準，生怕老爺也有些不自在。」

正說著，裡頭喊說：「奶奶要坐起到那邊園裡去，丫頭們都按捺不住。」賈珍等進去安慰，只聞尤氏嘴裡亂說：「穿紅的來叫我！穿綠的來趕我！」地下這些人又怕又好笑。

賈珍便命人買些紙錢，送到園裡燒化。果然那夜出了汗，便安靜些。到了戌日，也就漸漸的好起來。

由是，一人傳十，十人傳百，都說大觀園中有了妖怪，唬得那些看園的人也不修花補樹，灌溉果蔬。起先晚上不敢行走，以致鳥獸逼人；近來甚至日間也是約伴持械而行。過了些時，果然賈珍也病，竟不請醫調治，輕則到園化紙許願，重則詳星拜斗[16]。賈珍方好，賈蓉等相繼而病。如此接連數月，鬧得兩府俱怕。從此風聲鶴唳[17]，草木皆妖。園中出息一概全蠲，各房月例重新添起，反弄得榮府中更加拮据[18]。那些看園的沒有了想頭，個個要離此處，每每造言生事，便將花妖樹怪編派起來，各要搬出。將園門封固，再無人敢到園中，以致崇樓高閣，瓊館瑤臺，皆為禽獸所棲。

卻說晴雯的表兄吳貴正住在園門口。他媳婦自從晴雯死後，聽見說作了花神，每日晚間便不敢出門。這一日，吳貴出門買東西，回來晚了。那媳婦子本有些感冒著了，日間吃錯了藥，晚上吳貴到家，已死在炕上。外面的人因那媳婦子不大妥當，便說妖怪爬過牆來吸了精去死的。於是老太太著急得了不得，另派了好些人將寶玉的住房圍住，巡邏打更。這些小丫頭們還說，有看見紅臉的，有看見很俊的女人的，吵嚷不休，唬得寶玉天天害怕。虧得寶釵有把持，聽見丫頭們混說，便嚇唬著要打，所以那些謠言略好些。無奈各房的人都是疑人疑鬼的不安靜，也添了人坐更，於是更加了好些人。

獨有賈赦不大很信，說：「好好兒的園子，那裡有什麼鬼怪！」挑了個風清日暖的日子，帶了好幾個家人，手內持著器械，到園踹看動靜。眾人勸他不依。到了園中，果然陰氣逼人。賈赦還扎掙前走，跟的人都探頭縮腦的。內中有個年輕的家人，心內已經害怕，

只聽「嗯」的一聲，回過頭來，只見五色燦爛的一件東西跳過去了，唬得「噯喲」一聲，腿子發軟，就栽倒了[6]。賈赦回身查問，那小子喘吁吁的回道：「親眼看見一個黃臉紅鬍子綠衣裳妖精走到樹林子後頭山窟窿裡去了。」賈赦聽了，便也有些膽怯，問道：「你們都看見麼？」有幾個「推順水船兒」的回說：「怎麼沒瞧見？因老爺在頭裡，不敢驚動罷了。奴才們還掌得住。」說得賈赦害怕，也不敢再走，急急的回來，吩咐小子們不用提及，只說看了一遍了，今見賈赦怕了，要到真人府[19]裡請法官驅邪。豈知那些家人無事還要生事，沒有什麼東西，心裡實也相信，反添些穿鑿，說得人人吐舌。

賈赦沒法，只得請道士到園作法，驅邪逐妖。擇吉日，先在省親正殿上鋪排起壇場來。供上三清聖像，旁設二十八宿[20]並馬、趙、溫、周四大將[21]，下排三十六天將圖像。香花燈燭設滿一堂，鐘鼓法器排列兩邊，插著五方旗號。道紀司派定四十九位道眾的執事，淨了一天壇。三位法官行香取水畢，然後擂起法鼓。法師們俱戴上七星冠，披上九宮八卦的法衣，踏著登雲履，手執牙笏，便拜表請聖。又念了一天的消災驅邪接福的「洞元經」，以後便出榜召將。榜上大書「太乙[22]、混元[23]、上清[24]三境靈寶符籙[25]演教大法師，行文敕令本境諸神到壇聽用」。那日，兩府上下爺們仗著法師擒妖，都到園中觀看，都說：「好大法令！呼神遣將的鬧起來，不管有多少妖怪也唬跑了。」大家都擠到壇前。只見小道士們將旗旛舉起，按定五方站住，伺候法師號令。三位法師，一位手提寶劍，拿著法水；一位舉著桃木打妖鞭，立在壇前。只聽法器一停，上頭令牌三下，口中念起咒來，那五方旗便團團散布。法師下壇，叫本家領著到各處樓閣殿亭，房廊屋舍，山崖水畔，灑了法水，將劍指畫了一回。回來，連擊令牌，將七星旗祭起，眾道士

將旗旛一聚接下，打妖鞭望空打了三下。本家眾人都道拿住妖怪，爭著要看，及到跟前，並不見有什麼形響。只見法師叫眾道士拿取瓶罐，將妖收下，加上封條。法師朱筆書符收起，令人帶回在本觀塔下鎮住，一面撤壇謝將。賈赦恭敬叩謝了法師。

賈蓉等小弟兄背地都笑個不住，說：「這樣的大排場，我打量拿著妖怪給我們瞧瞧，到底是些什麼東西，那裡知道是這樣搜羅！究竟妖怪拿去了沒有？」賈珍聽見，罵道：「糊塗東西！妖怪原是聚則成形，散則成氣，如今多少神將在這裡，還敢現形嗎？無非把這妖氣收了，便不作祟，就是法力了。」眾人將信將疑，且等不見響動再說。

那些下人只知妖怪被擒，疑心去了，便不大驚小怪，往後果然沒人提起了。賈珍等病癒元，都道法師神力。獨有一個小廝笑說道：「頭裡那些響動，我也不知道。就是跟著大老爺進園這一日，明明是個大公野雞飛過去了；拴兒嚇離了眼，說得活像！我們都替他圓了個謊，大老爺就認真起來。倒瞧了個很熱鬧的壇場！」眾人雖然聽見，那裡肯信，究竟無人敢住。

一日，賈赦無事，正想要叫幾個[7]家下人搬住園中看守[8]，惟恐夜晚藏匿奸人。方欲傳出話去，只見賈璉進來，請了安，回說：「今日到大舅家去，聽見一個荒信，說是二叔被節度使參進來，為的是失察屬員，重徵糧米，請旨革職的事。」賈赦聽了，吃驚道：「只怕是謠言罷？前兒你二叔帶書子來，說，探春於某日到了任所，擇了某日吉時，送了你妹子到了海疆，路上風恬浪靜，合家不必掛念。還說節度認親，倒設席賀喜。那裡有作了親戚倒提參起來的？且不必言語，快到吏部打聽明白，就來回我。」賈璉即刻出去，

不到半日回來，便說：「才到吏部打聽，果然二叔被參。題本上去，虧得皇上的恩典，沒有交部，便下旨意，說是：『失察屬員，重徵糧米，苛虐百姓，本應革職，姑念初膺❷外任，不諳吏治，被屬員蒙蔽，著降三級，加恩仍以工部員外上行走❷，並令即日回京。』這信是準的。正在吏部說話的時候，來了一個江西引見的知縣，說起我們二叔是很感激的。但說是個好上司，只是用人不當，那些家人在外招搖撞騙，欺凌屬員，已經把好名聲❾都弄壞了。節度大人早已知道，也說我們二叔是個好人。不知怎麼樣，這回又參了。想是芯鬧得不好，恐將來弄出大禍，所以藉了一件失察的事情參的，倒是避重就輕的意思，也未可知。」賈赦未聽說完，便叫賈璉：「先去告訴你嬸子知道，且不必告訴老太太就是了。」賈璉去回王夫人。未知有何話說，下回分解。

■ 校記

❶「纏經」，金本作「傳經」。

❷「本身世父」，諸本作「本身世交」。

❸「撲著」，「著」原作「著」，從諸本改。

❹「魄化課」，甲本作「鬼化課」。

❺「或除兩天才好」，「除」，藤本、王本作「過」。

❻「栽倒了」，「栽」原作「裁」，今酌改。藤本、王本作「躺」。

❼「幾個」原作「已個」，從諸本改。

❽「看守」下，藤本、王本有「書屋」二字。

❾「好名聲」原作「好明聲」，從藤本、王本改。

■ 注釋

1〔災祲（ㄐㄧㄣˋ／jìn）〕祲，即妖氣、邪氣。災祲，妖邪帶來的災禍。

2〔吞著〕這裡是忍耐的意思。

3〔綱常〕即三綱五常。君臣、父子、夫妻謂之三綱，仁、義、禮、智、信謂之五常。

4〔女牆〕古代城牆上的矮牆。

5〔足陽明胃經〕即足陽明經，中醫學名詞，十二經脈之一。

6〔譫（ㄓㄢ／zhān）語〕胡言亂語。這裡指病人發高燒時說的胡話。

7〔大穢〕即大便。

8 【太極兩儀】

太極，有至高、至極、絕對、唯一的意思。道家稱遠古天地未分，元氣混一的狀態為太極；兩儀，指天地或陰陽。

9 【絪縕（一ㄣ ㄩㄣ／ yīn yūn）交感】

絪縕，同「氤氳」，萬物互相作用而變化生長之意。交感，互相感應、互相作用的意思。

10 【信官】

信，信奉。這裡指信奉占卦的人。官，這裡是尊稱。

11 【伏羲】

中國神話傳說中人類的始祖。相傳「易經」中的八卦由他製作。

12 【內象三爻（一ㄠ／ yáo）】

象、爻都是占卦用語。象，以卦爻等符號表示自然變化和人事吉凶。

13 【揲蓍（ㄕㄜ／ ㄕ shé shī）】

把蓍草莖數出來，再分開，根據數目占卜。占卦用語。它是用天上十二辰分野和地上十二辰方位的配合，來卜問吉凶。

14 【大六壬】

傳說中的凶神。

15 【死煞】

意思是向天上的星宿神將跪祭、祈禱。

16 【詳星拜斗】

17 【風聲鶴唳（ㄌ一／ lì）】

唳，鶴叫。「晉書」記載，北方的秦王苻堅攻打東晉王朝，在安徽淝水一帶，被晉軍打得大敗，往回逃的路上聽到風聲鶴唳，都以為是晉軍追擊。後來就用這一成語比喻人在非常恐慌時，略有一點驚動就極度緊張。

18 【拮（ㄐㄧㄝ／ jié）据】

經濟狀況很困難。

19 【真人府】

即主管道教的官府。道家稱「修真得道」或「成仙」的人為真人。

20 【二十八宿（ㄒㄧㄡˋ xiù）】

我國古代天文學家將周天的星分為二十八個星座。道教徒認為星有星神，這裡指二十八個星神。

21 【馬、趙、溫、周四大將】

疑指三國時的名將馬超、趙雲、呂布（溫侯）、周瑜。

22 【太乙】

即「太一」。指天地未分之混沌元氣。

23 【混元】

舊稱宇宙開闢之始。

24 【上清】

道家稱仙人住的地方。

25 【符籙（ㄌㄨˋ lù）】

即道士所畫的圖形或線條，也稱符字。道家說是天上神的文字，筆畫屈曲，似篆字形狀，用於驅使鬼神，給人禍福等，是道教的法術之一。

26 【膺（ㄧㄥ yīng）】

承當，當選。

27 【工部員外上行走】

指工部裡專任官員以外的幫辦。清朝制度，稱不是專設的官員為行走。

【第一百三回】

施毒計金桂自焚身　昧真禪雨村空遇舊

話說賈璉到了王夫人那邊，一一的說了。次日，到了部裡，打點停妥，回來又到王夫人那邊將打點吏部之事告知王夫人。王夫人便道：「打聽準了麼？果然這樣，老爺也願意，合家也放心。那外任何嘗是作得的？不是這樣回來，只怕叫那些混賬東西把老爺的性命都坑了呢！」賈璉道：「太太怎麼知道？」王夫人道：「自從你二叔放了外任，並沒有一個錢拿回來，把家裡的倒掏摸了好些去了。你瞧，那些跟老爺去的人，他男人在外頭不多幾時，那些小老婆子們都金頭銀面的妝扮起來了，可不是在外頭瞞著老爺弄錢？你叔叔就由著他們鬧去。要弄出事來，不但自己的官作不成，只怕連祖上的官也要抹掉了呢！」賈璉道：「太太說得很是。方才我聽見參了，嚇得了不得，直等打聽明白才放心。也願意老爺作個京官，安安逸逸的作幾年，才保得住一輩子的聲名。就是老太太知道了，倒也是放心的。只要太太說得寬緩些。」王夫人道：「我知道，你到底再去打聽打聽。」

賈璉答應了，才要出來，只見薛姨媽家的老婆子慌慌張張的走來，到王夫人裡間屋內，也沒說請安，便道：「我們太太叫我來告訴這裡的姨太太說：我們家了不得了，又鬧出事來了！」王夫人聽了，便問：「鬧出什麼事來？」那婆子又說：「了不得，了不

得！」王夫人哼道：「糊塗東西！有緊要事，你到底說呀！」婆子便說：「我們家二爺不在家，一個男人也沒有，這件事情出來，怎麼辦！要求太太打發幾位爺們去料理！」王夫人聽著不懂，便著急道：「到底要爺們去幹什麼？」婆子道：「我們大奶奶死了！」王夫人聽了，啐道：「呸，那行子女人死就死了罷咧，也值得大驚小怪的！」婆子道：「不是好好兒死的，是混鬧死的！快求太太打發人去辦辦！」那婆子沒聽見打發人去，只聽見說「別理他」，他便賭氣跑回去了。

這裡薛姨媽正在著急，再不見來。好容易那婆子來了，便問：「姨太太打發誰來？」婆子嘆說道：「人再別有急難事。什麼好親好眷，看來也不中用！姨太太不但不肯照應我們，倒罵我糊塗！」薛姨媽聽了，又氣又急道：「姨太太不管，你姑奶奶怎麼說來著？」婆子道：「姨太太既不管，我們家的姑奶奶自然更不管了，沒有去告訴。」薛姨媽啐道：「姨太太是外人，姑娘是我養的，怎麼不管？」婆子一時省悟道：「是啊！這麼著我還去。」

正說著，只見賈璉來了，給薛姨媽請了安，道了惱，回說：「我媳子知道弟婦死了，問老婆子，再說不明，著急得很，打發我來問個明白，還叫我在這裡料理。該怎麼樣，姨太太只管說了辦去。」薛姨媽本來氣得乾哭，聽見賈璉的話，便趕忙說：「倒叫二爺費心。我說姨太太是待我最好的，都是這老貨說不清，幾乎誤了事。請二爺坐下，等我慢慢的告訴你。」便道：「不為別的事，為的是媳婦不是好死的。」賈璉道：「想是為兄弟犯事，怨命死的？」薛姨媽道：「若這樣倒好了！前幾個月頭裡，他天天赤腳蓬頭的瘋鬧。

一七四

後來聽見你兄弟問了死罪，他雖哭了一場，以後倒搽胭抹粉❶的起來。我要說他，又要吵個不得，我總不理他。有一天，不知為什麼來要香菱去作伴兒。我說：「你放著寶蟾，要香菱作什麼？況且香菱是你不愛的，何苦惹氣呢？」他必不依。我沒法兒，只得叫香菱到他屋裡去。可憐香菱不敢違我的話，帶著病就去了。誰知道他待香菱很好，我倒喜歡，你大妹妹知道了，說：「只怕不是好心罷？」我也不理會。頭幾天香菱病著，他倒親手去作湯給他喝。誰知香菱沒福，剛端到跟前，他自己燙了手，連碗都砸了。昨兒晚在香菱身上，他倒沒生氣，自己還拿笤帚掃了地，拿水潑淨了地，仍舊兩個人很好。上，又叫寶蟾去作了兩碗湯來，自己說和香菱一塊兒喝。隔了一會子，聽見他屋裡鬧起來，寶蟾急得亂嚷，以後香菱也嚷出來叫人。我忙著看去，只見媳婦鼻子眼睛裡都流出血來，在地下亂滾，兩隻手在心口裡亂抓，兩隻腳亂蹬，把我就嚇死了！問他也說不出來，過了一會子就死了。我瞧那個光景兒是服了毒的。寶蟾就哭著來揪香菱，說他拿藥藥死奶奶了。我看香菱也不是這麼樣的人。再者，他病得起還起不來，怎麼能藥人呢？無奈寶蟾一口咬定。我的二爺！這叫我怎麼辦？只得硬著心腸，叫老婆子們把香菱捆了，交給寶蟾，便把房門反扣了。我和你二妹妹守了一夜，等府裡的門開了，才告訴的。二爺！你是明白人，這件事怎麼好？」賈璉道：「據我看起來，必要經官才了得下來。我們自然疑在寶蟾身上，別人卻說寶蟾為什麼藥死他們姑娘呢？若說在香菱身上，倒還裝得

「也得撕擄明白了，才好報啊！」賈璉道：「夏家知道了沒有？」薛姨媽道：

正說著，只見榮府的女人們進來說：「我們二奶奶來了。」賈璉雖是大伯子，因從小上。」

兒見的，也不迴避。寶釵進來見了母親，又見了賈璉，便往裡間屋裡和寶琴坐下。薛姨媽進來也將前事告訴了一遍。寶釵便說：「若把香菱捆了，可不是我們也說是香菱藥死的了麼？媽媽說這湯是寶蟾作的，就該捆起寶蟾來問他呀。一面就該打發人報官去，一面報官才是。」薛姨媽聽見有理，便問賈璉。賈璉道：「二妹子說得很是。報官還得我去托了刑部裡的人，相驗問口供的時候，方有照應。只是要捆寶蟾放香菱，倒怕難些。」薛姨媽道：「並不是我要捆香菱，我恐怕香菱病中受冤著急，一時尋死，又添了一條人命，才捆了交給寶蟾，也是個主意。」賈璉道：「雖是這麼說，我們倒幫了寶蟾了。若要放都放，要捆都捆，他們三個人是一處的。只要叫人安慰香菱就是了。」薛姨媽便叫人開門進去。只見香菱已哭得死去活來。寶蟾反得意洋洋，以後見人要捆他，便亂嚷起來。那禁得榮府的人吆喝著，也就捆了，竟開著門，好叫人看著。

這裡報夏家的人已經去了。那夏家先前不住在京裡，因近年消索，又惦記女孩兒，新近搬進京來。父親已沒，只有母親，又過繼了一個混賬兒子，把家業都花完了，不時的常到薛家。那金桂原是個水性人兒，那裡守得住空房？況兼天天心裡想念薛蝌，便有些飢不擇食的光景。無奈他這個乾兄弟又是個蠢貨，雖也有些知覺，只是尚未入港，所以金桂時常回去，也幫貼他些銀錢。這些時正盼金桂回家，只見薛家的人來，心裡想著：「又拿什麼東西來了。」不料說這裡的姑娘服毒死了，他就氣得亂嚷亂叫。金桂的母親聽見了，更哭喊起來，說：「好端端的女孩兒在他家，為什麼服了毒呢？」哭著喊著的，帶了兒子，也等不得僱車，便要走來。那夏家本是買賣人家，如今沒了錢，那顧什麼臉面？兒

子頭裡走，他就跟了個破老婆子出了門，在街上哭哭啼啼的僱了一輛車❷，一直跑到薛家。進門也不搭話，就「兒」一聲「肉」一聲的鬧起。

那時賈璉到刑部去托人，家裡只有薛姨媽、寶釵、寶琴，何曾見過這個陣仗兒，都嚇得不敢則聲。要和他講理，他也不聽，只說：「我女孩兒在你家，得過什麼好處？兩口子朝打暮罵，鬧了幾時，還不容他兩口子在一處。你們商量著把我女婿弄在監裡，永不見面。你們娘兒們仗著好親戚受用也罷了，還嫌他礙眼，叫人藥死他，倒說是服毒！他為什麼服毒？」說著，直奔薛姨媽來。薛姨媽只得退後，說：「親家太太！且瞧瞧你女孩兒，問問寶蟾，再說歪話還不遲呢！」寶釵寶琴因外面有夏家的兒子，難以出來攔護，只在裡邊著急。

恰好王夫人打發周瑞家的照看，一進門來，見一個老婆子指著薛姨媽的臉哭罵。周瑞家的知道必是金桂的母親，便走上來說：「這位是親家太太麼？大奶奶自己服毒死的，與我們姨太太什麼相干？也不犯這麼糟蹋呀！」那金桂的母親問：「你是誰？」薛姨媽見有了人，膽子略壯了些，便說：「這就是我們親戚賈府裡的。」金桂的母親便道：「誰不知道你們有仗腰子的親戚，才能夠叫姑爺坐在監裡！如今我的女孩兒倒白死了不成？」說著，便拉薛姨媽說：「你到底把我女孩兒怎麼弄殺了？給我瞧瞧！」周瑞家的一面勸說：「只管瞧去，不用拉拉扯扯。」把手只一推。夏家的兒子便跑進來不依。裡頭跟寶釵的人聽見外頭鬧起來，趕著來瞧，恐怕周瑞家的吃虧，齊打夥兒上去，半勸半喝，那夏家的母子索性撒起潑來，說：「知道你們榮府的勢頭兒！我們家的姑娘已經死了，如今也都不要命

了！」說著，仍奔薛姨媽拚命。地下的人雖多，那裡擋得住？自古說的：「一人拚命，萬夫莫當。」

正鬧到危急之際，賈璉帶了七八個家人進來，見是如此，便叫人先把夏家的兒子拉出去，便說：「你們不許鬧，有話好好兒的說。快將家裡收拾收拾，刑部裡的老爺們就來相驗了。」金桂的母親正在撒潑，只見來了一位老爺，幾個在頭裡吆喝，那些人都垂手侍立。金桂的母親見這個光景，也不知是賈府何人。又見他兒子已被眾人揪住，又聽見刑部來驗，他心裡原想看見女孩兒的屍首，先鬧個稀爛，再去喊冤，不承望這裡先報了官，也便軟了些。薛姨媽已嚇糊塗了，還是周瑞家的回說：「他們來了也沒去瞧瞧他們姑娘，便作踐起姨太太來了。我們為好勸他，那裡跑進一個野男人，在奶奶們裡頭混撒村混打，這可不是沒有王法了！」賈璉道：「這會子不用和他講理，等回來打著問他，說：男人有男人的地方兒，裡頭都是些姑娘奶奶們。況且有他母親還瞧不見他們姑娘麼？他跑進來不是要打搶來了麼！」家人們作好作歹，壓伏住了。

周瑞家的仗著人多，便說：「夏太太，你不懂事！既來了，該問個青紅皂白。你們姑娘是自己服毒死了的；不然，就是寶蟾藥死他主子了。怎麼不問明白，又不看屍首，就想訛人來了呢？我們就肯叫一個媳婦兒白死了不成？現在把寶蟾捆著；因為你們姑娘必要點病兒，所以叫香菱陪著他❸，也在一個屋裡住，故此，兩個人都看守在那裡。原等你們來眼看著刑部相驗，問出道理來才是啊！」金桂的母親此時勢孤，也只得跟著周瑞家的到他女孩兒屋裡，只見滿臉黑血，直挺挺的躺在炕上，便叫哭起來。寶蟾見是他家的人來，便哭喊說：「我們姑娘好意待香菱，叫他在一塊兒住，他倒抽空兒藥死我們姑娘！」那時薛家

上下人等俱在，便齊聲吆喝道：「胡說！昨日奶奶喝了湯才藥死的，這湯可不是你作的？」寶蟾道：「湯是我作的，端了來，我有事走了。不知香菱起來放了些什麼在裡頭，藥死的。」金桂的母親沒聽完，就奔香菱，眾人攔住。

薛姨媽便道：「這樣子是砒霜藥的，家裡決無此物。不管香菱寶蟾，終有替他買的。回來刑部少不得問出來，才賴不去。如今把媳婦權放平正，好等官來相驗。」眾婆子上來抬放。寶釵道：「都是男人進來，你們將女人動用的東西檢點檢點。」只見炕褥底下有一個揉成團的紙包兒。金桂的母親瞧見，便拾起打開看時，並沒有什麼，便撂開了。寶蟾看見道：「可不是有了憑據了！這個紙包兒我認得：頭幾天耗子鬧得慌，奶奶家去找舅爺要的，拿回來擱在首飾匣內。必是香菱看見了，拿來藥死奶奶的。若不信，你們看看首飾匣裡有沒有了。」❹

金桂的母親便依著寶蟾的話，取出匣子來，只有幾支銀簪子。薛姨媽便說：「怎麼好些首飾都沒有了？」寶釵叫人打開箱櫃，俱是空的，便道：「嫂子這些東西被誰拿去？這可要問寶蟾。」金桂的母親心裡也虛了好些，見薛姨媽查問寶蟾，便說：「姑娘的東西，他那裡知道？」周瑞家的道：「親家太太別這麼說麼。我知道寶姑娘是天天跟著大奶奶的，怎麼說不知道？」寶蟾見問得緊，又不好胡賴，只得說道：「奶奶自己每每帶回家去，我管得麼？」眾人便說：「好個親家太太！哄著拿姑娘的東西去，哄完了，叫他尋死，來訛我們！好罷咧！回來相驗，就是這麼說。」寶釵叫人：「到外頭告訴璉二爺說：別放了夏家的人！」

裡頭金桂的母親忙了手腳，便罵寶蟾道：「小蹄子別嚼舌頭了！姑娘幾時拿東西到我

家去？」寶蟾道：「如今東西是小，給姑娘償命是大。」寶琴道：「有了東西，就有償命的人了！快請璉二哥哥問準了夏家的兒子買砒霜的話，回來好回刑部裡的話。」金桂的母親著了急道：「這寶蟾必是撞見鬼了，混說起來！我們姑娘何嘗買過砒霜？要這麼說，必是寶蟾藥死了的！」寶蟾急得亂嚷，說：「別人賴我也罷了，怎麼你們也賴起我來呢？你們不是常和姑娘說，叫他別受委屈，鬧得他們家破人亡，那時將東西捲包兒一走，再配一個好姑娘：這個話是有的沒有？」金桂的母親恨得咬牙切齒的罵寶蟾，說：「這是你們家的人說的，還賴什麼呢？」金桂的母親便接口說道：「我待你不錯呀！為什麼你倒拿話來葬送我呢？回來見了官，我就說是你藥死姑娘的！」

寶蟾氣得瞪著眼說：「請太太放了香菱罷，不犯著白害別人。我見官自有我的話。」寶釵聽出這個話頭兒來了，便叫人反倒放開了寶蟾，說：「你原是個爽快人，何苦白冤在裡頭？你有話，索性說了，大家明白，豈不完了事了呢？」寶蟾也怕見官受苦，便說：「我起初不理會，後來看見和香菱好了，我只道是香菱怎麼哄轉了❺我們奶奶天天抱怨說：『我這樣人，為什麼碰著這個瞎眼的娘，不配給二爺，偏給了這麼個混賬糊塗行子！要是能夠和二爺過一天，死了也是願意的！』說到那裡，便恨香菱。不承望昨兒的湯不是

寶釵便問道：「香菱，昨日你喝湯來著沒有？」香菱道：「頭幾天我病得抬不起頭來，奶奶叫我喝湯，我不敢說不喝。剛要扎掙起來，那碗湯已經灑了，倒叫奶奶收拾了個難，我心裡很過不去。昨兒聽見叫我喝湯，我喝不下去，沒有法兒，正要喝的時候兒，偏又頭暈起來。見寶蟾姐姐端了去，我正喜歡；剛合上眼，奶奶自己喝著湯，叫我嘗嘗，我便勉強

也喝了兩口。」寶蟾不待說完便道：「是了！我老實說罷。昨兒奶奶叫我作兩碗湯，說是和香菱同喝。我氣不過，心裡想著：香菱那裡配我作湯給他喝呢？我故意的一碗裡頭多抓了一把鹽，記了暗記兒，原想給香菱喝的。剛端進來，奶奶卻攔著我叫外頭叫小子們僱車，說今日回家去。我出去說了回來，見鹽多的這碗湯在奶奶跟前呢。我恐怕奶奶喝著鹹，又要罵我。正沒法的時候，奶奶往後頭走動，我眼錯不見，就把香菱這碗湯換過來了。也是合該如此。奶奶回來就拿了湯去到香菱床邊，喝著說：『你到底嘗嘗。』那香菱也不覺鹹，兩個人都喝完了。我正笑香菱沒喝嘴道兒[2]，那裡知道這死鬼奶奶要藥香菱，必定趁我不在，將砒霜撒上了，也不知道我換碗。這可就是『天理昭彰，自害自身』[3]了！」

不說香菱得放，且說金桂的母親心虛事實，還想辯賴，扶著他仍舊睡在床上。於是眾人往前後一想，真正一絲不錯。薛姨媽等你言我語，反要他兒子償還金桂之命。正然吵嚷，賈璉在外嚷說：「不用多說了，快收拾停當。刑部的老爺就到了。」此時惟有夏家母子著忙，想來總要吃虧的，不得已反求薛姨媽道：「千不是，萬不是，總是我死的女孩兒不長進。這也是他自作自受。要是刑部相驗，到底府上臉面不好看，求親家太息了這件事罷！」寶釵道：「那可使不得。已經報了，怎麼能息呢？」周瑞家的等人大家作好作歹的勸說：「若要息事，除非夏親家太太自己出去攔驗，我們不提長短罷了。」賈璉在外也將他兒子嚇住。他情願迎到刑部具結攔驗[4]，眾人依允。薛姨媽命人買棺成殮，不提。

且說賈雨村升了京兆府尹[5]，兼管稅務。一日，出都查勘開墾地畝，路過知機縣，到

了急流津，正要渡過彼岸，因待人夫，暫且停轎。只見村旁有一座小廟，牆壁坍頹，露出

幾株古松，倒也蒼老。雨村下轎，閑步進廟，但見廟內神像，金身脫落，殿宇歪斜，旁有

斷碣，字跡模糊，也看不明白。意欲行至後殿，只見一株翠柏，下蔭著一間茅廬，廬中有

一個道士，合眼打坐。雨村走近看時，面貌甚熟，想著倒像在那裡見過的，一時再想不

起來。眾人便欲吆喝，雨村止住，徐步向前，叫一聲「老道」。那道士雙眼略啟，微微的

笑道：「貴官何事？」雨村便道：「本府出都查勘事件，路過此地，見老道靜修自得，想

來道行深通，意欲冒昧請教。」那道人說：「來自有地，去自有方。」雨村知是有些來歷

的，便長揖請問：「老道從何處焚修，在此結廬？此廟何名？廟中共有幾人？或欲真修

，豈無名山？或欲結緣⁶，何不通衢？」那道人道：「『葫蘆』尚可安身，何必名山結舍？

廟名久隱，斷碣猶存，形影相隨，何須修募？豈似那『玉在匵中求善價，釵於匵內待時

飛』之輩耶？」雨村原是個穎悟人，初聽見「葫蘆」兩字，後聞「釵玉」一對，忽然想起

甄士隱的事來，重復將那道士端詳一回，見他容貌依然，便屏退從人，問道：「君家莫非

甄老先生麼？」那道人微微笑道：「什麼『真』？什麼『假』？要知道『真』即是『假』，

『假』即是『真』。」雨村聽說出「賈」字來，益發無疑；便重新施禮，道：「學生自蒙

慨贈到都，托庇⁷獲雋公車⁸，受任貴鄉，始知老先生超悟塵凡，飄舉仙境。學生雖溯洄思

切⁹，自念風塵俗吏，未由再睹仙顏，今何幸於此處相遇！求老仙翁指示愚蒙。倘荷不棄

，京寓甚近[10]，學生當得供奉，得以朝夕聆教。」那道人也站起來回禮，道：「我於蒲團

之外，不知天地間尚有何物。適才尊官所言，貧道一概不解。」說畢，依舊坐下。雨村復

又心疑：「想去若非士隱，何貌言相似若此？離別來十九載，面色如舊，必是修煉有成

未肯將前身說破。但我既遇恩公，又不可當面錯過。看來不能以富貴動之，那妻女之私更不必說了。」想罷，又道：「仙師既不肯說破前因，弟子於心何忍？」正要下禮，只見從人進來稟說：「天色將晚，快請渡河。」雨村正無主意，那道人道：「請尊官速登彼岸，見面有期，遲則風浪頓起。果蒙不棄，貧道他日尚在渡頭候教。」說畢，仍合眼打坐。雨村無奈，只得辭了道人出廟。正要過渡，只見一人飛奔而來。未知何人，下回分解。

■ 校記

❶ 「搽胭抹粉」，王本、金本作「搽脂抹粉」。

❷ 「跟了個破老婆子出了門，在街上哭哭啼啼的僱了一輛車」，藤本、王本「破」字在「車」字上。

❸ 「因為你們姑娘必要點病兒，所以叫香菱陪著他」，「必要點」藤本、王本作「有了此」。「陪」原作「賠」，從王本改。

❹ 「若不信，你們看看首飾匣裡有沒有了」，原作「若不信，他們看見首飾匣裡有沒有了」，從藤本、王本改。

❺ 「我只道是香菱怎麼哄轉了」，藤本、王本作「我知道是香菱教他什麼子」。

■ 注釋

1 〔消索〕 蕭條冷落。

2 〔沒嘴道兒〕 味覺不敏感的意思。

3 〔天理昭彰，自害自身〕 意思是天理是昭明的，想害人者必以害己告終。

4 〔具結攔驗〕 由尸親具結表示對死因不懷疑，也不再告發，出具保結來攔阻對死尸的檢驗。

5 〔京兆府尹〕 主持京師政事的長官。初設於西漢。這裡是作者虛構的，清代並無此職稱。

6 〔結緣〕 佛教名詞。即佛教徒積善行好。佛教徒認為布施行善，能結下將來得道的因緣，故名結緣。

7 〔托庇〕 托別人的福。舊時自謙的說法。

8 〔獲雋公車〕 指考中進士。雋，同俊，傑出。獲雋，獲得優勝的名次。漢代用公家的車馬

送應舉的人，後以「公車」為舉人入京考試的代稱。

9 〔溯（ムㄨˋ／sù）洄思切〕

溯洄，逆流而上。引申為尋源、追憶、懷念。這句意思是懷念之心十分殷切。

10 〔倘荷不棄〕

假使承受（您的）恩惠，不嫌棄（我）。荷，承受恩惠，舊時的客氣話。

【第一百四回】

醉金剛小鰍生大浪　痴公子餘痛觸前情

話說賈雨村剛欲過渡，見有人飛奔而來，跑到跟前，口稱：「老爺！方才逛的那廟火起了。」雨村回首看時，只見烈焰燒天，飛灰蔽日。雨村心想：「這也奇怪！我才出來，走不多遠，這火從何而來？莫非士隱遭劫於此？」欲待回去，又恐誤了過河；若不回去，心下又不安。想了一想，便問道：「你方才見那老道士出來了沒有？」那人道：「小的原隨老爺出來，因腹內疼痛，略走了一走。回頭看見一片火光。原來就是那廟中火起，特趕來稟知老爺，並沒有見有人出來。」雨村雖則心裡狐疑，究竟是名利關心的人，那肯回去看視？便叫那人：「你在這裡等火滅了，進去瞧那老道在與不在，即來回稟。」那人只得答應了伺候。雨村過河，仍自去查看，查了幾處，遇公館，便自歇下。

明日，又行一程，進了都門，眾衙役接著，前呼後擁的走著。雨村坐在轎內，聽見轎前開路的人吵嚷。雨村問是何事，那開路的拉了一個人過來跪在轎前，稟道：「那人酒醉，不知迴避，反衝突過來。小的吆喝他，他倒恃酒撒潑，躺在街心，說小的打了他了。」雨村便道：「我是管理這裡地方的，你們都是我的子民。知道本府經過，喝了酒，不知退避，還敢撒賴！」那人道：「我喝酒是自己的錢；醉了，躺的是皇上的地。就是大

人老爺也管不得！」雨村怒道：「這人目無法紀！問他叫什麼名字。」那人回道：「我叫

醉金剛倪二。」雨村聽了生氣，叫人：「打這東西，瞧他是金剛不是！」手下把倪二按

倒，著實的打了幾鞭子。倪二負痛，酒醒求饒。雨村在轎內哈哈笑道：「原來是這麼個金

剛！我且不打你，叫人帶進衙門裡慢慢的問你！」眾衙役答應，拴了倪二，拉著就走。倪

二哀求，也不中用。

雨村進內覆旨回曹，那裡把這件事放在心上？那街上看熱鬧的，三三兩兩傳說：

「倪二仗著有些力氣，恃酒訛人，今兒碰在賈大人手裡，只怕不輕饒的！」這話已傳到他

妻女耳邊。那夜果等倪二不見回家，他女兒便到各處賭場尋覓。那賭博的都是這麼說，他

女兒哭了。眾人都道：「你不用著急。那賈大人是榮府的一家。榮府裡的一個什麼倪二爺和

你父親相好，你同你母親去找他說個情，就放出來了。」倪二的女兒想了一想：「果然我

父親常說間壁賈二爺和他好，為什麼不找他去？」趕著回來就和母親說了，娘兒兩個去找

賈芸。那日賈芸恰好在家，見他母女兩個過來，便讓坐。賈芸的母親便命倒茶❶。倪家母

女將倪二被賈大人拿去的話說了一遍，「求二爺說個情兒放出來！」賈芸一口應承，說：

「這算不得什麼，我到西府裡說一聲就放了。那賈大人全仗著西府裡才得作了這麼大

官❷，只要打發個人去一說就完了。」倪家母女歡喜，回來便到府裡告訴了倪二，叫他不

用忙，已經求了賈二爺，他滿口應承，討個情便放出來的。倪二聽了也喜歡。

不料賈芸自從那日給鳳姐送禮不收，不好意思進來，也不常到榮府。那榮府的門上原

看著主子的行事，叫誰走動，才有些體面，一時來了，他便進去通報；若主子不大理了，

不論本家親戚，他一概不回，支回去就完事。那日賈芸到府，說：「給璉二爺請安。」

門上的說：「二爺不在家，等回來，我們替回罷。」賈芸欲要說「請二奶奶的安」，又恐門上厭煩，只得回家。又被倪家母女催逼著，說：「二爺常說府上不論那個衙門，說一聲兒誰敢不依。如今還是府裡的一家兒，又不為什麼大事，這個情還討不來，白是我們二爺了！」賈芸臉上下不來，嘴裡還說硬話：「昨兒我們家裡有事，沒打發人說去，少不得今兒說了就放。什麼大不了的事！」倪家母女只得聽信。豈知賈芸近日大門竟不得進去，繞到後頭，要進園內找寶玉，不料園門鎖著，只得垂頭喪氣的回來。想起「那年倪二借銀，買了香料送他，才派我種樹；如今我沒錢打點，就把我拒絕。那也不是他的能為❸，拿著太爺留下的公中銀錢在外放加一錢，我們窮當家兒，要借一兩也不能。他打量保得住一輩子不窮的了！那裡知道外頭的名聲兒很不好，我不說罷了；若說起來，人命官司不知有多少呢！」一面想著，來到家中，只見倪家母女正等著呢。賈芸無言可支，便說是：「西府裡已經打發人說了，只言賈大人不依。你還求我們家的奴才周瑞的親戚冷子興去中用。」倪家母女聽了，說：「二爺這樣體面爺們還不中用，若是奴才，是更不中用了。」賈芸不好意思，心裡發急道：「你不知道，如今的奴才比主子強多著呢！」倪家母女聽來無法，只得冷笑幾聲，說：「這倒難為二爺白跑了這幾天！等我們那一個出來再道乏罷。」說畢出來，另托人將倪二弄出來了，只打了幾板，也沒有什麼罪。

倪二回家，他妻女將賈家❹不肯說情的話說了一遍。倪二正喝著酒，便生氣要找賈芸，說：「這小雜種，沒良心的東西！頭裡他沒有飯吃，要到府內鑽謀事辦，虧我倪二爺幫了他。如今我有了事，他不管。好罷咧！要是我倪二鬧起來，連兩府裡都不乾淨！」他妻女忙勸道：「嗳！你又喝了黃湯，就是這麼有天沒日頭的。前兒可不是醉了鬧的亂子，

捱了打？還沒好呢，你又鬧了！」倪二道：「捱了打就怕他不成？只怕拿不著由頭兒！我在監裡的時候兒，倒認得了好幾個有義氣的朋友。聽見他們說起來，不獨是城裡姓賈的多，外省姓賈的也不少，前兒監裡收下了好幾個賈家的家人，我倒說這裡的賈家小一輩子連奴才們雖不好，他們老一輩的還好，怎麼犯了事呢？我打聽了打聽，說是和這裡賈家是一家兒，都住在外省，審明白了，解進來問罪的，我才放心。若說賈二這小子，他忘恩負義，我就和幾個朋友說他家怎麼欺負人，怎麼放重利，怎麼強娶活人妻❺。吵嚷出去，有了風聲到了都老爺³耳朵裡頭，這一鬧起來，叫他們才認得倪二金剛呢！」他女人道：

「你喝了酒，睡去罷。他又強占誰家的女人來著？沒有的事，你不用混說了。」倪二道：

「你們在家裡，那裡知道外頭的事？前年我在場兒裡碰見了小張，說他女人被賈家占了他，我倒勸著他才壓住了❻。不知道小張如今那裡去了，這兩年沒見。若碰著他，我倪二太爺出個主意，叫賈二小子死給我瞧瞧！好好兒的孝敬孝敬我倪二太爺才罷了，倒身躺下，嘴裡還是咕咕噥噥的說了一回，便睡去了。他妻女只當是醉話，也不理他。明日早起，倪二又往賭場中去了，不提。

且說雨村回到家中，歇息了一夜，將道上遇見甄士隱的事告訴了他夫人一遍。他夫人便埋怨他：「為什麼不回去瞧一瞧？倘或燒死了，可不是咱們沒良心！」說著，掉下淚來。雨村道：「他是方外的人⁴了，不肯和咱們在一處的。」正說著，外頭傳進話來稟說：「前日老爺吩咐瞧那廟裡失火去的人回來了。」雨村踱了出來。那廂役請了安，回說：「小的奉老爺的命回去，也沒等火滅，冒著火進去瞧那道士，那裡知他坐的地方兒都燒

了。小的想著那道士必燒死了。那燒的牆屋往後塌了，道士的影兒都沒有了。只有一個蒲團，一個瓢兒，還是好好的。小的各處找他的屍首，連骨頭都沒有一點兒。小的恐怕老爺不信，想要拿這蒲團瓢兒回來作個證見，小的這麼一拿，誰知都成了灰了。」雨村聽畢，心下明白，知士隱仙去了，便把那衙役打發出去了。回到房中，並沒提起士隱火化之言，恐怕婦女不知，反生悲感，只說並無形跡，必是他先走了。

雨村出來，獨坐書房，正要細想士隱的話，忽有家人傳報說：「內廷傳旨，交看事件。」雨村疾忙上轎進內。只聽見人說：「今日賈存周江西糧道被參回來，在朝內謝罪。」雨村忙到了內閣，見了各大臣，將海疆辦理不善的旨意看了，出來即忙找著賈政，先說了些為他抱屈的話，後又道喜，問一路可好。賈政也將違別以後的話細細的說了一遍。雨村道：「謝罪的本上了去沒有？」賈政道：「已上去了。等膳後下來，看旨意罷。」正說著，只聽裡頭傳出旨來叫賈政，賈政即忙進去。各大人有與賈政關切的，都在裡頭等著。等了好一回，方見賈政出來。看見他帶著滿頭的汗，眾人迎上去接著，問：「有什麼旨意？」賈政吐舌道：「嚇死人，嚇死人！倒蒙各位大人關切，幸喜沒有什麼事。」眾人道：「旨意問了些什麼？」賈政道：「旨意問的是雲南私帶神槍一案。本上奏明是原任太師賈化的家人，便問起來。我忙著磕頭奏明先祖的名字是代化，主上便笑了，還降旨意說：『前放兵部，後降府尹的，不是也叫賈化麼？』那時雨村也在旁邊，倒嚇了一跳，便問賈政道：「老先生怎麼奏的？」賈政道：「我便慢慢奏道：『原任太師賈化是雲南人；現任府尹賈某是浙江人❼。』主上又問，『蘇州刺史奏的賈範，是你一家子麼？』我又磕頭奏道：『是。』主上便變色道：『縱使家奴強占良民妻

女，還成事麼？」我一句不敢奏。主上又問道：「『賈範是你什麼人？』」我忙奏道：「『是遠族。』」主上哼了一聲，降旨叫出來了。可不是詫事⁶！」

眾人道：「本來也巧。怎麼一連有這兩件事？」賈政道：「事倒不奇，倒是都姓賈的不好。算來我們寒族人多，年代久了，各處都有。現在雖沒有事，究竟主上記著一個『賈』字就不好。」眾人說：「真是真，假是假，怕什麼？」賈政道：「如今老先作官，只是不敢告老，現在我們家裡兩個世襲，這也無可奈何的。」雨村道：「我心裡巴不得不生仍是工部，想來京官是沒有事的。」賈政道：「京官雖然無事，我究竟作過兩次外任，也就說不齊了。」眾人道：「二老爺的人品行事，我們都佩服的。就是令兄大老爺，也是個好人。只要在令姪輩身上嚴緊些就是了。」賈政道：「我因在家的日子少，舍姪的事情不大查考，我心裡也不甚放心。諸位今日提起，都是至相好，或者聽見東宅的姪兒家有什麼不奉規矩的事麼？」眾人道：「沒聽別的，只有幾位侍郎心裡不大和睦，內監裡頭也有些。想來不怕什麼，只要囑咐那邊令姪，諸事留神就是了。」

眾人說畢，舉手而散，賈政然後回家。眾子姪等都迎接上來。賈政迎著請賈母的安，然後眾子姪俱請了賈政的安，一同進府。王夫人等已到了榮禧堂迎接。賈政先到了賈母那裡拜見了，陳述些違別的話。賈母問探春消息，賈政將許嫁探春的事都稟明了，還說：「兒子起身急促，難過重陽，雖沒有親見，聽見那邊親家的人來，說得極好。親家老爺太太都說請老太太的安。還說今冬明春，大約還可調進京來。如今聞得海疆有事，只怕那時還不能調。」賈母始則因賈政降調回來，知探春遠在他鄉，一無親故，心下傷感；後聽賈政將官事說明，探春安好，也便轉悲為喜，便笑著叫賈政出去。然後弟兄

相見，眾子姪拜見，定了明日清晨拜祠堂。

賈政回到自己屋內，王夫人等見過，寶玉賈璉替另⁷拜見⁸。賈政見了寶玉果然比起身之時臉面豐滿，倒覺安靜，獨不知他心裡糊塗，所以心甚喜歡，不以降調為念，心想幸虧老太太辦理得好。又見寶釵沉厚更勝先時，蘭兒文雅俊秀，便喜形於色。獨見環兒仍是先前，究不甚鍾愛。歇息了半天，忽然想起：「為何今日短了一人？」王夫人知是想著黛玉，前因家書未報，今日又剛到家，正是喜歡，不便直告，只說是病著。豈知寶玉的心裡已如刀攪，因父親到家，只得把心性伺候。王夫人設筵接風，子孫敬酒。鳳姐雖是姪媳，現辦家事，也隨了寶釵等遞酒。賈政便叫遞了一巡酒，「都歇息去罷。」命眾家人不必伺候，待明早拜過宗祠，然後進見。分派已定，賈政與王夫人說些別後的話，餘者王夫人都不敢言。倒是賈政先提起王子騰的事來，王夫人也不敢悲戚。賈政又說蟠兒的事，王夫人只說他是自作自受；趁便也將黛玉已死的話告訴。賈政反嚇了一驚，不覺掉下淚來，連聲嘆息。王夫人也掌不住，也哭了。旁邊彩雲等即忙拉衣，王夫人止住，重又說些喜歡的話，便安寢了。

次日一早，至宗祠行禮，眾子姪都隨往。賈政便在祠旁廂房坐下，叫了賈珍賈璉過來，問起家中事務。賈珍揀可說的說了。賈政又道：「我初回家，也不便來細細查問，只是聽見外頭說起你家裡更不比從前，諸事要謹慎才好。你年紀也不小了，孩子們該管教管教，別叫他們在外頭得罪人。璉兒也該聽著。不是才回家就說你們，因我有所聞，所以才說的。你們更該小心些。」賈珍等臉脹通紅的，也只答應個「是」字，不敢說什麼。賈政也就罷了。回歸西府，眾家人磕頭畢，仍復進內，眾女僕行禮，不必多贅。

只說寶玉因昨日賈政問起黛玉，王夫人答以有病，他便暗裡傷心，直待賈政命他回去，一路上已滴了好些眼淚。回到房中，見寶釵和襲人等說話，他便獨坐外間納悶。寶釵叫襲人送過茶去，知他必是怕老爺查問功課，所以如此，只得過來安慰。寶玉便藉此過去向寶釵說：「你今夜先睡，我要定定神。這時更不如從前了，三言倒忘兩語，老爺瞧著不好。你先睡，叫襲人陪我略坐坐。」寶釵不便強他，點頭應允。

寶玉出來便輕輕和襲人說，央他：「把紫鵑叫來，有話問他。但是紫鵑見了我，臉上總是有氣，須得你去解勸開了再來才好。」襲人道：「你說要定神，我倒喜歡，怎麼又定到這上頭去了？有話你明兒問不得？」寶玉道：「我就是今晚得閒，明日倘或老爺叫幹什麼，便沒空兒了。好姐姐，你快去叫他來！」襲人道：「他不是二奶奶叫是不來的。」寶玉道：「所以得你去說明了才好。」襲人道：「叫我說什麼？」寶玉道：「你還不知道我的心和他的心麼？都為的是林姑娘。我如今叫你們弄成了一個負心的人了！」說著這話，便瞧瞧裡間屋子，用手指著說：「他是我本不願意的，都是老太太他們捉弄的。好端端把個林妹妹弄死了。就是他死，也該叫我見見，說個明白，他死了也不抱怨我嘎！你到底聽見三姑娘他們說過的，臨死恨怨我。那紫鵑為他們姑娘，也是恨得我了不得。你想，我是無情的人麼？這是林姑娘親眼見的。如今林姑娘死了，難道倒不及晴雯麼？我連祭都不能祭一祭。況且林姑娘死了還有靈聖的，他想起來不更要怨我麼？」襲人道：「你要祭就祭去，誰攔著你呢❾？」寶玉道：「我自從好了起來，就想要作一篇祭文，不知道如今怎麼一點靈機兒都沒

了。要祭別人呢，胡亂還使得；祭他，是斷斷粗糙不得一點兒的。所以叫紫鵑來問他姑娘的心，他打那裡看出來的。我沒病的頭裡還想得出來，病後都不記得了。你倒說林姑娘已經好了，怎麼忽然死的？他好的時候，我不去，他怎麼說來著？我病的時候，他不來，他又怎麼說來著？所有他的東西，我誆過來，你二奶奶總不叫動，不知什麼意思。」襲人道：「二奶奶惟恐你傷心罷了，還有什麼呢？」寶玉道：「我不信，林姑娘既是念我，為什麼臨死把詩稿燒了，不留給我作個記念？又聽見說天上有音樂響，必是他成了神，或是登了仙去。我雖見過了棺材，到底不知道棺材裡有他沒有？」襲人道：「你這話越發糊塗了！怎麼一個人沒死就擱在一個棺材裡當死了的呢？」寶玉道：「不是嗄！大凡成仙的人，或是肉身去的，或是脫胎去的。好姐姐，你到底叫了紫鵑來！」襲人道：「如今等我細細的說明了你的心。他要肯來，還好；要不肯來，還得費多少話。就是來了，見你也不肯細說。據我的主意：明日等二奶奶上去了，我慢慢的問他，或者倒可仔細。遇著閒空兒，我再慢慢的告訴你。」寶玉道：「你說得也是，你不知道我心裡的著急。」

正說著，麝月出來說：「二奶奶說：天已四更了，請二爺進去睡罷。襲人姐姐必是說高了興了，忘了時候兒了。」襲人聽了，道：「可不是？該睡了，有話明兒再說罷。」寶玉無奈，只得進去，又向襲人耳邊道：「明兒好歹別忘了！」襲人笑說：「知道了。」麝月抹著臉笑道❿：「你們兩個又鬧鬼兒了。為什麼不和二奶奶說明了，就到襲人那邊睡去？由著你們說一夜，我們也不管。」寶玉擺手道：「不用言語。」襲人恨道：「小蹄子兒，你又嚼舌根！看我明兒撕你的嘴！」回頭對寶玉道：「這不是你鬧的？說了四更天的話。」一面說，一面送寶玉進屋，各人散去。

那夜寶玉無眠，到了次日，還想這事。只聽得外頭傳進話來，說：「眾親朋因老爺回家，都要送戲接風。老爺再四推辭，說不必唱戲，竟在家裡備了水酒，倒請親朋過來，大家談談。於是定了後兒擺席請人，所以進來告訴。」不知所請何人，下回分解。

■ 校記

❶「賈芸的母親便命倒茶」，諸本無「命」字。

❷「那賈大人全仗著西府裡才得作了這麼大官」，「著」諸本作「我家的」。

❸「那也不是他的能為」，諸本作「他也不是什麼好的」。

❹「賈家」，藤本、王本作「賈芸」。

❺「他家怎麼欺負人，怎麼放重利，怎麼強娶活人妻」，藤本、王本作「他家怎麼倚勢欺人，怎樣盤剝小民，怎樣強娶有夫（藤本作男）婦女」。

❻「才壓住了」，諸本作「才了事的」。

❼「現任府尹賈某是浙江人」，諸本「浙江」下有「湖州」二字。

❽「寶玉賈璉替另拜見」，王本作「寶玉賈環賈蘭拜見」。

❾「誰攔著你呢」，諸本作「要我們作什麼」。

❿「麝月抹著臉笑道」，原作「麝著抹著臉笑道」，藤本、王本作「麝月笑道」。今酌改「月」字。

■ 注釋

1〔公館〕舊時指官家富豪的住宅。這裡是指官府所設的供來往官員歇息的館舍。

2〔回曹〕回到自己的官署。曹，在此指官署。

3〔都老爺〕對都察院長官的稱呼。

4〔方外人〕方外，世外，超越於世俗禮教之外。過去稱出家作和尚、道士的人為方外人。

5〔仙去〕舊時稱有道行的人死去為仙去。

6〔詫（ㄔㄚˋ chà）事〕怪事。

7〔替另〕「個別地」、「重另」、「重新」的意思。

【第一百五回】

錦衣軍[1]查抄寧國府　驄馬使[2]彈劾平安州

話說賈政正在那裡設宴請酒，忽見賴大急忙走上榮禧堂來，回賈政道：「有錦衣府堂官趙老爺帶領好幾位司官[3]，說來拜望。奴才要取職名來回，趙老爺說：『我們至好，不用的。』一面就下了車，走進來了。請老爺同爺們快接去。」賈政聽了，心想：「和老趙並無來往，怎麼也來？現在有客，留他不便，不留又不好。」正自思想，賈璉說：「叔叔快去罷。再想一回，人都進來了。」

正說著，只見二門上家人又報進來，說：「趙老爺已進二門了。」賈政等搶步接去。只見趙堂官滿臉笑容，並不說什麼，一徑走上廳來。後面跟著五六位司官，也有認得的，也有不認得的，但是總不答話。賈政等心裡不得主意，只得跟著上來讓坐。眾親友也有認得趙堂官的，見他仰著臉不大理人，只拉著賈政的手笑著說了幾句寒溫的話。眾人看見得趙堂官的手笑著說了幾句寒溫的話。眾人看見頭不好，也有躲進裡間屋裡的，也有垂手侍立的。

賈政正要帶笑敘話，只見家人慌張報道：「西平王爺到了。」賈政慌忙去接，已見王爺進來。趙堂官搶上去請了安，便說：「王爺已到，隨來的老爺們就該帶領府役把守前後門。」眾官應了出去。賈政等知事不好，連忙跪接。西平郡王用兩手扶起，笑嘻嘻的說

道：「無事不敢輕造，有奉旨交辦事件，要赦老接旨。如今滿堂中筵席未散，想有親友在此未便，且請眾位府上親友各散，獨留本宅的人聽候。」趙堂官回說：「王爺雖是恩典，但東邊的事，這位王爺辦事認真，想是早已封門。」眾人知是兩府干係[4]，恨不能脫身。只見王爺笑道：「眾位只管就請。叫人來給我送出去，告訴錦衣府的官員：這都是親友，不必盤查，快快放出。」那些親友聽見，就一溜烟如飛的出去了。獨有賈赦賈政一干人，唬得面如土色，滿身發顫。

不多一會，只見進來無數番役，各門把守，本宅上下人等一步不能亂走。趙堂官便轉過一副臉來，回王爺道：「請爺宣旨意，就好動手。」這些番役都撩衣奮臂，專等旨意。西平王慢慢的說道：「小王奉旨，帶領錦衣府趙全來查看賈赦家產。」賈赦等聽見，俱俯伏在地。王爺便站在上頭說：「有旨意：賈赦交通外官[5]，依勢凌弱，辜負朕恩，有忝祖德[6]，著革去世職。欽此。」趙堂官一疊聲叫：「拿下賈赦，其餘皆看守。」賈政、賈璉、賈珍、賈蓉、賈薔、賈芝、賈蘭俱在，惟寶玉假說有病，在賈母那邊打混[7]，賈環本來不大見人的，所以就將現在幾人看住。

趙堂官即叫他的家人傳齊司員，帶同番役，分頭按房，查抄登賬。這一言不打緊，唬得賈政上下人等面面相看；喜得番役查看賈赦的家資，就要往各處動手。西平王道：「聞得赦老與政老同房各爨[8]的，理應遵旨查看賈赦的家資。其餘且按房封鎖，我們覆旨去，再候定奪。」趙堂官站起來說：「回王爺：賈赦賈政並未分家。聞得他姪兒賈璉現在承總管家，不能不盡行查抄。」西平王聽了，也不言語。趙堂官便說：「賈璉賈赦兩處須得奴才帶領查抄才好。」西平王便說：「不必忙。先傳信後宅，且叫內眷迴避，再查不遲。」一

言未了，老趙家奴番役，已經拉著本宅家人領路，分頭查抄去了。王爺喝命：「不許囉唵[9]，待本爵自行查看！」說著，便慢慢的站起來吩咐說：「跟我的人一個不許動，都給

我站在這裡候著，回來一齊瞧著登數。」

正說著，只見錦衣司官跪稟說：「在內查出御用衣裙並多少禁用之物，不敢擅動❶，回來請示王爺。」一會子，又有一起人來攔住西平王，回說：「東跨所抄出兩箱子房地契，又一箱借票，都是違例取利的。」老趙便說：「好個重利盤剝！很該全抄！請王爺就

此坐下，叫奴才去全抄來，再候定奪罷。」

說著，只見王府長史[10]來稟說：「守門軍傳進來說：『主上特派北靜王到這裡宣旨，請爺接去。』」趙堂官聽了，心想：「我好晦氣，碰著這個酸王！如今那位來了，我就好施威了！」一面想著，也迎出來。只見北靜王已到大廳，就向外站著說：「有旨意，錦衣府趙全聽宣。」說：「奉旨：著錦衣官惟提賈赦質審[11]，餘交西平王遵旨查辦。欽此。」西平王領了旨意，甚實喜歡，便與北靜王坐下，著趙堂官提取賈赦回衙。裡頭那些查抄的人，聽得北靜王到，俱一齊出來。及聞趙堂官走了，大家沒趣，只得侍立聽候。北靜王便揀選兩個誠實司官並十來個老年番役，餘者一概逐出。

西平王便說：「我正和老趙生氣，幸得王爺到來降旨；不然，這裡很吃大虧。」北靜王說：「我在朝內聽見王爺奉旨查抄賈宅，我甚放心，諒這裡不致荼毒。不料老趙這麼混賬。但不知現在政老及寶玉在那裡？裡面不知鬧到怎麼樣了？」北靜王便吩咐司員：「快將賈政帶來問話。」眾人領命，帶了上來。賈政跪下，不免含淚乞恩。北靜王便起身拉著，說：「政老放心。」便將房看守著，裡面已抄得亂騰騰了。」眾人回稟：「賈政等在下

旨意說了。賈政感激涕零，望北又謝了恩，仍上來聽候。王爺道：「政老，方才老趙在這裡的時候，番役呈稟有禁用之物，我們聲明也無礙。獨是借券，想個什麼法兒才好。如今政老且帶司員實在將赦老家產呈出，也就完事；切不可再有隱匿，自干罪戾[12]。」賈政答應道：「犯官再不敢。但犯官祖父遺產並未分過；惟各人所住的房屋有的東西便為己有。」兩王便說：「這也無妨，惟將赦老那邊所有的交出就是了。」又吩咐司員等依命行去，不許胡亂混動。司員領命去了。

且說賈母那邊女眷也擺家宴。王夫人正在那邊說：「寶玉不到外頭，看你老子生氣。」鳳姐帶病哼哼唧唧的說：「我看寶玉也不是怕人，他見前頭陪客的人也不少了，所以在這裡照應，也是有的。倘或老爺想起裡頭少個人在那裡照應，太太便把寶兄弟獻出去，可不是好？」賈母笑道：「鳳丫頭病到這個分兒，這張嘴還是那麼尖巧！」

正說到高興，只聽見邢夫人那邊的人一直聲的嚷進來說：「老太太，太太！不……不好了！多多少少的穿靴戴帽的強……強盜來了！翻箱倒籠的來拿東西！」賈母等聽著發呆。又見平兒披頭散髮，拉著巧姐，哭哭啼啼的來說：「不好了！我正和姐兒吃飯，只見來旺被人拴著進來說：『姑娘快快傳進去請太太們迴避，外頭王爺就進來抄家了！』我聽了幾乎唬死！正要進房拿要緊的東西，被一夥子人渾推渾趕出來了。這裡該穿該帶的快快的收拾罷！」邢王二夫人聽得，俱魂飛天外，不知怎樣才好。獨見鳳姐先前睜兩眼聽著，後來一仰身便栽倒地下。賈母沒有聽完，便嚇得涕淚交流，連話也說不出來。

那時，一屋子人，拉這個，扯那個，正鬧得翻天覆地。又聽見一疊聲嚷說：「叫裡頭女眷們迴避，王爺進來了！」寶釵寶玉等正在沒法，只見地下這些丫頭婆子亂拉亂扯的時候，賈璉喘吁吁的跑進來說：「好了，好了！幸虧王爺救了我們了！」眾人正要問他，賈璉見鳳姐死在地下，哭著亂叫；又見老太太嚇壞了，也回不過氣來，更是著急，還虧了賈平兒將鳳姐叫醒，令人扶著。老太太也蘇醒了，又哭得氣短神昏，李紈再三寬慰。然後賈璉定神，將兩王恩典說明[2]；惟恐賈母邢夫人知道賈赦被拿，躺在炕上，又要唬死，且暫不敢明說，只得出來照料自己屋內。一進屋門，只見箱開櫃破，物件搶得半空。此時急得兩眼直豎，淌淚發呆，聽見外頭叫，只得出來。見賈政同司員登記物件，一人報說：

伽南壽佛一尊。伽南觀音像一尊。佛座一件。伽南念珠二串。金佛一堂。鍍金鏡光[13]九件。玉佛三尊。玉壽星八仙一堂。伽南金玉如意各二柄。古磁餅鑪十七件。古玩軟片[14]共十四箱。玉缸一口。小玉缸二件。玉盤二對。玻璃大屏二架。炕屏二架。玻璃盤四件。玉盤四件。瑪瑙盤二件。淡金[15]盤四件。金碗六對。金搶碗八個。金匙四十把。銀大碗銀盤各六十個。三鑲金牙箸四把。鍍金執壺十二把。茶托二件。銀碟銀杯一百六十件。黑狐皮十八張。貂皮五十六張。黃白狐皮各四十四張。猞猁猻皮十二張。雲狐筒子[16]二十五件。海龍二十六張。海豹三張。麻葉皮[17]三張。獺子皮二十八張。絳色羊皮四十張。黑羊皮六十三張。香鼠[18]筒子二十件。豆鼠皮二十四方。天鵝絨四卷。灰鼠[19]二百六十三張。倭緞三十二度。洋呢三十度。氆氌三十三度。姑絨四十度。綢緞一百三十卷。紗綾一百八十卷。線縐三十二卷。羽緞

羽紗各二十二卷。氈毯20三十卷。妝蟒緞十八卷。各色布疋三十捆。皮衣一百三十二件。綿夾單紗絹衣三百四十件。帶頭兒九副。銅錫等物五百餘件。鐘錶十八件。朝珠21九掛。珍珠十三掛。赤金首飾一百二十三件，珠寶俱全。上用黃緞迎手靠背三分。宮妝衣裙八套。脂玉22圈帶二條。黃緞十二卷。潮銀23七千兩。淡金一百五十二兩。錢七千五百串❸。

一切動用傢伙及榮國賜第一一開列❹。房地契紙，家人文書，亦俱封裹。

賈璉在旁竊聽，不見報他的東西，心裡正在疑惑。只聞二王問道：「所抄家資，內有借券，實係盤剝，究是誰行的？政老據實才好。」賈政聽了，跪在地下磕頭，說：「實在犯官不理家務，這些事全不知道，問犯官姪兒賈璉才知。」賈璉連忙走上，跪下稟說：「這一箱文書既在奴才屋裡抄出來的，敢說不知道麼？只求王爺開恩。奴才叔叔並不知道的。」兩王道：「你父已經獲罪，只可並案辦理。你今認了，也是正理。如此，叫人將賈璉看守，餘俱散收宅內❺。政老，你須小心候旨，我們進內覆旨去了。這裡有官役看守。」說著，上轎出門。賈政就在二門跪送。北靜王把手一伸，說：「請放心。」覺得臉上大有不忍之色。

此時賈政魂魄方定，猶是發怔。賈蘭便說：「請爺爺到裡頭先瞧瞧老太太去呢❻。」賈政聽了，疾忙起身進內。只見各門上婦女亂糟糟的，都不知要怎樣。賈政無心查問，一直到了賈母房中，只見人人淚痕滿面，王夫人寶玉等圍著賈母，寂靜無言，各各掉淚，惟有邢夫人哭作一團。因見賈政進來，都說：「好了，好了！」便告訴老太太說：「老爺仍

舊好好的進來了，請老太太安心罷。」賈母奄奄一息的，微開雙目，說：「我的兒，不想還見得著你！」一聲未了，便嚎啕的哭起來。於是滿屋裡的人俱哭個不住。賈政恐哭壞老母，即收淚說：「老太太放心罷。本來事情原不小，蒙主上天恩，兩位王爺的恩典，萬般軫恤[24]。就是大老爺暫時拘質，等問明白了，主上還有恩典。如今家裡一些也不動了。」

賈母見賈赦不在，又傷心起來，賈政再三安慰方止。

眾人俱不敢走散。獨邢夫人回至自己那邊，見眼前俱是賈政的人，自己夫子被拘，媳婦病危，女兒受苦，現在身無所歸，那裡止得住悲痛？眾人勸慰，李紈等令人收拾房屋，請邢夫人暫住。王夫人撥人伏侍。

賈政在外，心驚肉跳，拈鬚搓手的等候旨意。聽見外面看守軍人亂嚷道：「你到底是那一邊的？既碰在我們這裡，就記在這裡冊上，拴著他交給裡頭錦衣府的爺們。」賈政出外看時，見是焦大，便說：「怎麼跑到這裡來？」焦大見問，便號天蹌地的哭道：「我天天勸這些不長進的爺們，倒拿我當作冤家！爺還不知道焦大跟著太爺受的苦嗎？今兒弄到這個田地，珍大爺蓉哥兒都叫什麼王爺拿了去了；裡頭女主兒們都被什麼府裡衙役搶得披

太太怎麼樣了？」

邢夫人也不答言，仍走到賈母那邊。見門全封鎖，丫頭老婆也鎖在幾間屋裡，無處可走，便放聲大哭起來。只得往鳳姐那邊去，見二門旁邊也上了封條，惟有屋門開著，裡頭嗚咽不絕。邢夫人進去，見鳳姐面如紙灰，合眼躺著，平兒在旁暗哭。邢夫人打量鳳姐死了，又哭起來。平兒迎上來說：「太太先別哭。奶奶才抬回來，像是死了的。歇息了一會子，蘇過來，哭了幾聲，這會子略安了安神兒。太太也請定定神兒罷。但不知老

頭散髮，圈在一處空房裡；那些不成材料的狗男女都像豬狗似的攔起來了；所有的都抄出來擱著，木器釘得破爛，磁器打得粉碎。他們還要把我拴起來！我活了八九十歲，只有跟著太爺捆人的，那裡有倒叫人捆起來的！我說我是西府裡的，就跑出來。那些人不依，押到這裡，不想這裡也是這麼著。我如今也不要命了，和那些人拚了罷！」說著撞頭。眾衙役見他年老，又是兩王吩咐，不敢發狠，便說：「你老人家安靜些兒罷。這是奉旨的事，你先歇歇聽信兒。」賈政聽著，雖不理他，但是心裡刀攪一般，便道：「完了，完了！不料我們一敗塗地如此！」

正在著急聽候內信，只見薛蟠呼呼的跑進來說：「好容易進來了！姨父在那裡呢？」賈政道：「來得好！外頭怎麼放進來的？」薛蟠道：「我再三央及，又許他們錢，所以我才能夠出入的。」賈政便將抄去之事告訴他，就煩他打聽打聽，說：「別的親友，在火頭兒上，也不便送信，是你就好通信了。」薛蟠道：「這裡的事，我倒想不到；那邊東府的事，我已聽見說了。」賈政道：「究竟犯什麼事？」薛蟠道：「今兒為我哥哥打聽決罪的事，在衙門裡聽見有兩位御史風聞是珍大哥引誘世家子弟賭博，這一款還輕；還有一大款強占良民之妻為妾，因其不從，凌逼致死。那御史恐怕不準，還將咱們家的鮑二拿去，又還拉出一個姓張的來。只怕連都察院都有不是，為的是姓張的起先告過。」賈政尚未聽完，便跺腳道：「了不得！罷了，罷了！」嘆了一口氣，撲簌簌的掉下淚來。薛蟠寬慰了幾句，即便又出去打聽，隔了半日，仍舊進來，說：「事情不好。我在刑科裡打聽，倒沒有聽見兩王覆旨的信，只聽說：李御史今早又參奏平安州奉承京官，迎合上司❽，虐害百姓，好幾大款。」賈政慌道：「那管他人的事！到底打聽我們的怎麼樣？」

一八〇四

薛蝌道：「說是平安州，就有我們，那參的京官就是大老爺❾，說的是包攬詞訟[25]，所以火上澆油。就是同朝這些官府，俱藏躲不迭，誰肯送信？即如才散的這些親友們，有各自回家去了的，也有遠遠兒的歇下打聽的。可恨那些貴本家都在路上說：『祖宗摺下的功業，弄出事來了，不知道飛到那個頭上去呢，大家也好施為施為……』」賈政沒有聽完，復又頓足道：「都是我們大老爺忒糊塗！東府也忒不成事體[26]！如今老太太和璉兒媳婦是死是活，還不知道呢！你再打聽去，我到老太太那邊瞧瞧。若有信，能夠早一步才好！」

正說著，聽見裡頭亂嚷出來說：「老太太不好了！」急得賈政即忙進去。未知生死如何，下回分解。

■ 校記

① 「在內查出御用衣裙並多少禁用之物，不敢擅動」，「出」原作「去」，從金本改。

② 「也回不過氣來，更是著急」，藤本、王本作「急得死去」。

③ 登記物件報單，甲本、藤本作：「赤金首飾共一百二十三件，珠寶俱全，珍珠十二掛，淡金盤二件，金碗二對，金搶碗二個，金匙四十把，銀大碗八十個，銀盤二十個，三鑲金象牙箸二把，鍍金執壺四把，鍍金折盂三對，茶托二件，銀碟七十六件，銀酒杯三十六個，黑狐皮十八張，青狐皮六張，貂皮三十張，黃狐皮三十張，猞猁猻皮十二張，麻葉皮三張，洋灰皮六十張，灰狐腿皮四十張，醬色羊皮三十張，狐狸皮二張，黃狐腿二把，小白狐皮二十塊，洋呢三十度，嗶嘰二十三度，香鼠筒子十件，豆鼠皮四方，天鵝絨一卷，梅鹿皮一方，雲狐筒子二件，貂崽皮一卷，鴨皮七把，灰鼠一百六十張，獾子（件）皮八張，虎皮六張，海豹三張，海龍十六張，灰色羊皮四十張，黑色羊皮六十三張，元狐帽沿十副，倭刀帽沿十二副，貂帽沿二副，小狐皮十六張，江貂皮二張，貓皮三十五張，葛布三捆，倭股十二度，綢緞一百三十卷，紗綾一百八十一卷，羽線綢三十一卷，氆氌三十卷，妝蟒緞八卷，各色皮衣一百三十二件，棉衣單絹衣三百四十件，玉玩三十二件，帶頭九副，銅錫等物五百餘件，鐘錶十八件，朝珠九掛，各色妝蟒三十四件，上用蟒緞迎手靠背三分，宮妝衣裙八套，脂玉圈帶一條，黃緞十二卷，潮銀五千二百兩，赤金五十兩，錢七千吊。」

④ 「一切動用傢伙及榮國賜第一開列」，諸本作「一切動用傢伙，攢釘登記，以及榮國賜第一一開列」。

⑤ 「宅內」，藤本、王本作「禁內」。

⑥ 「去呢」，藤本、王本作「再想法兒，打聽東府裡的事」。

⑦ 「強占良民之妻為妾，因其不從」，藤本、王本「妻」下「其」下各有「女」字。

⑧ 「奉承京官，迎合上司」，原作「奏迎合京官上司」，從藤本、王本改。

⑨ 「大老爺」，藤本、王本作「赦老爺」。

注釋

1 〔錦衣軍〕

負責保衛皇帝及宮廷的軍卒，有巡察緝捕的權力。

2 〔聰馬使〕

此指監察御史。

3 〔司官〕

清代各部屬官的通稱，指部內各司的郎中、員外郎、主事等。這裡指錦衣府的官員。

4 〔干係〕

關係、牽連。

5 〔交通外官〕

交通、串通；外官，對京官而言。這裡是指平安州州官。

6 〔有忝（ㄊㄧㄢˇ tiǎn）祖德〕

有辱祖宗的德行。忝，辱，有愧於。

7 〔打混〕

玩耍，混日子。

8 〔同房各爨（ㄘㄨㄢˋ cuàn）〕

雖住在一起，但各自起伙。爨，燒火作飯。這裡借代為過日子。

9 〔囉唕（ㄗㄠˋ zào）〕

吵鬧、騷擾的意思。

10 〔王府長史〕

官名。南朝王府開始設長史，歷代王府也沿襲設長史，總管府內禮儀侍從等事務。

11 〔質審〕

質問審判。

12 〔自干罪戾（ㄌㄧˋ lì）〕

自己犯罪。干，犯；罪戾，罪過。

13 〔鍍金鏡光〕

可能是一種鍍金的銅鏡。

14 〔軟片〕

指一些裱成條幅或訂成手卷的著名書法、繪畫等文物。

15 〔淡金〕

顏色淡、成色較次的金子。

16 〔雲狐筒子〕

經過初步加工的雲南狐皮衣料。

17 〔麻葉皮〕

一種粗的草狐皮，叫芝麻葉子。

18 〔香鼠〕

即香鼬（一ㄡˋ yòu），分布中國東北部、中部和南部。皮毛珍貴。

19 〔灰鼠〕

也稱�（ㄏㄨㄣˊ hún），皮毛珍貴。

20 〔氆氌（ㄆㄨˇ ㄌㄨˇ pǔ lǔ）〕

西藏出產的一種毛織衣料，也可作鋪墊等物。

21 〔朝珠〕

清代制度，具有某種的品級或職務的官員，項上掛一百零八顆的佛珠，叫作「朝珠」。這是特定官服中的一個組成部分。

22 〔脂玉〕

即羊脂玉，潔白如羊脂，產於新疆和田。

23 〔潮銀〕

成色不足、質量不夠的銀子。

24 〔軫（ㄓㄣˇ zhěn）恤〕

憐憫，體恤。

25 〔包攬詞訟〕

地主、官員、惡霸勾結官吏，替別人打官司，從中搜括錢財。詞訟，打官司。

26 〔施為〕

施展，在這裡是利用機會撈一把的意思。

第一百六回

王熙鳳致禍抱羞慚 賈太君禱天消禍患

話說賈政聞知賈母危急，即忙進去看視，見賈母驚嚇氣逆，王夫人鴛鴦等喚醒回來，即用疏氣安神的丸藥服了，漸漸的好些，只是傷心落淚。賈政在旁勸慰，總說：「是兒子們不肖，招了禍來，累老太太受驚。若老太太寬慰些，兒子們尚可在外料理；若是老太太有什麼不自在，兒子們的罪孽更重了！」賈母道：「我活了八十多歲，自作女孩兒起，到你父親手裡，都托著祖宗的福，從沒有聽見過這些事；如今到老了，見你們倘或受罪，叫我心裡過得去嗎？倒不如合上眼，隨你們去罷了！」說著，又哭。

賈政此時著急異常，又聽外面說：「請老爺，內廷有信。」賈政急忙出來，見是北靜王府長史，一見面便說：「大喜！」賈政謝了，請長史坐下，請問：「王爺有何諭旨？」那長史道：「我們王爺同西平郡王進內覆奏，將大人懼怕之心、感激天恩之語都代奏過了。主上甚是憫恤，並念及貴妃溘逝²未久，不忍加罪，著加恩仍在工部員外上行走。所封家產，惟將賈赦的入官，餘俱給還，並傳旨令盡心供職。惟抄出借券，令我們王爺查核。如有違禁重利的，一概照例入官；其在定例生息的，同房地文書，盡行給還。賈璉著革去職銜，免罪釋放。」

賈政聽畢，即起身叩謝天恩，又拜謝王爺恩典：「先請長史大人

代為稟謝，明晨到闕3 謝恩，並到府裡磕頭。」那長史去了。少停，傳出旨來，承辦官遵

旨一一查清，入官者入官，給還者給還，將賈璉放出，所有賈赦名下男婦人等造冊入官。

可憐賈璉屋內東西，除將按例放出的文書發給外，其餘雖未盡入官的，早被查抄的人

盡行搶去，所存者只有傢伙物件。賈璉始則懼罪，後蒙釋放，已是大幸，及想起歷年積聚

的東西並鳳姐的體己，不下五七萬金❶，一朝而盡，怎得不疼？且他父親現禁在錦衣府，

鳳姐病在垂危，一時悲痛。又見賈政含淚叫他，問道：「我因官事在身，不大理家，故叫

你們夫婦總理家事。你父親所為，固難諫勸，那重利盤剝，究竟是誰幹的？況且非咱們這

樣人家所為。如今入了官，在銀錢呢，是不打緊的，這聲名出去還了得嗎？」賈璉跪下說

道：「姪兒辦家事，並不敢存一點私心，所有出入的賬目，自有賴大、吳新登、戴良等登

記，老爺只管叫他們來查問。現在這幾年，庫內的銀子出多入少，雖沒貼補在內，已在各

處作了好些空頭，求老爺問太太就知道了。這些放出去的賬，連姪兒也不知道那裡的銀

子，要問周瑞、旺兒才知道。」賈政道：「據你說來，連你自己屋裡的事還不知道，那些

家中上下的事更不知道了！我這會子也不查問你。現今你無事的人，你父親的事和你珍大

哥的事，還不快去打聽打聽嗎？」賈璉一心委屈，含著眼淚，答應了出去。

賈政連連嘆氣，想道：「我祖父勤勞王事，立下功勳，得了兩個世職，如今兩房犯

事，都革去了。我瞧這些子姪沒一個長進的！老天哪，老天哪！我賈家何致一敗如此！我

雖蒙聖恩格外垂慈，給還家產，那兩處食用，自應歸併一處，叫我一人那裡支撐得住？方

才璉兒所說，更加詫異，說不但庫上無銀，而且尚有虧空！這幾年竟是虛名在外，只恨我

自己為什麼糊塗若此？倘或我珠兒在世，尚有膀臂；寶玉雖大，更是無用之物。」想到那

裡，不覺淚滿衣襟。又想：「老太太偌大年紀，兒子們並沒奉養一日，反累他老人家嚇得死去活來，種種罪孽，叫我委之何人？」

正在獨自悲切，只見家人稟報：「各親友進來看候。」賈政一一道謝，說起「家門不幸，是我不能管教子姪❷，所以至此」。有的說：「我久知令兄赦大老爺行事不妥，那邊珍爺更加驕縱。若說因官事錯誤，得個不是，於心無愧。如今自己鬧出的，倒帶累了二老爺。」有的說：「人家鬧得也多，也沒見御史參奏。不是珍老大得罪朋友，我才敢說。就有的說：「也不怪御史，我們聽說是府上的家人同幾個泥腿⁴在外頭哄嚷出來的。御史恐參奏不實，所以誆了這裡的人去，才說出來的。我想府上待下人最寬的，為什麼還有這事？」有的說：「大凡奴才們是一個養活不得的。今兒在這裡都是好親友，我才敢說。就是尊駕在外任，我保不得──那外頭的風聲也不好，都是奴才們鬧的，你該提防些。如今雖說沒有動你的家，倘或再遇著主上疑心起來，好些不便呢。」賈政聽說，心下著忙道：「眾位聽見我的風聲怎樣？」眾人道：「我們雖沒見實據，只聽得外頭人說你在糧道任上，怎麼叫門上家人要錢。」賈政聽了，便說道：「我這是對天可表的，從不敢起這個念頭。只是奴才們在外頭招搖撞騙，鬧出事來，我就擔不起。」眾人道：「如今怕也無益，只好將現在的管家們都嚴嚴的查一查，若有抗主的奴才，查出來嚴嚴的辦一辦也罷了。」

賈政聽了點頭，便見門上的進來回說：「孫姑爺打發人來說，自己有事不能來，著人來瞧瞧。說大老爺該他一項銀子，要在二老爺身上還的。」賈政心內憂悶，只說：「知道了。」眾人都冷笑道：「人說令親孫紹祖混賬，果然有的。如今丈人抄了家，不但不來瞧

看幫補，倒趕忙的來要銀子，真真不在理上！」賈政道：「如今且不必說他，那頭親事原是家兄配錯了的。我的姪女兒的罪已經受夠了，如今又找上我來了。」

正說著，只見薛蟠進來說道：「我打聽錦衣府趙堂官必要照御史參的辦，只怕大老爺和珍大爺吃不住。」賈政應致謝，眾人都散。

那時天已點燈時候，賈政去請賈母的安，見賈母略略好些。回到自己房中，埋怨賈璉夫婦不知好歹，如今鬧出放賬的事情❸，大家不好❹，心裡很不受用。只是鳳姐現在病重，況他所有的什物，盡被抄搶，心內自然難受，一時也未便說他，暫且隱忍不言。一夜無話。

次早，賈政進內謝恩，並到北靜王府西平王府兩處叩謝，求二位王爺照應他哥哥姪兒。二王應許。賈政又在同寅相好處託情。

且說賈璉打聽得父兄之事不大妥，無法可施，只得回到家中。平兒守著鳳姐哭泣，秋桐在耳房裡抱怨鳳姐。賈璉走到旁邊，見鳳姐奄奄一息，就有多少怨言，一時也說不出來。平兒哭道：「如今已經這樣，東西去了，不能復來。奶奶這樣，還得再請個大夫瞧瞧才好啊！」賈璉啐道：「呸！我的性命還不保，我還管他呢！」

鳳姐聽見，睜眼一瞧，雖不言語，那眼淚直流。看見賈璉出去了，便和平兒道：「你別不達時務了。到了這個田地，你還顧我作什麼？我巴不得今兒就死才好！只要你能夠眼裡有我，我死後，你扶養大了巧姐兒，我在陰司裡也感激你的情！」平兒聽了，越發抽抽

搭搭的哭起來了。鳳姐道：「你也不糊塗。他們雖沒有來說[5]，必是抱怨我的。雖說事是外頭鬧起，我不放賬，也沒我的事。如今枉費心計，掙了一輩子的強，偏偏兒的落在人後頭了！我還恍惚聽見珍大爺的事，說是強占良民妻子為妾，不從逼死，有個姓張的在裡頭，你想想還有誰呢？要是這件事審出來，咱們二爺是脫不了的，我那時候兒可怎麼見人呢？我要立刻就死，又擔不起吞金服毒的。你還要請大夫，這不是你疼我，反倒害了我了麼？」平兒聽愈慘，想來實在難處，恐鳳姐自尋短見，只得緊緊守著。

幸賈母不知底細，因近日身子好些，又見賈政無事，寶玉寶釵在旁，天天不離左右，略覺放心。素來最疼鳳姐，便叫鴛鴦：「將我的體己東西拿些給鳳丫頭，再拿些銀錢交給平兒，好好的伏侍好了鳳丫頭，我再慢慢的分派。」又命王夫人照看邢夫人。此時寧國府第入官，所有財產房地等項並家奴等俱已造冊收盡。這裡賈母命人將車接了尤氏婆媳過來。可憐赫赫寧府，只剩得他們婆媳兩個並佩鳳偕鸞二人，連一個下人沒有。賈母指出房子一所居住，就在惜春所住的間壁。又派了婆子四人、丫頭兩個伏侍。一應飯食起居在大廚房內分送。衣裙什物又是賈母送去。零星需用亦在賬房內開銷，俱照榮府每人月例之數。

那賈赦、賈珍、賈蓉在錦衣府使用，賬房內實在無項可支。如今鳳姐兒一無所有；賈璉外頭債務滿身；賈政不知家務，只說：「已經託人，自有照應。」賈璉無計可施，想到那親戚裡頭，薛姨媽家已敗，王子騰已死，餘者親戚雖有，俱是不能照應的，只得暗暗差人下屯，將地畝暫賣數千金，作為監中使費。賈璉如此一行，那些家奴見主家勢敗，也便趁此弄鬼，並將東莊租稅也就指名借用些。此是後話，暫且不提。

且說賈母見祖宗世職革去，現在子孫在監質審，邢夫人尤氏等日夜啼哭，鳳姐病在垂

危，雖有寶玉寶釵在側，只可解勸，不能分憂，思前想後，眼淚不乾。一

日傍晚，叫寶玉回去，自己扎挣坐起，叫鴛鴦等各處佛堂上香，又命自己院內焚起斗

香[5]，用拐拄著，出到院中。琥珀知是老太太拜佛，鋪下大紅猩氈拜墊。賈母上香跪下，

磕了好些頭，念了一回佛，含淚祝告天地道：「皇天菩薩在上，我賈門史氏，虔誠禱告

求菩薩慈悲。我賈門數世以來，不敢行凶霸道。我幫夫助子，雖不能為善，也不敢作惡。

必是後輩兒孫驕奢淫佚，暴殄天物，以致閤府抄檢。現在兒孫監禁，自然凶多吉少，皆由

我一人罪孽，不教兒孫，所以至此。我今叩求皇天保佑，在監的逢凶化吉，有病的早早安

身。總有閤家罪孽，情願一人承當，只求饒恕兒孫❻。若皇天憐念我虔誠，早早賜我一

死，寬免兒孫之罪！」默默說到此處，不禁傷心，嗚嗚咽咽的哭泣起來。鴛鴦珍珠一面解

勸，一面扶進房去。

只見王夫人帶了寶玉寶釵，過來請晚安。見賈母傷悲，三人也大哭起來。寶釵更有一

層苦楚：想哥哥也在外監，將來要處決，不知可能減等；公婆雖然無事，寶玉見家業蕭條；

寶玉依然瘋傻，毫無志氣。想到後來終身，更比賈母王夫人哭得悲痛。寶玉見寶釵如此，

他也有一番悲戚。想著：「老太太年老不得安心，老爺太太見此光景，不免悲傷；眾姐妹

風流雲散[6]，一日少似一日，追思園中吟詩起社，何等熱鬧；自林妹妹一死，我鬱悶到

今，又有寶姐姐伴著，不便時常哭泣，況他又憂兄思母，日夜難得笑容。」今日看他悲哀

欲絕，心裡更加不忍，竟嚎啕大哭起來。鴛鴦、彩雲、鶯兒、襲人看著，也各有所思，便

都抽抽搭搭的。餘者丫頭們看得傷心，不覺也都哭了，竟無人勸。滿屋中哭聲驚天動地，

將外頭上夜婆子嚇慌，急報於賈政知道。

那賈政正在書房納悶，聽見賈母的人來報，心中著忙，飛奔進內。遠遠聽得哭聲甚眾，打量老太太不好，急得魂魄俱喪。疾忙進來，只見坐著悲啼，才放下心來，便道：「老太太傷心，你們該勸解才是啊，怎麼打夥兒哭起來了？」眾人這才急忙止哭，大家對面發怔。賈政上前安慰了老太太，又說了眾人幾句。都心裡想道：「我們原怕老太太悲傷，所以來勸解；怎麼忘情，大家痛哭起來？」

正自不解，只見老婆子帶了史侯家的兩個女人進來，請了賈母的安，又向眾人請安畢，便說道：「我們家的老爺、太太、姑娘打發我來說：聽見府裡的事，原沒什麼大事，不過一時受驚。恐怕老爺太太煩惱，叫我們過來告訴一聲，說：這裡二老爺是不怕的了。我們姑娘本要自己來的，因不多幾日就要出閣，所以不能來了。」賈母聽了，不便道謝，說：「你回去給我問好。這是我們的家運合該如此。承你們老爺太太惦記著，改日再去道謝。你們姑娘出閣，想來姑爺是不用說的了，他們的家計如何呢？」兩個女人回道：「家計倒不怎麼著，只是姑爺長得很好，為人又和平。我們見過好幾次，看來和這裡的寶二爺差不多兒，還聽見說，文才也好❼。」賈母聽了，喜歡道：「這麼著才好，這是你們姑娘家的造化。只是咱們家的規矩還是南方禮兒❽，所以新姑爺我們都沒見過。我前兒還想起我娘家的人來，最疼的就是你們姑娘，一年三百六十天，在我跟前的日子倒有二百多天。混得這麼大了，我原想給他說個好女婿，又為他叔叔❾不在家，我又不便作主。他既有造化，配了個好姑爺，我也放心。月裡頭出閣，我原想過來吃杯喜酒，不料我們家鬧出這樣事來，那裡能夠再到你們家去？你回去說我問好，我們這裡

的心就像在熱鍋裡熬的似的，

的人，都請安問好。你替另告訴你們姑娘，不用把我放在心上。我是八十多歲的人了，就死也算不得沒福了。只願他過了門，兩口兒和和順順的百年到老，我就心安了。」說著，不覺掉下淚來。那女人道：「老太太也不必傷心。姑娘過了門，等回了九，少不得同著姑爺過來請老太太的安。」賈母點頭。

那女人出去，別人都不理論，只有寶玉聽著發了一回怔，心裡想道❿：「為什麼人家養了女孩兒到大了必要出嫁呢？一出了嫁就改換了一個人似的。史妹妹這麼個人，又叫他叔叔硬壓著配了人了❶。他將來見了我，必是也不理我了。我想一個人到了這個沒人理的分兒，還活著作什麼！」想到這裡，又是傷心；見賈母此時才安，又不敢哭，只得悶坐著。

一時，賈政不放心，又進來瞧瞧老太太。見是好些，便出來傳了賴大，叫他將閤府裡管事的家人的花名冊子拿來，一齊點了一點。除去賈赦入官的人，尚有三十餘家，共男女二百十二名。賈政叫現在府內當差的男人共四十一名進來，問起歷年居家用度，共有若干進來，該用若干出去。那管總的家人將近年支用簿子呈上❷。賈政看時，所入不敷所出，又加連年宮裡花用，賬上多有在外浮借[7]的。再查東省地租，近年所交不及祖上一半，如今用度比祖上加了十倍。賈政不看則已，看了急得跺腳道：「這還了得！我打量璉兒管事，在家自有把持，豈知好幾年頭裡，已經『寅年用了卯年』的，還是這樣裝好看！竟把世職俸祿當作不打緊的事，有什麼不敗的呢？我如今要省儉起來，已是遲了。」想到這裡，背著手踱來踱去，竟無方法。

眾人知賈政不知理家，也是白操心著急，便說道：「老爺也不用心焦，這是家家這樣

的。若是統總算起來，連王爺家還不夠過的呢！不過是裝著門面，過到那裡是那裡罷咧。

如今老爺到底得了主上的恩典，才有這點子家產，若是一併入了官，老爺就不過了不

成？」賈政嗔道：「放屁！你們這班奴才最沒良心的！仗著主子好的時候兒，任意開銷；

到弄光了，走的走，跑的跑，還顧主子的死活嗎？如今你們說是沒有查抄，你們知道嗎？

外頭的名聲，連大本兒都保不住了，還攛掇住你們在外頭支架子，說大話，誆人騙人？到

鬧出事來，望主子身上一推就完了！如今大老爺和你珍大爺的事，說是咱們家人鮑二吵嚷

的，我看這冊子上並沒有什麼鮑二，這是怎麼說？」眾人回道：「這鮑二是不在檔子上

的。先前在寧府冊上。為二爺見他老實，把他們兩口子叫過來。後來他女人死了，他又

回寧府去。自從老爺衙門裡頭有事，老太太、太太們和爺們往陵上去了，珍大爺替理家

事，帶過來的，以後也就去了。老爺幾年不管家務事，那裡知道這些事呢？老爺只打量著

冊子上有這個名字就只有這一個人呢！不知道一個人手底下親戚們也有好幾個，奴才還有

奴才呢！」賈政道：「這還了得！」想來一時不能清理，只得喝退眾人，早打了主意在

心裡了，且聽賈赦等的官事審得怎樣再定。

一日，正在書房籌算，只見一人飛奔進來，說：「請老爺快進內廷問話。」賈政聽

了，心下著忙，只得進去。未知吉凶，下回分解。

■ 校記

❶ 「不下五七萬金」，諸本作「不下七八萬金」。

❷ 「管教子姪」，原作「管叫子姪」，從藤本、王本改。

❸ 「如今鬧出放賬的事情」，「放賬」下藤本、王本有「取利」二字。

❹ 「大家不好」下，諸本有「方見鳳姐所為」六字。

❺ 「他們雖沒有來說」下，諸本有「我」字。

❻ 「只求饒恕兒孫」，「只」字原無，從藤本、王本增。

❼ 「文才也好」，藤本、王本作「才情學問都好」。

❽ 「這麼著才好，這是你們姑娘的造化，只是咱們家的規矩還是南方禮兒」，藤本、王本作「咱們都是南邊人，雖在這裡住久了，那些大規矩還是從南方禮兒」。

❾ 「叔叔」，藤本、王本作「妹妹」。

❿ 「心裡想道」下，諸本有「如今一天一天的都過不得了」十二字。

⓫ 「又叫他叔叔硬壓著配了人了」，「叔叔」王本作「嬸娘」，藤本作「妹妹」。

⓬ 「那管總的家人將近年支用簿子呈上」，「年」原作「來」，從王本、金本改。

■ 注釋

1 〔禱天〕 向上天祈禱。

2 〔溘（ㄎㄜˋ kè）逝〕忽然死亡。溘，忽然。

3 〔闕（ㄑㄩㄝˋ què）〕宮闕，帝王所居之處。

4 〔泥腿〕 無賴、二流子。

5 〔斗香〕 一種特製的佛香。若干股香重疊攢聚在一個香斗內，焚燒起來，烟火旺盛，

6〔風流雲散〕是表示最大虔誠的宗教儀物之一。

比喻原來聚在一起的人現在分散各地。

7〔浮借〕暫記的借款。這裡說明經常借款。

8〔檔子〕檔案。此指賈府家人花名冊。

【第一百七回】

散餘資賈母明大義　復世職政老沐天恩

話說賈政進內，見了樞密院各位大臣，又見了各位王爺。北靜王道：「今日我們傳你來，有遵旨問你的事。」賈政急忙跪下。眾大臣便問道：「你哥哥交通外官、恃強凌弱、縱兒聚賭、強占良民妻女不遂逼死的事，你都知道麼？」賈政回道：「犯官自從主恩欽點學政任滿後，查看賑恤[1]，於上年冬底回家，又蒙堂派工程，後又任江西糧道，題參回都，仍在工部行走，日夜不敢怠惰。一應家務，並未留心伺察，實在糊塗。不能管教子姪❶，這就是辜負聖恩，只求主上重重治罪。」北靜王據說轉奏。

不多時，傳出旨來，北靜王便述道：「主上因御史參奏賈赦交通外官，恃強凌弱，──據該御史指出平安州互相往來，賈赦包攬詞訟──嚴鞫[2]賈赦，據供平安州原係姻親來往，並未干涉官事，該御史亦不能指實。雖石呆子自盡，亦係瘋傻所致，與逼勒致死者有間。今係玩物，究非強索良民之物可比。今所參賈珍強占良民妻女為妾不從逼死一款，提取都察院原案，看得尤二姐實係張華指腹為婚未娶之妻，因伊貧苦自願退婚，尤二姐之母❷願結賈珍之弟為妾❸，並非強占。再尤三姐自刎掩埋，並未報官一款：查尤三姐原係賈珍妻妹，

本意為伊擇配，因被逼索定禮，以致羞忿自盡，並非賈珍逼勒致死。但身係世襲職員，罔知法紀，私埋人命，本應重治，念伊究屬功臣後裔，不忍加罪，亦從寬革去世職，派往海疆效力贖罪。賈蓉年幼無干，省釋。賈政實係在外任多年，居官尚屬勤慎，免治伊治家不正之罪。」

賈政聽了，感激涕零，叩首不及；又叩求王爺代奏下忱[4]。北靜王道：「你該叩謝天恩，更有何奏？」賈政道：「犯官仰蒙聖恩，不加大罪，又蒙將家產給還，實在心惶心愧，願將祖宗遺受重祿，積餘置產，一併交官。」北靜王道：「主上仁慈待下，明慎用刑，賞罰無差。如今既蒙莫大深恩，給還財產，你又何必多此一奏？」眾官也說不必。賈政便謝了恩，叩謝了王爺出來，恐賈母不放心，急忙趕回。

賈政是何吉凶，都在外頭打聽，一見賈政回家，都略略的放心，也不敢問。只見賈政忙忙的走到賈母跟前，將蒙聖恩寬免的事細細告訴了一遍。賈母雖則放心，只是兩個世職革去，賈赦又往臺站效力，賈珍又往海疆，不免又悲傷起來。邢夫人尤氏見這話，更哭起來。賈政便道：「老太太放心。大哥雖則臺站效力，也是為國家辦事，不致受苦，只要辦得妥當，就可復職。珍兒正是年輕，很該出力。若不是這樣，便是祖父的餘德亦不能久享。」說了些寬慰的話。

賈母素來本不大喜歡賈赦，那邊東府賈珍究竟隔了一層，只有邢夫人尤氏痛哭不止。邢夫人想著：「家產一空，丈夫年老遠出，膝下[5]雖有璉兒，又是素來順他二叔的，如今都靠著二叔，他兩口子自然更順著那邊去了。獨我一人孤苦伶仃，怎麼好？」那尤氏本來獨掌寧府的家計，除了賈珍，也算是惟他為尊，又與賈珍夫妻相和；如今犯事遠出，家財

抄盡，依住榮府，雖則老太太疼愛，終是依人門下。又兼帶著佩鳳偕鸞，那蓉兒夫婦也還不能興家立業。又想起：「二妹妹三妹妹都是璉二爺鬧的，如今他們倒安然無事，依舊夫妻完聚，只剩我們幾個，怎麼度日？」想到這裡，痛哭起來。

賈母不忍，便問賈政道：「你大哥和珍兒現已定案，可能回家？蓉兒既沒有他的事，也該放出來了。」賈政道：「若在定例呢，大哥是不能回家的。我已托人狗個私情，叫我大哥同著姪兒回家，好置辦行裝，衙門內業已應了。想來蓉兒同著他爺爺父親一起出來。只請老太太放心，兒子辦去。」

賈母又道：「我這幾年老得不成人了，總沒有問過家事。如今東府裡是抄了去了，房子入官不用說；你大哥那邊，璉兒那裡，也都抄了。咱們西府裡的銀庫和東省地土，你知道還剩了多少？他兩個起身，也得給他們幾千銀子才好。」賈政正是沒法，聽見賈母一問，心想著：「若是說明，又恐老太太著急；若不說明，不用說將來，只現在怎樣辦法呢？」想畢，便回道：「若老太太不問，兒子也不敢說。如今老太太既問到這裡，現在璉兒也在這裡，昨日兒子已查了：舊庫的銀子早已虛空，不但用盡，外頭還有虧空。現今大哥這件事，若不花銀托人，雖說主上寬恩，只怕他們爺兒兩個也不大好，就是這項銀子尚無打算。東省的地畝，早已寅年吃了卯年的租兒了，一時也弄不過來，只好盡所有蒙聖恩沒有動的衣服首飾折變了，給大哥和珍兒作盤費罷了。過日的事只可再打算。」

賈母聽了，又急得眼淚直淌，說道：「怎樣著？咱們家到了這個田地了麼？我雖沒有經過，我想起我家向日比這裡還強十倍，也是擺了幾年虛架子，沒有出這樣事，已經塌下來了，不消一二年就完了！據你說起來，咱們竟一兩年就不能支了？」賈政道：「若是這

兩個世俸不動，外頭還有些挪移；如今無可指稱[6]，誰肯接濟？」說著，也淚流滿面，「想起親戚來，用過我們的，如今都窮了；沒有用過我們的，又不肯照應。昨日兒子也沒有細查，只看了家下的人丁冊子，別說上頭的錢一無所出，那底下的人也養不起許多。」

賈母正在憂慮，只見賈珍、賈蓉一齊進來給賈母請安。賈母看這般光景，一隻手拉著賈赦，一隻手拉著賈珍，便大哭起來。他兩人臉上羞慚，又見賈母哭泣，都跪在地下哭著說道：「兒孫們不長進，將祖上功勛丟了。又累老太太傷心，兒孫們是死無葬身之地的了！」滿屋中人看這光景，又一齊大哭起來。

賈政只得勸解：「倒先要打算他兩個的使用。大約在家只可住得一兩日，遲則人家就不依了。」老太太含悲忍淚的說道：「你兩個且各自同你們媳婦們說說話兒去罷。」又吩咐賈政道：「這件事是不能久待的！想來外面挪移，恐不中用，那時誤了欽限[7]，怎麼好？只好我替你們打算罷了。就是家中如此亂糟糟的，也不是常法兒！」一面說著，便叫鴛鴦吩咐去了。

這裡賈赦等出來，又與賈政哭泣了一會，都不免將從前任性、過後惱悔、如今分離的話說了一會，各自夫妻們那邊悲傷去了。賈赦年老，倒還撐得下；獨有賈珍與尤氏怎忍分離？賈璉賈蓉兩個也只有拉著父親啼哭。雖說是比軍流[8]減等，究竟生離死別。這也是事到如此，只得大家硬著心腸過去。

卻說賈母叫邢王二夫人同著鴛鴦等開箱倒籠，將作媳婦到如今積攢的東西都拿出來，又叫賈赦、賈政、賈珍等一一的分派。給賈赦三千兩，說：「這裡現有的銀子你拿二千兩去作你的盤費使用，留一千給大太太零用。這三千給珍兒。你只許拿一千去，留下二千給

你媳婦收著。仍舊各自過日子。房子還是一處住，飯食各自吃罷。四丫頭將來的親事，還是我的事。只可憐鳳丫頭操了一輩子心，如今弄得精光，也給他三千兩，叫他自己收著，不許叫璉兒用。如今他還病得神昏氣短，叫平兒來拿去。這是你祖父留下來的衣裳，還有我少年穿的衣服首飾，如今我也用不著了。男的呢，叫大老爺、珍兒、璉兒、蓉兒拿去分了。女的呢，叫大太太、珍兒媳婦、鳳丫頭拿了分去。這五百兩銀子交給璉兒，明年將林丫頭的棺材送回南去。」分派定了，又叫賈政道：「你說外頭還該著賬呢，這是少不得的，你叫拿這金子變賣償還。這是他們鬧掉了我的。你也是我的兒子，我並不偏向。寶玉已經成了家，我下剩的這些金銀東西，大約還值幾千銀子，這是都給寶玉的了。珠兒媳婦向來孝順我，蘭兒也好，我也分給他們些。這就是我的事情完了。」

賈政等見母親如此明斷分析，俱跪下哭著說：「老太太這麼大年紀，兒孫們沒點孝順，承受老祖宗這樣恩典，叫兒孫們更無地自容了！」賈母道：「別瞎說了！要不鬧出這個亂兒來，我還收著呢。只是現在家人太多，只有二老爺當差，留幾個人就夠了。你就吩咐管事的，將人叫齊了，分派妥當。各家有人就罷了。譬如那時都抄了，怎麼樣呢？我們裡頭的，也要叫人分派，該配人的配人，賞去的賞去。如今雖說這房子不入官，你到底把這園子交了才是呢。那些二地畝還交璉兒清理，該賣的賣，留的留，再不可支架子，作空頭。我索性說了罷：江南甄家還有幾兩銀子，大太太④那裡收著，該叫人就送去罷。倘或再有點事兒出來，可不是他們『躲過了風暴又遭了雨』了麼？」賈政本是不知當家立計的人，一聽賈母的話，一一領命，心想：「老太太實在真是理家的人！都是我們這些不長進的鬧壞了！」

賈政見賈母勞乏，求著老太太歇歇養神。賈母又道：「我所剩的東西也有限，等我死了，作結果我的使用。下剩的都給伏侍我的丫頭。」賈政等聽到這裡，更加傷感，大家跪下：「請老太太寬懷。只顧兒子們托老太太的福，過了些時，都邀了恩眷，那時兢兢業業的治起家來，以贖前愆[9]。奉養老太太到一百歲。」賈母道：「但願這樣才好，我死了也好見祖宗。你們別打量我是享得富貴受不得貧窮的人哪！不過這幾年看著你們轟轟烈烈，我樂得都不管，說說笑笑，養身子罷了。那知道家運一敗，直到這樣。若說外頭好看，裡頭空虛，是我早知道的了，只是『居移氣，養移體』[10]，一時下不了臺就是了。如今藉此正好收斂，守住這個門頭兒，不然，叫人笑話。你還不知，只打量我知道窮了，就著急得要死。我心裡是想著祖宗莫大的功勳，無一日不指望你們比祖宗還強，能夠守住也罷了。誰知他們爺兒兩個作些什麼勾當！」

賈母正自長篇大論的說，只見豐兒慌慌張張的跑來回王夫人道：「今早我們奶奶聽見外頭的事，哭了一場，如今氣都接不上了，平兒叫我來回太太。」豐兒沒有說完，賈母聽見，便問：「到底怎麼樣？」王夫人便代回道：「如今說是不大好。」賈母起身道：「噯！這些冤家，竟要磨死我了！」說著，叫人扶著，要親自看去。賈政急忙攔住，勸道：「老太太傷了好一會子心，又分派了好些事，這會子該歇歇兒了。就是孫子媳婦有什麼事，叫太太瞧瞧去就是了，何必老太太親身過去呢？倘或再傷感起來，老太太身上要有一點兒不好，叫作兒子的怎麼處呢？」賈母道：「你們各自出去，等一會子再進來，我還有話說。」賈政不敢多言，只得出來料理兄姪起身的事，又叫賈璉挑人跟去。

這裡賈母才叫鴛鴦等派人拿了給鳳姐的東西，跟著過來。鳳姐正在氣厥。平兒哭得眼

腫腮紅，聽見賈母帶著王夫人等過來**⑤**，疾忙出來迎接。賈母便問：「這會子怎麼樣了？」平兒恐驚了賈母，便說：「這會子好些兒。」說著，跟了賈母等進來**⑥**，輕輕的揭開帳子。鳳姐開眼瞧著，只見賈母進來，心裡一寬，覺那壅塞的氣略鬆動些，便要扎掙坐起。賈母叫平兒按著：「不用動，你好些麼？」鳳姐含淚道：「我好些了。只是從小兒過來，老太太、太太怎麼樣疼我！那知我福氣薄，叫神鬼支使得失魂落魄，不能夠在老太太、太太跟前盡點兒孝心，討個好兒。還這樣把我當人，叫我幫著料理家務，被我鬧得七顛八倒，我還有什麼臉見老太太、太太呢？今日老太太、太太親自過來，我更擔不起了！恐怕該活三天的又折了兩天去了！」說著悲咽。

賈母道：「那些事原是外頭鬧起來的，與你什麼相干？就是你的東西被人拿去，這也算不了什麼呀！我帶了好些東西給你，你瞧瞧**⑦**。」說著，叫人拿上來給他瞧。鳳姐本是貪得無厭的人，如今被抄淨盡，自然愁苦，又恐人埋怨，正是幾不欲生的時候。今見賈母仍舊疼他，王夫人也不嗔怪，過來安慰他，又想賈璉無事，心下安放好些。便在枕上與賈母磕頭，說道：「請老太太放心。若是我的病托著老太太的福好了，我情願自己當個粗使的丫頭，盡心竭力的伏侍老太太、太太罷！」賈母聽他說得傷心，不免下淚來。寶玉是從來沒有經過這大風浪的，心下只知安樂，不知憂患的人，如今碰來碰去，都是哭泣的事，所以他竟比傻子尤甚，見人哭他就哭。

鳳姐看見眾人憂悶，反倒勉強說幾句寬慰賈母的話，求著：「請老太太、太太回去，我略好些，過來磕頭。」說著，將頭仰起。賈母叫平兒：「好生伏侍。短什麼，到我那裡

要去。」說著，帶了王夫人將要回到自己房中，只聽見兩三處哭聲。賈母聽著，實在不忍，便叫王夫人散去，叫寶玉：「去見你大爺大哥，送一送就回來。」自己躺在榻上下淚。幸喜鴛鴦等能用百樣言語勸解，賈母暫且安歇。

不言賈赦等分離悲痛。那去的人，誰是願意的？不免心中抱怨，叫苦連天。正是生離果勝死別，看者比受者更加傷心。好好的一個榮國府，鬧到人嚎鬼哭。

賈政最循規矩，在倫常上也講究的，執手分別後，自己先騎馬趕至城外，舉酒送行，又叮嚀了好些「國家軫恤勛臣，力圖報稱」的話。賈赦等揮淚分頭而別。

賈政帶了寶玉回家，未及進門，只見門上有好些人在那裡亂嚷，說：「今日旨意：將榮國公世職著賈政承襲。」那些人在那裡要喜錢，門上人和他們分爭，說：「是本來的世職，我們本家襲了，有什麼喜報？」那些人說道：「那世職的榮耀，比任什麼還難得！你們大老爺鬧掉了，想要這個，再不能的了！如今聖人的恩典比天還大，又賞給二老爺❽，這是千載難逢的，怎麼不給喜錢？」正鬧著，賈政回家，門上回了，雖則喜歡，究竟是哥哥犯事所致，反覺感極涕零，趕著進內告訴賈母。賈母自然喜歡，拉著說了些勤眠[11]報恩的話❾。王夫人正恐賈母傷心，過來安慰，聽得世職復還，也是歡喜❿。獨有邢夫人尤氏心下悲苦，只不好露出來。

且說外面這些趨炎奉勢的親戚朋友，先前賈宅有事，都遠避不來；今兒賈政襲職，知聖眷尚好，大家都來賀喜。那知賈政純厚性成，因他襲哥哥的職，心內反生煩惱，只知感激天恩。於第二日進內謝恩，到底將賞還府第園子，備摺奏請入官。內廷降旨不必，賈政

才得放心回家，以後循分供職。

但是家計蕭條，入不敷出。賈政又不能在外應酬。家人們見賈政忠厚，鳳姐抱病不能理家，賈璉的虧空一日重似一日，難免典房賣地。府內家人，幾個有錢的，怕賈璉纏擾，都裝窮躲事，甚至告假不來，各自另尋門路。獨有一個包勇，雖是新投到此，恰遇榮府壞事，他倒有些真心辦事，見那些人欺瞞主子，便時常不忿。眾人嫌他不肯隨和，奈他是個新來乍到的人，一句話也插不上。他便生氣，每日吃了就睡。原是甄府薦來，不好意思。便在賈政前說他終日貪杯生事，並不當差。賈政道：「隨他去罷。」並不叫驅逐。眾人又在賈璉跟前說他怎麼不好，賈璉此時也不敢自作威福，只得由他。

忽一日，包勇耐不過，吃了幾杯酒，在榮府街上閑逛，見有兩個人說話。那人說道：「你瞧！這麼個大府兒，前兒抄了家，不知如今怎麼樣了？」那人道：「他家怎麼能敗？裡頭有位娘娘是他家的姑娘，雖是死了，到底有根基的。況且我常見他們來往的都是王公侯伯，那裡沒有照應？就是現在的府尹，前任的兵部，是他們的一家兒。難道有這些人還護庇不來麼？」那人道：「你白住在這裡，別人猶可，獨是那個賈大人更了不得！我常見他在兩府來往，前兒御史雖參了，主子還叫府尹查明實跡再辦。你說他怎麼樣？他本沾過兩府的好處，怕人說他迴護一家兒，他倒狠狠的踢了一腳，所以兩府裡才到底抄了。你說如今的世情還了得麼！」

兩人無心說閑話，豈知旁邊有人跟著聽得明白。包勇心下暗想：「天下有這樣人！但不知是我們老爺的什麼人？我若見了他，便打他一個死！鬧出事來，我承當去！」那包勇

正在酒後胡思亂想，忽聽那邊喝酒道而來。包勇遠遠站著，只見那兩人輕輕的說道：「這來的就是那個賈大人了。」包勇聽了，心裡懷恨，趁著酒興，便大聲說道：「沒良心的男女[12]！怎麼忘了我們賈家的恩了？」雨村在轎內聽得一個「賈」字，便留神觀看，見是一個醉漢，也不理會，過去了。

那包勇醉著，不知好歹，便得意洋洋回到府中，問起同伴，知道方才見的那位大人是這府裡提拔起來的，「他不念舊恩，反來踢弄咱們家裡，見了他罵他幾句，他竟不敢答言。」那榮府的人本嫌包勇，只是主人不計較他，如今他又在外頭惹禍，正好[11]趁著賈政無事，便將包勇喝酒鬧事的話回了賈政。賈政此時正怕風波，聽見家人回稟，便一時生氣，叫進包勇來數罵了幾句，也不好深沉責罰他[12]，便派去看園，不許他在外行走。那包勇本是個直爽的脾氣，投了主子，他便赤心護主，那知賈政反倒聽了別人的話罵他。他也不敢再辯，只得收拾行李，往園中看守澆灌去了。未知後事如何，且聽下回分解。

校記

❶「管教子姪」，原作「管叫子姪」，從藤本、王本改。

❷「看得尤二姐」及「尤二姐之母」，「尤二姐」原皆作「尤三姐」，從王本改。

❸「願結賈珍之弟為妾」，「結」，藤本、王本作「給」。

❹「大太太」，藤本、王本「大」作「二」。

❺「聽見賈母帶著王夫人等過來」，諸本作「聽見賈母帶著王夫人寶玉寶釵過來」。

❻「說著，跟了賈母等進來，趕忙先走過去」，諸本作「老太太既來了，請進去瞧瞧他，先跑進去」。

❼「你瞧瞧」，諸本作「任你自便」。

❽「如今聖人的恩典比天還大，又賞給二老爺了」，藤本、王本作「如今聖人在位，赦過宥罪，還賞給二老爺襲了」。

❾「賈母自然喜歡，拉著說了些勤電報恩的話」兩句，諸本無。

❿「也是歡喜」下，諸本有「又見賈政進來，賈母拉了，說些勤勉報恩的話」三句。

⓫「正好」，藤本、王本作「不得不回」。

⓬「也不好深沉責罰他」，諸本無。

注釋

1 【賑恤（ㄓㄣˋ ㄒㄩˋ / zhèn xù）】救濟。

2 【嚴鞫（ㄐㄩˊ / jú）】嚴厲審訊。

3 【臺站】清代邊疆設軍事上防守、調度的機構，稱為「軍臺」，亦稱「臺站」。「發往臺站效力贖罪」等於充軍的處罰。

4 【下忱】自己的私意、想法，是謙卑的說法。

5 【膝下】 子女在父母跟前叫膝下，也是舊時子女對父母的尊稱。

6 【無可指稱】 無可憑藉，沒有指望的意思。

7 【欽限】 皇帝指定的限期。

8 【軍流】 充軍、流放。

9 【愆（く１ㄢˊ qiān）】 罪過。

10 【居移氣，養移體】 語出「孟子」。意思是，環境可以改變人的氣質，生活條件可以改變人的體質。這裡指賈府在安富尊榮的環境裡過慣了，雖然衰敗了，但還是放不下大架子。

11 【勤黽（ㄇ１ㄣˇ mǐn）】 勤勞努力。黽，努力。

12 【男女】 元明以來官吏稱奴僕為「男女」。

【第一百八回】

強歡笑蘅蕪慶生辰　死纏綿瀟湘聞鬼哭

卻說賈政先前曾將房產並大觀園奏請入官，內廷不收，又無人居住，只好封鎖。因園子接連尤氏惜春住宅，太覺曠闊無人，遂將包勇罰看荒園。此時賈政理家，奉了賈母之命，將人口漸次減少，諸凡省儉，尚且不能支持。幸喜鳳姐是賈母心愛的人，王夫人等雖不大喜歡，若說治家辦事，尚能出力，所以內事仍交鳳姐辦理。但近來因被抄以後，諸事運用「不來」，也是每形拮据。那些房頭上下人等，原是寬裕慣了的，如今較往日十去其七，怎能周到，不免怨言不絕。鳳姐也不敢推辭，在賈母前扶病承歡[2]。

過了此時，賈赦賈珍各到當差地方，恃有用度，暫且自安。寫信回家，都言安逸，家中不必掛念。於是賈母放心，邢夫人尤氏也略略寬懷。

一日，史湘雲出嫁回門，來賈母這邊請安。賈母提起他女婿甚好，史湘雲也將那裡家中平安的話說了，請老太太放心。又提起黛玉去世，不免大家落淚。賈母又想起迎春苦楚，越覺悲傷起來。史湘雲解勸一回，又到各家請安問好畢，仍到賈母房中安歇。言及薛家這樣人家，被薛大哥鬧得家破人亡，今年雖是緩決人犯，明年不知可能減等。賈母道：「你還不知道呢，昨兒蟠兒媳婦死得不明白，幾乎又鬧出一場事來。還幸虧老佛爺有

眼，叫他帶來的丫頭自己供出來了，那夏奶奶沒得鬧了，自家攔住相驗，你姨媽這裡才將皮裹肉的打發出去了。❶如今守著蝌兒過日子。這孩子卻有良心，他說哥哥在監裡尚沒完事，不肯娶親。你邢妹妹在大太太那邊，也就很苦。琴姑娘為他公公死了還沒滿服，梅家尚未娶去。你說說，真真『六親同運』❸：薛家是這麼著；二太太的娘家大舅太爺一死，鳳丫頭的哥哥也不成人，那二舅太爺是個小器的，又是官項不清，也是打飢荒；甄家自從抄家以後，別無信息。」

湘雲道：「三姐姐去了，曾有書字❹回來麼？」賈母道：「自從出了嫁，二老爺回來說，你三姐姐在海疆很好。只是沒有書信，我也是日夜惦記。為我們家連連的出些不好事，所以我也顧不來。如今四丫頭也沒有給他提親。環兒呢，誰有工夫提起他來？如今我們家的日子比你從前在這裡的時候更苦了。只可憐你寶姐姐，自過了門，沒過一天舒服日子。你二哥哥還是那麼瘋瘋癲癲，這怎麼好呢？」

湘雲道：「我從小兒在這裡長大的，這裡那些人的脾氣，我都知道的。這一回來了，竟都改了樣子了。我打量我隔了好些時沒來，他們生疏我；我細想起來，竟不是的。就是見了我，瞧他們的意思，原要像先一樣的熱鬧，不知道怎麼說說就傷起心來了，所以我坐了坐兒就到老太太這裡來了。」賈母道：「如今的日子，在我也罷了；他們年輕輕的人，還了得！我正要想個法兒，叫他們還熱鬧一天才好，只是打不起這個精神來。」湘雲道：「我想起來了……寶姐姐不是後兒的生日麼？我多住一天，給他拜個壽，大家熱鬧一天，不知老太太怎麼樣？」賈母道：「我真正氣糊塗了。你不提，我竟忘了。後日可不是他的生日嗎！我明日拿出錢來，給他辦個生日。他沒有定親的時候，倒作過好幾次，如今他竟忘了。後日可不是

過了門，倒沒有作。寶玉這孩子，頭裡很伶俐，很淘氣；如今因為家裡的事不好，把這孩子越發弄得話都沒有了。倒是珠兒媳婦還好。他有的時候是這麼著，沒的時候他也是這麼著，帶著蘭兒靜靜兒的過日子，倒難為他。」

湘雲道：「別人還不離，獨有璉二嫂子，連模樣兒都改了，說話也不伶俐了。我來引逗他們，看他們怎麼樣。但只他們嘴裡不說，心裡要抱怨我，說我有了——」剛說到這裡，卻把個臉飛紅了。賈母會意道：「這怕什麼？當初姐姐妹們都是在一處樂慣了的，說說笑笑，再別留這些心。大凡一個人，有也罷，沒也罷，總要受得富貴、耐得貧賤才好呢。你寶姐姐生來是個大方的人。頭裡他家這樣好，他也一點兒不驕傲；後來他家壞了事，他也是舒舒坦坦的。如今在我家裡，寶玉待他好，他也是那樣安頓。一時待他不好，也不見他有什麼煩惱。我看這孩子倒是個有福的。你林姐姐，他就最小性兒，又多心，所以到底兒不長命的。鳳丫頭也見過這些事，很不該略見些風波就改了樣子。他若這樣沒見識，也就是小器了。後兒寶丫頭的生日，我另拿出銀子來❷，熱熱鬧鬧的給他作個生日，大家敘一敘。」賈母道：「自然要請的。」一時高興，遂叫鴛鴦：「拿出一百銀子來，交給外頭，叫他明日起，預備兩天的酒飯。」鴛鴦領命，叫婆子交了出去。一宿無話。

次日，傳話出去，打發人去接迎春。又請了薛姨媽寶琴，叫帶了香菱來。又請李嬸娘；不多半日，李紋李綺都來了。

寶釵本不知道，聽見老太太的丫頭來請，說：「薛姨太太來了，請二奶奶過去呢。」又見寶釵心裡喜歡，便是隨身衣服過去，要見他母親。只見他妹子寶琴並香菱都在這裡，又見

李嬤娘等人也都來了。心想那些人必是知道我們家的事情完了，所以來問候的，便去問了李嬤娘好，見了賈母，然後與他母親說了幾句話，和李家姐姐妹們問好。

湘雲在旁說道：「太太們請都坐下，讓我們姐姐妹們給姐姐妹們拜壽。」寶釵聽了，倒呆了一呆，回來一想：「可不是明日是我的生日？」正推讓著，寶玉也來請薛姨媽李嬤娘的安。聽見寶釵自己推讓，他心裡本早打算過寶釵生日，因家中鬧得七顛八倒，也不敢在賈母處提起。今兒湘雲等眾人要拜壽，便喜歡道：「明日才是生日，我正要告訴老太太來。」湘雲笑道：

「扯臊！老太太還等你告訴？你打量這些人為什麼來？是老太太請的！」寶釵聽了，心下未信，只聽賈母合他母親道：「可憐寶丫頭作了一年新媳婦，家裡接二連三的有事，總沒有給他作過生日。今日我給他作個生日，請姨太太、太太們來，大家說說話兒。」薛姨媽道：「老太太這些時心裡才安，他小人兒家，還沒有孝敬老太太，倒要老太太操心！」湘雲道：「老太太最疼的孫子是二哥哥，難道二嫂子就不疼了麼？況且寶姐姐也配老太太給他作生日。」寶釵低頭不語。

寶玉心裡想道：「我只說史妹妹出了閣必換了一個人了，我所以不敢親近他，他也不來理我；如今聽他的話，竟和先前是一樣的。為什麼我們那個過了門，更覺得觀腆了，話都說不出來了呢？」正想著，小丫頭進來說：「二姑奶奶回來了。」隨後李紈鳳姐都進來，大家廝見一番。

迎春提起他父親出門，說：「本要趕來見見，只是他攔著不許來，說是咱們家正是晦氣時候，不要沾染在身上。我扭不過，沒有來，直哭了兩三天。」鳳姐道：「今兒為什麼

肯放你回來？」迎春道：「他又說咱們家二老爺又襲了職，還可以走走，不妨事的，所以才放我來。」說著又哭起來。賈母道：「我原為悶得慌，今日接你們來給孫子媳婦過生日，說說笑笑，解個悶兒，你們又提起這些煩事來，又招起我的煩惱來了。」迎春等都不敢作聲了。

鳳姐雖勉強說了幾句有興的話，終不似先前爽利，招人發笑。賈母心裡要寶釵喜歡，故意的慪鳳姐兒說話。鳳姐也知賈母之意，便竭力張羅，說道：「今兒老太太喜歡些了。你看這些人好幾時沒有聚在一處，今兒齊全！」說著，回過頭去，看見婆婆、尤氏不在這裡，又縮住了口。賈母為著「齊全」兩字，也想邢夫人等，叫人請去。邢夫人、尤氏、惜春等聽見老太太叫，不敢不來，心內也十分不願意，想著家業零敗，偏又高興給寶釵作生日，到底老太太偏心，便來了也是無精打彩的。賈母問起岫烟來，邢夫人假說病著不來。

賈母會意，知薛姨媽在這裡有些不便，也不提了。

一時，擺下果酒。賈母說：「也不送到外頭，今日只許咱們娘兒們樂一樂。」寶玉雖然娶過親的人，因賈母疼愛，仍在裡頭打混，但不與湘雲寶琴等同席，便在賈母身旁設著一個座兒，他替寶釵輪流敬酒。賈母道：「如今且坐下，大家喝酒。到挨晚兒再到各處行禮去。若如今行起禮來，大家又鬧規矩，把我的興頭打回去，就沒趣了。」寶釵便依言坐下。

賈母又向眾人道：「咱們今兒索性灑脫些，各留一兩個人伺候。我叫鴛鴦帶了彩雲、鶯兒、襲人、平兒等在後間去也喝一鍾酒。」鴛鴦等說：「我們還沒有給二奶奶磕頭，怎麼就好喝酒去呢？」賈母道：「我說了，你們只管去。用得著你們再來。」鴛鴦等去了。

這裡賈母才讓薛姨媽等喝酒。見他們都不是往常的樣子，賈母著急道：「你們到底是怎麼著？大家高興些才好。」湘雲道：「我們又吃又喝，還要怎麼著呢？」鳳姐道：「他們小的時候都高興，如今礙著臉兒不敢混說，所以老太太瞧著冷清了。」寶玉輕輕的告訴賈母道：「話是沒有什麼說的，再說就說到不好的上頭去了。不如老太太出個主意，叫他們行個令兒罷。」賈母側著耳朵聽了，笑道：「若是行令，又得叫鴛鴦去。」寶玉聽了，不待再說，就出席到後間去找鴛鴦，說：「老太太要行令，叫鴛鴦去。」鴛鴦道：「小爺，讓我們舒舒服服的喝一鍾罷。何苦來，又來攪什麼？」寶玉道：「當真老太太說的，叫你去呢。與我什麼相干？」鴛鴦沒法，說道：「你們只管喝，我去了就來。」便到賈母那邊。

老太太道：「你來了麼？這裡要行令呢。」鴛鴦道：「聽見寶二爺說老太太叫我，才來的。不知老太太要行什麼令兒？」賈母道：「那文的怪悶得慌，武的又不好，你倒是想個新鮮玩意兒才好。」鴛鴦想了想道：「如今老太太有了年紀，不肯費心，倒不如拿出令盆骰子來，大家擲個曲牌名兒賭輸贏酒罷。」賈母道：「這也使得。」使命人取骰盆放在案上。鴛鴦說：「如今用四個骰子擲去，擲不出名兒的罰一杯；擲出名兒來的，每人喝酒的杯數兒，擲出來再定。」眾人聽了道：「這是容易的，我們都隨著。」鴛鴦便打點兒。眾人叫鴛鴦喝了一杯，就在他身上數起，恰是薛姨媽先擲。薛姨媽便擲了一下，卻是四個「么」。鴛鴦道：「這是有名的，叫作『商山四皓』[5]。有年紀的喝一杯。」於是賈母、李嬸娘、邢、王兩夫人都該喝。

賈母舉酒要喝，鴛鴦道：「這是姨太太擲的，還該姨太太說個曲牌名兒，下家接一句

『千家詩』[6]。說不出來的罰一杯。」薛姨媽道：「你又來算計我了，我那裡說得上來？」

賈母道：「不說到底寂寞，還是說一句的好。下家兒就是我了，若說不出來，我陪姨太太喝一鍾就是了。」薛姨媽便道：「我說個『臨老入花叢』[7]。」賈母點點頭兒道：「『將謂偷閑學少年』[8]。」

說完，骰盆過到李紋，便擲了兩個「四」，兩個「二」。鴛鴦說：「也有名兒了，這叫作『劉阮入天臺』[9]。」李紋便接著說了個「二士入桃源」。下手兒便是李紈，說道：「『尋得桃花好避秦』❸。」大家又喝了一口。

骰盆又過到賈母跟前，便擲了兩個「二」，兩個「三」。賈母道：「這要喝酒了。」鴛鴦道：「有名兒的，這是『江燕引雛』[10]。眾人都該喝一杯。」賈母道：「雛是雛，倒飛了好些了。」眾人瞅了他一眼，鳳姐便不言語。賈母道：「我說什麼呢？『公領孫』罷。」下手是李綺，便說道：「『閑看兒童捉柳花』[11]。」眾人都說好。

寶玉巴不得要說，只是令盆輪不到，正想著，恰好到了跟前，便擲了一個「二」，兩個「三」，兩個「四」。鴛鴦道：「有了，先喝一鍾再擲罷。」寶玉只得喝了又擲。這一擲擲了兩個「三」，兩個「四」。鴛鴦道：「這是個『臭』！先喝一鍾再擲罷。」寶玉只得喝了又擲。寶玉知是打趣他。寶釵的臉也飛紅了。鳳姐不大懂得，還說：

個「三」，一個「么」，便說道：「這是什麼？」寶玉難說，自認：「罰了罷，我也沒下家兒。」這叫作『張敞畫眉』[12]。」寶玉道：「這一個好看得很！」忽然想起「十二金釵」的夢來，便呆呆的退到自己座上，心裡想：「這『十二釵』說是金陵的，怎麼我家這

「二兄弟快說了，再找下家兒是誰。」鴛鴦道：「大奶奶擲的是『十二金釵』。」寶玉聽了，趕到李紈身旁看時，只見紅綠對開，便說：「這一個好看得很！」忽然想起「十二金釵」的夢來，便呆呆的退到自己座上，心裡想：「這『十二釵』說是金陵的，怎麼我家這

過了令盆，輪到李紈，便擲了一下。鴛鴦道：「大奶奶擲的是『十二金釵』。」寶玉

些人，如今七大八小的就剩了這幾個？」復又看看湘雲寶釵，雖說都在，只是不見了黛玉。一時按捺不住，眼淚便要下來，恐人看見，便說身上燥得很，脫脫衣裳去，掛了籌[13]，出席去了。史湘雲看見寶玉這般光景，打量寶玉擲不出好的來，被別人擲了去，心裡不喜歡，才去的。又嫌那個令兒沒趣，便有些煩。只見李紈道：「我不說了。席間的人也不齊，不如罰我一杯。」賈母道：「這個令兒也不熱鬧，不如蠲了罷。讓鴛鴦擲一下，看擲出個什麼來。」

小丫頭便把令盆放在鴛鴦跟前。鴛鴦依命，便擲了兩個「三」，一個「五」，那一個骰子在盆裡只管轉。鴛鴦叫道：「不要『五』！」那骰子單單轉出一個「五」來。鴛鴦道：「了不得！我輸了。」賈母道：「這是不算什麼的嗎？」鴛鴦道：「名兒倒有，只是我說不上曲牌名來。」賈母道：「你說名兒，我給你謅。」鴛鴦道：「這是『浪掃浮萍』。」賈母道：「這也不難，我替你說個『秋魚入菱窠』。」鴛鴦下手的就是湘雲，便道：「『白萍吟盡楚江秋』[14]。」眾人都道：「這句很確。」

賈母道：「這令完了，咱們喝兩杯，吃飯罷。」回頭一看，見寶玉還沒進來，便問道：「寶玉那裡去了？還不來？」鴛鴦道：「換衣裳去了。」賈母道：「誰跟了去的？」那鴛鴦便上來回道：「我看見二爺出去，我叫襲人姐姐跟了去了。」賈母王夫人才放心。等了一回，王夫人叫人去找。小丫頭到了新房子裡，只見五兒在那裡插蠟。小丫頭便問：「寶二爺那裡去了？」五兒道：「在老太太那邊喝酒呢。」小丫頭道：「我打老太太那裡來，太太叫我來找，豈有在那裡倒叫我來找的呢？」五兒道：「這就不知道了，你到別處找去罷。」小丫頭沒法，只得回來，遇見秋紋，問道：「你見二爺那裡去了？」秋紋道：

「我也找他，太太們等他吃飯。這會子那裡去了呢？你快去回老太太去，不必說不在家，只說喝了酒不大受用，不吃飯了，略躺一躺再來，請老太太、太太們吃飯罷。」小丫頭依言回去，告訴珍珠，珍珠回了賈母。賈母道：「他本來吃不多，不吃也罷了，叫他歇歇罷。告訴他今兒不必過來，有他媳婦在這裡就是了。」珍珠便向小丫頭道：「你聽見了？」小丫頭答應著，不便說明，只得在別處轉了一轉，說：「告訴了。」眾人也不理會，吃畢飯，大家散坐閑話，不提。

且說寶玉一時傷心，走出來，正無主意，只見襲人趕來，問是怎麼了。寶玉道：「不怎麼，只是心裡怪煩的。要不趁他們喝酒，咱們兩個到珍大奶奶那裡逛逛去。」襲人道：「珍大奶奶在這裡，去找誰？」寶玉道：「不找誰，瞧瞧他，既在這裡，住的房屋怎麼樣。」襲人只得跟著，一面走，一面說。走到尤氏那邊，又一個小門兒半開半掩，寶玉也不進去。只見看園門的兩個婆子坐在門檻上說話兒，寶玉問道：「這小門兒開著麼？」婆子道：「天天不開。今兒有人出來說，今日預備老太太要用園裡的果子，才開著門等著呢。」

寶玉便慢慢的走到那邊，果見腰門半開。寶玉才要進去，襲人忙拉住道：「不用去，園裡不乾淨，常沒有人去，別再撞見什麼。」寶玉仗著酒氣，說道：「我不怕那些！」襲人苦苦的拉住，不容他去。婆子們上來說道：「如今這園子安靜的了。自從那日道士拿了妖去，我們摘花兒，打果子，一個人常走的。二爺要去，咱們都跟著。有這些人，怕什麼！」寶玉喜歡。襲人也不便相強，只得跟著。

寶玉進得園來，只見滿目淒涼。那些花木枯萎，更有幾處亭館，彩色久經剝落。遠遠望見一叢翠竹，倒還茂盛。寶玉一想，說：「我自病時出園，住在後邊，一連幾個月沒有到這裡，瞬息荒涼。你看獨有那幾竿翠竹菁蔥，這不是瀟湘館麼？」襲人道：「你幾個月沒來，連方向兒都忘了。咱們只管說話兒，不覺將怡紅院走過了。」回頭用手指著道：「這才是瀟湘館呢。」寶玉順著襲人的手一瞧，道：「可不是過了嗎？咱們回去瞧。」

襲人道：「天晚了，老太太必是等著吃飯，該回去了。」寶玉不言，找著舊路，竟往前走。你道寶玉雖離了大觀園將及一載，豈遂忘了路徑？只因襲人怕他見了瀟湘館，想起黛玉，又要傷心，所以要用言語混過。後來見寶玉只望裡走，又怕他招了邪氣，所以哄著他，只說已經走過了，那裡知道寶玉的心全在瀟湘館上❹。

此時寶玉往前急走，襲人只得趕上。見他站著，似有所見，如有所聞，便道：「你聽見什麼？」寶玉道：「瀟湘館倒有人住麼？」襲人道：「大約沒有人罷。」寶玉道：「我明明聽見有人在內啼哭，怎麼沒有人？」襲人道：「是你疑心。素常你到這裡，常聽見林姑娘傷心，所以如今還是那樣。」寶玉不信，還要聽去。婆子們趕上說道：「二爺快回去罷，天已晚了。別處我們還敢走走；這裡的路兒隱僻，又聽見人說，這裡打林姑娘死後，常常聽見有哭聲，所以人都不敢走的。」寶玉襲人聽說，都吃了一驚。寶玉道：「可不是？」說著，便滴下淚來，說：「林妹妹，林妹妹！好好兒的，是我害了你！你別怨我，只是父母作主，並不是我負心！」愈說愈痛，便大哭起來。

襲人正在沒法，只見秋紋帶著些人趕來，對襲人道：「你好大膽子！怎麼和二爺到這裡來？老太太、太太急得打發人各處都找到了！剛才腰門上有人說是你和二爺到這裡來

了，唬得老太太、太太們了不得，罵著我，叫我帶人趕來。還不快回去呢！」寶玉猶自痛哭，襲人也不顧他哭，兩個人拉著就走，一面替他拭眼淚，告訴他老太太著急。寶玉沒法，只得回來。

襲人知老太太不放心，將寶玉仍送到賈母那邊，眾人都等著未散。賈母便說：「襲人！我素常因你明白，才把寶玉交給你，怎麼今兒帶他園裡去？他的病才好，倘或撞著什麼，又鬧起來，那可怎麼好？」襲人也不敢分辯，只得低頭不語。寶釵看寶玉顏色不好，心裡著實的吃驚。倒還是寶玉恐襲人受委屈，說道：「青天白日怕什麼？我因為好些時沒到園裡逛逛，今兒趁著酒興走走，那裡就撞著什麼了呢？」鳳姐在園裡吃過大廚的，聽到那裡，寒毛直豎，說：「寶兄弟膽子忒大了。」湘雲道：「不是膽大，倒是心實。不知是會芙蓉神去了，還是尋什麼仙去了。」寶玉聽著，也不答言。獨有王夫人急得一言不發。

賈母問道：「你到園裡沒有唬著呀？不用說了。以後要逛，到底多帶幾個人才好。不是你鬧的，大家早散了。去罷，好好的睡一夜，明兒一早過來，我要找補，叫你們再樂一天呢。別為他又鬧出什麼緣故來。」

眾人聽說，遂辭了賈母出來。薛姨媽便到王夫人那裡住下，史湘雲仍在賈母房中，迎春便往惜春那裡去了。餘者各自回去不提。

獨有寶玉回到房中，噯聲嘆氣。寶釵明知其故，也不理他，只是怕他憂悶，勾出舊病來，便進裡間，叫襲人來，細問他寶玉到園怎麼樣的光景。未知襲人怎生回說，下回分解。

■ 校記

❶「才將皮裏肉的打發出去了」,「皮」字藤本、王本無。

❷「我另拿出銀子來」,藤本、王本作「我替另拿出銀子來」。

❸「尋得桃花好避秦」,王本、金本作「尋得桃源好避秦」。

❹「只因襲人怕他見了瀟湘館」句起,至「那裡知道寶玉的心全在瀟湘館上」句止,王本作「只因襲人恐他見了瀟湘館,想起黛玉,又要傷心,所以用言混過,豈知寶玉只望裡走,天又晚了,恐招了邪氣,故寶玉問他,只說已走過了,欲寶玉不去,不料寶玉的心,惟在瀟湘館內」。

■ 注釋

1 【運用】
這裡是應付、調度的意思。

2 【承歡】
人們侍奉父母,順其心意,使之歡喜。

3 【六親同運】
六親,原指父、母、兄、弟、妻、子。這裡泛指親族之間的血緣關係。六親同運,即所有親族的命運都是相同的。

4 【書字】
亦作書子,即書信。

5 【商山四皓(ㄏㄠˋ hào)】
秦末隱居在陝西商山的角(ㄌㄨˋ lù)里先生、東園公、綺里季、夏黃公四人。因他們都過八十,鬚髮皓白,故稱商山四皓。

6 【千家詩】
詩集名,舊時兒童啟蒙讀物之一,舊題宋朝謝枋得選,共二百四十九首。

7 【臨老入花叢】
語出唐代詩人劉禹錫「杏園聯句」:「二十四年流落者,故人相引到花叢。」表現了劉禹錫因參加王叔文政治改革運動,遭貶二十四年,臨老被召回的振奮心情。這裡,薛姨媽引用,意在祈禱家業復興。

8 〔將謂偷閑學少年〕

宋代程顥「春日偶成」一詩有「時人不識余心樂，將謂偷閑學少年」。意思是，眼前的人不理解我內心的喜悅，將會說我偷個閑空兒學著孩子們遊戲。這裡引用，表現了賈母精神上的空虛。

9 〔尋得桃花好避秦〕

應是「尋得桃源好避秦」。宋朝謝枋得「慶全庵桃花」中的詩句，意思是，找個世外桃花源好躲避秦朝的苛政。這裡引用，表現了李紈安於平靜寡欲的生活處境。

10 〔江燕引雛〕

這裡可能用的是金代李俊民「籌堂燕」詩並序的故事，寫江燕為避免禍害，引著小燕飛去。

11 〔閑看兒童捉柳花〕

宋朝楊萬里詩「初夏睡起」：「日長睡起無情思，閑看兒童捉柳花。」意思是，夏天天長，午睡起來無情無緒，無聊中只好來看孩子們捕捉柳花的玩耍。

12 〔張敞畫眉〕

張敞，西漢人，曾作京兆尹。他曾替妻子描眉。後世人以此比喻夫妻的感情好。

13 〔掛籌〕

行酒令時，常用酒籌，掛籌是存放酒籌，請假離席。一般即沒有用酒籌時，也常借用這個詞彙。

14 〔白萍吟盡楚江秋〕

應是「白萍吹盡楚江秋」。宋程顥「題淮南寺」中的詩句。意思是說，秋風吹盡了長江上的白萍。

【第一百九回】

候芳魂五兒承錯愛　還孽債迎女返真元[1]

話說寶釵叫襲人問出緣故，恐寶玉悲傷成疾，便將黛玉臨死的話與襲人假作閑談，說是：「人在世上，有意有情，到了死後，各自幹各自的去了，並不是生前那樣的人死後還是那樣。活人雖有痴心，死的竟不知道。況且林姑娘既說仙去，他看凡人是個不堪的濁物，那裡還肯混在世上？只是人自己疑心，所以招出些邪魔外祟來纏擾。」寶釵雖是與襲人說話，原說給寶玉聽的。襲人會意，也說是：「沒有的事。若說林姑娘的魂靈兒還在園裡，我們也算相好，怎麼沒有夢見過一次？」

寶玉在外面聽著，細細的想道：「果然也奇！我知道林妹妹死了，那一日不想幾遍？怎麼從沒夢見？想必他到天上去了，瞧我這凡夫俗子[2]，不能交通神明，所以夢都沒有一個兒。我如今就在外間睡，或者我從園裡回來，他知道我的心，肯與我夢裡一見。我必要問他實在那裡去了，我也時常祭奠。若是果然不理我這濁物，竟無一夢，我便也不想他了。」主意已定，便說：「我今夜就在外間睡，你們也不用管我。」寶釵也不強他，只說：「你不用胡思亂想。你沒瞧見太太因你園裡去了，急得話都說不出來？你這會子還不保養身子，倘或老太太知道了，又說我們不用心。」寶玉道：「白這麼說罷咧，我坐一會

子就進來。你也乏了，先睡罷。」寶釵料他必進來的，假意說道：「我睡了，叫襲姑娘伺候你罷。」

寶玉聽了，正合機宜[3]。等寶釵睡下，他便叫襲人麝月另鋪設下一副被褥，常叫人進來瞧二奶奶睡著了沒有。寶釵故意裝睡，也是一夜不寧。那寶玉只當寶釵睡著，便與襲人道：「你們各自睡罷，我又不傷感。你若不信，你就伏侍我睡了再進去，只要不驚動我就是了。」襲人果然伏侍他睡下，預備下了茶水，關好了門，進裡間去照應了一回，各自假寐，等著寶玉若有動靜，再出來。

寶玉見襲人進去了，便將坐更的兩個婆子支到外頭。他輕輕的坐起來，暗暗的祝贊了幾句，方才睡下 ❶。起初再睡不著，以後把心一靜，誰知竟睡著了，卻倒一夜安眠。直到天亮，方才醒來，拭了拭眼，坐著想了一回，並無有夢，便嘆口氣道：「正是『悠悠生死別經年，魂魄不曾來入夢』[4]！」寶釵也是一夜沒有睡著，聽見寶玉在外邊念這兩句，便接口道：「這話你說莽撞了。若林妹妹在時，又該生氣了。」寶玉聽了，自覺不好意思，只得起來，搭訕著進裡間來，說：「我原要進來，不知怎麼一個盹兒就打著了。」寶釵道：「你進來不進來，與我什麼相干？」

襲人也本沒有睡，聽見他們兩個說話，即忙上來倒茶。只見老太太那邊打發小丫頭來問：「寶二爺昨夜睡得安頓麼？若安頓，早早的同二奶奶梳洗了就過去。」襲人道：「你去回老太太，說：『寶玉昨夜很安頓，回來就過來。』」小丫頭去了。

寶釵連忙梳洗了，鶯兒襲人等跟著，先到賈母那裡行了禮，便到王夫人那邊起，至鳳姐，都讓過了，仍到賈母處，見他母親也過來了。大家問起：「寶玉晚上好麼？」寶釵便

一八四六

說：「回去就睡了，沒有什麼。」眾人放心，又說些閒話。

只見小丫頭進來，說：「二姑奶奶要回去了。」聽見說，孫姑爺那邊派人來，到大太太那裡說了些話，大太太叫人到四姑娘那邊說，不必留了，讓他去罷。如今二姑奶奶在大太太那邊哭呢，大約就過來辭老太太。」賈母眾人聽了，心中好不自在，都說：「二姑娘這麼一個人，為什麼命裡遭著這樣的人！一輩子不能出頭，這可怎麼好呢？」說著，迎春進來，淚痕滿面，因是寶釵的好日子，只得含著淚，辭了眾人要回去。賈母知道他的苦處，也不便強留，只說道：「你回去也罷了，但只不用傷心。碰著這樣人，也是沒法兒的。過幾天我再打發人接你去罷。」迎春道：「老太太始終疼我，如今也疼不來了。可憐我沒有再來的時候兒了！」說著，眼淚直流。眾人都勸道：「這有什麼不能回來的呢？比不得你三妹妹，隔得遠，要見面就難了。」賈母等想起探春，不覺也大家落淚。為是寶釵的生日，只得轉悲作喜說：「這也不難。只要海疆平靜，那邊親家調進京來，就見得著了。」大家說：「可不是這麼著麼？」說著，迎春只得含悲而別。大家送了出來，仍回賈母那裡，從早至暮，又鬧了一天。眾人見賈母勞乏，各自散了。

獨有薛姨媽辭了賈母，到寶釵那裡，說道：「你哥哥是今年過了，直要等到皇恩大赦的時候，減了等，才好贖罪。這幾年叫我孤苦伶仃，怎麼處！我想要給你二哥哥完婚，你想想好不好？」寶釵道：「媽媽是因為大哥哥娶了親，唬怕了的，所以把二哥哥的事也疑惑起來。據我說，很該辦。邢姑娘是媽媽知道的，如今在這裡也很苦。娶了去，雖說咱們窮，究竟比他傍人門戶好多著呢。」薛姨媽道：「你得便的時候，就去回明老太太，說我家沒人，就要擇日子了。」寶釵道：「媽媽只管和二哥哥商量，挑個好日子，過來和老

太太、大太太說了，娶過去，就完了一宗事。這裡大太太也巴不得娶了去才好。」薛姨媽道：「今日聽見史姑娘也就回去了，老太太心裡要留你妹妹在這裡住下幾天，所以他住下了。我想他也是不定多早晚就走的人了，你們姐妹們也多敘幾天話兒。」寶釵道：「正是呢。」於是薛姨媽又坐了一坐，出來辭了眾人，回去了。

卻說寶玉晚間歸房，因想：昨夜黛玉竟不入夢，或者他已經成仙，所以不肯來見我這種濁人，也是有的；不然，就是我的性兒太急了，也未可知。便想了個主意，向寶釵說道：「我昨夜偶然在外頭睡著，似乎比在屋裡睡得安穩些，今日起來，心裡也覺清淨。我的意思，還要在外頭睡兩夜，只怕你們又來攔我。」寶釵聽了，明知早晨他嘴裡念詩自然是為黛玉的事了，想來他那個呆性是不能勸的，倒好叫他睡兩夜，索性自己死了心也罷了，況兼昨夜聽他睡得倒也安靜，便道：「好沒來由。你只管睡去，我們攔你作什麼？但只別胡思亂想的招出些邪魔外祟來。」寶玉笑道：「誰想什麼？」襲人道：「依我勸，二爺竟還是屋裡睡罷。外邊一時照應不到，著了涼，倒不好。」寶玉未及答言，寶釵卻向襲人使了個眼色兒。襲人會意，道：「也罷，叫個人跟著你罷，夜裡好倒茶倒水的。」寶玉便笑道：「這麼說，你就跟了我來。」襲人聽了，倒沒意思起來，登時飛紅了臉，一聲也不言語。寶釵素知襲人穩重，便說道：「他是跟慣了我的，還叫他跟著我罷。叫麝月五兒照料著也罷了。況且今日他跟著我鬧了一天，也乏了，該叫他歇歇了。」寶玉只得笑著出來。

寶釵因命麝月五兒給寶玉仍在外間鋪設了，又囑咐兩個人：「醒睡些；要茶要水，都留點神兒。」兩個答應著。出來看見寶玉端然坐在床上，閉目合掌，居然像個和尚一般，

兒的柔情和素日的痴心，一概擱起❹。怎奈這位呆爺今晚把他當作晴雯，只管愛惜起來。

這裡麝月五兒兩個人也收拾了被褥，伺候寶玉睡著，各自歇下。那知寶玉要睡越睡不著，見他兩個人在那裡打鋪5，忽然想起那年襲人不在家時，晴雯麝月兩個人服事，夜間麝月出去，晴雯要唬他，因為沒穿衣服，著了涼，後來還是從這個病上死的。想到這裡，一心移在晴雯身上去了。忽又想起鳳姐說五兒給晴雯個影兒，因將想晴雯的心又移在五兒身上，自己假裝睡著，偷偷兒的看那五兒，越瞧越像晴雯，不覺呆性復發。聽了聽裡間已無聲息，知是睡了；但不知麝月睡了沒有，便故意叫了兩聲❸，卻不答應。

五兒聽見了寶玉叫人，便問道：「二爺要什麼？」寶玉道：「我要漱漱口。」五兒見麝月已睡，只得起來，重新剪了蠟花，倒了一鍾茶來，一手托著漱盂。卻因趕忙起來的，身上只穿著一件桃紅綾子小襖兒，鬆鬆的綰著一個贅兒。寶玉看時，居然晴雯復生。忽又想起晴雯說的「早知擔了虛名，也就打個正經主意了」。不覺呆呆的呆看，也不接茶。

那五兒自從芳官去後，也無心進來了。後來聽說鳳姐叫他進來伏侍寶玉，竟比寶玉盼他進來的心還急。不想進來以後，見寶釵襲人一般尊貴穩重，看著心裡實在敬慕；又見寶玉瘋瘋傻傻，不似先前的丰致；又聽見王夫人為女孩子們和寶玉玩笑都撞了，所以把那女

兩個也不敢言語，只管瞅著他笑。寶釵又命襲人出來照應。襲人看見這般，卻也好笑，便輕輕的叫道：「該睡了。怎麼又打起坐來了？」寶玉睜開眼看見襲人，便道：「你們只管睡罷，我坐一坐就睡。」襲人道：「因為你昨日那個光景，鬧得二奶奶一夜沒睡。你再這麼著，成什麼事？」寶玉料著自己不睡，都不肯睡，便收拾睡下。襲人又囑咐了麝月等幾句，才進去關門睡了。

這裡麝月五兒兩個人也收拾了被褥

那五兒早已羞得兩頰紅潮，又不敢大聲說話，只得輕輕的說道：「二爺，漱口啊。」寶玉笑著接了茶在手中，也不知漱了沒有，便笑嘻嘻的問道：「你和晴雯姐姐好不是啊？」五兒聽了，摸不著頭腦，便道：「都是姐妹，也沒有什麼不好的。」寶玉又悄悄的問道：「晴雯病重了，我看他去，不是你也去了麼？」五兒微微笑著點頭兒。寶玉道：「你聽見他說什麼了沒有？」五兒搖著頭兒道：「沒有。」

寶玉已經忘神，便把五兒的手一拉。五兒急得紅了臉，心裡亂跳，便悄悄說道：「二爺，有什麼話只管說，別拉拉扯扯的。」寶玉才撒了手，說道：「他和我說來著：『早知擔了個虛名，也就打正經主意了！』你怎麼沒聽見麼？」五兒聽了這話明明是撩撥自己的意思，又不敢怎麼樣，便說道：「那是他自己沒臉。這也是我們女孩兒家說得的嗎？」寶玉著急道：「你怎麼也是這麼個道學先生！我看你長得和他一模一樣，我才肯和你說這個話，你怎麼倒拿這些話糟蹋他？」

此時五兒心中也不知寶玉是怎麼個意思，便說道：「夜深了，二爺睡罷，別緊著坐著，看涼著了。剛才奶奶和襲人姐姐怎麼囑咐來？」寶玉道：「我不涼。」說到這裡，忽然想起五兒沒穿著大衣裳，就怕他也像晴雯著了涼，便問道：「你為什麼不穿上衣裳就過來？」五兒道：「爺叫得緊，那裡有盡著穿衣裳的空兒？要知道說這半天話兒時，我也穿上了。」寶玉聽了，連忙把自己蓋的一件月白綾子綿襖兒揭起來遞給五兒，叫他披上。五兒只不肯接，說：「二爺蓋著罷，我不涼。我涼，我有我的衣裳。」說著，回到自己鋪邊，拉了一件長襖披上。又聽了聽，麝月睡得正濃，才慢慢過來說：「二爺今晚不是要養神呢嗎？」寶玉笑道：「實告訴你罷：什麼是養神！我倒是要遇仙的意思。」五兒聽了，

越發動了疑心，便問道：「遇什麼仙？」寶玉道：「你要知道，這話長著呢。你挨著我來坐下，我告訴你。」五兒紅了臉，笑道：「你在那裡躺著，我怎麼坐呢？」寶玉道：「這個何妨？那一年冷天，也是你晴雯姐姐和麝月姐姐玩，我怕凍著他，還把他攬在一個被窩兒裡呢。這有什麼？大凡一個人，總別酸文假醋[6]的才好。」

五兒聽了，句句都是寶玉調戲之意，那知這位呆爺卻是實心實意的話。五兒此時走開不好，站著不好，坐下不好，倒沒了主意。因拿眼一溜，抵著嘴兒笑道[5]：「你別混說了。看人家聽見，什麼意思？怨不得人家說你專在女孩兒身上用工夫！你自己放著二奶奶和襲人姐姐，都是仙人兒似的，只愛和別人混攪。明兒再說這些話，我回了二奶奶，看你什麼臉見人！」

正說著，只聽外面「咕咚」一聲，把兩個人嚇了一跳。裡間寶釵咳嗽了一聲，寶玉聽見連忙努嘴兒，五兒也就忙忙的熄了燈，悄悄的躺下了。原來寶釵襲人因昨夜不曾睡，又兼日間勞乏了一天，所以睡去，都不曾聽見他們說話，此時院中一響，猛然驚醒，聽了聽，也無動靜。寶玉此時躺在床上，心裡疑惑：「莫非林妹妹來了，聽見我和五兒說話，故意嚇我們的？」翻來覆去，胡思亂想，五更以後，才矇矓睡去。

卻說五兒被寶玉鬼混了半夜，自己懷著鬼胎，生怕寶釵聽見了，也是思前想後，一夜無眠。次日一早起來，見寶玉尚自昏昏睡著，便輕輕兒的收拾了屋子。那時麝月已醒，便道：「你怎麼這早起來了？你難道一夜沒睡嗎？」五兒聽這話又似麝月知道了的光景，便只是趂笑，也不答言。一時，寶釵襲人也都起來。開了門，見寶玉尚睡，卻也納悶：怎麼在外頭兩夜睡得倒這麼安穩呢？

及寶玉醒來，見眾人都起來了，自己連忙爬起。揉著眼睛，細想昨夜又不曾夢見，可是「仙凡路隔」了。慢慢的下了床，又想昨夜五兒說的「寶釵襲人都是天仙一般」，這話卻也不錯，便怔怔的瞅著寶釵。寶釵見他發怔，雖知他為黛玉之事，卻也定不得夢不夢，只是瞅得自己倒不好意思的，便道：「你昨夜可遇見仙了麼？」寶玉聽了，只道昨晚的話寶釵聽見了，笑著勉強說道：「這是那裡的話？」那五兒聽了這一句，越發心虛起來，又不好說的，只得且看寶釵的光景。

只見寶釵又笑著問五兒道：「你聽見二爺睡夢裡和人說話來著麼？」寶玉聽了，自己坐不住，搭訕著走開了。五兒把臉飛紅，只得含糊道：「前半夜倒說了幾句，我也沒聽真。什麼『擔了虛名』，又什麼『沒打正經主意』，我也不懂，勸著二爺睡了。後來我也睡了，不知二爺還說來著沒有。」寶釵低頭一想：「這話明是為黛玉了。但盡著叫他在外頭，恐怕心邪了，招出些花妖柳怪來。況兼他的舊病，原在姊妹上情重。只好設法將他的心意挪移過來，然後能免無事。」想到這裡，不免面紅耳熱起來，也就赸赸的進房梳洗去了。

且說賈母兩日高興，略吃多了些，這晚有些不受用；第二天，便覺著胸口飽悶。鴛鴦等要回賈政。賈母不叫言語，說：「我這兩日嘴饞些，吃多了點子。我餓一頓就好了，你們快別吵嚷。」於是鴛鴦等並沒有告訴人。

這日晚間，寶玉回到自己屋裡，見寶釵自賈母王夫人處才請了晚安回來，寶玉想著早

起之事，未免赧顏[7]，抱慚。寶釵看他這樣的，也曉得是沒意思的光景。因想著他是個痴情人，要治他的這個病，少不得仍以痴情治之。想了想，便問寶玉道：「你今夜還在外頭睡去罷咧？」寶玉自覺沒趣，便道：「裡頭外頭都是一樣的。」寶釵意欲再說，反覺礙難出口。襲人道：「罷呀，這倒是什麼道理呢？我不信睡得那麼安頓。」寶釵意欲再說，反覺礙難出口。襲人道：「罷呀，這倒是什麼道理呢？我不信睡得那麼安頓。」五兒聽見這話，連忙接口道：「二爺在外頭睡，別的倒沒有什麼，只愛說夢話，叫人摸不著頭腦兒，又不敢駁他的回。」襲人便道：「我今日挪出床上睡睡，看說夢話不說。你們只管把二爺的鋪蓋鋪在裡間就完了。」寶玉自己慚愧，那裡還有強嘴的分兒，便依著搬進來。一則寶玉抱歉，欲安寶釵之心；二則寶釵恐寶玉思鬱成疾，不如稍示柔情，使得親近，以為「移花接木」之計。於是當晚襲人果然挪出去。這寶玉固然是有意負荊，那寶釵自然也無心拒客，從過門至今日，方才是雨膩雲香，氤氳調暢❻。從此「二五之精，妙合而凝」[8]。此是後話不提。

且說次日寶玉寶釵同起，寶玉梳洗了，先過賈母這邊來。這裡賈母因疼寶玉，又想寶釵孝順，忽然想起一件東西來，便叫鴛鴦開了箱子，取出祖上所遺的一個漢玉玦，雖不及寶玉他那塊玉石，掛在身上卻也稀罕。鴛鴦找出來遞與賈母，便說道：「這件東西，我好像從沒見的。老太太這些年還記得這樣清楚，說是那一箱什麼匣子裡裝著。我按著老太太的話一拿就拿出來了。」老太太這會子叫拿出來作什麼？」賈母道：「你那裡知道？這塊玉還是祖爺爺給我們老太爺，老太爺疼我，臨出嫁的時候叫了我去，親手遞給我的。還說：『這玉是漢朝所佩的東西，很貴重，你拿著就像見了我的一樣。』我那時還小，拿了來，

也不當什麼，便撩撥在箱子裡。到了這裡，我見咱們家的東西也多，這算得什麼！從沒帶過，一撩便撩了六十多年。今兒見寶玉這樣孝順，他又丟了一塊玉，故此，想著拿出來給他，也像是祖上給我的意思。」

一時，寶玉請了安。賈母便喜歡道：「你過來，我給你一件東西瞧瞧。」寶玉走到床前，賈母便把那塊漢玉遞給寶玉。寶玉接來一瞧，那玉有三寸方圓，形似甜瓜，色有紅暈，甚是精緻。寶玉口口稱讚。賈母道：「你愛麼？這是我祖爺爺給我的，我傳了你罷。」寶玉笑著，請了個安謝了，又拿了要送給他母親瞧。賈母道：「你太太瞧了，告訴你老子，又說疼兒子不如疼孫子了。他們從沒見過。」寶玉笑著又說了幾句話，也辭了出來。

自此，賈母兩日不進飲食，胸口仍是膨悶，覺得頭暈目眩，咳嗽。邢王二夫人、鳳姐等請安，見賈母精神尚好，不過叫人告訴賈政，立刻來請了安。賈政出來，即請大夫看脈。不多一時，大夫來診了脈，說是有年紀的人，停了些飲食，感冒些風寒，略消導發散些就好了。開了方子，賈政看了，知是尋常藥品，命人煎好進服。以後賈政早晚進來請安。一連三日，不見稍減。賈政又命賈璉打聽好大夫，「快去請來瞧老太太的病。咱們家常請的幾個大夫，我瞧著不怎麼好，所以叫你去。」賈璉想了一想，說道：「記得那年寶兄弟病的時候，倒是請了一個不行醫的來瞧好了的，如今不如找他。」賈政道：「醫道卻是極難的，越是不興時的大夫倒有本領。你就打發人去找來罷。」賈璉即忙答應去了，回來說道：「這劉大夫新近出城教書去了，過十來天進城一次。這時等不得，又請了一位，也就來了。」賈政聽了，只得等著，不提。

且說賈母病時，合宅女眷無日不來請安。一日，眾人都在那裡，只見看園內腰門的老婆子進來回說：「園裡的櫳翠庵的妙師父知道老太太病了，特來請安。」眾人道：「他不常過來，今兒特來，你們快請進來。」鳳姐走到床前回了賈母。岫烟是妙玉的舊相識，先走出去接他。只見妙玉頭戴妙常冠[9]，身上穿一件月白素綢襖兒，外罩一件水田青緞鑲邊長背心[10]，拴著秋香色的絲條，腰下繫一條淡墨畫的白綾裙；手執塵尾念珠。跟著一個侍兒，飄飄拽拽的走來。岫烟見了問好，說是：「在園內住的時候兒，可以常來瞧你；近來因為園內人少，一個人輕易難出來，況且咱們這裡的腰門常關著，所以這些日子不得見你。今兒幸會！」妙玉道：「頭裡你們是熱鬧場中，你們雖在外園裡住，我也不便常來親近；如今知道這裡的事情也不大好，又聽說是老太太病著，還要瞧瞧寶姑娘。我那管你們關不關？我要來就來；我不來，你們要我來也不能啊。」岫烟笑道：「你還是這種脾氣。」

一面說著，已到賈母房中。眾人見了，都問了好。妙玉走到賈母床前問候，說了幾句套話。賈母便道：「你是個女菩薩，你瞧瞧我的病可好得了好不了？」妙玉道：「老太太這樣慈善的人，壽數正有呢。一時感冒，吃幾帖藥，想來也就好了。有年紀的人，只要寬心些。」賈母道：「我倒不為這些。我是極愛尋快樂的。如今這病也不覺怎麼著，只是胸膈飽悶。剛才大夫說是氣惱所致。你是知道的，誰敢給我氣受？這不是那大夫脈理平常麼？我和璉兒說了，還是頭一個大夫說感冒傷食的是，明兒還請他來。」妙玉道：「我吃過午飯了，我是不吃東西的。」王夫人道：「不吃也罷，咱們多坐一會，說些閑話兒罷。」妙玉道：「我久

「吩咐廚房裡辦一桌淨素菜來，請妙師父這裡便飯。」妙玉道：「我吃過午飯了，我是不吃東西的。」王夫人道：「不吃也罷，咱們多坐一會，說些閑話兒罷。」妙玉道：「我久

已不見你們，今日來瞧瞧。」又說了一回話，便要走。回頭見惜春站著，便問道：「四姑娘為什麼這樣瘦？不要只管愛畫勞了心。」惜春道：「我久不畫了。如今住的房屋不比園裡的顯亮，所以沒興頭畫。」妙玉道：「你如今住在那一所？」惜春道：「就是你才來的那個門東邊的屋子，你要來，很近。」妙玉道：「我高興的時候來瞧你。」惜春等說著送了出去。回身過來，聽見丫頭們回說大夫在賈母那邊來了，眾人暫且散去。

那知賈母這病日重一日，延醫調治不效，以後又添腹瀉。賈政著急，知病難醫，即命人到衙門告訴❼，日夜同王夫人親侍湯藥。一日，見賈母略進些飲食，心裡稍寬，只見老婆子在門外探頭。王夫人叫彩雲看去，問問是誰。彩雲看了是陪迎春到孫家去的人，便道：「你來作什麼？」婆子道：「我來了半日，這裡找不著一個姐姐們，我又不敢冒撞，我心裡又急。」彩雲道：「你急什麼？」婆子道：「姑娘不好了！前兒鬧了一場，姑娘哭了一夜，昨日痰堵住了。他們又不請大夫，今日更利害了！」彩雲道：「老太太病著呢，別大驚小怪的。」王夫人在內已聽見了，恐老太太聽見不受用，忙叫彩雲帶他外頭說去。豈知賈母病中心靜，偏偏聽見，便道：「迎丫頭要死了麼？」王夫人便道：「沒有。婆子們不知輕重，說是這兩日有些病，恐不能就好，到這裡問大夫。」賈母道：「瞧我的大夫就好，快請了去。」王夫人便叫彩雲：「叫這婆子去回大太太去。」那婆子去了。

這裡賈母便悲傷起來，說是：「我三個孫女兒：一個享盡了福死了；三丫頭遠嫁，不得見面；迎丫頭雖苦，或者熬出來，不打量他年輕輕兒的就要死了！留著我這麼大年紀的人活著作什麼！」王夫人鴛鴦等解勸了好半天。那時寶釵李氏等不在房中，鳳姐近來有

病。王夫人恐賈母生悲添病，便叫人叫了他們來陪著，自己回到房中，叫彩雲來埋怨：

「這婆子不懂事！以後我在老太太那裡，你們有事，不用來回。豈知那婆子剛到邢夫人那裡，外頭的人已傳進來，說：「二姑奶奶死了。」邢夫人聽了，也便哭了一場。現今他父親不在家中，只得叫賈璉快去瞧看。知賈母病重，眾人都不敢回。可憐一位如花似月之女，結褵[11]年餘，不料被孫家揉搓，以致身亡，又值賈母病篤[12]，眾人不便離開，竟容孫家草草完結。

賈母病勢日增，只想這些孫女兒。一時想起湘雲，便打發人去瞧他。回來的人悄悄的找鴛鴦。因鴛鴦在老太太身旁，王夫人等都在那裡，不便上去，到了後頭，找了琥珀，告訴他道：「老太太想史姑娘，叫我們去打聽。那裡知道史姑娘哭得了不得，說是姑爺得了暴病，大夫都瞧了，說這病只怕不能好，若是變了癆病，還可捱個四五年。所以史姑娘心裡著急。又知道老太太病，只是不能過來請安。還叫我別在老太太跟前提起來，倘或老太太問起來，務必托你們變個法兒回老太太才好。」琥珀聽了，「咳」了一聲，也就不言語了，半日說道：「你去罷。」琥珀也不便，心裡打算告訴鴛鴦叫他撒謊去，所以來到賈母床前。見賈母神色大變，地下站著一屋子的人，喊喊喳喳的說：「瞧著是不好。」也不敢言語了。

這裡賈政悄悄的叫賈璉到身旁，向耳邊說了幾句話。賈璉輕輕的答應，出去了，便傳齊了現在家裡的一干人，說：「老太太的事，待好出來了❽，你們快快分頭派人辦去。頭一件，先請出板來瞧瞧，好掛裡子。快到各處將各人的衣服量了尺寸，都開明了，便叫裁縫去作孝衣。那棚杠執事都講定了。廚房裡還該多派幾個人。」賴大等回道：「二爺，這

些事不用爺費心，我們早打算好了，只是這項銀子在那裏領呢？」賈璉道：「這宗銀子不用外頭去，老太太自己早留下了。剛才老爺的主意，只要辦得好，我想外面也要好看。」賴大等答應，派人分頭辦去。

賈璉復回到自己房中，便問平兒：「你奶奶今兒怎麼樣？」平兒把嘴往裏一努，說：「你瞧去。」賈璉進內，見鳳姐正要穿衣，一時動不得，暫且靠在炕桌兒上。賈璉道：「你只怕養不住了，老太太的事，今兒明兒就要出來了，你還脫得過麼？快叫人將屋裏收拾收拾，就該扎掙上去了。若有了事，你我還能回來麼？你先去罷，看老爺叫你。我換件衣裳就來。」不過就是這點子東西，還怕什麼？鳳姐道：「咱們這裏還有什麼收拾的？

賈璉先回到賈母房裏，向賈政悄悄的回道：「諸事已交派明白了。」賈政點頭。外面又報：「太醫來了。」賈璉接入，診了一回。大夫出來，悄悄的告訴賈璉：「老太太的脈氣不好，防著些。」賈璉會意，與王夫人等說知。王夫人即忙使眼色叫鴛鴦過來，叫他把老太太的裝裹衣服預備出來。鴛鴦自去料理。

賈母睜眼要茶喝，邢夫人便進了一杯參湯。賈母剛用嘴接著喝，便道：「不要這個，倒一鍾茶來我喝。」眾人不敢違拗，即忙送上來。一口喝了，還要，又喝一口，便說：「我要坐起來。」賈政等道：「老太太要什麼，只管說，可以不必坐起來才好。」賈母道：「我喝了口水，心裏好些兒，略靠著和你們說說話兒。」珍珠等用手輕輕的扶起，看見賈母這會子精神好了些。未知生死，下回分解。

■ 校記

❶「方才睡下」，藤本、王本作「便睡下了，欲與神交」。

❷「很該辦」，藤本、王本作「很該就辦」。

❸「但不知麝月睡了沒有」，藤本、王本作「卻見麝月也睡覺了，便故意叫了麝月兩聲」。

❹「所以把那女兒的柔情和素日的痴心，一概擱起」，藤本、王本作「所以把這件事擱在心上，倒無一毫的兒女私情了」。

❺「因拿眼一溜，抿著嘴兒笑道」，藤本、王本作「因微微笑著道」。

❻「這寶玉固然是有意負荊」至「氤氳調暢」句，藤本、王本作「寶玉因心中愧悔，寶釵欲籠絡寶玉之心，自過門至今日，方才如魚得水，恩愛纏綿」。

❼「即命人到衙門告訴」「告訴」，藤本、王本作「告假」。

❽「待好出來了」，藤本、王本作「待一出來了」。

■ 注釋

1 〔返真元〕
道家稱人死為返真。意思是靈魂返回真正的元始狀態。

2 〔凡夫俗子〕
舊指平凡的人。

3 〔機宜〕
這裡作心意講。

4 〔悠悠生死別經年，魂魄不曾來入夢〕
唐朝白居易「長恨歌」中的詩句，寫唐玄宗對死去的楊玉環的懷念。大意是，兩個人一生一死分別了一年多，日子顯得很長、很慢，作夢也沒見到你的靈魂。這裡，寶玉借用來表達對黛玉的懷念。

5 〔打鋪〕
即搭鋪。

6 〔酸文假醋〕
故作正經，假斯文的意思。

7 〔赧（ㄋㄢˇ／nǎn）顏〕
因羞愧而臉紅。

8 〔二五之精，妙合而凝〕
宋朝周敦頤「太極圖說」：「二五之精，妙合而凝，乾道成男，坤道成女，二氣交感，化生萬物。」「二」指陰陽，「五」指金木水火土五行。這裡借指男女房事。

9 〔妙常冠〕
一種尼姑帽子。妙常，宋代著名女尼陳妙常。

10 〔水田青緞長背心〕
僧、尼的袈裟，上作方格界欄，像水田形狀，所以又稱為「水田衣」。

11 〔結褵（ㄌㄧˊ／lí）〕
古代女子出嫁，母親把佩巾結在女兒身上叫作結褵，後用為女子成婚的代稱。

12 〔病篤（ㄉㄨˇ／dǔ）〕
病重。

【第一百十回】

史太君壽終歸地府　王鳳姐力詘[1]失人心

卻說賈母坐起說道：「我到你們家已經六十多年了，從年輕的時候到老來，福也享盡了。自你們老爺起，兒子孫子也都算是好的了。就是寶玉呢，我疼了他一場──」說到那裡，拿眼滿地下瞅著。王夫人便推寶玉走到床前。賈母從被窩裡伸出手來拉著寶玉，道：「我的兒，你要爭氣才好！」寶玉嘴裡答應，心裡一酸，那眼淚便要流下來，又不敢哭，只得站著。聽賈母說道：「我想再見一個重孫子，我就安心了。我的蘭兒在那裡呢？」李紈也推賈蘭上去。賈母放了寶玉，拉著賈蘭，道：「你母親是要孝順的。將來你成了人，也叫你母親風光[2]風光！鳳丫頭呢？」

鳳姐本來站在賈母旁邊，趕忙走到跟前，說：「在這裡呢。」賈母道：「我的兒，你是太聰明了，將來修修福罷！我也沒有修什麼，不過心實吃虧。那些吃齋念佛的事我也不大幹，就是舊年叫人寫了些『金剛經』送送人，不知送完了沒有？」鳳姐道：「沒有呢。」賈母道：「早該施捨完了才好。我們大老爺和珍兒是在外頭樂了❶；最可惡的是史丫頭沒良心，怎麼總不來瞧我！」鴛鴦等明知其故，都不言語。

賈母又瞧了一瞧寶釵，嘆了口氣，只見臉上發紅。賈政知是回光返照，即忙進上參湯。賈母的牙關已經緊了，合了一回眼，又睜著滿屋裡瞧了一瞧。王夫人寶釵上去，輕輕扶著，邢夫人鳳姐等便忙穿衣。地下婆子們已將床安設停當，鋪了被褥。聽見賈母喉間略一響動，臉變笑容，竟是去了。享年八十三歲。眾婆子疾忙停床。

於是賈政等在外一邊跪著，邢夫人等在內一邊跪著，一齊舉起哀來。外面家人各樣預備齊全，只聽裡頭信兒一傳出來，從榮府大門起至內宅門，扇扇大開，一色淨白紙糊了；孝棚高起，大門前的牌樓立時豎起。上下人等登時成服[3]。

賈政報了丁憂[4]，禮部奏聞。主上深仁厚澤，念及世代功勳，又係元妃祖母，賞銀一千兩，諭禮部主祭。家人們各處報喪。眾親友雖知賈家勢敗，今見聖恩隆重，都來探喪。

擇了吉時成殮，停靈正寢[5]。

賈赦不在家，賈政為長；寶玉、賈環、賈蘭是親孫，年紀又小，都應守靈。賈璉雖也是親孫，帶著賈蓉，尚可分派家人辦事。雖請了些男女外親來照應，內裡邢王二夫人、李紈、鳳姐、寶釵等是應靈旁哭泣的；尤氏雖可照應，他自賈珍外出，依住榮府，一向總不上前，且又榮府的事不甚諳練；賈蓉的媳婦更不必說，惜春年小，雖在這裡長的，他於家事全不知道，所以內裡竟無一人支持。

只有鳳姐可以照管裡頭的事，況又賈璉在外作主，裡外他二人，倒也相宜。鳳姐先前仗著自己的才幹，原打量老太太死了，他大有一番作用。邢王二夫人等本知他曾辦過秦氏的事，必是妥當，於是仍叫鳳姐總理裡頭的事。鳳姐本不應辭，自然應了，心想：「這裡的事本是我管的。那些家人更是我手下的人。太太和珍大嫂子的人本來難使喚，如今他們

都去了。銀項雖沒有對牌，這種銀子卻是現成的。外頭的事又是我們那個辦。雖說我現今身子不好，想來也不致落褒貶，必比寧府裡還得辦些。」心下已定，且待明日接下三，後日一早分派。便叫周瑞家的傳出話去，將花名冊取上來。鳳姐一一的瞧了，統共男僕只有二十一人，女僕只有十九人，餘者俱是些丫頭，連各房算上，也不過三十多人，難以派差。心裡想道：「這回老太太的事倒沒有東府裡的人多。」又將莊上的弄出幾個，也不敷差遣。

正在思算，只見一個小丫頭過來說：「鴛鴦姐姐請奶奶。」鳳姐只得過去。只見鴛鴦哭得淚人一般，一把拉著鳳姐兒，說道：「二奶奶請坐，我給二奶奶磕個頭。雖說服中不行禮，這個頭是要磕的！」鴛鴦說著跪下，慌得鳳姐趕忙拉住，說道：「這是什麼禮？有話好好的說！」鴛鴦跪著，鳳姐便拉起來。鴛鴦說道：「老太太的事，一應內外，都是二爺和二奶奶辦。這種銀子是老太太留下的。老太太這一輩子也沒有糟蹋過什麼銀錢，如今臨了這件大事，必得求二奶奶體體面面的辦一辦才好！我方才聽見老爺說什麼『詩云』『子曰』，我也不懂；又說什麼『喪與其易，寧戚』[6]，我更不明白。我問寶二奶奶，說是，老爺的意思：老太太的喪事，只要悲切才是真孝，不必糜費、圖好看的念頭。我想老太太這樣一個人，怎麼不該體面些？只是老太太疼二奶奶和我這一場，臨死了還不叫他風光風光？我想二奶奶是能辦大事的，故此我請二奶奶來，作個主意。我生是跟老太太的人，老太太死了，我也是跟老太太的！若是瞧不見老太太的事怎麼辦，將來怎麼見老太太呢？」

鳳姐聽了這話來得古怪，便說：「你放心，要體面是不難的。雖是老爺口說要省，那

勢派也錯不得。便拿這項銀子都花在老太太身上，也是該當的。」鴛鴦道：「老太太的遺言說，所有剩下的東西是給我們的，二奶奶倘或用著不夠，只管拿這個去折變補上。就是老爺說什麼，也不好違了老大太的遺言。況且老太太分派的時候，不是老爺在這裡聽見的麼？」鳳姐道：「你素來最明白的，怎麼這會子這樣的著急？不是我著急，為的是大太太是不管事的，老爺是怕招搖的。若是二奶奶心裡也是老爺的想頭，說抄過家的人家，喪事還是這麼好，將來又要抄起來，也就不顧起老太太來，怎麼樣呢？我呢，是個丫頭，好歹礙不著，到底是這裡的聲名！」鳳姐道：「我知道了。你只管放心，有我呢。」鴛鴦千恩萬謝的托了鳳姐。

那鳳姐出來，想道：「鴛鴦這東西好古怪！不知打了什麼主意？論理，老太太身上本該體面些。噯！且別管他，只按著咱們家先前的樣子辦去。」於是叫旺兒家的來，把話傳出去，請二爺進來。

不多時，賈璉進來，說道：「怎麼找我？你在裡頭照應著些就是了。橫豎作主是老爺太太們❷：他說怎麼著，我們就怎麼著。」鳳姐道：「你也說起這個話來了，可不是鴛鴦說的話應驗了麼？」賈璉道：「什麼鴛鴦的話？」鳳姐便將鴛鴦請進去的話述了一遍。賈璉道：「他們的話算什麼！剛才二老爺叫我去，說：『老太太的事固要認真辦理，但是知道的呢，說是老太太自己結果自己；不知道的，只說咱們都隱匿起來了，如今很寬裕。老太太的這種銀子用不了，誰還要麼？仍舊該用在老太太身上。老太太是在南邊的，雖有墳地，卻沒有陰宅。咱們回去也好，就是不回去，便叫那些貧窮族中住著，也好按時按著那些東西好好的辦，留這銀子在祖墳上蓋起些房屋來，再餘下的，置買幾頃祭田。

節早晚上香，時常祭掃祭掃。』你想這些話可不是正經主意麼？據你的話，難道都花了罷？」

鳳姐道：「銀子發出來了沒有？」賈璉道：「誰見過銀子！我聽見咱們太太見了二老爺的話，極力的攛掇二太太和二老爺說：『這是好主意。』叫我怎麼著？現在外頭棚杠上要支幾百銀子，這會子還沒有發出來。我要去，他們都說有，先叫外頭辦了，回來再算。你想，這些奴才，有錢的早溜了。按著冊子叫去，有說告病的，有說下莊子去了的。剩下幾個走不動的，只有賺錢的能耐，還有賠錢的本事麼？」鳳姐聽了，呆了半天，說道：「這還辦什麼！」

正說著，見來了一個丫頭，說：「大太太的話，問二奶奶：今兒第三天了，裡頭還很亂，供了飯，還叫親戚們等著嗎？叫了半天，上了菜，短了飯，這是什麼辦事的道理？」鳳姐急忙進去吆喝人來伺候，將就著把早飯發出了。偏偏那日人來得多，裡頭的人都死眉瞪眼的。鳳姐只得在那裡照料了一會子，又惦記著派人，趕著出來，叫了旺兒家的傳齊家下女人們，一一分派了。眾人都答應著不動。鳳姐道：「什麼時候，還不供飯？」眾人道：「傳飯是容易的，只要將裡頭的東西發出來，我們才好照管去。」鳳姐道：「糊塗東西！派定了你們，少不得有的。」眾人只得勉強應著。

鳳姐即往上房取發應用之物，要去請示邢王二夫人，見人多難說，看那時候已經日漸平西了，只得找了鴛鴦，說要老太太存的那一份傢伙。鴛鴦道：「你還問我呢！那一年二爺當了，贖了來了麼？」鳳姐道：「不用銀的金的，只要那一份平常使的。」鴛鴦道：「大太太珍大奶奶屋裡使的是那裡來的？」鳳姐一想不差，轉身就走，只得到王夫人那邊

找了玉釧彩雲，才拿了一份出來，急忙叫彩明登賬，發與眾人收管。

鴛鴦見鳳姐這樣慌張，又不好叫他回來，心想：「他頭裡作事，何等爽利周到，如今怎麼掣肘⁷得這個樣兒！我看這兩三天連一點頭腦⁸都沒有，不是老太太白疼了他了嗎！」那裡知邢夫人一聽賈政的話，正合著將來家計艱難的心，巴不得留一點子作個收局。況且老太太的事原是長房作主。賈赦雖不在家，賈政又是拘泥的人，有件事便說：「請大太太的主意。」邢夫人素知鳳姐手腳大，賈璉的鬧鬼，所以死拿住不放鬆。鴛鴦只道已將這項銀兩交了出去了，故見鳳姐掣肘如此，卻疑為不肯用心，便在賈母靈前嘮嘮叨叨哭個不了。

邢夫人等聽了話中有話，不想到自己不令鳳姐便宜行事，反說：「鳳丫頭果然有些不用心！」王夫人到了晚上，叫了鳳姐過來，說：「咱們家雖說不濟，外頭的體面是要的。這兩三天人來人往，我瞧著那些人都照應不到，想必你沒有吩咐，——還得你替我們操點心兒才好！」鳳姐聽了，呆了一會，要將銀兩不湊手的話說出來，但只銀錢是外頭管的，王夫人說的是照應不到。鳳姐也不敢辯，只好不言語。邢夫人在旁說道：「論理，該是我們作媳婦的操心，本不是孫子媳婦的事，但是我們動不得身，所以托你。你是打不得撒手的！」鳳姐紫脹了臉，正要回說，只聽外頭鼓樂一奏，是燒黃昏紙的時候了，大家舉起哀來，又不得說。邢夫人催他出去料理，王夫人也說道：「這裡有我們呢，你快快兒的去料理明兒的事罷。」

鳳姐不敢再言，只得含悲忍泣的出來，又叫人傳齊了眾人，又吩咐了一會，說：「大娘嬸子們可憐我罷！我上頭捱了好些話，為的是你們不齊截❸⁹，叫人笑話，明兒你們豁

出些辛苦來罷！」那些人回道：「奶奶辦事，不是今兒個一遭兒了，我們敢違拗嗎？只是這回的事，上頭過於累贅！只說打發這頓飯罷：有在這裡吃的，有要在家裡吃的；請了這位太太，又是那位奶奶不來。諸如此類，那裡能齊全？還求奶奶勸勸那些姑娘們少挑飭就好了。」眾人道：「頭一層是老太太的丫頭們是難纏的，太太們的也難說話，叫我說誰去呢？」鳳姐道：「從前奶奶在東府裡還是署事10，要打要罵，怎麼那樣鋒利？誰敢不依？如今這些姑娘們都壓不住了？」鳳姐嘆道：「東府裡的事，雖說托辦的，太太雖在那裡，不好意思說什麼。如今是自己的事情，又是公中的，人人說得話。再者，外頭的銀錢也叫不靈：即如棚裡要一件東西，傳出去了，總不見拿進來，這叫我什麼法兒呢？」眾人道：「二爺在外頭，倒怕不應付麼？」鳳姐道：「還提這個！他也是那裡為難。第一件，銀錢不在他手裡，要一件得回一件，那裡湊手？」眾人道：「老太太這項銀子不在二爺手裡麼？」鳳姐道：「你們回來問管事的，就知道了。」眾人道：「怨不得！我們聽見外頭男人抱怨說：『這麼件大事，咱們一點摸不著，淨當苦差！』叫人怎麼能齊心呢？」鳳姐道：「如今不用說了。眼面前的事，大家留些神罷。倘或鬧得上頭有了什麼說的，我可和你們不依。」眾人道：「奶奶要怎麼樣，我們敢抱怨嗎？只是上頭一人一個主意，我們實在難周到。」鳳姐聽了也沒法，只得央及道：「好大娘們！明兒且幫我一天。等我把姑娘們鬧明白了，再說罷了。」眾人聽命而去。

鳳姐一肚子的委屈，愈想愈氣，直到天亮，又得上去。要把各處的人整理整理，又恐邢夫人生氣；要和王夫人說，怎奈邢夫人挑唆。這些丫頭們見邢夫人等不助著鳳姐的威風，更加作踐起他來。幸得平兒替鳳姐排解，說是：「二奶奶巴不得要好，只是老爺太太

們吩咐了外頭，不許糜費，所以我們二奶奶不能應付到了了。」說過幾次，才得安靜些。

雖說僧經道懺，弔祭供飯❹，絡繹不絕，終是銀錢各齊，誰肯踴躍，不過草草了事。連日王妃誥命也來得不少。鳳姐也不能上去照應，只好在底下張羅。叫了那個，走了這個；發一回急，央及一回；支吾過了一起，又打發一起。別說鴛鴦等看去不像樣，連鳳姐自己心裡也過不去了。

邢夫人雖說是冢婦，仗著「悲戚為孝」四個字，倒也都不理會。王夫人只得跟著邢夫人行事，餘者更不必說了。獨有李紈瞅出鳳姐的苦處，卻不敢替他說話，只自嘆道：「俗話說的，『牡丹雖好，全仗綠葉扶持』，太太們不虧了鳳丫頭，那些人還幫著嗎？若是三姑娘在家還好，如今只有他幾個自己的人瞎張羅，背前面後的也抱怨，說是一個錢摸不著，臉面也不能剩一點兒！老爺是一味的盡孝，庶務上頭不大明白。這樣的一件大事，只怕保不住臉撒散幾個錢就辦得開了嗎？可憐鳳丫頭鬧了幾年，不想在老太太的事上，了！」於是抽空兒叫了他的人來，吩咐道：「你們別看著人家的樣兒，也糟蹋起璉二奶奶來。別打量什麼穿孝守靈就算了大事了，不過混過幾天就是了。看見那些人張羅不開，就插個手兒，也未為不可。這也是公事，大家都該出力的。」那些素服李紈的人都答應著說：「大奶奶說得很是，我們也不敢那麼著。只聽見鴛鴦姐姐們的口話兒，好像怪璉二奶奶的似的。」李紈道：「就是鴛鴦，我也告訴過他。我說璉二奶奶並不是在老太太的事上不用心，只是銀子錢都不在他手裡，叫他巧媳婦還作得上沒米的粥來嗎？如今鴛鴦也知道了，所以也不怪他了。只是鴛鴦的樣子竟是不像從前了，這也奇怪。那時候有老太太疼他，倒沒有作過什麼威福；如今老太太死了，沒有了仗腰子的了，我看他倒有些氣質不大

好了。我先前替他愁，這會子幸喜大老爺不在家，才躲過去了；不然，他有什麼法兒？」

說著，只見賈蘭走來說：「媽媽睡罷。一天到晚人來客去的也乏了。我這幾天總沒有摸摸書本兒。今兒爺爺叫我家裡睡，我喜歡得很，要理個一兩本書才好，別等脫了孝再看都忘了。」李紈道：「好孩子！看書呢，自然是好的，今兒且歇歇罷，等老太太送了殯再看看罷。」賈蘭道：「媽媽要睡，我也就睡在被窩裡頭想想也罷了。」眾人聽了，都誇道：「好哥兒！怎麼這點年紀，得了空兒就想到書上？不像寶二爺，娶了親的人還是那麼孩子氣。這幾日跟著老爺跪著，瞧他很不受用，他又去找琴姑娘。琴姑娘也躲著他，邢姑娘也不很和他說話。倒是咱們本家兒的什麼喜姑娘四姑娘咧，『哥哥』長『哥哥』短的和他親密。我們看那寶二爺除了和奶奶姑娘們混混，只怕他心裡也沒有別的事，白過

李紈道：「就好也還小呢。只怕到他大了，咱們家還不知怎麼樣兒呢！環哥兒你們瞧著怎麼樣？」眾人道：「那一個更不像樣兒了！兩隻眼睛倒像個活猴兒似的，東溜溜，西看看。雖在那裡嚎喪，見了奶奶姑娘們來了，他在孝幔子裡頭淨偷著眼兒瞧人呢！」李紈道：「他的年紀其實也不小了。前日聽見說還要給他說親呢，如今又得等著了。嗳！還有一件事：咱們家這些人，我看來也是說不清的！且不必說閒話兒，後日送殯，各房的車是怎麼樣子？」眾人道：「璉二奶奶這幾天鬧得像失魂落魄的樣兒了，也沒見傳出去。昨兒聽見外頭男人們說：二爺派了薔二爺料理，說是咱們家的車也不夠，趕著車的也少，要到親戚家去借去呢。」李紈笑道：「車也都是借得的麼？」眾人道：「奶奶說笑話兒了，車怎

麼借不得？只是那一日所有的親戚都用車，只怕難借，想來還得僱呢。」李紈道：「底下人的只得僱，上頭白車也有僱的麼？」眾人道：「現在大太太，東府裡的大奶奶小蓉奶奶，都沒有車了，不僱，那裡來的呢？」李紈聽了，嘆息道：「先前見有咱們家裡的太太奶奶們坐了僱的車來，咱們都笑話，如今輪到自己頭上了！你明兒去告訴你們的男人：我們的車馬，早早的預備好了，省了擠。」眾人答應了出去。不提。

且說史湘雲因他女婿病著，賈母死後，只來了一次，屈指算是後日送殯，不能不去。又想到自己命苦，剛配了一個才貌雙全的女婿，情性又好，偏偏的得了冤孽症候，不過捱日子罷了，於是更加悲痛，直哭了半夜。鴛鴦等再三勸慰不止。

寶玉瞅著也不勝悲傷，又不好上前去勸。見他淡妝素服，不敷脂粉，更比未出嫁的時候猶勝幾分。回頭又看寶琴等也都是淡素妝飾，丰韻嫣然。獨看到寶釵渾身掛孝，那一種雅致，比尋常穿顏色時更自不同。心裡想道：「古人說：千紅萬紫，終讓梅花為魁。看來不止為梅花開得早，竟是那『潔白清香』四字真不可及了。但只這時候若有林妹妹，也是這樣打扮，更不知怎樣的丰韻呢！」想到這裡，不覺得心酸起來，那淚珠兒便一直的滾下來了，趁著賈母的事，不妨放聲大哭。眾人正勸湘雲，外間忽又添出一個哭的人來。大家只道是想著賈母疼他的好處，所以悲傷，豈知他們兩個人各自有各自的眼淚。這場大哭，招得滿屋的人無不下淚。還是薛姨媽李嬸娘等勸住。

次日乃坐夜之期，更加熱鬧。鳳姐這日竟支撐不住，也無方法，只得用盡心力，甚至

咽喉嚷啞，敷衍過了半日。到了下半天，親友更多了，事情也更繁了，瞻前不能顧後。正在著急，只見一個小丫頭跑來說：「二奶奶在這裡呢！怪不得大太太說：『裡頭人多，照應不過來，二奶奶是躲著受用去了！』」鳳姐聽了這話，一口氣撞上來，往下一咽，眼淚直流，只覺得眼前一黑，嗓子裡一甜，便噴出鮮紅的血來，身子站不住，就蹲倒在地。幸虧平兒急忙過來扶住。只見鳳姐的血一口一口的吐個不住。未知性命如何，下回分解。

■ 校記

❶ 「在外頭樂了」，藤本、王本作「在外頭罷了」。

❷ 「老爺太太們」，藤本、王本作「咱們二老爺」。

❸ 「齊截」，藤本、王本作「齊集」。

❹ 「弔祭供飯」，藤本、王本作「上祭掛帳」。

■ 注釋

1 〔力詘〕 力氣用盡。詘，窮盡。

2 〔風光〕 這裡是光彩、體面的意思。

3 〔成服〕 穿戴孝服。

4 〔丁憂〕 舊指遭父母喪事。丁，「遭逢」的意思。

5 〔正寢〕 此指住宅的正屋。

6 〔喪與其易，寧戚〕 語出「論語・八佾（ㄧ／yì）」。易，把事情治理好。這裡是指喪禮辦得周到；戚，心中悲哀。這句話的意思是：辦喪事與其在禮儀上作得周到，不如從心裡真正悲哀。

7 〔掣（ㄔㄜˋ／chè）肘〕 拉扯臂肘，比喻阻礙別人辦事。

8 〔頭腦〕 指事情的頭緒。

9 〔齊截〕 整齊。這裡是要眾人一齊動手的意思。

10 〔署事〕 代理的職務。

11 〔丰韻〕 指容顏、姿態的美麗。

12 〔過費〕 這裡等於說「辜負」。

【第一百十一回】

鴛鴦女殉主登太虛　狗彘[1]奴欺天招夥盜

話說鳳姐聽了小丫頭的話，又氣又急又傷心，不覺吐了一口血，便昏暈過去，坐在地下。平兒急來扶住，忙叫了人來攙扶著，慢慢的送到自己房中，將鳳姐輕輕的安放在炕上，立刻叫小紅斟上一杯開水送到鳳姐唇邊。鳳姐呷了一口，昏迷仍睡。秋桐過來略瞧了一瞧，便走開了，平兒也不叫他。只見豐兒在旁站著，平兒便說：「快去回明二位太太。」於是豐兒將鳳姐吐血不能照應的話回了邢王二夫人。邢夫人打量鳳姐推病藏躲，因這時女親都在內裡，也不好說別的，心裡卻不全信，只說：「叫他歇著去罷。」眾人也並無言語。自然這晚親友來往不絕，幸得幾個內親照應。家下人等見鳳姐不在，也有偷閑歇力的，亂亂吵吵，已鬧得七顛八倒，不成事體了。

到二更多天，遠客去後，便預備辭靈[2]，孝幕內的女眷，大家都哭了一陣。只見鴛鴦已哭得昏暈過去了，大家扶住，捶鬧了一陣，才醒過來，便說「老太太疼了一場，要跟了去」的話。眾人都打量人到悲哭，俱有這些言語，也不理會。及至辭靈的時候，上上下下也有百十餘人，只不見鴛鴦，眾人因為忙亂，卻也不曾檢點。到琥珀等一干人哭奠之時，才要找鴛鴦，又恐是他哭乏了，暫在別處歇著，也不言語。

辭靈以後，外頭賈政叫了賈璉問明送殯的事，便商量著派人看家。賈璉回說：「上人裡頭，派了芸兒在家照應，不必送殯；下人裡頭，派了林之孝的一家子照應拆棚等事。但不知裡頭派誰看家？」賈政道：「聽見你母親說是你媳婦病了，不能去，就叫他在家的；你珍大嫂子又說你媳婦病得利害，還叫四丫頭陪著，帶領了幾個丫頭婆子，照看上屋裡才好。」賈璉聽了，心想：「珍大嫂子與四丫頭兩個不合，所以攛掇3著不叫他去。若是上頭就是他照應，也是不中用的。我們那一個又病著，也難照應。」想了一回，回賈政道：「老爺且歇歇兒，等進去商量定了再回。」賈政點了點頭，賈璉便進去了。

誰知此時鴛鴦哭了一場，想到「自己跟著老太太一輩子，身子也沒有著落。如今大老爺雖不在家，大太太的這樣行為，我也瞧不上。老爺是不管事的人，以後便『亂世為王』起來了。我們這些人不是要叫他們撥弄了麼？誰收在屋子裡，誰配小子，我是受不得這樣折磨的，倒不如死了乾淨！但是一時怎麼樣的個死法呢？」一面想，一面走到老太太的套間屋內。剛跨進門，只見燈光慘淡，隱隱有個女人拿著汗巾子，好似要上吊的樣子。鴛鴦也不驚怕，心裡想道：「這一個是誰？和我的心事一樣，倒比我走在頭裡了。」便問道：「你是誰？咱們兩個人是一樣的心，要死一塊兒死。」那個人也不答言。鴛鴦走到跟前一看，並不是這屋子的丫頭。仔細一看，覺得冷氣侵人，一時就不見了。鴛鴦呆了一呆，退出在炕沿上坐下，細細一想，道：「哦！是了。這是東府裡的小蓉大奶奶啊！他早死了的了，怎麼到這裡來？必是來叫我來了。他怎麼又上吊呢？」想了一想，道：「是了，必是教給我死的法兒。」

鴛鴦這麼一想，邪侵入骨，便站起來，一面哭，一面開了妝匣，取出那年鉸的一絡頭

髮，揣在懷裡，就在身上解下一條汗巾，按著秦氏方才比的地方拴上❶。自己又哭了一回，聽見外頭人客散去，恐有人進來，急忙關上屋門，然後端了一個腳凳，自己站上，把汗巾拴上扣兒，套在咽喉，便把腳凳蹬開。可憐咽喉氣絕，香魂出竅！正無投奔，只見秦氏隱隱在前，鴛鴦的魂魄疾忙趕上，說道：「蓉大奶奶，你等等我。」那個人道：「我並不是什麼蓉大奶奶，乃警幻之妹可卿是也。」鴛鴦道：「你明明是蓉大奶奶，怎麼說你不是呢？」那人道：「這也有個緣故，待我告訴你，你自然明白了：我在警幻宮中，原是個鍾情的首座，管的是風情月債；降臨塵世，自當為第一情人，引這些痴情怨女，早早歸入情司，所以我該懸梁自盡的。因我看破凡情，超出情海，歸入情天，所以太虛幻境『痴情』一司，竟自無人掌管。今警幻仙子已經將你補入，替我掌管此司，所以命我來引你前去的。」鴛鴦的魂道：「我是個最無情的，怎麼算我是個有情的人呢？」那人道：「你還不知道呢。世人都把那淫欲之事當作『情』字，所以作出傷風敗化的事來，還自謂風月多情，無關緊要。不知『情』之一字，喜怒哀樂未發之時，便是個性；喜怒哀樂已發，便是情了。至於你我這個情，就如那花的含苞一樣。若待發洩出來，這情就不為真情了。」鴛鴦會意，點頭會意，便跟了秦氏可卿而去。

這裡琥珀辭了靈，聽見邢王二夫人分派看家的人，想著去問鴛鴦明日怎樣坐車，便在賈母的那間屋裡找了一遍，不見，又找到套間裡頭。剛到門口，見門兒掩著，從門縫裡望裡看時，只見燈光半明半滅的，影影綽綽，心裡害怕，又不聽見屋裡有什麼動靜，便走回來說道：「這蹄子跑到那裡去了？」劈頭見了珍珠，說：「你見鴛鴦姐姐來著沒有？」珍珠道：「我也找他，太太們等他說話呢。必在套間裡睡著了罷？」琥珀道：「我瞧了，屋裡

沒有。那燈也沒人夾蠟花兒，漆黑怪怕的，我沒進去。如今咱們一塊兒進去，瞧看有沒

有。」琥珀等進去，正夾蠟花，珍珠說：「誰把腳凳擱在這裡，幾乎絆我一跤！」說著，

往上一瞧，唬得「嗳喲」一聲，身子往後一仰，「咕咚」的一栽在琥珀身上。琥珀也看見

了，便大嚷起來，只是兩隻腳挪不動。外頭的人也都聽見了，跑進來一瞧，大家嚷著，報

與邢王二夫人知道。

王夫人寶釵等聽了，都哭著去瞧。邢夫人道：「我不料鴛鴦倒有這樣志氣！快叫人去

告訴老爺。」只有寶玉聽見此信，便唬得雙眼直豎。襲人等慌忙扶著說道：「你要哭就

哭，別憋著氣。」寶玉死命的才哭出來了，心想：「鴛鴦這樣一個人，偏又這樣死法！」

又想：「實在天地間的靈氣，獨鍾在這些女子身上了！他算得了死所。我們究竟是一件濁

物，還是老太太的兒孫，誰能趕得上他？」復又喜歡起來。那時，寶釵聽見寶玉大哭了出

來了，及到跟前，見他又笑。襲人等忙說：「不好了！又要瘋了！」寶釵道：「不妨事，

他有他的意思。」寶玉聽了，更喜歡寶釵的話，說道：「到底他還知道我的心，別人那裡知道！」

正在胡思亂想，賈政等進來，著實的嗟嘆著說道：「好孩子！不枉老太太疼他一場！」即

命賈璉：「出去吩咐人連夜買棺盛殮，明日便跟著老太太的殯送出，也停在老太太棺後，

全了他的心志。」賈璉答應出去，這裡命人將鴛鴦放下，停放裡間屋內。

平兒也知道了，過來同襲人鶯兒等一干人都哭得哀哀欲絕。內中紫鵑也想起自己終

身，一無著落，恨不跟了林姑娘去，又全了主僕的恩義，又得了死所。如今空懸在寶玉屋

內，雖說寶玉仍是柔情蜜意，究竟算不得什麼，於是更哭得哀切。

王夫人即傳了鴛鴦的嫂子進來，叫他看著入殮，遂與邢夫人商量了，在老太太項內賞

了他嫂子一百兩銀子，還說等閑了將鴛鴦所有的東西俱賞他們。他嫂子磕了頭出去，反喜歡說：「真真的我們姑娘是個有志氣的，有造化的！又得了好名聲，又得了好發送！」旁邊一個婆子說道：「罷呀！嫂子！這會子你把一個活姑娘賣了一百銀便這麼喜歡了；那時候兒給了大老爺，你還不知得多少銀錢呢，你該更得意了。」一句話戳了他嫂子的心，便紅了臉走開了。剛走到二門上，見林之孝帶了人抬進棺材來了，他只得也跟進去，幫著盛殮，假意哭嚎了幾聲。

賈政因他為賈母而死，要了香來，上了三炷，作了個揖，說：「他是殉葬的人，不可作丫頭論，你們小一輩的都該行個禮兒。」寶玉聽了，喜不自勝，走來恭恭敬敬磕了幾個頭。賈璉想他素日的好處，也要上來行禮，被邢夫人說道：「有了一個爺們就是了，別折受他不得超生。」賈璉就不便過來了。寶釵聽著這話，好不自在，便說道：「我原不該給他行禮，但只老太太去世，咱們都有未了之事，不敢胡為。他肯替咱們盡孝，咱們也該托托他，好好的替咱們伏侍老太太西去，也少盡一點子心哪！」說著，扶了鴛兒走到靈前，一面奠酒，那眼淚早撲簌簌流下來了。奠畢，拜了幾拜，狠狠的哭了他一場。眾人也有說寶玉的兩口子都是傻子，也有說他兩個心腸兒好的，也有說他知禮的，賈政反倒合了意。一面商量定了看家的，仍是鳳姐惜春，餘者都遣去伴靈。一夜誰敢安眠？

一到五更，聽見外面齊人。到了辰初發引，賈政居長，衰麻哭泣，極盡孝子之禮。靈柩出了門，便有各家的路祭，一路上的風光，不必細述。走了半日，來至鐵檻寺安靈，所有孝男等俱應在廟伴宿，不提。

且說家中林之孝帶領拆了棚，將門窗上好，打掃淨了院子，派了巡更的人，到晚打更

上夜。只是榮府規例：一交二更，三門掩上，男人就進不去了，裡頭只有女人們查夜。鳳姐雖隔了一夜，漸漸的神氣清爽了些，只是那裡動得？只有平兒同著惜春各處走了一走，吩咐了上夜的人，也便各自歸房。

卻說周瑞的乾兒子何三，去年賈珍管事之時，因他和鮑二打架，被賈珍打了一頓，撐在外頭，終日在賭場過日。近知賈母死了，必有些事情領辦，豈知探了幾天的信，一些也沒有想頭，便噯聲嘆氣的回到賭場中，悶悶的坐下。那些人便說道：「老三，你怎麼不下來撈本兒的呢？」何三道：「倒想要撈一撈呢，就只沒有錢麼。」那些人道：「你到你們周大太爺那裡去了幾日，府裡的錢，你也不知弄了多少來，又來和我們裝窮兒了。」何三道：「你們還說呢！他們的金銀不知有幾百萬，只藏著不用。明兒留著，不是火燒了，就是賊偷了，他們才死心呢！」那人道：「你又撒謊。他家抄了家，還有多少金銀？」何三道：「你們還不知道呢。抄的是撂不了的。如今老太太死後，還留了好些金銀，他們一個也不使，都在老太太屋裡擱著，等送了殯回來才分呢。」

內中有一個人聽在心裡，擲了幾骰，便說：「我輸了幾個錢也不翻本兒了，睡去了。」說著，便走出來，拉了何三道：「老三，我和你說句話。」何三道：「我命裡窮，可有什麼法兒呢？」那人道：「你這麼個伶俐人，這麼窮，我替你不服這口氣！」何三道：「我命裡窮，可有什麼法兒呢？」那人道：「你才說榮府的銀子這麼多，為什麼不去拿些使喚使喚？」何三道：「我的哥哥！他家的金銀雖多，你我去白要一二錢，他們給咱們嗎？」那人笑道：「他不給咱們，咱們就不會拿嗎？」

何三聽了這話裡有話，忙問道：「依你說，怎麼樣拿呢？」那人道：「我說你沒有本

事，若是我，早拿了來了。」何三道：「你有什麼本事？」那人便輕輕的說道：「你若要

發財❷，你就引個頭兒。我有好些朋友，都是通天的本事。別說他們送殯去了，家裡只剩

下幾個女人，就讓有多少男人也不怕！——只怕你沒這麼大膽子罷咧！」何三道：「什麼

敢不敢！你打量我怕那個乾老子嗎？我是瞧著乾媽的情兒上頭，才認他作乾老子罷咧！他

又算了人了？你剛才的話，就只怕弄不來，倒招了飢荒。他們那個衙門不熟？別說拿不

來，倘或拿了來，也要鬧出來的。」那人道：「這麼說，你的運氣來了！我的朋友，還有

海邊上的呢，現今都在這裡。看個風頭，等個門路，若到了手，你我在這裡也無益，不如

大家下海去受用，不好麼？你若摺不下你乾媽，咱們索性把你乾媽也帶了去，大家夥兒樂

一樂，好不好？」何三道：「老大，你別是醉了罷？這些話混說的是什麼！」說著，拉了

那人走到個僻靜地方，兩個人商量了一回，各人分頭而去，暫且不提。

且說包勇自被賈政吆喝，派去看園，賈母的事出來，也忙了，不曾派他差使。他也不

理會，總是自作自吃，悶來睡一覺，醒時便在園裡耍刀弄棍，倒也無拘無束。那日賈母一

早出殯，他雖知道，因沒有派他差使，他任意閑遊。只見一個女尼帶了一個道婆來到園內

腰門那裡叩門。包勇走來，說道：「女師父，那裡去？」道婆說：「今日聽得老太太的事

完了，不見四姑娘送殯，想必是在家看家。恐他寂寞，我們師父來瞧他一瞧。」包勇道：

「主子都不在家，園門是我看的，請你們回去罷。要來呢，等主子們回來了再來。」婆子

道：「你是那裡來的個黑炭頭？也要管起我們的走動來了！」包勇道：「我嫌你們這些

人，我不叫你們來，你們有什麼法兒？」婆子生了氣，嚷道：「這都是反了天的事了！連

老太太在日還不能攔我們的來往走動呢，你是那裡的這麼個橫強盜，這樣沒法沒天的？我偏要打這裡走！」說著，便把手在門環上狠狠的打了幾下。

妙玉已氣得不言語，正要回身便走，不料裡頭看二門的婆子聽見有人拌嘴，連忙開門一看，見是妙玉，已經回身走去，明知必是包勇得罪了走了。近日婆子們都知道上頭太太們四姑娘都和他親近，恐他日後說出門上不放進他來，那時如何擔得住，趕忙走來，說：「不知師父來，我們開門遲了。我們四姑娘在家裡，還正想師父呢。快請回來。看園的小子是個新來的，他不知咱們的事。回來回了太太，打他一頓，撞出去就完了。」妙玉雖是聽見，總不理他。那禁得看腰門的婆子趕上，再四央求，後來才說出怕自己自己擔不是，幾乎急得跪下。妙玉無奈，只得隨著那婆子過來。包勇見這般光景，自然不好再攔，氣得瞪眼嘆氣而回。

這裡妙玉帶了道婆走到惜春那裡，道了惱，敘些閑話。惜春說起：「在家看家，只好熬個幾夜，但是二奶奶病著，一個人又悶又害怕。能有一個人在這裡，我就放心，如今裡頭一個男人也沒有。今兒你既光降，肯伴我一宵，咱們下棋說話兒，可使得麼？」妙玉本來不肯，見惜春可憐，又提起下棋，一時高興應了。打發道婆回去取他的茶具衣褥，命侍兒送了過來，大家坐談一夜。道婆去了不多一時，又來了一個侍者，送下妙玉日用之物。惜春親自烹茶。兩人言語投機，說了半天。那時天有初更時候，彩屏放下棋枰，兩人對弈。惜春連輸兩盤，妙玉又讓了四個子兒，惜春方贏了半子。不覺已到四更，正是天空地闊，萬籟無聲[6]。妙玉道：「我到五更須得打坐，我自有

人伏侍，你自去歇息。」惜春猶是不捨，見妙玉要自己養神，不便扭他。剛要歇去，猛聽得東邊上屋內上夜的人一片聲喊起。

了人了！」唬得惜春彩屏等心膽俱裂。惜春那裡的老婆子們也接著聲嚷道：「了不得！有

了！必是這裡有了賊了！」說著趕忙的關上屋門❸，便掩了燈光，在窗戶眼內往外一瞧。妙玉道：「不好

只見幾個男人站在院內，唬得不敢作聲，回身擺著手，輕輕的爬下來，說：「了不得！外

頭有幾個大漢站著。」

說猶未了，又聽得房上響聲不絕，便有外頭上夜的人進來吆喝拿賊。一個人說道：

「上屋裡的東西都丟了，並不見人。東邊有人去了，咱們到西邊去。」惜春的老婆子聽見

有自己的人，便在外間屋裡說道：「這裡有好些人上了房了。」上夜的都道：「你瞧！這

可不是嗎？」大家一齊嚷起來。只聽房上飛下好些瓦來，眾人都不敢上前。正在沒法，

只聽園裡腰門一聲大響，打進門來。見一個梢長大漢，手執木棍，眾人唬得藏躲不及。聽

得那人喊說道：「不要跑了他們一個！你們都跟我來！」這些家人聽了這話，越發唬得骨

軟筋酥，連跑也跑不動了。只見這人站在當地，只管亂喊。家人中有一個眼尖些的看出來

了，──你道是誰？正是甄家薦來的包勇。這些家人不覺膽壯起來，便顫巍巍的說道：

「有一個走了！有的在房上呢！」包勇便向地下一撲，聳身上房，追趕那賊。

這些賊人明知賈家無人，先在院內偷看惜春房內，見有個絕色尼姑，便頓起淫心，又

欺上屋俱是女人，且又畏懼❹，正要踹進門去，因聽外面有人進來追趕，所以賊眾上房。

見人不多，還想抵擋，猛見一人上房趕來，那些賊見是一人，越發不理論了，便用短兵抵

住。那經得包勇用力一棍打去，將賊打下房來。那些賊飛奔而逃，從園牆過去。包勇也在

房上追捕。豈知園內早藏下了幾個在那裡接贓，已經接過好些。見賊夥跑回，大家舉械保護。見追的只有一人，明欺寡不敵眾，反倒迎上來。包勇一見生氣，道：「這些毛賊！敢來和我鬥鬥！」那夥賊便說：「我們有一個伙計被他們打倒了，不知死活，咱們索性搶了他出來！」這裡包勇聞聲即打。那夥賊便輪起器械，四五個人圍住包勇，亂打起來。外頭上夜的人也都仗著膽子只顧趕了來。眾賊見鬥他不過，只得跑了。包勇還要趕時，被一個箱子一絆，立定看時，心想東西未丟，也不追趕，走到鳳姐那邊，見裡面燈燭輝煌，便問：「這裡有賊沒有？」裡頭的平兒戰兢兢的說道：「這裡也沒開門，只聽上屋叫喊，說有賊呢，你到那裡去罷。」包勇正摸不著路頭，遙見上夜的人過來，才跟著一齊尋到上屋。見是門開戶啟，那些上夜的在那裡啼哭。

一時，賈芸林之孝都進來了，見是失盜，大家著急。進內查點，老太太的房門大開，將燈一照，鎖頭撬折。進內一瞧，箱櫃已開。便罵那些上夜女人道：「你們都是死人麼？賊人進來，你們都不知道麼？」那些上夜的人啼哭著說道：「我們幾個人輪更上夜，是管二三更的。他們是四更五更。我們才下班兒，只聽見他們喊起來，並不見一個人。趕著照看，不知什麼時候把東西早已丟了。」求爺們問管四更五更的！林之孝道：「你們個個要死！回來再說，咱們先到各處看去。」上夜的男人領著走到尤氏那邊，門兒關緊。有幾個接音說：「唬死我們了！」林之孝問道：「這裡沒有丟東西呀？」裡頭的人方開了門，道：「這裡沒丟東西。」

林之孝帶著人走到惜春院內，只聽得裡面說道：「了不得！唬死了姑娘了。醒醒兒

罷！」林之孝便叫人開門，問是怎麼了。裡頭婆子開門，說：「賊在這裡打仗，把姑娘都唬壞了。虧得妙師父和彩屏才將姑娘救醒。東西是沒失。」林之孝道：「賊人怎麼打仗？」上夜的男人說：「幸虧包大爺上了房把賊打跑了去了，還聽見打倒了一個人呢。」包勇道：「在園門那裡呢，你們快瞧去罷。」

賈芸等走到那邊，果然看見一個人躲在地下，死了，細細的一瞧，好像是周瑞的乾兒子。眾人見了詫異，派了一個人看守著，又派了兩個人照看前後門。走到門前看時，那門俱仍舊關鎖著。林之孝便叫人開了門，報了營官[7]。立刻到來查勘賊蹤，是從後夾道子上了房的，到了西院房上，見那瓦片破碎不堪，一直過了後園去了。眾上夜的人齊聲說道：「這不是賊，是強盜。」營官著急道：「並非明火執仗[8]，怎麼便算是強盜呢？」上夜的道：「我們趕賊，他在房上撒瓦，我們不能到他跟前，幸虧我們家的上房打退。趕到園裡，還有好幾個賊竟和姓包的打起仗來，打不過姓包的，才都跑了。」營官道：「可又來，若是強盜，難道倒打不過你們的人麼？不用說了，你們快查清了東西，遞了失單，我們報就是了。」

賈芸等又到了上屋裡，已見鳳姐扶病過來，惜春也來了。賈芸請了鳳姐的安，問了惜春的好，大家查看失物。因鴛鴦已死，那些東西都是老太太的，並沒見過數兒，只用封鎖，如今打從那裡查起？眾人都說：「箱櫃東西不少，如今一空。偷的時候兒自然不小了，那些上夜的人管作什麼的？況且打死的賊是周瑞的乾兒子，必是他們通同一氣的！」鳳姐聽了，氣得眼睛直瞪瞪的，便說：「把那些上夜的女人都拴起來，交給營裡去審問！」眾人叫苦連天，跪地哀求。不知怎生發放，並失去的物件有無著落，下回分解。

■ 校記

❶「按著秦氏方才比的地方拴上」，「比」，藤本、王本作「立」。

❷「你若要發財」，「要」字原無，從王本增。

❸「趕忙的關上屋門」，藤本、王本作「這裡不敢開門」。

❹「且又畏懼」，藤本、王本作「不足畏懼」。

■ 注釋

1　〔狗彘（ㄓˋ　zhì）〕
罵人下賤的話。彘，豬。

2　〔辭靈〕
舊時的一種喪禮儀式，出殯前，死者親友向靈柩告別。

3　〔攛掇（ㄘㄨㄢ　ㄉㄨㄛ　cuān　duō）〕
慫恿，誘勸。

4　〔衰（ㄘㄨㄟ　cuī）麻〕
舊時以麻布披在胸前為孝服，稱作衰麻。這裡指孝服。

5　〔弈（ㄧˋ　yì）〕
下棋。

6　〔萬籟（ㄌㄞˋ　lài）無聲〕
形容一點聲音都沒有。萬籟，指自然界萬物發出的各種聲音。

7　〔營官〕
清代綠營裡的官，分四級：標、協、營、汛。營一級的官長有參將、游擊、都司、守備等名目。

8　〔明火執仗〕
強盜公開搶劫。明火，點著火把；執仗，拿著武器。

【第一百十二回】

活冤孽妙姑遭大劫❶　死讎仇趙妾赴冥曹

話說鳳姐命捆起上夜的女人，送營審問，眾女人跪地哀求。林之孝同賈芸道：「你們求也無益。老爺派我們看家，沒事是造化；如今有了事，上下都擔不是，誰救得你？若說是周瑞的乾兒子，連太太起，裡裡外外的都不乾淨。」鳳姐喘吁吁的說道：「這都是命裡所招，和他們說什麼？帶了他們去就是了。那丟的東西，你告訴營裡去說：『實在是老太太的東西，問老爺們才知道。等我們報了去，請了老爺們回來，自然開了失單送來。』文官衙門裡我們也是這樣報。」賈芸林之孝答應出去。

惜春一句話也沒有，只是哭道：「這些事，我從來沒有聽見過，為什麼偏偏碰在咱們兩個人身上！明兒老爺太太回來，叫我怎麼見人？說把家裡交給你們，如今鬧到這個分兒，還想活著麼？」鳳姐道：「咱們願意嗎？現在有上夜的人在那裡。」惜春道：「你還能說，況且你又病著；我是沒有說的。這都是我大嫂子害了我了！他攛掇著太太派我看家的。如今我的臉擱在那裡呢？」說著，又痛哭起來。鳳姐道：「姑娘，你快別這麼想。若說沒臉，大家一樣的。你若是這個糊塗想頭，我更擱不住了。」

二人正說著，只聽見外頭院子裡有人大嚷的說道：「我說那三姑六婆❷是再要不得

的！我們甄府裡從來是一概不許上門的。不想這府裡倒不講究這個！昨兒老太太的殯才出去，那個什麼庵裡的尼姑死要到咱們這裡來。我吆喝著不准他進來，腰門上的老婆子們倒罵我，死央及著叫那姑子進來。那腰門子一會兒開著，一會兒關著，不知作什麼。我不放心，沒敢睡，聽到四更，這裡就嚷起來。我來叫門倒不開了。我聽見聲兒緊了，打開了門，見西邊院子裡有人站著，我便趕上打死了。我今兒才知道這是四姑奶奶的屋子，那個姑子就在裡頭。今兒天沒亮溜出去了，可不是那姑子引進來的賊麼？」

平兒等聽著，都說：「這是誰這麼沒規矩？姑娘奶奶都在這裡，敢在外頭這麼混嚷？」鳳姐道：「你聽他說甄府裡，別就是甄家薦來的那個厭物罷？」惜春聽得明白，更加心裡受不得。鳳姐接著問惜春道：「那個人混說什麼姑子？你們那裡弄了個姑子住下了？」惜春便將妙玉來瞧他，留著下棋守夜的話說了。鳳姐道：「是他麼？他怎麼肯這樣？是再沒有的話。但是叫這討人嫌的東西嚷出來，老爺知道了，也不好。」惜春愈想愈怕，站起來要走。鳳姐雖說坐不住，又怕惜春害怕，弄出事來，只得叫他先別走：「且看著人把偷剩下的東西收起來，再派了人看著，咱們好走。」平兒道：「咱們不敢收，等衙門裡來了，踏看了才好收呢。咱們只好看著。但只不知老爺那裡有人去了沒有？」鳳姐道：「你叫老婆子問去。」一回進來說：「林之孝是走不開，家下人要伺候查驗的，再有的是說不清楚的，已經芸二爺去了。」鳳姐點頭，同惜春坐著發愁。

且說那夥賊原是何三等邀的，偷搶了好些金銀財寶接運出去，見人追趕，知道都是那些不中用的人，要往西邊屋內偷去，在窗外看見裡面燈光底下兩個美人：一個姑娘，一個

姑子。那些賊那顧性命，頓起不良，就要踹進來，因見包勇來趕，才獲贓而逃，只不見了何三。大家且躲入窩家。到第二天打聽動靜，知是何三被他們打死，已經報了文武衙門，這裡是躲不住的，便商量趁早歸入海洋大盜一處去；若遲了，通緝文書一行，關津[3]上就過不去了。

內中一個人膽子極大，便說：「咱們走是走，我就只捨不得那個姑子。長得實在好看！不知是那個庵裡的雛兒呢？」一個人道：「啊呀！我想起來了！必就是賈府園裡的什麼櫳翠庵裡的姑子。不是前年外頭說他和他們家什麼寶二爺有緣故，後來不知怎麼又害起相思病來了，請大夫吃藥的？就是他！」那一個人聽了，說：「咱們今日躲一天，叫咱們大哥拿錢置辦些買賣行頭。明兒亮鐘[4]時候，陸續出關。你們在關外二十里坡等我。」眾賊議定，分贓俵散[5]不提。

且說賈政等送殯到了寺內，安厝[6]畢，親友散去。賈政在外廂房伴靈，邢王二夫人等在內，一宿無非哭泣。

到了第二日，重新上祭。正擺飯時，只見賈芸進來，在老太太靈前磕了個頭，忙忙的跑到賈政跟前，跪下請了安，喘吁吁的將昨夜被盜，將老太太上房的東西都偷去，包勇趕賊，打死一個，已經呈報文武衙門的話說了一遍。賈政聽了發怔。邢王二夫人等在裡頭也聽見了，都唬得魂不附體，並無一言，只有啼哭。賈政過了一會子，問：「失單怎樣開的？」賈芸回道：「家裡的人都不知道，還沒有開單。」賈政道：「還好。咱們動過家[7]的，若開出好的來，反擔罪名。快叫璉兒。」

那時賈璉領了寶玉等別處上祭未回❷，賈政叫人趕了回來。賈璉聽了，急得直跳，一見芸兒，也不顧賈政在那裡，便把賈芸狠狠的罵了一頓，說：「不配抬舉的東西！我將這樣重任托你，押著人上夜巡更，你是死人麼？虧你還有臉來告訴！」說著，望賈芸臉上啐了幾口。賈芸垂手站著，不敢回一言。賈政道：「你罵他也無益了。」賈璉然後跪下，說：「這便怎麼樣？」賈政道：「也沒法兒，只有報官緝賊。但只是一件，老太太的東西，咱們都沒動。你說要銀子，我想老太太死得幾天，誰忍得動他那一項銀子？原打量完了事，算了賬，還有的，在這裡和南邊置墳產的。所有東西也沒見數目。如今說文武衙門要失單，若將幾件好的東西開上，恐有礙；若說金銀若干，衣飾若干，又沒有實在數目，謊開使不得。倒可笑你如今竟換了一個人了，為什麼這樣料理不開？你跪在這裡是怎麼樣呢？」

賈璉也不敢答言，只得站起來就走。賈政又叫道：「你那裡去？」賈璉又回來，道：「姪兒趕回家去料理清楚。」賈政哼了一聲，賈璉把頭低下。賈政道：「你進去回了你母親，叫了老太太的一兩個丫頭去，叫他們細細的想了，開單子。」

賈璉心裡明知老太太的東西都是鴛鴦經管，他死了問誰？就問珍珠，他們那裡記得清楚？只不敢駁回，連連的答應了。回身走到裡頭，邢王二夫人又埋怨了一頓，叫賈璉快回去問他們這些看家的說：「明兒怎麼見我們？」賈璉也只得答應了出來，一面命人套車，預備琥珀等進城；自己騎上騾子，跟了幾個小廝，如飛的回去。賈芸也不敢再回賈政，斜簽著身子慢慢的溜出來，騎上了馬，來趕賈璉。一路無話。

到了家中，林之孝請了安，一直跟了進來。賈璉到了老太太上屋裡，見了鳳姐惜春在

那裡，心裡又恨，又說不出來，便問林之孝道：「衙門裡瞧了沒有？」林之孝自知有罪，便跪下回道：「文武衙門都瞧了，來蹤去跡也看了，尸也驗了。」賈璉道：「又驗什麼尸？」林之孝又將包勇打死的夥賊似周瑞的乾兒子的話回了賈璉。賈璉道：「叫芸兒！」賈芸進來，也跪著聽話。賈璉道：「你見老爺時，怎麼沒有回周瑞的乾兒子作賊被包勇打死的話？」賈芸說道：「上夜的人說像他的，恐怕不真，所以沒有回。」賈璉道：「好糊塗東西！你若告訴了，我就帶了周瑞來一認，可不就知道了？」林之孝回道：「如今衙門裡把尸首放在市口兒招認去了。」賈璉道：「這又是個糊塗東西！誰家的人作了賊，被人打死，要償命麼？」林之孝回道：「這不用人家認，奴才就認得是他。」賈璉道：「他和鮑二打架來著，爺還見過的呢。」

賈璉問：「是啊！我記得珍大爺那一年要打的可不是周瑞家的麼？」林之孝回說：「他和鮑二打架來著，爺還見過的呢。」

賈璉聽了更生氣，便要打上夜的人。林之孝哀告道：「請二爺息怒。那些上夜的人，派了他們，敢偷懶嗎？只是爺府上的規矩：三門裡一個男人不敢進去的，就是奴才們，裡頭不叫也不敢進去。奴才在外同芸哥兒刻刻查點，見三門關得嚴嚴的，外頭的門一層沒有開，那賊是從後夾道子來的。」賈璉道：「裡頭上夜的女人呢？」林之孝將上夜的人，說奉奶奶的命捆著、等爺審問的話回了。

賈璉問：「包勇呢？」林之孝說：「又往園裡去了。」賈璉便說：「去叫他。」小廝們便將包勇帶來，說：「還虧你在這裡；若沒有你，只怕所有房屋裡的東西都搶了去了呢。」包勇也不言語。惜春恐他說出那話，心下著急。鳳姐也不敢言語。

只見外頭說：「琥珀姐姐們回來了。」大家見了，不免又哭一場。

賈璉叫人檢點剩下的東西，只有些衣服、尺頭、錢箱未動，餘者都沒有了。賈璉心裡更加著急，想著外頭的棚杠銀，廚房的錢，都沒有付給，明兒拿什麼還呢？便呆想了一會。只見琥珀等進去，哭了一番，見箱櫃開著，所有的東西怎能記憶，便胡亂猜想，虛擬了一張失單，命人即送到文武衙門。賈璉復又派人上夜。鳳姐惜春各自回房。賈璉不敢在家安歇，也不及埋怨鳳姐，竟自騎馬趕出城外去了。這裡鳳姐又恐惜春短見，打發豐兒過去安慰。

天已二更。不言這裡賊去關門，眾人更加小心，不敢睡覺。且說夥賊一心想著妙玉，知是孤庵女眾，不難欺負。到了三更夜靜，便拿了短兵器，帶些悶香，跳上高牆。遠遠瞧見櫳翠庵內燈光猶亮，便潛身溜下，藏在房頭僻處。

等到四更，見裡頭只有一盞海燈，妙玉一人在蒲團上打坐，歇了一會，便噯聲嘆氣的說道：「我自玄墓[8]到京，原想傳個名的，為這裡請來，不能又樓他處。昨兒好心去瞧四姑娘，反受了這蠢人的氣，夜裡又受了大驚。今日回來，那蒲團再坐不穩，只覺肉跳心驚。」因素常一個打坐的，今日又不肯叫人相伴。豈知到了五更，寒顫起來。正要叫人，只聽見窗外一響，想起昨晚的事，更加害怕，不免叫人。豈知那些婆子都不答應。自己坐著，覺得一股香氣透入顖門，便手足麻木，不能動彈，口裡也說不出話來，心中更自著急。只見一個人拿著明晃晃的刀進來。此時妙玉心中卻是明白，只不能動，想是要殺自己，倒不怕他。那知那個人把刀插在背後，騰出手來，將妙玉輕輕的抱起，索性橫了心，由他輕薄了一會子，便拖起背在身上。此時妙玉心中只是如醉如痴。可憐一個極潔極淨的女

兒，被這強盜的悶香薰住，由著他掇弄了去了。

卻說這賊背了妙玉，來到園後牆邊，搭了軟梯，爬上牆，跳出去了，外邊早有夥賊弄了車輛在園外等著。那人將妙玉放倒在車上，反打起官銜燈籠[9]，叫開柵欄，急急行到城門，正是開門之時。門官只知是有公幹出城的，也不及查詰。趕出城去，那夥賊加鞭，趕到二十里坡，和眾強徒打了照面，各自分頭奔南海而去。

不知妙玉被劫，或是甘受污辱，還是不屈而死，不知下落，也難臆擬。只言櫳翠庵一個跟妙玉的女尼，他本住在靜室後面，睡到五更，聽見前面有人聲響，只道妙玉打坐不安。後來聽見有男人腳步，門窗響動，欲要起來瞧看，只是身子發軟，懶怠開口，又不聽見妙玉言語，只睜著兩眼聽著。到了天亮，才覺得心裡清楚，披衣起來，叫了道婆[10]預備妙玉茶水，他便往前面來看妙玉。豈知妙玉的蹤跡全無，門窗大開。心裡詫異，昨晚響動，甚是疑心，說：「這樣早，他到那裡去了？」走出院門一看，有一個軟梯靠牆立著，地下還有一把刀鞘，一條搭膊[11]，便道：「不好了，昨晚是賊燒了悶香了！」急叫人起來查看，庵門仍是緊閉。那些婆子侍女們都說：「昨夜煤氣薰著了，今早都起不起來，這麼早，叫我們作什麼？」那女尼道：「師父不知那裡去了！」眾人道：「在觀音堂打坐呢。」女尼道：「你們還作夢呢！你來瞧瞧！」

眾人不知，也都著忙，開了庵門，滿園裡都找到了，想來或是到四姑娘那裡去了。眾人來叩腰門，又被包勇罵了一頓。眾人說道：「我們妙師父昨晚不知去向，所以來找。求你老人家叫開腰門，問一問來了沒來就是了。」包勇道：「你們師父引了賊來偷我們，已經偷到手了，他跟了賊去受用去了！」眾人道：「阿彌陀佛！說這些話的，防著下割舌地

獄！」包勇生氣道：「胡說！你們再鬧，我就要打了！」眾人陪笑央告道：「求爺叫開門，我們瞧瞧；若沒有，再不敢驚動你太爺了。」包勇道：「你不信，你去找，若沒有，回來問你們！」包勇說著，叫開腰門。眾人且找到惜春那裡。

惜春正是愁悶，惦著：「妙玉清早去後，不知聽見我們姓包的話了沒有，只怕又得罪了他，以後總不肯來，我的知己是沒有了。況我現在實難見人，父母早死，嫂子嫌我。頭裡有老太太，到底還疼我些；如今也死了，留下我孤苦伶仃，如何了局？」想到：「迎春姐姐折磨死了，史姐姐守著病人，三姐姐遠去，這都是命裡所招，不能自由。獨有妙玉如閑雲野鶴，無拘無束。我若能學他，就造化不小了！但我是世家之女，怎能遂意？」想到其間，便要把自己的青絲鉸去，要想出家。彩屏等聽見，急忙來勸，豈知已將一半頭髮鉸去了。彩屏愈加著忙，說道：「一事不了，又出一事，這可怎麼好呢！」

正在吵鬧，只見妙玉的道婆來找妙玉。彩屏問起來由，先唬了一跳，說：「是昨日一早去了沒來。」裡面惜春聽見，急忙問道：「那裡去了？」道婆將昨夜聽見的響動，被煤氣薰著，今早不見妙玉，庵內有軟梯刀鞘的話說了一遍。惜春驚疑不定，想起昨日包勇的話來，必是那些強盜看見了他，昨晚搶去了，也未可知。但是他素來孤潔得很，豈肯惜命？便問道：「怎麼你們都沒聽見麼？」婆子道：「怎麼沒聽見？只是我們都是睜著眼，豈肯惜話來，必是那賊燒了悶香。妙姑一人，想也被賊悶住，不能言語。況且賊人必多，連一句話也說不出來。」妙姑道：「裡頭快把這些混賬道婆子趕出來罷！快關上腰人必多，連一句話也說不出來。必是那賊燒了悶香。妙姑一人，想也被賊悶住，不能言語。況且賊

正說著，包勇又在腰門那裡嚷說：「裡頭快把這些混賬道婆子趕出來罷！快關上腰門，我們瞧瞧；若沒有，正說著，拿刀執杖威逼著，他還敢聲喊麼？」

門！」彩屏聽見，恐擔不是，只得催婆子出去，叫人關了腰門。惜春於是更加苦楚。無奈彩屏等再三以禮相勸，仍舊將一半青絲籠起。大家商議：「不必聲張。就是妙玉被搶，也當作不知，且等老爺太太回來再說。」惜春心裡從此死定一個出家的念頭，暫且不提。

且說賈璉回到鐵檻寺，將到家中查點了上夜的人，開了失單報去的話，回了賈政。賈政道：「怎麼開的？」賈璉便將琥珀記得的數目單子呈出，並說：「上頭元妃賜的東西，已經注明；還有那人家不大有的東西，不便開上，等姪兒脫了孝，出去托人細細的緝訪，少不得弄出來的。」賈政聽了合意，就點頭不言。

賈璉進內見了邢王二夫人，商量著：「勸老爺早些回家才好呢；不然，都是亂麻似的。」邢夫人道：「可不是？我們在這裡也是驚心吊膽。」賈璉道：「這是我們不敢說的。還是太太的主意，二老爺是依的。」邢夫人便與王夫人商議了。

過了一夜，賈政也不放心，打發寶玉進來說：「請太太們今日回家，過兩三日再來。」邢夫人派了鸚哥等一千人伴靈，將周瑞家的等人派了總管，其餘上下人等都回去。一時忙亂套車備馬。賈政等在賈母靈前辭別，眾人又哭了一場。

都起來正要走時，只見趙姨娘還爬在地下不起。周姨娘打量他還哭，便去拉他。豈知趙姨娘滿嘴白沫，眼睛直豎，把舌頭吐出，反把家人嚇了一跳。賈環過來亂嚷。趙姨娘醒來說道：「我是不回去的！跟著老太太回南去！」眾人道：「老太太那用你跟呢？」趙姨娘道：「我跟了老太太一輩子，大老爺還不依，弄神弄鬼的算計我！我想，仗著馬道婆出

出我的氣，銀子白花了好些，也沒有弄死一個，如今我回去了，又不知誰來算計我！」眾人先只說鴛鴦附著他，後頭聽說馬道婆的事，又不像了❸。邢王二夫人都不言語，只有彩雲等代他央告道：「鴛鴦姐姐，你死是自己願意，與趙姨娘什麼相干？放了他罷。」見邢夫人在這裡，也不敢說別的。趙姨娘道：「我不是鴛鴦❹。我是閻王老爺差人拿我去的，要問我為什麼和馬道婆用魘魔法的案件。」說著，口裡又叫：「好璉二奶奶！親二奶奶！並不是我要害你，我一時糊塗！我有一千日的不好，還有一天的好呢。好二奶奶！你在這裡老爺面前少頂一句兒罷！聽了那個老娼婦的話。」

正鬧著，賈政打發人進來叫環兒。婆子們去回說：「趙姨娘中了邪了，三爺看著呢。」賈政道：「沒有的事。我們先走了。」於是爺們等先回。這裡趙姨娘還是混說，一時救不過來。邢夫人又說出什麼來，便說：「多派幾個人在這裡瞧著他，咱們先走。到了城裡，打發大夫出來瞧罷。」王夫人本嫌他，也打撒手兒。寶釵本是仁厚的人，雖想著他害寶玉的事，心裡究竟過不去，背地裡托了周姨娘在這裡照應。周姨娘也是個好人，便應承了。李紈說道：「我也在這裡罷。」王夫人道：「可以不必。」於是大家都要起身。賈環著急說：「我也在這裡嗎？」王夫人啐道：「糊塗東西！你姨媽的死活都不知，你還要走嗎？」賈環就不敢言語了。寶玉道：「好兄弟！你是走不得的！我進了城，打發人來瞧你。」說畢，都上車回家。寺裡只有趙姨娘、賈環、鸚哥等人。

賈政邢夫人等先後到家，到了上房，哭了一場。林之孝帶了家下眾人請了安，跪著。賈政喝道：「去罷！明日問你！」鳳姐那日發暈了幾次，竟不能出接；只有惜春見了，覺得滿面羞慚。邢夫人也不理他，王夫人仍是照常，李紈、寶釵拉著手說了幾句話。獨有尤

氏說道：「姑娘，你操心了，倒照應了好幾天！」惜春一言不答，只紫脹了臉。寶釵將尤氏一拉，使了個眼色，尤氏等各自歸房去了。

賈政略略的看了一看，嘆了口氣，並不言語。到書房席地坐下，叫了賈璉、賈蓉、賈芸吩咐了幾句話。寶玉要在書房內陪賈政。賈政道：「不必。」蘭兒仍跟他母親。一宿無話。

次日，林之孝一早進書房跪著，賈政將前後被盜的事問了一遍，並將周瑞供了出來，又說：「衙門拿住了鮑二，身邊搜出了失單上的東西，現在夾訊，要在他身上要這一夥賊呢。」賈政聽了，大怒道：「家奴負恩，引賊偷竊家主，真是反了！」立刻叫人到城外將周瑞捆了，送到衙門審問。林之孝只管跪著，不敢起來。賈政道：「你還跪著作什麼？」林之孝道：「奴才該死，求老爺開恩。」正說著，賴大等一千辦事家人上來請了安，呈上喪事賬簿。賈政道：「交給璉二爺算明了來回。」吆喝著林之孝起來出去了。

賈璉一腿跪著，在賈政身邊說了一句話。賈政把眼一瞪道：「胡說！老太太的事，銀兩被賊偷去，難道就該罰奴才拿出來麼？」賈璉紅了臉，不敢言語，站起來也不敢動。賈政道：「你媳婦怎麼樣了？」賈璉又跪下，說：「看來是不中用了。」賈政嘆口氣道：「我不料家運衰敗一至如此！況且環哥兒他媽尚在廟中病著，也不知是什麼症候。你們知道不知道？」賈璉也不敢言語。賈政道：「傳出話去，叫人帶了大夫瞧瞧去。」賈璉即忙答應著，出來，叫人帶了大夫到鐵檻寺去瞧趙姨娘。未知死活，下回分解。

■ 校記

❶「活冤孽妙姑遭大劫」，「妙姑」，藤本、王本作「妙尼」。

❷「那時賈璉領了寶玉等別處上祭未回」，「等」字原無，從藤本、王本增。

❸「眾人先只說鴛鴦附著他，後頭聽說馬道婆的事，又不像了」，諸本作「眾人聽見，早知是鴛鴦附在他身上」。

❹「我不是鴛鴦」句下，藤本、王本有「他早到仙界去了」七字。

■ 注釋

1 〔冥曹〕
又叫陰曹，即陰間審判罪人的衙門。

2 〔三姑六婆〕
三姑，係指尼姑、道姑、卦姑；六婆，係指牙婆（人販子）、媒婆、師婆（亦稱巫婆）、虔婆（鴇母）、藥婆、穩婆（接生婆）。

3 〔關津〕
關口、渡口。

4 〔亮鐘〕
天亮時鐘樓上敲五更鐘。

5 〔俵（ㄅㄧㄠˇ biǎo）散〕
散發。

6 〔安厝（ㄘㄨㄛˋ cuò）〕
把棺木停放待葬。

7 〔動過家〕
抄過家。諱言抄家，變換說詞。

8 〔玄墓〕
山名，在今江蘇吳縣西南。

9 〔官銜燈籠〕
舊時一種寫著官職門第的大圓燈籠。

10〔道婆〕
尼姑庵裡的女僕人。

11〔搭膊〕
可以搭背在肩上、胳膊上的一種布袋子。

12〔夾訊〕
用夾棍進行逼審的一種酷刑，行刑時用兩根木棍製成的夾棍用力夾受刑者的腿。

【第一百十三回】

懺宿冤鳳姐托村嫗[1]　釋舊憾情婢感痴郎

話說趙姨娘在寺內得了暴病，見人少了，更加混說起來，唬得眾人發怔，就有兩個女人攙著趙姨娘雙膝跪在地下，說一回，哭一回。有時爬在地下叫饒說：「打殺我了！紅鬍子的老爺！我再不敢了！」有一時雙手合著，也是叫疼，眼睛突出，嘴裡鮮血直流，頭髮披散。人人害怕，不敢近前。

那時又將天晚，趙姨娘的聲音只管陰啞[2]起來，居然鬼嚎的一般，無人敢在他跟前，只得叫了幾個有膽量的男人進來坐著。趙姨娘一時死去，隔了些時，又回過來，整整的鬧了一夜。到了第二天，也不言語，只裝鬼臉，自己拿手撕開衣服，露出胸膛，好像有人剝他的樣子。可憐趙姨娘雖說不出來，其痛苦之狀，實在難堪。

正在危急，大夫來了，也不敢診脈，只囑咐：「辦後事罷。」說了，起身就走。那送大夫的家人再三央告，說：「請老爺看看脈，小的好回稟家主。」那大夫用手一摸，已無脈息。賈環聽了，這才大哭起來。眾人只顧賈環，誰管趙姨娘蓬頭赤腳死在炕上❶。只有周姨娘心裡想到：「作偏房的下場頭，不過如此！況他還有兒子；我將來死的時候，還不知怎樣呢！」於是反倒悲切。

且說那人趕回家去稟知賈政，即派人去照例料理，陪著環兒住了三天，一同回來。那

人去了，這裡一人傳十，十人傳百，都知道趙姨娘使了毒心害人❷，被陰司裡拷打死了。

又說是：「璉二奶奶只怕也好不了❸，怎麼說璉二奶奶告的呢？」

這些話傳到平兒耳內，甚是著急，看著鳳姐的樣子，實在是不能好的了。況且賈璉近

日並不似先前的恩愛，本來事也多，竟像不與他相干的。平兒在鳳姐跟前只管勸慰。又兼

著邢王二夫人回家幾日，只打發人來問問，並不親身來看，鳳姐心裡更加悲苦。賈璉回來

也沒有一句貼心的話。

鳳姐此時只求速死，心裡一想，邪魔悉至。只見尤二姐從房後走來，漸近床前，說：

「姐姐，許久的不見了！作妹妹的想念得很，要見不能，如今好容易進來見姐姐。姐姐

的心機也用盡了。咱們的二爺糊塗，也不領姐姐的情，反倒怨姐姐作事過於刻薄，把他的

前程去了，叫他如今見不得人。我替姐姐氣不平！」鳳姐恍惚說道：「我如今也後悔我的

心忒窄了。妹妹不念舊惡，還來瞧我！」平兒在旁聽見，說道：「奶奶說什麼？」鳳姐一

時蘇醒，想起尤二姐已死，必是他來索命。被平兒叫醒，心裡害怕，又不肯說出，只得勉

強說道：「我神魂不定，想是說夢話。給我捶捶。」

平兒上去捶著，見個小丫頭子進來，說是劉姥姥來了，婆子們帶著來請奶奶的安。平

兒急忙下來，說：「在那裡呢？」小丫頭子說：「他不敢就進來，還聽奶奶的示下。」平

兒聽了點頭，想鳳姐病裡必是懶怠見人，便說道：「奶奶現在養神呢，暫且叫他等著，你

問他來有什麼事麼？」小丫頭子說道：「他們問過了，沒有事。說，知道老太太去世了，

因沒有報，才來遲了。」小丫頭子說著，鳳姐聽見，便叫：「平兒，你來。人家好心來

瞧，不可冷淡了他。你去請了劉姥姥這裡坐。鳳姐剛要合眼，又見一個男人一個女人走向炕前，就像要上炕的。鳳姐急忙便叫平兒，說：「那裡來了一個男人，跑到這裡來了！」連叫了兩聲，只見豐兒小紅趕來，說：「奶奶要什麼？」鳳姐睜眼一瞧，不見有人，心裡明白，不肯說出來，便問豐兒道：「平兒這東西那裡去了？」豐兒道：「不是奶奶叫去請劉姥姥去了麼？」鳳姐定了一會神，也不言語。

只見平兒同劉姥姥帶了一個小女孩兒進來，說：「我們姑奶奶在那裡？」平兒引到炕邊。劉姥姥便說：「請姑奶奶安。」鳳姐睜眼一看，不覺一陣傷心，說：「姥姥，你好？怎麼這時候才來？你瞧你外孫女兒也長得這麼大了！」劉姥姥看著鳳姐骨瘦如柴，神情恍惚，心裡也就悲慘起來，說：「我的奶奶！怎麼這幾個月不見，就病到這個分兒？我糊塗得要死，怎麼不早來請姑奶奶的安！」便叫青兒給姑奶奶請安。青兒只是笑。鳳姐看了，倒也十分憐愛，便叫小紅招呼著。

劉姥姥道：「我們屯鄉裡的人，不會病的，若一病了，就要求神許願，從不知道吃藥。我想姑奶奶的病別是撞著什麼了罷？」平兒聽著那話不在理，忙在背地裡拉他。劉姥姥會意，便不言語了。那裡知道這句話倒合了鳳姐的意，扎掙著說：「姥姥！你是有年紀的人，說得不錯。你見過的趙姨娘也死了，你知道麼？」劉姥姥詫異道：「阿彌陀佛！好端端一個人，怎麼就死了？」我記得他也有一個小哥兒，這可怎麼樣呢？」平兒道：「那怕什麼？他還有老爺太太呢。」劉姥姥道：「姑娘，你那裡知道？不好死了，是親生的；隔了肚皮子是不中用的！」這句話又招起鳳姐的愁腸，嗚嗚咽咽的哭起來了。眾人都來解勸。

巧姐兒聽見他母親悲哭，便走到炕前，用手拉著鳳姐的手，也哭起來。鳳姐一面哭著，道：「你見過了姥姥了沒有？」巧姐兒道：「沒有。」鳳姐道：「你的名字還是他起的呢，就和乾媽一樣。你給他請個安。」巧姐兒便走到跟前。劉姥姥忙拉著道：「阿彌陀佛！不要折殺我了！巧姑娘，我一年多不來，你還認得我麼？」巧姐兒道：「怎麼不認得？那年在園裡見的時候，我還小呢。前年你來，我和你要隔年的蟈蟈兒，你也沒有給我，必是忘了。」劉姥姥道：「好姑娘，我是老糊塗了。要說蟈蟈兒，我們屯裡多著呢，只是不到我們那裡去。若去了，要一車也容易。」劉姥姥笑道：「姑娘這樣千金貴體，綾羅裏大了的，吃的是好東西；到了我們那裡，我拿什麼哄他玩，拿什麼給他吃呢？這倒不是坑殺我了麼？」說著，自己還笑。因說：「那麼著，我給姑娘作個媒罷。我們那裡雖說是屯鄉裡，也有大財主人家，幾千頃地，幾百牲口，銀子錢亦不少，只是不像這裡有金的，有玉的。姑奶奶自然瞧不起這樣人家。我們莊家人瞧著這樣財主，也算是天上的人了！」鳳姐道：「你說去，我願意就給。」劉姥姥道：「這是玩話兒罷咧。放著姑奶奶這樣大官大府的人家，只怕還不肯給，那裡肯給莊家人？就是姑奶奶肯了，上頭太太們也不給。」巧姐因他這話不好聽，便走了去和青兒說話。兩個女孩兒倒說得上，漸漸的就熟起來了。

這裡平兒恐劉姥姥話多攪煩了鳳姐，便拉了劉姥姥說：「你提起太太來，你還沒有過去呢。我出去叫人帶了你去見見，也不枉來這一趟。」劉姥姥便要走。鳳姐道：「忙什麼？你坐下，我問你：近來的日子還過得麼？」劉姥姥千恩萬謝的說道：「我們若不仗著姑奶奶，」說著，指著青兒說：「他的老子娘都要餓死了。如今雖說是莊家人苦，家裡也

掙了好幾畝地，又打了一眼井，種些菜蔬瓜果。一年賣的錢也不少，盡夠他們嚼吃的了。這兩年，姑奶奶還時常給些衣服布匹，在我們村裡算過得的了。阿彌陀佛！前日他老子進城，聽見姑奶奶這裡動了家，我就幾乎唬殺了；不是這裡，我才放心。昨日又聽見說這裡老爺升了，我又喜歡，就要來道喜，為的是滿地的莊稼❹，來不得。後來又聽見說老太太沒有了。我在地裡打豆子，聽見這話，唬得連豆子都拿不起來了，就在地裡狠狠的哭了一大場。我合女婿說：『我顧不得你們了！不管真話謊話，我是要進城瞧瞧去的！』我女兒女婿也不是沒良心的，聽見了也哭了一會子。今兒天沒亮，就趕著我進城來了。我也不認得一個人，沒有地方打聽。一徑來到後門，見是門神都糊了，我這一唬又不小。進了門，找周嫂子，再找不著，撞見一個小姑娘，說：『周嫂子得了不是，姑奶奶也是這麼病！』說著，就掉下淚來。

平兒著急，也不等他說完了，拉著就走，說：「你老人家說了半天，口也乾了，咱們喝茶去罷。」拉著劉姥姥到下房坐著。青兒自在巧姐那邊。劉姥姥道：「茶倒不要，好姑娘，叫人帶了我去請太太的安，哭哭老太太去罷。」平兒道：「你不用忙，今兒也趕不出城去。方才我是怕你說話不防頭，招得我們奶奶哭，所以催你出來。你別思量。」劉姥姥道：「阿彌陀佛！姑娘這是多心，我也知道。倒是奶奶的病怎麼好呢？」平兒道：「你瞧瞧妨礙不妨礙？」劉姥姥道：「說是罪過，我瞧著不好。」正說著，又聽鳳姐叫呢。平兒及到床前，鳳姐又不言語了。

平兒正問豐兒，賈璉進來，向炕上一瞧，也不言語，走到裡間，氣哼哼的坐下。只有

秋桐跟了進去，倒了茶，殷勤一回，不知喊喊喳喳的說些什麼。回來，賈璉叫平兒來問道：「奶奶不吃藥麼？」平兒道：「不吃藥怎麼樣呢？」賈璉道：「我知道麼？你拿櫃子上的鑰匙來罷。」平兒見賈璉有氣，又不敢問，只得出來鳳姐耳邊說了一聲。鳳姐不言語。平兒便將一個匣子擱在賈璉那裡就走。賈璉道：「有鬼叫你嗎？你擱著叫誰拿呢？」平兒忍氣打開，取了鑰匙，開了櫃子，便問道：「拿什麼？」賈璉道：「咱們有什麼是你們鬧的；如今老太太的還短了四五千銀子，老爺叫我拿公中的地賬弄銀子，你說有麼？外頭拉的賬不開發，使得麼？誰叫我應這個名兒！只好把老太太給我的東西折變去罷了！你不依麼？」

平兒聽了，一句不言語，將櫃裡東西搬出。只見小紅過來，說：「平姐姐快走！奶奶不好呢！」平兒也顧不得賈璉，急忙過來。見鳳姐用手空抓，平兒用手攥著哭叫。賈璉也過來一瞧，把腳一踩道：「若是這樣，是要我的命了！」說著掉下淚來。豐兒進來說：

「外頭找二爺呢。」賈璉只得出去。

這裡鳳姐愈加不好，豐兒等便大哭起來。巧姐聽見趕來。劉姥姥也急忙走到炕前，嘴裡念佛，搗了些鬼，果然鳳姐好些。一時王夫人聽了丫頭的信，也過來了，先見鳳姐安靜些，心下略放心。見了劉姥姥，便說：「劉姥姥，你好，什麼時候來的？」劉姥姥便說：「老爺請太太呢。」王夫人叮嚀了平兒幾句話，便過去了。

鳳姐鬧了一回，此時又覺清楚些。見劉姥姥在這裡，心裡信他求神禱告，便把豐兒等

支開，叫劉姥姥坐在床前，告訴他心神不寧，如見鬼的樣子。劉姥姥便說：「我們屯裡什麼菩薩靈，什麼廟有感應。」便在手腕上退下一隻金鐲子來交給他。鳳姐道：「求你替我禱告。要用供獻的銀錢，我有。」便在手腕上退下一隻金鐲子來交給他。劉姥姥道：「姑奶奶，不用那個。我們村莊人家許了願，好了，花上幾百錢就是了，那用這些？就是我替姑奶奶求去，也是許願，等姑奶奶好了，要花什麼，自己去花罷。」鳳姐明知劉姥姥一片好心，只得留下，說：「姥姥，我的命交給你了！我的巧姐兒也是千災百病的，也交給你了！」劉姥姥順口答應，便說：

「這麼著，我看天氣尚早，還趕得出城去，我就去。明兒姑奶奶好了，再請還願去。」鳳姐因被眾冤魂纏繞害怕，巴不得他就去，便說：「你若肯替我用心，我能安穩睡一覺，我就感激你了。你外孫女兒，叫他在這裡住下罷。」劉姥姥道：「莊家孩子沒有見過世面，沒得在這裡打嘴，我帶他去的好。」鳳姐道：「這就是多心了。既是咱們一家人，這怕什麼？雖說我們窮了，多一個人吃飯也不算什麼。」劉姥姥見鳳姐真情，樂得叫青兒住幾天，省了家裡的嚼吃。只怕青兒不肯，不如叫他來問。青兒因與巧姐兒玩得熟了，巧姐又不願意他去，青兒又要在這裡，劉姥姥便吩咐了幾句，辭了平兒，忙忙的趕出城去，不提。

且說櫳翠庵原是賈府的地址，因蓋省親園子，將那庵圈在裡頭，向來食用香火，並不動賈府的錢糧。如今妙玉被劫，那女尼呈報到官，一則候官府緝盜的下落，二則是妙玉基業，不便離散，依舊住下，不過回明了賈府。那時賈府的人雖都知道，只為賈政新喪，且又心事不寧，也不敢將這些沒要緊的事回

稟。只有惜春知道此事，日夜不安。漸漸傳到寶玉耳邊，說：「妙玉被賊劫去。」又有的說：「妙玉凡心動了，跟人而走。」寶玉聽得，十分納悶：「想來必是被強徒搶去。這個人必不肯受，一定不屈而死！」但是一無下落，心下甚不放心，每日長吁短嘆，還說：「這樣一個人，自稱為『檻外人』，怎麼遭此結局！」又想到：「當日園中何等熱鬧！自從二姐姐出閣以來，死的死，嫁的嫁，我想他一塵不染，是保得住的了，豈知風波頓起，比林妹妹死得更奇！」由是一而二、二而三，追思起來，想到「莊子」上的話，虛無縹緲，人生在世，難免風流雲散！不覺得大哭起來。襲人等又道是他的瘋病發作，百般的溫柔解勸。

寶釵初時不知何故，也用話箴規。怎奈寶玉抑鬱不解，又覺精神恍惚。寶釵想不出道理，再三打聽，方知妙玉被劫，不知去向，也是傷感。只為寶玉愁煩，便用正言解釋，因提起：「蘭兒自送殯回來，雖不上學，聞得日夜攻苦。他是老太太的重孫。老太太素來望你成人，老爺為你日夜焦心，你為閑情痴意，糟蹋自己，我們守著你，如何是個結果？」說得寶玉無言可答，過了一回，才說道：「我那管人家的閑事？只可嘆咱們家的運氣衰頹！」寶釵道：「可又來！老爺太太原為是要你成人，接續祖宗遺緒⁴，你只是執迷不悟，如何是好？」寶玉聽來，話不投機，便靠在桌上睡去。寶釵也不理他，叫麝月等伺候著，自己都去睡了❻。

寶玉見屋裡人少，想起「紫鵑到了這裡，我從沒合他說句知心的話兒，冷冷清清摺著他，我心裡甚不過意。他呢，又比不得麝月秋紋我可以安放得的。想起從前我病的時候，他在我這裡伴了好些時，如今他的那一面小鏡子還在我這裡，他的情意卻也不薄了。如今

不知為什麼，見我就是冷冷的。若說為我們這一個呢，他是合林妹妹最好的，我看他待紫鵑也不錯。我不在家的日子，紫鵑原也與他有說有笑的；到我來了，紫鵑便走開了。想來自然是為林妹妹死了，我便成了家的緣故。噯！紫鵑，紫鵑！你這樣一個聰明女孩兒，難道連我這點子苦處都看不出來麼？」因又一想：「今晚他們睡的睡，作活的作活，不如趁著這個空兒，我找他去，看他有什麼話？倘或我還有得罪之處，便賠個不是也使得。」想定主意，輕輕的走出了房門，來找紫鵑。

那紫鵑的下房也就在西廂裡間。寶玉悄悄的走到窗下，只見裡面尚有燈光，便用舌頭舐破窗紙，往裡一瞧。見紫鵑獨自挑燈，又不是作什麼，呆呆的坐著。寶玉便輕輕的叫道：「紫鵑姐姐，還沒有睡麼？」紫鵑聽了，唬了一跳，怔怔的半日，才說：「是誰？」寶玉道：「是我。」紫鵑聽著似乎是寶玉的聲音，便問：「是寶二爺麼？」寶玉在外輕輕的答應了一聲。紫鵑問道：「你來作什麼？」寶玉道：「我有一句心裡的話要和你說說，你開了門，我到你屋裡坐坐。」紫鵑停了一會兒，說道：「二爺有什麼話？天晚了，請回罷，明日再說罷。」寶玉聽了，寒了半截。自己還要進去，恐紫鵑未必開門；欲要回去，這一肚子的隱情，越發被紫鵑這一句話勾起。無奈說道：「我也沒有多餘的話，只問你一句。」紫鵑道：「既是一句，就請說。」寶玉半日反不言語。

紫鵑在屋裡，不見寶玉言語，知他素有痴病，恐怕一時實在搶白了他，勾起他的舊病，倒也不好了，因站起來，細聽了一聽，又問道：「是走了，還是傻站著呢？有什麼又不說，盡著在這裡慪人！已經慪死了一個，難道還要慪死一個麼？這是何苦來呢！」說著，也從寶玉舐破之處往外一瞧，見寶玉在那裡呆聽。紫鵑不便再說，回身剪了剪燭花。

忽聽寶玉嘆了一聲道：「紫鵑姐姐！你從來不是這樣鐵心石腸，怎麼近來連一句好好兒的話都不和我說了？我固然是個濁物，不配你們理我，但只我有什麼不是，只望姐姐說明了，那怕姐姐一輩子不理我，我死了倒作個明白鬼呀！」紫鵑聽了，冷笑道：「二爺就是這個話呀！還有什麼？若就是這句話呢，我們姑娘在時，我也跟著聽俗了；若是我們有什麼不好處呢，我是太太派來的，二爺倒是回太太去。左右我們丫頭們更算不得什麼了！」說到這裡，那聲兒便哽咽起來。說著，又濞鼻涕。寶玉在外知他傷心哭了，便急得跺腳道：「這是怎麼說！我的事情，你在這裡幾個月，還有什麼不知道的？就便別人不肯替我告訴你，難道你還不叫我說，叫我憋死了不成？」說著，也嗚咽起來了。

寶玉正在這裡傷心，忽聽背後一個人接言道：「你叫誰替你說呢？誰是誰的什麼？自己得罪了人，自己央及呀！人家賞臉不賞在人家，何苦來拿我們這些沒要緊的墊喘兒呢？」這一句話把裡外兩個人都嚇了一跳。你道是誰？原來卻是麝月。寶玉自覺臉上沒趣。只見麝月又說道：「到底是怎麼著？一個賠不是，一個又不理。你倒是快快兒的央及呀！噯！我們紫鵑姐姐也就太狠心了：外頭這麼怪冷的，人家央及了這半天，總連個活動氣兒也沒有！」又向寶玉道：「剛才二奶奶說了，多早晚了，打量你在那裡呢，你卻一個人站在這房檐底下作什麼？」紫鵑裡面接著說道：「這可是什麼意思呀？早就請二爺進去，有話明日說罷。這是何苦來！」

寶玉還要說話，因見麝月在那裡，不好再說別的，只得一面同麝月走回，一面說道：「罷了，罷了！我今生今世也難剖白這個心了！惟有老天知道罷了！」說到這裡，那眼淚也不知從何處來的，滔滔不斷了。麝月道：「二爺，依我勸你死了心罷。白賠眼淚，也可

惜了兒的。」

寶玉也不答言，遂進了屋子，只見寶釵睡了。卻是襲人說了一句道：「有什麼話，明日說不得？巴巴兒的跑到那裡去鬧，鬧出──」說到這裡，也就不肯說，遲一遲，才接著道：「身上不覺怎麼樣？」寶玉也不言語，只搖搖頭兒，襲人便打發寶玉睡下。一夜無眠，自不必說。

這裡紫鵑被寶玉一招，越發心裡難受，直直的哭了一夜。思前想後：「寶玉的事，明知他病中不能明白，所以眾人弄鬼弄神的辦成了；後來寶玉明白了，舊病復發，時常哭想，並非忘情負義之徒。今日這種柔情，一發叫人難受。只可憐我們林姑娘真真是無福消受他。如此看來，人生緣分，都有一定。在那未到頭時，大家都是痴心妄想；及至無可如何，那糊塗的也就不理會了，那情深義重的也不過臨風對月，灑淚悲啼。可憐那死的倒未必知道，這活的真真是苦惱傷心，無休無了。算來竟不如草木石頭，無知無覺，倒也心中乾淨！」想到此處，倒把一片酸熱之心，一時冰冷了。才要收拾睡時，只聽東院裡吵嚷起來。未知何事，下回分解。

■ 校記

❶「誰管趙姨娘蓬頭赤腳死在炕上」，諸本作「誰料理趙姨娘」。

❷「都知道趙姨娘使了毒心害人」，「趙」字原無，從藤本、王本增。

❸「只怕也好不了」，藤本、王本作「只怕也不好了」。

❹「莊稼」，原作「莊家」，今酌改。

❺「請太太安」，「太太」二字原闕，從諸本補。

❻「自己都去睡了」，諸本同，疑「都」是「卻」誤植。

■ 注釋

1 〔村嫗（ㄩˋ yù）〕鄉村老婦女，這裡指劉姥姥。

2 〔陰啞〕嗓子尚能發音，但說話不清楚，稱作陰啞。

3 〔見是門神都糊了〕古代官家有喪事，用白紙黏糊遮蓋門神、對聯等彩色的裝飾物，表示守喪。這顯示是這一家的大喪。

4 〔遺緒〕遺留下的功名家業。這裡寶釵是要寶玉作賈府的接班人。

【第一百十四回】
王熙鳳歷幻❶返金陵　甄應嘉蒙恩還玉闕[1]

卻說寶玉寶釵聽說鳳姐病得危急，趕忙起來，丫頭秉燭伺候。正要出院，只見王夫人那邊打發人來說：「璉二奶奶不好了，還沒有嚥氣，二爺二奶奶且慢些過去罷。璉二奶奶的病有些古怪，從三更天起，到四更時候，沒有住聲，說了好些胡話，要船要轎，只說趕到金陵歸入什麼冊子去。眾人不懂，他只是哭哭喊喊。璉二爺沒有法兒，只得去糊船轎，還沒拿來，璉二奶奶喘著氣等著呢。太太叫我們過來說，等璉二奶奶去了，再過去罷。」寶玉道：「這也奇！他到金陵作什麼去？」襲人輕輕的說道：「你不是那年作夢，我還記得說有多少冊子？莫不璉二奶奶是到那裡去罷？」寶玉聽了點頭道：「是呀，可惜我都不記得那上頭的話了。這麼說起來，人都有個定數的了。但不知林妹妹又到那裡去了？我如今被你一說，我有些懂的了。若再作這個夢時，我必細細的瞧一瞧，還沒拿來，璉二奶奶喘著氣等著呢。太太叫我們過來說，等璉二奶奶去了，再過去罷。」寶玉道：「這也奇！他到金陵作什麼去？」襲人輕輕的說道：「你不是那年作夢，我還記得說有多少冊子？莫不璉二奶奶是到那裡去罷？」寶玉聽了點頭道：「是呀，可惜我都不記得那上頭的話了。這麼說起來，人都有個定數的了。但不知林妹妹又到那裡去了？我如今被你一說，我有些懂的了。若再作這個夢時，我必細細的瞧一瞧，莫不璉二奶奶是到那裡去罷？」寶玉聽了點頭道了。」襲人道：「你這樣的人，可是不可合你說話！我偶然提了一句，你就認起真來了。就算你能先知了，又有什麼法兒？」寶玉道：「只怕不能先知，若是能了，我也犯不著為你們瞎操心了。」

兩人正說著，寶釵走來，問道：「你們說什麼？」寶玉恐他盤詰[2]，只說：「我們談

論鳳姐姐。」寶釵道：「人要死了，你們還只管議論他。舊年你還說我咒人，那個籤不是應了麼？」寶玉又想了一想，拍手道：「是的，是的！這麼說起來，你倒能先知了。我索性問問你，你知道我將來怎麼樣？」寶釵笑道：「這是又胡鬧起來了。我是就他求的籤上的話混解的，你就認了真了。你和我們二嫂子成了一樣的了❷。你失了玉，他去求妙玉扶乩，批出來眾人不解，他背地裡合我說，妙玉怎麼前知，怎麼參禪悟道，如今他遭此大難，如何自己都不知道？這可是算得前知嗎？就是我偶然說著了二奶奶的事情，其實知道他是怎麼樣了？只怕我連我自己也不知道呢。這些事情，原都是虛誕的，可是信得的麼？」

寶玉道：「別提他了。你只說邢妹妹罷。自從我們這裡連連的有事，把他這件事竟忘記了。你們家這麼一件大事，怎麼就草草的完了？也沒請親喚友的。」寶釵道：「你這話又是迂了。我們家的親戚，只有咱們這裡和王家最近。王家沒了什麼正經人了；咱們家遭了老太太的大事，所以也沒請，就是璉二哥張羅了張羅。別的親戚雖也有一兩門子，你沒過去，如何知道？算起來，我們這二哥哥娶這房親事的，好好的許了我二哥哥，我媽媽原想要體體面面的給二哥哥娶這房親事的：一則為我哥哥在監裡，二哥哥也不肯大辦；二則為咱們家的事，他也實在難受；三則為我二嫂子在大太太那邊忒苦，又加著抄了家，大太太是一味的苛刻❸，他也實在難受。所以我和媽媽說了，便將將就就的娶了過去。我看二嫂子如今倒是安心樂意的孝敬我媽媽，比親媳婦還強十倍呢；待二哥哥也極盡婦道的；和香菱又甚好。二哥哥不在家，他兩個和和氣氣的過日子，雖說是窮些，我媽媽近來倒安逸好些。就是想起我哥哥來，不免傷心。況且常打發人家裡來要使用，多虧二哥哥在外頭賬頭兒上討來應

付他。我聽見說：城裡的幾處房子已經也典了，還剩了一所，如今打算著搬了去住。」寶玉道：「為什麼要搬？住在這裡，你來去也便宜些；若搬遠了，你去就要一天了。」寶釵道：「雖說是親戚，到底各自的穩便些。那裡有個一輩子住在親戚家的呢？」

王夫人打發人來說：「璉二奶奶嚥了氣了，所有的人都過去了，請二爺二奶奶就過去。」寶玉聽了，也掌不住跺腳要哭。寶釵雖也悲戚，恐寶玉傷心，便說：「有在這裡哭的，不如到那邊哭去。」於是兩人一直到鳳姐那裡，只見好些人圍著哭呢。寶釵走到跟前，見鳳姐已經停床3，便大放悲聲。寶玉也拉著賈璉的手，大哭起來，賈璉也重新哭泣。平兒等因見無人勸解，只得含悲上來勸止了。眾人都悲哀不止。

賈璉此時手足無措，叫人傳了賴大來，叫他辦理喪事。自己回明了賈政，然後去行事。但是手頭不濟，諸事拮据。又想起鳳姐素日的好處來，更加悲哭不已。又見巧姐哭得死去活來，越發傷心。哭到天明，即刻打發人去請他大舅子王仁過來。

那王仁自從王子騰死後，王子勝又是無能的人，任他胡為，已鬧得六親不和。今知妹子死了，只得趕著過來哭了一場。見這裡諸事將就，心下便不舒服，說：「我妹妹在你家辛辛苦苦當了好幾年家，也沒有什麼錯處，你們家該認真的發送才是，怎麼這時候諸事還沒有齊備？」賈璉本與王仁不睦，見他說些混賬話，知他不懂得什麼，也不大理他。

王仁便叫了他外甥女兒巧姐過來，說：「你娘在時，本來辦事不周到：只知一味的奉承老太太，把我們的人都不大看在眼裡。外甥女兒！你也大了，看見我從來沒沾染過你們沒有？如今你娘死了，諸事要聽著舅舅的話。你母親娘家的親戚就是我和你二舅舅了。你父親的為人，我也早知道了：只有敬重別人的。那年什麼尤姨娘死了，我雖不在京，聽見說

花了好些銀子。如今你娘死了，你父親倒是這樣的將就辦去，你也不知道勸勸你父親嗎？」巧姐道：「我父親巴不得要好看，只是如今比不得從前了。現在手裡沒錢，所以諸事省些是有的。」王仁道：「你也這樣說？我聽見老太太又給了好些東西，你該拿出來。」巧姐又不好說父親用去，只推不知道。王仁便道：「哦！我知道了，不過是你要留著作嫁妝罷咧！」巧姐聽了，不敢回言，只氣得哽噎難鳴的哭起來了。

平兒生氣說道：「舅老爺，有話等我們二爺進來再說。姑娘這麼點年紀，他懂得什麼？」王仁道：「你們是巴不得二奶奶死了，你們就好為王了！我並不要什麼；好看些，也是你們的臉面！」說著，賭氣坐著。

巧姐滿心的不舒服，心想：「我父親並不是沒有。我媽媽在時，舅舅不知拿了多少東西去，如今說得這樣乾淨！」於是便不大瞧得起他舅舅了。豈知王仁心裡想來，他妹妹不知積攢了多少。雖說抄了家，那屋裡的銀子還怕少嗎？「必是怕我來纏他們，所以也幫著這麼說。這小東兒也是不中用的！」從此，王仁也嫌了巧姐兒了。

賈璉並不知道，只忙著弄銀錢使用。外頭的大事，叫賴大辦了；裡頭也要用好些錢，一時實在不能張羅。平兒知道他著急，便叫賈璉道：「二爺也別過於傷了自己的身子！」賈璉道：「什麼身子！現在日用的錢都沒有，這件事怎麼辦？偏有個糊塗行子，又在這裡蠻纏，你想有什麼法兒？」平兒道：「二爺也不用著急。若說沒錢使喚，我還有些東西，舊年幸虧沒有抄在裡頭去，二爺要，就拿去當著使喚罷。」賈璉聽了，心想：「難得這樣。」便笑道：「這樣更好，省得我各處張羅。等我銀子弄到手了還你。」平兒道：「我

的也是奶奶給的，什麼還捨不還！只要這件事辦得好看些，就是了。」賈璉心裡倒著實感激他，便將平兒的東西拿了去，當錢使用。諸凡事情，便與平兒商量。秋桐看著，心裡就有些不甘，每每口角裡頭便說：「平兒沒有了奶奶，他要上去了！我是老爺的人，他怎麼就越過我去了呢？」平兒也看出來了，只不理他。倒是賈璉一時明白，越發把秋桐嫌了，碰著有些煩惱，便拿著秋桐出氣。邢夫人知道，反說賈璉不好。賈璉忍氣不提。

再說鳳姐停了十餘天，送了殯。賈政守著老太太的孝，總在外書房。那時清客相公，漸漸的都辭去了，只有個程日興還在那裡，時常陪著說說兒。提起：「家運不好，一連人口死了好些，大老爺合珍大爺又在外頭。家計一天難似一天，外頭東莊地畝，也不知道怎麼樣，總不得了！」那程日興道：「我在這裡好些年，也知道，府上的人那一個不是肥己的？一年一年都往他家裡拿，那自然府上是一年不夠一年了。又添了大老爺珍大爺那邊兩處的費用；外頭又有些債務；前兒又破了好些財，要想衙門裡緝賊追贓，那是難事。老世翁[5]若要安頓家事，除非傳那些管事的來，派一個心腹人各處去清查清查：該去的去，該留的留；有了虧空，著在經手的身上賠補，這就有了數兒了。那一座大園子，人家是不敢買的，這裡頭的出息也不少，又不派人管了。幾年老世翁不在家，這些人就弄神弄鬼兒的，鬧得一個人不敢到園裡，這都是家人的弊。此時把下人查一查，好的使著，不好的便撆了，這才是道理。」賈政點頭道：「先生，你有所不知！不必說下人，就是自己的姪兒，也靠不住！若要我查起來，那能一一親見親知？況我又在服中，不能照管這些個。我素來又兼不大理家，有的沒的，我還摸不著呢。」程日興道：「老世翁最是仁德的人；若

在別人家這樣的家計，就窮起來，十年五載還不怕，便向這些管家的要，也就夠了。我聽見世翁的家人還有作知縣的呢。」賈政道：「一個人若要使起家人們的錢來，便了不得了，只好自己儉省些些。但是冊子上的產業，若是實有還好，生怕有名無實了。」程日興道：「老世翁所見極是。晚生為什麼說要查查呢！」賈政道：「先生必有所聞？」程日興道：「我雖知道這些管事的神通，晚生也不敢言語的。」賈政聽了，便知話裡有因，便嘆道：「我家祖父以來，都是仁厚的，從沒有刻薄過下人。我看如今這些人一日不似一日了！在我手裡行出主子樣兒來，又叫人笑話！」

兩人正說著，門上的進來回道：「江南甄老爺來了。」賈政便問道：「甄老爺進京為什麼？」那人道：「奴才也打聽過了，說是蒙聖恩起復了。」賈政道：「不用說了，快請罷。」那人出去，請了進來。那甄老爺即是甄寶玉之父，名叫甄應嘉，表字友忠，也是金陵人氏，功勛之後。原與賈府有親，素來走動的。因前年畢誤革了職，動了家產；今遇主上眷念功臣，賜還世職，行取[6]來京陛見。知道賈母新喪，特備祭禮，擇日到寄靈的地方拜奠，所以先來拜望。

賈政有服，不能遠接，在外書房門口等著。那位甄老爺一見，便悲喜交集；因在制中[7]，不便行禮，遂拉著手敘了些闊別思念的話，然後分賓主坐下，獻了茶，彼此又將別後事情的話說了。賈政問道：「老親翁幾時陛見的？」甄應嘉道：「前日。」賈政道：「主上隆恩，必有溫諭[8]。」甄應嘉道：「主上的恩典，真是比天還高，下了好些旨意。」賈政道：「什麼好旨意？」甄應嘉道：「近來越寇猖獗，海疆一帶，小民不安，派了安國公征剿賊寇。主上因我熟悉土疆，命我前往安撫，但是即日就要起身。昨日知老太太仙逝，

謹備瓣香至靈前拜奠，稍盡微忱。」賈政即忙叩首拜謝，便說：「老親翁即此一行，必是

上慰聖心，下安黎庶[9]。誠哉莫大之功，正在此行。但弟不克[10]親睹奇才，只好遙聆捷報。

現在鎮海統制是弟舍親，會時務望青照[11]。」甄應嘉道：「老親翁與統制是什麼親戚？」

賈政道：「弟那年在江西糧道任時，將小女許配與統制少君[12]，結褵已經三載。因海口案

內未清，繼以海寇聚奸，所以音信不通。弟深念小女，俟老親翁安撫事竣後，拜懇便中一

視。弟即修字數行，煩尊紀[13]帶去，便感激不盡了！」甄應嘉道：「兒女之情，人所不

免。我正在有奉托老親翁的事。昨蒙聖恩召取來京，因小兒年幼，家下乏人，將賤眷全帶

來京。我因欽限迅速，晝夜先行，賤眷在後緩行，到京尚需時日。弟奉旨出京，不敢久

留。將來賤眷到京，少不得要到尊府，定叫小犬叩見。如可進教，遇有姻事可圖之處，望

乞留意為感。」賈政一一答應。

那甄應嘉又說了幾句話，就要起身，說：「明日在城外再見。」賈政見他事忙，諒難

再坐，只得送出書房。賈璉寶玉早已伺候在那裡代送，因賈政未叫，不敢擅入。甄應嘉出

來，兩人上去請安。應嘉一見寶玉，呆了一呆，心想：「這個怎麼甚像我家寶玉，只是渾

身縞素。」問道：「至親久闊，爺們都不認得了。」賈政忙指賈璉道：「這是家兄名赦之

子璉二姪兒。」又指著寶玉道：「這是第二小犬，名叫寶玉。」應嘉拍手道：「奇！我在

家聽見說老親翁有個銜玉生的愛子，名叫寶玉，因與小兒同名，心中甚為罕異。後來想著

這個也是常有的事，不在意了。豈知今日一見，不但面貌相同，且舉止一般，這更奇

了！」問起年紀，「比這裡的哥兒略小一歲。」

賈政便又提起承薦包勇，問及「令郎哥兒與小兒同名」的話述了一遍。應嘉因屬意寶

玉，也不暇問及那包勇的好歹，只連連的稱道：「真真罕異！」因又拉著寶玉的手，極致
殷勤。又恐安國公起身甚速，急須預備長行，勉強分手徐行。賈璉寶玉送出，一路又問了
寶玉好些，然後才登車而去。那賈璉寶玉回來見了賈政，便將應嘉問的話回了一遍。賈政
命他二人散去。賈璉又去張羅，算明鳳姐喪事的賬目。

寶玉回到自己房中，告訴了寶釵，說是：「常提的甄寶玉，我想一見不能，今日倒先
見了他父親了。我還聽得說，寶玉也不日要到京了，要求拜望我們老爺呢。他也說和我一
模一樣的，我只不信。若是他後兒到了咱們這裡來，你們都去瞧瞧，看他果然和我像不
像？」寶釵聽了道：「噯！你說話怎麼越發沒前後了？什麼男人同你一樣都說出來了，還
叫我們瞧去呢！」寶玉聽了，知是失言，臉上一紅，連忙的還要解說。不知何話，下回分
解。

■校記

❶〔幻〕，藤本、王本作「劫」。

❷〔你和我們二嫂子成了一樣的了〕，「我們二嫂子」，藤本、王本作「邢妹妹」。

❸〔一味的苛刻〕，藤本、王本作「苛刻一點的」。

■注釋

1 〔玉闕〕對朝廷的代稱。

2 〔盤詰（ㄐㄧㄝˊ jié）〕追問。

3 〔停床〕死者入殮前，屍體置於床上，停放正房之中，供其親屬最後瞻仰，稱作停床。

4 〔糊塗行（ㄏㄤˊ háng）子〕即糊塗東西。

5 〔世翁〕對同年長輩的尊稱。

6 〔行取〕行文調取，地方官調京任職或皇帝召見都稱作「行取」。

7 〔制中〕正在守喪期中。制，守喪。

8 〔溫諭〕即恩諭之意。

9 〔黎庶〕黎民百姓。

10 〔不克〕不能。克，能。

〔11〔青照〕

取自晉代人阮籍對滿意者以青眼相視的典故。這裡是請求別人照顧的客氣話。

〔12〔少君〕

對彼此兒子的敬稱。

〔13〔尊紀〕

對親友的僕人的一種稱呼。紀，亦稱紀綱，即僕人。尊，是對「你」的客氣的稱呼。

【第一百十五回】

惑偏私¹惜春矢素志²　證同類寶玉失相知

話說寶玉為自己失言，被寶釵問住，想要掩飾過去，只見秋紋進來說：「外頭老爺叫二爺呢。」寶玉巴不得一聲兒，便走了。到賈政那裡，賈政道：「我叫你來不為別的。現在你穿著孝，不便到學裡去，你在家裡，必要將你念過的文章溫習溫習。我這幾天倒也閒著。隔兩三日要作幾篇文章我瞧瞧，看你這些時進益了沒有。」寶玉只得答應著。賈政又道：「你環兒弟蘭姪兒我也叫他們溫習去了。倘若你作的文章不好，反倒不及他們，那可就不成事了。」寶玉不敢言語，答應了個「是」，站著不動。賈政道：「去罷。」寶玉退了出來，正遇見賴大諸人拿著些冊子進來。

寶玉一溜烟回到自己房中，寶釵問了，知道叫他作文章，倒也喜歡。惟有寶玉不願意，也不敢怠慢。正要坐下靜靜心，只見兩個姑子進來，是地藏庵的。見了寶釵，說道：「請二奶奶安。」寶釵待理不理的說：「你們好？」因叫人來：「倒茶給師父們喝。」寶玉原要和那姑子說話，見寶釵似乎厭惡這些，也不好兜搭³。那姑子知道寶釵是個冷人，也不久坐，辭了要去。寶釵道：「再坐坐去罷。」那姑子道：「我們因在鐵檻寺作了功德，好些時沒來請太太奶奶們的安。今日來了，見過了奶奶太太們，還要看看四姑娘

呢。」寶釵點頭，由他去了。

那姑子到了惜春那裡，看見彩屏，便問：「姑娘在那裡呢？」彩屏道：「不用提了。姑娘這幾天飯都沒吃，只是歪著。」那姑子道：「為什麼？」彩屏道：「說也話長。你見了姑娘，只怕他就和你說了。」惜春早已聽見，急忙坐起，說：「你們兩個人好啊！見我們家事差了，就不來了！」那姑子道：「阿彌陀佛！有也是施主。別說我們是本家庵裡，受過老太太多少恩惠的，如今老太太的事，太太奶奶們都見過了，只沒有見姑娘，心裡惦記，今兒是特特的來瞧姑娘來了。」

惜春便問起水月庵的姑子來。那姑子道：「他們庵裡鬧了些事，如今門上也不肯常放進來了。」便問惜春道：「前兒聽見說，攏翠庵的妙師父怎麼跟了人走了？」惜春道：「那裡的話？說這個話的人提防著割舌頭！人家遭了強盜搶去，怎麼還說這樣的壞話？」那姑子道：「妙師父的為人古怪，只怕是假惺惺罷？在姑娘面前，我們也不好說的。那裡像我們這些粗夯人，只知道誦經念佛，給人家懺悔，也為著自己修個善果。」惜春道：「怎麼樣就是善果呢？」那姑子道：「除了咱們家這樣善德人家兒不怕，若是別人家那些誥命夫人小姐，也保不住一輩子的榮華。到了苦難來了，可就救不得了。只有個觀世音菩薩大慈大悲，遇見人家有苦難事，就慈心發動，設法兒救濟。為什麼如今都說『大慈大悲救苦救難的觀世音菩薩』呢！我們修了行的人，雖說比夫人小姐們苦多著呢，只是沒有險難的了。雖不能成佛作祖[4]，修修來世或者轉個男身，自己也就好了。不像如今脫生了個女人胎子，什麼委屈煩難都說不出來。姑娘，你還不知道呢，要是姑娘們到了出了門子，這一輩子跟著人，是更沒法兒的。若說修行，也只要修得真。那妙師父自為才情比我們

強，他就嫌我們這些人俗。豈知俗的才能得善緣呢，他如今到底是遭了大劫了！」

惜春被那姑子一番話說得合在機上，也顧不得丫頭們在這裡，前

兒看家的事說了一遍，並將頭髮指給他瞧，道：「你打量我是什麼沒主意戀火坑5的人

麼？早有這樣的事說了，只是想不出道兒來！」那姑子聽了，假作驚慌道：「姑娘再別說這個

話！珍大奶奶聽見，還要罵殺我們，撞出庵去呢！姑娘這樣人品，這樣人家，將來配個好

姑爺，享一輩子的榮華富貴——」惜春不等說完，便紅了臉，說：「珍大奶奶撞得你，我

就撞不得麼？」那姑子知是真心，便索性激他一激，說道：「姑娘別怪我們說錯了話。

太奶奶們那裡就依得姑娘的性子呢？那時鬧出沒意思來倒不好。我們倒是為姑娘的話。」

惜春道：「這也瞧罷咧。」彩屏等聽這話頭不好，便使個眼色兒給姑子，叫他走。那姑子

會意，本來心裡也害怕，不敢挑逗，便告辭出去。惜春也不留他，便冷笑道：「打量天下

就是你們一個地藏庵麼？」那姑子也不敢答言，去了。

彩屏見事不妥，恐擔不是，悄悄的去告訴了尤氏說：「四姑娘鉸頭髮的念頭還沒有息

呢。他這幾天不是病，竟是怨命。奶奶提防些，別鬧出事來，那會子歸罪我們身上。」尤

氏道：「他那裡是為要出家？他為的是大爺不在家，安心和我過不去！也只好由他罷

了！」彩屏等沒法，也只好常常勸解。豈知惜春一天一天的不吃飯，只想鉸頭髮。彩屏

等吃不住，只得到各處告訴。邢王二夫人等也都勸了好幾次，怎奈惜春執迷不解。

邢王二夫人正要告訴賈政。只聽外頭傳進來說：「甄家的太太帶了他們家的寶玉來

了。」眾人急忙接出，便在王夫人處坐下。眾人行禮，敘些寒溫，不必細述。只言王夫人

提起甄寶玉與自己的寶玉無二，要請甄寶玉進來一見。傳話出去，回來說道：「甄少爺在

外書房同老爺說話，說得投了機了，打發人來請我們二爺三爺，還叫蘭哥兒在外頭吃飯，吃了飯進來。」說畢，裡頭也便擺飯。

原來此時賈政見甄寶玉相貌果與寶玉一樣，試探他的文才，竟應對如流，甚是心敬，故叫寶玉等三人出來，警勵他們；再者，到底叫寶玉來比一比。寶玉聽命，穿了素服。帶了兄弟姪兒出來，見了甄寶玉，竟是舊相識一般。兩人行了禮，然後賈環賈蘭相見。本來賈政席地而坐，要讓甄寶玉在椅子上坐，甄寶玉因是晚輩，不敢上坐，就在地下鋪了褥子坐下。如今寶玉等出來，又不能同賈政一處坐著，為甄寶玉是晚一輩，又不好竟叫寶玉等站著。賈政知是不便，站起來又說了幾句話，叫人擺飯，說：「我失陪，叫小兒輩陪著，大家說話兒，好叫他們領領大教。」甄寶玉遜謝道：「老伯大人請便，小姪正欲領世兄們的教呢！」賈政回覆了幾句，便自往內書房去。那甄寶玉卻要送出來，賈政攔住。寶玉等先搶了一步，出了書房門檻站著，看賈政進去，然後進來讓甄寶玉坐下。彼此套敘了一回，諸如久慕渴想的話，也不必細述。

且說賈寶玉見了甄寶玉，想到夢中之景，並且素知甄寶玉為人，必是和他同心，以為得了知己。因初次見面，不便造次，且又賈環賈蘭在座，只有極力誇讚說：「久仰芳名，今日無由親炙[6]，今日見面，真是謫仙[7]一流的人物！」那甄寶玉素來也知賈寶玉的為人，今日一見，果然不差，「只是可與我共學，不可與我適道[8]。他既和我同名同貌，也是三生石上的舊精魂了。我如今略知些道理，何不和他講講？但只是初見，尚不知他的心與我同不同，只好緩緩的來。」便道：「世兄的才名，弟所素知的。在世兄是數萬人裡頭選出來最清最雅的，至於弟乃庸庸碌碌一等愚人，忝附[9]同名，殊覺玷辱了這兩個字。」

賈寶玉聽了，心想：「這個人果然同我的心一樣的，但是你我都是男人，不比那女孩兒們清潔，怎麼他拿我當作女孩兒看待起來？」便道：「世兄謬讚，實不敢當。弟至濁至愚，只不過一塊頑石耳！何敢比世兄品望清高，實稱此兩字呢？」甄寶玉道：「弟少時不知分量，自謂尚可琢磨；豈知家遭消索，數年來更比瓦礫猶賤。雖不敢說歷盡甘苦，然世道人情，略略的領悟了些❶。世兄是錦衣玉食，無不遂心的，必是文章經濟，高出人上，所以老伯鍾愛，將為席上之珍[10]，弟所以才說尊名方稱。」

賈寶玉聽這話頭又近了祿蠹的舊套，想話回答。賈環見未與他說話，心中早不自在。倒是賈蘭聽了這話，甚覺合意，便說道：「世叔所言，固是太謙，若論到文章經濟，實在從歷練中出來的，方為真才實學。在小姪年幼，雖不知文章為何物，然將讀過的細味起來，那膏粱文繡[11]，比著令聞廣譽[12]，真是不啻百倍的了！」甄寶玉未及答言，賈寶玉聽了蘭兒的話，心裡越發不合，想道：「這孩子從幾時也學了這一派酸論？」便說道：「弟聞得世兄也詆盡流俗[13]，性情中另有一番見解。今日弟幸會芝範[14]，想欲領教一番超凡入聖[15]的道理，從此可以洗淨俗腸，重開眼界。不意視弟為蠢物，所以將世路的話來酬應。」

甄寶玉聽說，心裡曉得：「他知我少年的性情，所以疑我為假，我索性把話說明，或者與我作個知心朋友，也是好的。」便說：「世兄高論，固是真切，但弟少時也曾深惡那些舊套陳言。只是一年長似一年，家君[16]致仕[17]在家，懶於酬應，委弟接待，後來見過那些大人先生，盡都是顯親揚名的人；便是著書立說，無非言忠言孝，自有一番立德立言[18]的事業，方不枉生在聖明之時，也不致負了父親師長養育教誨之恩，所以把少時那些迂想痴情，漸漸的淘汰了些。如今尚欲訪師覓友，教導愚蒙。幸會世兄，定當有以教我。適才所

言，並非虛意。」

賈寶玉愈聽愈不耐煩，又不好冷淡，只得將言語支吾。幸喜裡頭傳出話來，說：「若是外頭爺們吃了飯，請甄少爺裡頭去坐罷呢。」寶玉聽了，趁勢便邀甄寶玉進去。那甄寶玉依命前行，賈寶玉等陪著來見王夫人。賈寶玉見是甄太太上坐，便先請過了安。賈環賈蘭也見了。甄寶玉也請了王夫人的安。兩母兩子，互相廝認。雖是賈寶玉是娶過親的，那甄夫人年紀已老，又是老親，因見賈寶玉的相貌身材與他兒子一般，不禁親熱起來。王夫人更不用說，拉著甄寶玉問長問短，覺得比自己家的寶玉老成些。回看賈蘭，也是清秀超群的，雖不能像兩個寶玉的形象，也還隨得上，只有賈環粗夯，未免有偏愛之色。

眾人一見兩個寶玉在這裡，都來瞧看，說道：「真真奇事！名字同了也罷，怎麼相貌身材都是一樣的！虧得是我們寶玉穿孝，若是一樣的衣服穿著，一時也認不出來。」內中紫鵑一時痴意發作，因想起黛玉來，心裡說道：「可惜林姑娘死了！若不死時，就將那甄寶玉配了他，只怕也是願意的。」正想著，只聽得甄夫人道：「前日聽得我們老爺回來說：我們寶玉年紀也大了，求這裡老爺留心一門親事。」王夫人正愛甄寶玉，順口便說道：「我也想要與令郎作伐。我家有四個姑娘：那三個都不用說，死的死，嫁的嫁了。還有我們珍大姪兒的妹子，只是年紀過小幾歲，恐怕難配。倒是我們大媳婦的兩個堂妹子，生得人材齊正。二姑娘呢，已經許了人家；三姑娘正好與令郎為配。過一天，我給令郎作媒。但是他家的家計如今差些。」甄夫人道：「太太這話又客套了。如今我們家還有什麼？只怕人家嫌我們窮罷咧。」王夫人道：「現今府上復又出了差，將來不但復舊，必是比先前更要鼎盛起來。」甄夫人笑著道：「但願依著太太的話更好。這麼著，就求太太

作個保山[20]。」

甄寶玉聽見他們說起親事，便告辭出來，賈寶玉等只得陪著來到書房。見賈政已在那裡，復又立談幾句。聽見甄家的人來回甄寶玉道：「太太要走了，請爺回去罷。」於是甄寶玉告辭出來。賈政命寶玉、環、蘭相送，不提。

且說寶玉自那日見了甄寶玉之父，知道甄寶玉來京，朝夕盼望。今兒見面，原想得一知己，豈知談了半天，竟有些冰炭不投[21]。悶悶的回到自己房中，也不言，也不笑，只管發怔。寶釵便問：「那甄寶玉果然像你麼？」寶玉道：「相貌倒還是一樣的，只是言談間看起來，並不知道什麼，不過也是個祿蠹。」寶釵道：「你又編派人家了。怎麼就見得也是個祿蠹呢？」寶玉道：「他說了半天，並沒個明心見性[22]之談，不過說些什麼『文章經濟』，又說什麼『為忠為孝』。這樣人可不是個祿蠹麼？只可惜他也生了這樣一個相貌！我想來有了他，我竟要連我這個相貌都不要了！」寶釵見他又說呆話，便說道：「你真真說出句話來叫人發笑！這相貌怎麼能不要呢？況且人家這話是正理，作了一個男人，原該要立身揚名的。誰像你一味的柔情私意？不說自己沒有剛烈，倒說人家是祿蠹！」寶玉本聽了甄寶玉的話，甚不耐煩，又被寶釵搶白了一場，心中更加不樂，悶悶昏昏，不覺將舊病又勾起來了，並不言語，只道自己的話錯了，他所以冷笑，也不理他。豈知那日便有些發呆。襲人等惱他，也不言語。過了一夜，次日起來，只是呆呆的[2]，竟有前番病的樣子。

一日，王夫人因為惜春定要鉸髮出家，尤氏不能攔阻，看著惜春的樣子是若不依他，

必要自盡的，雖然晝夜著人看守，終非常事，便告訴了賈政。賈政嘆氣跺腳，只說：「東府裡不知幹了什麼，鬧到如此地位！」叫了賈蓉來說了一頓，叫他去和他母親說：「認真勸解勸解。若是必要這樣，就不是我們家的姑娘了。」豈知尤氏不勸還好，一勸了，更要尋死，說：「作了女孩兒，終不能在家一輩子的。若像二姐姐一樣，老爺太太們倒要操心，況且死了。如今譬如我死了似的，放我出了家，乾乾淨淨的一輩子，就是疼我了！況且我又不出門，就是櫳翠庵原是咱們家的基址，我就在那裡修行。我有什麼，你們也照應得著。現在妙玉的當家的在那裡。你們依我呢，我就算得了命了；若不依我呢，我也沒法，只有死就完了！我如若遂了自己的心願，那時哥哥回來，我和他說並不是你們逼著我的；若說我死了，未免哥哥回來，倒說你們不容我。」

尤氏本與惜春不合，聽他的話，也似乎有理，只得去回王夫人。王夫人已到寶釵那裡，見寶玉神魂失所，心下著忙，便說襲人道：「你們忒不留神！二爺犯了病，也不來回我。」襲人道：「二爺的病原來是常有的，一時好，一時不好。天天到太太那裡，仍舊請安去，原是好好兒的，今日才發糊塗些。二奶奶正要來回太太，恐怕太太說我們大驚小怪。」

寶玉聽見王夫人說他們，心裡一時明白，怕他們受委屈，便說道：「太太放心，我沒什麼病，只是心裡覺著有些悶悶的。」王夫人道：「你是有這病根子，早說了，好請大夫瞧瞧，吃兩劑藥好了不好？若再鬧到頭裡丟了玉的樣子，那可就費事了！」寶玉道：「太太不放心，便叫個人瞧瞧，我就吃藥。」王夫人便叫丫頭傳話出來請大夫。這一個心思都在寶玉身上，便將惜春的事忘了。遲了一回，大夫看了服藥，王夫人回去。

過了幾天，寶玉更糊塗了，甚至於飯食不進，大家著急起來。家中無人，又叫了賈芸來照應大夫。賈璉家下無人，請了王仁來在外幫著料理。那巧姐兒是日夜哭母，也是病了。所以榮府中又鬧得馬仰人翻。

一日，又當脫孝來家，王夫人親身又看寶玉，見寶玉人事不省，急得眾人手足無措，一面哭著，一面告訴賈政說：「大夫說了，不肯下藥，只好預備後事！」賈政嘆氣連連，只得親自看視，見其光景果然不好，便又叫賈璉辦去。

賈璉不敢違拗，只得叫人料理；手頭又短，正在為難。只見一個人跳進來說：「二爺，不好了！又有飢荒來了！」賈璉不知何事，這一嚇非同小可，瞪著眼說道：「什麼事？」那小廝道：「門上來了一個和尚，手裡拿著二爺的這塊丟的玉，說要一萬賞銀。」賈璉照臉啐道：「我打量什麼事，這樣慌張！前番那假的你不知道麼？就是真的，現在人要死了，要這玉作什麼？」小廝道：「奴才也說了。那和尚撒野，各自跑進來了，眾人攔他攔不住！」賈璉道：「那裡有這樣怪事？你們還不快打出去呢！」又鬧著，賈政聽見了，也沒了主意。裡頭又哭出來，說：「寶二爺不好了！」賈政益發著急。只見那和尚說道：「要命拿銀子來！」賈政忽然想起：「頭裡寶玉的病是和尚治好的；這會子和尚來，或者有救星。但是這玉尚或是真，他要起銀子來，怎麼樣呢？」想一想：「如今且不管他，果真人好了再說。」賈政叫人去請，那和尚已進來了，也不施禮，也不答話，便往裡就跑。賈璉拉著道：「裡頭都是內眷，你這野東西混跑什麼？」那和尚道：「遲了就不能救了！」賈璉急得一面走，一面亂嚷道：「裡頭的人不要哭了，和尚進來了！」

王夫人等只顧著哭，那裡理會？賈璉走進來又嚷。王夫人等回過頭來，見一個長大的和尚，嚇了一跳，躲避不及。只見那和尚道：「施主們，我是送玉來的。」說著，把那塊玉擎著道：「快把銀子拿出來，我好救他！」

王夫人等驚惶無措，也不擇真假，便說道：「若是救活了人，銀子是有的。」那和尚笑道：「拿來！」王夫人道：「你放心，橫豎折變得出來。」和尚哈哈大笑，手拿著玉，在寶玉耳邊叫道：「寶玉！你的『寶玉』回來了。」說了這一句，王夫人等見寶玉把眼一睜。襲人說道：「好了！」只見寶玉便問道：「在那裡呢？」那和尚把玉遞給他手裡。寶玉先前緊緊的攥著，後來慢慢的回過手來，放在自己眼前，細細的一看，說：「噯呀！久違了。」裡外眾人都喜歡得念佛，連寶釵也顧不得有和尚了。

賈璉也走過來一看，果見寶玉回過來了，心裡一喜，疾忙躲出去了。那和尚也不言語，趕來拉著賈璉就跑。賈璉只得跟著，到了前頭，趕著告訴賈政。賈政聽了喜歡，即找和尚施禮叩謝。和尚還了禮坐下。賈璉心下狐疑：「必是要了銀子才走。」賈政細看那和尚，又非前次見的，便問：「寶剎何方？法師大號？這玉是那裡得的？怎麼小兒一見便會活過來呢？」那和尚微微笑道：「我也不知道，只要拿一萬銀子來就完了。」賈政見這和尚粗魯，也不敢得罪，便說：「有。」和尚道：「你去，快出來才好。」賈政道：「略請少坐，待我進內瞧瞧。」和尚道：「有便快拿來罷，我要走了。」賈政果然進去，也不及告訴，便走到寶玉炕前。寶玉見是父親來，欲要爬起，因身子虛弱，起不來。王夫人按著說道：「不要動。」寶玉笑著，拿這玉給賈政瞧，道：「寶玉

來了。」賈政略略一看，知道此玉有些根源，也不細看，便和王夫人道：「寶玉好過來了，這賞銀怎麼樣？」王夫人道：「盡著我所有的折變了給他就是了。」寶玉道：「只怕這和尚不是要銀子的罷。」賈政點頭道：「我也看來古怪，但是他口口聲聲的要銀子。」

王夫人道：「老爺出去先款留著他再說。」

賈政出來。寶玉便嚷餓了，喝了一碗粥，還說要飯。婆子們果然取了飯來。王夫人還不敢給他吃。寶玉說：「不妨的，我已經好了。」便爬著吃了一碗，漸漸的神氣果然好過來了，便要坐起來。麝月上去輕輕的扶起，因心裡喜歡忘了情，說道：「真是寶貝！才看見了一會兒，就好了。虧得當初沒有砸破！」寶玉聽了這話，神色一變，把玉一撂，身子往後一仰，——未知死活，下回分解。

■ 校記

❷「略略的領悟了此須」，「此須」，諸本作「好些」。

❶「襲人等慪他，也不言語，過了一夜，次日起來，只是呆呆的」五句，甲本無。

■ 注釋

1 〔惑偏私〕

惑，引誘、誘惑；偏私，這裡是偏愛的意思。這是說，惜春受尼姑的引誘而迷戀於出家。

2 〔矢素志〕

立誓實現自己素來的心願。矢，這裡通誓；素，向來，素來。

3 〔兜搭〕

麻煩、糾纏。

4 〔作祖〕

即作佛教的祖師。

5 〔火坑〕

佛教徒把人世稱為「火坑」，意思是充滿了罪惡和苦難。

6 〔親炙（ㄓˋ zhì）〕

親身受到薰陶和教益。炙，燻烤。

7 〔謫仙〕

賀知章稱讚李白為「天上謫仙人」，所以後來即稱李白為「謫仙」。這裡借來恭維人有好風度、好才華，和李白相似。

8 〔可與我共學，不可與我適道〕

語出「論語・子罕」，原句是：「可與共學，未可與適道。」意思是說，能夠在一起學習的人，並不一定是能夠走向一條道路的人。適，歸，向。

9 〔忝附〕

辱附。舊時的謙詞。

10 〔席上之珍〕

這裡是用以比喻有著超人的才能，等待著被選用。

【第一百十六回】

得通靈幻境悟仙緣　送慈柩故鄉全孝道

話說寶玉一聽麝月的話，身往後仰，復又死去，急得王夫人等哭叫不止。麝月自知失言致禍，此時王夫人等也不及說他。那麝月一面哭著，一面打算主意，心想：「若寶玉一死，我便自盡，跟了他去！」不言麝月心裡的事。且說王夫人等見叫不回來，趕著叫人出來找和尚救治，豈知賈政進內出去時，那和尚已不見了。賈政正在詫異，聽見裡頭又鬧，急忙進來，見寶玉又是先前的樣子，牙關緊閉，脈息全無。用手在心窩中一摸，尚是溫熱。賈政只得急忙請醫，灌藥救治。

那知那寶玉的魂魄早已出了竅了。你道死了不成？卻原來恍恍惚惚趕到前廳，見那送玉的和尚坐著，便施了禮。那和尚忙站起身來，拉著寶玉就走。寶玉跟了和尚，覺得身輕如葉，飄飄颻颻，也沒出大門，不知從那裡走出來了。行了一程，到了個荒野地方，遠遠的望見一座牌樓，好像曾到過的。正要問那和尚，只見恍恍惚惚又來了一個女人。寶玉心裡想道：「這樣曠野地方，那得有如此的麗人？必是神仙下界了。」寶玉想著，走近前來，細細一看，竟有些認得的，只是一時想不起來。見那女人合和尚打了一個照面，就不見了。寶玉一想，竟是尤三姐的樣子，越發納悶：「怎麼他也在這裡？」又要問時，那和

尚早拉著寶玉過了牌樓。只見牌上寫著「真如福地」[1]四個大字，兩邊一副對聯，乃是：

假去真來真勝假，無原有是有非無[2]。

轉過牌坊，便是一座宮門。門上也橫書著四個大字道：「福善禍淫」[3]。又有一副對聯，大書云：

過去未來，莫謂智賢能打破；前因後果，須知親近不相逢。

寶玉看了，心下想道：「原來如此！我倒要問問因果來去的事了。」這麼一想，只見鴛鴦站在那裡，招手兒叫他。寶玉想道：「我走了半日，原不曾出園子，怎麼改了樣兒了呢？」趕著要合鴛鴦說話，豈知一轉眼便不見了，心裡不免疑惑起來。走到鴛鴦站的地方兒，乃是一溜配殿，各處都有匾額。寶玉無心去看，只向鴛鴦立的所在奔去，見那一間配殿的門半掩半開。寶玉也不敢造次進去。寶玉正要問那和尚一聲，回過頭來，和尚早已不見了。寶玉恍惚見那殿宇巍峨，絕非大觀園景象，便立住腳，抬頭看那匾額上寫道：「引覺情痴」[4]。兩邊寫的對聯道：

喜笑悲哀都是假，貪求思慕總因痴。

寶玉看了，便點頭嘆息。想要進去找鴛鴦，問他是什麼所在。細細想來，甚是熟識，便仗著膽子推門進去。滿屋一瞧，並不見鴛鴦，裡頭只是黑漆漆的，心下害怕。正要退出，見有十數個大櫥，櫥門半掩。寶玉忽然想起：「我少時作夢，曾到過這樣個地方；如今能夠親身到此，也是大幸！」

恍惚間，把找鴛鴦的念頭忘了，便仗著膽子把上首大櫥開了櫥門一瞧，見有好幾本冊子，心裡更覺喜歡，想道：「大凡人作夢，說是假的，豈知有這夢便有這事！我常說還要作這個夢再不能的，不料今兒被我找著了！但不知那冊子是那個見過的不是？」伸手在上頭取了一本，冊上寫著「金陵十二釵正冊」。寶玉拿著一想道：「我恍惚記得是那個，只恨記得不清楚！」便打開頭一頁看去。見上頭有畫，但是畫跡模糊，再瞧不出來。後面有幾行字跡，也不清楚，尚可摹擬。見有什麼玉帶上頭有個好像「林」字，心裡想道：「莫不是說林妹妹罷？」便認真看去。底下又有「金簪雪裡」四字，詫異道：「怎麼又像他的名字呢？」復將前後四句合起來一念道：「也沒有什麼道理，只是暗藏著他兩個名字，並不為奇。獨有那『憐』字『嘆』字不好。這是怎麼解？」想到那裡，又咽道：「我是偷著看，若只管呆想起來，倘有人來，又看不成了！」遂往後看，也無暇細玩那畫圖，只從頭看去。看到尾上，有幾句詞，什麼「虎兔相逢大夢歸」一句，便恍然大悟道：「是了！果然機關不爽！這必是元春姐姐了。若都是這樣明白，我要抄了去細玩起來，那些姐妹們的壽夭窮通，沒有不知的了。我回去自不肯洩漏，只作一個『未卜先知』的人，也省了多少閑想。」又向各處一瞧，並沒有筆硯。又恐人來，只得忙著看去。只見圖上影影有一個放風箏的人兒，也無心去看。急急的將那十二首詩詞都看遍了，也有一看

便知的，也有一想便得的，也有不大明白的，心下牢牢記著。一面嘆息，一面又取那「金陵又副冊」❶一看。看到「堪羡優伶有福，誰知公子無緣」，先前不懂，見上面尚有花席的影子，便大驚痛哭起來。

待要往後再看，聽見有人說道：「你又發呆了，林妹妹請你呢！」好似鴛鴦的聲氣，回頭卻不見人。心中正自驚疑，忽聽鴛鴦在門外招手。寶玉一見，喜得趕出來，但見鴛鴦在前，影影綽綽的走，只是趕不上。寶玉叫道：「好姐姐！等等我！」那鴛鴦並不理，只顧前走。寶玉無奈，盡力趕去。忽見別有一洞天，樓閣高聳，殿角玲瓏，且有好些宮女隱約其間。寶玉貪看景致，竟將鴛鴦忘了。寶玉順步走入一座宮門，內有奇花異卉，都也認不明白。惟有白石花欄圍著一棵青草，葉頭上略有紅色，「但不知是何名草，這樣矜貴⁵？」只見微風動處，那青草已擺搖不休。雖說是一枝小草，又無花朵，其嫵媚之態，不禁心動神怡，魂消魄喪。

寶玉只管呆呆的看著，只聽見旁邊有一人說道：「你是那裡來的蠢物，在此窺探仙草！」寶玉聽了，吃了一驚，回頭看時，卻是一位仙女，便施禮道：「我找鴛鴦姐姐，誤入仙境，恕我冒昧之罪！請問神仙姐姐：這裡是何地方？怎麼我鴛鴦姐姐到此還說是林妹妹叫我？望乞明示。」那人道：「誰知你的姐姐妹妹？我是看管仙草的，不許凡人在此逗留。」寶玉欲待要出來，又捨不得，只得央告道：「神仙姐姐！既是那管理仙草的，必然是花神姐姐了。但不知這草有何好處？」那仙女道：「你要知道這草，說起來話長著呢。那草本在靈河岸上，名曰『絳珠草』。因那時萎敗，幸得一個神瑛侍者日以甘露灌漑，得以長生。後來降凡歷劫，還報了灌漑之恩，今返歸真境。所以警幻仙子命我看管，不令蜂

纏蝶戀。」

寶玉聽了不解，一心疑定必是遇見了花神了，今日斷不可當面錯過，便問：「管這草的是神仙姐姐了。還有無數名花，必有專管的，我也不敢煩問，只有看管芙蓉花的是那位神仙？」那仙女道：「我卻不知，除是我主人方曉。」寶玉便問道：「姐姐的主人是誰？」那仙女道：「我主人是瀟湘妃子。」寶玉聽道：「是了！你不知道，這位妃子就是我的表妹妹林黛玉？」那仙女道：「胡說！此地乃上界神女之所，雖號為瀟湘妃子，並不是娥皇女英之輩，何得與凡人有親？你少來混說！瞧著叫力士打你出去！」

寶玉聽了發怔，只覺自形穢濁。正要退出，又聽見有人趕來，說道：「裡面叫請神瑛侍者。」那人道：「我奉命等了好些時，總不見有神瑛侍者過來，你叫我那裡請去？」那一個笑道：「才退去的不是麼？」那侍女慌忙趕出來，說：「請神瑛侍者回來！」寶玉只道是問別人，又怕被人追趕，只得跟蹌而逃。

正走時，只見一人手提寶劍，迎面攔住，說：「那裡走！」嚇得寶玉驚惶無措。仗著膽抬頭一看，卻不是別人，就是尤三姐。寶玉見了，略定些神，央告道：「姐姐，怎麼你也來逼起我來了？」那人道：「你們弟兄沒有一個好人：敗人名節，破人婚姻！今兒你到這裡，是不饒你的了！」寶玉聽了話頭不好，正自著急，只聽後面有人叫道：「姐姐！快快攔住！不要放他走了！」尤三姐道：「我奉妃子之命，等候已久。今兒見了，必定要一劍斬斷你的塵緣！」寶玉聽了，益發著忙，又不懂這些話到底是什麼意思，只得回頭要跑。豈知身後說話的並非別人，卻是晴雯。寶玉一見，悲喜交集，便說：「我一個人走迷了道兒，遇見仇人，我要逃回，卻不見你們一人跟著我。如今好了！晴雯姐姐，快快的帶

我回家去罷！」晴雯道：「侍者不必多疑。我非晴雯，我是奉妃子之命，特來請你一會，並不難為你。」寶玉滿腹狐疑，只得問道：「姐姐說是妃子叫我，那妃子究是何人？」晴雯道：「此時不必問，到了那裡，自然知道。」

寶玉沒法，只得跟著走。細看那人背後舉動，恰是晴雯，「那面目聲音是不錯的了，怎麼他說不是？我此時心裡模糊，且別管他。到底女人的心腸是慈悲的，必定恕我冒失。」正想著，不多時，到了一個所在，只見殿宇精緻，彩色輝煌，庭中一叢翠竹，戶外數本蒼松6。廊檐下立著幾個侍女，都是宮妝打扮。見了寶玉進來，便悄悄的說道：「這就是神瑛侍者麼？」引著寶玉的說道：「就是，你快進去通報罷。」有一侍女笑著招手，寶玉便跟著進去。過了幾層房舍，見一正房，珠簾高掛。那侍女說：「站著候旨。」寶玉聽了，也不敢則聲，只好在外等著。

那侍女進去不多時，出來說：「請侍者參見。」又有一人捲起珠簾。只見一女子頭戴花冠，身穿繡服，端坐在內。寶玉略一抬頭，見是黛玉的形容，便不禁的說道：「妹妹在這裡，叫我好想！」那簾外的侍女悄詫道：「這侍者無禮！快快出去！」說猶未了，又見一個侍兒將珠簾放下。寶玉此時欲待進去又不敢，要走又不捨，待要問明，見那些侍女並不認得，又被驅逐，無奈出來。心想要問晴雯，回頭四顧，並不見有晴雯。心下狐疑，只得快快出來，又無人引著。正欲找原路而去，卻又找不出舊路了。正在為難，見鳳姐站在一所房檐下招手兒。寶玉看見，喜歡道：「可好了！原來回到自己家裡了！怎麼一時迷亂如此？」急奔前來，說：「姐姐在這裡麼？我被這些人捉弄到這個分兒，林妹妹又不肯見我，不知是何緣故？」說著，走到鳳姐站的地方，細看起來，並不是鳳姐，原來卻是賈蓉

的前妻秦氏。寶玉只得立住腳，要問鳳姐姐在那裡，竟自往屋裡去了。

寶玉恍恍惚惚的，又不敢跟進去，只得呆呆的站著，嘆道：「我今兒得了什麼不是，眾人都不理我！」便痛哭起來。見有幾個黃巾力士執鞭趕來，說是：「何處男人敢闖入我們這天仙福地來！快走出去！」寶玉聽得，不敢言語。正要尋路出來，遠遠望見一群女子，說笑前來。寶玉看時，又像是迎春等一干人走來，心裡喜歡，叫道：「我迷住在這裡，你們快來救我！」正嚷著，後面力士趕來，寶玉急得往前亂跑，忽見那一群女子都變作鬼怪形象，也來追撲。

寶玉正在情急，只見那送玉來的和尚，手裡拿著一面鏡子一照，說道：「我奉元妃娘娘旨意，特來救你！」登時鬼怪全無，仍是一片荒郊。寶玉拉著和尚說道：「我記得是你領我到這裡，你一時又不見了。看見了好些親人，只是都不理我，忽又變作鬼怪。到底是夢是真？望老師明白指示。」那和尚道：「你到這裡，曾偷看什麼東西沒有？」寶玉一想，道：「他既能帶我到天仙福地，自然也是神仙了，如何瞞得他？況且正要問個明白。」便道：「我倒見了好些冊子來著。」那和尚道：「可又來！你見了冊子，還不解麼？世上的情緣，都是那些魔障！只要把歷過的事情細細記著，將來我與你說明。」說著，把寶玉狠命的一推，說：「回去罷！」寶玉站不住腳，一跤跌倒，口裡嚷道：「啊喲！」

眾人正在哭泣，聽見寶玉蘇來，連忙叫喚。寶玉睜眼看時，仍躺在炕上，見王夫人寶釵等哭得眼泡紅腫。定神一想，心裡說道：「是了！我是死去過來的！」遂把神魂所歷的事呆呆的細想。幸喜還記得，便哈哈的笑道：「是了，是了！」

王夫人只道舊病復發，便好延醫調治，即命丫頭婆子快去告訴賈政，說是：「寶玉回

過來了。頭裡原是心迷住了，如今說出話來，不用備辦後事了。」賈政聽了，即忙進來看視，果見寶玉蘇來，便道：「沒福的痴兒！你要唬死誰麼？」說著，眼淚也不知不覺流下來了。又嘆了幾口氣，仍出去叫人請醫生，診脈服藥。

這裡麝月正思自盡，見寶玉一過來，也放了心。只見王夫人叫人端了桂圓湯，叫他喝了幾口，漸漸的定了神。王夫人等放心，也沒有說麝月，只叫人仍把那玉交給寶釵給他帶上。想起那和尚來，「這玉不知那裡找來的？也是古怪，怎麼一時要銀，一時又不見了？莫非是神仙不成？」寶釵道：「說起那和尚來的蹤跡，去的影響，那玉並不是找來的；頭裡丟的時候，必是那和尚取去的。」王夫人道：「玉在家裡，怎麼能取得了去？」寶釵道：「既可送來，就可取去。」襲人麝月道：「那年丟了玉，林大爺測了個字，後來二奶奶過了門，我還告訴過二奶奶，說測的那字是什麼『賞』字。二奶奶還記得麼？」寶釵想道：「是了，你們說測的是當鋪裡找去，如今才明白了，竟是個和尚的『尚』字在上頭，可不是和尚取了去的麼？」王夫人道：「那和尚本來古怪！那年寶玉病的時候，那和尚來說是我們家有寶貝可解，說的就是這塊玉了。他既知道，自然這塊玉到底有些來歷。況且你女婿養下來就嘴裡含著的。古往今來，你們聽見過這麼第二個麼？只是不知終久這塊玉到底怎麼著！病也是這塊玉，好也是這塊玉，生也是這塊玉——」說到這裡，忽然住了，不免又流下淚來。寶玉聽了，心裡卻也明白，更想死去的事，愈加有因，只不言語，心裡細細的記憶。

那時惜春便說道：「那年失玉，還請妙玉請過仙，說是『青埂峰下倚古松』，還有什麼『入我門來一笑逢』的話。想起來『入我門』，大有講究。佛教法門最大，只怕二哥哥

不能入得去。」寶玉聽了，又冷笑幾聲。寶釵聽著，不覺得把眉頭兒盡揪[7]著，發起怔來。尤氏道：「偏你一說，又是佛門了！你出家的念頭還沒有歇麼？」惜春笑道：「不瞞嫂子說，我早已斷了葷了。」王夫人道：「好孩子，阿彌陀佛！這個念頭是起不得的！」惜春聽了，也不言語。寶玉想「青燈古佛前」❷的詩句，不禁連嘆幾聲。忽又想起一床席、一枝花的詩句來，拿眼睛看著襲人，不覺又流下淚來。眾人都見他忽笑忽悲，也不解是何意，只道是他的舊病；豈知寶玉觸處機來[8]，竟能把偷看冊上的詩句牢牢記住了，只是不說出來，心中早有一家成見在那裡了❸。暫且不提。

且說眾人見寶玉死去復生，神氣清爽，又加連日服藥，一天好似一天，漸漸的復元起來。便是賈政見寶玉已好，現在丁憂無事，想起賈赦不知幾時遇赦，老太太的靈柩久停寺內，終不放心，欲要扶柩回南安葬，便叫了賈璉來商議。賈璉便道：「老爺想得極是。如今趁著丁憂，幹了這件大事更好。將來老爺起了服，只怕又不能遂意了。但是我父親不在家，姪兒又不敢僭越[9]。」賈政道：「我的主意是定了。只為大老爺不在家，叫你來商議商議，那是再緝不出來的。」賈璉道：「老爺的主意很好，只是這件事也得好幾千銀子。衙門裡緝緝，那怎麼能夠照應？想著把蓉哥兒帶了去，況且有他媳婦的棺材，也在裡頭。還有你林妹妹怎麼個辦法。你是不能出門的，現在這裡沒有人；我想好幾口材，都要帶回去，我一個人的，那是老太太的遺言，說跟著老太太一塊兒回去的。我想這一項銀子，只好在那裡挪借幾千，也就夠了。」賈璉道：「如今的人情過於淡薄。老爺呢，又丁憂；我們老爺呢，又在外頭。一時借是借不出來的了，只好拿房地文書出去押去。」賈政道：「住的房子是官

蓋的，那裡動得？」賈璉道：「住房是不能動的。外頭還有幾所，可以出脫的，等老爺起復後再贖也使得。」將來我父親回來了，倘能也再起用，也好贖的。只要你在家謹慎些，把持定了才好！」賈政道：「老太太的事是應該的。只是老爺這麼大年紀，辛苦這一場，姪兒們心裡卻不安！」賈政道：「老爺這倒只管放心，姪兒雖是糊塗，斷不敢不認真辦理的。況且老爺回南，少不得多帶些人去，所留下的人也有限了，這點子費用，還可以過得來。就是老爺路上短少些，必經過賴尚榮的地方，可以叫他出點力兒。」賈政道：「自己老人家的事，叫人家幫什麼呢？」賈璉答應了個「是」，便退出來，打算銀錢。

賈政便告訴了王夫人，叫他管了家，自己擇了發引長行的日子，就要起身。寶玉此時身體復元，賈環賈蘭倒認真念書，賈政都交付給賈璉，叫他管教，「今年是大比的年頭，環兒是有服的，不能入場；蘭兒是孫子，服滿了也可以考的，務必叫寶玉同著姪兒考去。能夠中一個舉人，也好贖一贖咱們的罪名。」賈璉唯唯應命。賈政又吩咐了在家的人，說了好些話，才別了宗祠，便在城外念了幾天經，就發引下船，帶了林之孝等而去。也沒有驚動親友，惟有自家男女送了一程回來。

寶玉因賈政命他赴考，王夫人便不時催逼，查考起他的功課來。那寶釵襲人時常勸勉，自不必說。那知寶玉病後，雖精神日長，他的念頭一發更奇僻了，竟換了一種，不但厭棄功名仕進，竟把那兒女情緣也看淡了好些。只是眾人不大理會。

一日，恰遇紫鵑送了林黛玉的靈柩回來，悶坐自己屋裡啼哭，想著：「寶玉無情，見他林妹妹的靈柩回去，並不傷心落淚；見我這樣痛哭，也不來勸慰，反瞅著我笑。這樣負心的人，從前都是花言巧語來哄著我們！前夜虧我想得開，不然，幾乎又上了他的當！只

是一件叫人不解：如今我看他待襲人也是冷冷兒的。二奶奶是本來不喜歡親熱的，麝月那些人就不抱怨他麼？看來女孩兒們多半是痴心的，白操了那些時的心，不知將來怎樣結局！」正想著，只見五兒走來瞧他。頭裡聽著，見紫鵑滿面淚痕，便說：「姐姐又哭林姑娘了？我想一個人，聞名不如眼見。頭裡聽著，二爺女孩子跟前是最好的，我母親再三的把我弄進來；豈知我進來了，盡心竭力的伏侍了幾次病，如今病好了，連一句好話也沒有剩出來，這會子索性連正眼兒也不瞧了！」

紫鵑聽他說得好笑，便「噗嗤」的一笑，啐道：「呸！你這小蹄子，你心裡要寶玉怎麼樣待你才好？女孩兒家也不害臊！人家明公正氣的屋裡人他瞧著還沒事人一大堆呢，有工夫理你去？」因又笑著，拿個指頭往臉上抹著，問道：「你到底算寶玉的什麼人哪？」

那五兒聽了，自知失言，便飛紅了臉。待要解說不是要寶玉怎樣看待，說他近來不憐下的話，只聽院門外亂嚷，說：「外頭和尚又來了，要那一萬銀子呢！太太著急，叫璉二爺和他講去，偏偏璉二爺又不在家！那和尚在外頭說些瘋話，太太叫請二奶奶過去商量。」不知怎樣打發那和尚，下回分解。

■ 校記

❶「金陵又副冊」，「又」，藤本、王本作「的」。

❷「青燈古佛前」，「前」，王本作「傍」。

❸「早有一家成見在那裡了」，「家」，藤本、王本作「個」。

■ 注釋

1 【真如福地】

真如，佛家用語，即所謂永恆真理。真，真實；如，如常不變。福地，仙境，所謂幸福之地。

2 【假去真來真勝假，無原有是有非無】

佛家認為，人世間的一切都是空的、假的，拋棄了「紅塵」，才能達到真的境界。無原有是，即無原是有，意思是說，塵世上的不存在，本來正是仙境上的存在。有非無，佛家認為，只有仙境上的存在才是永恆的存在，所以，人離塵世是有而不是無。

3 【福善禍淫】

賜福於善者，降禍於淫者。

4 【引覺情痴】

引導痴心者覺悟的意思。以上三條，是高鶚將曹雪芹寫的太虛幻境的聯額改動後的產物。

5 【矜貴】

珍貴。

6 【數本蒼松】

數棵蒼翠的松樹。

7 【肔揪】

這裡是形容皺眉時眉頭肌肉的糾結。

8 【觸處機來】

不管接觸什麼，機鋒都來。

9 〔僭（ㄐㄧㄢˋ／jiàn）越〕 超越了本分的行為稱為僭越。

10 〔出脫〕 處理，掉換。這裡是賣掉的意思。

【第一百十七回】

阻超凡佳人雙護玉　欣聚黨惡子獨承家

話說王夫人打發人來叫寶釵過去商量，寶玉聽見說是和尚在外頭，趕忙的獨自一人走到前頭，嘴裡亂嚷道：「我的師父在那裡？」叫了半天，並不見有和尚，只得走到外面。見李貴將和尚攔住，不放他進來。寶玉便說道：「太太叫我請師父進去。」李貴聽了，鬆了手，那和尚便搖搖擺擺的進來。

寶玉看見那僧的形狀與他死去時所見的一般，心裡早有些明白了，便上前施禮，連叫：「師父，弟子迎候來遲！」那僧說：「我不要你們接待，只要銀子拿了來，我就走。」寶玉聽來，又不像有道行的話，看他滿頭癩瘡，渾身腌臢破爛，心裡想道：「自古說，『真人不露相，露相不真人』，也不可當面錯過。我且應了他謝銀，並探探他的口氣。」便說道：「師父不必性急。現在家母料理，請師父坐下，略等片刻。弟子請問師父：可是從太虛幻境而來？」那和尚道：「什麼『幻境』！不過是來處來，去處去『罷了。我是送還你的玉來的。我且問你，那玉是從那裡來的？」寶玉一時對答不來。那僧笑道：「你自己的來路還不知，便來問我！」寶玉本來穎悟，又經點化，早把紅塵看破，只是自己的底裡未知。一聞那僧問起玉來，好像當頭一棒[2]，便說道：「你也不用銀子的，我把那玉還

你罷。」那僧笑道：「也該還我了。」

寶玉頭不答言，往裡就跑。走到自己院內，見寶釵襲人等都到王夫人那裡去了，忙向自己床邊取了那玉，便走出來。迎面碰見了襲人，撞了一個滿懷，把襲人唬了一跳，說道：「太太說你陪著和尚坐著很好。太太在那裡打算送他些銀兩，你又回來作什麼？」寶玉道：「你快去回太太說：不用張羅銀子了，我把這玉還了他就是了。」襲人聽說，即忙拉住寶玉，道：「這斷使不得的！那玉就是你的命，若是他拿了去，你又要病著了！」寶玉道：「如今再不病的了。我已經有了心了，要那玉何用？」摔脫襲人，便想要走。襲人急得趕著嚷道：「你回來，我告訴你一句話！」寶玉回過頭來道：「沒有什麼說的了。」襲人顧不得什麼，一面趕著跑，一面嚷道：「上回丟了玉，幾乎沒有把我的命要了！剛剛兒的有了，他拿了去❶，你也活不成，我也活不成了！你要還他，除非是叫我死了！」說著，趕上一把拉住。寶玉急了，道：「你死也要還，你不死也要還！」狠命的把襲人一推，抽身要走。怎奈襲人兩隻手繞著寶玉的帶子不放，哭著喊坐在地下。

　裡面的丫頭聽見，連忙趕來，瞧見他兩個人的神情不好。只聽見襲人哭道：「快告訴太太去！寶二爺要把那玉去還和尚呢！」丫頭趕忙飛報王夫人。那寶玉更加生氣，用手來掰開了襲人的手。幸虧襲人忍痛不放。紫鵑在屋裡聽見寶玉要把玉給人，這一急比別人更甚，把素日冷淡寶玉的主意都忘在九霄雲外了，連忙跑出來，幫著抱住寶玉。那寶玉雖是個男人，用力摔打❷，怎奈兩個人死命的抱住不放，也難脫身，嘆口氣道：「為一塊玉，這樣死命的不放，若是我一個人走了，你們又怎麼樣？」襲人紫鵑聽了這話，不禁嚎啕大哭起來。

正在難分難解，王夫人寶釵急忙趕來，見是這樣形景，王夫人便哭著喝道：「寶玉！你又瘋了！」寶玉見王夫人來了，明知不能脫身，只得陪笑道：「這當什麼，又叫太太著急？他們總是這樣大驚小怪。我說那和尚不近人情，他必要一萬銀子，少一個不能。我生氣進來，拿了這玉還他，就說是假的，要這玉幹什麼？他見我們不稀罕那玉，便隨意給他的頭面折變了，也還夠了呢。」王夫人聽了，道：「也罷了，且就這麼辦罷。」寶玉也不回答。

只見寶釵走上來，在寶玉手裡拿了這玉，說道：「你也不用出去，我合太太給他錢就是了。」寶玉道：「玉不還他也使得，只是我還得當面見他一見才好。」襲人等仍不肯放手。到底寶釵明決，說：「放了手，由他去就是了。」襲人只得放手。寶玉笑道：「你們這些人，原來重玉不重人哪！你們既放了我，我便跟著他走了，看你們就守著那塊玉怎麼樣？」襲人心裡又著急起來，仍要拉他，只礙著王夫人和寶釵的面前，又不好太露輕薄，恰好寶玉一撒手就走了。襲人忙叫小丫頭在三門口傳了焙茗等：「告訴外頭照應著二爺，他有些瘋了。」小丫頭答應了出去。

王夫人寶釵等進來坐下，問起襲人來由。襲人便將寶玉的話細細說了。王夫人寶釵甚是不放心，又叫人出去，吩咐眾人伺候，聽著和尚說些什麼。回來，小丫頭傳話進來回王夫人道：「二爺真有些瘋了。外頭小廝們說：裡頭不給他玉，他也沒法兒；如今身子出來

了，求那和尚帶了他去。」王夫人聽了，說道：「這還了得！那和尚說什麼來著？」小丫頭回道：「和尚說，要玉不要人。」寶釵道：「不要銀子了麼？」小丫頭道：「沒聽見說。

後來和尚合二爺兩個人說著笑著，有好些話，外頭小廝們都不大懂。」王夫人道：「糊塗東西！聽不出來，學是自然學得來的！」便叫小丫頭：「你把那小廝叫進來。」

小丫頭連忙出去叫進那小廝，站在廊下，隔著窗戶請了安。王夫人便問道：「和尚和二爺的話，你們不懂，難道學也學不來嗎？」那小廝回道：「我們只聽見說什麼『大荒山』，什麼『青埂峰』，又說什麼『太虛境』『斬斷塵緣』這些話。」王夫人聽著也不懂。

寶釵聽了，唬得兩眼直瞪，半句話都沒有了。

正要叫人出去拉寶玉進來，只見寶玉笑嘻嘻的進來，說：「好了，好了！」寶釵仍是發怔。王夫人道：「你瘋瘋癲癲的說的是什麼？」寶玉道：「正經話，又說我瘋癲！那和尚與我原認得的，他不過也是要來見我一見。他何嘗是真要銀子呢？也只當化個善緣³就是了。所以說明了，他自己就飄然而去了。這可不是好了麼？」王夫人不信，又隔著窗戶問那小廝。那小廝連忙出去問了門上的人，進來回說：「果然和尚走了，說：『請太太們放心，我原不要銀子，』只要寶二爺時常到他那裡去去就是了。『諸事只要隨緣⁴，自有一定的道理。』」

王夫人道：「原來是個好和尚！你們曾問他住在那裡？」小廝道：「門上的說，他說來著，我們二爺知道的。」王夫人便問寶玉：「他到底住在那裡？」寶玉笑道：「這個地方兒，說遠就遠，說近就近。」寶釵不待說完，便道：「你醒醒兒罷！別盡著迷在裡頭！現在老爺太太就疼你一個人，老爺還吩咐叫你幹功名上進呢。」寶玉道：「我說的不是功

名麼？你們不知道『一子出家，七祖升天』[5]？」王夫人聽到那裡，不覺傷起心來，說：「我們的家運怎麼好？一個四丫頭口口聲聲要出家，如今又添出一個來了。我這樣的日子，過他作什麼！」說著，放聲大哭。寶釵見王夫人傷心，只得上前苦勸。寶玉笑道：「我說了一句玩話兒，太太又認起真來了。」王夫人止住哭聲道：「這些話也是混說的麼？」

正鬧著，只見丫頭來回話：「璉二爺回來了，顏色大變，說，請太太回去說話。」王夫人又吃了一驚，說道：「將就些叫他進來罷。不用迴避了。」賈璉進來見了王夫人，請了安。寶釵迎著，也問了賈璉的安。賈璉回道：「剛才接了我父親的書信，說是病重得很，叫我就去，遲了恐怕不能見面！」說到那裡，眼淚便掉下來了。王夫人道：「書上寫的是什麼病？」賈璉道：「寫的是感冒風寒起的，如今竟成了癆病了。現在危急，專差一個人連日連夜趕來的，說：『如若再耽擱一兩天，就不能見面了。』故來回太太，姪兒必得就去才好。只是家裡沒有人照應。姪兒叫了他娘家的人來領了去了，倒省了平兒好些氣。雖是巧姐沒人照應，還虧平兒外頭有了事來，還可傳個話。只是性氣比他娘還硬些，求太太時常管教管教他。」說著，眼圈兒一紅，連忙把腰裡拴檳榔荷包的小絹子拉下來擦眼。王夫人道：「放著他親祖母在那裡，托我作什麼？」賈璉輕輕的說道：「太太要說這個話，姪兒就該活活兒的打死了！沒什麼說的，總求太太始終疼姪兒就是了！」說著，就跪下來了。王夫人也眼圈兒紅了，說：「你快起來！娘兒們說話兒，這是怎麼說？只是一件……孩

子的心不很壞。姐兒心裡也明白，只是性氣比他娘還……」

外頭有了事來，姪兒必得就去才好。薔兒、芸兒雖說糊塗，到底是個男人，不願意在這裡，倒省了平兒好些氣。秋桐是天天哭著喊著，到底是個

子也大了，倘或你父親有個一差二錯，又耽擱住了，或者有個門當戶對的來說親，還是等你回來，還是你太太作主？」賈璉道：「現在太太們在家，自然是太太們作主，不必等我。」王夫人道：「你要去，就寫了稟帖給二老爺送個信，說家下無人，你父親不知怎樣，快請二老爺將老太太的大事早早的完結，快快回來。」

賈璉答應了「是」，正要走出去，復轉回來，回說道：「咱們家的家下人，家裡還夠使喚，只是園裡沒有人，太空了。包勇又跟了他們老爺去了。姨太太住的房子，薛二爺已搬到自己的房子內住了。園裡一帶屋子都空著，忒沒照應，還得太太叫人常查看查看。那攏翠庵原是咱們家的地基，如今妙玉不知那裡去了，所有的根基❸，他的當家女尼不敢自己作主，要求府裡一個人管理管理。」王夫人道：「自己的事還鬧不清，還擱得住外頭的事麼？這句話，好歹別叫四丫頭知道；若是他知道了，又要吵著出家的念頭出來了。你想：咱們家什麼樣的人家？好好的姑娘出家，還了得！」賈璉道：「太太不提起，姪兒也不敢說。四妹妹到底是東府裡的，又沒有父母，他親哥哥又在外頭，他親嫂子又不大說得上話，姪兒聽見要尋死覓活了好幾次。他既是心裡這麼著的了，若是牛著他❹6，將來倘或認真尋死，比出家更不好了。」王夫人聽了點頭，道：「這件事真真叫我也難擔！我也作不得主，由他大嫂子去就是了。」

賈璉又說了幾句，才出來，叫了眾家人來，交代清楚，寫了書，收拾了行裝。平兒等不免叮嚀了好些話。只有巧姐兒慘傷得了不得。賈璉又欲托王仁照應，巧姐到底不願意；只得送了他父親，謹謹慎慎的聽見外頭托了芸薔二人，心裡更不受用，嘴裡卻說不出來。只得送了他父親，謹謹慎慎的隨著平兒過日子。豐兒小紅因鳳姐去世，告假的告假，告病的告病。平兒意欲接了家中一

個姑娘來，一則給巧姐作伴，二則可以帶量他。遍想無人，只有喜鸞四姐兒是賈母舊日鍾愛的，偏偏四姐兒新近出了嫁了，喜鸞也有了人家兒，不日就要出閣，也只得罷了。且說賈芸賈薔送了賈璉，便進來見了邢王二夫人。他兩個倒替著在外書房住下，日間便與家人廝鬧，有時找了幾個朋友吃個「車箍轆會」[7]，甚至聚賭，裡頭那裡知道？

一日，邢大舅王仁來，瞧見了賈芸賈薔住在這裡，知他熱鬧，也就藉著照看的名兒時常在外書房設局賭錢，喝酒。所有幾個正經的家人，賈政帶了幾個去，那知當家立計的道理？況且他們長輩都不在家，便是「沒籠頭的馬」了。又有兩個旁主人慫恿，無不樂為。這一鬧，把個榮國府鬧得沒上沒下，沒裡沒外。

那賈薔還想勾引寶玉。賈芸攔住道：「寶二爺那個人沒運氣的，不用惹他。那一年我給他說了一門子絕好的親：父親在外頭作稅官，家裡開幾個當鋪，姑娘長得比仙女兒還好看。我巴巴兒的細細的寫了一封書子給他，誰知他沒造化，」說到這裡，瞧了瞧左右無人，又說：「他心裡早和咱們這個二嬸娘好上了！你沒聽見說，還有一個林姑娘呢，弄得害了相思病死的，誰不知道！這也罷了，各自的姻緣罷咧。誰知他為這件事倒惱了我了，總不大理。他打量誰必是借誰的光兒呢！」

賈薔聽了，點點頭，才把這個心歇了。他兩個還不知道寶玉自會那和尚以後，他是欲斷塵緣，一則在王夫人跟前不敢任性，已與寶釵襲人等皆不大款洽[8]了。那些丫頭不知道，還要逗他，寶玉那裡看得到眼裡？他也並不將家事放在心裡。時常王夫人寶釵勸他念書，他便假作攻書，一心想著那個和尚引他到那仙境的機關，心目中觸處皆為俗人。卻在

家難受，閑來倒與惜春閑講。他們兩個人講得上了，那裡還管賈環賈蘭等？

那賈環為他父親不在家，趙姨娘已死，王夫人不大理會，他便入了賈薔一路。倒是彩雲時常規勸，反被賈環辱罵。玉釧兒見寶玉瘋癲更甚，早和他娘說了，要求著出去。如今寶玉賈環，他哥兒兩個，各有一種脾氣，鬧得人人不理。獨有賈蘭跟著他母親上緊攻書，作了文字，送到學裡請教代儒。因近來代儒老病在床，只得自己刻苦。李紈是素來沉靜的，除請王夫人的安，會會寶釵，餘者一步不走，只有看著賈蘭攻書。所以榮府住的人雖不少，竟是各自過各自的，誰也不肯作誰的主。賈環賈薔等愈鬧得不像事了，甚至偷典偷賣，不一而足。賈環更加宿娼濫賭，無所不為。

一日，邢大舅王仁都在賈家外書房喝酒，一時高興，叫了幾個陪酒的來唱著喝著勸酒。賈薔便說：「你們鬧得太俗，我要行個令兒。」眾人道：「使得。」賈薔道：「咱們『月字流觴』罷。我先說起，『月』字數到那個，賈薔喝了一杯令酒，便說：「飛羽觴而醉月[9]。」順飲數到賈環。賈薔說：「酒面要個『桂』字。」賈環便說道：「冷露無聲濕桂花[10]。——酒底呢？」賈薔道：「說個『香』字。」賈環道：「天香雲外飄[11]。」

著令官，不依者罰三大杯。」眾人都依了。賈薔喝了一杯令酒，便說：「飛羽觴而醉月[9]。」

邢大舅說道：「沒趣，沒趣！你又懂得什麼字了，也假斯文起來！這不是取樂，竟是惱人了！咱們都躧了，倒是搳拳，輸家喝，叫作『苦中苦』。若是不會唱的，說個笑話兒也使得，只要有趣。」眾人都道：「使得。」於是亂搳起來。王仁輸了，喝了一杯，唱了一個什麼「小姐小」

杯，唱了一個，眾人道：「好！」又搳起來了。是個陪酒的輸了，唱了一個什麼「小姐小

姐多丰采」。以後邢大舅輸了，眾人要他唱曲兒。他道：「我唱不上來，我說個笑話兒罷。」賈薔道：「若說不笑人，仍要罰的。」

邢大舅就喝了一杯，說道：「諸位聽著：村莊上有一座元帝廟[12]，旁邊有個土地祠。那元帝老爺常叫土地來說閑話兒。一日，元帝廟裡被了盜，便叫土地去察訪。土地稟道：『這地方沒有賊的，必是神將不小心，被外賊偷了東西去。』元帝道：『胡說！你是土地，失了盜，不問你誰去呢？你倒不去拿賊，反說我的神將不小心嗎？』土地稟道：『雖說是不小心，到底是廟裡的風水不好。』元帝道：『你倒會看風水麼？』土地道：『待小神看看。』那土地向各處瞧了一會，便來回稟道：『老爺坐的身子背後，兩扇紅門，就不謹慎。小神坐的背後，是砌的牆，自然東西丟不了。以後老爺的背後也改了牆就好了。』元帝老爺聽來有理，便叫神將派人打牆。眾神將嘆口氣道：『如今香火一炷也沒有，那裡有磚灰人工來打牆，是砌的牆？』元帝老爺沒法，叫神將作法，到了夜裡，拿我的肚子堵住這門口，難道當不得一堵牆麼？』眾神將都說道：『好！又不花錢，又便當結實！』於是龜將軍便當這個差使，豈知過了幾天，那廟裡又丟了東西。眾神將叫了土地來，說道：『你說砌了牆就不丟東西，怎麼如今有了牆還要丟？』那土地道：『你瞧去。』眾神將道：『這牆砌得不結實。』眾神將道：『我打量是真牆，那裡知道是個「假牆」！』

『這牆砌得不結實。』眾神將道：『我打量是真牆，那裡知道是個「假牆」！』」

眾人聽了，大笑起來。賈薔也忍不住的笑，說道：「傻大舅！你好！我沒有罵你，你為什麼罵我？快拿杯來罰一大杯！」邢大舅喝了，已有醉意。眾人又喝了幾杯，都醉起事？把手摸了一摸，大笑起來，道：「你們不中用，我有主意：你們將紅門拆下來，到了夜裡，拿我的土地一看，果然是一堵好牆，怎麼還有失

來。邢大舅說他姐姐不好，王仁說他妹妹不好，都說得狠狠毒毒的。賈環聽了，趁著酒興，也說鳳姐不好，怎樣苛刻我們，怎樣踏我們的頭。眾人道：「大凡作個人，原要厚道些。看鳳姑娘仗著老太太這樣的利害，如今『焦了尾巴梢子』[13]了，只剩了一個姐兒，只怕也要現世現報呢！」賈芸想著鳳姐待他不好，又想起巧姐兒見他就哭，也信著嘴兒混說。

還是賈薔道：「喝酒罷！說人家作什麼？」

那兩個陪酒的道：「這位姑娘多大年紀了？長得怎麼樣？」賈薔道：「模樣兒是好得很的，年紀也有十三四歲了。」那陪酒的說道：「可惜這樣人生在府裡這樣人家！若生在小戶人家，父母兄弟都作了官，還發了財呢！」眾人道：「怎麼樣？」那陪酒的說：「現今有個外藩王爺，最是有情的，要選一個妃子，若合了式，父母兄弟都跟了去，可不是好事兒嗎？」眾人都不大理會，只有王仁心裡略動了一動，仍舊喝酒。

只見外頭走進賴林兩家的子弟來，說：「爺們好樂呀！」眾人站起來說道：「老三，怎麼這時候才來？叫我們好等！」那兩個人說道：「今早聽見一個謠言，說是咱們家又鬧出事來了，心裡著急，趕到裡頭打聽去，為什麼不就來？」那兩個說道：「雖不是咱們，也有些干係。你們知道是誰？就是賈雨村老爺。我們今兒進去，看見帶著鎖子，說要解到三法司[14]衙門裡審問去呢。我們見他常在咱們家裡來往，恐有什麼事，便跟了去打聽。」賈芸道：「到底老大用心，原該打聽。你且坐下喝一杯再說。」

兩人讓了一回，便坐下喝著酒，道：「這位雨村老爺，人也能幹，也會鑽營，官也不小了，只是貪財，被人家參了個『婪索屬員』的幾款。如今的萬歲爺是最聖明最仁慈的，

獨聽了一個『貪』字，或因糟蹋了百姓，或因恃勢欺良，是極生氣的，所以旨意便叫拿問。若問出來了，只怕攔不住；若是沒有的事，那參的人也不便。如今真是好時候！只要有造化，作個官兒就好！」眾人道：「你的哥哥就是有造化的。現作知縣，還不好麼？」賴家的說道：「我哥哥雖是作了知縣，他的行為，只怕也保不住怎麼樣呢。」眾人道：「手也長麼？」賴家的點點頭兒，便舉起杯來喝酒。

眾人又道：「裡頭還聽見什麼新聞？」兩人道：「別的事沒有，只聽見海疆的賊寇拿住了好些，也解到法司衙門裡審問。還審出好些賊寇，也有藏在城裡的，打聽消息，抽空兒就劫搶人家。如今知道朝裡那些老爺們都是能文能武，出力報效，所到之處，早就消滅了。」眾人道：「你聽見有在城裡的，不知審出咱們家失盜的一案來沒有？」兩人道：「倒沒有聽見。恍惚有人說是有個內地裡的人，城裡犯了事，搶了一個女人下海去了，那女人不依，被這賊寇殺了。那賊寇正要逃出關去，被官兵拿住了，就在拿獲的地方正了法了。」眾人道：「咱們櫳翠庵的什麼妙玉，不是叫人搶去？不要就是他罷？」賈環道：「必是他！」眾人道：「你怎麼知道？」賈環道：「妙玉這個東西是最討人嫌的！他一日家捏酸[15]，見了寶玉，就眉開眼笑！我若見了他，他從不拿正眼瞧我一瞧！真要是他，我才趁願呢！」眾人道：「搶的人也不少，那裡就是他？」眾人笑道：「有點信兒。前日有個人說他庵裡的道婆作夢，說看見是妙玉叫人殺了。」邢大舅道：「管他夢不夢，咱們快吃飯罷，今夜作個大輸贏。」

眾人願意，便吃畢了飯，大賭起來。賭到三更多天，只聽見裡頭亂嚷，說是：「四姑娘合珍大奶奶拌嘴，把頭髮都鉸了。」趕到邢夫人王夫人那裡去磕了頭，說是，要求容他作

尼姑呢，送他一個地方兒；若不容他，他就死在眼前。那邢王兩位太太沒主意，叫請薔大爺芸二爺進去。」賈芸聽了，便知是那回看家的時候起的念頭，想來是勸不過來的了，便合賈薔商議道：「太太叫我們進去，我們是作不得主的，況且也不好作主。只好勸去，若勸不住，只好由他們罷。咱們商量了寫封書給璉二叔，便卸了我們的干係了。」兩人商量定了主意，進去見了邢王兩位太太，便假意的勸了一回。

無奈惜春立意必要出家，就不放他出去，只求一兩間淨屋子，給他誦經拜佛。尤氏見他兩個不肯作主，又怕惜春尋死，自己便硬作主張，說是：「這個不是，索性我擔了罷：說我作嫂子的容不下小姑子，逼得他出了家，就完了！若說到外頭去呢，斷斷使不得；若在家裡呢，太太們都在這裡，算我的主意罷。叫薔哥兒寫封書子給珍大爺璉二叔就是了。」賈薔等答應了。不知邢王二夫人依與不依，下回分解。

■

❶「他拿了去」、「他」，藤本、王本作「你」。

❷「用力摔打」，藤本、王本作「用力摔住」。

❸「所有的根基」，「根基」，藤本、王本作「根基」。

❹「牛著他」，王本作「扭著他」。

■

注釋

1 【來處來，去處去】　人從虛無中來，死後仍歸向虛無。這是佛教的一種虛無主義。

2 【當頭一棒】　佛教禪宗用語。這裡是突然點醒，使之醒悟的意思。

3 【善緣】　佛教名詞。佛教徒稱行善、布施叫善緣。

4 【隨緣】　即隨合自己命中注定的緣分。

5 【一子出家，七祖升天】　意思是說，一個人出家為僧，不僅自己可以超凡成仙，而且連七輩的祖先也都可以升入天堂。

6 【牛著他】　和他執拗。

7 【車箍轆會】　車箍轆就是車輪。車箍轆會，就是輪流作主人的聚餐會。

8 【款洽】　親密融洽。

9 【飛羽觴而醉月】　語出唐代詩人李白的「春夜宴桃李園序」。意思是說，於月光之下舉杯換盞開懷痛飲。羽觴，古代一種雀形的酒杯。

10 〔冷露無聲濕桂花〕唐代王建「十五夜望月寄杜郎中」的詩句，意思是清冷的露水在無聲無息地潤濕著桂花。

11 〔天香雲外飄〕唐代宋之問「靈隱寺」中的詩句，意思是花氣芳香遠飄天外。

12 〔元帝廟〕亦稱真武廟、玄帝廟，廟內供奉真武（又稱玄武）帝君的偶像，為北方之神。

13 〔焦了尾巴梢子〕歇後語：「絕後」（斷絕後嗣）。

14 〔三法司〕明清兩代，以刑部、都察院、大理寺為三法司，遇有重大案件，由三法司會審。這裡指當時的司法機關。

15 〔捏酸〕裝模作樣，假裝正經。

【第一百十八回】

記微嫌舅兄欺弱女　驚謎語妻妾諫痴人

話說邢王二夫人聽尤氏一段話，明知也難挽回。王夫人只得說道：「姑娘要行善，這也是前生的夙根，我們也實在攔不住。只是咱們這樣人家的姑娘出了家，不成個事體。如今你嫂子說了，准你修行，也是好處。卻有一句話要說：那頭髮可以不剃的，只要自己的心真，那在頭髮上頭呢？你想妙玉也是帶髮修行的。──不知他怎樣凡心一動，才鬧到那個分兒！姑娘執意如此，我們就把姑娘住的房子便算了姑娘的靜室 ² 。所有伏侍姑娘的人，也得叫他們來問。他若願意跟的，就講不得說親配人；若不願意跟的，另打主意。」

惜春聽了，收了淚，拜謝了邢王二夫人、李紈、尤氏等。

王夫人說了，便問彩屏等：「誰願跟姑娘修行？」彩屏等回道：「太太們派誰就是誰。」王夫人知道不願意，正在想人。襲人立在寶玉身後，想來寶玉必要大哭，防著他的舊病。豈知寶玉嘆道：「真真難得！」襲人心裡更自傷悲。寶釵雖不言語，遇事試探，見他執迷不醒，只得暗中落淚。

王夫人才要叫了眾丫頭來問，忽見紫鵑走上前去，在王夫人面前跪下，回道：「剛才太太問跟四姑娘的姐姐，太太看著怎麼樣？」王夫人道：「這個如何強派得人的？誰願

意，他自然就說出來了。」紫鵑道：「姑娘修行，自然姑娘願意，並不是別的姐姐們的意思。我有一句話回太太：我也並不是拆開姐姐們，各人有各人的心。我伏侍林姑娘一場，林姑娘待我，也是太太們知道的，實在恩重如山，無以可報。他死了，我恨不得跟了他去，但只他不是這裡的人，我又受主子家的恩典，難以從死。如今四姑娘既要修行，我就求太太們將我派了跟著姑娘，伏侍姑娘一輩子，不知太太們准不准？若准了，就是我的造化了！」

邢王二夫人尚未答言，只見寶玉聽到那裡，想起黛玉，一陣心酸，眼淚早下來了。眾人才要問他時，他又哈哈的大笑，走上來道：「我不該說的。這紫鵑蒙太太派給我屋裡，我才敢說：求太太准了他罷，全了他的好心。」王夫人道：「你頭裡姐妹出了嫁，還哭得死去活來；如今看見四妹妹要出家，不但不勸，倒說『好事』。你如今到底是怎麼個意思？我索性不明白了。」寶玉道：「四妹妹修行是已經准了的，四妹妹也是一定的主意了？若是真呢，我有一句話告訴太太；若是不定呢，我就不敢混說了。」惜春道：「二哥哥說話也好笑，一個人主意不定，便扭得過太太們來了？我也是像紫鵑的話……容我呢，是我的造化；不容我呢，還有一個死呢！那怕什麼？二哥哥既有話，只管說。」寶玉道：「不是作詩，我到過一個地方兒看了來的。」眾人道：「人家苦得很的時候，你倒來作詩慪人！」寶玉道：「我念一首詩給你們聽聽罷。」眾人道：「使得。你就念念，別順著嘴兒胡謅。」寶玉也不分辯，便說道：

「我這也不算什麼洩漏了，這也是一定的。

勘破三春景不長，緇衣頓改昔年妝。可憐繡戶侯門女，獨臥青燈古佛旁！

李紈寶釵聽了詫異道：「不好了！這個人入了魔了。」王夫人聽了這話，點頭嘆息，便問：「寶玉，你到底是那裡看來的？」寶玉不便說出來，回道：「太太也不必問我，自有見的地方。」王夫人回過味來，細細一想，便更哭起來道：「你說前兒是玩話，怎麼忽然有這首詩？罷了，我知道了！你們叫我怎麼樣呢？我也沒有法兒了，也只得由著你們去罷！但只等我合上了眼，各自幹各自的就完了！」

寶釵一面勸著，這個心比刀絞更甚，也掌不住，便放聲大哭起來。襲人已經哭得死去活來，幸虧秋紋扶著。寶玉也不啼哭，也不相勸，只不言語。賈蘭賈環聽到那裡，不顧前後的瘋話，各自走開。李紈竭力的解說：「總是寶兄弟見四妹妹修行，他想來是痛極了，這也作不得準。獨有紫鵑的事情，准不准，好叫他起來。」王夫人道：「什麼依不依？橫豎一個人的主意定了，那也是扭不過來的！可是寶玉說的，也是一定的了！」

紫鵑聽了磕頭。惜春又謝了王夫人。紫鵑又給寶玉寶釵磕了頭。寶玉念聲：「阿彌陀佛！難得！難得！不料你倒先好了！」寶釵雖然有把持，也難掌住。只有襲人也顧不得王夫人在上，便痛哭不止，說：「我也願意跟了四姑娘去修行！」寶玉笑道：「你也是好心，但是你不能享這個清福的！」襲人哭道：「這麼說，我是要死的了？」寶玉聽到那裡，倒覺傷心，只是說不出來。

因時已五更，寶玉請王夫人安歇。李紈等各自散去。彩屏等暫且伏侍惜春回去，後來指配了人家。紫鵑終身伏侍，毫不改初。此是後話。

且言賈政扶了賈母靈柩一路南行，因遇著班師的兵將船隻過境，河道擁擠，不能速行，在道實在心焦。幸喜遇見了海疆的官員，聞得鎮海統制欽召回京，想來探春一定回家，略略解些煩心。只打聽不出起程的日期，心裡又是煩躁。想到盤費算來不敷，不得已，寫書一封，差人到賴尚榮任上借銀五百，叫人沿途迎來，應付需用。過了數日，賈政的船才行得十數里。那家人回來，迎上船隻，將賴尚榮的稟啟呈上，書內告了多少苦處，備上白銀五十兩。

賈政看了大怒，即命家人：「立刻送還！將原書發回，叫他不必費心。」那家人無奈，只得回到賴尚榮任所。賴尚榮接到原書銀兩，心中煩悶，知事辦得不周到，又添了一百，央求人帶回，幫著說些好話。豈知那人不肯帶回，擲下就走。

賴尚榮心下不安，立刻修書到家，回明他父親，叫他設法告假，贖出身來。於是賴家托了賈薔賈芸等在王夫人面前乞恩放出。賈薔明知不能，過了一日，假說王夫人不依的話，回覆了。賈芸一面告假，一面差人到賴尚榮任上，叫他告病辭官。王夫人並不知道。

那賈芸聽見賈薔的假話，心裡便沒想頭。連日在外又輸了好些銀錢，無所抵償，便和賈環借貸。賈環本是一個錢沒有的，雖是趙姨娘有些積蓄，早被他弄光了，那能照應人家？便想起鳳姐待他刻薄，趁著賈璉不在家，要擺布巧姐出氣，遂把這個當叫賈芸來上，故意的埋怨賈芸道：「你們年紀又大，放著弄銀錢的事又不敢辦，倒和我沒有錢的人商量！」

賈芸道：「三叔，你這話說得倒好笑！咱們一塊兒玩，一塊兒鬧，那裡有有錢的事？」賈環道：「不是前兒有人說是外藩要買個偏房？你們何不和王大舅商量，把巧姐說給他呢？」賈芸道：「叔叔，我說句招你生氣的話：外藩花了錢買人，還想能和咱們走動麼？」

賈環在賈芸耳邊說了些話，賈芸雖然點頭，只道賈環是小孩子的話，也不當事。恰好王仁走來說道：「你們兩個人商量些什麼？瞞著我嗎？」賈芸便將賈環的話附耳低言的說了。王仁拍手道：「這倒是一宗好事！又有銀子！只怕你們不能。若是你們敢辦，我是親舅舅，作得主的。只要環老三在大太太跟前那麼一說，我找邢大舅再一說，太太們問起來，你們打夥兒說好就是了。」

賈環等商議定了，王仁便去找邢大舅，賈芸便去回邢王二夫人，說得錦上添花。王夫人聽了，雖然入耳，只是不信。邢夫人聽得邢大舅知道，心裡願意，便打發人找了邢大舅來問他。那邢大舅已經聽了王仁的話，又可分肥，便在邢夫人跟前說道：「若說這位郡王，是極有體面的。若應了這門親事，雖說不是正配，管保一過了門，姐夫的官早復了，這裡的聲勢又好了。」邢夫人本是沒主意的人，被傻大舅一番假話哄得心動，請了王仁來一問，更說得熱鬧。於是邢夫人倒叫人出去追著賈芸去說。王仁即刻找了人去到外藩公館說了。

那外藩不知底細，便要打發人來相看。賈芸又鑽了相看的人，說：「原是瞞著合宅的，只說是王府相親。等到成了，他祖母作主，是不怕的。」那相看的人本應了。賈芸便送信與邢夫人，並回了王夫人。那李紈寶釵等不知緣故，只道是件好事，也都歡喜。

那日，果然來了幾個女人，都是艷妝麗服。邢夫人接了進去，敘了些閑話。那來人本知是個誥命，也不敢怠慢。邢夫人因事未定，也沒有和巧姐說明，只說有親戚來瞧，叫他去見。巧姐到底是個小孩子，那管這些？便跟了奶媽過來。平兒不放心，也跟著來。只見

有兩個宮人打扮的，見了巧姐，便渾身上下一看，更又起身來拉著巧姐的手又瞧了一遍，略坐了一坐就走了。

倒把巧姐看得羞臊，回到房中納悶；想來沒有這門親戚，便問平兒。

平兒先看見來頭，卻也猜著八九：「必是相親的。但是二爺不在家，大太太作主，到底不知是那府裡的。若說是對頭親，不該這樣相看。瞧那幾個人的來頭，不像是本支王府 3，好像是外頭路數。如今且不必和姑娘說明，先打聽明白再說。」平兒心下留神打聽。那些丫頭婆子都是平兒使過的，平兒一問，所有聽見外頭的風聲都告訴了，平兒便嚇得沒了主意。雖不和巧姐說，便趕著去告訴了李紈寶釵，求他二人告訴王夫人。

王夫人知道這事不好，便和邢夫人說知。怎奈邢夫人信了兄弟並王仁的話，反疑心王夫人不是好意，便說：「孫女兒也大了。現在璉兒不在家，這件事，我還作得主。況且他親舅爺爺和他親舅舅打聽的，難道倒比別人不真麼？我橫豎是願意的。倘有什麼不好，我和璉兒也抱怨不著別人。」王夫人聽了這話，心下暗暗生氣，勉強說些閑話，便走了出來，告訴了寶釵，自己落淚。寶玉勸道：「太太別煩惱。這件事，我看來是不成的。這又是巧姐兒命裡所招，只求太太不管就是了。」王夫人道：「你一開口就是瘋話！人家說定了就要接過去。若依平兒的話，你璉二哥哥不抱怨我麼？別說自己的姪孫女兒，就是親戚家的，也是要好才好。邢姑娘是我們作媒的，配了你二大舅子，如今和和順順的過日子，不好麼？那琴姑娘，梅家娶了去，聽見說是豐衣足食的，很好。就是史姑娘，是他叔叔的主意，頭裡原好；如今姑爺癆病死了，你史妹妹立志守寡，也就苦了。若是巧姐兒錯給了人家兒，可不是我的心壞？」

正說著，平兒過來瞧寶釵，並探聽邢夫人的口氣。王夫人將邢夫人的話說了一遍。平

兒呆了半天，跪下求道：「巧姐兒終身全仗著太太！若信了人家的話，不但姑娘一輩子受了苦，便是璉二爺回來，怎麼說呢？」王夫人道：「你是個明白人，起來聽我說：巧姐兒到底是大太太孫女兒，他要作主，我能夠攔他麼？」寶玉勸道：「無妨礙的，只要明白就是了。」平兒生怕寶玉瘋癲嚷出來，也並不言語，回了王夫人，徑自去了。

這裡王夫人想到煩悶，一陣心痛，叫丫頭扶著，不叫寶玉寶釵進來，說：「睡睡就好的。」自己卻也煩悶。聽見說李嬸娘來了。只見賈蘭進來請了安，回道：「今早爺爺那裡打發人帶了一封書子來，外頭小子們傳進來的。我母親接了，正要過來，因我老娘來了，叫我先呈給太太瞧，回來我母親就過來回太太。還說我老娘要過來呢。」說著，一面把書子呈上。王夫人一面接書，一面問道：「你老娘來作什麼？」賈蘭道：「我也不知道。我聽見我老娘說：我三姨兒的婆婆家有什麼信兒來了。」王夫人聽了，想起來還是前次給甄寶玉說了李綺，後來放定下茶[4]，想來此時甄家要娶過門，所以李嬸娘來商量這件事情，便點點頭兒，一面拆開書信，見上面寫著道：

近因沿途俱係海疆凱旋船隻，不能迅速前行。聞探姐隨翁婿來都，不知曾有信否？前接到璉姪手稟，知大老爺身體欠安，亦不知已有確信否？寶玉蘭兒場期[5]已近，務須實心用功，不可怠惰。老太太靈柩抵家，尚需日時。我身體平善[6]，不必掛念。此諭寶玉等知道。月日手書。蓉兒另稟。

王夫人看了，仍舊遞給賈蘭，說：「你拿去給你二叔叔瞧瞧，還交給你母親罷。」正說

著，李紈同李嬸娘過來，請安問好畢，王夫人讓了坐。李嬸娘便將甄家要娶李綺的話說了一遍。大家商議了一會子。李紈因問王夫人道：「看過了。」賈蘭便拿著給他母親瞧。李紈看了道：「老爺的書子，太太看過了麼？」王夫人道：「三姑娘出了門好幾年，總沒有來；如今要回京了，太太也放了好些心。」王夫人道：「我本是心痛，看見探丫頭要回來了，心裡略好些，只是不知幾時才到？」李嬸娘便問了賈政在路好。李嬸娘道：「哥兒瞧見了？場期近了，你爺爺惦記得什麼似的。你快拿了去給二叔叔瞧去罷。」李嬸娘道：「他們爺兒兩個又沒進過學，怎麼能下場呢？」王夫人道：「他爺爺作糧道的起身時，給他們爺兒兩個援了例監了。」賈蘭一面拿著書子出來，來找寶玉。

卻說寶玉送了王夫人去後，正拿著「秋水」一篇在那裡細玩。寶釵從裡間走出，見他看得得意忘言，便走過來一看，見是這個，心裡著實煩悶，細想：「他只顧把這些『出世離群』的話當作一件正經事，終久不妥！」看他這種光景，料勸不過來，便坐在寶玉旁邊，怔怔的瞅著。寶玉見他這般，便道：「你這又是為什麼？」寶釵道：「我想你我既為夫婦，你便是我終身的倚靠，卻不在情欲之私。論起榮華富貴，原不過是『過眼煙雲』；但自古聖賢，以人品根柢為重……」寶玉也沒聽完，把那本書擱在旁邊，微微的笑道：「據你說『人品根柢』，又是什麼『古聖賢』，你可知古聖賢說過，『不失其赤子之心』？那赤子有什麼好處？不過是無知，無識，無貪，無忌。我們生來已陷溺在貪、嗔、痴、愛中，猶如污泥一般，怎麼能跳出這般塵網？如今才曉得『聚散浮生』四字，古人說了，不曾提醒一個。既要講到人品根柢，誰是到那太初一步地位的？」寶釵

道：「你既說『赤子之心』，古聖賢原以忠孝為赤子之心，並不是遁世離群、無關無係為赤子之心。堯、舜、禹、湯、周、孔，時刻以救民濟世為心，所謂赤子之心，原不過是『不忍』[17]二字。若你方才所說的忍於拋棄天倫，還成什麼道理？」寶釵不等他說完，便道：「你這個話，益發不是了。古來若都是巢、許，武周不強夷齊[18]，為什麼如今人又把堯、舜、周、孔稱為聖賢呢？況你自比夷齊，更不成話。夷齊原是生在殷商末世，有許多難處之事，所以才有托而逃[19]。當此聖世，咱們世受國恩，祖父錦衣玉食；況你自有生以來，自去世的老太太，以及老爺太太，視如珍寶。你方才所說，自己想一想，是與不是？」寶玉聽了，也不答言，只有仰頭微笑。

寶釵因又勸道：「你既理屈詞窮，我勸你從此把心收一收，好好的用用功，但能博得一第[20]，便是從此而止，也不枉天恩祖德了！」寶玉點了點頭，嘆了口氣，說道：「一第呢，其實也不是什麼難事。倒是你這個『從此而止』，『不枉天恩祖德』，卻還不離其宗！」

寶釵未及答言，襲人過來說道：「剛才二奶奶說的古聖先賢，我們也不懂。我只想著我們這些人，從小兒辛辛苦苦跟著二爺，——論起理來，原該當的，但只二爺也該體諒體諒。況且二奶奶替二爺在老爺太太跟前行了多少孝道，就是二爺不以夫妻為事，也不可太辜負了人心。至於神仙那一層，更是謊話，誰見過有走到凡間來的神仙呢？那裡來的這麼個和尚，說了些混話，二爺就信了真！二爺是讀書的人，難道他的話比老爺太太還重麼？」寶玉聽了，頭低不語。

襲人還要說時，只聽外面腳步走響，隔著窗戶問道：「二叔在屋裡呢麼？」寶玉聽了

是賈蘭的聲音，便站起來笑道：「你進來罷。」寶玉寶釵請了安，問了襲人的好，襲人也問了好，便道：「你三姑姑回來了？」賈蘭道：「爺爺既如此寫，自然是回來的了。」寶玉點頭不語，默默如有所思。賈蘭便問：「叔叔看見了，爺爺後頭寫著，叫咱們好生念書呢。叔叔這程子只怕總沒作文章罷❶？」寶玉笑道：「我也要作幾篇熟一熟手，好去誆這個功名。」賈蘭道：「叔叔既這樣，就擬幾個題目，我跟著叔叔作作，也好進去混場。別到那時交了白卷子，惹人笑話；不但笑話我，人家連叔叔都要笑話了。」寶玉道：「你也不致如此。」說著，寶釵命賈蘭坐下。

寶玉仍坐在原處，賈蘭側身坐了。兩個談了一回文，不覺喜動顏色。寶釵見他爺兒兩個談得高興，便仍進屋裡去了，心中細想：「寶玉此時光景，或者醒悟過來了。只是剛才說話，他把那『從此而止』四字單單的許可，這又不知是什麼意思了？」寶釵尚自猶豫。惟有襲人看他愛講文章，提到下場，更又欣然，心裡想道：「阿彌陀佛！好容易講『四書』似的才講過來了！」這裡寶玉和賈蘭講文，鶯兒沏過茶來。賈蘭站起來接了，又說了一會子下場的規矩，並請甄寶玉在一處的話，寶玉也甚似願意。

一時，賈蘭回去，便將書子留給寶玉了。那寶玉看著書子，笑嘻嘻走進來，遞給麝月收了，把幾部向來最得意的，如「參同契」、「元命苞」、「五燈會元」[21]之類，叫出麝月、秋紋、鶯兒等都搬了擱在一邊。寶釵見他這番舉動，甚為罕異，因欲試探他，便笑問道：「不看他倒是正經，但又何必搬開呢？」寶玉道：「如今才明白過來了，這些書都算不得什麼。我還要一火焚之，方為乾淨！」寶釵聽了，更欣喜異

常。只聽寶玉口中微吟道：

內典語中無佛性，金丹法外有仙舟[22]。

寶釵也沒很聽真，只聽得「無佛性」、「有仙舟」幾個字，心中轉又狐疑，且看他作何光景。寶玉便命麝月秋紋等收拾一間靜室，把那些語錄名稿及應制詩[23]之類都找出來，擱在靜室中，自己卻當真靜靜的用起功來。寶釵這才放心。

那襲人此時真是聞所未聞，見所未見，便悄悄的笑著向寶釵道：「到底奶奶說話透徹！只一路講究，就把二爺勸明白了。就只可惜遲了一點兒，臨場太近了！」寶釵點頭微笑道：「功名自有定數，中與不中，倒也不在用功的遲早。但願他從此一心巴結正路，把從前那些邪魔永不沾染，就是好了！」說到這裡，見房裡無人，便悄說道：「這一番悔悟過來，固然很好；但只一件：怕又犯了前頭的舊病，和女孩兒們打起交道來，也是不好。」襲人道：「奶奶說得也是。二爺自從信了和尚，才把這些姐妹冷淡了；如今不信和尚，真怕又要犯了前頭的舊病呢。我想：奶奶和我，二爺原不大理會。紫鵑去了，如今只他們四個。這裡頭就是五兒有些個狐媚子，聽見說，他媽求了大奶奶和奶奶，說要討出去給人家兒呢，但是這兩天到底在這裡呢。如今算來，只有鶯兒二爺倒不大理會，況且鶯兒也穩重。麝月秋紋雖沒別的，只是二爺那幾年也都有些頑皮帶著小丫頭們伏侍就夠了，不知奶奶心裡怎麼樣？」寶釵道：「我也慮的是這個，你說的倒也罷了。」從此便派鶯兒帶著小丫頭伏侍。

那寶玉卻也不出房門，天天只差人去給王夫人請安。王夫人聽見他這番光景，那一種欣慰之情，更不待言了。

到了八月初三這一日，正是賈母的冥壽24。寶玉早晨過來磕了頭，便回去，仍到靜室，冥心危坐25。忽見鶯兒端了一盤瓜果進來，說：「太太叫人送來給二爺吃的，這是老太太的『克什』❷26。」寶玉站起來答應了，復又坐下，便道：「擱在那裡罷。」鶯兒一面放下瓜果，一面悄悄向寶玉道：「太太那裡誇二爺呢。」寶玉微笑。鶯兒又道：「太太說了，二爺這一用功，明兒進場中了出來，明年再中了進士，作了官，老爺太太可就不枉了盼二爺了！」寶玉也只點頭微笑。

鶯兒忽然想起那年給寶玉打絡子的時候寶玉說的話來，便道：「真要二爺中了，那可是我們姑奶奶的造化了！二爺還記得那一年在園子裡，不是二爺叫我打梅花絡子時說的：我們姑奶奶後來帶著我不知到那一個有造化的人家兒去呢？如今二爺可是有造化的罷咧。」寶玉聽到這裡，又覺塵心一動，連忙斂神定息，微微的笑道：「據你說來，我是有造化的，你們姑娘也是有造化的；你呢？」鶯兒把臉飛紅了，勉強笑道：「我們不過當丫頭一輩子罷咧，有什麼造化呢？」寶玉笑道：「果然能夠一輩子是丫頭，你這個造化比我們還大呢！」鶯兒聽見這話，似乎又是瘋話了，恐怕自己招出寶玉的病根來，打算著要走。只見寶玉笑著說道：「傻丫頭，我告訴你罷！」未知寶玉又說出什麼話來，且聽下回分解。

■ 校記

❶ 「叔叔這程子只怕總沒作文章罷」，「這程子」原作「這成子」，王本、金本作「這一程子」，今酌改「成」為「程」。

❷ 「克什」，王本、金本作「冥供」。

■ 注釋

1 〔夙根〕
今日行善，是前世積好，種下善根。

2 〔靜室〕
打坐念佛修身養性的地方。

3 〔本支王府〕
指與當朝皇帝有宗親關係的王府。

4 〔放定、下茶〕
都是指結親時互送彩禮。

5 〔場期〕
即科舉考試的期限，亦叫考期。清代考取舉人，在陰曆八月進行。

6 〔平善〕
即平安健康的意思。

7 〔進學〕
清代科舉制度，童生（縣試及格者）經過院試考中秀才（亦稱生員），謂之「進學」。只有進學者才能有資格參加鄉試考取舉人。

8 〔援了例監〕
明清科舉制度，取得生員（普通稱為秀才）資格，叫作「進學」，然後才能進一步去應鄉試（考舉人）。國子監的生員，稱為「監生」，「監生」名義可以由捐錢取得。「援了例監」即指依照捐納的常例取得了監生的資格。

9 〔秋水〕
「莊子」中的一篇。主要是講「無以人滅天」（意思是不要用人為的辦法去毀壞處於自然狀態的東西）。這一點，是「莊子」一書總的思想傾向。

10 〔出世離群〕
即逃避社會而隱居過孤獨的生活。

11 〔過眼烟雲〕
即很快消失，難以滯留的意思。

12 〔不失其赤子之心〕
出自「孟子‧離婁下」：「大人者，不失其赤子之心者也。」意思是說，只有能夠保持其嬰兒般的天真純樸之心的人，才算得上是有「德行」的。

13 〔貪、嗔、痴、愛〕
佛教把人類的感情欲望等並稱為「三毒」，即貪、嗔（怒）、痴（包括愛），這是一種絕欲處世觀點。

14 〔塵網〕
即塵世的羅網。這裡是說被塵世所束縛。

15 〔聚散浮生〕
道家們認為，人的生與死是由一種氣的聚與散所決定的。氣聚則生，氣散則亡。

16 〔太初〕
指天地形成前的原始狀態。佛教與道教都推奉人類應恢復到原始狀態的思想。

17 〔不忍〕
「孟子‧公孫丑上」：「先王有不忍人之心，斯有不忍人之政矣。」不忍之心，意思是有憐恤別人的心情。

18 〔巢許夷齊〕
巢父、許由、伯夷、叔齊都是古代被稱為最清高的人。堯、舜和武王、周公都不能強迫他們作官。

19 〔有托而逃〕
即有藉口逃避現實。

20 〔博得一第〕
即奪得一個被錄取的名額。此處指考中一名舉人。

21 〔「參同契」、「元命苞」〕
「參同契」是古代道家的一種講修煉的書；「元命苞」是古代讖緯學家的一種講符瑞、預言的書；「五燈會元」是佛教禪宗的一種記宗派系統、僧人事蹟和參禪問答語句的書。

22 〔內典語中無佛性，金丹法外有仙舟〕佛教徒自稱，佛教經典為「內典」，稱儒家、道家的經書為「外典」。這句意思是，佛教經典中的話沒有教義的精髓，全憑內心領悟。金丹，道士所冶煉的黃金、丹砂，以為服之可以長生。仙舟，成仙的途徑。這句意思是，道教煉丹術以外還有成仙之道。寶釵、襲人等不讓寶玉看那些「邪書」，他可以不看，但不看也擋不住他要走出家的念頭。

23 〔語錄名稿及應制詩〕語錄，一般是弟子記錄師父言行的書。這裡指孔孟程朱儒家的語錄。名稿，指一些八股名家的文章選本，供準備科舉考試用的範文。應制詩，應皇帝之命作的詩，內容多為歌功頌德。

24 〔冥壽〕舊時將死人的生日稱為冥壽。

25 〔冥心危坐〕深沉地思索，端正地坐著。

26 〔克什〕滿族語，義為上供的食品。

【第一百十九回】

中鄉魁寶玉卻塵緣　沐皇恩賈家延世澤[1]

話說鶯兒見寶玉說話，摸不著頭腦，正自要走，只聽寶玉又說道：「傻丫頭，我告訴你罷！你姑娘既是有造化的，你跟著他，自然也是有造化的了。你襲人姐姐是靠不住的。只要往後你盡心伏侍他就是了。日後或有好處，也不枉你跟著他熬了一場！」鶯兒聽著前頭像話，後頭說的又有些不像了，便道：「我知道了，姑娘還等我呢。二爺要吃果子時，打發小丫頭叫我就是了。」寶玉點頭，鶯兒才去了。一時，寶釵襲人回來，各自房中去了，不提。

且說過了幾天，便是場期。別人只知盼望他爺兒兩個作了好文章，便可以高中的了，只有寶釵見寶玉的功課雖好，只是那有意無意之間，卻別有一種冷靜的光景。知他要進場了，頭一件，叔姪兩個都是初次赴考，恐人馬擁擠，有什麼失閃；第二件，寶玉自和尚去後，總不出門，雖然見他用功喜歡，只是改得太速太好了，反倒有些信不及，只怕又有什麼變故：所以進場的頭一天，一面派了襲人帶了小丫頭們同著素雲等給他爺兒兩個收拾妥當，自己又都過了目，好好的攔起，預備著；一面過來同李紈回了王夫人，揀家裡老成的管事的多派了幾個，只說怕人馬擁擠碰了。

次日，寶玉賈蘭換了半新不舊的衣服，欣然過來見了王夫人。王夫人囑咐道：「你們爺兒兩個都是初次下場，但是你們活了這麼大，並不曾離開我一天。就是不在我跟前，也是丫頭媳婦們圍著，何曾自己孤身睡過一夜？今日各自進去，孤孤淒淒，舉目無親，需要自己保重！早些作完了文章出來，找著家人，早些回來，也叫你母親、媳婦們放心。」

王夫人說著，不免傷起心來。

賈蘭聽一句答應一句。只見寶玉一聲不哼，待王夫人說完了，走過來給王夫人跪下，滿眼流淚，磕了三個頭，說道：「母親生我一世，我也無可答報。只有這一入場，用心作了文章，好好的中個舉人出來，那時太太喜歡喜歡，便是兒子一輩子的事也完了，一輩子的不好也都遮過去了。」王夫人聽了，更覺傷心，便道：「你有這個心，自然是好的，可惜你老太太不能見你的面了！」一面說，一面哭著拉他。那寶玉只管跪著，不肯起來，便說道：「老太太見與不見，總是知道的，喜歡的。既能知道了，喜歡了，便是不見也和見了的一樣。只不過隔了形質，並非隔了神氣呵。」

李紈見王夫人和他如此，一則怕勾起寶玉的病來，二則也覺得光景不大吉祥，連忙過來說道：「太太，這是大喜的事，為什麼這樣傷心？況且寶兄弟近來很知好歹，很孝順，又肯用功。只要帶了姪兒進去，好好的作文章，早早的回來，寫出來請咱們的世交老先生們看了，等著爺兒兩個都報了喜，就完了。」一面叫人攙起寶玉來。寶玉卻轉過身來給李紈作了個揖，說：「嫂子放心！我們爺兒兩個都是必中的。日後蘭哥還有大出息，大嫂子還要戴鳳冠穿霞帔呢。」李紈笑道：「但願應了叔叔的話，也不枉──」說到這裡，恐怕又惹起王夫人的傷心來，連忙咽住了。寶玉笑道：「只要有了個好兒子，能夠接續祖基，

就是大哥哥不能見，也算他的後事完了。」李紈見天氣不早了，也不肯盡著和他說話，只好點點頭兒。

此時寶釵聽得，早已呆了。這些話，不但寶玉說得不好，句句都是不祥之兆，卻又不敢認真，只得忍淚無言。那寶玉說到跟前，便是王夫人李紈所說，深深的作了一個揖。眾人見他行事古怪，也摸不著是怎麼樣，又不敢笑他。只見寶釵的眼淚直流下來，眾人更是納罕。又聽寶玉說道：「姐姐！我要走了。你好生跟著太太，聽我的喜信兒罷！」寶釵道：「是時候了，你不必說這些嘮叨話了。」寶玉道：「你倒催得我緊，我自己也知道該走了！」回頭見眾人都在這裡，只沒惜春紫鵑，便說道：「四妹妹和紫鵑姐姐跟前，替我說說罷。他們兩個橫豎是再見的❷。」

眾人見他的話，又像有理，又像瘋話。大家只說他從來沒出過門，都是太太的一套話招出來的，不如早早催他去了，就完了事了，便說道：「外面有人等你呢，你再鬧就誤了時辰了。」寶玉仰面大笑道：「走了，走了！不用胡鬧了！完了事了！」眾人也都笑道：「快走罷！」獨有王夫人和寶釵娘兒兩個倒像生離死別的一般，那眼淚也不知從那裡來的，直流下來，幾乎失聲哭出。但見寶玉嘻天哈地，大有瘋傻之狀，遂從此出門而去。正是：

走來名利無雙地，打出樊籠第一關[2]。

不言寶玉賈蘭出門赴考。且說賈環見他們考去，自己又氣又恨，便自大為王，說：「我可

要給母親報仇了！家裡一個男人沒有，上頭大太太依了我，還怕誰！」想定了主意，跑到邢夫人那邊請了安，說了些奉承的話。那邢夫人自然喜歡，便說道：「你這才是明理的孩子呢！像那巧姐兒的事，原該我作主的，你璉二哥糊塗，放著親奶奶，倒托別人去！」賈環道：「人家那頭兒也說了：只認得這一門子，現在定了，還要備一份大禮來送太太呢。如今太太有了這樣的藩王孫女女婿❸，還怕大老爺沒大官作麼？不是我說自己的太太：他們有了元妃姐姐，便欺壓得人難受！將來巧姐兒別也是這樣沒良心，等我去問他。」邢夫人道：「你也該告訴他，他才知道你的好處。只怕他父親在家也找不出這麼門子好親事來！但只平兒那個糊塗東西，他倒說這件事不好，說是你太太也不願意。想來恐怕我們得了意。若遲了，你二哥回來，又聽人家的話，就辦不成了。」賈環道：「那邊都定了，只等太太出了八字。王府的規矩，三天就要來娶的。但是一件，只怕太太不願意，那邊說是不該娶犯官的孫女，只好悄悄的抬了去；等大老爺免了罪，作了官，再大家熱鬧起來。」邢夫人道：「這有什麼不願意？也是禮上應該的。」賈環道：「既這麼著，這帖子太太出了就是了。」邢夫人道：「這孩子又糊塗了！裡頭都是女人，你叫芸哥兒寫了一個就是了。」

❹　賈環聽說，喜歡得了不得，連忙答應了出來，趕著和賈芸說了，邀著王仁到那外藩公館立文書、兌銀子去了。

那知剛才所說的話早被跟邢夫人的丫頭聽見。那丫頭是求了平兒才挑上的，便抽空兒趕到平兒那裡，一五一十的都告訴了。平兒早知此事不好，已和巧姐細細的說明。巧姐哭了一夜，必要等他父親回來作主，大太太的話不能遵；今兒又聽見這話，便大哭起來，要和太太講去。平兒急忙攔住道：「姑娘且慢著！大太太是你的親祖母。他說二爺不在家，

大太太作得主的，況且還有舅舅作保山，他們都是一氣，姑娘一個人，那裡說得過呢？我到底是下人，說不上話去。如今只可想法兒，斷不可冒失的！」邢夫人那邊的丫頭道：「你們快快的想主意，不然，可就要抬走了！」說著，各自去了。

平兒回過頭來，見巧姐哭作一團，連忙扶著道：「姑娘，哭是不中用的！如今是二爺大喜的事來了！叫平兒將姑娘所有應用的東西料理出來。若是陪送呢，原說明了等二爺回來再辦。」平兒只得答應了回來。又見王夫人過來。巧姐兒一把抱住，哭得倒在懷裡。王夫人也哭道：「妞兒不用著急！我為你吃了大太太好些話，看來是扭不過來的。我們只好應著緩下去，即刻差個家人趕到你父親那裡去告訴。」平兒道：「太太還不知道麼？早起三爺在大太太跟前說了：什麼外藩規矩，三日就要過去的。如今大太太已叫芸哥兒寫了名字年庚去了，還等得二爺麼？」王夫人聽說是三爺，便氣得話也說不出來，呆了半天，一疊聲叫找賈環。找了半天，人回：「今早同薔哥兒王舅爺出去了。」王夫人問：「芸哥呢？」眾人回說：「不知道。」巧姐屋內人人瞪眼，都無方法。王夫人也難和邢夫人爭論，只有大家抱頭大哭。

正鬧著，一個婆子進來回說：「後門上的人說，那個劉姥姥又來了。」王夫人道：「咱們家遭了這樣事，那有工夫接待人，不拘怎麼回了他去罷。」平兒道：「太太該叫他進來，他是姐兒的乾媽，也得告訴告訴他。」王夫人不言語。那婆子便帶了劉姥姥進來。各人見了問好。劉姥姥見眾人的眼圈兒通紅，也摸不著頭腦，遲了一會子，問道：「怎麼了？太太姑娘們必是想二姑奶奶了。」巧姐兒聽見提起他母親，越發大哭起來。平兒道：

「姥姥別說閒話。你既是姑娘的乾媽，也該知道的。」便一五一十的告訴了。把個劉姥姥也唬怔了。等了半天，忽然笑道：「你這樣一個伶俐姑娘，沒聽見過『鼓兒詞』麼？這上頭的法兒多著呢，這有什麼難的！」平兒道：「姥姥！你有什麼法兒？快說罷！」劉姥姥道：「這有什麼難的呢，一個人也不叫他們知道，扔崩一走就完了事了。」平兒道：「這可是混說了！我們這樣人家的人，走到那裡去？」劉姥姥道：「只怕你們不走，就到我屯裡去。我就把姑娘藏起來，即刻叫我女婿弄了人，叫姑娘親筆寫個字兒，趕到姑老爺那裡，少不得他也來了，可不好麼？」平兒道：「大太太知道呢？」劉姥姥道：「我來，他們知道麼？」平兒道：「大太太住在前頭，他待人刻薄，有什麼信，沒人送給他的。你若前門走來，就知道了；如今是後門來的，不妨事。」劉姥姥道：「咱們說定了幾時，我叫女婿打了車來接了去。」平兒道：「這還等得幾時嗎？你坐著罷。」急忙進去，將劉姥姥的話，避了旁人告訴了。

王夫人想了半天不妥當。平兒道：「只好這樣！為的是太太，才敢說明。太太就裝不知道，回來倒問大太太。我們那裡就有人去，想二爺回來也快。」王夫人不言語，嘆了一口氣。巧姐兒聽見，便和王夫人道：「求太太救我！橫豎父親回來，只有感激的！」平兒道：「不用說了，太太回去罷。只要太太派人看屋子。」王夫人道：「掩密些！你們兩個人的衣服鋪蓋是要的啊。」平兒道：「要快走才中用呢！若是他們定了回來，就有飢荒了！」一句話提醒了王夫人，便道：「是了，你們快辦去罷！有我呢！」於是王夫人回去，倒過去找邢夫人說閒話兒，把邢夫人先絆住了。

平兒這裡便遣人料理去了，囑咐道：「倒別避人！有人進來看見，就說是大太太吩咐

巧姐

的，要一輛車子送劉姥姥去。」這裡又買囑了看後門的人僱了車來。平兒便將巧姐裝作青兒模樣，急急的去了。後來平兒只當送人，眼錯不見，也跨上車去了。原來近日賈府後門雖開，只有一兩個人看著，餘外雖有幾個家下人，因房大人少，空落落的，誰能照應？且邢夫人又是個不憐下人的。家人明知此事不好，又都感念平兒的好處，所以通同一氣，放走了巧姐。邢夫人還自和王夫人說話，那裡理會？

只有王夫人甚不放心，說了一回話，悄悄的走到寶釵那裡坐下，心裡還是惦記著。寶釵見王夫人神色恍惚，便問：「太太的心裡有什麼事？」王夫人將這事背地裡和寶釵說了。寶釵道：「險得很！如今得快兒的叫芸哥兒止住那裡才妥當。」王夫人道：「我找不著環兒呢！」寶釵道：「太太總要裝作不知，等我想個人去叫大太太知道才好。」王夫人點頭，一任寶釵想人。暫且不言。

且說外藩原是要買幾個使喚的女人，據媒人一面之辭，所以派人相看。相看的人回去，稟明了藩王。藩王問起人家，眾人不敢隱瞞，只得實說。那外藩聽了，知是世代勛戚，[5]便說：「了不得！這是有干例禁[6]的，幾乎誤了大事！況我朝觀[7]已過，便要擇日起程。倘有人來再說，快快打發出去！」這日恰好賈芸王仁等遞送年庚，只見府門裡頭的人便說：「奉王爺的命說，敢拿賈府的人來冒充民女者，要拿住究治的！如今太平時候，誰敢這樣大膽？」這一嚷，唬得王仁等抱頭鼠竄的出來，埋怨那說事的人，大家掃興而散。

賈環在家候信，又聞王夫人傳喚，急得煩躁起來，見賈芸一人回來，趕著問道：「定了麼？」賈芸慌忙跺足道：「了不得，了不得！不知誰露了風了！」還把吃虧的話說了一

遍。賈環氣得發怔，說：「我早起在大太太跟前說得這樣好，如今怎麼樣處呢？這都是你們眾人坑了我了！」

正沒主意，聽見裡頭亂嚷，叫著賈環等的名字，說：「大太太二太太叫呢！」兩個人只得蹭進去。只見王夫人怒容滿面，問：「你們幹的好事！如今逼死了巧姐和平兒了。快快的給我找還屍首來完事！」兩個人跪下。賈環不敢言語。賈芸低頭說道：「孫子不敢幹什麼。為的是邢舅太爺和王舅爺說給巧妹妹作媒，我們才回太太們的。大太太願意，才叫孫子寫帖兒去的。人家還不要呢，怎麼我們逼死了妹妹呢？」王夫人道：「環兒在大太太那裡說的，三日內便要抬了走。說親作媒，有這樣的麼？我也不問，你們快把巧姐兒還了我們，等老爺回來再說！」邢夫人如今也是一句話說不出了，只有落淚。王夫人便罵賈環說：「趙姨娘這樣混賬東西，留的種子也是這混賬的！」說著，叫丫頭扶了，回到自己房中。

那賈環、賈芸、邢夫人三個人互相埋怨，說道：「如今且不用埋怨。想來死是不死的，必是平兒帶了他到那什麼親戚家躲著去了。」邢夫人叫了前後的門上人來罵著，問：「巧姐兒和平兒，知道那裡去了？」豈知下人一口同音，說是：「大太太不必問我們，問當家的爺們就知道了。在大太太也不用鬧⑤，等我們太太問起來，我們有話說。要打大家打，要發大家發。自從璉二爺出了門，外頭鬧得還得了！我們的月錢月米是不給了！賭錢喝酒，鬧小旦，還接了外頭的媳婦兒到宅裡來，這不是爺們嗎？」說得賈芸等頓口無言。

王夫人那邊又打發人來催說：「叫爺們快找來！」那賈環等急得恨無地縫可鑽，又不敢盤問巧姐那邊的人。明知眾人深恨，是必藏起來了，但是這句話怎敢在王夫人面前

說，只得各處親戚家打聽，毫無蹤跡。裡頭一個邢夫人，外頭環兒等，這幾天鬧得晝夜不寧。

看看到了出場日期，王夫人只盼著寶玉賈蘭回來。等到晌午，不見回來，王夫人、李紈、寶釵著忙，打發人去到下處。去了一起，又無消息，連去的人也不來了。回來又打發一起人去，又不見回來。三個人心裡如熱油熬煎。

等到傍晚，有人進來，見是賈蘭。眾人喜歡，問道：「寶二叔呢？」賈蘭也不及請安，便哭道：「二叔丟了！」王夫人聽了這話，便怔了半天，也不言語，便直挺挺的躺倒床上。虧得彩雲等在後面扶著，下死的叫醒轉來，哭著。見寶釵也是白瞪兩眼，襲人等已哭得淚人一般，只有哭著罵賈蘭道：「糊塗東西！你同二叔在一處，怎麼他就丟了？」賈蘭道：「我和二叔在下處都是一處吃，一處睡，進了場，相離也不遠，刻刻在一處的。今兒一早，二叔的卷子早完了，還等我呢。我們兩個人一起去交了卷子，一同出來，在龍門口⁹一擠，回頭就不見了。我們家接場的人都問我。李貴還說：『看見的，相離不過數步，怎麼一擠就不見了？』現叫李貴等分頭的找去。我也帶了人，各處號裡都找遍了，沒有，我所以這時候才回來。」

王夫人是哭得一句話也說不出來；寶釵心裡已知八九；襲人痛哭不已；賈薔等不等吩咐，也是分頭而去。可憐榮府的人，個個死多活少，空備了接場的酒飯。賈蘭也都忘了辛苦，還要自己找去。倒是王夫人攔住道：「我的兒！你叔叔丟了，還禁得再丟了你麼？好孩子，你歇歇去罷！」賈蘭那裡肯走？尤氏等苦勸不止。

眾人中只有惜春心裡卻明白了，只不好說出來，便問寶釵道：「二哥哥帶了玉去了沒

賈蘭

有？」寶釵道：「這是隨身的東西，怎麼不帶？」惜春聽了，便不言語。襲人想起那日搶玉的事來，也是料著那和尚作怪，柔腸幾斷，珠淚交流，嗚嗚咽咽哭個不住，追想當年寶玉相待的情分：「有時惱他，他便惱了，也有一種令人心的好處，那溫存體貼，是不用說了；若惱急了他，便賭誓說作和尚。誰知今日卻應了這句話了！」

不言襲人苦想，卻說那天已是四更，並沒個信兒。李紈怕王夫人苦壞了，極力勸著回房。眾人都跟著伺候，只有邢夫人回去。賈環躲著不敢出來。王夫人叫賈蘭去了，一夜無眠。次日天明，雖有家人回來，都說：「沒有一處不尋到，實在沒有影兒。」於是薛姨媽、薛蝌、史湘雲、寶琴、李嬸娘等接二連三的過來請安問信。

如此一連數日，王夫人等飲食不進，命在垂危。忽有家人回道：「海疆來了一人，口稱統制大人那裡來的，說：我們家的三姑奶奶，明日到京了。」王夫人聽說探春回京，雖不能解寶玉之愁，那個心略放了些。到了明日，果然探春回來。眾人遠遠接著，見探春出挑得比先前更好了，服采鮮明。看見王夫人形容枯槁，眾人眼腫腮紅，便也大哭起來，哭了一會，然後行禮。看見惜春道姑打扮，心裡很不舒服。又聽見寶玉心迷走失，家中多少不順的事，大家又哭起來。還虧得探春能言，見解亦高，把話來慢慢兒的勸解了好些時，王夫人等略覺好些。至次日，三姑爺也來了，知有這樣事，留探春住下勸解。跟探春的丫頭老婆也與眾姐妹們相聚，各訴別後情事。從此，上上下下的人，竟是無晝無夜，專等寶玉的信。

那一夜五更多天，外頭幾個家人進來，到二門口報喜。幾個小丫頭亂跑進來，也不及告訴大丫頭了，進了屋子，便說：「太太奶奶們大喜！」王夫人打量寶玉找著了，便喜歡

得站起身來說：「在那裡找著的？快叫他進來！」那人道：「中了第七名舉人。」王夫人道：「寶玉呢？」家人不言語。王夫人又嚷道：「第七名中的是誰？」那家人趕忙出去，接了報回說：「是寶二爺。」正說著，外頭又嚷道：「蘭哥兒中了！」那家人趕忙出去，接了報單回稟，見賈蘭中了一百三十名。李紈心下自然喜歡，但因不見了寶玉，不敢喜形於色。王夫人見賈蘭中了，心下也是喜歡，只想：「若是寶玉一回來，咱們這些人，不知怎樣樂呢！」獨有寶釵心下悲苦，又不好掉淚。眾人道喜，說是：「寶玉既有中的命，自然再不會丟的，不過再過兩天，必然找得著。」❻

王夫人等想來不錯，略有笑容，眾人便趁勢勸王夫人等多進了些飲食。只見三門外頭焙茗亂嚷說：「我們二爺中了舉人，是丟不了的了！」眾人問道：「怎麼見得？」焙茗道：「『一舉成名天下聞』10！如今二爺走到那裡，那裡就知道的，誰敢不送來！」裡頭的眾人都說：「這小子雖是沒規矩，這句話是不錯的。」惜春道：「這樣大人了，那裡有走失的？只怕他勘破世情，入了空門，這就難找著他了！」王夫人哭道：「他若拋了父母，這就是不孝，怎能成佛作祖？」探春道：「大凡一個人，不可有奇處。二哥哥生來帶塊玉來，都說是好事；這麼說起來，都是有了這塊玉的不好。若是再有幾天不見——我不是叫太太生氣，就有些緣故了，只好譬如沒有生這位哥哥，也是太太幾輩子的修積。」寶釵聽了不言語。襲人那裡忍得住，心裡一疼，頭上一暈，便栽倒了。王夫人看著可憐，命人扶他回去。

賈環見哥哥姪兒中了，又為巧姐的事，大不好意思，只抱怨薔芸兩個。知道探春回

來，此事不肯干休，又不敢躲開，這幾天竟是如在荊棘之中。

次日，賈蘭只得先去謝恩，知道甄寶玉也中了，大家序了同年。提起賈寶玉心迷走失，甄寶玉嘆息勸慰。知貢舉[11] 的將考中的卷子奏聞，皇上一一披閱，看取中的文章，俱是平正通達的。見第七名賈寶玉是金陵籍貫，第一百三十名又是金陵賈蘭，皇上傳旨詢問：「兩個姓賈的金陵人氏，是否賈妃一族？」大臣領命出來，傳賈寶玉賈蘭問話。賈蘭將寶玉場後迷失的話，並將三代陳明，大臣代為轉奏。皇上最是聖明仁德，想起賈氏功勛，命大臣查覆。大臣便細細的奏明。皇上甚是憫恤，命有司將賈赦犯罪情由，查案呈奏。皇上又看到「海疆靖寇班師善後事宜」一本，奏的是「海晏河清[12]，萬民樂業」的事。皇上聖心大悅，命九卿[13] 敘功議賞，並大赦天下。

賈蘭等朝臣散後，拜了座師[14]，見朝內有大赦的信，便回了王夫人等。合家略有喜色，只盼寶玉回來。

一日，人報甄老爺同三姑爺來道喜，王夫人便命賈蘭出去接待。不多一時，賈蘭進來，笑嘻嘻的回王夫人道：「太太們大喜了！甄老爺在朝內聽見有旨意，說是大爺爺的罪名免了；珍大爺不但免了罪，仍襲了寧國三等世職。榮國世職，仍是爺爺襲了，俟丁憂服滿，仍升工部郎中。所抄家產，全行賞還。二叔的文章，皇上看了甚喜。問知元妃兄弟，現北靜王還奏說人品亦好，皇上傳旨召見。眾大臣奏稱：『據伊姪賈蘭回稱出場時迷失，現在各處尋訪。』皇上降旨，著五營各衙門[15] 用心尋訪。這旨意一下，請太太們放心，皇上這樣聖恩，再沒有找不著的！」王夫人等這才大家稱賀，喜歡起來。

只有賈環等心下著急，四處找尋巧姐。那知巧姐隨了劉姥姥，帶著平兒出了城，到

了莊上，劉姥姥也不敢輕褻巧姐，便打掃上房，讓給巧姐平兒住下。每日供給，雖是鄉村風味，倒也潔淨；又有青兒陪著，暫且寬心。那莊上也有幾家富戶，知道劉姥姥家來了賈府姑娘，誰不來瞧，都道是天上神仙，也有送菜果的，也有送野味的，倒也熱鬧。內中有個極富的人家姓周，新近科試，中了秀才。那日他母親看見巧姐，心裡羨慕，自想：「我是莊家人家，那裡配得起這樣世家小姐？」只顧呆想。劉姥姥早看出他的心事來，便說：「你的心事我知道了，我給你們作個媒罷。」周媽媽笑道：「你別哄我。他們什麼人家，肯給我們莊家人？」劉姥姥道：「說著瞧罷。」於是兩人各自走開。

劉姥姥惦記著賈府，叫板兒進城打聽。說是：「寧榮兩府復了官，賞還抄的家產，如今府裡又要起來了。只是他們的寶玉中了官[7]，不知走到那裡去了。」板兒心裡喜歡，便要回去。又見好幾匹馬到來，在門前下馬，只見門上打千兒請安，說：「二爺回來了！大喜！大老爺身上安了麼？」那位爺笑著道：「好了！又遇恩旨，就要回來了。」還問：「那些人作什麼的？」板兒便在鄰近打聽。說是：「寧榮兩府復了官，賞還抄的家產，如今府裡又要起來了。只是他們的寶玉中了官，不知走到那裡去了。」板兒心裡喜歡，便要回去。又見好幾匹馬料是賈璉，也不再打聽，趕忙回去告訴他外祖母。

劉姥姥聽說，喜得眉開眼笑，去給巧姐兒道喜，將板兒的話說了一遍。平兒笑說道：「可是虧了姥姥這樣一辦！不然，姑娘也摸不著這好時候兒了。」巧姐更自喜歡。正說著，那送賈璉信的人也回來了，說是：「姑老爺感激得很，叫我一到家，快把姑娘送回去。又賞了我好幾兩銀子。」劉姥姥聽了得意，便叫人趕了兩輛車，請巧姐平兒上車。巧

姐等在劉姥姥家住熟了，反是依依不捨。更有青兒哭著，恨不能留下。劉姥姥見他不忍相別，便叫青兒跟了進城，一逕直奔榮府而來。

且說賈璉先前知道賈赦病重，趕到配所，父子相見，痛哭一場，漸漸的好起來。賈璉接著家書，知道家中的事，稟明賈赦回來，走到中途，聽得大赦，又趕了兩天，今日到家，恰遇頒賞恩旨。裡面邢夫人等正愁無人接旨，雖有賈蘭，終是年輕。人報璉二爺回來，大家相見，悲喜交集。此時也不及敘話，即到前廳，叩見了。欽命大人[16]問了他父親好，說：「明日到內府領賞。寧國府第，發交居住。」眾人起身辭別。

賈璉送出門去，見有幾輛屯車[17]，家人們不許停歇，正在吵鬧，賈璉早知道是巧姐兒來的車，便罵家人道：「你們這一起糊塗忘八崽子！我不在家，就欺心害主，將姐兒都逼走了，如今人家送來，還要攔阻！必是你們和我有什麼仇麼？」眾家人原怕賈璉回來不依，想來少時才破，豈知賈璉說得更明，心下不懂，只得站著回道：「二爺出門，奴才們有病的，有告假的，都是三爺、薔大爺、芸二爺作主，不與奴才們相干。」賈璉道：「什麼混賬東西！我完了事，再和你們說。快把車趕進來！」

賈璉進去，見邢夫人也不言語，轉身到了王夫人那裡，跪下磕了個頭，回道：「姐兒回來了，全虧太太周全！環兒弟也不用說他了。只是芸兒這東西，他上回看家，就鬧亂兒；如今我去了幾個月，便鬧到這樣。回太太的話：這種人，攆了他，不往來也使得的！」王夫人道：「王仁這下流種子為什麼也是這樣壞的！」賈璉道：「太太不用說了，我自有道理。」

正說著，彩雲等回道：「姐兒進來了。」於是巧姐兒見了王夫人，雖然別不多時，想起那樣逃難的景況，不免落下淚來。巧姐兒也便大哭。賈璉見了平兒，外面不好說別的，心裡十分感激，眼中不覺流淚。自此，益發敬重平兒，打算等賈赦回來，要扶平兒為正。此是後話，暫且不提。

只說邢夫人正恐賈璉不見了巧姐，必有一番周折；又聽見賈璉在王夫人那裡，心下更是著急，便叫丫頭去打聽。回來說是巧姐兒同著劉姥姥在那裡說話兒呢，邢夫人才如夢初覺，知是他們弄鬼，還抱怨王夫人：「調唆得我母子不和！到底不知是那個送信給平兒的？」正問著，只見巧姐同著劉姥姥，帶了平兒，王夫人在後頭跟著進來，先把頭裡的話都說在賈芸王仁身上，說：「大太太原是聽見人說，為的是好事。那裡知道外頭的鬼？」邢夫人聽了，自覺羞慚，想起王夫人主意不差，心裡也服。於是邢王二夫人，彼此倒心下相安了。

平兒回了王夫人，帶了巧姐到寶釵那裡來請安，各自提各自的苦處。又說到：「皇上隆恩，咱們家該興旺起來了。想來寶二爺必回來的。」正說到這句話，只見秋紋慌慌張張的跑來說道：「襲人不好了！」不知何事，且聽下回分解。

❶ 「就是不在我跟前」，「跟」藤本、王本作「眼」。

❷ 「替我說罷，他們兩個橫豎是再見的」，諸本作「替我說一句罷，橫豎是再見就完了」。

❸ 「孫女女婿」，諸本作「孫女婿兒」。

❹ 「你叫芸哥兒寫了一個就是了」，「芸哥兒」，原作「薔哥兒」，從藤本、王本改。

❺ 「在大太太也不用鬧」，「在」字藤本、王本作「請」。

❻ 「不過再過兩天，必然找得著的舉人」，諸本作「況天下沒有迷失了的舉人」。

❼ 「中了官」，藤本、王本作「中了舉」。

■ 注釋

1 〔中鄉魁兩句〕

舊時科舉考試，鄉試考中者為舉人。中鄉魁，即考中舉人。卻塵緣，了卻塵世的牽連，此指寶玉出家。延世澤，承繼祖宗遺留下的爵祿。這兩句的意思是說，走進考場之日，便是出家之時。

2 〔走來名利無雙地，打出樊籠第一關〕

名利無雙地，意思是獲得名利的唯一地方，即科舉考場；樊籠，鳥籠。

3 〔鼓兒詞〕

即大鼓詞。

4 〔扔崩〕

「驟然離開」的形容語。

5 〔世代勛戚〕

世襲的有功勛的皇親貴戚。

6 〔有干例禁〕

即觸犯了朝廷例行的禁令。「大清律・戶律・婚姻」規定：強奪良人家女，占為妻妾者，處絞刑。

7 〔朝覲（ㄐㄧㄣˋ jìn）〕

朝見君主或朝拜聖地。

8 〔下處〕
即下榻之處，指住宿的地方。

9 〔龍門口〕
指科舉考試場的出入口。龍門，山名，在今陝西省韓城東北，橫跨黃河兩岸。因舊時傳說鯉魚跳過龍門即可變成龍，於是後人便借「跳龍門」比喻科舉考試，意思是說，只要能考中，就如魚變龍一樣，成為人上之人。

10 〔一舉成名天下聞〕
古代俗話：「十年窗下無人問，一舉成名天下知。」

11 〔知貢舉〕
鄉試主考官。知，主持；貢舉，科舉取士的方法。

12 〔海晏河清〕
舊時形容天下太平的常用詞，意思是海裡風平浪靜，黃河流水澄清。

13 〔九卿〕
各代所指有所不同。清代九卿為都察院、大理寺、太常寺、光祿寺、鴻臚寺、太僕寺、通政司、宗人府、鑾儀衛。都察院，又叫御史臺，專管檢察彈劾官吏的過失，以都御史為長官。大理寺，最高司法機關，專管刑法之事，以大理卿為長官。太常寺，掌宗廟禮儀，長官是太常寺卿。光祿寺，掌管膳食帳幕諸事，長官是光祿寺卿（已見第五十三回）。鴻臚寺，掌管朝賀慶弔之贊導相禮，長官是鴻臚寺卿。太僕寺，掌牧馬之政令，長官是太僕寺卿。通政司，掌管內外章疏、臣民密封申訴之事，長官是通政使。宗人府，掌管皇族之屬籍，長官是宗人令。鑾儀衛，掌管鑾輿、儀仗、保衛諸事，長官是掌衛事大臣，其下設鑾儀使。

14 〔座師〕
科舉制度，考中了的舉子稱主考官為「座師」。

15 〔五營各衙門〕
清代守衛京師的巡捕營，分南、北、左、右、中五營。

16 〔欽命大人〕
欽差大臣，這裡是尊稱。

17 〔屯車〕
農村用於運輸的大車。

【第一百二十回】
甄士隱詳說太虛情　賈雨村歸結紅樓夢

話說寶釵聽秋紋說襲人不好，連忙進去瞧看，巧姐兒同平兒也隨著。走到襲人炕前，只見襲人心痛難禁，一時氣厥¹。寶釵等用開水灌了過來，仍舊扶他睡下，一面傳請大夫。巧姐兒因問寶釵道：「襲人姐姐怎麼病到這個樣兒？」寶釵道：「大前兒晚上，哭傷了心了，一時發暈栽倒了。太太叫人扶他回來，他就睡倒了。因外頭有事，沒有請大夫瞧他，所以致此。」說著，大夫來了，寶釵等略避。大夫看了脈，說是急怒所致，開了方子去了。

原來襲人模糊聽見說，寶玉若不回來，便要打發屋裡的人都出去，一急，越發不好了。到大夫瞧後，秋紋給他煎藥，他各自一人躺著，神魂未定，好像寶玉在他面前，恍惚又像是見個和尚，手裡拿著一本冊子揭著看，還說道：「你不是我的人，日後自然有人家兒的。」襲人似要和他說話，秋紋走來說：「藥好了，姐姐吃罷。」襲人睜眼一瞧，知是個夢，也不告訴人。吃了藥，便自己細細的想：「寶玉必是跟了和尚去。上回他要拿玉出去，被我揪住，看他竟不像往常，把我混推混揉的，一點情意都沒有；後來待二奶奶更生厭煩；在別的姐妹跟前，也是沒有一點情意；這就是悟道的樣子。

但是你悟了道，拋了二奶奶怎麼好？我是太太派我伏侍你，雖是月錢照著那樣的分例，其實我究竟沒有在老爺太太跟前回明，就算了你的屋裡人。若是老爺太太打發我出去，我若死守著，又叫人笑話；若是我出去，心想寶玉待我的情分，實在不忍！」左思右想，萬分難處。想到剛才的夢，「說我是別人的人❷，那倒不如死了乾淨！」豈知吃藥以後，暗中垂淚，自嘆命苦。又知他母親打算給哥哥贖罪，不能不幫著打算。暫且不表。

且說賈政扶賈母靈柩，賈蓉送了秦氏、鳳姐、鴛鴦的棺木到了金陵，先安了葬。賈蓉自送黛玉的靈，也去安葬。賈政料理墳墓的事。一日，接到家書，一行一行的看到寶玉賈蘭得中，心裡自是喜歡；後來看到寶玉走失，復又煩惱，只得趕忙回來。在道兒上又聞得有恩赦的旨意，又接著家書，果然赦罪復職，更是喜歡，便日夜趲行[2]。

一日，行到毗陵驛[3]地方，那天乍寒，下雪，泊在一個清靜去處。賈政打發眾人上岸投帖，辭謝朋友，總說即刻開船，都不敢勞動。船上只留一個小廝伺候，自己在船中寫家書，先要打發人起早到家。寫到寶玉的事，便停筆。抬頭忽見船頭上微微的雪影裡面一個人，光著頭，赤著腳，身上披著一領大紅猩猩氈的斗篷，向賈政倒身下拜。賈政尚未認清，急忙出船，欲待扶住問他是誰。那人已拜了四拜，站起來打了個問訊[4]。賈政才要還揖，迎面一看，不是別人，卻是寶玉。賈政吃一大驚，忙問道：「可是寶玉麼？」那人只不言語，似喜似悲。賈政又問道：「你若是寶玉，如何這樣打扮，跑到這裡來？」寶玉未及回言，只見船頭上來了兩人，一僧一道，夾住寶玉道：「俗緣已畢，還不快走？」寶玉未說

著，三個人飄然登岸而去。賈政不顧地滑，疾忙來趕，見那三人在前，那裡趕得上？只聽得他們三人口中不知是那個作歌曰：

我所居兮，青埂之峰；我所遊兮，鴻濛[5]太空[6]。誰與我逝兮，吾誰與從？渺渺茫茫兮，歸彼大荒[7][8]！

賈政一面聽著，一面趕去，轉過一小坡，倏然不見。賈政已趕得心虛氣喘，驚疑不定。回過頭來，見自己的小廝也隨後趕來，賈政問道：「你看見方才那三個人麼？」小廝道：「看見的。奴才為老爺追趕，故也趕來。後來只見老爺，不見那三個人了。」賈政還欲前走，只見白茫茫一片曠野，並無一人。賈政知是古怪，只得回來。

眾家人回船，見賈政不在艙中，問了船夫，說是老爺上岸追趕兩個和尚一個道士去了。眾人也從雪地裡尋蹤迎去，遠遠見賈政來了，迎上去接著，一同回船。賈政坐下，喘息方定，將見寶玉的話說了一遍。眾人回稟，便要在這地方尋覓。賈政嘆道：「你們不知道！這是我親眼見的，並非鬼怪。況聽得歌聲，大有玄妙。寶玉生下時，銜了玉來，便也古怪，我早知是不祥之兆，為的是老太太疼愛，所以養育到今。便是那和尚道士，我也見了三次：頭一次，是那僧道來說玉的好處；第二次，便是寶玉病重，他來了，將那玉持誦[9]了一番，寶玉便好了；第三次，送那玉來，坐在前廳，我一轉眼就不見了。我心裡便有些詫異，只道寶玉果真有造化，高僧仙道來護佑他的。豈知寶玉是下凡歷劫的，竟哄了老太太十九年！如今叫我才明白！」說到那裡，掉下淚來。

眾人道：「寶二爺果然是下凡的和尚，就不該中舉人了。怎麼中了才去？」賈政道：「你們那裡知道？大凡天上星宿，山中老僧，洞裡的精靈，他自具一種性情。你看寶玉何嘗肯念書？他若略一經心，無有不能的。他那一種脾氣，也是各別另樣！」說著，又嘆了幾聲。眾人便拿蘭哥得中、家道復興的話解了一番。賈政仍舊寫家書，便把這事寫上，勸諭合家不必想念了。寫完封好，即著家人回去，賈政隨後趕回。暫且不提。

且說薛姨媽得了赦罪的信，便命薛蝌去各處借貸，並自己湊齊了贖罪銀兩。刑部准了，收兌了銀子，一角文書，將薛蟠放出。他們母子姐妹弟兄見面，不必細述，自然是悲喜交集了。薛蟠自己立誓說道：「若是再犯前病，必定犯殺犯剮！」薛姨媽見他這樣，便握他的嘴，說：「只要自己拿定主意，必定還要妄口巴舌[10]血淋淋的起這樣惡誓麼？只是香菱跟你受了多少苦處，你媳婦兒已經自己治死自己了，如今雖說窮了，這碗飯還有得吃，據我的主意，我便算他是媳婦了。你心裡怎麼樣？」寶釵等也說：「很該這樣。」倒把香菱急得臉脹通紅，說是：「伏侍大爺一樣的，何必如此？」眾人便稱起「大奶奶」來，無人不服。

薛蟠便要去拜謝賈家。薛姨媽寶釵也都過來。見了眾人，彼此聚首，又說了一番的話。正說著，恰好那日賈政的家人回家，呈上書子，說：「老爺不日到了。」王夫人叫賈蘭將書子念給眾聽。賈蘭念到賈政親見寶玉的一段，眾人聽了，都痛哭起來，王夫人、寶釵、襲人等更甚。大家又將賈政書內叫家內不必悲傷，原是借胎[11]的話解說了一番：「與其作了官，倘或命運不好，犯了事，壞家敗產，那時倒不好了，寧可咱們家出一位佛爺，

倒是老爺太太的積德，所以才投到咱們家來。不是說句不顧前後的話：當初東府裡太爺，倒是修煉了十幾年，也沒有成了仙。這佛是更難成的！太太這麼一想，心裡便開豁了。」

王夫人哭著和薛姨媽道：「寶玉拋了我，我還恨他呢？我嘆的是媳婦的命苦，才成了一二年的親，怎麼他就硬著腸子，都撂下了走了呢！」薛姨媽道：「這是自己一定的。咱們這樣人家，還有什麼別的說的嗎？幸喜有了胎，將來生個外孫子，必定是有成立的，後來就有了結果了。你看大奶奶，如今蘭哥兒中了舉人，明年成了進士，可不是就作了官了麼？他頭裡的苦也算盡的了，如今得甜來，也是他為人的好處。我們姑娘的心腸兒，姐姐是知道的，並不是刻薄輕佻的人，姐姐倒不必擔憂。」

王夫人被薛姨媽一番言語說得極有理，心想：「寶釵小時候，便是廉靜寡欲，極愛素淡的，他所以才有這個事。想人生在世，真有個定數的！看著寶釵雖是痛哭，他那端莊樣兒，一點不走，卻倒來勸我，這是真真難得！不想寶玉這樣一個人，紅塵中福分，竟沒有一點兒！」想了一回，也覺解了好些。又想到襲人身上：「若說別的丫頭呢，沒有什麼難處的：大的配了出去，小的伏侍二奶奶就是了。獨有襲人，可怎麼處呢？」此時人多，也不好說，且等晚上和薛姨媽商量。

那日薛姨媽並未回家，因恐寶釵痛哭，住在寶釵房中勸解。那寶釵卻是極明理，思前想後：寶玉原是一種奇異的人，夙世前因，自有一定，原無可怨天尤人。更將大道理的話

告訴他母親了，薛姨媽心裡反倒安慰，便到王夫人那裡，先把寶釵的話說了。王夫人點頭嘆道：「若說我無德，不該有這樣好媳婦了！」說著更又傷心起來。

薛姨媽倒又勸了一會子，因又提起襲人來，說：「我見襲人近來瘦得了不得，他是一心想著寶哥兒。但是正配呢，理應守的；屋裡人願守也是有的，惟有這襲人，雖說是算個屋裡人，到底他和寶哥兒並沒有過明路兒的。」王夫人道：「我才剛想著，正要等妹妹商量商量。若說放他出去，恐怕他不願意，又要尋死覓活的；若要留著他也罷，又恐老爺不依，所以難處。」薛姨媽道：「我看姨老爺是再不肯叫守著的。再者，姨老爺並不知道襲人的事，想來不過是個丫頭，那有留的理呢？只要姐姐叫他本家的人來，狠狠的吩咐他，叫他配一門正經親事，再多多的陪送他些東西。那孩子心腸兒也好，年紀兒又輕，也不枉跟了姐姐會子，也算他不薄了。就是叫他家的人來，不用告訴他；只等他家裡果然說定了好人家兒，我們還打聽打聽，若果然足衣足食，女婿長得像個人兒，然後叫他出去。」王夫人聽了，道：「這個主意很是。不然，叫老爺冒冒失失的一辦，我可不是又害了一個人了麼？」又說了幾句，便辭了王夫人仍到寶釵房中去了。看見襲人淚痕滿面，薛姨媽便勸解譬喻了一會。襲人本來老實，不是伶牙俐齒的人，薛姨媽說一句，他應一句，回來說道：「我是作下人的人，姨太太瞧得起我，才和我說這些話，我是從不敢違拗太太的。」薛姨媽聽了他的話，「好一個柔順的孩子！」心裡更加喜歡。寶釵又將大義的話說了一遍，大家各自相安。

過了幾日，賈政回家，眾人迎接。賈政見賈赦賈珍已都回家，弟兄叔姪相見，大家歷

敘別來的景況。然後內眷們見了，不免想起寶玉來，又大家傷了一會子心。賈政喝住道：

「這是一定的道理！如今只要我們在外把持家事，你們在內相助，斷不可仍是從前這樣的散漫！別房的事，各有各家料理，也不用承總[14]。我們本房的事，裡頭全歸於你，都要按理而行。」王夫人便將寶釵有孕的話也告訴了，「將來丫頭們都放出去。」賈政聽了，點頭無語。

次日，賈政進內請示大臣們，說是：「蒙恩感激。但未服闋[15]，應該怎麼謝恩之處，望乞大人們指教。」眾朝臣說是代奏請旨。於是聖恩浩蕩，即命陛見。賈政進內謝了恩。聖上又降了好些旨意，又問起寶玉的事來。賈政據實回奏。聖上稱奇，旨意說：寶玉的文章固是清奇，想他必是過來人，所以如此。若在朝中，可以進用[16]；他既不敢受聖朝的爵位，便賞了一個「文妙真人」的道號。

賈政又叩頭謝恩而出，回到家中，賈璉賈珍接著。賈政將朝內的話述了一遍，眾人喜歡。賈珍便回說：「寧國府第，收拾齊全，回明了要搬過去。櫳翠庵圈在園內，給四妹妹養靜。」賈政並不言語，隔了半日，卻吩咐了一番仰報天恩的話。

賈璉也趁便回說：「巧姐親事，父親太太都願意給周家為媳。」賈政昨晚也知巧姐的始末，便說：「大老爺大太太作主就是了。莫說村居不好，只要人家清白，孩子肯念書，能夠上進。朝裡那些官，難道都是城裡的人麼？」賈璉答應了「是」，又說：「父親有了年紀，況且又有痰症的根子，靜養幾年，諸事原仗二老爺為主。」賈政道：「提起村居養靜，甚合我意，只是我受恩深重，尚未酬報耳。」賈政說畢進內，賈璉打發請了劉姥姥來，應了這件事。劉姥姥見了王夫人等，便說些將來怎樣升官，怎樣起家，怎樣子孫昌盛。

正說著，丫頭回道：「花自芳的女人進來請安。」王夫人問幾句話，花自芳的女人將親戚作媒，說的是城南蔣家的，現在有房有地，又有鋪面。姑爺年紀略大幾歲，並沒有娶過的，況且人物兒長得是百裡挑一的。王夫人聽了願意，說道：「你去應了，隔幾日進來，再接你妹子罷。」王夫人又命人打聽，都說是好。王夫人便告訴了寶釵，仍請了薛姨媽媽細細的告訴了襲人。

襲人悲傷不已，又不敢違命，心裡想起寶玉那年到他家去，回來說的死也不回去的話，「如今太太硬作主張，若說我守著，又叫人說我不害臊；若是去了，實不是我的心願！」便哭得咽哽難鳴。又被薛姨媽寶釵等苦勸，回過念頭想道：「我若是死在這裡，倒把太太的好心弄壞了，我該死在家裡才是。」於是襲人含悲叩辭了眾人。那姐妹分手時，自然更有一番不忍說。

襲人懷著必死的心腸，上車回去，見了哥哥嫂子，也是哭泣，但只說不出來。那花自芳悉把蔣家的聘禮送給他看，又把自己所辦妝奩一一指給他瞧，說：「那是太太賞的，那是置辦的。」襲人此時更難開口。住了兩天，細想起來：「哥哥辦事不錯。若是死在哥哥家裡，豈不又害了哥哥呢？」千思萬想，左右為難，真是一縷柔腸，幾乎牽斷，只得忍住。

那日已是迎娶吉期，襲人本不是那一種潑辣人，委委屈屈的上轎而去，心裡另想到那裡再作打算。豈知過了門，見那蔣家辦事，極其認真，全都按著正配的規矩。一進了門，丫頭僕婦，都稱「奶奶」。襲人此時欲要死在這裡，又恐害了人家，辜負一番好意。那夜原是哭著不肯俯就的，那姑爺卻極柔情曲意的承順。

到了第二天開箱[17]，這姑爺看見一條猩紅汗巾，方知是寶玉的丫頭。原來當初只知是賈母的侍兒，益想不到是襲人。此時蔣玉菡念著寶玉待他的舊情，倒覺滿心惶愧，更加周旋；又故意將寶玉所換那條松花綠的汗巾拿出來。襲人看了，方知這姓蔣的原來就是蔣玉菡，始信姻緣前定。襲人才將心事說出。蔣玉菡也深為嘆息敬服，不敢勉強，並越發溫柔體貼，弄得個襲人真無死所了。

看官聽說：雖然事有前定，無可奈何，但孽子孤臣[18]，義夫節婦，這「不得已」三字也不是一概推諉得的。此襲人所以在「又副冊」也。正是前人過那桃花廟的詩上說道：

千古艱難惟一死，傷心豈獨息夫人[19]！

不言襲人從此又是一番天地；且說那賈雨村犯了婪索[20]的案件，審明定罪，今遇大赦，遞籍為民。雨村因叫家眷先行，自己帶了一個小廝，一車行李，來到急流津[21]覺迷渡口[22]，只見一個道者，從那渡頭草棚裡出來，執手相迎。雨村認得是甄士隱，也連忙打恭。士隱道：「賈老先生，別來無恙？」雨村道：「老仙長到底是甄老先生！何前次相逢，觏面不認？後知火焚草亭，鄙下深為惶恐。今日幸得相逢，益嘆老仙翁道德高深。奈鄙人下愚不移[23]，致有今日！」甄士隱道：「前者老大人高官顯爵，貧道怎敢相認？原因故交，敢贈片言，不意老大人相棄之深！然而富貴窮通，亦非偶然。今日復得相逢，也是一椿奇事！這裡離草庵不遠，暫請膝談[24]，未知可否？」雨村欣然領命。

兩人攜手而行，小廝驅車隨後。到了一座茅庵。士隱讓進，雨村坐下，小童獻茶上

來。雨村便請教仙長超塵始末。士隱笑道：「一念之間，塵凡頓易[25]。老先生從繁華境中

來，豈不知溫柔富貴鄉中有一寶玉乎？」雨村道：「怎麼不知？近聞紛紛傳述，說他也遁

入空門。下愚當時也曾與他往來過數次，再不想此人竟有如是之決絕。」士隱道：「非

也！這一段奇緣，我先知之。昔年我與先生在仁清巷舊宅門口敘話之前，我已會過他一

面。」雨村驚訝道：「京城離貴鄉甚遠，何以能見？」士隱道：「神交[26]久矣。」雨村道：

「既然如此，現今寶玉的下落，仙長定能知之？」士隱道：「寶玉，即『寶玉』也。那年

榮寧查抄之前，釵黛分離之日，此玉早已離世⋯一為避禍，二為撮合。從此夙緣一了，形

質歸一。又復稍示神靈，高魁貴子，方顯得此玉乃天奇地靈鍛煉之寶，非凡間可比。前經

茫茫大士渺渺真人攜帶下凡，如今塵緣已滿，仍是此二人攜歸本處：便是寶玉的下落。」

雨村聽了，雖不能全然明白，卻也十知四五，便點頭嘆道：「原來如此，下愚不知！」

但那寶玉既有如此的來歷，又何以情迷至此，復又豁悟如此？還要請教。」士隱笑道：

「此事說來，先生未必盡解。太虛幻境，既是真如福地。兩番閱冊，原始要終之道，歷歷

生平，如何不悟？仙草歸真，焉有『通靈』不復原之理呢？」

雨村聽著，卻不明白，知是仙機，也不便再問。因又說道：「寶玉之事，既得聞命。

但敝族閨秀，如是之多，何元妃以下，算來結局俱屬平常呢？」士隱嘆道：「老先生莫怪

拙言！貴族之女，俱屬從情天孽海而來。大凡古今女子，那『淫』字固不可犯，只這

『情』字，也是沾染不得的！所以崔鶯蘇小[27]，無非仙子塵心⋯宋玉[28]相如，大是文人口

孽[29]。但凡情思纏綿，那結局就不可問了！」

雨村聽到這裡，不覺拈鬚長嘆。因又問道：「請教仙翁：那榮寧兩府，尚可如前否？」士隱道：「福善禍淫，古今定理。現今榮寧兩府，善者修緣，惡者悔禍，將來蘭桂齊芳[30]，家道復初，也是自然的道理。」雨村低了半日頭，忽然笑道：「是了，是了！現在他府中有一個名蘭的，已中鄉榜，恰好應著『蘭』字。適間老仙翁說『蘭桂齊芳』，又道『寶玉高魁貴子』，莫非他有遺腹之子，可以飛黃騰達的麼？」士隱微微笑道：「此係後事，未便預說。」

雨村還要再問，士隱不答，便命人設具盤飧[31]，邀雨村共食。食畢，雨村還要問自己的終身。士隱便道：「老先生草庵暫歇。我還有一段俗緣未了，正當今日完結。」雨村驚訝道：「仙長純修若此，不知尚有何俗緣？」士隱道：「也不過是兒女私情罷了。」雨村聽了，益發驚異：「請問仙長何出此言？」士隱道：「老先生有所不知：小女英蓮，幼遭塵劫，老先生初任之時，曾經判斷；今歸薛姓，產難完劫，遺一子於薛家，以承宗祧。此時正是塵緣脫盡之時，只好接引[32]接引。」士隱說著，拂袖而起。雨村心中恍恍惚惚，就在這急流津覺迷渡口草庵中睡著了。

這士隱自去度脫了香菱，送到太虛幻境，交那警幻仙子對冊。剛過牌坊，見那一僧一道縹緲而來，士隱接著說道：「大士、真人，恭喜！賀喜！情緣完結，都交割清楚了麼？」那僧道說：「情緣尚未全結，倒是那蠢物已經回來了。還得把他送還原所，將他的後事敘明，不枉他下世一回。」士隱聽了，便拱手而別。那僧道仍攜了玉到青埂峰下，將「寶玉」安放在女媧煉石補天之處，各自雲遊而去。從此後：

天外書傳天外事，兩番人作一番人[33]。

這一日，空空道人又從青埂峰前經過，見那補天未用之石仍在那裡，上面字跡依然如舊，又從頭的細細看了一遍。見後面偈文後又歷敘了多少收緣結果的話頭，便點頭嘆道：「我從前見石兄這段奇文，原說可以聞世傳奇，所以曾經抄錄，但未見返本還原。不知何時，復有此段佳話？方知石兄下凡一次，磨出光明，修成圓覺[34]，也可謂無復遺憾了！只怕年深日久，字跡模糊，反有舛錯[35]，不如我再抄錄一番，尋個世上清閑無事的人，托他傳遍，知道奇而不奇，俗而不俗，真而不真，假而不假。或者塵夢勞人，聊倩鳥呼歸去[36]，山靈好客，更從石化飛來[37]，亦未可知。」想畢，便又抄了，仍袖至那繁華昌盛地方遍尋了一番：不是建功立業之人，即係糊口謀衣之輩，那有閑情去和石頭饒舌？直尋到急流津覺迷渡口草庵中，睡著一個人，因想他必是閑人，便要將這抄錄的「石頭記」給他看看。那知那人再叫不醒。空空道人復又使勁拉他，才慢慢的開眼坐起。便接來草草一看，仍舊擲下道：「這事我已親見盡知，你這抄錄的尚無舛錯。我只指與你一個人，托他傳去，便可歸結這段新鮮公案了。」空空道人忙問何人。那人道：「你須待某年，某月，某日，某時，到一個悼紅軒中，有個曹雪芹先生，只說賈雨村言，托他如此如此。」說畢，仍舊睡下了。

那空空道人牢牢記著此言，又不知過了幾世幾劫，果然有個悼紅軒，見那曹雪芹先生正在那裡翻閱歷來的古史。空空道人便將賈雨村言了，方把這「石頭記」示看。那雪芹先生笑道：「果然是『賈雨村言』了！」空空道人便問：「先生何以認得此人，便肯替他傳

述？」那雪芹先生笑道：「說你空空，原來肚裡果然空空！既是『假語村言』，但無魯魚亥豕[38]以及背謬矛盾之處，樂得與二三同志，酒餘飯飽，雨夕燈窗，同消寂寞，又不必大人先生品題傳世。似你這樣尋根究柢，便是刻舟求劍[39]，膠柱鼓瑟[40]了！」那空空道人聽了，仰天大笑，擲下抄本，飄然而去。一面走著，口中說道：「原來是敷衍荒唐！不但作者不知，抄者不知，並閱者也不知；不過遊戲筆墨，陶情適性而已！」後人見了這本傳奇，亦曾題過四句偈語，為作者緣起之言更進一竿云[41]❸：

說到辛酸處[42]，荒唐愈可悲[43]。由來同一夢[44]，休笑世人痴[45][46][47]！

■ 校記

❶「你不是我的人，日後自然有人家兒的」，諸本作「你別錯了主意，我是不認得你們的了」。

❷「說我是別人的人」，諸本作「好像和我無緣的話」。

❸「亦曾題過四句偈語，為作者緣起之言更進一竿云」，「更進一竿云」，甲本作「更轉一竿頭」。藤本、王本此二句作「亦曾題過四句，為作者緣起之言」。

■ 注釋

1 【氣厥】 即休克。

2 【趲（ㄗㄢˇ zǎn）行】 急走。

3 【毗（ㄆㄧˊ pí）陵驛】 毗陵，今江蘇常州；驛，驛站，古代供傳遞公文的人或來往官員途中歇宿、換馬或轉送的處所。

4 【問訊】 和尚、道士們合掌施禮，稱之問訊。

5 【鴻濛】 指自然界的元氣。

6 【太空】 高空。

7 【譯文】 我所住的地方啊，是大荒山無稽崖上的青埂峰；我所遨遊的地方啊，是雲霧迷濛的高空。誰與我一同歸去呀，我同誰一塊行？天地渺茫啊，只好回到大荒山峰。

8 【簡評】 高鶚寫賈寶玉毅然出走，基本上符合曹雪芹的創作意圖。但他把寶玉寫成一

個身披猩猩氈斗篷的闊「神仙」，又違背了曹雪芹要把寶玉寫成貧僧的原意。豫才指出：「即寶玉也成了個大紅猩猩氈斗篷的和尚，和尚多矣，但披這樣闊斗篷的能有幾個，已經是入聖超凡無疑了。」（見「論睜了眼看」）高鶚寫賈寶玉在出家後又在毗陵驛向他父親賈政「拜了四拜」，表現了賈寶玉於家庭仍有斬不斷的感情聯繫。豫才曾說：「披了大紅猩猩氈斗篷來拜他父親，卻令人覺得詫異。」（「『絳洞花主』小引」）

9　〔持誦〕
念誦經咒。

10　〔妄口巴舌〕
胡言妄語，有時指造謠誣蔑。

11　〔借胎〕
以為神仙或前世和這家有什麼關係的鬼魂，有時借人的肉身暫到世間辦事，叫作「借胎」。

12　〔作了胎〕
即懷了孕。

13　〔定數〕
這是宿命論的說法，指人的一生遭遇都是前生注定的。

14　〔承總〕
包攬替代。

15　〔服闋（ㄑㄩㄝˋ　què）〕
舊時父母去世，要守喪三年，至期滿除服，稱為「服闋」。闋，終了。

16　〔進用〕
即晉用，授予官職。

17　〔開箱〕
舊時習俗，新婚次日，男方要打開女方衣箱，看陪嫁的物品，稱之開箱。

18　〔孽子孤臣〕
古時稱小老婆生的庶子為孽子，稱亡國之臣為孤臣。這裡是借以比喻襲人是賈府的婢女。

19　〔息夫人〕
春秋時息國諸侯的一位夫人，被楚文王在滅息時擄去為妾，已生了兩個兒

子，但總不說話。問她是什麼緣故，她說：「我是一個女子，嫁了兩夫，只差一死，還有什麼可說的。」後人又稱她為「桃花夫人」，立廟紀念。這裡詠桃花廟的詩是清初鄧漢儀的作品。

20 【婪索】
貪污、勒索。

21 【急流津】
即急流渡口。

22 【覺迷渡口】
即登覺岸的渡口，這裡用以指急流勇退的地方。佛家以「迷」比作海，以「覺」比作岸，從迷到悟，叫作登覺岸。

23 【下愚不移】
「論語‧陽貨」：「唯上智與下愚不移。」意思是，只有上等的智者和最愚魯的人，是天生的，不能改變的。這裡是賈雨村的自謙之辭。

24 【膝談】
即促膝相談。

25 【一念之間，塵凡頓易】
意思是轉念之間，便能將塵世的牽連改變，而得道成仙。

26 【神交】
原意為精神上的了解。這裡是雖未見面，但彼此十分了解的意思。

27 【蘇小】
即蘇小小，南齊時錢塘（今杭州）名妓。

28 【宋玉】
戰國後期楚國辭賦家。

29 【口孽】
佛教用語，指一些惡言妄語或艷之詞。

30 【蘭桂齊芳】
即「蘭薰桂馥」之意，比喻德澤長留，歷久不衰。這裡有具體所指，蘭指賈蘭，桂指寶玉的遺腹子賈桂，以蘭桂代表賈氏子孫，將來飛黃騰達。這些情節是違背曹雪芹的原意的。

31 【飱（ㄙㄨㄣ／sūn）】
簡單的飯食。

32 【接引】

引導。這裡指引入仙界或宗教所謂的西方極樂世界。

33 【天外書傳天外事，兩番人作一番人】

天外書，指「石頭記」；天外事，指關於石頭的故事。兩番人，指寶玉本來是大荒山青埂峰下的一塊石頭，後來又「托生」來到人間。一番人，指寶玉經歷塵世，又重新回到青埂峰下，化為頑石，「形質歸一」。

34 【磨出光明，修成圓覺】

佛教把人心比為寶珠，要見到其珠光，須磨掉其塵垢；圓覺，佛教用語，指修煉到圓滿而成功的境界。

35 【舛（ㄔㄨㄢˇ／chuǎn）錯】

錯亂。

36 【塵夢勞人，聊倩鳥呼歸去】

塵夢勞人，意思是說，塵世如同夢境一般，使人終生徒勞；鳥呼歸去，鳥，杜鵑，其叫聲聽來頗似「不如歸去」之音。這兩句意思是說，塵世的生活像夢境那樣使人徒勞無益，倒不如聽取杜鵑的召喚，去歸隱山林世外。

37 【山靈好客，更從石化飛來】

山靈好客，即愛好山靈的人，指有出家思想的人；從，跟隨，追隨；石化，飛來，原指杭州靈隱寺飛來峰，佛家傳說，該峰係從印度飛來此地，故得其名。這裡借指出家。上一句與這一句，都是說「紅樓夢」能引導人們遁入空門。這雖然出自空空道人之口，但也反映了作者的色空思想。

38 【魯魚亥豕】

古代篆書，「魯」字像「魚」，「亥」字像「豕」，抄寫時容易混淆錯誤，所以成為代表書籍中有錯字的一個成語。

「呂氏春秋」上說：有個人從船上把劍掉在河中，他就在船上刻了個記號，等待船停了，他就按著刻了記號的地方去撈劍，當然撈不著。這故事是比喻固執不化的人。

瑟，古代一種樂器；柱，瑟上用以調音的短木。其意思是說，用膠把柱黏住，柱不能動，音調也就不能調正了。這裡用以比喻拘泥固執，不知變通。

禪宗用「百尺竿頭須進步」來比喻宗教修養從已有的較高水準再提高一步。

這句是說，「紅樓夢」中四大家族由興盛到全面崩潰及其主要人物的結局，使人辛酸。它照應了第一回「題石頭記」的「一把辛酸淚」。

這句是說，情節的發展出人意料之外，因而使人感到悲傷。文字上照應了第一回「題石頭記」的「滿紙荒唐言」。

由來，從來。同一夢，指塵世生活如同一場大夢。

這句應和「題石頭記」中的「都云作者痴」一句聯繫起來理解。意思是說，世人都說作者痴迷，正說明了世人的痴迷，對於如夢的塵世生活是一般人難以看破的，所以不要去譏笑他們。

寫到辛酸的地方，荒唐的文字更令人悲傷。古往今來的塵世生活都是一場大夢，休要嘲笑世人痴呆迷惘。

高鶚的「結紅樓夢偈」和曹雪芹的「題石頭記」相近似，它既概括了四大家族的衰亡，又表現了作者對這種衰亡的困惑，與「題石頭記」相對照，可以看出兩者是前呼後應的。不過，詩中也明顯地表現了續作者的色空觀念。

【附錄二】 紅樓夢人物表

一、皇室

皇帝		第六十三回
太上皇		第十六回
皇太后		第十六回
老太妃	皇妃	第五十八回
周太妃	皇妃	第十六回
賈元春	皇妃，賈政、王夫人之女	第二十一回
吳貴妃		第十六回
周貴妃		第十六回
「昭容」	宮中女官	第十八回
「彩嬪」	宮中女官	第十八回
夏秉忠	六宮掌宮大監	第七十二回
戴權	大明宮掌宮太監	第十三回
（　）	小太監	第二十二回

二、王公侯伯（包括家屬，下同）

北靜郡王	第十三回
北靜王妃	第七十一回
南安郡王	第七十一回
南安王太妃	第七十一回
東平郡王	第十四回
西寧郡王	第十四回
樂善郡王	第七十一回
忠順親王	第三十一回
永昌駙馬	第七十一回

三、其他官吏

馮唐	神武將軍	第二十六回
馮紫英	馮唐之子	第十四回
陳也俊		第十四回
衛若蘭		第十四回
林如海	黛玉之父，前科探花，蘭臺寺大夫，巡鹽御史	第二回
梅翰林		第四十九回
（　）	梅翰林之子，寶琴之夫	第四十九回
孫紹祖	迎春之夫，某地軍事指揮	第七十九回
甄應嘉	甄寶玉之父	第一百十四回
甄家太太	甄應嘉之妻	第一百十五回
甄寶玉	甄應嘉之子	第一百十五回
周瓊	探春公公，鎮守海門等處	第九十九回
（周家三公子）	探春之夫	第九十九回
趙××	侍郎	第三十回

（　）	藩王	第一百十九回
李守中	李紈之父，國子祭酒	第四回
秦邦業	秦可卿之父，營繕司郎中	第十五回
王太醫	御醫	第四十二回
傅試	通判	第三十五回
鮑太醫	御醫	第二十八回
傅秋芳	傅試之妹	第三十五回
嚴老爺		第一回
王老爺	長安節度使	第四回
雲光		第十六回
仇都尉		第二十六回
吳巡撫		第八十五回
胡老爺	京畿道（賈蓉後妻胡氏之父）	第二十九回
賴尚榮	賴大之子，縣官	第四十七回
張如圭	官吏	第三回

四、賈史王薛四大家族及其僕人

（四）賈家及其重要親屬

賈演	寧國公	第二回
賈源	榮國公	第二回
賈代化	寧國公之子，京營節度使，世襲一等神威將軍	第二回
賈代善	榮國公之子	第二回
賈母	金陵世家史侯小姐，榮國公兒媳，史湘雲的姑奶奶	第二回
賈赦	榮國公長孫，賈母之子，世襲一等將軍	第二回
賈政	榮國公次孫，賈母次子，工部員外郎	第二回
賈敷	寧國公長孫（八歲死）	第二回
賈敬	寧國公次孫	第二回

邢夫人	賈赦之妻	第三回
王夫人	賈政之妻，王子騰之妹	第二回
賈敏	榮國公孫女，林如海之妻，黛玉之母	第二回
賈珍	賈敬之子，世襲三品威烈將軍	第二回
賈珠	賈政長子	第二回
賈璉	賈赦之子（趙姨娘生）	第二回
賈環	賈政次子	第二回
賈寶玉	賈政次子	第二回
迎春	賈赦之女，孫紹祖之妻，二小姐	第二回
探春	賈政之女（趙姨娘生），三小姐	第二回

秋桐　賈璉之妾　第六十九回

平兒　賈璉之妾　第六回

（五）賈府宗族

賈代修　第十三回

賈代儒　義學教師　第九回

賈效　第十三回

賈敦　第十三回

賈敕　第十三回

賈瑞　賈代儒長孫　第九回

賈琮　第二十四回

賈珩　第十三回

賈琇　第十三回

賈珖　第十三回

賈琛　第十三回

賈瓊　賈璉族兄　第十三回

賈璘　第十三回

賈璜　第十回

（賈璜家的）賈璜之妻　第十回

賈琿　第十三回

賈瓔　第十三回

賈芹　第十三回

賈藻　第十三回

賈蘅　第十三回

賈芬　第十三回

賈芳　第十三回

賈芝　第十三回

賈菖　第十三回

賈菱　第十三回

賈萍　榮府近派重孫　第十三回

賈藍　第九回

賈菌　第九回

賈芸　第二十三回

賈薔　寧府近派重孫　第九回

賈蓁　第十三回

賈芷　第五十三回

楊氏　賈芹之母　第二十三回

妻氏　賈藍之母　第五十四回

（七）賈府的大小丫鬟及小廝

姓名	說明	出處
墜兒	寶玉丫頭	第二十七回
佳蕙	寶玉丫頭	第二十六回
焙茗（茗烟）	寶玉書童	第九回
李貴	寶玉親隨，李嬤嬤之子	第九回
掃紅	寶玉小廝	第九回
鋤藥	寶玉小廝	第九回
伴鶴	寶玉小廝	第五十二回
雙瑞	寶玉小廝	第二十八回
王榮	寶玉小廝	第五十二回
墨雨	寶玉小廝	第九十七回
張若錦	寶玉小廝	第五十二回
趙亦華	寶玉小廝	第五十二回
錢升	寶玉小廝	第五十二回
壽兒	寶玉小廝	第二十八回
喜兒	賈珍小廝	第六十五回
銀蝶兒	尤氏丫頭	第六十五回
萬兒	尤氏丫頭	第七十五回
素雲	李紈丫頭	第二十九回
碧月	李紈丫頭	第二十九回
翠縷	史湘雲丫頭	第二十一回
同喜	薛姨媽丫頭	第三十五回
同貴	薛姨媽丫頭	第九十一回
鶯兒	薛寶釵丫頭	第八回
文杏	薛寶釵丫頭	第二十九回
寶蟾	夏金桂丫頭	第八十回
小螺兒	夏金桂丫頭	第八十回
李祥	薛蝌小廝	第八十六回
捨兒	薛寶琴丫頭	第五十七回
臻兒	香菱丫頭	第二十七回
篆兒	邢岫烟丫頭	第五十七回
紫鵑	林黛玉丫頭	第八回
雪雁	林黛玉丫頭	第三回
鸚哥	林黛玉丫頭	第三回
春纖	林黛玉丫頭	第三十四回
司棋	迎春丫頭	第二十七回
繡橘	迎春丫頭	第二十九回

智能兒　水月庵小姑子　第十五回

沁香　水月庵姑子　第九十三回

女尼　櫳翠庵尼姑　第十七回

道姑　櫳翠庵尼姑　第十七回

王一貼　天齊廟道士　第一百十九回

大了　姑子　第一百一回

小道士　清虛觀小道士　第二十八回

六、清客相公

程日興　第十六回

胡斯來　第十六回

卜固修　第十六回

單聘仁　第八回

詹光　第八回

七、與賈府沾親帶故者

金榮　小學生　第九回

「玉愛」　小學生　第九回

「香憐」　小學生　第九回

金氏　金榮姑媽　第十回

胡氏　金榮之母　第十回

馬道婆　賈寶玉寄名乾娘　第二十五回

卜世仁　賈芸之舅，香料鋪掌櫃　第二十四回

（　）　卜世仁之妻　第二十四回

銀姐　卜世仁之女　第二十四回

八、鄉宦及市民

張德輝　薛家當鋪攬總　第四十八回

冷子興　都中古董商，周瑞女婿　第二回

周氏　冷子興之妻，周瑞之女　第七回

甄士隱　姑蘇鄉宦，後出家　第一回

封氏　甄士隱之妻　第一回

九、一般人民

劉姥姥　久經世代的　　　　　　　第六回
　　　　老寡婦，務農

王　成　劉姥姥親家　　　　　　　第六回

狗　兒　王成之子　　　　　　　　第六回

劉　氏　狗兒之妻，　　　　　　　第六回
　　　　劉姥姥之女

板　兒　狗兒之子　　　　　　　　第六回

青　兒　狗兒之女　　　　　　　　第六回

張　三　太平縣　　　　　　　　　第八十六回

張三娘　李家店堂倌　　　　　　　第八十六回

「老大」何三的朋友　　　　　　　第一百十回

吳　良　太平縣縣民　　　　　　　第九十九回

（村姑）　　　　　　　　　　　　第十五回

十、神人仙子

茫茫大士　　　　　　　　　　　　第一回

渺渺真人　　　　　　　　　　　　第一回

空空道人（情僧）　　　　　　　　第一回

警幻仙子　　　　　　　　　　　　第一回

絳珠仙子　　　　　　　　　　　　第一回

神瑛侍者　　　　　　　　　　　　第一回

【附錄二】

紅樓夢四大家族關係表

說明：
1. 此表是根據豫才「中國小說史略」中「紅樓夢賈氏譜大要」，並參照了有關「紅樓夢」人物表，整理而成。
2. 表中標記：「×」表示夫妻關係；「←……」表示此人由某家嫁往某家某人；「＊」表示金陵十二釵（妙玉未收入）。

【附錄三】 曹雪芹家族關係表

【附錄五】

程甲本

序

程偉元

《紅樓夢》小說，本名《石頭記》。作者相傳不一，究未知出自何人，惟書內記雪芹曹先生刪改數過。好事者每傳抄一部，置廟市中，昂其值得數十金，可謂不脛而走者矣。

然原目一百廿卷，今所傳只八十卷，殊非全本。即間稱有全部者，及檢閱仍只八十卷，讀者頗以為憾。不佞以是書既有百廿卷之目，豈無全璧？爰為竭力搜羅，自藏書家甚至故紙堆中無不留心，數年以來，僅積有廿餘卷。一日偶於鼓擔上得十餘卷，遂重價購之，欣然翻閱，見其前後起伏，尚屬接榫，然漶漫不可收拾。乃同友人細加釐剔，截長補短，抄成全部，復為鐫板，以公同好。《紅樓夢》全書始至是告成矣。書成，因並誌其緣起，以告海內君子。凡我同人，或亦先睹為快者歟？

小泉程偉元識

（本文原收錄於「程甲本」）

【附錄六】

程甲本

敘

高鶚

予聞《紅樓夢》膾炙人口幾廿餘年，然無全璧，無定本。向曾從友人借觀，竊以染指嘗鼎為憾。今年春，友人程子小泉過予，以其所購全書見示，且曰：「此僕數年銖積寸累之苦心，將付剞劂、公同好，子閑且憊矣，盍分任之？」予以是書雖稗官野史之流，然尚不謬於名教，欣然拜諾，正以波斯奴見寶為幸，遂襄其役。工既竣，並識端末，以告閱者。

時乾隆辛亥冬至後五日

鐵嶺高鶚敘並書

（本文原收錄於「程甲本」）

【附錄七】

程乙本

引言

程偉元　高鶚

一、是書前八十回，藏書家抄錄傳閱幾三十年矣，今得後四十回合成完璧。緣友人借抄爭睹者甚夥，抄錄固難，刊板亦需時日，姑集活字刷印。因急欲公諸同好，故初印時不及細校，間有紕繆。今復聚集各原本詳加校閱，改訂無訛。惟識者諒之。

一、書中前八十回鈔本，各家互異；今廣集核勘，準情酌理，補遺訂訛。其間或有增損數字處，意在便於披閱，非敢爭勝前人也。

一、是書沿傳既久，坊間繕本及諸家所藏秘稿，繁簡歧出，前後錯見。即如六十七回，此有彼無，題同文異，燕石莫辨。茲惟擇其情理較協者，取為定本。

一、書中後四十回，係就歷年所得，集腋成裘，更無它本可考。惟按其前後關照者，略為修輯，使其有應接而無矛盾。至其原文，未敢臆改，俟再得善本，更為釐定。且不欲盡掩其本來面目也。

一、是書詞意新雅，久為名公鉅卿賞鑑。但創始刷印，卷帙較多，工力浩繁，故未加評點。其中用筆吞吐虛實掩映之妙，識者當自得之。

一、向來奇書小說，題序署名，多出名家。是書開卷略誌數語，非云弁首，實因殘缺

有年，一旦顚未畢具，大快人心，欣然題名，聊以記成書之幸。

　一、是書刷印，原為同好傳玩起見，後因坊間再四乞兌，爰公議定值，以備工料之費，非謂奇貨可居也。

壬子花朝後一日，小泉、蘭墅又識

（本文原收錄於「程乙本」）

【附錄八】

「桂冠版」出版前言

徐半痴

「紅樓夢」是我國最偉大的長篇小說，也是最為膾炙人口的一本書，自問世以來，已經兩百多年，研讀它的人不僅沒有減少，反而有愈來愈多的趨勢，早已不讓莎士比亞的戲劇專美於前。

但由於作者在寫作時很巧妙的將著作人隱去，因此有了作者版權的問題，以及作者身世的問題，又原書曾經曹雪芹披閱十載，增刪五次，因此有了版本的問題，到底那一本更接近作者的原意？而「紅樓夢」未悉何故，只存前八十回，因此有了續書的問題，續書有很多種，現在流通的後四十回到底確否高鶚所著，又有了續書作者的問題。「紅樓夢」是少數在前半部就已將後半部部人物情節暗示的作品之一，現存續書有多少歪曲了作者的原意，續書作者是否曾見原著後半部分原稿或回目，如果他曾看過原稿，那麼他見過的是原作者第幾次的增刪稿？何以關於柳五兒部分，脂本與程高本情節會判若兩樣？

我們現在所見的早期「紅樓夢」版本中，有很多脂硯齋、畸笏叟等人的評語，有這些評語系統的一般稱為「脂硯齋評本」，簡稱「脂評本」或「脂本」。脂硯齋、畸笏叟到底是誰？是男是女？他們是否同一人，他們與作者的關係怎樣？現有的脂本有多少是作者的

原意？有多少是脂硯齋所增刪？他曾至少四次閱過原稿，並且在批語中交代了部分後半部的情節，這些原稿何以迷失？它們的情節怎樣？

「紅樓夢」雖然一再表明非怨世罵時之書，但由於它寫得太像某人某事，因此乃有無數的索隱出來，人們在問：「紅樓夢」裡有多少是作者的親身經歷？多少是耳聞？又有多少是想像？它所描寫的金陵十二釵是否真有其人？賈寶玉是以誰為模特兒？作者寫「紅樓夢」的動機為何？是否真如一些人所說的隱有「反清復明」的深意？大觀園到底是以那一個花園為藍圖？是恭王府？還是隨園？在北京？還是在南京？

就以現存脂本看來，內容衝突者仍不少，如史湘雲到底嫁了誰？最後的結局怎麼樣？何以警幻仙曲與第三十一回回目有如許大的不同？「因麒麟伏白首雙星」的解釋又該怎樣？

凡此種種，再加上作者使用為數甚夥的隱語和暗喻，這些隱語和暗喻，不僅見於詩詞曲賦中，也見於燈謎、酒令、籤語、曲文、說書，甚至人物的命名上，大家捕風捉影，平添多少紅學公案，更造成「紅樓夢」理解的困難。因此亟需一種新的校注本，以解決以上部分問題，並對當時的語言、器物，以及更重要的——「紅樓夢」的藝術價值作一詮釋。

我們現在所排版的這個本子，是以啟功注釋本為底本，配以唐敏等以上書為基礎所作的注釋本，重新整理而成，我們之所以選這個本子有兩點理由：一是它是目前最通行的百二十回本，一是它的注釋最為詳備，比後出的馮其庸主教本更有過之。

關於原書之整理情況，謹扼要抄錄如下：

（一）本書之整理，係以程偉元乾隆壬子（一七九二）活字本作底本（校記中簡稱「乙

本」），另外參對了幾個重要的本子，以校正底本中的誤字。所參校過的主要版本是：

甲、王希廉（雪香）評刻本（道光壬辰，一八三二。校記中簡稱「王本」）

乙、「金玉緣」本（通行坊印本。校記中簡稱「金本」）

丙、「藤花榭」本（嘉慶間刻本。校記中簡稱「藤本」）

丁、「本衙藏板」本（嘉、道間刻本。校記中簡稱「本衙本」）

戊、程偉元乾隆辛亥（一七九一）活字本（殘存。校記中簡稱「甲本」）

己、「脂硯齋」庚辰（乾隆二十五年，一七六〇）「四閱評過」本（影印鈔本。校記中簡稱「脂本」）

庚、戚蓼生序本（有正書局石印鈔本。校記中簡稱「戚本」）

以上為百二十回本。

(二)此次整理，曾初步作出一些校記，今摘要附於每回之後，供讀者參考。有關校記的幾種情況，稍加說明如下：

甲、底本因係活字本，誤字、脫字、顛倒、錯行的情形很多。凡是錯得很明顯，文義實不可通，而其他諸本則全然一致、無復疑義的，就根據諸本徑加改正，不再列出校記，以省篇幅。

乙、除上條所說的顯誤之外，其他難通、可疑之處，如有改動，都作出校記，列明底本的原文、他本的異同和校改的根據。遇有諸本情況各異、校改必須進行選擇取捨的時候，則視其需要，有時酌加申述取捨的理由。

附帶說明一句，所謂選擇取捨，有一個大致的原則，就是這個普及本既然屬於百二十

回系統，校改時自以百二十回本的異文為盡先選取的對象。至於八十回本的文字，差別較大，除非個別實有必要時，是不加採取的。

以上屬於底本顯誤、難通、可疑之類。

丙、現在採用的底本，是經過後四十回續補者在百二十回本印行以後又加了一次改動的一個本子，因此它與其他諸本不同之處甚多。有時候，何者為有意改動，何者為無意誤植，竟難一一確辨。所以除顯誤之外，對底本的校改，盡量慎重，凡原文有文義可通的，即不輕易更動。但遇有異文過於懸殊，或者字句所差雖然有限而關係情節內容並可能牽涉到思想性、藝術性的淺深異同時，就一併作出校記，以備參較。

丁、如上所述，這些異文校記，只是全書中很多異文的一部分。列舉它們，其用意毋寧說是在於摘要舉例，而並不同於大規模的、詳盡無遺的全面匯校的性質。因此，這一點應該提請讀者注意。如果想把這部分校記作為全面比較、研究的根據，那是不夠的。可以想見，許多版本，非常瑣碎的異文，全面匯校，勢將構成極冗長的篇幅，而作為一個普及本，附錄那樣一種校記，是沒有必要的。所以我們決定不那樣作。

戊、同於上述理由，校記中所列的「某本某本作某字、某文」「從某本改」等，其作用也只能是：取其足以說明問題、舉要備考而已。換言之，說某一本或某數本作某字某文，並不意味著僅該一本或該數本是如此作、而其他版本就一定不然的意思。事實上，「紅樓夢」版本很多，異同互見，而我們一時勢難全面掌握。因此，現有校記為求其明瞭簡短，便於一般讀者的檢看，目前只作到這樣一個程度。

以上屬於諸本異文、匯校、版本之類。

己、整理過程中，對於底本中的許多同字異體、特殊寫法，決定是原舊不動，還是分

別加以統一，曾經費過反覆斟酌，因為這在整理古典小說方面說來，實在各有其利弊。過

去一般作法：一方面，覺得許多同字異體實無保留必要，為了整齊劃一，便利讀者，就都

分別加以統一；而另一方面，由於習慣上對字體向來是要嚴於「正體」與「俗體」「訛體」

「別字（白字）」之間的分別，錯一個偏旁和點畫，都被看成是笑話，所以連極細微的筆

畫也必須斤斤考求，例如往往為了決定「推」、「挨」「託」「托」、「繞」、「遶」、「閒」「閑」

之類，都要很費躊躇。可是把古典通俗文學中的許多當時寫法用法，都照過去傳統上的認

識，按「六書」「小學」一作起「正字」工夫來，是否即為最好的辦法，卻又值得研究。

因此，在處理這些問題時，似乎一方面應該汲取以往的整理經驗，一方面就也應該面對新

的情勢而變通舊的原則。這次整理，其作法可分以下幾種情形來說明：

第一，一些字或詞，底本當時寫法已不為現代讀者所熟悉的（不管是「正體」還是

「別體」），改為現在通行體，例如「總然」「已後」「一輷」「胗脈」「打諒」「能彀」等，

就改為「縱然」「以後」「一趟」「診脈」「打量」「能夠」等。否則不因「正體」「俗體」

之故而改動。

第二，舊時一字兩讀或一體二用的，和兩字音義不同而現在混用的例子都有。後者如

「頑」「玩」（指「玩耍」義），現在一律改「玩」。前者如「狠」「傍」，現在則須分別情

況改為「很」「旁」。至於相當於現在「哪裡」的「那裡」，只好勉強在句尾用問號來區別

（當然，有時連問號也加不得，例如「那裡的事那裡了結」）而不改「那」為「哪」，因為

那樣一來，勢必也該把許多「他」都改為「她」或「它」、許多「的」都改為「地」才相

稱。這些現代的辦法，似不應完全加到古典作品裡面去。相反地，如「拗嘴兒」和「拗椅子」的「拗」，曾有分別改為「努嘴兒」「拿椅子」的辦法；我們認為這樣是否妥當，恐成問題，不如尊重原字為是。

第三，一般的異體統一，大致可行，但也不便過求一律，陷於拘執，似應容許小有伸縮餘地。例如「撒花」的「撒」；「墊端窩」和「墊喘兒」並見，意義相合，可是我們也還不能就確定「端」誰「正」誰「誤」而統一起來。「某人自為如何」的「為」（此一用法甚古老），和「謂」也並見，但如果把「為」逕改為「謂」，甚至改為「以為」，以即不免孟浪。凡屬此類，我們也主張保留原樣，不應更動。

總起來說，這方面情況複雜，問題最多，想規定一個較周備的原則和進行具體掌握，都不很容易。我們雖然斟酌試行處理了一些，但難期盡當，深盼讀者多方提供意見。

由上述種種情況，可以看出，凡是因字體關係而作的改動，都不致影響文義，又加這類改動十分瑣碎繁多，一一列出校記，並無多大必要，因此一律省去。

以上屬於異體、特殊寫法用法之類。

本次重排，大致依照以上原則，唯因字體變更，字與字之間的取捨，常很費斟酌，碰到這種情形，我們盡量參考俞平伯王惜時的校本，唯字體非關繁簡時，我們仍如原校，又俞王校本也有前後不一的地方，如「稱贊」的「贊」字，前八十回與後四十回，就有「贊」與「讚」之不同，類似這種情形，我們只有要求全本統一了。

唐敏等注解本中，第五十一回簡評中「廣陵懷古」下有明顯的脫誤，「廣陵懷古」是說晴雯的，「桃葉渡懷古」才是說迎春的，晴雯一段係筆者所加，特此說明。

附錄（一）（二）是唐敏等原注釋本所有，「大觀園平面示意圖」係摹自葛真的作品，原稿製版時縮得太小，此次放大，恐有失原意。古云：校讎如秋風掃落葉，錯誤難免，尚祈海內外方家，有以正我，則感激不盡矣。

本次參加校讎工作計有謝寶蓮、筆者與陳美倫，特誌於此，以示負責云云。

時中華民國七十二年二月二十二日

出版後記

《紅樓夢》作為中國藝術文化之集大成者，匯聚小說藝術的技巧與筆法於巔峰，傳世至今兩百多年，乃家家必備的案頭經典。然而市面上《紅樓夢》版本繁多駁雜、汗牛充棟，我們決定再出一本，不是為了錦上添花，而是為了提供讀者一個更接近《紅樓夢》的選項。如此使命感和因緣，得要從現代文學宗師白先勇教授說起。

白先勇教授在美國教授二十多年的「《紅樓夢》導讀」，不論是中文授課指定的桂冠版《紅樓夢》或是英文授課選用的霍克思（David Hawkes）英譯版《紅樓夢》，皆是以「程乙本」為底本，因此他對「程乙本」的逐字逐句再熟稔不過；幾年前，他有機會返臺至臺大教課，首度在臺灣教授其畢生學問結晶的《紅樓夢》，卻因桂冠版《紅樓夢》絕版多時，無法讓修課學生取得，於是選用里仁書局以「庚辰本」為底本的《紅樓夢》（注：桂冠版《紅樓夢》最初亦由里仁書局出版，後轉由桂冠出版）。這為期一年半、共三學期的導讀課程菁華，彙編整理為《白先勇細說紅樓夢》一書。

然而「庚辰本」有別於「程乙本」，來自《紅樓夢》兩大版本系統的另一支，即殘存七十八回的「脂本」手抄本系統。經過這一年半的授課，白先勇教授細細比對「程乙本」和「庚辰本」的細節，才發現在兩岸三地市面上流傳最廣、以「庚辰本」為底本的《紅樓夢》，可能有不少嚴重的謬誤，有些破壞了一個角色的性格延續，甚至是人物結局發展，

這對一位以小說創作鵲起的作家來說，是難以接受的。對於兩種版本的差異，白先勇教授深入剖析，並在課堂上一一現形，而精彩內容也全收錄在《白先勇細說紅樓夢》之中。

白先勇教授雖一再謙稱並非紅學版本專家，然而他以小說家的敏感心靈，作到兩種版本的全文異同比對，卻是許多人不易達成的。但他並不自滿於此，他甚至對古今專家的研究成果也下了一番工夫，細究版本最早以「程乙本」為底並標上新式標點符號的〈亞東本《紅樓夢》出版史〉、胡適的〈紅樓夢考證〉、胡適為亞東版「程乙本」所撰的〈重印乾隆壬子本《紅樓夢》序〉等諸多資料，引領我們逐步追循「程乙本」的淵源脈絡，驗明正身。

「程乙本」最初源自程偉元與高鶚整理出來的一百二十回全本，並於乾隆五十六年（一七九一）將之印刻成書，此即「程甲本」。翌年（一七九二）程、高兩人再作修訂，重印為「程乙本」，終結了曹雪芹逝世後三十多年間《紅樓夢》手抄本紊亂雜沓的局面。

一九二七年，開啟近代紅學研究風潮的胡適先生，就為他最推崇的「程乙本」撰序慶賀：

程乙本流傳甚少……現在汪原放標點了這本子，排印行世，使大家知道高鶚整理前八十回與改訂後四十回的最後定本是個什麼樣子，這是我們應該感謝他的。

這個備受胡適肯定的本子一度大行其道，廣為流傳，只可惜因時空環境因素，以「程乙本」為底本的《紅樓夢》版本逐漸沒落，反之「庚辰本」為底者大舉興起。一九八三年，臺灣桂冠圖書的《紅樓夢》出版，不但以「程乙本」為底，更下了許多工夫校記，以求精良，堪稱《紅樓夢》出版史上的一道里程碑。可惜的是，後來臺灣各書局紛紛出版「庚辰本」，廣為流傳數十年的「程乙本」漸式微，幾年後桂冠版甚至絕版停出，實為缺憾。

桂冠版《紅樓夢》的優異之處，不僅在於採用「程乙本」為原文底本，對古文深有研究的徐秀榮（半痴）先生，更親自帶領校對團隊參考七種以上的重要版本，重新校記全文，並將校記原則附於每回之後。此版本更精心選用古文大師啟功所作的注釋，並附有詩詞翻譯，完整且豐富，能幫助《紅樓夢》的初讀者，對這本書有更深刻、全面的理解。再加上精心繪製的「四大家族關係圖」、「大觀園示意圖」等附錄資料，桂冠版《紅樓夢》堪稱國內眾多版本中，原文最精確、校記注釋最完整、資料最豐富的一本。

出版事業作為文化的傳承者，有必要延續經典。承蒙白先勇教授的提點，鼓勵我們重新復刻桂冠版《紅樓夢》，終於誕生時報版《紅樓夢》。

時報版《紅樓夢》以桂冠版為底本復刻出版，除了重新打字、排版、校對、編輯外，更在參酌原文與當代慣用字之間，審慎取捨統一用字，讓讀者在體會《紅樓夢》古文之美時，不因罕見字、變體字、異體字等生僻字體而感到扞格不入。而時報版與桂冠版最大的差異有二：其一是特別收錄了四十九幅清朝工筆畫家改琦的人物線描畫，改琦的《紅樓夢圖詠》備受專家推崇，其畫背景簡逸，造型細膩，姿態傳神，提供給讀者另一種美學想像。

其次是刪除了原桂冠版中置於每回之後的「說明」一欄，捨棄的理由是，該「說明」帶有主觀偏見，易誤導讀者，且部分說明有不合時宜之疑慮。如對《紅樓夢》的藝術技法有興趣，或想更深入理解書中象徵寓意的讀者，不妨參閱《白先勇細說紅樓夢》，白教授以小說家的目光，跨越時空與曹雪芹對話，細說從頭，定當觸發讀者有另一番的認識和體悟。

時報版《紅樓夢》的誕生，首先要感謝白先勇教授的積極促成，他熱愛《紅樓夢》，

也以傳承復興紅學為己任，孜孜不倦教導《紅樓夢》近三十年。也感謝臺大的柯慶明教授、張淑香教授力邀白教授於臺大開設「《紅樓夢》導讀」，喚醒大眾對《紅樓夢》的熱忱與記憶。

感謝桂冠圖書的賴阿勝先生，桂冠圖書長期以來為臺灣讀者保存許多東西方經典文學，當我們聯繫賴先生請求授權桂冠版《紅樓夢》時，他基於推廣紅學的熱情，慨然應允，底定了這樁經典傳承的美事良緣。

感謝董陽孜老師揮毫寫下「紅樓夢」三字帖，恢宏大器，畫龍點睛地賦予新書新氣象。感謝編輯前輩項秋萍，在編整《白先勇細說紅樓夢》的同時，也抽空以其編輯專業從旁指點提醒，讓時報版《紅樓夢》更趨完善。感謝張治倫工作室的用心，將《紅樓夢》的裝幀藝術提升到全新的境界。

一本書的完成，從書盒裝幀、封面設計、印刷選紙、打字排版、校對編輯、行銷推廣，無一不是煞費苦心，一切只為了將這本「天書」盡可能作到盡善盡美，以最優雅的形式呈現給讀者。然而再多的努力都需要一筆經費的支撐，才能讓出版社無後顧之憂地勇往直前，因此我們必須向趙廷箴文教基金會致上最深的謝意，基金會的慷慨解囊，提撥出一筆費用資助，才能讓時報版《紅樓夢》得以完成。更重要的是，趙廷箴文教基金會允諾捐贈時報版《紅樓夢》給全國各大圖書館，作為推廣紅學之用，為經典文學的傳承、重要版本的續存撐起一片天。

還原《紅樓夢》這樣一樁龐大艱鉅的工程，被我們自詡為使命，有如蚍蜉撼樹，浩大工程必有未竟周全之處，還望各家先進不吝指正，以使時報版《紅樓夢》精益求精。

二〇一六年六月十六日

紅樓夢（下冊）

作　　者── [清]曹雪芹
內圖繪者── [清]改　琦
封面題字── 董陽孜
執行主編── 鍾岳明
校　　對── 呂佳真、詹宜蓁、陳佩伶、王君彤、李佳晏、彭小恬
美術設計── 張治倫工作室
執行企劃── 劉凱瑛

董 事 長── 趙政岷
出 版 者── 時報文化出版企業股份有限公司
　　　　　　108019台北市和平西路3段240號3樓
　　　　　　發行專線──（02）2306-6842
　　　　　　讀者服務專線── 0800-231-705・（02）2304-7103
　　　　　　讀者服務傳真──（02）2304-6858
　　　　　　郵撥── 19344724時報文化出版公司
　　　　　　信箱── 10899台北華江橋郵局第99信箱
時報悅讀網── http://www.readingtimes.com.tw
電子郵件── ctliving@readingtimes.com.tw
法律顧問── 理律法律事務所　陳長文律師、李念祖律師
印　　刷── 勁達印刷有限公司
初版一刷── 二〇一六年七月一日
二版一刷── 二〇一六年八月二十三日
二版三刷── 二〇二三年十月十八日
平裝本定價── 新台幣四〇〇元
精裝本定價── 新台幣五三〇元
版權所有 翻印必究（缺頁或破損的書，請寄回更換）

時報文化出版公司成立於一九七五年，
並於一九九九年股票上櫃公開發行，於二〇〇八年脫離中時集團非屬旺中，
以「尊重智慧與創意的文化事業」為信念。

紅樓夢 / 曹雪芹著. -- 初版. -- 臺北市：時報
文化, 2016.07
　　冊；　公分

　　ISBN 978-957-13-6688-3（上冊：平裝）
　　ISBN 978-957-13-6689-0（中冊：平裝）
　　ISBN 978-957-13-6690-6（下冊：平裝）
　　ISBN 978-957-13-6691-3（全套：平裝）
　　ISBN 978-957-13-6692-0（上冊：精裝）
　　ISBN 978-957-13-6693-7（中冊：精裝）
　　ISBN 978-957-13-6694-4（下冊：精裝）
　　ISBN 978-957-13-6695-1（全套：精裝）

847.49　　　　　　　　　　105010209

本書由財團法人趙廷箴文教基金會贊助出版

ISBN：978-957-13-6690-6（平裝）
ISBN：978-957-13-6694-4（精裝）
Printed in Taiwan